세계 추리소설 걸작선 1

이 선집의 번역은 고 정태원 선생님을 비롯해 권일영, 박광규, 유경철, 장경현, 이수경, 유기옥 선생님이 함께 하셨습니다.

세계 추리 소설 걸작선 01

에드거 앨런 포 외 지음
한국추리작가협회 엮음

한스미디어

차례 1권

히긴보텀 씨의 재난 |너대니얼 호손| 7

현관 앞의 검은 가방 |캐서린 루이자 퍼키스| 25

이름 없는 남자 |로드리게스 오트렝귀| 57

마리 로제 수수께끼 |에드거 앨런 포| 73

마리 로제 수수께끼 연구 |고사카이 후보쿠| 141

멕시코의 천리안 |그랜트 앨런| 165

3월 15일에 생긴 일 |어네스트 윌리엄 호녕| 187

13호 감방의 비밀 |자크 푸트렐| 217

나인스코어의 수수께끼 |배러니스 에뮤스카 오르치| 273

추리소설에 대해 |사카구치 안고| 297

표적 위의 얼굴 |길버트 키스 체스터턴| 309

대암호 | 멜빌 데이비슨 포스트 | 335

버나비 사건 | 리차드 오스틴 프리먼 | 359

문자조합 자물쇠 | 리차드 오스틴 프리먼 | 393

셜록 홈즈 문헌 연구 | 로널드 녹스 | 427

호박 파이프 | 고가 사부로 | 453

완전범죄 | 벤 레이 레드먼 | 483

실낙원 살인사건 | 오구리 무시타로 | 513

파충관 사건 | 운노 주자 | 539

미스터리 가이드 | 제임스 샌도 | 569

앰워스 부인 | 에드워드 프레드릭 벤슨 | 593

해설 _ 손선영   617

히긴보텀 씨의 재난
Mr. Higginbotham's Catastrophe

너대니얼 호손 Nathaniel Hawthorne, 1804~1864

미국에서 태어났다. 어릴 적 아버지를 잃고 형제들과 함께 청교도적 집안인 외가에서 성장했다. 대학 졸업 후 1828년 처녀작이자 첫 장편소설 『팬쇼Fanshawe』를 익명으로 출간했다. 결혼 후 생계유지를 위해 세관에서 근무하다가 실직한 뒤 소설 집필에만 전념했다. 1850년 『주홍글씨』를 발표하여 작가적 명성을 얻었으며, 이 소설은 19세기 대표적 미국 소설이 되었다. 그 후 장편소설 『일곱 박공의 집』『블라이드데일 로맨스』『대리석 목양신』, 어린이를 위한 단편집 『탱글우드 이야기』 등을 발표했다.

담배 행상을 하는 한 젊은이가 모리스타운의 셰이커* 교도 거류지에서 수지맞는 장사를 마친 후 새먼 강 부근의 파커스 폴스 마을로 향하고 있었다. 그의 깔끔한 녹색 짐마차 양면에는 여송연 상자 그림이, 뒤쪽에는 황금빛 담배 줄기와 파이프를 쥔 인디언 추장 그림이 그려져 있었다. 영리한 당나귀를 모는 이 행상은 장사에 뛰어난 수완이 있어 양키**들에게 밀리지 않을 정도로 거래에 빈틈이 없었다. 들리는 바로는 무디지 않은 날카로운 면도칼로 수염을 깎는다고 한다. 특히 그는 코네티컷 근처의 예쁜 아가씨들 사이에서 인기가 있었는데 그녀들에게 종종 고급 담배를 선물하기도 했다. 뉴잉글랜드의 시골 처녀들이 파이프 담배를 즐긴다는 것을 알았기 때문이다. 그리고 이 이야기에서도 알 수 있듯 그는 캐묻기 좋아하고 약간 수다스러웠으며, 새로운 소문을 들으면 언제나 남에게 이야기해주고 싶어서 입이 근질근질할 지경이었다.

---

* 그리스도교 프로테스탄티즘의 한 종파.
** 미국 북부 사람을 가리키는 말.

도미니커스 파이크라는 이름의 이 담배 행상은 모리스타운에서 일찌감치 아침식사를 마친 후 회색 당나귀 외에는 누구도 이야기 상대가 없는 적막한 숲속을 10킬로미터 정도 걷고 있었다. 7시쯤 되자 그는 도시의 가게 주인이 조간신문을 읽듯 세상 소문이 알고 싶어졌는데, 마침 그 기회가 눈앞에 다가오고 있었다. 화경火鏡으로 담뱃불을 붙이면서 둘러보자 한 사나이가 언덕 위를 넘어오는 것이 아닌가. 행상은 녹색 마차를 언덕 아래에 세웠다. 도미니커스는 그 남자가 내려오는 것을 바라보면서, 그가 짐을 매단 막대기를 어깨에 메고 좀 힘이 빠졌지만 견실한 발걸음으로 여행 중임을 알아보았다. 아무리 봐도 아침 일찍 나온 것이 아니라 밤새도록 걸어온 것 같았고, 오늘 내내 그 상태로 걸어갈 것만 같았다.

"안녕하십니까, 선생." 그와 이야기할 만한 거리가 되자 도미니커스가 말을 걸었다. "걸음걸이가 멋지시군요. 파커스폴스에서 가장 새로운 소식은 뭔가요?"

그 남자는 회색 모자의 넓은 챙을 눈높이까지 끌어당기며, 자기는 파커스폴스에서 온 게 아니라고 조금 당황한 듯 대답했다. 행상의 짐작으로는 하루 동안 여기까지 걸어올 수 있는 거리의 한계가 그곳이어서 자연스럽게 물어본 것이었다.

"그렇다면……." 도미니커스 파이크는 질문을 바꾸었다. "당신이 계셨던 곳에서 가장 새로운 소식을 알려주세요. 제가 뭐 파커스폴스에 특별히 관심이 있는 것은 아니고요. 어디라도 좋습니다."

이렇게 졸라대자 그 여행자(인기척 없는 숲속이라면 마주치고 싶지 않을 정도로 인상이 고약한 사나이였다)가 잠시 머뭇거렸다. 기억 속에서 소문거리를 찾는 것인지, 아니면 어떤 소식을 상대에게 말해줘도 괜찮을지 계산이라도 하는 듯했다. 그러더니 마차에 발을 올리고 도미니커스의 귀에 속삭였다. 큰 소리로 외친다고 해도 도미니커스 이외에는 들을 사람이 없는데도.

"특별한 소식은 아닌데 킴볼튼의 히긴보텀 노인이 어젯밤 8시에 자기 과수원에서 아일랜드인과 흑인에게 살해당했다는군요. 그놈들은 성 미카엘의 배나무에 노인을 매달아놓았는데, 아침이 될 때까지 아무도 몰랐답니다."

이 무서운 소식을 전하자마자 그 남자는 다시 날 듯한 발걸음으로 가던 길을 갔다. 도미니커스가 스페인 담배를 권하면서 자세히 이야기해달라며 불러도 거들떠보지 않았다. 행상인은 말에게 휘파람을 불며 언덕에 오르면서 롱 나인 다발, 대량의 피그테일, 레이디스 트위스트, 피그 담배 등을 자신에게 판 장사 수완 좋은 히긴보텀 씨의 우울한 운명에 대해 생각에 잠겼다. 그리고 소식이 이토록 빨리 퍼지는 것에 놀랐다. 킴볼튼은 직선거리로 약 95킬로미터 정도였다. 살인은 어젯밤 8시에 벌어졌다는데, 도미니커스는 그 소식을 오늘 아침 7시에 들었다. 그렇다면 지금쯤 분명 불쌍한 히긴보텀 씨의 가족이 성 미카엘의 배나무에 매달린 시신을 발견했을 것이다. 그렇게 빨리 걷는 그 남자는 한 걸음에 몇 리씩 가는 장화라도 신었음에 틀림없다.

"나쁜 소식은 날아다닌다고들 하지만…… 아무리 그래도 그렇지, 기차보다도 빠르네. 저 친구는 대통령 전갈을 급송하는 데 고용하면 좋겠군." 도미니커스 파이크가 중얼거렸다.

그 이해하기 어려운 점은 이야기꾼이 사건 발생일을 하루 착각했다고 생각함으로써 해결되었다. 그래서 우리의 친구는 식당과 가게에 들를 때마다 적어도 스무 명은 되는 겁먹은 청중들에게 스페인 담배를 나눠주면서 이 이야기를 떠들어대길 주저하지 않았다. 사람들은 언제나 그에게 이야기를 처음 들었기 때문에 이런저런 질문을 던졌고, 그는 어쩔 수 없이 이리저리 살을 붙여 결국 그럴듯한 이야기로 마무리했다. 그리고 이 이야기를 뒷받침하는 증거가 하나 생겼다. 히긴보텀 씨는 상인이었는데 그의 밑에서 일했던 한 점원이 도미니커스에게 이 이야기를 듣자, 노신사는 해질녘이면 현금이나 유가증권을 주머니에 넣고 과수원을 지나 집에 돌아가곤 했다고 증언했다. 이 점원은 히긴보텀 씨의 재난에 조금도 슬픈 표정을 보이지 않은 채, 그와 거래했었다면 까다롭고 심술쟁이라고 해도 좋을 노인이었다는 걸 알 거라고 행상인에게 말했다. 그의 재산은 킴볼튼에서 학교를 운영하고 있는 사랑스러운 조카딸에게 돌아갈 것이라고도 했다.

공공의 이익을 위해 소문을 알리고 자기 자신을 위해서 장사를 하는 데 제법 긴 시간이 걸렸으므로 도미니커스는 파커스폴스에서 8킬로미터 떨어진 곳의 식당에 숙소를 정했다. 그는 저녁식사를 마치고 그가 자랑하는 여송연 하나에 불을 붙인 뒤 술집 의자에 앉아 다시 살인 이야기를 했다. 잠깐 사이에 많은 사람들이 몰려드는 바람에 이야기를 마치는 데 반시간이나 걸렸다. 거기 모인 스무 명 중 열아홉 명은 복음서를 듣듯 이야기를 믿었다. 그런데 뒤늦게 말을 타고 도착해 구석에서 파이프를 물고 있던 스무 번째의 나이 든 농부는 좀 달랐다. 이야기가 끝나자 조용히 일어선 농부는 도미니커스 바로 앞으로 의자를 가져와 정면에서 그를 마주 보더니, 행상인이 맡아본 냄새 중 가장 끔찍한 담배 연기를 뿜어댔다.

"당신, 선서할 수 있겠소?" 지방 검사가 증거 조사를 하듯 그가 말했다. "킴볼튼의 히긴보텀 나리가 그저께 밤 자신의 과수원에서 살해되고, 큰 배나무에 매달려 있는 것을 어제 아침에 발견했다고 말이오?"

"저는 들은 대로 말했습니다." 도미니커스는 대답하다가 반쯤 피우던 여송연을 떨어뜨렸다. "제 눈으로 본 건 아닙니다요. 그러니 그분이 정확히 그런 식으로 살해됐다고 선서할 수는 없습니다."

"하지만 나는 할 수 있소." 농부가 말했다. "히긴보텀 나리가 그저께 밤에 살해당했다면 나는 그의 유령과 오늘 아침 맥주를 한 잔 같이 마신 거요. 나는 그분 이웃에 사는데, 말을 타고 우연히 지나가던 중 그분이 나를 가게로 불러 잠깐 이야기를 했다오. 뭔가 부탁할 거라도 있냐고 물어보더군. 그런데 그분은 자신이 살해되었다는 걸 전혀 모르고 있는 눈치였소."

"뭐라고요, 그럴 리가 없어요!" 도미니커스 파이크가 외쳤다.

"내가 그분하고 이야기한 건 틀림없소." 늙은 농부가 말했다. 그러고는 입을 다물고 있는 도미니커스를 남겨둔 채 의자를 구석으로 가져갔다.

맙소사, 히긴보텀 노인이 되살아났다니! 행상인은 더 이상 대화에 낄 기분이 아니었다. 그는 한 잔의 진과 물로 자신을 위로하고 침대로 들어가 밤새 성 미카엘의 배나무에 매달려 있는 꿈을 꾸었다. 그 늙은 농부를 피하기 위해(차라리 히긴보텀 씨 대신 자신이 매달리는 편이 낫겠다고 생각할 정도로 그가 싫었다) 도미니커스는 아직 어두울 때 일어나 녹색 마차에 말을 묶고 파커스폴스를 향해 달려갔다. 산뜻한 바람, 아침 이슬로 가득 찬 길, 기분 좋은 여름 새벽이 그의 기분을 북돋워서, 새로 듣는 이야기가 있다면 그것을 다시 사람들에게 들려주고 싶다는 생각이 들었다. 하지만 그는 황소 떼나 유람 마차, 말 탄 사람, 심지어 걸어가는 여행자도 못 만났다. 새먼 강을 건널 무렵이 되어서야 겨우 한 남자가 봇짐을 매단 막대기를 어깨에 걸치고 터덜터덜 걸어왔다.

"안녕하십니까, 선생!" 행상인은 고삐를 당기며 인사했다. "킴볼튼이나 그 부근에서 오셨다면 히긴보텀 씨 사건의 진상을 알고 계시겠지요. 노인은 이삼 일 전 밤에 아일랜드인과 흑인에게 살해당하지 않았습니까?"

도미니커스는 급하게 말을 거느라 처음에는 이 여행자가 흑인의 피가 섞인 사람임을 눈치채지 못했다. 이 갑작스러운 질문에 에티오피아 사람은 피부색이 바뀐 것 같았다. 그의 짙은 피부색이 유령처럼 창백해졌고, 그는 부들부들 떨면서 대답했다.

"아니, 아니, 거기 흑인은 없었어요! 어젯밤 8시에 그를 매단 자는 아일랜드인이에요. 나는 그곳에서 7시에 나왔어요! 그 집 사람들은 아직 과수원에서 그를 찾지 못했어요."

겨우겨우 말을 하던 남자는 갑자기 이야기를 멈추더니 이미 지쳤으면서도 행상인의 말이 달려가는 듯한 속도로 그곳을 벗어났다. 도미니커스는 크게 당황해서 그를 뒤쫓기 시작했다. 살인이 화요일 밤까지 일어나지 않았다면 화요일 아침에 그것을 미리 알려준 사람은 도대체 어떠한 예언자인가? 히긴보텀 씨의 시체가 아직 가족에게 발견되지 않았다면 이 혼혈인은 50킬로미터나 떨어진 곳에서 어떻게 그가 과수원에 매달려 있다는 사실을 알았을까? 게다가 그 불쌍한 노인이 매달리기 전에 킴볼튼을 떠났으면서 말이다. 이 애매한 상황,

그리고 이 낯선 자가 보여주는 놀라움과 공포를 보자 살인이 진짜 벌어진 것이라고 여긴 도미니커스는 그자를 살인의 공범자로 붙잡기 위해 사람을 불러 모을까 생각했다.

"하지만, 불쌍한 악마는 내버려두자, 저자의 검은 피를 내 머리에 뒤집어쓰고 싶진 않아. 저자의 목을 매달아도 히긴보텀 씨를 되살릴 수는 없으니까."

그런 생각에 잠기며 도미니커스는 파커스폴스의 거리를 지나갔다. 아는 바와 같이 이곳은 세 개의 솜 공장과 제재소 하나가 있는 활기 넘치는 마을이다. 그러나 그가 여인숙 입구에서 마차를 멈추었을 때 공장 기계는 아직 움직이지 않았고, 상점도 문을 열지 않았다. 그는 우선 말에게 줄 귀리를 4리터 주문했다. 다음 일은 물론 히긴보텀 씨의 재난을 말구종에게 이야기하는 것이었다. 다만 그는 이 무서운 사건의 날짜를 분명히 하지 않는 쪽이 좋고, 그것이 아일랜드인과 혼혈인의 범행인가, 혹은 아일랜드인 혼자서 저지른 일인가도 애매하게 해두는 편이 좋겠다고 생각했다. 그는 그것을 자신이 직접 본 이야기이거나 누군가 특정인에게 들은 이야기가 아닌, 널리 퍼져 전해 들은 소문이라고 말했다.

그 이야기는 벌판에 불이 붙은 것처럼 온 마을을 돌아다니며 널리 화젯거리가 되었지만 아무도 그 출처를 몰랐다. 히긴보텀 씨는 제재소의 공동경영자이며 솜 공장의 상당한 주식을 가지고 있었으므로 파커스폴스에서는 주민과 같은 존재였다. 주민들은 자신들의 번영이 그의 운명과 관련이 있음을 느끼고 있었다. 예상대로 파커스폴스 가제트 신문은 지면 절반의 흰 바탕에 더블 파이카* 활자의 대문자로 '히긴보텀 씨의 무서운 살인'이라는 표제를 실었다! 인쇄된 기사는 끔찍한 사실, 그중에서도 사망자의 목에 난 밧줄 자국을 묘사하고 수천 달러를 도둑맞았다고 전하고 있었다. 그의 비탄에 빠진 조카딸에게도 동정을 보였는데, 성 미카엘의 배나무에 호주머니가 뒤집힌 채로 매달려 있는 숙부가 발견된 후 그녀가 실신했다고 전했다. 마을의 시인은 그녀의 슬픔을 17연의 서정시로 만들었다. 마을 의원들은 회의를 열고 마을에 대한 히긴보텀 씨의 공헌을 고려해서 범인을 체포하고 도둑맞은 돈을 되찾는 데 500달러의 현상금을 거는 전단을 만들었다.

한편 가게 점원, 하숙집 아주머니, 솜 공장 여공, 제재소 직공, 학생들로 이루어진 파커스폴스의 모든 주민은 큰길에 쏟아져 나와 굉장한 소리를 내고 있었다. 이것은 고인에 대한 경의로, 멈춰놓은 솜 방적기가 돌아갈 때의 소음과 맞먹었다. 히긴보텀 씨가 사후의 명성을 걱정했었다면 그의 유령은 이 소란을 보고 매우 기뻐했을 것이다. 우리의 친구 도미니커스는 마음속의 허세 탓에 조심성을 잃어버리고 마을의 펌프 위에 올라가 자신이야말로 이 멋진 센세이션을 일으킨 진짜 정보를 가져온 사람이라고 외치고 있었다. 그는 곧장 화제의 인물이 되어 이야기의 개정판을 가져온 설교자처럼 다시 이야기를 반복했다. 그때 우편마차 한 대가 마을 큰길로 들어왔다. 마차는 밤새도록 달렸으며 틀림없이 오늘 새벽 3시쯤 킴볼튼에서 말을 교체했을 것이다.

"자세한 이야기를 들려주시오." 마차를 향해 군중이 외쳤다.

마차는 군중을 이끌고 식당 앞 광장에까지 들어왔다. 그전까지

---

* dóuble píca. 예전에 사용된 활자 크기의 단위로 약 22포인트이다.

자신의 일에 몰두했던 사람들도 삼삼오오 일을 팽개치고 이야기를 들으러 왔던 것이다. 행상인은 무리의 선두에 서려고 경쟁하며 승객이 두 명 있는 것을 발견했다. 두 사람은 곤한 잠에서 깨어나 군중의 한가운데에 있는 것을 깨닫고 놀랐다. 사람들은 각각의 질문을 그 두 사람에게 일제히 던졌다. 하나는 변호사이고 다른 하나는 젊은 여성이었지만, 둘 다 아무 말도 하지 않았다.

"히긴보텀 씨! 히긴보텀 씨! 히긴보텀 씨에 대해서 자세히 알려주시오." 군중은 외쳤다. "검시관의 결정은 무엇입니까? 범인은 잡혔습니까? 히긴보텀 씨의 조카딸은 의식을 되찾았습니까? 히긴보텀 씨! 히긴보텀 씨!"

마부는 바꿀 말을 데려오지 않는 말구종을 향해 심한 욕을 퍼부었을 뿐 한마디도 하지 않았다. 안에 있던 변호사는 자고 있을 때에도 조심성을 잃지 않았다. 이 소란을 알아챈 그가 처음 한 행동은 커다랗고 붉은 수첩을 꺼내는 것이었다. 그사이, 극단적으로 예의 바른 젊은이인 도미니커스 파이크는 마차를 타고 온 여인도 변호사처럼 잘 이야기하리라 생각하고 손을 내밀어 마차에서 내리는 것을 도와주었다. 그녀는 아름답고 영리한 아가씨로, 단추처럼 빛나는 눈과 달콤하고 사랑스러운 입술을 가지고 있었다. 도미니커스는 살인 사건 이야기도 사랑 이야기처럼 기분 좋게 들을 수 있을 것 같았다.

"여러분!" 변호사는 가게 주인들과 직공, 여공 들을 향해 말했다. "뭔지 알 수 없는 오류, 혹은 히긴보텀 씨의 신용을 손상시키고자 사악한 의도로 만들어진 거짓말에 의해 이 기묘한 소란이 일어났다고 나는 단언합니다. 나는 오늘 새벽 3시에 킴볼튼에 다녀왔으므로 히긴보텀 씨가 살해당했다면 지극히 당연히 그 일에 대해 들었을 것입니다. 그러나 나는 이 소문을 부정하는 히긴보텀 씨의 구두 증언에 필적하는 강력한 증거를 가지고 있습니다. 여기 그의 소송에 관한 코네티컷 재판소의 서류가 있는데, 이것은 하긴보텀 씨가 제게 직접 건네준 것입니다. 여기에는 어젯밤 10시라는 시각이 기입되어 있습니다."

변호사는 문서의 날짜와 서명을 보여주었다. 그것은 이 고집 센 히긴보텀 씨가 그것을 썼을 때 살아 있었음을, 혹은 (일부 의심을 품은 사람들의 생각에 의하면) 그가 세속적인 거래에 열중했던 나머지 사후에도 같은 거래를 계속하고 있음을 의심의 여지 없이 증명하고 있었다. 뒤에는 더 충격적인 증거가 나왔다. 젊은 여인은 행상인의 설명을 들은 후 옷매무새와 머리카락을 정돈한 다음 식당 입구에 나타나 자신의 이야기를 들어주었으면 하는 소극적 신호를 보냈다.

"선량한 여러분, 저는 히긴보텀 씨의 조카입니다." 여인이 말했다.

놀라움의 웅성거림이 군중 속을 달려갔다. 권위 있는 파커스폴스 가제트 신문에 따르면 쓰러져서 죽음의 문앞에 놓여 있다고 알려진 그 당사자가 눈앞에서 장미처럼 빛나고 있었던 것이다. 그러나 빈틈없는 일부 사람들은 젊은 여성이 유복하고 연로한 숙부의 사건으로 절망에 빠진 것은 아닌지 의심하고 있었다.

"보시다시피……." 히긴보텀 양은 미소 지으며 말을 이었다. "이 기묘한 이야기는, 저에 관한 한 전혀 근거가 없습니다. 그리고 제가 사랑하는 히긴보텀 숙부님에 대한 일도 헛소문이라고 같이 보증할 수 있습니다. 그분은 친절하게도 같이 살자며 저에게 방을 내주셨습니다. 저는 학교에서 아이들을 가르치는 일로 제 생활을 유지하고 있습니다. 저는 친구와 함께 졸업행사 기간의 휴가를 파커스폴스에서 8킬로미터쯤 떨어진 곳에서 보내기 위해 아침에 킴볼튼을 나섰습니다. 관대하신 제 숙부님은 제가 계단을 내려가는 소리를 듣고 침대 옆으로 불러 여비로 2달러 50센트를, 용돈으로 1달러를 주셨습니다. 그리고 숙부님은 지갑은 베개 밑에 넣은 뒤 제 손을 잡고 아침식사 대신 비스킷을 몇 개 가방에 넣어 가라고 하셨습니다. 그러므로 집을 나섰을 때 제가 사랑하는 친척은 살아 계셨으며, 돌아갈 때도 그러하리라고 믿습니다."

젊은 여인은 이야기를 끝내고 무릎을 굽혀 인사했다. 그 이야기가 매우 사려 깊으며 적절한 데다 우아하고 예의가 있어서 모두들 최고의 학교 여교사라고 생각했다. 당초 행상인은 히긴보텀 씨가 파커스폴스 주민의 인심을 잃어 그가 살해된 것을 모두 기뻐하는 것으로 생각했다. 그러나 실수를 깨달은 주민들의 분노는 굉장했다. 도미니커스 파이크에게 상이라도 줄 것 같았던 사람들은 그에게 타르와 깃털을 끼얹을 것인지, 기차에 매달아버릴 것인지, 아니면 소문을 가져온 사람이 자신이라고 외칠 때 올라섰던 펌프로 물벼락을 퍼부을 것인지 궁리하고 있었다. 의원들은 변호사의 조언에 따라 근거 없는 소문을 흘려 공동체의 평화를 어지럽힌 경범죄로 소추하는 것이 어떨까 의논했다. 군중의 린치나 재판이나 어느 쪽에서도 도미니커스는 빠져나갈 길이 없었다. 그런데 마차를 타고 온 젊은 여성이 그를 변호해주었다. 도미니커스는 구세주에게 거듭 감사 인사를 하면서 녹색 마차를 몰아 학생들의 포화를 뚫고 마을을 떠났다. 학생들은 근처의 점토 더미와 진흙 구덩이에서 진흙 포탄을 만들어 던져댔다. 그가 뒤돌아보며 히긴보텀 씨의 조카딸과 이별의 시선을 주고받으려는데 급조된 포탄 하나가 날아와 그의 얼굴을 엉망으로 더럽혀놓았다. 온몸에 더러운 진흙 덩어리를 여러 번 맞았을 때 그는 차라리 돌아가서 아까 위협당한 것처럼 펌프로 물세례를 받을까 생각했을 정도였다. 친절한 행위는 아니었지만 지금은 그게 자선 행위가 될 것이었다.

하여간, 태양은 불쌍한 도미니커스에게 내리쬐었고 부끄러운 오명의 표시인 진흙은 말라붙어 간단히 떼어낼 수 있었다. 근본이 유쾌한 이 개구쟁이의 마음은 어느덧 풀렸다. 자신의 이야기가 야기한 소동을 생각하면 속에서 웃음이 번져나왔다. 마을 의원들이 만든 전단은 주州 이곳저곳을 돌아다닐 것이고, 파커스폴스 가제트 신문의 기사는 메인 주에서부터 플로리다 주까지 실릴 뿐만 아니라 런던의 신문에도 실려, 히긴보텀 씨의 재난을 알게 된 많은 수전노들은 자신의 재산과 생명을 생각해 겁먹을 것이다. 행상인은 젊은 여교사의 매력에 대해 골똘히 생각했는데, 심지어 다니엘 웹스터*라도 분노에 찬 파커스폴스 주민들에게서 그를 지켜준 히긴보텀 양처럼 천사 같을 수는 없으리라고 단언했다.

도미니커스는 장사 때문에 모리스타운을 향한 직행 길에서 벗어났지만, 지금 킴볼튼 가도에 있는 만큼 그곳을 찾아가 보겠다고 결심했다. 살인 현장이라고 여겨지는 곳에 가까워지면서 그는 지금까지의 상황을 머릿속에서 몇 번이나 그려보았는데, 사건 전체가 놀라우리만치 그럴듯하게 연결되어 있었다. 처음 여행자의 이야기를 입증하는 것이 아무것도 없었다면 허튼 이야기라고 넘길 수 있겠지만, 그다음에 만난 혼혈 남자는 분명히 소문을 들었든, 직접 본 것이든

---

* 미국의 유명한 정치인이자 신앙인.

이미 그 이야기를 알고 있었고, 갑작스러운 도미니커스의 질문을 받자 놀라서 벌벌 떨기까지 했다. 그리고 소문 속 사건의 기묘한 짜임새가 히긴보텀 씨의 성격이나 생활 습관에 딱 맞아떨어졌다. 그가 과수원에 선 미카엘의 배나무를 가지고 있는 것, 저물녘이면 언제나 과수원 옆을 지나가는 것 등을 꿰어 맞춰보면 이야기가 아주 그럴듯해 도미니커스는 변호사가 보여준 서명이나 조카딸의 직접적인 증언마저 믿기 어려울 정도였다. 게다가 행상인이 길을 가면서 신중하게 알아본 결과, 히긴보텀 씨는 싼 임금 때문에 심성이 의심스러운 아일랜드 사람을 추천장도 없이 고용했다는 것도 확인했다.

"차라리 내가 매달리는 게 마음 편하겠어." 도미니커스 파이크는 호젓한 언덕 꼭대기에 오르자 큰 소리로 외쳤다. "히긴보텀 노인이 매달리지 않았다는 걸 이 눈으로 확인하고, 또 노인에게 직접 들을 수 있다면! 그는 진짜 셰이커 교도니까 이 일을 보증해줄 성직자나 마찬가지겠지."

땅거미가 질 무렵 그는 킴볼튼 가도의 요금소에 도착했다. 같은 이름의 마을에서 400미터 지점에 있는 곳이었다. 그의 작은 암말이 빨리 달린 덕에 그는 말 탄 사람을 따라 잡았다. 그 사람은 삼사십 미터 앞선 곳에서 요금소 문지기에게 고개를 끄덕인 뒤 재빠르게 마을을 향해 갔다. 도미니커스는 문지기와 낯익은 사이여서 거스름돈을 받는 동안 여느 때처럼 날씨에 대해 말을 주고받았다.

"혹시……." 행상인은 말 옆구리에 깃털같이 가볍게 채찍을 갖다 대며 말했다. "요 하루 이틀 사이에 히긴보텀 씨를 보신 적이 있습니까?"

"보았지요. 그분은 조금 전 이곳을 지나갔으니까 지금 저쯤에 있을 텐데, 잘하면 먼지 사이로 보일지도 모르겠군요. 오늘 오후 우드필드에 가서 그곳 경매에 참석했지요. 보통때는 악수도 하고 몇 마디 주고받는데, 오늘은 '요금 받으시오'라고 말하듯 고개만 끄덕이고 곧장 가버렸지요. 어디를 들르든 밤 8시에는 집으로 돌아가는 분이지요."

"그런 이야길 들었죠." 도미니커스는 말했다.

"오늘따라 무척 여위고 창백해 보였어요. 조금 전에 난 혼잣말을 다 했어요. 오늘 밤의 그분은 피와 살을 가진 사람이라기보다는 유령이나 오래된 미라 같다고요." 문지기가 대꾸했다.

행상인은 황혼 속에서 시선을 집중시켜 마을길의 아득한 저쪽에서 말 탄 사람의 뒷모습을 겨우 확인할 수 있었다. 그는 히긴보텀 씨의 뒷모습을 본 것 같았지만, 황혼의 어둠을 통해 말발굽이 만드는 흙먼지 속의 모습은 흐릿하고 실체가 없는 유령처럼 보였다. 이 신기한 노인은 마치 어둠과 회색빛을 희미하게 빚어내는 것 같았다. 그 모습을 본 도미니커스는 몸을 부들부들 떨며 생각했다.

'히긴보텀 씨는 저세상에서 킴볼튼 가도를 지나 되돌아온 거야.'

그는 고삐를 흔들어 회색 노인의 그림자와 일정한 거리를 유지하며 따라갔다. 노인은 이내 휘어진 길로 접어들어 보이지 않았다. 행상인도 금방 휘어진 길로 접어들었지만 말 탄 남자의 모습은 그 어디에도 없었다. 다행히 그곳은 마을 입구였고 집회소의 탑을 둘러싸고 모여 있는 많은 상점과 두 개의 식당에서 별로 떨어지지 않은 곳이었다. 그의 왼쪽에는 돌 벽과 문, 조림지 경계가 있으며, 그 너머에 과수원이 있고, 더 멀리에는 목초지가 있으며, 제일 끝에 집이 있었다. 그곳이 히긴보텀 씨의 저택이었다. 그의 집은 오래된 큰길 옆이었지만 킴볼튼 가도에서는 벗어난 곳이었다. 도미니커스는 이미 이 장소를 알고 있었다. 작은 암말은 어떤 본능에 이끌린 것처럼 갑자기 걸음을 멈추었다. 그가 고삐를 당길 생각도 하지 않았는데 말이다.

"난 두저히 이 문을 지나갈 수가 없어!" 그는 떨면서 말했다 "히긴보텀 씨가 성 미카엘의 배나무에 매달려 있는지 보기 전에는 절대 돌아오지 못할 거야!"

그는 마차에서 뛰어내려 고삐를 문기둥에 감고 나무들 사이 잔디밭길을 따라 악마에게 뒤쫓기듯 달렸다. 정확히 그때 마을 시계가 8시를 쳤다. 그 낮은 울림이 들릴 때마다 도미니커스는 발걸음을 재촉했다. 인기척 없는 과수원 한가운데에 음침하게 서 있는 운명의 배나무가 보였다. 오래되어 뒤틀린 기둥 줄기에서 길을 가로질러 큰 가지 하나가 뻗어 있고, 그 가지 밑으로 시커먼 그림자가 드리워져 있었다. 그런데 가지 밑에서 누군가 다투고 있는 것 같았다!

평화로운 직업을 가진 사람에게 어울리지 않는 용기를 뽐내본 적이 한 번도 없었던 행상인은 이 무시무시한 비상사태에서 자신의 용맹을 발휘할 생각이 없었다. 하지만 확실한 것은 그가 앞으로 달려나가 채찍으로 엉덩이를 후려쳐 억센 아일랜드인을 넘어뜨린 다음, 성 미카엘의 배나무에 매달린 것이 아니라 그 아래에서 밧줄에 목이 감겨 떨고 있는, 틀림없는 히긴보텀 씨를 발견한 것이다!

도미니커스는 벌벌 떨면서 히긴보텀 씨에게 말했다.

"히긴보텀 씨, 당신은 정직한 분이시니 당신의 말씀을 믿겠습니다. 당신은 목 매달린 적이 있으십니까?"

이 수수께끼를 아직도 짐작하지 못했다면 '앞으로 일어날 일'에 어떻게 '미리 드리워진 그림자'가 생길 수 있는지 몇 마디 말로 설명해보겠다. 세 남자가 히긴보텀 씨의 강도 살인을 계획했지만 먼저 두 명이 연달아 겁을 먹고 도망치는 바람에 이 범죄가 하루하루 늦춰졌고, 결국 세 번째 남자가 일을 벌일 찰나 도미니커스 파이크라는 한 투사가 오래된 모험담 속의 영웅처럼 운명의 부름 앞에 나타난 것이었다.

나머지 이야기를 하자면, 이 사건으로 히긴보텀 씨는 행상인에게 큰 호감을 느꼈고, 그 행상인이 사랑스러운 여교사에게 청혼한 것을 받아들였다. 또, 전 재산을 그들의 자녀들에게 물려주기로 했으며 두 사람은 그 이자를 받도록 했다. 얼마 후 노신사는 크리스천으로서 침대 위에서 평온한 죽음을 맞이하며 최대의 호의를 보여주었다. 이 슬픈 일이 지나간 후 도미니커스 파이크는 킴볼튼을 떠나 자신이 태어난 마을에 큰 담배 제조공장을 세웠다고 한다.

현관 앞의 검은 가방
The Black Bag Left on a Door-step

캐서린 루이자 퍼키스 Catherine Louisa Pirkis, 1841~1910

영국 여류작가로 장군의 딸이자 해군의 부인이었다. 1877년부터 1894년 사이 다수의 단편과 장편을 발표했다. 그중에서 최초의 본격적인 여탐정으로 평가받는 러브데이 브룩이 등장하는 작품들이 가장 유명하다. 소설가로 활동하는 한편 남편과 함께 동물보호 활동에 힘쓰며 '영국 개보호협회'를 공동 창설하기도 했다.

"큰 사건이로군요." 러브데이 브룩은 플리스 스트리트의 린치 코트에 있는 유명한 탐정사무소 소장 에비니저 다이어에게 말했다. "신문기사를 믿는다면 레이디 캐스로는 3만 파운드에 상당하는 보석을 잃어버렸네요."

"요즘 신문은 어지간히 정확하지. 이 도난사건은 일반적인 컨트리하우스의 도난사건과는 몇 가지 다른 점이 있소. 범인이 선택한 시간은 물론 만찬 시간으로, 가족과 손님은 식탁에 모여 있고 일이 없는 하인들은 그들 방에서 수다를 떨고 있었소. 마침 크리스마스 이브라는 것도 필연적으로 이 사건과 연결되어서 집안사람들의 주의를 흔들어놓았을 거요. 그러나 이번 사건의 경우 가택 침입은 드레스룸 창에 사다리를 걸치는 평범한 방법이 아니라 1층 방 창문으로 들어왔소. 창이 하나에 문이 두 개인 작은 방인데, 문 하나는 홀 쪽으로, 다른 하나는 뒤쪽 계단에서 2층으로 가는 통로에 접해 있지. 내 생각에 그곳은 이 집 신사들이 모자나 의상을 놓아두는 방일 거요."

"그곳이 이 집의 약점이라는 것이죠?"

"바로 그거요. 확실히 매우 취약한 지점이오. 조지 경과 레이디 캐스로의 주거지인 크레이겐 저택은 이상한 건축방법으로 만들어진 낡은 집으로, 이 창문은 아무것도 없는 벽을 향해 있으며 스테인드글라스가 끼워져 단단한 놋쇠 빗장이 언제나 걸려 있고, 환기는 위쪽 테두리에 달린 유리 환기장치로 이루어지기 때문에 낮이나 밤이나 열린 적이 없어요. 이 창은 지면에서 약 1.2미터 높이에 불과한데, 철봉이나 셔터가 붙어 있지 않은 것은 좀 어이없는 일이오. 그날 밤 도둑은 단 하나의 방어벽인 놋쇠 빗장이 열려 있어서 쉽사리 집으로 침입했소."

"소장님은 아무래도 하인들을 의심하는 것 같군요."

"의심의 여지가 없소. 게다가 당신이 해줄 일은 하인 방에 있소. 누가 도둑이었건 간에 그 사람은 집안 사정을 완벽하게 알고 있소. 레이디 캐스로의 보석은 그 드레스룸 금고에 들어 있고, 드레스룸은 식당 위에 있어서 조지 경은 그곳이 '가장 안전한' 방이라고 늘 말했소. 그의 명령으로 드레스룸 바로 밑 식당 창문은 만찬 동안 내내 셔터를 닫지 않았고, 블라인드도 없어서 그곳을 통해 바깥 테라스에 불빛이 비치기 때문에 누구의 눈에도 띄지 않고 그곳에 사다리를 걸치는 것은 불가능한 일이오."

"조지 경이 크리스마스이브에 자신의 집을 가득 채우고 대규모 만찬을 개최하는 게 변함없는 관습이었음을 신문을 보고 알았어요."

"그렇소, 조지 경과 레이디 캐스로는 나이가 많지만 가족이 없어요. 그래서 매우 많은 시간을 친구들과 보내고 있소."

"금고 열쇠는 레이디 캐스로의 하녀에게 맡겨놓지 않았나요?"

"맞아요. 그녀는 스테파니 델크르와라는 젊은 프랑스 아가씨요. 여주인이 나온 직후 드레스룸을 정리하는 일을 하지. 그 방에 있는 보석을 챙겨서 금고에 넣고 자물쇠를 채운 뒤에는 여주인이 침실에 올라올 때까지 열쇠를 갖고 있소. 그러나 도난이 있던 밤에는 그러지 않았소. 여주인이 드레스룸을 나가자 곧바로 계단을 내려가 가정부 방으로 가서 자기에게 온 편지가 있나 확인했지. 그러고는 다른 하인과 잠시, 얼마나 머물러 있었는지는 모르지만 이야기를 했다고 하오. 그녀의 고향집 생오메르에서 오는 편지는 언제나 7시 30분에 집배원이 갖다주었다고 하오."

"아, 그럼 그녀는 편지가 왔는지 확인하러 그렇게 급히 가는 습관이 있었군요. 집안 사정을 뭐든 알고 있을 게 분명한 도둑은 그 일 역시 알고 있었을 거고요."

"아마도. 현 시점에서 상황은 그녀에게 지극히 불리하다고 할 수 있소. 그녀의 심문 태도도 의혹을 풀지 못했소. 그녀는 히스테리 발작을 계속 일으켰고, 대부분 입을 열 때마다 모순되는 소리를 했소. 게다가 우리 말을 잘 몰라서 유창한 프랑스어로 말하기 시작하면 연극과도 같은 몸짓을 하다가 급기야는 다시 히스테리를 일으켰지."

"그건 정말 완전한 프랑스적이네요. 스코틀랜드 야드* 당국은 그날 밤 금고 열쇠를 잠그지 않았던 점을 상당히 중시하고 있지요?"

"그렇소. 게다가 그들은 그 아가씨에게 있을지도 모르는 애인에 대해서 날카롭게 추궁을 시작했소. 그것을 위해서 그들은 베이츠를

---

* Scotland Yard. 런던 경찰국을 말한다.

그 마을에 머무르게 하고 그 집의 바깥에서 모든 정보를 모으고 있어요. 하지만, 그들은 집안에서 하녀들 대부분과 좋은 사이를 만들어 그녀가 누군가에게 애인에 대한 일을 털어놓지 않았는지 알아낼 수 있는 사람을 필요로 해요. 그래서 나에게 연락했고 여성 탐정 중 제일 빈틈없고 뛰어난 사람을 보내주었으면 한다고 부탁을 했지. 그래서 나는 브룩 양, 당신을 호출했소. 칭찬이라고 생각해도 좋소. 그럼 이만 당신 노트북을 꺼내요. 출발해야 하니까."

러브데이 브룩은 이 무렵 서른을 조금 넘겼으며 외모는 막연하게 묘사할 수밖에 없다. 그녀는 키가 크지도 작지도 않고, 피부색은 검거나 하얗지도 않았으며, 아름답지도 보기 흉하지도 않았다. 그녀의 용모는 전체적으로 설명하기 어렵다. 유일하게 눈에 띄는 점은 생각에 빠져 있을 때의 버릇으로, 눈꺼풀을 눈에 떨어뜨려 선과 같은 눈동자가 보일 정도가 되는 것이다. 그녀는 창문 대신에 그 가느다란 틈으로 세상을 보는 것 같았다.

그녀의 드레스는 언제나 검정색으로 정해져 있으며 마치 퀘이커 교도처럼 청결했다.

러브데이는 5, 6년쯤 전 운명이라는 수레바퀴의 사악한 장난 탓에 무일푼으로 친구도 없이 세상에 내던져졌다. 장사를 하는 재능조차 없음을 깨달은 그녀는 바로 전통에 역행해 지금까지 함께한 동료나 사회적 지위로부터 떼어내는 직업을 선택했다. 5, 6년간 그녀는 그 직업의 저변에서 꾸준히 일했다. 그리고 기회가, 좀 더 정확하게 말하면 복잡한 범죄 사건이 그녀를 린치 코트의 유명한 탐정사 무소 소장 앞으로 데려오게 만들었다. 소장은 곧 그녀가 어떤 사람인지를 간파하고 어려운 일을 맡겼으며, 그것은 동시에 그와 러브데이의 수입과 평가를 높이게 되었다.

에비니저 다이어는 평상시 열광적인 사람은 아니었지만, 가끔 브룩 양이 선택한 직업에 대한 자질에 한해 청산유수가 될 때가 있었다.

"숙녀로서는 무리라고요?"

그는 그 자질에 대해서 우연히 의문을 품은 사람이 있으면 누구라도 이렇게 말했다.

"그녀가 숙녀라는 사실에 의문을 품을 필요는 없습니다. 다만 그녀는 내가 지금까지 만난 여성 중에서 가장 사려 깊고 현실적이라는 것을 인지했을 뿐입니다. 우선 그녀는 능력이 있어요. 여성에게는 매우 희귀한, 명령을 정말로 문자 그대로 실행하는 능력이죠. 두 번째로 그녀는 융통성이 좋아 막히지 않고, 총명하며 빈틈 없는 머리를 가지고 있습니다. 세 번째로, 모든 것 중에서 가장 중요한 점입니다만, 그녀는 상식이 풍부한데 가히 천재적이라고 할 수 있습니다. 정말 천재적이지요."

러브데이와 그 상사는 대개 마음 편하고 우호적인 입장에서 일을 했지만, 종종 서로 소리 지를 때도 있었다.

지금도 그렇게 될 것 같았다.

러브데이는 노트북을 꺼내지 않았다. '출발 명령'을 받으려고도 하지 않았다.

"알고 싶은 게 있어요. 제가 신문에서 본 것인데요, 도둑 중 하나가 떠나기 전에 금고 문을 닫고 거기에 분필로 '방 임대, 가구 없음'이라고 썼다는 것이 사실인가요?" 그녀가 말했다.

"분명한 사실이지만, 그 사실에 중점을 둘 필요는 없다고 생각하오. 악당들은 오만과 허세 때문에 그런 짓을 하는 거요. 예전의 라이게이트 강도사건에서도 그들은 숙녀의 데이븐포트 책상에서 종이를 꺼내 거기다가 자물쇠를 수리하지 않은 그녀의 친절에 대한 감사를 써놓았지. 그런데, 당신이 노트북을 꺼내서⋯⋯."

"그렇게 서두르지 마세요." 러브데이는 조용히 말했다. "저는 소장님이 이것을 보셨는지 알고 싶어요."

그녀는 그들이 마주 보고 앉아 있던 기록 책상 위에 몸을 내밀고 편지함에서 꺼낸 신문 조각을 건네주었다.

다이어 씨는 키가 크고 늠름한 체격의 남자로, 큰 머리, 호감이 가는 벗어진 이마, 그리고 상냥한 미소를 갖추고 있었다. 다만, 그 미소는 대개 조심성 없는 사람의 함정이기도 했다. 매우 성급한 성격의 소유자로 무심코 던진 말에도 그는 화를 낼 때가 있었다.

러브데이의 손에서 오려낸 신문기사를 건네받자 그의 미소는 사라졌다.

"브룩 양, 잊지 말아주었으면 하는데." 그는 엄격하게 말했다. "나는 일 때문에 출장을 보낼 때가 있지만 결코 성급하다고 생각하지는 않소. 나는 일을 제대로 못하거나 시간을 느슨하게 보내는 데는 특히 눈을 부릅뜨는 사람이오."

그리고 그녀의 말에 더욱 반박하려는 것처럼 그는 매우 신중하게 신문기사를 펼쳐 단어나 음절을 천천히 발음하면서 다음과 같이 소리 내어 읽었다.

기묘한 발견

검은 가죽 여행가방이 어제 아침 일찍 이스터브룩과 레드포드 사이

도로에 있는 나이 든 독신 여성의 집 문 앞에서 스미스의 신문배달 소년에 의해 발견되었다. 그 가방 안에는 목사용 칼라와 넥타이, 기도서, 설교집, 버질의 저작, 마그나 카르타의 사본과 번역, 검은 가죽 장갑 한 벌, 브러시와 빗, 신문, 그리고 목사의 것으로 보이는 물건 약간이 들어 있었다. 가방 표면에는 다음의 이상한 문자가 가늘고 긴 종잇조각에 연필로 쓰여 있었다.

운명의 날이 다가왔다. 나는 이미 존재하지 않는다. 이곳을 떠나 이제 누구도 볼 일이 없다. 하지만 검시관과 배심원에게는 내가 제정신이라는 것, 일시적 광기라고 판단하는 것은 내 경우 이것을 읽은 다음에는 심한 잘못이 될 것임을 알리고 싶다. 그것이 자살이라도 나는 상관없다. 나는 모든 괴로움에서 달아나는 것이니까. 열심히 나의 생명 없는 가엾은 육신을 근처의 장소(차가운 황무지, 철로 혹은 건너편 다리 옆 강)에서 잠깐 찾으면 내가 떠난 방법을 알 것이다. 내가 바르게 걷고 있었다면 나는 지금 자신이 그 멤버이며 사제인 것이 적격이 아닌 교회의 힘이 되었을지도 모른다. 하지만 도박의 죄가 나를 찾아내 나보다 먼저 수많은 사람을 파멸시킨 것처럼 나를 파멸시켰다. 젊은이여, 마권과 경주로를, 악마와 지옥을 피하도록 하라. 안녕히, 막달레나의 동료들이여. 안녕히, 그리고 경고를 받아들이시오. 나는 공작, 백작, 주교와 친척이라고 주장할 수 있으며 또한 고귀한 여성의 아들임에도 불구하고 말 그대로 부랑자이며 낙오자이다. 감미로운 죽음이여, 그대에게 경의를 표한다. 나는 감히 나 자신의 이름을 서명하지 않겠다. 여러분, 안녕히. 나의 불쌍한 백작 부인인 어머니여. 임종의 입맞춤을.

R. I. P.

경찰과 철도 직원은 역 주변에서 '열심히' 찾아보았지만 '생명 없는 가 없은 육신'을 발견하지 못했다. 경찰 당국은 아직 이 문제의 수사를 계속하고 있지만, 이 편지는 못된 장난이라는 견해로 기울고 있다.

"물어봐도 되겠소?" 그는 빈정대듯 말했다. "이 바보스러운 못된 장난에 당신과 나의 귀중한 시간을 낭비하게 하는 무엇이 있다는 거요?"

"저는 알고 싶습니다." 러브데이는 아까와 변함없는 태도로 말했다. "소장님이 이 발견과 크레이겐 저택의 도난사건을 어떠한 의미로 결부시키실 수 있을지를요."

다이어 씨는 놀란 나머지 완전히 질린 표정으로 그녀를 보았다.

"내가 어렸을 때." 그는 아까처럼 빈정거리듯 말했다. "'무슨 생각을 할까'라는 게임을 자주 했소. 누군가 바보스런 뭔가를 생각하게 하지. 예를 들면 기념비 꼭대기 같은. 다른 누군가 무슨 생각을 하고 있는지 억측하는 위험을 무릅쓰는 거요. 이를테면 그의 왼쪽 구두의 발가락, 그러면 이 불운한 친구는 그 왼쪽 부츠의 발가락과 기념비 꼭대기와의 관계를 나타내야만 하는 것이지. 브룩 양, 당신과 나 사이에 오늘 밤 그 바보 같은 게임을 반복할 생각은 없소."

"아, 좋아요." 러브데이는 조용히 말했다. "소장님이 그것에 대해서 이야기하고 싶지 않을까 생각했습니다만, 그뿐입니다. 소장님이 말씀하시는, 나의 '출발 명령'을 주세요. 나는 이 프랑스인 하녀와 그 다양한 애인들에게 주목하도록 하겠습니다."

다이어 씨는 다시 상냥해졌다.

"그 점이 당신이 생각해주길 바라던 점이오. 내일 첫 열차로 크레이겐 저택으로 가시오. 그레이트이스턴 라인을 타고 약 100킬로미터 정도요. 헉스웰이라는 역에서 내려요. 거기서 저택의 마부가 당신을 맞이해 그 집까지 데려다 줄 거요. 그곳 가정부인 윌리엄스 부인은 매우 훌륭하고 견실한 사람이오. 당신은 기녀의 주카로 기숙학교 교사 시험을 위해 열심히 공부한 뒤 직장을 구하러 찾아왔다는 구실로 집 안에 들어갈 수 있도록 되어 있소. 물론 당신은 공부를 열심히 해서 건강과 눈이 모두 나빠졌다고 했으니 당신은 푸른 안경을 써야 하오. 그리고 당신 이름은 제인 스미스가 되는 거요. 당신의 일은 저택 하인들과 어울리는 것으로 조지 경이나 레이디 캐스로를 만날 필요는 없소. 사실 그들은 당신의 방문 의도를 알고 있소. 아는 사람이 적을수록 좋으니까. 하지만 베이츠는 틀림없이 스코틀랜드 야드에서 당신이 저택에 도착했다는 전갈을 받는 즉시 반드시 만나러 올 거요."

"베이츠는 뭔가 중요한 것을 찾아냈습니까?"

"아니, 아직은. 그는 아가씨 애인 중 하나인 홀트라는 이름의 농부를 찾아냈지만, 그는 정직하고 존경할 만한 남자로 완전히 혐의가 없어 보이기 때문에 이 발견은 아주 의미가 없소."

"더 여쭤볼 것은 없는 것 같군요." 러브데이는 나가기 위해 일어났다. "물론, 필요하다면 평소대로의 암호로 전보를 치겠습니다."

다음 날 아침 비숍스 게이트를 출발해 헉스웰로 가는 첫 열차의 승객 속에는 상류계급의 하인으로 여겨질 만한, 깔끔한 검은 옷을 입은 러브데이 브룩이 섞여 있었다. 여행의 지루함을 덜기 위해서 가져온 유일한 읽을거리는 종이 표지의 『암송자의 보물』이라는 책이었다. 1실링이라는 염가로 특히 삼류 암송자에 적합한 싸구려 읽을거리였다.

브룩은 여행을 시작한 절반 동안 이 책의 내용에 몰두하고 있는 것 같았다. 나머지 절반은 자고 있는지 생각에 빠져 있는지 열차 안에서 눈을 감고 앉아 있었다.

열차가 헉스웰에 멈추자 그녀는 눈을 뜨고 짐을 정리했다.

플랫폼에 있는 지역 짐꾼들 중 크레이겐 저택에서 온 말쑥한 마부를 찾아내는 것은 간단했다. 그때 말쑥한 마부 옆에 있는 한 남자가 그녀의 시선을 끌었다. 스코틀랜드 야드에서 온 베이츠가 행상인 모습으로 전통적인 행상 가방을 손에 들고 있었다. 그는 붉은 머리, 붉은 수염의, 몸집 작고 여윈 남자로 뭔가 갖고 싶은 듯한 표정을 띠고 있었다.

"추워서 반쯤 얼어버린 것 같아요." 러브데이는 조지 경의 마부를 향해 말했다. "여행가방을 가져가 주신다면 저택까지 마차보다 걸어가는 편이 나을 것 같군요."

그 마부는 그녀가 가야 할 길에 대해 두세 가지 알려주며 그녀의 짐을 쌓아 올렸다. 덕분에 그녀는 분명하게 시골길을 함께 걸으며 은밀한 이야기를 하고 싶어 하는 베이츠 씨의 바람에 따를 수 있었다.

베이츠는 그날 아침 기분이 좋아 보였다.

"이건 너무나 단순한 사건이에요, 브룩 양. 그저 길을 따라 걸어가는 것과 같은 일이라고 생각해요. 당신이 성벽 안에서 일하고 제가 바깥에서 일하면 됩니다. 복잡한 일은 지금까지 아무것도 일어나지 않았습니다. 앞으로 일주일이 머리 위를 통과하기 전에 그 아가씨가 교도소에 들어가지 않는다면 내 이름은 제레마이어 베이츠가 아닙니다." 그가 말했다.

"프랑스인 하녀 말이에요?"

"네, 네, 물론입니다. 그녀가 금고와 창문 열쇠를 연다는 두 가지 일을 한 것에는 대부분 의혹이 없다고 생각합니다. 저는 이렇게 생각하고 있어요, 브룩 양. 어떤 아가씨에게도 애인은 있다고 제 자신에게 타이르고 있습니다. 하지만 그 프랑스인 하녀처럼 사랑스러운 아가씨라면 대개 보통 아가씨의 두 배로 애인이 있을 겁니다. 그런데 애인 수가 많으면 많을수록 그중에 범죄자가 있을 가능성은 높아집니다. 지팡이처럼 단순하지 않습니까?"

"정말로 간단하네요."

베이츠는 기분 좋은 듯 말을 이어갔다.

"그럼 같은 방향으로 이야기를 계속하면 나는 이렇게 자신에게 타이르고 있습니다. 이 아가씨는 단지 귀엽고 바보 같은 여자로 탁월한 범죄자가 아닙니다. 그녀는 금고 문을 열어둔 것을 인정하지 않아요. 충분한 길이의 밧줄이 있으면 이 아가씨는 목을 매달 겁니다. 하루나 이틀 혼자 놓아두면 그녀는 도망가서, 자신이 도와준 녀석의 소굴로 달아날 겁니다. 그럼 우리는 그 두 사람을 여기와 도버 해협 사이에서 붙잡아 반드시 저 녀석들의 공범을 찾아내는 실마리를 손에 넣을 수 있을 겁니다. 브룩 양, 할 만한 가치가 있지 않아요?"

"틀림없겠네요. 저런 속도로 마차를 타고 오는 저 사람은 누구일까요?"

이 질문은 뒤에서 들려오는 마차 바퀴 소리에 뒤돌아보면서 덧붙인 것이었다.

베이츠도 뒤돌아보았다.

"아, 저 사람은 홀트예요. 아버지 농장이 여기서 3킬로미터 떨어진 곳에 있지요. 그는 스테파니의 애인 중 하나입니다만 그중 가장 나은 사람 같아요. 하지만 그가 가장 마음에 드는 것처럼 보이진 않아요. 내가 들은 바로는 다른 누군가 좋지 않은 일을 계획한 것 같습니다. 도난 이후 그 젊은 여자는 홀트에게 차갑게 대한다고 하더군요."

그 젊은이는 마차를 끌고 다가오면서 속도를 줄였는데, 러브데이는 그 얼굴의 솔직하고 정직한 표정을 칭찬하지 않을 수 없었다.

"자리가 하나 비어 있습니다. 타고 가지 않으시겠습니까?"

적어도 한 시간은 자신과 밀담을 하리라 기대한 베이츠에게 말할 수 없는 혐오를 느낀 러브데이 브룩은 젊은 농부의 제의를 받아들이고 마차에 올라타 그의 옆에 앉았다.

시골길을 경쾌하게 달리면서 러브데이는 젊은이에게 행선지는 크레이겐 저택이며, 그곳 방문은 처음이니 당신이 가는 길에서 그곳과 가장 가까운 곳에 내려달라고 말했다.

크레이겐 저택이라는 이름이 나오자 그는 어두운 표정을 지었다.

"그곳에서 번거로운 일이 일어났어요. 그 때문에 다른 사람도 귀찮게 하고 있어요."

홀트는 조금 신랄하게 말했다.

"알고 있어요." 러브데이는 동정하듯 말했다. "자주 있는 일이죠. 이런 경우에는 완전히 결백한 사람에게 혐의가 걸리는 일이 흔해요."

"그렇습니다! 그렇습니다!" 그는 흥분해서 외쳤다. "그 집 안에 들어가면 그녀에 대해서 온갖 나쁜 소리가 나오고, 모든 일이 그녀에게 결정적으로 불리하게 되어 있다는 걸 알 거예요. 하지만 그녀는 결백합니다. 맹세코 말하건대, 그녀는 당신이나 저처럼 결백합니다."

홀트의 목소리는 말발굽 소리보다도 높게 울렸다. 그는 그녀가 누구인지 이름을 말하는 걸 잊은 것 같았지만 러브데이는 모르는 척하고 들었다.

"누가 범인인지는 신만이 알 것입니다." 그는 잠깐 멈추더니 말을 이었다. "그 집의 누군가에게 오명을 씌우는 것은 내가 할 수 없지만, 그녀가 결백하다고만 말하겠어요. 목숨을 걸어도 좋습니다."

"당신처럼 믿고 신뢰해주는 사람이 있다니 그 아가씨는 운 좋은 사람이로군요."

아까보다도 더욱 동정적으로 러브데이는 말했다.

"그녀가요? 나는 그녀가 그 운을 이용했으면 좋겠어요. 그러니까." 그는 신랄하게 대답했다. "그녀의 입장에 있는 대부분의 여자라면 좋건 나쁘건 남자가 옆에 있어주는 것을 기뻐하겠지요. 그렇지만 그녀는! 그 분통 터지는 도난사건 이후 저를 만나길 거부하고 있어요. 편지에 답장도 하지 않아요. 메시지도 보내지 않구요. 하지만 기회가 있으면 세상이 그녀에게 뭐라고 말하건 나는 내일이라도 결혼할 생각입니다."

그는 조랑말에 채찍을 휘둘렀다. 길이 그들의 양쪽으로 날아가는 것 같았다. 러브데이가 절반쯤 왔나 생각하기도 전에 그는 크레이겐 저택의 하인용 입구 앞에서 고삐를 당기고 러브데이가 내리는 것을 도와주었다.

"기회가 되면 그녀에게 내 말을 전해주시고, 5분이라도 좋으니 나를 만나달라는 말을 전해주시겠어요?"

그가 마차에 타기 전에 부탁했다. 러브데이는 젊은이의 친절한 배려에 감사하면서 그 아가씨에게 그의 말을 전할 기회를 만들겠다고 약속했다.

가정부 윌리엄스 부인은 하인용 홀에서 러브데이를 환영하고 그녀를 방으로 데려가 짐을 풀게 했다. 그녀는 런던 상인의 미망인으로 말과 행동이 보통 가정부보다 훨씬 품위 있었다. 붙임성 좋고 호감 가는 여성으로 언제든 러브데이와 대화를 나눌 준비가 되어 있었다.

러브데이는 차를 마시며 편하고 즐거운 분위기 속에서 그녀와 이야기를 나누었다. 대화 속에서, 도난이 있던 날 사건 전체의 경위를, 그날 밤 만찬에 참석했던 손님 수와 이름이며 그 외 사소한 일까지 모두 알아내려고 했다.

가정부는 현재 그 집의 하인 모두가 처해 있는 비통한 입장을 숨기려 하지 않았다.

"우리는 누구 한 사람도 마음을 못 놓고 있어요." 그녀는 러브데이에게 차를 따르고 난로 불을 마구 저으면서 말했다. "모두가 누군가 자신을 의심하고 있으며, 과거의 언동을 꺼내 증거로 삼으려 한다고 생각해요. 집 전체가 먹구름 밑이에요. 그리고 하필 이 무렵에 말이죠. 가장 즐거워야 할 시기에 말이에요!"

그녀는 울적해 보이는 시선을 천장에서 겨우살이와 호랑가시나무로 옮기며 말했다.

"크리스마스 때는 늘 매우 즐겁게 아래층에서 보내시겠지요? 하인의 무도회나 연극이나, 기타 여러 가지를 즐기며?" 러브데이가 말했다.

"그렇고말고요! 작년 이맘때 우리 모두가 함께했던 즐거운 시간을 생각하면 도저히 그때와 같은 집에 있는 것 같지 않아요. 우리의 무도회는 언제나 부인의 무도회가 끝난 후 열리지요. 우리는 친구도 부를 수 있고, 즐기고 싶은 만큼 늦게까지 논답니다. 이브의 밤에는 콘서트와 각자의 낭송으로 시작해서 저녁식사를 한 다음에는 아침이 올 때까지 춤을 추지요. 그렇지만 올해는!"

가정부는 말을 끊고 우울하게 머리를 흔들었다. 그녀는 마치 한 권의 책과 맞먹을 정도의 이야기를 하는 것 같았다.

"음, 당신 친구들 중에는 악사나 낭송가로 뛰어난 사람도 있나 보군요?" 러브데이가 말했다.

"매우 뛰어나요, 정말로. 조지 경과 부인은 이브 밤에는 늘 처음에 나오시죠. 작년에는 죄수 옷을 입고 뱃밥을 손에 든 해리 에멧이 〈고귀한 죄수!〉를 노래했는데 조지 경이 웃다가 쓰러질 뻔했어요. 조지 경은 그 젊은이가 무대에서 틀림없이 많은 돈을 벌 거라고 했어요."

"반 잔만 더 주시겠어요?" 러브데이는 자신의 잔을 내밀었다. "그런데 그 해리 에멧은 어떤 사람입니까? 하녀의 애인인가요?"

"그는 모든 하녀에게 입에 발린 말을 하지만 누구의 애인도 아니에요. 그는 조지 경의 친한 친구, 제임스 대령의 하인이죠. 해리는 언제나 여기저기에 주인의 전언을 전달해요. 그의 아버지는 런던에서 역마차를 몰았다고 해요. 해리도 한때 그 일을 했죠. 그는 신사의 하인이 되기를 희망했는데 그렇게 되어서 크게 만족하고 있어요. 그는 머리도 좋고 잘생긴 데다 재밋거리를 많이 알고 있어서 누구에게나 사랑받는 젊은이랍니다. 그런데 이런 이야기만 해서 싫증 나시겠네요. 당신은 물론 다른 이야기를 들었으면 좋겠죠?"

가정부는 다시금 무서운 도난사건이 머리에 떠올라 또 한숨을 내쉬었다.

"전혀 그렇지 않아요. 나는 당신과 당신의 축제에 매우 흥미가 있어요. 에멧은 아직 근처에 살고 있나요? 재미있을 것 같군요. 그의 낭송을 직접 들어보고 싶기도 하고요."

"아쉽지만 그는 6개월 전에 제임스 대령의 집을 떠났습니다. 우리 모두 상당히 애석해했어요. 그는 선량하고 친절한 젊은이죠. 사랑하는 할머니를 찾으러 간다고 했던 말을 기억하고 있어요. 어디선가 과자가게를 하고 있다는데, 어디인지는 모르겠군요."

러브데이는 의자에 기대어 눈꺼풀을 내린 채 문자 그대로 '틈새'가 된 눈으로 바라보았다. 느닷없이 그녀가 화제를 바꾸었다.

"레이디 캐스로의 드레스룸을 보기에는 언제가 좋을까요?"

가정부가 자신의 시계를 보았다.

"지금 당장이요! 지금 5시 15분 전인데 부인은 만찬을 위한 옷을 갈아입기 전에 종종 자기 방에 올라가 반시간쯤 쉬거든요."

"스테파니는 아직 레이디 캐스로의 시중을 들고 있나요?"

러브데이는 가정부 뒤에 붙어 계단을 오르면서 물었다.

"예, 조지 경과 레이디 캐스로는 이 시련을 통해 우리에게 선량함 자체를 보여주고 계세요. 그들은 우리가 유죄라고 증명될 때까지는 결백하다고 하셨고, 누구의 직무도 어떠한 의미에서도 변하지 않도록 하고 계세요."

"스테파니는 자기 일을 하긴 어려울 것 같은데요."

"아직 어려워요. 스테파니는 형사가 오고 나서 2, 3일 동안은 아침부터 밤까지 히스테리 상태였어요. 지금은 기분이 안 좋아 아무것도 먹지 않는 데다 우리 중 누구에게도 꼭 필요한 말 말고는 하지 않아요. 여기가 부인의 드레스룸입니다. 어서 들어오세요."

러브데이는 사치스러운 가구가 놓인 큰 방에 들어가 그중 제일 시선을 끄는 곳으로 자연스럽게 다가갔다. 드레스룸과 침실을 나누는 벽 속에 들어 있는 강철 금고였다.

그것은 단단한 강철 문과 처브 자물쇠가 달린 평범한 모양의 금고였다. 금고 문 위에는 분필로 '방 임대, 가구 없음'이라는 말이 도전적으로 보이는 크고 굵은 글자로 쓰여 있었다.

러브데이는 이 금고 앞에서 5분 정도 머무르며 굵직한 문자에 주의를 기울였다.

그녀는 포켓북에서 트레이싱 페이퍼를 꺼내 각각의 문자를 하나하나 금고 문 위의 문자와 비교했다. 일을 마치자 윌리엄스 부인을 향해 언제라도 아래층 방으로 내려가도 좋다고 말했다.

윌리엄스 부인은 놀라는 것 같았다. 러브데이의 전문적인 능력에 대한 그녀의 평가는 꽤 낮아졌다.

"남자 형사는 이 방에서 한 시간 이상이나 머물렀습니다. 바닥 길이를 재고, 초가 얼마나 녹았는지 보고, 그리고……."

"윌리엄스 부인." 러브데이가 말을 잘랐다. "저는 언제라도 아래 방을 볼 준비가 되어 있습니다." 그녀의 태도는 소문에 흥미를 느끼는 우호적인 여자에서 자신의 직무에 열성적인 직업 여성으로 변해 있었다.

윌리엄스 부인은 더 말하지 않고 이 집의 '약점'으로 알려진 작은 방으로 러브데이를 안내했다.

두 사람은 이 집 뒤쪽 계단으로 통하는 복도를 향한 문으로 들어갔다. 러브데이는 그 방이 다이어 씨가 말한 대로임을 알아차렸다. 한쪽 창만 보더라도 놋쇠 걸쇠가 풀리기만 하면 누구라도 손쉽게 바깥에서 열고 들어올 수 있을 것 같았다.

러브데이는 여기서 쓸데없이 시간을 보내지 않았다. 그녀는 다만 방을 가로지르고 한쪽 문으로 들어가 집 안쪽의 큰 홀로 통하는 반대편의 다른 문으로 나왔을 뿐이다. 윌리엄스 부인은 놀란 한편으로 실망했다.

그러나 러브데이는 여기서 멈추고 질문을 했다.

"저 의자는 언제나 바로 저 자리에 있나요?"

러브데이는 방금 나온 방 앞에 있는 떡갈나무 의자를 가리켜 보였다.

가정부는 그렇다고 대답했다. 그곳은 따뜻한 장소였다. 캐스로 부인은 이 집을 방문하는 사람에게는 기분 좋게 기다리는 장소가 있어야 한다고 특히 배려했던 것이다.

"그럼 제 방을 보여주시면 좋겠습니다." 러브데이는 조금 갑작스럽게 말했다. "그리고 이 지역 상점 명부를 보내주셨으면 좋겠는데, 이 집에 그런 것이 있나요?"

윌리엄스 부인은 약간 기분이 거슬린 듯 침실 구역을 다시 한 번 안내했다. 이 훌륭한 가정부는 자신이 이 집의 '볼거리'라고 생각하는 방에 러브데이가 별 흥미를 안 보인다는 사실에 자신의 권위가 손상된 것만 같았다.

"짐 정리 도울 사람을 보내드릴까요?"

가정부는 러브데이의 방문 앞에서 약간 딱딱하게 물었다.

"아뇨, 괜찮습니다. 짐도 별로 없어요. 그리고 저는 내일 아침 첫 열차로 출발하거든요."

"내일 아침이요! 어머, 나는 당신이 적어도 두 주일은 머물 거라고 사람들에게 말해두었어요!"

"아아, 그러셨다면 제가 급한 전보를 받고 돌아가게 되었다고 설명해주세요. 반드시 저를 위해서 변명해주실 거라고 생각해요. 하지만 저녁식사 때까지는 아무 말씀 하지 말아주세요. 식사시간에는 당신 옆자리에 앉고 싶은데, 그때 스테파니를 만날 수 있겠지요?"

그렇다고 대답한 가정부는 당초 '멋있고 즐겁게 이야기할 수 있는 사람'에서 숙고하는 사람으로 바뀐 숙녀의 기이한 태도를 의아해하며 자리를 떴다.

하인들에게 하루의 가장 즐거운 식사인 저녁 자리에서는 큰 놀라움이 그들을 맞이했다.

스테파니가 평상시 앉던 자리가 비어 있었다. 동료 하인이 그녀를 부르러 갔다 오더니 방은 텅 비어 있고 스테파니는 어디에도 보이지 않는다고 말했다.

러브데이와 윌리엄스 부인은 함께 그녀의 침실로 갔다. 그곳은 평소와 똑같았다. 짐을 챙긴 흔적도 없고, 그녀의 모자와 재킷 외에는 아무것도 챙겨가지 않은 듯했다.

알아보니 스테파니는 여느 때처럼 만찬을 위해 옷을 갈아입는 레이디 캐스로를 도왔는데, 그 후 그녀를 본 사람이 아무도 없는 것 같았다.

윌리엄스 부인은 이 사태가 곧바로 주인 부부에게 알려야 할 만큼 중요하다고 생각했다. 조지 경은 즉시 킹즈 헤드에 있는 베이츠 씨를 불러 상의하기 위해 심부름꾼을 보냈다.

러브데이는 농장에 있는 홀트 씨에게 사람을 보내 아가씨가 실종되었음을 알렸다.

베이츠 씨는 서재에서 조지 경에게 간단하게 상황을 들은 후 즐거운 듯이 그곳을 나왔다. 그는 저택을 떠나기 전에 러브데이와 만나는 것을 잊지 않고, 바깥 마찻길에서 이야기를 좀 듣고 싶다는 특별한 요구를 전했다.

러브데이 브룩은 모자를 쓰고 그에게 갔다. 그녀가 보기에 그는 기쁜 나머지 춤이라도 출 지경이었다.

"그것 보세요! 내가 말한 대로죠! 그렇지 않나요, 브룩 양?" 그는 외쳤다. "우리는 아침까지 그녀의 발걸음을 찾아낼 겁니다. 걱정 마세요. 완벽하게 대비가 되어 있습니다. 나는 쭉 그녀가 무슨 생각을 하는지 알고 있었습니다. 그 아가씨가 달아난다면 레이디 캐스로에게 만찬용 드레스를 입힌 후라고 추측했죠. 그때는 두 시간 정도는 자유로우니 집에서 사라져도 알아채는 사람이 없습니다. 그리고 별 어려움 없이 헉스웰을 떠나 레포드 행 열차를 탈 수 있겠죠. 그럼 안전하게 레포드에 도착합니다. 하지만 레포드에서 그녀의 행선지는 어디라도 될 수 있어요. 나는 어제 그곳에 사람을 배치했어요. 이런 종류의 일에는 예리한 친구지요. 그에게 자세한 지시를 해놓았습니다. 그는 그녀를 끝까지 잘 뒤쫓을 겁니다. 아무것도 가지고 나가지 않았다고요? 뭔가 의미가 있겠지요? 그녀는 앞으로 필요한 물건은 모두 구할 수 있다고 생각했던 겁니다. 자기들 둥지로 가는 거죠. 오늘 아침 그 이야기를 했지요. 그런데 그 둥지에 발을 디디는 대신 그녀는 형사의 손아귀에 들어오는 셈이 되어 그곳 동료에게 잡히고 말 겁니다. 이제 48시간이 우리의 머리 위를 지나가는 동안 범인 두 사람이 잡히지 않는다면 내 이름은 제레마이어 베이츠가 아닙니다."

"당신은 지금부터 어떻게 하실 거죠?"

긴 이야기를 마친 남자에게 러브데이가 물었다.

"지금부터! 킹즈 헤드로 돌아가 레포드의 동료에게서 전보를 기다리는 겁니다. 일단 그녀를 발견하면 그는 어디서 자신을 만나면 좋을지 나에게 알려주기로 했습니다. 아시다시피 헉스웰은 길에서 빗나가 보았자 7시 30분에서 10시 15분 사이에 떠난 열차 하나뿐이기 때문에 레포드야말로 그녀의 목적지라는 걸 확신할 수 있습니다."

"그런가요?" 러브데이는 신중하게 대답했다. "나는 그녀가 다른 목적지로 갈 가능성이 있다고 생각해요. 오늘 아침 우리가 마차로 통과한 숲속을 달리는 시냇물이지요. 안녕히 가세요, 베이츠 씨. 밖은 추워요. 새로운 소식을 들으면 물론 조지 경에게도 전해주세요."

집 안 사람들은 그날 밤 늦게까지 깨어 있었지만, 어디서도 스테파니의 소식은 들려오지 않았다. 베이츠 씨는 조지 경에게 수색대를 조직했다는 소리가 그녀의 귀에 들어가면 겁을 먹고 그 '동료' 만나기를 포기할 테니 그러지 말라고 설득하고 있었다.

"조지 경, 우리는 숨어서 그녀의 뒤를 밟아 그림자처럼 몰래 남자를 쫓아갈 겁니다." 그는 호언장담했다. "그리고 우리는 두 사람을, 그리고 반드시 그 사냥감도 찾을 겁니다."

조지 경은 베이츠 씨의 말을 집 안 사람들에게 설명했다. 러브데이가 초저녁에 홀트 청년에게 전언을 보낸 것을 제외하면 저택 밖 사람들은 아무도 스테파니의 실종을 모르는 셈이었다.

러브데이는 아침 일찍 일어나 저택을 나서서 8시 발 레포드 행 열차 승객들 속에 있었다. 출발 전 그녀는 린치 코트에 있는 상사에게 전보를 쳤다. 그것은 다음과 같이 약간 이상한 내용이었다.

폭죽이 터졌다. 레포드로 출발한다. 그곳에서 전보를 치겠다.
L. B.

좀 이상한 문구였지만 다이어 씨가 그것을 이해하는 데는 암호책이 필요 없었다. '폭죽이 터졌다'는 그 탐정사무소의 용어로 '실마리를 발견했다'는 의미라는 것을 기억하고 있었다.
"흠, 분주하게 여기저기 돌아다니고 있군."
그는 다음 전보가 어떤 내용일지 궁금했다.
반시간 후 그에게 스코틀랜드 야드의 경관이 찾아와 스테파니의 실종과 그 사건에 대해 퍼져 있는 추측을 알려주었다. 그는 자연스럽게 이 정보에 러브데이의 전보를 관련지었으며, 그녀가 손에 넣은 실마리는 스테파니의 유죄와 그 거처에 관한 것이라고 결론지었다.
그러나 조금 뒤에 받은 전보는 이 가설을 뒤집는 것이었다. 그것은 먼저 온 것과 마찬가지로 사무소에서 통용되는 암호로 쓰여 있었는데, 내용이 길고 복잡하여 암호책을 펴보아야 했다.
"훌륭해! 그녀는 이 사건을 다 해결했어!"
전보 해독을 마친 다이어 씨가 외쳤다.
그로부터 10분 후 그는 주임 사무원에게 그날의 업무를 맡긴 다음 역마차를 달려 비숍스게이트 역으로 향했다.
거기서 그는 운 좋게 출발 직전의 레포드 행 열차를 탈 수 있었다.

"오늘의 업무는." 그는 구석 자리에 기분 좋게 앉으며 중얼거렸다. "돌아오는 열차 안에서 그녀가 어떻게 모든 것을 해결했는지 이야기를 듣는 것이겠군."

오후 3시 무렵이 되자 드디어 그는 고풍스러운 시장 거리, 레포드에 도착했다. 그날은 우연히 우시장이 열리는 날이어서 역은 가축상과 농부로 붐볐다. 전보에서 사륜마차라고 말한 대로 러브데이는 역 바깥에서 그를 기다리고 있었다.

"잘 됐어요." 다이어 씨가 올라타자 그녀가 말했다. "그는 우리가 쫓고 있다는 걸 알아차리더라도 도망칠 수 없어요. 현지 경찰 둘이 치안 판사가 서명한 그의 구속영장을 가지고 집 앞에서 기다리고 있어요. 그렇지만 저로서는 린치 코트의 사무소가 혹시라도 믿음직하게 보이지 않을까 싶어서 당신에게 체포를 지휘하도록 전보를 쳤어요."

그들은 하이 스트리트를 지나 마을 교외로 갔다. 그곳은 상점과 사무실로 쓰이는 임대 주택이 뒤섞여 있었다. 마차는 어느 건물 앞에서 멈췄다. 사복 경관이 다가와 다이어 씨를 향해 모자에 손을 얹었다.

"그는 지금 여기서 사무를 보고 있습니다." 남자 한 명이 입구 바로 앞에 '영국 마부협동조합'이라고 검은 글자로 적힌 문을 가리키며 말했다. "그러나 오늘이 그가 여기서 일하는 마지막 날이라고 합니다. 일주일 전 퇴직 신청을 했다는군요."

경관이 말을 마칠 무렵 마부협동조합 회원임이 분명한 남자가 돌층계를 올라왔다. 그는 흥미 깊게 입구 바로 앞에 있는 사람들을 응시했고, 손바닥 안에서 동전 소리를 내며 통행료를 내는 듯한 모습으로 그들 옆을 지나가 사무소 쪽으로 갔다.

"죄송합니다만 저 안에 있는 에멧 씨에게 말씀 좀 전해주실 수 있겠습니까? 밖에서 한 남자가 말씀 좀 나누고 싶어 한다고요."

그 남자는 고개를 끄덕이고 사무소 안으로 들어갔다. 문이 열리자 나이 든 신사가 책상 앞에 앉아 틀림없이 수령증으로 보이는 것을 쓰고 있는 모습이 비쳤다. 신사의 오른손 약간 뒤에 젊고 확실히 잘생긴 남자가 여러 가지 은화와 동전이 쌓여 있는 테이블 앞에 앉아 있었다. 이 청년은 신사적으로 보였으며 태도도 상냥하여 마부의 전갈을 듣자 고개를 끄덕이며 미소와 함께 대답했다.

"일 분이면 되겠지요."

그 청년은 일어나 사무실을 가로질러 문으로 나오면서 다른 책상에 있는 동료에게 말했다. 하지만 일단 밖으로 나오자 뒤에서 문이 닫힌 뒤 건장한 세 남자가 그를 둘러쌌다. 그중 한 사람이 그에게 크레이겐 저택 도난사건의 공범 혐의로 해리 에멧에 대한 구속영장을 가지고 있다며, "저항해봤자 쓸데없는 일이니 얌전히 따라오는 편이 좋겠네"라고 말했다.

에멧은 그 뒤에 한 말이 확실한 이야기란 것을 깨달았다. 그는 일순간 죽은 사람과 같이 창백해졌다가 이윽고 정신을 차렸다.

"누가 내 모자와 윗옷을 가져다주실 수 있겠습니까?" 에멧은 의젓한 태도로 말했다. "남이 뭐라고 하건 내가 감기에 걸려서 죽을 이유는 없으니까요."

모자와 윗옷을 갖다주자 에멧은 두 명의 경관 사이에서 마차에 탔다.

"충고 하나 할까, 젊은이?" 다이어 씨는 마차 문을 닫으며 잠시 창 너머로 에멧을 쳐다보면서 말했다. "노부인의 집 앞에 검은 가방을 버리는 것은 벌을 받을 만한 위법행위가 아니지만, 그 가방이 없었다면 자네는 전리품을 안전하게 챙길 수 있었겠지."

오만불손한 에멧은 그 대답을 준비하고 있었다.

"좀 더 제대로 말씀해주실 수 있겠습니까, 선생? 내가 당신이라면 이렇게 말할 겁니다. 젊은이, 자네는 자네의 잘못으로 공정하게 벌 받는 걸세. 자네는 평생 남의 것을 빼앗아왔지만, 지금부터는 자네가 빼앗길 차례라네."

그날 다이어 씨의 업무는 해리 에멧을 그 지역 유치장에 넣는 것만이 아니었다. 에멧의 하숙집과 소지품 수색 작업이 이루어졌는데 그는 그 일에 합류했다. 분실한 보석 중 거의 3분의 1이 그곳에서 발견되었으며, 이로써 그의 공범자와 그가 3분의 1씩 위험을 부담한다고 생각했다고 결론 내릴 수 있었다.

방 안에서 다양한 편지와 메모가 발견되어 그 결과는 공범자 수사로 발전했다. 레이디 캐스로는 귀중한 재산 대부분을 잃었지만 최종적으로는 도둑 각자가 그 죄에 따라 형벌을 받는다는 것을 알고 만족스러워했다.

한밤중이 다 되어서야 처음으로 다이어 씨는 열차 안에서 러브데이 브룩을 앞에 두고 앉아 그녀가 어떻게 변변치 않은 것이 들어 있던 검은 가방과 귀중한 보석의 대규모 도난을 결부시켜 추리할 수 있었는지 물어볼 수 있었다.

러브데이는 평소처럼 꼼꼼한 태도로 모든 이야기를 순서대로 설명했다.

"그저 기사를 읽은 거예요. 다른 사람들처럼 같은 날 같은 신문에서 두 사건의 기사를 말이죠. 그리고 말하자면, 다른 사람과는 달리 각각의 사건 지역에 대해서 재미를 느꼈죠. 모든 사람들이 범죄를 일으킨 다양한 동기에 공감하면서도 범죄자의 다양한 성격을 충분히 탐색하는 사람은 거의 없다는 것을 알았습니다. 우리는, 범인은 팔 밑에 무서운 동기를 가득 안고 세상을 배회한다고 생각하기 쉽지만, 정직한 사람들이 직업에 대해 눈을 빛내면서 예리하고 즐겁게 일을 하리라고는 생각하지 않습니다."

여기서 다이어 씨는 약간 투덜거렸지만, 그것은 찬성인 동시에 반대의 뜻이었다.

"물론, 신문을 읽은 대부분의 사람들은 가방에서 발견된 편지의 표현이 분명 어이없었을 거예요. 저로서는 이 어이없는 문장이 이상하게도 익숙한 느낌이 들었죠. 그것을 어디선가 듣거나 읽은 적이 있다는 확신이 들긴 했지만 처음엔 그게 어디서였는지 기억할 수 없었어요. 하지만 그것은 제 귀 속에서 울려 퍼졌어요. 스코틀랜드 야드에 가서 가방과 그 내용물을 보고 기다란 트레이싱 페이퍼에 편지 한두 줄을 베낀 것은 단순한 호기심이 아니었죠. 이 편지의 필적이 가방 안에 있던 번역 글과 상이하다는 걸 알아챘을 때 가방 주인은 편지를 쓴 인물이 아니라는 걸 알았어요. 아마도 가방과 그 내용물은 어딘가의 철도역을 정하려는 목적을 위해 훔쳐온 것으로, 목적을 달성한 그자는 그 가방을 귀찮게 여겨 가장 간단한 방법으로 처분했을 거예요. 편지는 경찰을 단서에서 눈을 돌리게 할 목적으로 쓰인 거죠. 그런데 성직자용 물건을 노부인의 집 앞에 둔, 지나치게 농담을 좋아하는 그자의 성격이 이번에는 너무 지나친 결과를 낳았죠. 비극적으로 끝나야 할 편지를 우스꽝스럽게 만들어버린 거라고요."

"여기까지는 정말 천재적이군." 다이어 씨는 중얼거렸다. "가방의 내용물이 광고를 통해서 널리 알려지면 주인이 나타나 당신의 가설이 옳다는 것을 알려줄 거요."

"스코틀랜드 야드에서 돌아와보니 소장님의 메모가 있더군요. 큰 보석 도난사건 때문에 저와 만나자는 거였습니다. 그전에 저는 다시 한 번 사건에 관한 신문기사를 읽고 상세한 내용을 파악해두는 게 우선이라고 생각했습니다. 도둑이 금고 문에 써놓은 '방 임대, 가구 없음'이라는 말에 부딪친 순간 제 머릿속에는 검은 가방의 편지에서 본 '나의 불쌍한 백작 부인인 어머니여, 임종의 입맞춤을'이라는 문구와, 경주로와 마권 판매에 대한 엄숙한 경고가 떠올랐습니다. 그리고 저는 청천벽력처럼 모든 일을 깨달았죠. 2, 3년쯤 전 직무상 의무로 저는 런던 남부 빈민촌에 있는 싸구려 책방에 여러 번 갔습니다. 그 책방에는 젊은 점원과 그의 동료들이 낭송회를 열어 학식을 과시하며 즐기고 있었죠. 다양한 사람들이 모여 있어서 낭송작은 누구라도 알 만한 작품이 선택되었는데, 제가 그 모임에 참가했을 때 어떤 책이 낭송자들 사이에서 큰 인기를 얻고 있기에 저도 일부러 그 책을 샀습니다. 이것이 그 책입니다."

러브데이는 외투 주머니에서 『암송자의 보물』을 꺼내 건네주었다.

"그건 그렇고, 색인을 살펴보시면 제가 소장님이 보십사 하는 제목들이 눈에 띌 거예요. 처음은 「자살의 헤어짐」입니다. 두 번째는 「고귀한 죄수」, 세 번째는 「방 임대, 가구 없음」이고요."

"맙소사! 이럴 수가!"

다이어 씨가 소리쳤다.

"첫 번째 작품 「자살의 헤어짐」에는 검은 가방 속 편지의 첫머리, '운명의 날이 다가왔다' 운운, 도박에 대한 경고, '생명 없는 가엾은 육신'에 대한 언급이 있습니다. 「고귀한 죄수」에는 귀족계급과의 친척관계, 백작 부인인 어머니에 대한 임종의 입맞춤이 나옵니다. 세 번째 작품 「방 임대, 가구 없음」에는 바보스러운 짧은 문구밖에 없지만 청중을 아주 웃게 만들죠. 거기에는 가구 없는 방을 찾아 집을 방문한 독신자가 그 집의 딸과 사랑에 빠져서 자신의 마음을 바치고, 나의 마음은 가구 없는 셋방이라고 말하지만, 딸은 그것을 거절하고 그의 머리도 가구 없이 임대한다는 내용입니다. 이 세 작품을 앞에 두니 검은 가방 속 편지를 쓴 사람과 크레이겐 저택에서 빈 금고에 낙서한 도둑과의 사이를 묶는 실을 찾아내기는 어렵지 않더군요. 이 실마리를 쫓아 하인이며 낭독자, 누구나 좋아하는 남자지만 못된 장난꾼인 해리 에멧을 찾아냈습니다. 계속해서 나는 트레이싱 페이퍼의 필적을 금고 문의 낙서와 비교했는데, 분필과 강철 펜 끝의 차이를 고려하면 두 개 모두 같은 손으로 쓴 게 틀림없다는 결론에 이르렀습니다. 그렇지만 그전에 저는 가장 중요하다고 생각되는 증거의 연결고리를 하나 손에 넣은 상태였습니다. 에멧이 어떻게 성직자의 옷을 사용했는지 말이죠."

"아, 어떻게 그것을 찾아낸 거요?"

다이어 씨는 팔꿈치를 무릎에 대고 몸을 내밀며 말했다.

"가장 이야기를 잘 들려주는 사람인 윌리엄스 부인과의 대화 속에서 저는 크리스마스이브 만찬에 참석했던 손님의 이름을 캐물었습니다. 그들은 모두 혐의 없는 이웃 사람들이었죠. 만찬이 시작되기 직전 젊은 성직자가 현관에 나타나 교구 사제와 이야기하고 싶다고 말했다고 합니다. 사제는 크리스마스이브에는 언제나 크레이겐 저택에서 저녁식사를 했습니다. 젊은 성직자는, 그는 이름을 말하지 않았습니다만, 어느 성직자에게서 교구에 부목사가 필요하다는 이야기를 듣고 런던에서 일부러 그 일자리에 봉사하려 왔다는 것이었습니다. 그는 목사관에 가서 하인에게 목사가 어디서 저녁식사를 하는지 물어본 뒤 부목사가 될 기회를 잃을까 걱정한 끝에 그를 찾아 저택까지 왔습니다. 그런데 목사는 부목사가 필요했지만 그 일자리는 지난주에 채워진 직후였죠. 그는 전날 밤의 행사를 방해할까 봐 약간 신경질적으로 젊은이에게 부목사는 필요 없다고 말했습니다. 하지만 불쌍한 젊은이가 낙담하는 모습에 아마도 눈물 한두 방울은 떨어뜨렸겠죠. 마음이 누그러진 목사는 그에게 기차역으로 떠나기 전에 잠깐 쉬었다 가라고 했으며, 조지 경에게 와인을 한 잔 보내달라고 부탁했습니다. 젊은이는 도둑이 든 방 바로 앞 의자에 앉았습니다. 그런데 그 젊은이가 누구인지는 말할 필요도 없고 소장님께는 힌트도 필요 없겠죠. 하인이 그를 위한 와인을 가지러 간 동안, 아니면 실제로 아무도 없다는 걸 확인하자마자 그는 그 작은 방으로 몰래 들어가 창의 걸쇠를 풀어놓고 바깥에 숨어 있던 동료를 끌어들였습니다. 가정부는 이 점잖은 젊은 부목사가 검은 가방을 가지고 있었는지 기억을 못 하더군요. 그 가방에는 모자, 커프스, 칼라, 그리고 해리 에멧의 옷이 들어 있었음이 틀림없어요. 그는 옷을 갈아입고 레포드의 숙소에 돌아왔는데, 거기서 성직자의 내용물로 가방을 다시 채워 넣고 농담 섞인 편지를 썼어요. 이 가방을 그는 아무도 일어나지 않은 아침 일찍 이스트브룩 도로의 집 문 앞에 던져버렸습니다."

다이어 씨는 긴 숨을 들이쉬었다. 그는 마음속으로 영감靈感이라고 해도 무방할 동료의 솜씨에 아낌없는 찬사를 보냈다. 장차 틀림없이 그는 만나는 사람들에게 진심으로 그녀의 찬가를 부를 것이다. 하지만 그는 그녀의 귀에 찬가를 부를 생각은 전혀 없었다. 지나친 칭찬은 한창 발전하는 사람에게 나쁜 영향을 주기 십상이므로.

그래서 그는 이런 말을 하는 것만으로 만족하기로 했다.

"그래요, 무척 만족스럽소. 그런데 어떻게 그의 소굴까지 찾아냈는지 알려주겠소?"

"아, 그건 아주 기본이었어요. 윌리엄스 부인은 그가 6개월 전 제임스 대령의 집을 떠나 과자가게를 하는 사랑하는 할머니를 찾으러 간다고 말했지만, 그게 어디인지는 모른다고 말했습니다. 에멧의 아버지가 역마차 마부라는 말을 듣고 제 생각은 곧바로 마부의 은어로 이어졌어요. 틀림없이 소장님도 아실 겁니다. 그중에서 그들의 협동조합은 '사랑하는 할머니'라고 불리며, 그들이 돈을 주고받는 사무소는 '과자가게'라고 하더군요."

"하하하! 선량한 윌리엄스 부인은 그 말을 문자 그대로 받아들였군!"

"그랬죠. 그리고 젊은이는 매우 드물게 마음씨가 상냥한 사람이라고 했습니다. 저는 당연히 가장 가까운 도시에 협회 지부가 있을 거라는 생각에 상점 명부를 빌려서 레포드에 지부가 있음을 확인했어요. 검은 가방이 어디서 발견되었는지를 생각해보니, 에멧 청년은 틀림없이 아버지의 영향과 호감 가는 태도와 외모 덕에 레포드 지부 안에서 신용 있는 어떤 자리를 손에 넣었다고 믿는 것은 어려운 일이 아니었습니다. 사실 제가 그곳에 도착하자마자 주간 수령인으로 일하는 그를 발견하리라고는 생각도 못 했다는 것은 고백해야겠네요. 물론 저는 곧장 그곳의 경찰과 연락했습니다만, 뒷이야기는 소장님도 다 아시겠지요."

다이어 씨의 흥분을 오래 눌러놓을 수 없었다.

"처음부터 끝까지 그것이 제일 중요한 거요." 그는 외쳤다. "당신은 이번에 당신 자신을 극복한 거요!"

"단 하나, 저를 슬프게 한 것은 가엾은 스테파니의 불운이었어요."

스테파니에 대한 러브데이의 걱정은 24시간이 지나자 더욱 커졌다. 다음 날 아침 첫 우편마차 편으로 윌리엄스 부인의 편지가 도착했다. 밤새도록 수색한 끝에 크레이겐 숲속을 흐르는 강가에서 그 아가씨가 추위와 공포로 빈사 상태에 빠져 있는 것을 발견했다는 내용이었다. "그녀를 찾아내야 할 사람인 홀트 청년이 찾아냈습니다. 그는 무엇에도 개의치 않고 그녀를 사랑하고 있습니다. 다행스러운 일입니다! 용기가 사라진 마지막 순간, 물속에 몸을 던지기 전 그녀는 정신을 잃고 강가에 넘어졌습니다. 홀트는 그녀를 바로 어머니에게 데려갔고, 그 농장에서 지금 그녀는 모두의 사랑 속에 보살핌을 받고 있습니다."

이름 없는 남자
The Nameless Man

로드리게스 오트렝귀 Rodrigues Ottolengui, 1861~1937

미국 사우스캐롤라이나 주에서 태어난 포르투갈 계 미국 작가이다. 치과의사이면서 월간지 『덴탈아트Dental Art』 편집자로도 활동했다. 대표적인 작품으로 「범죄의 아티스트」, 「증거의 충돌」, 「현대 마법사」, 「세기의 범죄」 등이 있다.

특별히 신경 써야 할 일도 없이 방에 앉아 있던 번즈 씨에게 손님이 찾아왔다는 말을 사환 소년이 전했다.
"이름은?" 번즈 씨가 물었다.
"없습니다!"
"그건." 탐정이 말했다. "이름을 말해주지 않았을 뿐이겠지. 당연히 이름은 있어. 모셔 오게나."
곧 손님이 와서 공손하게 인사하더니 이야기를 꺼냈다.
"명탐정 번즈 씨입니까?"
"제 이름이 번즈입니다. 당신의 성함을 알려주시겠습니까?"
"물론 그러고 싶습니다만, 사실은 잊어버렸습니다."
"이름을 잊어버렸다고요?" 번즈 씨는 흥미 있는 사건이라 여기고 조금 더 신중해졌다.
"그렇습니다! 바로 그 때문에 곤란을 겪고 있습니다. 제 자신을 잃어버린 것 같습니다. 그것이 여기에 온 목적입니다. 내가 누구인지 밝혀주시기 바랍니다. 보시다시피 다 자란 사람이기 때문에 제게도 과거가 있다고 자신 있게 말할 수 있습니다만, 그 과거의 기억이 백지 상태입니다. 오늘 아침 깨어나니 이랬습니다만 몸 상태는 멀쩡했기에, 명탐정에게 의견을 듣는 것이 좋겠다는 생각으로 조언을 얻은 끝에 이렇게 찾아왔습니다."

"제 관점에서는 매우 재미있는 사건이군요. 물론 당신에게는 불운한 일이겠지만요. 하지만 전례가 없는 것이 아닙니다. 실로 많은 사건이 기록되어 있습니다. 우선 안심하셔도 괜찮은 것이, 조만간 기억은 완전하게 돌아올 겁니다. 그렇지만 일찌감치 수수께끼를 해결하는 것도 좋겠지요. 그러려면 좀 폐를 끼칠지도 모르겠습니다. 몇 가지 여쭤보고 싶습니다만."

"좋으실 대로요. 할 수 있는 한 대답해드리겠습니다."

"자신이 뉴욕 사람이라고 생각하십니까?"

"그런지 아닌지 전혀 모르겠습니다."

"제 의견을 들으라는 조언이 있었다고 하셨는데, 누구에게 들으셨습니까?"

"제가 어제 묵었던 월도프 호텔 사무원한테요."

"그렇다면 제 주소도 그 사람한테서 들으셨겠군요. 사무실로 오는 길을 물어보셨습니까?"

"아, 아니요, 그러진 않았습니다. 신기하네요. 분명히 어렵지 않게 여기까지 왔습니다. 이건 중요한 사실인 것 같군요, 번즈 씨."

"뉴욕에 대해 잘 아시는 것으로 여겨집니다만, 그보다는 여기에 사시는 건지 아닌지 알 필요가 있습니다. 호텔 숙박부에는 어떻게 서명하셨습니까?"

"M. J. G. 레밍턴, 시티."

이름 없는 남자 59

"레밍턴은 당신의 이름이 아닌 게 확실한가요?"

"틀림없습니다. 아침식사 후 사무원이 두 번이나 그 이름을 불렀지만 저는 로비를 지나쳐버렸습니다. 결국 급사가 제 어깨를 두드리며 데스크에서 부른다고 일러주더군요. '레밍턴 씨'라고 부른 것을 알고는 무척 혼란스러웠습니다. 확실히 제 이름이 아닙니다. 제 자신의 상황을 전혀 이해할 수 없었기 때문에 "어째서 레밍턴이라고 부르는 거요?"라고 물었더니, 숙박부에 그렇게 쓰여 있다고 대답하더군요. 나는 얼버무리려 했습니다만, 사무원은 수상한 사람이라도 보는 듯한 얼굴이었습니다."

"호텔에 짐은 있었습니까?"

"전혀요. 가방조차 없었습니다."

"호주머니에 뭔가 단서가 될 만한 것은 있습니까? 예를 들면 편지라든지?"

"찾아보았습니다만 아무것도 없었습니다. 다행히 지갑은 있었습니다만."

"돈은 있었습니까?"

"500달러 정도요."

번즈 씨는 책상으로 가더니 종잇조각에 뭔가를 적었다. 그사이 의뢰인은 금 회중시계를 꺼내 문자판을 보고는 호주머니에 집어넣었다. 그때 번즈 씨가 의자를 돌리면서 말했다.

"멋진 시계로군요. 게다가 진기한 형태입니다. 저는 오래된 시계에 관심이 많습니다."

의뢰인은 잠깐 당황한 듯했지만 재빨리 시계를 꺼내며 대답했다.

"그다지 좋은 물건은 아닙니다. 그저 집안의 오래된 유물이겠지요. 그래서 제게는 다른 것보다 가치 있는 것이겠지만요. 그런데 번즈 씨, 제 사건 말입니다. 제 기억을 되찾는 데 얼마나 걸릴 것 같습니까? 잘못된 이름으로 생활하는 게 거북하군요."

"그러시겠지요. 전력을 다할 것입니다만, 단서가 전혀 없습니다. 즉 결과가 어떻게 될지 단언할 수 없군요. 그래도 48시간 정도면 충분할 것 같습니다. 그 정도면 당신에 대해서 뭔가 발견할 수 있을 겁니다. 모레 정오에 맞춰서 다시 와주시겠어요?"

"좋습니다. 그때 제가 누구인지 가르쳐주신다면 당신이 소문대로 명탐정이란 것도 더 확신할 수 있겠지요."

그가 일어나 떠나려고 할 때 번즈 씨는 책상 아래 단추를 발로 눌렀다. 그 건물의 다른 장소에서 벨이 울렸지만, 방에는 아무런 소리도 들리지 않았다. 이처럼 번즈 씨의 사무실을 방문한 인물은 감시원이 자신의 상사가 부를 때까지 하루 종일 거리에 대기하고 있다는 사실을 모른 채 떠나게 된다. 신호를 보낸 번즈 씨는 감시원이 정 위치에 도착할 수 있도록 대화를 이어가면서 기묘한 방문자의 출발을 늦추고 있었다.

"시간을 어떻게 보내실 건가요, 레밍턴 씨? 당신의 진짜 이름을 알아낼 때까지는 이렇게 부르는 것이 좋겠군요."

"예, 그게 좋겠군요. 48시간 동안 무엇을 하면 좋을까요? 관광을 하면서 시간을 보내는 것이 좋을까요? 산책하기에는 딱 좋은 날인데, 센트럴 파크에 가볼까 합니다."

"좋은 생각입니다. 그러시는 게 좋겠군요. 기억이 돌아올 때까지는 어떤 거래도 하지 마십시오."

"거래요? 왜요? 뭘 살 수는 있지 않을까요?"

"안 됩니다! 예를 들어 무슨 상품을 주문했다고 칩시다, 레밍턴이라는 이름으로 말입니다. 그럼 나중에 진정한 신원이 돌아왔을 때 사기꾼으로 체포될지도 모릅니다."

"솔직히 그런 생각은 전혀 못 했습니다. 제 입장은 생각보다 심각하군요. 주의시켜주셔서 감사합니다. 이틀 동안 관광이라도 하는 게 가장 안전한 계획 같습니다."

"저도 그렇게 생각합니다. 약속시간에 와주세요. 행운을 빕니다. 그전에 당신을 만날 필요가 있으면 호텔로 사람을 보내겠습니다."

"안녕히 가십시오"라고 덧붙인 번즈 씨는 책상으로 돌아왔다. 의뢰인이 방을 나가기까지는 서류를 읽는 데 몰두하는 것처럼 보였다. 방문객이 문을 닫고 나가자 탐정은 기대감에 찬 얼굴을 들어올렸다. 곧 책상 서랍 속 벨이 울렸는데, 이것은 방문객이 건물을 나왔다는 신호였다. 몇 분 후에는 번즈 씨 자신도 완전히 다른 복장으로 나타났는데, 머리카락 색도 바뀌어서 그가 누구인지 알아채려면 제법 자세히 응시해야 할 것이었다.

큰길로 나왔을 때 의뢰인은 어디에도 보이지 않았다. 번즈 씨는 맞은편 출입구로 가서 푸른 색연필로 쓴 '북쪽'이라는 글자를 찾아내자마자 다음 모퉁이까지 북쪽으로 서둘러 가서 다시 문기둥을 살펴 '오른쪽'이라는 글자를 찾아냈다. 앞서 가는 남자가 어느 쪽으로 돌았는지 표시한 것이었다. 그는 여기서부터는 아무 표적도 없을 것이라고 생각했다. 이것은 의뢰인을 쫓는 감시원도 자신의 고용인이 직접 미행에 나서리라고는 생각하지 못했기 때문이다. 문에 적힌 두 표시는 단순한 방향 표시로, 번즈 씨가 만약 뒤를 따라간다면 도움이 된다. 그렇다면 두 번째 표시에 다다를 무렵에는 감시원을 볼 수 있으리라 예상할 수 있었다. 이러한 예상대로 번즈 씨는 모퉁이 오른쪽으로 돌아간 다음 두 블록째에서 간단히 부하를 찾아냈고, 곧 레밍턴도 보일 정도로 가까워졌다.

번즈 씨의 추적은 의뢰인이 공원에 들어가는 것을 볼 때까지 계속되었다. 놀랍게도 탐정과 이야기한 대로 실행하고 있었다. 그는 5번가에 접한 문으로 들어가 동물원 쪽으로 걸어갔는데, 여기서 흥미 있는 사건이 일어났다. 방문객이 원숭이 우리 앞의 혼잡한 인파 속으로 들어가 이 우스꽝스럽고 장난스러운 동물을 즐기고 있을 때였다. 번즈 씨가 뒤로 다가가서 그의 코트 속 손수건을 솜씨 좋게 빼내어 재빨리 자신의 손수건과 바꿔치기했다.

다음 날 정오가 되기 전, 번즈 씨는 5번가 호텔 열람실로 서둘러 갔다. 한쪽 구역에 훌륭한 마호가니로 장식된 회의실이 있고, 그곳에는 상부가 유리로 된 이중문이 달린 독실들이 있었다. 유리는 노란 비단 커튼으로 장식됐으며 중간에는 흰 도자기제 숫자가 보였다. 이 독실은 전화실로 사용되고 있어서 이용자가 문을 꼭 닫으면 바깥과는 완전히 차단되었다.

번즈 씨는 담당 여직원에게 말한 뒤 5번 독실로 안내되었다. 5분도 지나지 않아서 르로이 미첼 씨가 열람실로 왔다. 바쁜 듯한 얼굴로 서류와 메모를 살펴보며 날카로운 눈으로 근처를 응시하더니 1번이 붙은 독실에 들어갔다. 충분한 시간이 지난 후 다시 나온 그는 요금을 지불하고 호텔을 떠났다. 번즈 씨도 나왔는데, 매우 만족스러운 표정이었다. 하지만 메인 로비를 지나 브로드웨이까지 미첼 씨를 미행하는 대신 열람실을 가로질러 옆문을 통해 23번가로 나왔다. 그곳에서 전차를 타고 중심가로 향했다. 20분 후 그는 미첼 씨의 집 벨을 누르고 있었다. 벨이 울리자 나온 하인은 주인이 집에 안 계시다고 말했다.

"하지만 점심식사 때는 돌아오시겠지?"

"그렇습니다."

"미첼 부인은 계신가?"

"안 계십니다."

"로즈 양은?"

"계십니다."

"아! 그렇다면 기다릴 테니 명함을 전해주게나."

번즈 씨가 호화로운 응접실에 들어가자 곧 미첼 씨의 양녀 로즈가 나왔다.

"아빠가 안 계셔서 죄송합니다." 젊은 여인이 말했다. "기다리시면 점심 때 오실 거예요."

"아, 고맙습니다. 그렇게 하지요. 모처럼 여기 왔으니 잠시 기다리겠습니다. 다만 그렇게 중요한 용건은 아닙니다만."

"재미있는 사건이라도 있나요? 제게도 좀 알려주세요. 아시다시피 저도 아빠만큼 알고 번즈 씨 사건에 흥미가 있어요."

"그렇죠. 알고 있어요. 그렇게 말해주시니 기쁘군요. 하지만 유감스럽게도 지금으로서는 이렇다 할 정도의 사건은 없어요. 제 용무는 간단해요. 며칠 전에 아버님이 자전거를 사고 싶다고 말씀하신 적이 있을 겁니다. 그런데 어제 우연히 신형 자전거를 봤는데, 지금까지 나온 것 중 최고가 아닐까 합니다. 한 번쯤 보고 나서 자전거를 선택하는 게 어떨까 해서요."

"유감입니다. 너무 늦으셨네요. 아빠는 이미 자전거를 사셨답니다."

"정말입니까! 어떤 모델을 사셨나요?"

"저는 전혀 모르지만, 보고 싶으시면 아래 홀에 놓여 있어요."

"그럴 필요는 없겠네요, 로즈 양. 어쨌든 나는 새 모델에 흥미가 있는 것은 아니라서 아버지가 마음에 드는 것을 찾으셨다면 다른 제품은 이야기할 필요가 없어요. 구입을 후회하게 만들지도 모르니까요. 다시 생각해보니 아래층 식당으로 안내해주시면 고맙겠군요. 아버님이 사냥했다고 자랑하시던 큰사슴 머리를 보고 싶군요. 지금쯤이면 박제사가 돌려보냈을 텐데요."

"예, 그러죠! 그건 정말 괴물이라니까요. 이쪽으로!"

그들은 식당으로 내려갔고, 번즈 씨는 큰사슴의 머리를 칭찬하고, 미첼 씨의 사격 솜씨에 경의를 표했다. 하지만 로즈가 식당 블라인드를 여는 동안 그는 현관에 놓인 자전거를 꼼꼼히 관찰했다. 그리고 응접실에 돌아와 잠시 이야기를 나누다가 더 기다릴 수 없겠다며 자리에서 일어났다. 그리고 다음 날 정오에 방문하시길 바란다고 아버지에게 전해줄 것을 로즈에게 부탁했다.

약속시간 정각에 레밍턴이 왔다는 말이 전해졌다. 탐정은 방에 있었다. 르로이 미첼 씨는 몇 분 전에 와 있었다.

"레밍턴 씨를 모셔 오게." 번즈 씨가 사환 소년에게 말했다.

레밍턴 씨가 들어오더니 제3자가 있는 것을 보고 놀라기도 전에 탐정이 말했다.

"미첼 씨, 이분이 당신과 만나 뵙게 하고 싶었던 신사입니다. 소개하죠, 모티머 J. 골디 씨입니다. 스포츠 애호가 사이에서는 G. J.

모티머로 알려져 있는 단거리 자전거 레이서입니다. 이분은 최근 4분의 1마일 트랙에서 1분 56초라는 경이적인 시간으로 1마일을 완주했습죠."

번즈 씨는 두 사람에게 묻는 듯 만족스러운 표정으로 양쪽을 응시했다. 미첼 씨는 대단히 흥미를 띠어 보였지만 새로운 손님은 크게 놀랐다. 어안이 벙벙해 번즈 씨를 보고 있던 그는 의자에 쓰러지듯 앉으며 물었다.

"도대체 어떻게 알았습니까?"

"그다지 어려운 일은 아니었습니다." 탐정은 대답했다.

"좀 더 자세하게 이야기할 수 있지요. 당신의 과거도 알려드릴 수 있습니다. 내가 말하는 것이 진실하다고 인정하실 수 있을 정도로 기억이 완전하게 돌아왔다면요."

번즈 씨는 미첼 씨를 향해 의미심장하게 윙크했다. 미첼 씨는 크게 웃다가 간신히 입을 열었다.

"패배를 인정하는 것이 좋겠네, 골디. 번즈 씨는 우리 힘에 겨운 상대야."

"하지만 어떻게 알았는지 알고 싶군요." 골디 씨가 말했다.

"번즈 씨는 틀림없이 만족시켜주겠지. 게다가 어떻게 우리가 계획한 문제를 이렇게 빨리 풀 수 있었는지 나도 흥미가 있는걸."

"기꺼이 탐정 기술을 알려드리지요." 번즈 씨가 말했다. "이쪽 신사분이 이틀 전 제게 오신 것부터 시작하지요. 이분 이야기는 처음부터 의심스러웠습니다만, 그걸 눈치채지 못하게 노력했습니다. 그는 자신의 정체를 모른다고 말했는데, 나는 그런 사례가 드물지 않다고 했습니다. 그건 이야기를 의심하지 않는다는 것을 증명하기 위해서였습니다. 그런데 실제로 만약 이야기가 사실이었다면 정말 드문 사건이었어요. 기억을 잃은 사람이 이름을 잊는 일은 있지만, 이름을 잊은 사람이 동시에 자신이 한 일을 기억한다는 경우는 들어본 적이 없거든요."

"대단하네, 번즈 씨." 미첼 씨가 말했다. "그렇게 빨리 속임수를 알아차릴 줄이야. 확실히 꽤 날카롭군."

"예, 그렇게 일찌감치 의심했다고 말할 수는 없습니다만, 있을 것 같지 않은 이야기여서 그냥 믿을 수는 없었습니다. 그러므로 그 이후의 대화를 매우 주의 깊게 끌고 갔습니다. 자신에 대해서는 잊었는데, 뉴욕에 대해서는 기억한다는 점도 놓칠 수 없었습니다. 특별한 안내 없이 여기에 왔다고 인정했으니까요."

"기억합니다." 골디 씨가 말참견했다. "중요한 일인가 하고 일부러 물어보았을지도 모른다고 생각했지요."

"그러므로 적어도 뉴욕은 알고 있는 것처럼 이야기했어요. 그걸 더욱 증명한 것은 센트럴 파크에서 하루를 보낸다고 말씀하시고 이곳을 떠난 뒤 아무 어려움 없이 그쪽으로 향하는 것을 보았을 때입니다."

"저를 미행하셨다는 말입니까? 제 뒤에는 아무도 없었어요."

"예, 미행했습니다." 번즈 씨는 웃는 얼굴로 대답했다. "미행한 것은 제 직원입니다. 공원에서는 제가 직접 미행했습니다만. 그렇지만 당신의 이야기와 나의 추리에 대해 다음을 분명하게 합시다. 당신은 'M. J. G. 레밍턴'이라고 적었다고 했습니다. 이것을 이해하게 되자 큰 도움이 되었어요. 잠시 뒤에 당신은 회중시계를 꺼냈는데, 책상 거울에 비친 것을 보고, 이것은 방문객에게 등을 돌리고 있을 때 사용합니다만, 뚜껑 바깥에 이름이 있는 것을 눈치챘습니다. 나는 뒤돌아보고 시계에 대해서 물었습니다만, 당신은 당황해 호주머니에 넣으면서 '오래된 유물'이라고 말했습니다. 그런데 만약 자신이 누군지 잊었는데 어떻게 그런 일을 알았는지 설명할 수 있습니까?"

"잘 당했군, 골디. 완전한 실수였어." 미첼 씨가 웃었다.

"바보 같은 실수였지요." 골디 씨도 웃었다.

"그렇다면 이름을 잊었을 리 없다는 것을 알게 된 이유는 아시겠지요. 반대로, 나는 당신의 이름이 시계에 일부 적혀 있다고 확신했습니다. 그렇다면 무슨 목적으로 거짓말을 하는 것일까, 당장은 알 수 없었습니다. 그렇지만 먼저 나서서 당신의 정체를 밝히려고 마음먹었습니다. 다음으로 두 가지 점을 눈치챘습니다. 당신의 상의가 열렸을 때 조끼에 자전거 배지가 있는 것이 보였습니다. 그것으로 미국 자전거연맹의 기장이라는 것을 알았습니다."

"아이쿠! 부끄러운 줄 알게나, 골디." 미첼 씨가 외쳤다.

"배지는 까맣게 잊고 있었어요." 골디가 말했다.

"게다가 당신이 다리를 꼬았을 때 구두 바닥에 움푹 파인 걸 보고 배지를 볼 것까지도 없이 당신이 자전거를 타는 사람임을 알았습니다. 그럼 이름과 그 중요성의 문제로 넘어가지요. 당신이 정말로 기억을 잃었다면, 호텔에서 기재할 때 선택한 이름은 아무런 의미도 없었겠지요. 그런데 당신이 저를 속이려 한다는 것을 안 순간, 당신이 선택한 이름은 신중한 생각의 결과임을 알았습니다. 거기서 추론한 것이지요."

"오! 재미있는 지점에 접어들었군." 미첼 씨가 말했다. "나는 탐정이 두뇌를 사용하는 이야기를 듣는 것이 즐겁다네."

"저는 확인하려고 직접 숙박부를 보았습니다만, 기재된 이름은 기묘한 것이었습니다. 머리글자 세 개는 드뭅니다. 기억을 잃고 정신적으로 불안정한 사람은 그런 여러 개의 머리글자를 선택할 리 없습니다. 그럼 이번에는 왜 그랬을까요? 세 개의 머리글자가 진짜 이름을 나타낸다는 것이 자연스러운 해석이 아닐까요? 가명이라고 가정하면, 일정한 방법으로 본명을 늘어놓고 바꾸는 것이 일반적입니다. 적어도 그것이 가장 그럴듯한 가설이었습니다. 게다가 성姓은 중요합니다. 레밍턴. 레밍턴 사社는 소총이나 재봉틀, 타자기나 자전거를 제조하고 있습니다. 그래서 저는 이 남자가 자전거를 타는 사람이라고 확신했습니다. 가명 일부에 자신의 머리글자를 선택했다면, 그에게 익숙한 점이 있기 때문에 '레밍턴'을 선택했다는 생각도 있음직합니다. 대화 중에 저는 이자가 레밍턴 자전거의 대리인일까 하는 생각도 들어서 기억이 돌아올 때까지는 아무것도 사지 말라고 조언했습니다. 공원에서 손수건을 실례했을 때 제 생각이 옳다는 것을 확신했지요. 같은 M. J. G라는 머리글자가 있었습니다."

"자신의 표시를 옷감 조각에 붙이고 있었다니! 최악이로군, 최악! 자넨 범죄로 성공할 순 없을 걸세, 골디."

"아마 그렇겠지요! 그렇다고 해서 슬퍼하진 않겠습니다."

"이때만 해도 성공을 확신했습니다. 그런데 다음 단계에서 저는 좌절했습니다. 회원 명단을 살펴봐도 딱 들어맞는 이름이 눈에 띄지 않았죠. 여러분도 곧 이해하셨겠지만, 말하자면 '재료가 너무 많아서 수프가 엉망'이었던 것입니다. 손수건이 없으면 좀 더 나았겠지요. 다음으로 저는 레밍턴 사 카탈로그를 확보해 공인 대리인의 목록을 살펴보았습니다만, 이것도 실패였습니다. 사무소에 돌아오니

제 정보원에게서 온 보고서가 있었습니다. 그것에 의해 새로운 길이 열릴 것 같았습니다. 그가 당신을 미행하고 있었지요, 골디 씨. 아는 사람을 피한다는 점으로는 잘 연기하셨습니다. 그렇지만 드디어 당신은 공중전화로 들어가 누군가에게 전화했어요. 제 부하는 당신이 누구와 통화하는 것인가 알아내는 것이 중요하다고 생각해서 전화 교환원에게 뇌물을 주고 정보를 얻었습니다. 그런데 5번가 호텔 전화실로 통화했다는 것밖에 알 수 없었습니다. 부하는 하잘것없다고 생각한 것 같습니다만, 저는 이것이 누군가와의 공모이며, 당신의 동료가 상대가 약속한 장소에 대기하고 있다는 것을 알았습니다. 그때가 정오였기 때문에 다음 날, 즉 어제 같은 시간 조금 전 5번가 호텔 전화실로 가서 한가운데의 독실에 숨어 있었습니다. 당신의 동료가 무슨 이야기를 하는지 듣고 싶었어요. 그건 실패했습니다. 독실은 소리가 완벽하게 차단되어 있더군요. 그렇지만 미첼 씨가 독실에 들어가는 것을 보았을 때의 제 기쁨을 상상해주셨으면 합니다."

"어째서?"

"당신을 본 순간 모든 계획을 이해할 수 있었습니다. 제 능력을 시험한다는 기분상의 전환거리를 꾸며낸 것은 당신이었던 것입니다. 이것으로 결국 기억을 상실한 체하는 이유를 알았습니다. 당신이 꾸미고 있다는 것을 안 이상 저는 그 이상의 사실을 얻으려고 결심했습니다. 당신이 외출 중이라는 걸 알고 당신 집에 서둘러 갔습니다. 로즈와 이야기를 나누기 위해서요. 당신의 가족 중에서는 가장 정보를 얻기 쉬운 사람이니까요."

"이런, 젠장! 번즈 씨." 미첼 씨가 말했다. "순진한 아이를 이용하다니! 뻔뻔스럽군!"

"전혀 부끄럽지 않아요. 어쨌든 잘 되어갔습니다. 현관에서 골디 씨의 자전거를 찾아냈는데, 예상대로 레밍턴이었습니다. 번호를 적어 대리점에서 확인해보니 간단하게 발견되었습니다. 등록번호 5086은 정규 레이스 팀 멤버인 G. J. 모티머였습니다. 모티머의 본명이 모티머 J. 골디라는 것도 알았습니다. 저는 완전히 만족했어요. 어쨌든 가명에 관한 추리가 옳았음을 증명했기 때문이죠. 경기 때의 이름은 성만 바꿔 넣었을 뿐이었습니다. 물론 시계는 상품이었고, 당신은 골디 씨라는 이름으로 알려져 있었어요. 보여주려 하진 않으셨습니다만."

"물론입니다. 그러므로 호주머니에 넣었습니다."

"방금 전 말한 대로 실례한 손수건이 없었으면 좀 더 잘 할 수 있었습니다. 그 탓에 제가 연맹의 목록을 보고 G 항목만 찾아보게 됐지요. 그게 없었다면 G나 J, M의 항목도 조사했겠지요. 어떤 식으로 문자를 넣어 바꾼 것임을 모르고 말입니다. 그렇다면 'G. J. 모티머'를 찾아내서 바른 길을 가고 있었음을 머리글자가 증명해줬겠지요."

"잘했네, 번즈 씨." 미첼이 말했다. "나는 자네를 한번 놀려주고 싶어서 당분간 이름 없는 남자를 연기해주도록 골디에게 부탁했지. 그런데 자네가 오히려 우리에게 한방 먹였군. 하지만 나는 자신 있게 말할 수 있네. 내가 주역을 연기했다면 이렇게 빨리 정체를 간파할 수 없을 거라고."

"아, 잘 모르겠습니다." 번즈 씨가 말했다. "우리 두 사람 모두 좀 자부심이 강하지요."

"틀림없지. 언젠가 다시 자네에 대한 함정을 팔 때는 내가 직접 하겠네."

"이만큼 즐거운 일은 없지요." 번즈 씨가 말했다. "하지만 여러분, 이 하찮은 게임에서 진 이상 어느 분이건 저어도 식사는 한턱 내셔야겠지요."

"기꺼이 내가 사지." 미첼 씨가 말했다.

"말도 안 돼요. 내 실수로 졌으니 내가 사겠습니다." 골디 씨가 끼어들었다.

"두 분이 정하세요." 번즈 씨가 외쳤다. "어서 갑시다. 저는 배가 고파서요."

그들은 곧 델모니코 식당으로 향했다.

마리 로제 수수께끼
The Mystery of the Marie Rogêt

에드거 앨런 포 Edgar Allan Poe, 1809~1849

19세기 미국의 시인이자 소설가, 비평가. 1809년 미국 보스턴에서 태어나 젊은 시절 궁핍한 생활 속에서 주벽과 도박에 빠지기도 했다. 10대 후반부터 몇 권의 시집을 발표했으나 빛을 보지 못했고, 1830년대 초부터 소설을 쓰기 시작해 특히 단편소설에서 오늘날까지도 그 천재성을 인정받고 있다. 대표 작품으로 「황금 풍뎅이」 「어셔 가의 몰락」 「모르그 가의 살인」 「큰 소용돌이에 빨려들어서」 「검은 고양이」 「도난당한 편지」 등이 있다

매몰찬 사상가들 중에도 논리적으로 그저 '단순한' 우연의 일치로만 여길 수 없을, 참으로 어마어마한 '우연의 일치'에 맞부딪쳐 부지불식간에 초자연적인 현상이 믿어지는, 비이성적이면서도 두려움에 찬 심정을 느껴보지 않은 사람은 없을 것이다.

이러한 마음의 느낌, 말하자면 내가 말하는 심정이 믿어진다는 불합리한 느낌은, 우연성의 원리, 조금 더 전문적으로 말해 확률론으로만 설명 가능하다 해도 좀처럼 완벽하게 제거할 수 없다. 근본적으로 확률론은 순수하게 수학적인 것이며, 따라서 우리는 과학 가운데에서도 가장 엄격한 과학을, 어림할 수 없는 망령과 영성이라는 사념에 변칙적으로 적용하는 짓이나 다름없다.

내가 이제야 속속들이 밝히는 아주 특이한 사건 이야기는 시간 순서로 보아 잇따라 일어난 이해하기 어려운 '우연의 일치' 중 그 첫 단초를 이루는 것이다. 그리고 그 두 번째 또는 마지막 단초는 얼마 전 뉴욕에서 있었던 메리 시실리어 로저스 살인사건이라는 사실을 누구나 인정하게 될 것이다.

'모르그 가(街)의 살인'이라고 이름 붙인 1년 전의 글에서, 내 친구인 의협 C. 오거스트 뒤팽의 성품 가운데 어떤 놀랄 만한 특징들을 그리려 했을 때에는 이 화제를 또다시 들먹거리게 되리라곤 생각지도 못했다. 그의 성격 묘사는 내 의도였으며, 그것은 뒤팽을 쉽게 설명하기 위해 연속적인 색다른 사건들을 완벽하게 인용한 것이다. 다른 본보기를 인용했다 해도 그 이상의 것을 이야기하지는 못했을 것이다.

그러나 근래의 사건들은 놀랄 만한 진전을 보여 나로 하여금 더욱 자세한 이야기를 하지 않을 수 없게 만들었다. 따라서 내가 밝힐 다음의 이야기는 스스로 강요한 것이나 다름없다. 나는 최근에 그 이야기를 듣고 나서 아주 오래전 내가 보고 들은 일들에 관해 침묵을 지킬 수가 없게 되었다.

레스파네 부인과 딸의 죽음에 얽힌 참극이 마무리되자 뒤팽은 곧 그 사건을 깨끗이 잊어버리고 다시 천성인 시무룩한 몽상 속으로 빠져 들어갔다. 나 역시 방심하기는 마찬가지여서 곧 그의 기분에 함께 젖어들고 말았다.

포브르 생제르맹에 위치한 우리의 방에 줄곧 머무르며, 미래는 바람에 내맡기듯 현재 속에 조용히 잠든 우리는 주변의 따분한 세계를 꿈으로 엮어가고 있었다.

이러한 꿈들이 전혀 방해를 받지 않은 것은 아니었다. 모르그 가 사건에서 이 친구가 해낸 연기가 파리 경찰들의 마음속에 깊은 인상을 심어주었으리라는 건 누구나 쉽게 상상할 수 있을 것이다.

경관들은 뒤팽의 이름을 입버릇처럼 떠올리기에 이르렀다. 그 미스터리를 해결한 그의 귀납적 추리의 단순성에 대해 나 아닌 어느 누구에게도, 심지어 경찰국장에게도 설명해주지 않았으므로 그 일이 기적처럼 여겨지고 뒤팽의 분석력이 뛰어난 직관으로 여겨지게 된 것은 물론 조금도 이상할 게 없다.

그의 솔직성은 모든 질문자를 그러한 오해로부터 해방시켜줄 만했지만, 그의 게으른 기질로 인해 그는 이미 오래전에 관심을 잃은 화제를 더 이상 꺼내고 싶어 하지 않았던 것이다.

이런 까닭으로 그는 경찰의 눈길을 끌어 경찰국에서 그의 도움을 얻으려고 한 사건도 결코 적지 않았다. 그 가장 두드러진 예가 마리 로제라는 젊은 여인의 살인사건이었다.

이 사건은 저 모르그 가의 참극이 있은 지 2년쯤 뒤에 일어났다. 세례명과 성이 너무나 가여운 '담배 파는 소녀'와 매우 비슷해 누구나 떠올리고 말 마리는 에스텔 로제라는 과부의 외딸이었다. 아버지는 마리가 갓난아기일 때 사망했고, 그로부터 이 이야기의 주제인 살인이 일어나기 18개월 전까지 어머니와 마리는 파베 생탕드르 거리(나소 거리)에서 함께 살았다. 그리고 거기서 어머니는 딸의 도움을 받으며 하숙을 쳤다.

딸이 스물두 살 되었을 때 그녀의 뛰어난 아름다움이 팔레 로와이얄의 지하실에 가게를 가지고 있는 한 향수 상인의 눈길을 끌었다. 이 사나이의 단골은 주로 그 거리에서 기생하는 망나니 사기꾼들이었다.

이 향수 상인 르 블랑(앤더슨) 씨가 자신의 가게에 아름다운 마리를 두면 얼마나 이익이 클지쯤은 파악한 상태였다. 그래서 후한 급여를 조건으로 그녀에게 제의했는데, 어머니는 내키지 않았지만 마리는 기꺼이 받아들였다.

가게 주인의 예상이 들어맞아 그의 가게는 이 싱싱한 여점원의 매력으로 금방 유명해졌다.

그런데 마리는 이 가게에서 일을 시작한 지 1년쯤 되자 갑자기 자취를 감추어 그녀의 숭배자들을 당황하게 했다. 르 블랑 씨는 그녀가 자취를 감춘 까닭을 알 수 없었고, 로제 부인은 불안과 공포에 사로잡혀 정신이 없었다.

마리가 나타난 것은 신문이 곧 이 사건을 다루고 경찰이 본격적인 수사를 시작하려고 할 무렵인, 실종 일주일 뒤의 어느 맑게 갠 아침이었다. 그녀가 건강한 모습으로, 그러나 좀 슬픈 빛을 띤 얼굴로 향수가게에 있는 카운터에 다시 모습을 나타냈다. 물론 사사로운 질문을 제외하고는 모든 조사가 곧 중지되었다.

모든 질문에 대해 마리는 어머니와 입을 모아 지난주 내내 시골 친척집에서 지냈다고 대답했다. 르 블랑 역시 그에 대해 아무것도 모른다고 말했다.

이리하여 이 사건은 잠잠해지고 세상에서도 잊혀졌다. 귀찮은 추궁을 피하기 위해서인지 딸은 향수가게를 그만두고 다시 파베 생탕드르 거리의 어머니 집에서 살게 되었다.

집으로 돌아온 지 3년쯤 지나 마리가 또다시 갑자기 자취를 감추어 친구들을 놀라게 했다. 사흘이 지나도록 아무 소식이 없었다. 그리고 나흘째 되던 날 그녀의 시체가 센 강의 파베 생탕드르 거리 맞은편 강 언저리에 떠 있는 게 발견되었다. 그곳은 룰르 관문(위호큰)의 외진 동네에서 그리 멀지 않은 곳이었다.

대번에 살인으로 판단된 사건의 극악함은 피해자의 젊음과 미모, 그리고 마리의 과거에 대한 소문과 겹치며 파리 시민들의 민감한 마음을 크게 자극했다. 이와 비슷한 사건 중에 이만큼 파리 사람들에게 커다란 영향을 미친 사건은 본 기억이 없다.

　몇 주일 동안 사람들은 이 하나의 화제에만 몰두하여 그날그날의 정계 토픽마저 잊을 정도였다.

　경찰국장은 비상한 노력을 기울였고, 파리의 모든 경찰이 온 힘을 다해 사건 수사를 했다. 시체가 처음 발견되었을 때는 범인이 수사망을 피할 수 없을 것이라 여겨졌다. 일주일이 지나기 전까지는 현상금을 걸 필요도 없다고 생각했다. 일주일이 지나 현상금을 내걸었을 때에도 아직 1천 프랑을 넘지 않았다.

　현명한 방식은 아닐지라도 수사가 활발히 진행되는 동안 많은 사람이 취조를 받았다. 그러나 어떤 단서조차 찾아내지 못하자 시민들의 흥분은 말할 수 없을 정도로 높아졌다.

　열흘 뒤 마지막 현상금 액수를 두 배로 올리는 게 바람직하다고 논해졌다. 그러나 어떤 단서도 잡지 못한 채 2주일이 지나자 경찰에 대한 파리 시민들의 반감이 폭발하여 몇 차례 심각한 소동까지 일어났다. 경찰국장은 '살인범 제보'나, 두 명 이상의 범인이 관련되었다는 사실이 밝혀질 경우 '살인범 한 명에 대한 제보'라 해도 2만 프랑의 현상금을 준다고 널리 알리기에 이르렀다. 현상금을 내건 이 포고문에는 동료를 고발한 공범자에게는 무죄 석방한다는 약속마저 포함되어 있었다. 그리고 이 포고문이 게시된 곳은 어디나 경찰국이 제공한 금액 외에 1만 프랑을 더 주겠다는 시민위원회의 게시물 역시 덧붙었다.

　현상금 총액이 3만 프랑이 넘는다는 것은 그 피살된 여자의 사회적 신분이나 대도시에서 이 같은 흉악 범죄가 발생하는 빈도를 생각한다면 실로 엄청난 사건이라고 할 수 있다.

살인사건은 금세 해결될 것 같았다. 그러나 사건과 밀접한 관련이 있다는 용의자 체포는 한두 번 있었지만, 그 용의자들을 유죄로 인도할 증거조차 없이 그들은 석방되기에 이르렀다.

이상하게 들리겠지만, 마리의 시체가 발견되고 3주가 지나도록 실마리조차 얻지 못한 이 떠들썩한 사건에 대해 우리는 알지 못했다. 당시 우리는 우리 주의를 완전히 빼앗는 연구에 몰두한 나머지, 거의 한 달 동안 외출 한 번 하지 않았고, 손님 한 명 들이지 않았으며, 늘 보던 신문의 정치기사조차 읽지 않을 정도였다.

우리가 이 살인사건을 처음 안 것은 직접 찾아온 경찰국장 G의 입을 통해서였다. 18XX년 7월 13일 이른 오후에 그는 우리를 찾아와 밤늦게까지 앉아 있었다.

그는 범인을 잡아내려는 자기의 모든 노력이 실패로 돌아간 데 대해 몹시 짜증 나 있었다. 그 자신의 명성이 걸려 있으며, 그의 명예에도 관련되는 일이고, 세상의 눈이 그에게 쏠려 있었으므로 이 수수께끼를 밝혀내기 위해서라면 어떤 희생도 사양하지 않겠다고 그는 파리 시민 특유의 태도로 말했다. 마지막으로 그는 뒤팽의 '재치'에 대한 찬사로 이 우스꽝스러운 이야기의 끝을 맺었다.

그리고 나서 뒤팽에 대해 직접적이고도 확실하며 후한 제의를 했다. 이 이야기 내용과는 아무 관계없는 일이므로 그 정확한 액수는 밝히지 않겠다.

뒤팽은 그 제안을 받아들였다. 사실 후한 제의라 해도 미미하기 그지없지만, 액수가 정해지고 나자 경찰국장은 곧 이 사건에 관한 그의 견해를 늘어놓기 시작했다. 그는 이따금 증거에 대한 장황한 설명을 덧붙이곤 했는데, 당연히 우리는 아직 모르는 증거들이었다.

경찰국장은 많은 말을 했다. 물론 박식하게 이야기했음은 말할 나위도 없다. 한편 나는 밤이 점점 이슥해짐에 따라 이따금 한마디씩 던져볼 뿐이었다.

뒤팽은 언제나처럼 팔걸이의자에 꼼짝도 않고 앉아 있는 폼이 자못 열심히 듣고 있는 듯한 태도였다. 그러나 이 회견 동안 줄곧 안경을 쓰고 있었는데, 그 녹색 안경 밑을 한번 흘끗 바라본 것만으로도 나는 그가 경찰국장이 물러가기까지 그 따분한 일고여덟 시간 내내 소리 하나 내지 않고 푹 자고 있었다는 걸 충분히 알 수 있었다.

이튿날 아침 나는 경찰국에 가서 지금까지 수집된 모든 증거에 대한 완전한 보고서를 손에 넣었다. 또 각 신문사를 찾아가 이 슬픈 사건에 관해 처음부터 끝까지 결정적 정보가 실려 있는 모든 신문을 1부씩 얻어왔다. 확실하게 반증이 나와 있는 것을 모두 빼고 나면 그 정보는 대부분 다음과 같다.

마리 로제는 18XX년 6월 22일 일요일 아침 9시쯤, 파베 생탕드르 거리의 어머니 집을 나섰다.

도중에 마리는 자크 생 테스타슈(폐인)를 만나 그에게만 데드로메 거리의 아주머니 집에서 놀다 오겠다고 알렸다. 데드로메 거리는 짧고 폭이 좁지만 번화한 거리로 센 강 기슭에서 그리 멀지 않고, 로제 부인의 하숙에서 직선 길이로 3킬로미터쯤 떨어져 있었다.

생 테스타슈는 마리의 약혼자로 그녀 집에 하숙하고 있었다. 그는 저녁때 약혼녀를 마중 가 집에 함께 돌아오기로 했다. 그런데 오후에 심한 비가 내리기 시작했다. 이런 경우 몇 번 그런 적이 있어 마리가 아주머니 집에서 밤을 지내리라 보고 그는 약속과 다르게 마중을 가지 않았다. 밤이 다가올 무렵 일흔 살의 병약한 로제 부인은 '마리를 이제 두 번 다시 볼 수 없을지 모른다'는 불안한 심정을 나타냈지만, 이 말이 그때는 거의 주의를 끌지 못했다.

월요일이 되어서야 마리가 데드로메 거리에 가 있지 않은 게 밝혀졌다. 그녀로부터 아무 소식이 없는 채 그날이 지나자 늦게나마 시내와 변두리 몇 군데에서 수사가 시작되었다. 그러나 실종 뒤 나흘째까지는 그녀에 관해 납득할 만한 일이 아무것도 확인되지 않았다.

그날, 그러니까 6월 25일 수요일, 파베 생탕드르 거리 맞은편 센 강가의 룰르 관문 언저리에서 친구 한 명과 함께 마리의 행방을 찾고 있던 보베(크로믈린)라는 사람이 어부들이 지금 막 강물에 떠 있던 시체를 기슭으로 끌어올렸다는 소문을 들었다. 그 시체를 보고 보베는 좀 머뭇거린 끝에 향수가게 아가씨가 틀림없다고 증언했다. 그의 친구는 좀 더 빨리 그것을 확인했다.

얼굴이 온통 검붉은 피로 범벅되어 있었는데, 그 일부는 입에서 나온 피였다. 단순한 익사자에게서 볼 수 거품이 아니었다. 세포조직의 변색도 없었다. 목 언저리에 타박상과 손가락 자국이 있었다.

두 팔은 가슴 위에 구부린 채로 굳어 있었다. 오른손은 꽉 쥐어 있고 왼손은 조금 벌어져 있었다. 왼쪽 팔목은 살갖이 두 줄로 둥그렇게 벗겨져 있었는데 분명 두 가닥의 밧줄 자국이거나 한 가닥의 밧줄을 두 번 감은 자국임이 틀림없었다.

오른쪽 팔목 일부도 벗겨지고 등도 모조리 벗겨졌는데, 특히 어깨뼈 언저리가 심했다. 시체를 기슭으로 끌어올릴 때 어부들이 밧줄을 걸기도 했지만, 그 벗겨진 상처는 그 때문에 생긴 것은 아니었다.

목의 살은 몹시 부어 있었다. 베인 상처 같은 것은 보이지 않고 얻어맞은 것으로 여겨지는 타박상도 전혀 없었다. 그런데 거의 눈에 띄지 않을 만큼 단단하게 목을 감고 있는 레이스 조각이 발견되었다. 그것은 완전히 살 속에 파묻혀 왼쪽 귀 바로 밑에 있는 매듭으로 매어져 있었다. 이것만으로도, 그녀를 죽이기에 충분했을 것이었다.

검시의는 사망자에 대해서 자신 있게 보증했다. 야만적이고 비열한 폭행을 당했다는 것이다. 시체가 발견되었을 당시의 모습은 친구라면 누구나 그녀를 알아보기 쉬울 만한 상태였다.

옷은 몹시 찢어진 채로 마구 흐트러져 있었다. 겉옷은 밑자락에서 허리 부분까지 30센티미터가량 조각으로 찢겨 있었지만 떨어져 나가지는 않았다. 그것은 허리를 세 바퀴 감고 등에 어떤 종류의 매듭으로 매어져 있었다.

프록코트 바로 밑에 입은 드레스는 고급 모슬린 천이었는데, 이 드레스에서 폭 45센티미터 정도의 조각이 완전히 떨어져나갔으며 아주 고르고 꼼꼼하게 찢겨져 있었다. 그리고 이 천 조각은 목 둘레에 느슨하게 감긴 채 단단한 매듭으로 매어져 있었다.

이 모슬린 조각과 레이스 조각 위에는 보닛* 끈이 감겨져 있고 거기에 보닛이 매달려 있었다. 이 모자 끈을 매어놓은 매듭은 여자용 장식매듭이 아니라 '풀매듭', 즉 선원용 매듭이었다.

신원이 확인된 뒤 시체는 여느 경우와 달리 절차를 생략한 채 시체 공시소로 옮겨지지 않고, 끌어올려진 곳에서 그리 멀지 않은 장소에 급히 매장되었다. 보베의 노력으로 일은 되도록 비밀에 붙여졌으며, 그 때문에 며칠이 지나서야 겨우 세상에 알려져 떠들썩해졌다.

---

* 머리 뒤를 감싸듯이 가리고 얼굴과 이마만 드러내게 쓰는 모자.

어느 주간신문이 마침내 이 사건을 다루었다. 시체가 발굴되어 재검사가 실시되었지만, 이미 말한 이상의 것은 드러나지 않았다. 그러나 사망자의 어머니와 친지들에게 옷이 검안되자 확실히 그 아가씨가 집을 나갈 때 입고 있었던 것으로 확인되었다.

한편 사람들의 동요는 점점 높아져갔다. 여러 사람이 체포되었다가 풀려났다.

생 테스타슈는 특히 혐의가 컸는데, 처음에 그는 마리가 집을 나간 일요일에 자기가 어디 있었는지 명확히 대답하지 못했다. 그러나 그 뒤 그는 G씨에게 구술서를 제출하여 그날 매분 매시간에 대해 충분한 해명을 했다.

그러나 시간이 흘러가고 새로운 발견이 아무것도 없자 소문은 커지고 번져나가 저널리스트들은 '제안'을 하기에 바빴다. 이들 제안 가운데 특히 눈길을 끈 것은 마리 로제가 아직 살아 있다는 것, 즉 센 강에서 발견된 시체는 누군가 다른 불행한 여자라는 의견이었다.

지금 언급한 제안을 구체적으로 나타내고 있는 그 기사의 일부를 여러분에게 소개하는 것이 좋을 듯싶다. 다음 글은 일반적으로 큰 활동을 보이고 있는 레트왈르 신문(H. 헤스팅스 웰드 씨 편집의 뉴욕 브라더조너슨 신문)의 기사를 그대로 옮긴 것이다.

마드모아젤 로제는 18XX년 6월 22일 일요일 아침, 표면상으로는 데 드로메 거리의 아주머니 또는 다른 친지를 찾아간다며 어머니 집을 나섰다.

그 뒤 그녀의 모습을 본 사람은 아무도 없다. 그녀의 자취도 소식도 전혀 없다. 지금까지는 그날 중 그녀가 어머니 집 대문을 나선 뒤로 그녀의 모습을 보았다는 사람이 하나도 나타나지 않았다. 그러나 6월 22일 일요일 9시 이후 마리 로제가 이 세상 사람이었다는 확증은 전혀 없지만, 그 시각까지 그녀가 살아 있었다는 증거는 있다.

수요일 낮 12시에 룰르 관문 기슭 가까이에 여자 시체가 떠 있는 게 발견되었다. 마리 로제가 어머니 집을 나선 지 세 시간 만에 강에 던져졌다고 가정하더라도 집을 나온 지 겨우 사흘, 정확히 사흘밖에 안 된다는 이야기이다.

그러나 만일 그녀가 살해되었다면 범인들이 한밤중이 되기 전에 시체를 강에 던질 수 있을 만큼 살해가 빨리 이루어질 수 있었으리라 생각하는 건 어리석은 일이다. 이 같은 끔찍한 죄를 저지르는 자는 대낮보다 밤을 이용하는 법이다. 따라서 강에서 발견된 시체가 확실히 마리 로제라고 한다면, 그것은 이틀 반, 또는 기껏해야 사흘밖에 물에 잠겨 있지 않았음을 알 수 있다.

그런데 모든 경험에 비추어볼 때 익사체나 타살된 직후 물에 던져진 시체가 충분히 부패해 수면에 떠오르기까지는 6~10일이 걸린다. 시체 위로 대포를 쏘아 물속에 잠겨 있는 최소한의 기한인 5~6일이 되기 전에 시체가 떠오른다고 해도 그대로 내버려두면 다시 가라앉고 만다.

그렇다면 이 경우 어째서 정상에서 벗어나는 일이 생기게 되었는지 우리는 그것을 묻고 싶다. 만일 시체가 화요일 밤까지 피살된 상태로 기슭에 내버려져 있었다면, 무언가 범인의 흔적이 기슭에서 발견되었을 것이다.

또 만일 살해된 이틀 뒤 물속에 던져졌다 하더라도 그토록 빨리 시체가 떠오른다는 건 몹시 의심스럽다. 뿐만 아니라 여기서 가정하는 것과 같은 살인을 저지른 악당이 있다면 그들이 그 정도의 주의는 충분히 할 수 있었을 텐데, 추도 달지 않고 시체를 강에 던져 넣었으리라고는 도저히 생각하기 어렵다.

여기서 필자는 더 나아가, 시체는 '겨우 사흘이 아닌 적어도 사흘의 다섯 곱절이나' 물에 잠겨 있었던 게 틀림없으며, 그 까닭은 보베가 신원을 확인하는 데 몹시 애먹었을 만큼 시체가 부패되어 있었기 때문이라고 주장한다. 그러나 이 점은 이미 충분히 반증되고 있다. 기사를 계속 옮겨보기로 하자.

그럼 보베 씨가 그 시체는 마리 로제임이 틀림없다고 말하는 근거는 무언가. 그는 옷소매를 잡아서 찢고 확실히 그녀라고 확신할 수 있는 특징을 찾아냈다고 한다.

그 특징이란 상처 자국 같은 것이라고 사람들은 대부분 상상했다. 그런데 보베 씨는 팔뚝에 '털'이 있음을 발견한 것이었다. 무릇 이만큼 애매한 말이 어디 있겠는가? 그것은 소매 속에 팔뚝이 있다는 것만큼이나 무가치한 증언이다.

보베 씨는 그날 수요일 밤에는 돌아가지 않았지만, 저녁 7시쯤 로제 부인에게 딸에 관한 조사가 아직 진행중이라는 전갈을 보냈다.

우리가 한 발 양보해서, 로제 부인이 연로한 몸과 많은 나이와 슬픔 때문에 직접 갈 수 없었다고 인정하더라도(이것은 크게 양보한 것이다) 만일 시체가 분명 마리라고 생각한다면 누군가 찾아가 조사에 입회해야 한다고 생각한 사람이 한 명쯤은 반드시 있었을 것이다.

그런데 아무도 가지 않았다. 파베 생탕드르 거리에서는 이 일에 관해 단 한마디도 듣거나 말한 사람이 없었다. 심지어 같은 건물에 사는 이들

마저 아무 소리도 듣지 못했다.

  어머니 집에 하숙하고 있는 마리의 애인이며 약혼자인 생 테스타슈 씨는 이튿날 아침 보베 씨가 그의 방에 들어와 이야기해줄 때까지 약혼녀의 시체가 발견되었다는 소식조차 듣지 못했다고 진술했다. 이러한 성질의 소식치고는 몹시도 냉정하게 받아들여졌다는 느낌이 든다.

  이렇듯 그 신문은 마리의 친지들이 그것을 마리의 시체로 믿은 것과는 달리 냉담한 반응을 보였다는 인상을 심어주려고 애썼다.
  신문이 암시하는 것은 결국 이러했다. 마리는 친구들의 묵인 아래 그 정조에 대한 비난을 포함한 여러 가지 이유로 모습을 감추었다. 그런데 마리와 얼마쯤 닮은 시체가 센 강에서 발견되자 친구들은 그 기회를 이용하여 세상 사람들에게 그녀가 죽었다고 믿게 하려 했다는 것이다.
  그러나 레트왈르 신문은 여기서도 결론 내리기를 너무 서둘렀다. 이 신문이 상상했던 것과 같은 냉담함은 전혀 없었음이 뚜렷이 증명되었다.
  노파는 몹시 쇠약했고 어떠한 의무도 감당할 수 없을 만큼 흥분해 있었다. 또 생 테스타슈는 소식을 냉정하게 듣기는커녕 슬픔으로 이성을 잃고 심한 광란 상태에 빠져 보베 씨가 친한 집안사람들을 시켜 그를 감시하게 하고 발굴된 시체 조사에 입회하지 못하게 했던 것 같다.
  게다가 레트왈르 신문은 시체의 매장이 관비로 이루어지고, 유리한 개인 묘지 제의가 가족들로부터 단호히 거절되었으며, 장례식에 가족이 하나도 참석지 않았다고 썼지만(레트왈르 신문은 그들이 의도

한 내용의 인상을 한층 강하게 하기 위해 그렇게 주장했는데) 이 모든 것은 충분히 반증되었다.

이 신문의 그다음 호는 다름 아닌 보베에게 혐의를 두려고 했다. 그 필자는 이렇게 썼다.

> 사태가 갑자기 바뀌었다. 들리는 바에 따르면, 언젠가 B부인이라는 사람이 로제 부인의 집에 있었는데 그때 마침 외출하려던 보베 씨가, 경찰이 이곳에 올지도 모른다, 당신은 내가 돌아올 때까지 경찰에게 아무 말도 하지 말라, 모든 것은 나에게 맡겨달라고 말했다고 한다.
>
> 지금 상태로는 보베 씨가 사건 일체를 혼자 간직하고 있는 것 같다. 보베 씨 없이는 한 발짝도 나아갈 수 없다. 어느 쪽으로 가든 반드시 그와 부딪히기 때문이다.
>
> 어떤 이유에서인지 그는 자기 말고는 아무에게도 이 사건의 처지에 조금도 관여시키지 않으리라 결심하고 남자 친척들을 전혀 끼어들지 못하게 해왔는데, 그 방식이 그들의 말에 따르면 아주 기괴하다고 한다. 보베 씨는 친척들에게 시체 보여주기를 몹시 꺼리는 눈치다.

이렇듯 보베에게 씌어진 혐의는 다음과 같은 사실로 얼마쯤 그럴듯해졌다. 마리가 실종되기 며칠 전, 보베가 없을 때 보베의 사무실로 찾아간 한 방문자가 문 열쇠 구멍에 장미꽃 한 송이가 꽂혀 있고 가까이에 매달린 석판에 '마리'라는 이름이 적혀 있는 것을 보았다고 한다.

우리가 신문들에서 얻을 수 있었던 일반적인 인상은 마리가 불량배들의 희생이 되었으며, 이들이 그녀를 강 건너로 데려가 폭행을 하고 죽였다는 것인 듯싶었다. 그러나 광범위한 독자층을 가진 르콤 메르시엘 신문(뉴욕 저널오브커머스 신문)은 이러한 일반적인 견해에 열심히 반대했다. 이 신문의 기사를 한두 가지 소개해보자.

룰르 관문으로만 쏠린 이제까지의 수사는 방향 착오를 하고 있었던 것같다. 얼굴이 널리 알려진 이 아가씨가 네거리의 세 구역을 지나도록 아무도 본 사람이 없다는 건 있을 수 없는 일이다. 그녀를 아는 이는 누구나 그녀에게 호기심을 품고 있는 만큼 누가 그녀를 보았다면 기억에 남아 있을 것이다.

그녀가 집을 나섰을 때에는 거리가 사람들로 붐비는 시각이었다. (……) 그녀가 룰르 관문이나 데드로메 거리에 닿기까지 열 사람의 목격자도 없었다는 건 있을 수 없는 일인데도, 그녀를 어머니 집 밖에서 보았다는 사람이 단 한 명도 나타나지 않았으며, 그녀가 '외출 의도'를 밝혔다는 증언 말고 실제로 외출했다는 증거는 전혀 없다.

그녀의 겉옷은 밑자락에서 허리 부분까지 폭 30센티미터쯤의 조각이 찢겨 그것이 허리를 세 바퀴 감아 등에 어떤 종류의 매듭으로 매여 있었고, 시체는 짐짝처럼 날라졌다. 살인이 룰르 관문에서 행해졌다면 그러한 처치는 전혀 불필요했을 것이다. 시체가 관문 가까이 떠 있는 게 발견되었다는 사실은 시체가 어디서 물속에 던져졌느냐는 증거가 되지 않는다.

그 불행한 아가씨의 속옷은 길이 60센티미터, 폭 30센티미터로 찢어져 그 조각이 후두부에서 턱 밑에서 돌려져 매듭지어져 있었는데, 아마 비명을 지르지 못하게 하기 위해서였으리라. 이것은 손수건을 갖고 다니지 않는 이들의 짓이다.

경찰국장이 우리를 찾아오기 하루이틀 전 중요한 첩보가 경찰 귀에 들어왔는데, 적어도 르콤메르시엘 신문의 논거 주요 부분을 뒤집을 듯한 것이었다.

드뤼크라는 여자의 아들인 어린 두 소년이 룰르 관문 가까운 숲속을 헤매다가 우연히 어느 깊은 풀숲으로 들어갔는데, 거기에 서너 개의 큼직한 돌이 등받이와 발판이 있는 의자 모양을 이루고 있었다. 위쪽 돌에는 흰 속치마가 널려 있고 다음번 돌에는 실크 스카프가 놓여 있었다. 파라솔과 장갑과 손수건도 있었다. 손수건에는 '마리 로제'라는 이름이 수놓아져 있었다.

가까운 가시덤불에서 옷 조각이 발견되었다. 땅바닥이 짓밟혀 있고 떨기나무 가지들이 꺾여 있는 등 어느 모로 보나 격투가 벌어진 흔적이 뚜렷했다. 그 풀숲과 강 사이의 나무 울타리가 망가지고 땅바닥에선 무언가 무거운 것이 끌었던 자국이 뚜렷이 보였다.

주간지「르솔레이유」(C. J. 피터슨 씨 편집의「필라델피아 새터데이이브닝포스트」)는 이 발견에 관해 다음과 같은 논평을 실었는데, 그것은 파리의 모든 신문의 논조를 그대로 반영한 것에 지나지 않았다.

그 물건들은 모두 적어도 3, 4주일 전부터 그곳에 있었던 게 틀림없다. 비를 맞아 곰팡이가 나 서로 들러붙어 있었다. 둘레에 자란 풀로 뒤덮여 있는 것도 있었다.

파라솔의 비단 천은 튼튼했으나 안쪽의 실밥이 풀려 있었다. 두 겹으로 겹쳐진 파라솔 윗부분은 곰팡이가 몹시 슬고 삭아서 펴는 순간 찢어져버렸다.

덤불에 걸려 찢어진 프록코트의 천 조각들은 폭 7센티미터, 길이 15센티미터쯤이었다. 그 한 조각은 프록코트의 가장자리로 기워져 있었으며, 다른 한 조각은 스커트의 한 부분이지만 자락은 아니었다. 어느 것이나 모두 잡아 찢겨진 조각처럼 보였으며, 땅바닥에서 30센티미터쯤 되는 가시덤불에 걸려 있었다 (……) 따라서 이 가공할 흉행의 현장이 발견되었음은 의심할 여지가 없다.

이 발견에 이어 새로운 증거가 나타났다. 드뤼크 부인은 룰르 관문 맞은편 강둑에서 멀지 않은 곳에서 술집을 경영하고 있다면서 다음과 같이 증언했다.

"이 언저리는 특히 외진 곳이다. 일요일이면 언제나 시내의 건달들이 강을 건너 놀러 온다. 그 일요일 오후 3시쯤 얼굴빛이 검은 젊은이와 한 젊은 아가씨가 이 술집을 찾아왔다. 두 사람은 이곳에서 잠시 머물렀다. 그러고 나서 가까운 무성한 숲속으로 걸어갔다."

드뤼크 부인은 아가씨가 입고 있는 옷에 눈길이 쏠렸는데, 그것이 죽은 어느 친척이 입고 있었던 옷과 아주 비슷했기 때문이다. 스카프가 특히 눈길을 끌었다.

두 사람이 사라진 뒤 곧 한 무리의 건달들이 나타나 소란을 피우며 먹고 마신 다음 돈도 치르지 않고 앞서의 젊은이와 아가씨가 간 방향으로 걸어갔는데, 해질 무렵 다시 술집으로 돌아와서는 몹시 서두르는 태도로 다시 강을 건너갔다.

바로 이날 저녁 어두워지고 난 직후 드뤼크 부인과 그녀의 큰아들은 술집 가까이에서 여자의 비명 소리를 들었다. 자지러지는 듯한 비명이었으나 곧 그쳤다. 드뤼크 부인은 덤불에서 발견된 스카프뿐 아니라 시체에서 발견된 옷도 그녀가 입고 있었던 것이라고 말했다.

그리고 또한 발랑스(애덤)라는 합승마차 마부도 그 일요일에 마리 로제가 얼굴빛이 검은 젊은이와 함께 센 강 나루터를 건너는 것을 보았다고 증언했다. 발랑스는 마리를 알고 있었으므로 그녀를 잘못 볼 리 없었다. 덤불 속에서 발견된 물건들은 마리의 친척들에 의해 그녀 것임이 확인되었다.

뒤팽의 지시에 따라 이렇듯 내가 각 신문에서 모은 증거와 정보는 그 밖에 한 가지 더 있었는데, 그것은 아주 중요하게 여겨졌다. 숲에서 피해자의 옷이 발견된 바로 뒤 마리의 약혼자인 생 테스타슈가 자살한 시체가 마리의 흉행 현장이라고 여겨지는 곳 가까이에서 발견되었다.

'아편 정기'라는 레터르가 붙은 빈 유리병이 그 곁에 놓여 있었다. 그의 숨결은 독약을 마셨음을 증명하고 있었지만 끝내 한마디 말도 없이 죽고 말았다. 그의 몸에서 편지 한 통이 나왔는데, 거기에 자살 계획과 마리에 대한 애정이 짤막하게 적혀 있었다.

내 메모를 다 읽고 나서 뒤팽이 말했다.

"말할 필요도 없는 일이지만, 이것은 모르그 가 살인보다 훨씬 복잡한 사건일세. 그리고 한 가지 중요한 점이 다르지. 이것은 흉악하긴 하지만 '예사로운' 범죄일세. 특별히 상식을 벗어난 점은 없어. 이러한 이유로 이 미스터리를 해결하기 쉬운 것으로 여겼다는 건 자네도 알 걸세. 실은 그 때문에 해결이 어렵다고 생각했어야만 했는데 말이야. 그래서 처음엔 현상금을 내걸 필요도 없다고 봤던 거지.

G의 부하들은 이런 흉행을 저지를 만한 방법과 동기를 곧 이해할 수 있었네. 그들은 하나의 방법이나 동기를 많은 사건을 통해 머릿속에 떠올릴 수 있었을 거니까.

그리고 이 수많은 방법과 동기의 어느 것이든 '실제의 방법과 동기일 수 있는 가능성'이 있으므로, 당연히 그 가운데 어느 하나가 실제의 방법과 동기임이 '틀림없다'고 그들은 단정해버린 셈이지.

그러나 이렇게 쉽사리 여러 가지 상상을 할 수 있다는 점, 그리고 그 어느 것이나 모두 아주 그럴듯해 보이는 점이 바로 사건의 해결을 쉽게 만들기는커녕 오히려 어렵게 만든다는 걸 당연히 생각해야만 했을 걸세.

내가 전에도 말했듯이 이성이 진실을 더듬어 찾아내는 일이 있다면, 그것은 평범한 수준을 넘는 두드러진 그 무엇에 의해서이며, 이와 같은 사건에서 당연히 생겨야 할 의문은 '무엇이 일어났는가'보다 '지금까지 일어난 적이 없었던 그 무엇이 일어났는가'라는 걸세.

레스파네 부인(「모르그 가의 살인」) 수사에서는 그 유별스러움에 G의 부하들은 실망하고 당황하기도 했는데, 두뇌 회전이 빠른 사람은 이 향수가게 아가씨 사건에서는 눈에 띄는 게 모두 평범한 것이라는 사실에 절망을 느꼈을지도 모르지. 경찰국 관리들은 성공이 문제없을 것 같다는 인상밖에 받지 못했지만 말이야.

레스파네 부인과 그 딸의 경우는 우리가 수사를 시작할 때부터 이미 살인이라는 점에 아무 의심이 없었지. 자살 가능성은 곧 제외되었어.

이번 경우 또한 처음부터 자살이 아닐까 하는 의문은 완전히 배제되었네. 룰르 관문에서 발견된 시체는 그 상황으로 보아 그 점에서 우리를 망설이게 할 만한 점이 전혀 없지. 그러나 발견된 시체는 마리 로제가 아닐지도 모른다는 의견이 나돌고 있네.

현상금은 그녀 살해범 또는 공범들에 대해 걸려 있는 것이고, 우리가 경찰국장과 맺은 계약도 이 아가씨만 조건으로 삼고 있지. 자네나 나나 이 친구의 사람됨을 잘 알지 않나. 그를 너무 믿어선 안 되네.

발견된 시체로부터 수사를 시작해 범인을 밝혀낸 결과 이 시체가 마리가 아닌 다른 사람으로 밝혀질 경우, 또는 살아 있는 마리로 시작해 그녀를 발견하여 살해되지 않았음이 밝혀질 경우, 그 어느 경우에도 우리는 헛수고하는 셈이 되지. 우리의 상대는 G이니 말일세.

그러므로 정의를 위해서가 아니라 우리들 자신을 위해서라면 먼저 시체가 실종된 마리 로제인지 아닌지를 확인하고 시작해야만 되는 걸세.

레트왈르 신문의 논조들은 확실히 세상 사람들에게 영향력이 있었어. 그리고 이 신문 자체가 그 논조의 비중에 자신을 가지고 있다는 것은 이 사건에 관한 기사 가운데 하나의 시론에서도 엿볼 수 있지. 오늘의 몇몇 아침 신문이 월요일 레트왈르 신문의 기사에 대해 비중 있게 다루고 있으니까.

그러나 내가 보기에 이 기사에는 필자의 열의 말고 거의 아무것도 결정적인 게 없는 듯하네. 일반적으로 신문이 목적하는 바는 진실을 뒤쫓는 일보다 이슈를 양산하는 것, 문제점을 내세우는 일임을 우리는 잊어선 안 되네. 진실의 추구, 그것은 동시에 이슈를 불러일으킬 수 있는 것에 한정되니까.

평범한 견해에 단순히 동조하는 신문은 그 견해에 아무리 뚜렷한 근거가 있다 할지라도 대중에게 좋은 평을 듣지 못하네. 세상 사람들은 대개 일반적인 의견에 대해 '신랄하게 공격하는 자'를 생각 깊은 사람으로 보지.

 내가 말하고 싶은 것은 레트왈르 신문이 마리 로제가 아직 살아 있다는 견해를 내세워 세상에서 환영받고 있는 것은 그 견해가 그럴듯해서라기보다 그 견해 속에 경구와 연극성이 뒤섞여 있기 때문일세.

 이 신문의 논설적인 서두를 하나하나 검토해보기로 하세. 그래서 그 주장 가운데 앞뒤가 맞지 않는 곳이 있으면 제외해나가는 거야.

 이 기자가 첫째로 노리는 것은 마리의 실종에서 시체를 발견하기까지의 시간이 짧다는 점이며, 따라서 이 시체는 마리가 아니라고 말하려는 것일세. 그렇게 되면 이 시간을 되도록 짧게 만드는 게 추리하는 기자의 목표가 되지.

 이 목표를 뒤쫓는 데 급한 나머지 기자는 처음부터 한낱 가정으로 뛰어들고 말았네. 그래서 '만일 그녀가 살해되었다면 범인들이 한밤중이 되기 전에 시체를 강에 던질 수 있을 만큼 살해가 빨리 이루어질 수 있었으리라 생각하는 건 어리석은 일이다'라고 말하고 있네.

 우리는 곧 자연스럽게 왜냐고 묻네. 그녀가 어머니 집을 나서서 5분 안에 살해되었다고 가정한들 그것이 어째서 어리석은 일인가? 그날의 어느 시간에 살해되었다고 가정한들 마찬가지일 텐데.

 살인사건은 시간과 상관없이 행해졌다고 할 수 있어. 말하자면 일요일 오전 9시부터 밤 12시 15분 전 사이에 살해되었다 하더라도 '한밤중 전에 시체를 강에 던질 시간'은 충분히 있었던 셈일세. 그러므로 이 가정은 곧 일요일에는 결코 살인이 일어나지 않았다는 이야기밖에 안 되네.

 그런데 레트왈르 신문에 이런 가정을 허락한다고 하면, 어떤 엉뚱한 가정이든지 모두 허용할 수 있다는 이야기가 되지 않겠나. '살인이 이러저러하다고 생각하는 것은 어리석은 일이다'로 되어 인쇄된 이 문장은 어떠하든 필자의 머릿속에 실제로 들어 있던 것은 다음과 같으리라고 상상할 수 있네. 만일 그녀가 살해되었다고 치고 한밤중 전에 시체를 강에 던질 수 있을 만큼 살해가 빨리 이루어질 수 있었으리라고 생각하는 건 어리석은 일이다. 우리가 말하려는 것은 우리가 생각하려는 것처럼 시체가 한밤중이 '지난 뒤에도 강에 던져지지 않았다'고 생각하는 건 어리석은 일이라는 것이다. 이 문장 자체는 아무래도 앞뒤가 맞지 않지만, 인쇄된 것으로선 아주 엉터리도 아니지.

레트왈르 신문의 논조 가운데 이 한 구절을 건드리는 것만이 내 목적이라면, 그것은 그대로 내버려둬도 상관없을 걸세. 그러나 우리 목표는 레트왈르 신문이 아니라 진실일세.

문제의 문장 그 자체로는 하나의 의미밖에 없네. 그러나 단순한 이 문장의 배후에 있는, 분명히 의도는 했으되 전달되지 못한 행간의 의도를 찾아내는 게 중요해. 이 신문기자들의 속셈은 그 일요일 낮이나 밤의 어느 시각에 이 살인이 행해졌든 간에 범인들이 한밤중 전에 시체를 강으로 옮기는 건 감히 엄두도 내지 못했으리라는 것을 말하고 싶었던 게지.

그리고 사실 내가 불만으로 여기는 가정이 바로 여기에 있네. 그것은 강으로 '시체를 나를' 필요가 없는 장소, 그러한 상황에서 살인이 저질러졌다는 가정이지.

하지만 살인은 강가나 강 한복판에서 행해졌을지도 모르며, 그래서 낮이나 밤 어느 시각에든 가장 확실하고 빠른 처리방법으로 강물에 던져졌을지 어떻게 알겠나.

내가 여기서 그럴듯한 것이나 나 자신의 의견과 일치하는 것을 전혀 제시하지 않음을 자네는 알 걸세. 내 의도는 이 사건의 '현재까지 사실'과 아무 관계가 없는 거야. 나는 다만 레트왈르 신문의 논조 전체에 대해 처음부터 그것이 한쪽에 치우쳐져 있음을 자네에게 지적하고 충분히 경계하도록 주의하고 싶을 뿐이네.

이렇듯 자기 선입관에 편리한 틀을 미리 만들어놓고, 다시 말해 시체가 마리라면 물에 잠겨 있던 시간이 너무도 짧다고 가정해놓고 나서 신문은 이렇게 글을 잇고 있지.

모든 전례에 비추어볼 때 익사체나 타살된 직후 물에 던져진 시체가 충분히 부패해 수면에 떠오르기까지는 6~10일이 걸린다. 시체 위로 대포를 쏘아 물속에 잠겨 있는 최소한의 기한인 5~6일이 되기 전에 시체가 떠오른다고 해도 그대로 내버려두면 다시 가라앉고 만다.

이 주장은 르모니테르(스톤 대령 편집의 뉴욕 커머셜애드버타이저 신문) 신문을 뺀 파리의 모든 신문이 말없이 받아들였지. 이 르모니테르 신문만은 익사한 것으로 알려진 사람 시체가 레트왈르 신문이 주장한 것보다 짧은 시간 안에 떠오른 실제의 예를 대여섯 가지 인용함으로써 저 기사의 '익사체'에 관한 부분에 한해 반대하려 하고 있네.

그러나 레트왈르 신문의 개괄적인 주장에 어긋나는 특수한 실례 몇 가지를 끌어내어 그 주장을 반박하려는 르모니테르 신문의 시도에는 극도로 비철학적인 점이 있네. 2, 3일 만에 떠오른 시체의 예를 다섯 아니라 쉰 개를 들 수 있었다 해도 레트왈르 신문의 원칙 그 자체를 꺾지 못하는 원칙의 예외로밖에 간주되지 않을 걸세.

르모니테르 신문도 그것을 부정하지 않았고 예외만 강조하고 있지. 원칙을 인정하는 이상 레트왈르 신문의 기사는 완전한 효력을 발휘하고 있는 거네. 이 논의는 사흘 안에 시체가 물 위로 떠오를 수 있는 확률에 관한 의문 이상을 말하고 있지는 않으니까.

그리고 이 확률도 르모니테르 신문이 그처럼 유치하게 든 실제의 예가 반대 원칙을 확립할 수 있을 만큼 충분한 수효에 이르기까지는 레트왈르 신문 쪽이 유리하다고 할 수 있겠지.

자네도 곧 알겠지만 이 점에 관해 논의하려면 그것은 모두 그 법칙 자체에 대한 것이어야 할 걸세. 그리고 우리의 목적을 위해 우리는 그 법칙의 논리적 근거를 검토해야만 하지.

인간의 몸은 대체로 센 강물보다 크게 가볍지도 무겁지도 않네. 자연스러운 상태에서 인체의 비중은 그것이 배수하는 민물의 용적과 거의 같지. 뼈가 가늘고 살집 좋은 뚱뚱한 여자의 몸은 여위고 뼈가 굵은 남자의 몸보다 가벼운 법이네. 그리고 강물의 비중은 바다에서 조수가 들어오면 얼마쯤 달라지. 이것을 논외로 치부해도 민물 속에서 '저절로' 가라앉는 몸은 '매우' 드물다고 할 수 있네.

사람이 강에 떨어졌을 경우 물과 균형만 맞춘다면, 즉 되도록 얼마쯤의 부분을 제외하고 몸 전체가 물에 잠기도록 한다면 거의 누구나 물 위에 떠 있을 수 있네. 헤엄칠 줄 모르는 이에게 알맞은 자세는 땅바닥을 걸을 때와 같은 직립자세로 목을 뒤로 힘껏 젖히고 물에 잠긴 채 입과 콧구멍만 물 위로 내놓고 있는 거지. 그러면 누구나 쉽게 힘들이지 않고 물에 떠 있을 수 있다네.

그러나 사람 몸과 배수된 물의 용적, 이 둘의 비중은 아주 미묘한 균형을 이루고 있어 아주 조그마한 일로 어느 한쪽이 무거워질 수 있음은 분명하네. 한 팔을 수면 밖으로 쳐들면, 그만큼 물의 뒷반침이 없어지므로 무게가 덧붙여져 머리 부분 전체가 물에 잠겨버리고, 반대로 우연히 아주 작은 나무 조각의 도움이라도 받게 되면 주위를 둘러볼 수 있을 만큼 머리를 들어올릴 수도 있다네.

헤엄칠 줄 모르는 사람이 물속에서 허우적거릴 경우, 으레 두 팔을 위로 뻗고 머리는 여느 때처럼 어떻게든 수직으로 유지하려고 하는 법일세. 그 결과 입이나 콧구멍이 물속에 잠기고 가라앉으며 숨을 쉬려 하니 물이 폐에 들어가고 말지. 그리고 위 속으로 물이 많이 들어가게 되어, 폐나 위 속에 차 있던 공기와 대체된 물의 무게만큼 온몸이 무거워지네.

이 무게는 몸을 가라앉히는 데 충분하지만, 뼈가 가늘고 유난히 지방분이 많은 살찐 사람은 그렇게 되지 않네. 그런 사람은 익사하고 나서도 물에 떠 있는 법이라네.

시체가 강바닥에 있다면, 그 비중이 어떤 까닭으로 말미암아 배수하는 물 용적의 비중보다 작아질 때까지는 가라앉은 채로 있게 되는데, 비중이 작아지는 것은 부패나 그 밖의 원인 때문일세.

부패하면 가스가 발생해 세포조직이며 모든 체강을 팽창시켜 아주 끔찍한 물통 꼴이 되네. 이 팽창이 계속되어 시체의 용적이 두드러지게 늘고, 질량 즉 무게가 그에 비례해 늘지 않는 단계에 이르면 그 비중은 배수하는 물 용적의 비중보다 작아져 시체가 곧 수면에 떠오르네.

부패의 정도는 온갖 사정에 의해 가감된다네. 갖가지 원인에 의해 빨라지든가 늦어지지. 더위와 추위, 물의 광물질 함유량, 물이 깊이 흐르느냐 괴어 있느냐는 점, 체질, 죽기 전 병의 유무 등의 원인에 의해서 말일세. 따라서 부패로 인해 시체가 떠오르는 시기를 정확히 정하는 일은 결코 할 수 없네. 어떤 조건에서는 한 시간 안에 떠오를 수도 있고, 또 다른 조건에서는 전혀 떠오르지 않을 수도 있지.

동물의 몸을 '영원히' 부패하지 않도록 할 수 있는 화학적 주입제가 있네. 염화 제2수은이 그 하나지. 그러나 부패 작용 말고도 식물성 물질의 초산 발효로 위장 속이나 또는 다른 원인으로 다른 체강 속에 가스가 발생하여 시체를 물 위로 떠올리는 데 충분한 팽창이 생기는 수도 있네.

대포를 쏘아 시체가 떠오르는 것은 한낱 진동의 결과에 지나지 않네. 강바닥의 진흙 속에 끼어 있던 시체가 진동으로 뒤흔들리거나 또는 다른 원인으로 이미 떠오르기 직전이던 시체가 물 위로 뜨는 결과가 되는 거지. 아니면 또 진동 때문에 썩어가는 세포조직의 점착력이 상실되어 가스의 힘으로 체강이 팽창하는 결과가 되는 건지도 모르네.

이렇듯 이 문제에 관한 모든 이론을 끌어냈으니 레트왈르 신문의 주장을 간단히 시험할 수 있을 걸세. 이 신문은 '모든 전례에 비추어 볼 때 익사체나 타살된 직후 물에 던져진 시체가 충분히 부패해 수면에 떠오르기까지는 6~10일이 걸린다. 시체 위로 대포를 쏘아 물속에 잠겨 있는 최소한의 기한인 5~6일이 되기 전에 시체가 떠오른다고 해도 그대로 내버려두면 다시 가라앉고 만다'고 말하고 있네.

이제는 이 한 구절 전체가 전혀 앞뒤가 맞지 않는 모순 덩어리로 여겨질 걸세. 모든 전례에 비추어볼 때 '익사체'가 충분히 부패해 물

위로 떠오르기까지 6일 내지 10일이 '걸린다'는 그런 일은 있을 수 '없다'는 거지.

시체가 떠오르는 기간은 정해져 있지 않으며, 반드시 일정한 것은 아니라는 사실음 과학과 전례가 다 같이 가르쳐주고 있네. 게다가 대포를 쏘아 물 위로 떠오른 시체는 몸 안에 생겨난 기포가 새어 나올 단계에 이를 만큼 부패가 진행되기 전에는 '그대로 내버려두면 다시 가라앉고 만다'라는 문장은 거짓이 되지.

그러나 나는 '익사체'와 '살해 뒤 수장된 시체'가 구별되고 있는 점에 자네 주의를 일깨우고 싶네. 글을 쓴 기자는 이것을 인정하면서도 그것들을 모두 같은 범주 속에 넣고 있네.

물속에 빠진 사람 몸이 같은 용적당 비중이 어째서 물보다 무거운가, 그리고 물에서 허우적거리며 빠질 때 억지로 숨 쉬려 하지 않으면 완전히 잠기는 일은 없다는 것, 물속에서 억지로 숨 쉬려 하기 때문에 폐 속에 들어 있던 공기 대신 물이 들어차는 거라는 건 이미 설명한 거니까.

그러나 '살해 뒤 수장된 시체'의 경우는 허우적거리든가 억지로 숨 쉬려 하는 일은 없을 거야. 그러므로 이 경우 시체는 전혀 가라앉지 않네. 레트왈르 신문은 이 사실을 모르고 있지. 부패 작용이 심해졌을 때, 즉 살이 뼈에서 아주 많이 이탈되었을 때 그야말로 시체는 가라앉는 걸세.

음, 이번에는 '사흘 만에 떠오른 시체가 마리 로제일 리 없다'라는 주장을 어떻게 생각해야 하겠나?

익사한 거라면 마리는 여자이므로 결코 가라앉지 않거나, 또는 가라앉았다 해도 24시간 만에 또는 그 이전에 떠올랐을지도 모르지. 그러나 이 아가씨가 익사했다고 생각하는 사람은 하나도 없네. 그렇다면 죽은 뒤 물에 던져진 것이니 그 뒤로는 언제든 물에 떠 있을 수 있었을 걸세.

레트왈르 신문은 또 쓰고 있네. '시체가 화요일 밤까지 피살된 상태로 기슭에 내버려져 있었다면, 무언가 범인의 흔적이 기슭에서 발견되었을 것이다'라고.

여기서 추리한 사람이 의도하는 바가 무엇인지 처음에는 이해하기 어렵네. 그는 자기 이론에 대한 반론을 예상하고 있는 걸세. 말하자면 시체는 강가에 이틀 동안 내버려져 물속에 잠겨 있을 경우보다 급속도로 부패했을지도 모른다는 반론 말이네.

그런 경우라면 '시체가 수요일에 물 위로 떠올랐을 수도 있다'라고 유추했고, 그런 사정 아래에서만 시체가 떠오를 수 있었으리라고 그는 생각한 걸세. 그래서 글을 쓴 기자는 시체가 강가에 '버려져 있지 않았다'는 추론을 서둘러 증명하려는 거지. 강가에 내버려져 있었다면 '범인의 흔적이 이곳에서 발견되었을 것이다'라는 결론으로.

이 추리에 대해 자네는 미소 짓고 있는 것 같군. 시체가 강가에 오래 있었다는 것만으로 어떻게 범인들의 흔적이 발견될 수 있는지 자네로선 납득되지 않겠지. 그건 나 역시 마찬가지일세.

이 신문은 또 이렇게 계속하고 있네. '뿐만 아니라 여기서 가정하는 것과 같은 살인을 저지른 악당이 있다면 그들이 그 정도의 주의는 충분히 할 수 있었을 텐데, 추도 달지 않고 시체를 강에 던져 넣었으리라고는 도저히 생각하기 어렵다'고 말일세.

혼란스럽지. 비웃을 수밖에 없네. 레트왈르 신문조차 '발견된 시체'가 살해된 거라는 데 다른 견해는 없네. 폭력의 흔적이 너무도 명확하게 드러났으니까.

　글의 목적은 이 시체가 마리가 아님을 증명하려는 것뿐이네. 그가 증명하려는 것은 '마리'는 살해되지 않았다는 것이지, 그 시체가 살해되지 않았다는 건 아닐세. 그런데 그의 말은 이 나중 것을 증명할 뿐이네. 여기에 추도 달지 않은 시체가 있다. 그 시체를 살인범들이 강물에 던졌다면 던질 때 추를 다는 것을 잊었을 리 없다. 따라서 이 시체는 범인들이 강에 던진 게 아니다! 증명된 것이 있다면 다만 이뿐일세.

　시체의 신원 문제는 논외로 한 채 레트왈르 신문은 스스로 인정한 것을 이번에는 부정하려고, 다만 그것만으로 논지를 드러내고 있지. 즉 '발견된 시체는 바로 살해된 여성이라는 것을 우리는 완전히 확신하고 있다'라고.

　불식간에 글쓴이가 자기모순에 빠진 예는 문제의 이 부분에 있어서도 이 한 가지만은 아니다. 그의 뚜렷한 목적은 내가 이미 말한 것처럼 마리의 실종부터 시체 발견까지의 시간을 최대한 단축시키는 것이라네. 그런데 그녀가 어머니 집을 나선 순간부터 아무도 그 모습을 본 사람이 없다는 점을 줄곧 강조하니 그것을 주목하게. '6월 22일 일요일 9시 이후 마리 로제가 이 세상 사람이었다는 확증은 전혀 없다'고 적혀 있지.

　그의 주장은 '일방적'이니만큼 적어도 이 문제는 꺼내지 말았어야 했을 거야. 월요일이라든가 화요일에 마리를 본 누군가가 있다면 문제의 기간은 크게 단축되고, 따라서 그의 추리가 지적한 시체가 여점원의 것일 확률도 훨씬 적어질 테니까. 그런데도 전체적인 논리를 강화시키려는 과한 의지 탓에 레트왈르 신문이 되레 이 점을 강조하고 있으니 우습지 않은가.

이번에는 이 기사 가운데 보베의 시체 신원 확인에 관해 언급한 부분을 다시 한 번 읽어보게. 팔뚝의 '털'에 관해선 레트왈르 신문이 불성실한 보도를 한 게 명확하네.

보베 씨가 멍청이가 아니라면 '팔뚝의 털'만 시체에서 강조했을 리는 결코 없을 테니까. '털이 없는 팔뚝'은 존재할 리 없잖은가.

레트왈르 신문의 이 '모호한' 표현은 증인의 말을 왜곡시킨 거라네. 이 털의 어떤 '특징'을 증인이 말하지 않았겠나. 털의 빛깔이나 양, 길이, 또는 위치 같은 특징이었을 게 분명할 테니까.

신문은 또 이렇게 말하고 있지.

'그녀의 발은 작았다고 한다. 그러나 작은 발은 흔하다. 그녀의 양말 대님은 아무 증거도 되지 않는다. 구두 역시 그렇다. 똑같은 구두와 양말 대님이 대량으로 팔리고 있기 때문이다.

모자의 꽃장식에 대해서도 같은 말을 할 수 있다. 보베 씨가 강력히 주장하고 있는 한 가지는 발견된 양말 대님이 크기를 줄이기 위해 겹쳐져 있었다는 점이다. 그러나 이것은 문제될 수 없다. 일반적인 여성은 물건을 사는 가게에서 양말 대님을 끼워보지 않고 그대로 가져가 자기 발에 맞추기 때문이다.'

이 대목에서는 글쓴이가 진심으로 이런 말을 하고 있는가 하는 의문이 들지. 옷에 관한 것은 차치하고라도, 마리의 시체를 찾고 있던 보베 씨가 몸집과 얼굴 생김새가 실종된 아가씨와 비슷한 시체를 발견했다면 그 시체야말로 자기가 찾는 사람이라는 생각을 하는 게 당연할 거니까.

몸집이나 얼굴 생김새 외에 팔에서 생전의 마리에게 있었던 털을 발견했다면, 그의 의견은 응당 주의를 끌었을 테고 그 털의 특징이나 인상에 따라 그 확실성도 충분히 비례했지 않겠나.

만약이지만 마리의 발이 작고 시체의 발도 작았다면, 시체가 마리일 확률은 단순한 산술적 수치가 아니라 기하학적, 즉 누적적 비율로 증진될 걸세.

게다가 똑같은 구두가 대량 생산된 제품이라고 하더라도, 구두도 그녀가 실종되던 날 신고 있었던 것으로 알려진 구두와 동일 제품이라면, 확률은 그야말로 확실의 정도까지 높여지네. 그 자체는 마리를 확인해주지 못해도 증거 차원에서는 가장 확실한 물증이 되는 거지. 여기에 모자 꽃장식까지 마리가 쓰고 있었던 것과 같다면, 이미 그 이상 더 캐볼 것도 없네.

증거가 더 있다면?

추가되는 증거 하나하나가 그 이전 증거들을 뒷받침하는 명확한 증거가 되는 거지. 이것은 하나의 증거에 또 하나의 증거가 '덧붙여지는' 게 아니라 몇백 몇천 배로 증거의 정확도가 높아지는 거라네.

시체의 몸에서 마리가 쓰던 것과 같은 양말 대님이 발견되었다면, 이 이상 따지는 게 어리석을 정도네. 이 양말 대님이 마리가 집을 나서기 전에 하던 것과 똑같은 방식으로 겹쳐서 줄여져 있다고 밝혀진다면, 그 신원을 의심하는 건 미치광이 짓이거나 위선일 수밖에 없지.

양말 대님에 관해서도 이 정도인데 레트왈르 신문의 주장은 자기들 잘못을 끝까지 고집하는 것과 다름없다네. 양말 대님이 겹쳐지는 등 사람이 손댄 일은 꼭 필요로 하는 경우가 아니라면 설명할 수 없는 거니까.

이미 설명되었네만, 마리의 양말 대님을 겹쳐서 조일 필요가 있었다는 것은 단순히 우연으로 치부할 수는 없는 내용이야. 그 하나만으로도 충분히 그녀의 신원은 입증되는 것이지.

단순히 시체가 실종된 아가씨와 같은 양말 대님, 같은 구두, 같은 모자, 모자의 꽃장식, 같은 크기의 발, 팔의 같은 특징, 비슷한 몸집과 얼굴 생김새를 하고 있는 것만으로 신원을 단정한 것은 아니라는 말일세. 시체는 그 증거들을 '모두 종합하여' 드러내고 있었던 거야.

이러한 상황 아래에서 레트왈르 신문기자가 의문을 품었다는 게 입증된다면 정신 감정도 사치라네. 아마도 법조인들의 밀담처럼 풀어가는 게 현명하다고 판단한 모양인데, 법조인들이란 틀에 박힌 법정 문구를 되풀이하는 것으로 만족하는 친구들이 아닌가.

내가 여기서 말하고 싶은 것은 법정에서 기각되는 증거의 대부분이 두뇌 있는 사람이 보기에는 최상의 증거라는 점일세. 법정은 증거에 관한 일을 원칙, 공인되어 '기록된' 원칙에 따르고 있어. 특수한 예로 말미암아 그 선에서 빗나가는 것을 싫어하기 대문이지.

이런 식으로 원칙을 고집하고 모순되는 것들을 제외시키는 게 객관적이고 정확한 증거를 '최대한'으로 포착하기 위한 확실한 방법이네. 그러므로 이 방식이 길고 전체적으로 이치에 맞는 거야. 물론 이 방법으로 인해 개별적인 증거가 잘못 반영되기도 하지만.

보베를 빗댄 말은 자네 역시 언급할 가치도 없을 거네. 이 선량한 사나이의 참된 성격은 자네도 아는 것이니까. 비록 낭만적 경향이 많고 지혜가 좀 모자라며, 남의 일에 참견하기 좋아하는 호인이기는 해도. 보베 같은 남자가 '정말' 흥분한다면 지나치게 날카롭거나 심술궂은 인간처럼 의심받기 쉬울 테니까.

자네가 메모했듯이 보베 씨는 레트왈르 신문기자와 여러 번 인터뷰하는 과정에서 기자의 견지와는 상관없이 시체가 마리라는 견해를 내세워 기자의 반감을 사고 만 거야. 알다시피 신문은 이렇게 쓰고 있지. '보베 씨는 시체가 마리라고 고집하지만, 신문이 논평한 것 외에 제삼자를 확신시킬 만한 증거는 내세우지 못했다'라고.

그 이상으로 제삼자를 확신시킬 만한 강력한 증거는 들려 해도 들 수 없으리란 사실을 차치하고라도, 이 같은 경우 사람은 상대에게 믿게 할 증거는 무엇 하나 들지 못하면서도 자신은 믿는 일이 충분히 있을 수 있지 않은가.

남을 식별할 때 사람들의 인상만큼 종잡을 수 없는 것도 없네. 누구나 자기 이웃 사람을 알아보지만, 그렇게 알아보게 된 이유를 제시할 수 있는 예는 아주 드물지. 보베 씨의 맹목적인 믿음에 대해 레트왈르 신문기자가 화낼 권리는 없는 걸세.

이 사나이에 얽힌 의심스러운 점들은 그에게 혐의를 두려는 이 논자의 암시보다는 '낭만적이고 남의 일에 참견 잘하는 호인'이라는 내 가정과 훨씬 잘 들어맞는다는 것을 알 걸세.

한번 그에 대해 맹목적인 믿음, 즉 선의의 해석을 내리면, 열쇠 구멍에 꽂혔던 장미꽃, 석판에 '마리'라고 씌어 있었던 것, 친척 사나이들을 멀리했던 것, 그들에게 시체를 보여주기 싫어했던 것, 자기가 돌아올 때까지 경찰과 이야기해선 안 된다고 B부인에게 주의시킨 것, 또 마지막으로 자기 아닌 어느 누구도 일 처리에 관여시키지 않으리라 결심한 점 등에 별 어려움 없이 설명할 수 있을 거라네.

보베가 마리의 구혼자 가운데 하나였고, 마리가 그에게 교태를 부렸으며, 보베가 마리와 가까이 지냈던 것으로 모두에게 인정받고 싶어 했다는 점 등이 나에게는 모두 틀림없는 일로 여겨지네. 이 점에 대해서는 더 이상 말하지 않겠네.

그리고 어머니나 다른 친척들이 냉담했다는, 즉 그들이 시체를 향수가게 여점원으로 믿는 것과는 완전히 반대될 정도로 냉담한 반응을 보였다는 레트왈르 신문의 주장은 완전히 반증이 된 만큼, 신원 감정 문제는 우리가 납득할 만큼 해결된 것으로 보고 나아가세."

여기서 나는 물었다.

"그럼 르콤메르시엘 신문의 의견에 대해서는 어떻게 생각하나?"

"그 의견은, 이 문제에 관해 발표된 어느 기사보다도 훨씬 주목할 가치가 있다고 여기네. 그 전제로부터의 추리는 이지적이고 날카롭지. 그러나 그 전제는 적어도 두 가지 점에서 불완전한 관찰에 바탕을 두고 있네.

르콤메르시엘 신문은 마리가 어머니 집에서 그리 멀지 않은 곳에서 추잡한 건달패에게 붙들린 거라고 암시하고 있네. '얼굴이 널리 알려진 이 아가씨가 네거리의 세 구역을 지나도록 아무도 본 사람이 없다는 건 있을 수 없는 일이다'라고 이 신문은 역설하고 있지.

이것은 파리에서 공적인 사람으로서 살며 시내를 걷더라도 대개 관청이나 회사 언저리밖에 오가지 않는 오래된 사람의 생각일세. 그런 사람은 자기 사무실에서 열 구역이나 가도록 자기를 알아보고 말을 건네는 사람이 없는 경우란 좀처럼 드물다는 걸 알고 있지.

그는 자신이 몇 사람을 알고 있으며, 또 자신을 아는 사람은 얼마나 되는지 잘 알고 있기 때문에 그는 자신과 향수가게 여점원의 얼굴이 알려진 정도를 비교해보고 그리 큰 차이가 없다고 생각한 걸세. 그러니 그녀가 거리를 걸어가면 자기와 마찬가지로 남의 눈에 띄리라는 결론에 이른 거지.

그러나 이것은 그녀 발길이 그처럼 늘 변함없이 일정한 방향으로 움직이고 또한 한정된 특수구역 안은 건을 경우에만 해당될 수 있는 일이야. 말하자면 같은 직종에 종사하는 사람들이 갖는 동료의식에서 호기심을 품고 그의 모습을 관찰하는, 그런 이들이 잔뜩 있는 제한된 구역을 늘 정해진 시간에 오가고 있는 걸세.

마리는 대체로 발길 닿는 대로 돌아다녔으리라고 생각해도 좋을 거야. 더욱이 이번 경우는 여느 때와는 전혀 다른 길을 택했을 가능성이 짙지.

르콤메르시엘 신문기자가 품고 있다고 생각되는 논리는 두 사람이 도시의 한끝에서 다른 한끝까지 지나갈 경우에만 입증될 수 있을 걸세. 이 경우 낯익은 사람의 수가 같다고 하면 같은 수의 친지와 만날 확률도 역시 같겠지.

나는 마리가 언제 어떤 시간에라도 자기가 아는 사람, 또는 자기를 아는 사람 가운데 아무도 만나지 않고 자기 집에서 숙모 집까지 여러 길 가운데 어느 하나를 지나가는 일이 가능할 뿐 아니라 충분히 있을 수 있다고 생각하네.

우리가 이 문제를 올바르게 파악하기 위해서는 파리의 가장 저명한 사람도 그 친지 수와 전체 파리 인구 사이에는 아주 큰 차이가 있다는 것을 단단히 마음에 새겨두지 않으면 안 되네.

그러나 르콤메르시엘 신문의 제의에는 여전히 설득력이 있는 것처럼 보일 수도 있네. 하지만 그것도 아가씨가 집을 나선 시각을 고려하면 크게 줄어들 걸세.

'그녀가 집을 나섰을 때는 거리가 사람들로 붐비는 시각이었다' 고 르콤메르시엘 신문은 쓰고 있지. 그러나 그렇지 않아. 아침 9시였네.

일주일 가운데 '일요일이라면' 확실히 아침 9시면 시내의 어느 거리나 교회 갈 준비를 하고 있지. 일요일 아침 8시부터 10시 무렵까지는 언제나 시내가 텅 빈 것 같은 이상한 분위기에 잠기는 것을 주의 깊은 사람이라면 누구든 깨닫지 못할 까닭이 없네. 10시부터 11시까지는 거리가 붐비지만, 지금 말했듯이 그보다 이른 시간에는 그렇지 않아.

르콤메르시엘 신문에는 또 하나 '관찰' 부족으로 보이는 점이 있네. 이렇게 쓰고 있지. '그 불행한 아가씨의 속옷은 길이 60센티미터, 폭 30센티미터로 찢어져 그 조각이 후두부에서 턱 밑에서 돌려져 매듭지어져 있었는데, 아마 비명을 지르지 못하게 하기 위해서였으리라. 이것은 손수건을 갖고 다니지 않는 이들의 짓이다'라고.

이 착상에 충분한 근거가 있는지 앞으로 검토해볼 문제지만, '손수건을 갖고 다니지 않는 이들'이라는 말로 이 필자가 가리키는 것은 추잡한 건달패들일 걸세. 그러나 이러한 자들이야말로 셔츠는 입지 않아도 손수건만은 틀림없이 갖고 다니지. 자네도 관찰할 기회가 있어서 알겠지만, 요즘 진짜 악당들에게 절대적으로 필요해져버린 게 바로 손수건 아닌가."

"그럼 르솔레이유 기사는 어떻게 생각해야 하지?"

"그 기자가 앵무새로 태어나지 않은 것이 참으로 유감이야. 앵무새로 태어났더라면 가장 유명한 앵무새가 되었을 텐데. 그는 이미 발표된 의견들을 하나하나 그대로 되풀이했을 뿐이네. 이 신문 저

신문에서 갸륵할 정도로 부지런히 주워 모아서 말일세.

그는 이렇게 쓰고 있지. '그 물건들은 모두 적어도 3, 4주일 전부터 그곳에 있었던 게 틀림없다. 따라서 이 가공할 흉행의 현장이 발견되었음은 의심할 여지가 없다'고 여기서 르솔레이유가 되풀이하고 있는 사실들은 이 문제에 관한 나 자신의 의문을 풀어주기엔 너무도 거리가 멀지만, 나중에 다른 문제를 생각할 때 좀 더 자세히 살펴보기로 하세.

우선 우리는 다른 것을 조사하지 않으면 안 되네. 자네도 시체 조사가 매우 부주의했다는 점을 깨달았을 걸세. 물론 신원은 곧 확인되었지. 아니, 당연히 확인되었어야만 했네. 그러나 그 밖에도 또 확인해야 할 점들이 있었어.

시체는 어떤 점에서든 '도난당한' 게 없었던가? 피해자가 집을 나설 때 보석류를 몸에 지니지 않았던가? 발견될 때 그것을 몸에 지니고 있었던가?

이런 것들은 중요한 문제인데도 증언에서 전혀 나오지 않았으며, 이 밖에도 그에 못지않게 중요하면서도 전혀 관심을 끌지 못한 것들이 있다네. 우리가 직접 조사해야만 하는 것들이지.

생 테스타슈에 대해서도 다시 검토할 필요가 있어. 나는 이 사람을 조금도 의심하지 않네. 그러나 순서대로 일을 진행시키도록 하지. 일요일 그의 행적에 대한 구술서의 진위를 조금의 의문도 남지 않도록 확인해보기로 하세.

이런 종류의 구술서는 자칫 일을 애매하게 만드는 바탕이 되네. 그러나 이 점에서 아무 잘못이 없다면 우리는 생 테스타슈를 조사에서 빼기로 하세. 구술서에 거짓이 있을 경우 그의 자살은 혐의를 짙게 하지만, 거짓이 없을 경우는 자살이 결코 설명할 수 없는 사태가 아니며, 그 때문에 우리가 정상적인 분석의 선에서 빗나갈 필요도 없지.

내가 이제 제의하려는 것은 이 비극의 내적인 문제들은 내버려두고 그 둘레로 주의를 집중시키자는 걸세. 이 같은 조사에서 곧잘 저지르는 잘못은 직접적인 사건에만 수사를 국한시키고 방계적 또는 부수적인 사건을 완전히 무시해버리는 일일세. 증언과 변론을 뚜렷이 관련 있는 것에만 국한시키는 건 법정의 악습이지.

그러나 경험이, 진정한 철학이 변함없이 가르쳐주는 바에 따르면 많은 진실은, 아니, 어쩌면 과반수의 진실은 겉보기에는 아무 관련 없는 것으로부터 나오는 것일세. 근대과학이 예측하기 어려운 것에 의존하는 것도 이와 비슷한 취지에 그 바탕을 둔 것이지.

자네는 아마 내 말을 잘 이해하지 못할 거야. 인간 지식의 역사는 인류의 귀중한 많은 발견들이 방계적이고 우발적이고 이례적인 사건늘 넉분임을 줄기차게 보여주었기 때문에 마침내 미래의 발선을 내다보는 데 있어서도 평범한 예상의 영역을 크게 벗어나 우연히 생기는 발견에 대해 더욱 큰 비중을 둘 필요가 있게 된 것일세.

이러이러해야 한다는 예견에 입각하는 것은 이미 이론에 합당치 않게 되었지. '우연'이 기초의 일부로 인정받고 있는 것이니까. 우연을 실제의 계산문제로 삼는 거지. 학교의 수학 공식에서는 예기하지도 않고 염두에도 두지 않는 것을 다루자는 걸세.

되풀이 말하지만 온갖 진실의 과반수가 방계적인 것에서 나왔다는 건 의심할 나위 없는 사실이며, 따라서 내가 이미 충분히 조사되고도 지금껏 아무 성과 없는 사건의 내부에서 이 사건의 수사방향을, 그것을 둘러싼 그때의 상황으로 돌리려는 것은 이 사실에 담겨 있는 원리 정신에 따르는 것일 뿐일세.

자네는 저 구술서의 진위를 확인해주게. 나는 그동안 자네가 지금까지 했던 것보다 좀 더 광범위하게 신문들을 검토하겠네. 이제까지 우리는 이미 조사된 영역을 답사한 데 지나지 않아. 그러나 발표된 인쇄물들을 방금 내가 말한 것처럼 광범위하게 살펴보면, 수사의 방향을 정해줄 자세한 지점들이 나타날 걸세. 나타나지 않는다면 그야말로 이상한 일이지."

뒤팽의 지시에 따라 나는 구술서의 내용을 자세히 조사해보았다. 그 결과 구술서에는 거짓이 없으며, 따라서 생 테스타슈는 무죄임을 확신했다.

한편 뒤팽은 내가 보기엔 아무 까닭도 없이 꼼꼼하게 각종 신문철을 줄곧 조사하고 있었다. 일주일 뒤 그는 다음과 같은 발췌문을 내 앞에 내놓았다.

3년 반쯤 전에 마리 로제는 팔레 로와이얄의 르 블랑 씨 향수가게에서 모습을 감추어 이번과 거의 똑같은 소동을 일으켰다. 그 일주일 뒤 그녀는 얼굴이 좀 핼쑥했지만 여느 때처럼 가게에 다시 모습을 나타냈다. 르 블랑 씨와 어머니가 전하는 바로는, 그녀는 시골의 친지한테 가 있었다는 이야기였다. 이 사건은 곧 잠잠해졌다. 우리는 이번 잠적도 그와 같은 성질의 변덕이며, 일주일이나 한 달 뒤 다시 그녀 모습을 보게 되지 않을까 생각한다.

― 6월 23일 월요일, 이브닝페이퍼(뉴욕 익스프레스) 신문

어제의 한 석간신문은 전에도 마리 로제에게 수수께끼의 실종사건이

있었음을 쓰고 있다. 르 블랑의 향수가게에서 사라졌던 일주일 동안 그녀가 난봉꾼으로 이름난 한 젊은 해군 장교와 함께 있었다는 것은 널리 알려진 사실이다. 다행히도 그녀가 일주일 뒤 돌아오게 된 것은 그들이 다투었기 때문으로 추측된다. 지금 파리에 머물고 있는 이 바람둥이의 이름을 우리는 알지만 뚜렷한 이유가 있어 공표하기를 삼간다.

— 6월 24일 화요일 조간, 르메르퀴르(뉴욕 헤럴드) 신문

흉악하기 이를 데 없는 폭행이 엊그제 파리 변두리에서 일어났다. 아내와 딸을 거느린 한 신사가 해질 무렵 보트를 저으며 센 강 기슭 언저리를 하릴없이 오락가락하고 있던 여섯 명의 젊은이에게 부탁하여 강을 건너갔다. 건너편 기슭에 닿아 배에서 내려 보트가 보이지 않는 곳까지 갔을 때 딸이 배에 파라솔을 두고 내렸음을 깨달았다. 그녀는 그것을 가지러 되돌아갔다가 이 불량배들에게 붙잡혀 강 가운데로 끌려가 재갈을 물리고 폭행당했으며, 처음 부모와 함께 보트에 올라탄 지점에서 그리 멀지 않은 곳의 기슭에 버려졌다. 악당들은 지금 달아났지만, 경찰이 뒤쫓고 있어 그 가운데 몇 명은 머지않아 잡힐 것으로 보인다.

— 6월 25일, 모닝페이퍼(뉴욕 커리어앤드인콰이어리) 신문

우리 신문사는 이번의 흉악 범죄가 메네(혐의를 받아 처음에 체포된 이들 가운데 한 사람, 증거가 없어 석방됨)의 짓이라는 투서를 두어 통 받았지만 당국의 조사 결과 결백함이 밝혀졌고, 투서가들의 주장이 열의에 차 있으나 사려가 부족해 보이므로 공표할 가치가 있다고는 생각지 않는다.

— 6월 28일, 모닝페이퍼 신문

우리 신문사에서는 저마다 다른 사람이 보낸 게 뚜렷한 격렬한 어조의 투서 몇 통을 받았는데, 이들 투서는 불행한 마리 로제가 일요일에 시 변두리에서 날뛰는 수많은 불량배들 가운데 누군가에게 희생되었음이 틀림없다고 잠깐 말하고 있다. 우리의 견해도 이 추측을 지지하는 바이다. 앞으로 지면을 할애하여 이런 주장들의 일부를 게재하려고 한다.
　　　　　　　－ 6월 31일(지은이가 잘못 쓴 날짜임) 화요일,
　　　　　　　　　　　　이브닝페이퍼(뉴욕 이브닝포스트) 신문

　월요일, 세무국 소속 나룻배 사공이 센 강을 떠내려가는 빈 보트를 발견했다. 그 보트의 돛은 배 바닥에 놓여 있었다. 사공은 보트를 나룻배 사무실 밑까지 끌고 갔다. 그러나 이튿날 아침 보트가 아무도 모르게 그 자리에서 없어졌다. 배의 열쇠만은 지금 사무실에 보관되어 있다.
　　　　　　　－ 6월 26일 목요일, 라딜리장스(뉴욕 스탠더드) 신문

　여러 발췌문을 읽고 난 나는 그것들이 모두 엉뚱하게 보일 뿐, 어느 하나도 당면문제와 어떻게 결부되는 것인지 알 수 없었다. 나는 뒤팽의 설명을 기다렸다.
　"나는 이 발췌문 가운데 첫째와 둘째 것에 매달릴 생각은 없네. 내가 이걸 베낀 것은 주로 경찰의 태만을 자네에게 알려주기 위해서라네. 내가 경찰국장의 말로 미루어 알 수 있는 한, 여기 언급된 실종과 두 번째 실종 사이에 아무 연결도 상상할 수 없다는 것은 정말 우스꽝스런 일이지.
　첫 번째 사랑의 도피가 연인들 사이의 싸움으로 인해 배신당한 여자가 집으로 돌아옴으로써 끝났다고 치세. 그렇다면 두 번째 사

랑의 도피는 다른 남자의 새로운 유혹의 결과이기보다 전에 배신했던 사나이가 다시 찾아왔음을 나타내는 거라는 생각이 먼저 떠오르지 않겠나.

즉, 그것은 새로운 사랑의 시작보다는 옛사랑의 재회로 봐야 하지 않겠는가 말일세. 전에 한 사나이에게서 함께 달아나자는 유혹을 받은 마리에게 또 다른 사나이가 같은 유혹을 했을 가능성보다는 전에 마리와 사랑의 줄행랑을 친 사나이가 또다시 유혹했을 가능성이 열 배나 크지 않겠느냐는 말이네.

여기서 자네의 주의를 불러일으키고 싶은 건 처음에 확인된 사랑의 도피와 두 번째 가상적인 사랑의 도피 사이의 기간이 우리 나라 군함이 순양 항해에 걸리는 기간보다 겨우 두어 달밖에 더 길지 않다는 사실이세. 그 애인이 항해를 나갈 수밖에 없어 처음의 악행이 중도에서 좌절되었다면, 귀국하자마자 곧장 아직 완전히 이루어지지 않은, 아니, 자기가 아직 완전히 이루지 못한 비열한 음모를 다시 꾸미기 시작했다면? 이러한 것들을 우리는 아무것도 모르고 있지.

하지만 자네는 두 번째 경우에는 아무런 사랑의 도피행도 추측되지 않는다고 하겠지. 확실히 추측되지 않네. 그러나 좌절된 계획이 없었다고 선뜻 말할 수 있을까? 생 테스타슈와 보베 말고는, 남들도 인정하는 마리의 공공연하고 어엿한 구혼자를 찾아볼 수 없네. 다른 자에 대해선 전혀 아무 말도 없어.

그렇다면 그에 대해 대부분의 친척들은 아무것도 모르지만, 마리 자신이 일요일 아침에 만나 룰르 관문의 외진 숲속에서 저녁 어스름이 질 무렵까지 함께 있기를 주저하지 않을 만큼 깊이 믿었던 그 비밀의 애인은 누구란 말인가? 내가 묻는 것은 적어도 친척들 대부분이 아무도 모르고 있는 그 비밀의 애인이 누구냐는 것일세.

그리고 마리가 집을 나간 날 아침에 어머니 로제 부인이 한 그 이상스러운 예언, '마리를 이제 두 번 다시 볼 수 없을지 모른다'는 말은 대체 무엇을 뜻하는가?

그러나 비록 어머니가 사랑의 도피 계획을 어렴풋이 알고 있었다고 상상하기는 어렵더라도 적어도 딸 자신이 그러한 계획을 품고 있었다고는 상상할 수 있지 않을까? 집을 나설 때 마리는 데드로메 거리의 아주머니 집에 간다고 했고 생 테스타슈에겐 저녁때 찾아와 주도록 일러놓았지. 얼핏 생각하기엔 이것은 나의 생각과 크게 어긋나 있네.

하지만 잘 생각해보게. 마리가 분명하게 누군가와 만났고 그와 함께 강을 건너 오후 3시라는 늦은 시간에 룰르 관문에 이르렀다는 것은 이미 밝혀진 사실일세.

그러나 '어떤 목적'에서였는지, '어머니가 알고 있었는지 몰랐는지' 하는 게 어떻다 해도 그 사나이에게 함께 갈 것을 승낙하고 마리는 집을 나설 때 아주머니 집에 간다고 알려두었네. 그리고 약혼자 생 테스타슈가 약속한 시각에 데드로메 거리를 찾아가다가 그녀가 오지 않았음을 알고, 게다가 이 놀랄 만한 소식을 갖고 하숙집에 돌아와 그녀가 줄곧 집을 비우고 있었음을 알아차렸을 때 이 약혼자가 얼마나 놀라고 얼마나 의심을 품을 것인지, 그런 일은 충분히 생각하고도 남았을 걸세.

아니, 이런 점들을 틀림없이 생각했을 거야. 생 테스타슈가 화를 낼 거라는 점이나, 모두들 의심을 품으리라는 걸 예상했을 게 틀림없지. 이러한 의심을 겁내지 않고 돌아간다는 생각은 할 수 없었을 걸세. 그러나 처음부터 돌아갈 생각이 '없었다'면 그런 의심 같은 건 그녀에겐 대수롭지 않은 게 되고 말지.

우리는 그녀가 이렇게 생각했을 거라고 상상할 수 있네.

나는 함께 달아날 목적으로, 아니면 나만 알고 있는 다른 목적으로 어느 사람을 만나려고 한다. 아무도 방해하게 할 수는 없다. 그리고 붙잡히지 않을 시간 여유가 있어야 한다.

그러니 데드로메 거리의 아주머니 집에 가서 하루 보낼 거라고 해두자. 생 테스타슈에겐 해질 때까지 나를 마중 오지 않도록 일러두면 긴 시간 집을 비워도 그리 의심받거나 걱정 끼치지 않고 설명이 잘 될 것이고 다른 어떤 방법보다 많은 시간을 벌 수 있으리라. 생 테스타슈에게 해진 뒤 나를 마중 오도록 해두면 결코 그전에는 오지 않을 것이다. 그러나 마중 오라는 말을 전혀 하지 않으면, 내가 달아나기 위한 시간이 그만큼 짧아지고 만다. 왜냐하면 그만큼 빨리 돌아올 것으로 여기게 되고, 내가 없는 것을 그만큼 빨리 걱정하기 시작할 테니까.

내가 결과적으로 돌아올 생각이라면 생 테스타슈에게 마중 오라고 하는 건 현명한 방법이 못 될 거야. 마중 오면 그는 내가 속인 것을 분명히 알고 말 테니까. 그럴 바엔 그에게 아무것도 알리지 않고 집을 나가 해질 때까지 돌아와 데드로메 거리의 아주머니 집에 가 있었다고 하여 언제까지고 모르게 해두는 게 좋지.

하지만 내 속셈은 결코 돌아오지 않는 거야. 적어도 몇 주일 동안, 아니면 어떤 핑계를 만들어내기까지 돌아오지 않는 거니까 나로서 생각해야 될 것은 다만 시간을 버는 일뿐이야.

자네의 메모로 알 수 있듯 이 슬픈 사건에 대한 가장 지배적인 견해는 처음부터 그랬고, 지금 역시 그렇듯 아가씨가 '불량배들'의 희생이 되었다는 것일세. 그런데 어떤 조건 아래에선 세상의 견해라는 걸 무시할 수 없지 저절로 생길 경우, 전적으로 자발적으로 출현했을 경우, 세상의 견해는 천재의 특징인 '직관'과 유사한 걸로 보아야 하네. 나는 백에 아흔 아홉까지는 세상의 견해가 결정하는 데 따르겠네. 그러나 중요한 점은 '암시'의 흔적을 전혀 찾아볼 수 없어야 한다는 점일세. 그 의견이 엄밀하게 '대중 자신의 것'이 아니면 안 돼. 그런데 이 구별을 인식하고 단언하기란 아주 어려운 경우가 많지.

지금의 예에선 불량배들에 대한 세상의 견해는 나의 발췌문 가운데 세 번째 것에 씌어 있는 부수적인 사건에 의해 강화된 것으로 보이네.

젊고 미인으로 소문난 여인 마리의 시체가 발견되어 온 파리가 시끄럽네. 이 시체는 폭행당한 흔적을 간직한 채 강에 떠 있는 게 발견되었지. 그런데 이 아가씨가 살해된 것으로 추정되는 바로 그 시각 또는 거의 비슷한 시각에 유사한 성격의 폭행이 젊은 불량배들에 의해 다른 젊은 여성에게 가해진 사실이 알려졌네. 이미 밝혀진 흉행의 결과가 아직 밝혀지지 않은 또 하나의 흉행에 대한 세상의 판단에 영향을 미치는 게 이상한 일일까?

이 판단이 방향 지시를 기다리고 있는데, 밝혀진 흉행이 아주 안성맞춤으로 그 지시를 내려준 것 같네! 마리도 강에서 발견되고, 바로 이 강에서 그 폭행이 행해진 것일세. 이 두 가지 사건의 연관은 너무도 명료해 보이는 만큼 세상 사람들이 냄새 맡고 포착하지 못했다면 그것이야말로 이상한 일이 아닌가.

　그러나 정말은 하나의 흉행이 그런 식으로 저질러졌다고 밝혀진 것은 오히려 그것과 거의 때를 같이하여 행해진 다른 흉행은 그런 식으로 저질러지지 '않았다'는 증거가 될 뿐이라네. 어떤 장소에서 한 무리의 악당이 악행을 저지르고 있는데, 같은 도시의 같은 지역에서 동일한 사정 아래 똑같은 방법으로, 그것도 같은 시각에 또 한 떼의 비슷한 악당이 같은 성질의 악행을 저지르고 있었다면, 그것이야말로 참으로 기적이라고 할 수 있지 않은가! 그러니 우연의 '암시'에서 생긴 이 세상의 견해는 우리에게 이 놀라운 우연의 일치를 믿으라는 것밖에 아무것도 아니지 않은가?

　이야기를 진행시키기 전에 살해 현장으로 여겨지는 룰르 관문의 그 덤불을 생각해보세. 그 덤불은 깊지만 큰길에서 아주 가깝네. 덤불 속에는 서너 개의 커다란 돌이 등받이와 발판 있는 의자 모양을 이루고 있었네.

　위쪽 돌에서 흰 속치마, 다음 돌에서는 비단 스카프가 발견되었네. 파라솔과 장갑과 손수건 역시 이곳에 있었지. 손수건에는 '마리 로제'라는 이름이 수놓아져 있었네. 옷 조각이 가까운 나뭇가지에 걸려 있었네. 땅바닥은 짓밟혔고, 떨기나무 가지들이 꺾여 있는 등 어느 모로 보나 격투가 벌어진 흔적이 뚜렷했네.

　이 덤불이 발견되자 신문들은 환호성을 올렸고 모두 하나같이 이곳이야말로 바로 흉행의 현장이라고 여겼지만, 그것을 의심할 만한 충분한 이유가 있음을 알아내야만 하네. 그것이 '현장이었다'는 것을 나는 믿을 수도, 믿지 않을 수도 있어. 그러나 의심을 품을 만한 확실한 근거가 있네.

만일 르콤메르시엘 신문이 암시하듯 '진짜 현장'이 파베 생탕드르 거리 언저리였다면, 범인들이 아직 파리에 숨어 있을 경우 그들은 세상 눈길이 이처럼 날카롭게 정확한 방향으로 쏠린 것에 당연히 겁먹게 되었을 걸세. 그리하여 어떤 종류의 두뇌 소유자라도, 이러한 세상의 관심을 다른 곳으로 돌려놓기 위한 노력이 필요하다는 생각이 곧 들겠지. 룰르 관문의 숲은 이미 의심을 받고 있으므로 그 물건들을 그곳에 갖다놓으려는 생각이 당연히 떠올랐을지도 모르네.

르솔레이유 주간지는 그렇게 여기고 있지만, 발견된 물건들이 며칠 이상 그 덤불 속에 있었다는 진정한 증거는 하나도 없으며, 한편 저 숙명적인 일요일부터 남자아이들이 그 물건들을 발견한 날 오후까지의 20일 동안 이 같은 물건이 사람 눈에 띄지 않고 그곳에 놓여 있었을 리는 없다는 정황 증거가 충분히 있네.

르솔레이유는 다른 신문들의 의견을 채택하여 이렇게 쓰고 있지. '그 물건들은 비를 맞아 곰팡이가 나 서로 들러붙어 있었다. 둘레에 자란 풀로 뒤덮여 있는 것도 있었다. 파라솔의 비단 천은 튼튼했으나 안쪽의 실밥이 풀려 있었다. 두 겹으로 겹쳐진 파라솔 윗부분은 곰팡이가 몹시 슬고 삭아서 펴는 순간 찢어져버렸다'라고.

'둘레에 자란 풀로 뒤덮여 있는 것도 있었다'는 건 다만 두 남자아이의 말로, 즉 그들의 기억으로밖에 확인할 수 없었던 게 뚜렷하네. 이 남자아이들이 물건을 주워 집에 가지고 돌아올 때까지 아무에게도 발견되지 않았으니까.

그러나 그 살인이 있었던 때와 같은 덥고 습한 날씨에 풀은 하루 동안 5, 6센티미터 자라네. 잔디를 새로 깐 땅바닥에 파라솔을 놓으면 일주일 후면 무럭무럭 자란 풀로 완전히 보이지 않게 되는 것처럼.

그리고 르솔레이유 기자가 예로 든 짧은 문장 속에서 세 번이나 되풀이 강조하고 있는 곰팡이에 대해서인데, 이 기자는 곰팡이의 성질을 정말 하나도 모르는 걸까? 곰팡이는 수많은 균 종류의 하나로 생겨난 지 24시간 만에 죽어버리는 게 일반적인 특징인데, 그 친구는 그런 것도 모르고 있었단 말인가?

따라서 우리는 이 물건들이 적어도 3, 4주일 전부터 그 덤불 속에 있었다는 의견을 뒷받침하기 위해 기자가 몹시 의기양양하게 들고 있는 것들이 증거로는 전혀 터무니없는 것임을 한눈에 알 수 있지. 또 한편 이 물건들이 일주일보다 긴 시간, 즉 어느 일요일부터 다음 일요일까지의 긴 시간, 문제의 덤불 속에 놓여 있었으리라는 사실은 너무 믿기 어려운 일이야.

파리 변두리를 조금이라도 아는 이라면 아주 멀리 나가지 않는 한 '사람 눈에 띄지 않는 곳' 따윈 좀처럼 찾아볼 수 없음을 알 걸세. 변두리 숲이나 들 가운데 아무도 발을 들여놓지 않은 곳이나 드물 정도로 사람이 가지 않는 곳 따위는 거의 상상할 수 없지.

본디 자연애호가지만 일 때문에 부득이 이 대도시의 먼지와 열기에 붙잡혀 있는 사람에게 평일이라도 근교의 아름다운 자연 경치 속에서 고독에의 갈증을 풀라고 해보게. 그는 걸음을 옮기는 곳곳에서 어떤 건달이나 난장판을 벌이고 있는 불량배들 목소리며 모습 때문에 모처럼 깊어지는 흥취가 금방 깨진다는 걸 알게 될 걸세.

아무리 깊은 숲속에 혼자 있을 만한 곳을 찾으려 해도 전혀 헛일이 될 거야. 이곳의 으슥한 곳엔 지저분한 이들이 넘치고, 저곳의 신전은 더렵혀져 있다는 식이지. 이 산책가는 욕지기를 느끼며 비록 오염의 시궁창이라 할지라도 부조화가 적은 파리로 다시 달아나 버리고 말 걸세.

여느 날에도 이토록 시끄럽다면, 안식일쯤 되면 얼마나 더 심하겠는가! 그때에는 특히 일에서 풀려나고, 또 여느 때 악행의 기회를 잃은 시내 불량배들이 변두리로 몰리지.

그들이 마음속으로 경멸하는 전원을 사랑해서가 아니라, 사회의 제약과 인습에서 달아나기 위해서일세. 신선한 공기나 푸른 나무들을 찾는 게 아니고 시골의 철저한 자유와 방종을 찾는 거지.

이런 교외에서 길가 술집이나 숲의 나무 그늘에 앉아 유쾌한 동료들 말고는 아무도 지켜보는 사람이 없는 가운데 자유와 럼주의 공동 산물이 꾸며낸 환락의 광적인 도가니 속으로 빠져드는 거니까.

파리 변두리의 어떠한 덤불 속에서라도 어느 일요일부터 다음 일요일까지보다 긴 기간 동안 그 물건들이 아무 눈에도 띄지 않고 있었다면, 그건 거의 기적에 가까운 일로 여겨져야 한다는 걸 나는 되풀이 말하고 싶은데, 이것은 냉정한 관찰자라면 누구에게나 뚜렷한 사실을 말하고 있는 데 지나지 않네.

그러나 그 물건들이 흉행의 진짜 현장으로부터 주의를 돌리게 할 목적으로 저 덤불 속에 숨겨졌을 거라는 의심에는 또 다른 근거가 없는 것도 아닐세. 먼저 저 물건들이 발견된 날짜에 주의해주기 바라네.

이 날짜를 내가 신문에서 베껴낸 다섯 번째 발췌문의 날짜와 대조해보게. 저녁 신문에 극성스러운 투서들이 들어온 거의 바로 뒤에 이 물건들이 발견되었음을 알게 될 걸세.

이들 투서는 내용도 보낸 사람도 모두 다른 듯 보이지만 그 요점은 같네. 즉 흉행의 범인을 '불량배들'로, 그리고 그 현장을 룰르 관문 언저리로 하여 사람들 주의를 돌리려 하고 있어. 물론 이 투서들 때문에, 또는 그에 의해 세상의 관심이 그쪽으로 쏠려 남자아이들이 그 물건들을 발견하기에 이르렀다는 건 아니네. 그 물건들이 '그전에 발견되지 않은 것'은 그전에는 그 덤불 속에 있지 않았기 때문이며, 투서의 날짜와 같든가 그보다 겨우 조금 전에야 비로소 투서를 써서 보낸 범인 자신이 직접 그곳에 갖다놓았기 때문이라는 의심이 생기고, 또 그런 의심을 품을 만한 충분한 이유도 있지.

그 덤불은 색다른, 아주 색다른 덤불이었고 몹시 우거졌지. 천연의 벽으로 둘러싸인 그 속에 '등받이와 발판이 있는 의자 모양'을 이루며 세 개의 색다른 돌이 있었네. 그리고 교묘하게 꾸며진 그 덤불은 드뤼크 부인의 집에서 겨우 10여 미터 거리에 있으며, 게다가 그녀의 아들들이 늘 녹나무 껍질을 찾으러 그 언저리 떨기나무를 꼼꼼히 찾아다니는 곳일세.

그 아이들 가운데 적어도 어느 하나가 이 나무 그늘의 홀에 숨어들어가 천연의 옥좌에 앉지 않는 날이 단 하루도 없었을 거라고 하면 지나친 추측일까? 천에 하나라도 경솔한 추측일까? 그렇게 추측하길 주저하는 자라면 소년시절이 전혀 없었거나 소년의 심정을 잊어버린 자가 아닐까.

다시 말하지만, 이 물건들이 하루이틀 넘게 이 덤불 속에서 발견되지 않았다고 생각하긴 매우 어려우며, 르솔레이유 주간지의 고집스러운 무지함에도 불구하고 이 물건들이 나중에 발견 장소에 옮겨졌을 거라고 의심할 이유가 충분한 걸세.

그러나 그렇게 믿는 데에는 지금까지 내가 주장한 것보다 더 유력한 이유가 있지. 자, 이번에는 이 물건들이 몹시 인위적으로 배치되어 있었던 점에 주목해주게. 위쪽의 돌에는 흰 속치마가 놓여 있었지. 두 번째 돌에는 실크 스카프가, 그 둘레에 파라솔과 장갑과 '마리 로제' 이름이 수놓인 손수건이 흩어져 있었네. 이것이야말로 머리가 그다지 총명하지 못한 사람이 이 물건들을 '자연스럽게' 늘어놓고 싶을 때 '자연스럽게' 떠오를 수 있는 배치일세.

결론짓자면, 그것은 결코 '자연스러운' 배치가 아니지. 나라면 모두 땅바닥에다 발로 짓뭉개놓았을 걸세. 저 좁은 나무 그늘 속에서 많은 사람의 격투로 여기저기 찢어진 속치마와 스카프가 돌 위에 그런 식으로 얌전하게 놓일 수는 도저히 없을 테니까.

그리고 '격투가 벌어진 흔적이 뚜렷했다. 땅바닥은 짓밟히고 떨기나무 가지는 꺾여 있었다'고 이 주간지에는 씌어 있었네. 하지만 속치마나 스카프는 마치 선반 위에 놓아둔 것 같잖아. '덤불에 걸려 찢어진 프록코트의 천 조각들은 폭 7센티미터, 길이 15센티미터쯤이었다. 그 한 조각은 프록코트의 가장자리로 기워져 있었으며, 다른 한 조각은 스커트의 한 부분이지만 자락은 아니었다. 어느 것이나 모두 잡아 찢겨진 조각처럼 보였다'고 르솔레이유 주간지는 썼지.

자, 여기서 르솔레이유 주간지는 매우 무심하며 의심스러운 말을 쓰고 말았네. 과연 옷 조각은 그들이 말하는 것처럼 잡아당겨 찢어진 것 같단 말일세. 그들은 당연히 가시에 걸려 찢어진 옷 조각이라 믿고 있을 테지만, 옷 조각이 가시에 걸려 '잡아 찢겨지는 일'은 좀처럼 있을 수 없네.

왜냐하면 그 옷감의 성질상 가시나 못에 걸리면 '직각'으로 찢어지게 되어 있기 때문이지. 즉 가시가 박힌 곳을 정점으로 하여 서로 직각을 이루는 두 선으로 갈라지지. 그러니 옷 조각이 '잡아 찢겨지는' 일은 거의 생각할 수 없네. 나는 그런 걸 본 일이 없어. 자네 역시 마찬가지 아닌가.

그런 옷감에서 조각을 찢어 떼어내려면 대부분의 경우, 서로 다른 방향으로 작용하는 두 개의 다른 힘이 필요하게 되네. 옷감 양쪽이 가장자리로 되어 있다면, 손수건이라 가정한다면, 그리고 한 조각을 손수건에서 떼어내려고 한다면 하나의 힘으로도 충분할 테지. 그러나 지금의 경우는 한쪽밖에 가장자리가 없는 옷이네. 가장자리가 전혀 없는 옷 안쪽에서 조각을 찢어낸다는 건 가시의 힘 따위로는 기적일 수밖에 없으며, '한 개의 가시'로는 절대 못 할 일이지.

비록 가장자리가 있는 부분이라도 두 개의 가시가 필요하며, 다른 방향으로 작용하지 않으면 안 되네. 그리고 이것도 가장자리를 두르지 않았을 경우의 일이지. 가장자리를 두른 옷이라면 도저히 적용이 되지 않네.

그런 까닭에 온전히 가시만으로 조각이 잡아 찢겨졌다고 보기에는 설명되지 않는다는 결론에 이르네. 그런데 하나도 아닌 많은 조각이 이런 식으로 잡아 찢겨졌다고 믿으라는 게 아닌가.

거기다 조각 하나는 프록코트의 가장자리였다니! 그리고 또 하나의 조각은 '스커트의 한 부분이지만 자락은 아니었다'는 것이네. 이건 옷 가장자리도 아닌 중간 부분이 가시의 힘으로 완전히 뜯겨 나갔다는 뜻일세! 그러니 이런 것을 누구든 믿지 않는다 해도 조금도 나무랄 수 없는 거야.

이 모두를 합친 것보다도 더 의심이 가는 점이 있다네. 그것은 시체를 치울 만큼 조심스러운 '범인들'이 그 덤불 속에 이런 물건을 남겨두었다는 바로 그 사실이라네.

이 덤불이 살인 현장이라는 걸 부인하는 게 내 의도라고 생각한다면, 자네는 내 말을 잘못 이해한 것이네. '이곳에서' 악행이 저질러졌을지도 모르는 일이나, 그보다 드뤼크 부인의 집에서 사건이 일어났을 가능성이 더 크다는 생각이 드네.

하지만 이것은 그리 중요한 게 아니야. 우리는 범행 현장을 발견하려는 게 아니라 살인범을 찾아내려는 거니까. 내가 지금까지 여러 가지로 자세히 늘어놓은 가능성들은 결국 다음과 같은 의도에 서였네.

첫째는 르솔레이유 주간지의 독단적인 주장이 얼마나 어리석은가를 증명하려는 것이고, 가장 중요한 두 번째, 이렇게 자연스러운 결론 이후 자네가 이 살인이 '불량배들'의 소행일까 하는 점을 더욱 깊이 생각하도록 하기 위함이었네.

다시 이 문제로 돌아가기 전에 검시의의 불쾌한 보고에 대해 간단히 이야기해두세. 악한의 인원수에 관한 이 의사의 추론이 파리의 이름난 해부학자들로부터 부당하고 전혀 근거 없는 일로 당연히 조롱받았다는 것만 말해두면 되겠지.

그의 추리가 단순히 빗나갔을지도 모른다는 게 아니라 그런 추론을 할 만한 근거가 전혀 없었다는 걸세. 달리 추리해볼 근거가 그토록 없었던 것일까?

그렇다면 '격투의 흔적'에 관해 생각해보세. 이 흔적이 무엇을 나타내는 거라고 생각하나? 물론 불량배들이지. 그러나 그것은 오히려 불량배들이 없었다는 것을 나타내는 게 아닐까?

가냘픈 아가씨와 가상의 불량배들 사이에 무슨 격투가 벌어질 수 있었겠는가? 사방에 그 흔적을 남길 만큼 오랜 격렬한 격투가 어떻게 벌어질 수 있었는가 말일세. 두어 명의 거센 팔뚝이 말없이 움켜잡으면 상황은 끝났을 거야. 피해자는 놈들의 뜻에 굴복할 수밖에 없었을 테고.

아마도 자네는 그 덤불이 범행 현장이 아닐지도 모른다는 주장에 대해 여러 명의 불량배들이 벌인 현장은 아니라는 사실을 각인하게 됐을 거야. 범인이 '단 한 사람'이라고 가정하면, 그리고 그렇게 가정해야만 흔적을 뚜렷이 남길 만큼 격렬하고 완강한 격투를 생각할 수 있지.

아, 하나 더. 덤불 속에 발견된 물건들이 남아 있을 수 있다는 그 사실은 그것 자체가 의심스럽다고 이미 말했네. 이런 범죄의 증거물들이 그 발견 장소에 우연히 남겨지게 되었다는 것은 아무래도 있을 수 없는 일로 생각되네.

범인들은 부패로 인해 발견될 특징조차 사라지게 될 시체를 치울 만큼 침착한데도, 적어도 그렇게 생각되는데도, 시체보다 더욱 뚜렷한 증거물을 범행 현장에 발견되게끔 남겨놓았네.

특징적인 것이 바로 피해자 이름이 적힌 손수건일세. 이게 실수라면 '불량배들'의 실수는 아니라고. 어떤 개인의 실수로밖에 생각할 수 없네.

상상해보게나. 살인을 저지른 사람이 있네. 그의 곁에는 죽은 사람밖에 없네. 곧바로 그는 눈앞의 움직이지 않게 된 시체에 덜컥 겁을 먹을 거야. 격렬하게 달아올랐던 감정이 가라앉고 나면 그의 가슴속에 당연히 살인의 공포가 가득 들어차네. 패거리라면 드러내는 허세도 전혀 없지. 죽은 자와 살인자, '단둘'뿐이네.

떨리고 앞이 막막할 거야. 그러나 시체는 처리해야지. 그러니 우선 시체만 강으로 나르고 범행의 다른 증거는 뒤에 남겨놓는다 하세. 한꺼번에 모두 가져가는 것이 불가능하기는 않겠지만, 나머지 것을 가지러 돌아오기는 쉬운 일이기 때문일세.

온 힘을 다해 강가에 가는 동안 심리적 공포는 배가 되고 환청도 들릴지 몰라. 목격자가 다가오는 소리조차 들릴지 모르고. 적어도 이런 느낌이 들지, 시내의 작은 불빛조차도 공포로 다가오는.

극도의 공포에 싸인 그는 몇 차례나, 또는 한참을 멈춘 끝에 이윽고 강가에 이르러 그 소름 끼치는 덩어리를 처분하네. 뭐, 보트를 이용했을지도 모르지.

그러나 세상의 어떤 보복의 위협이, 세상의 어떤 힘이, 아니면 보물이라 할지라도 그 외로운 살인자로 하여금 소름 끼치는 추억을 찾아 그 힘겹고도 위험하기 그지없는 덤불로 되돌아가게 할 수 있겠는가? 결과가 어찌 되든 그는 되돌아가지 않을 거야. 되돌아가고 싶어도 되돌아갈 수 없는 걸세. 당장 달아날 생각밖에 안 나지. 공포의 떨기나무 덤불에 영원히 등을 돌리고 다가올 천벌로부터 달아나는 거야.

그러나 패거리가 있었다면 어떻겠나? 여러 명이라면 그들에겐 배짱이 생겨날 걸세. 이 불량배들은 배짱이 없다 해도 패거리는 극악해지고 말 거네.

내가 상상했듯이 한 사람이라면 그런 당황과 미지의 공포로 맥을 못 추게 되겠지만, 여럿이라면 그렇지 않았을 거란 추정이야. 한 놈이나 두 놈, 아니 세 놈까지 실수를 했더라도 네 번째에선 실수를 바로잡았을 거야. 그들은 흔적조차 남기지 않았을 거야. 패거리들은 한꺼번에 '모두' 날랐을 테니까. '되돌아갈' 필요가 없게 되는 거지.

이번에는 발견된 시체의 겉옷이 '밑자락에서 허리 부분까지 폭 30센티미터쯤의 조각이 찢겨 그것이 허리를 세 바퀴 감아 등에 어떤 종류의 매듭으로 매여 있었다'는 상황을 생각해보게. 이것은 분명 시체를 나를 손잡이를 만들려고 한 짓일세.

장정 여럿이면 구태의연한 방식 아닌가? 서너 명만 있었어도 시체의 손발을 충분히 들 수 있었을 테고 또 그것이 좋은 방법이지. 결과지만 이런 궁리는 단 한 사람일 경우가 아닌가.

여기서 생각해보게. 그 숲과 강 사이 나무 울타리가 망가지고 바닥에 무언가 무거운 것을 끈 자국이 역력히 보였다는 사실 말이네. 남자가 여러 명이라면 어떤 울타리도 쉽게 넘었을 테고, 울타리를 부수며 일부러 그 사이로 시체를 끌어내는 쓸데없는 수고를 할 리 있겠는가? 남자 여러 명이라면 자취를 남기지 않고 시체를 옮겼을 텐데!

여기서 바로 르콤메르시엘 신문의 견해에 대해 언급할 필요가 있네. 내가 이미 얼마쯤 비평했던 견해지만. 이 신문은 이렇게 썼지. '그 불행한 아가씨의 속옷은 길이 60센티미터, 폭 30센티미터로 찢어져 그 조각이 후두부에서 턱 밑에서 돌려져 매듭지어져 있었는데, 아마 비명을 지르지 못하게 하기 위해서였으리라. 이것은 손수건을 갖고 다니지 않는 이들의 짓이다'라던 그것.

내가 앞서도 말했지만 진짜 악당이라면 이제 손수건을 휴대하지 않는 경우는 거의 없다네. 그러나 지금 내가 말하려는 건 이런 사실이 아닐세. 바로 천 조각을 사용한 이유는 르콤메르시엘 신문이 상상한 것 같은 목적에 쓸 손수건이 없기 때문이 아니라는 사실이네. 덤불 속에 손수건이 남아 있었던 점이 뚜렷한 이유이고, 또 그 목적이 '비명을 지르지 못하게 하기 위한' 것보다 훨씬 더 알맞은 목적이 있었을 텐데 구태여 그 천 조각을 쓴 점으로 증명된다네.

증인의 말로는 이 문제의 천 조각이 '목에 느슨하게 감겨 단단한 매듭으로 매어져 있었다'고 하는데, 이 말이 애매할지 몰라도 르콤 메르시엘 신문 내용과는 크게 다르네. 조각의 폭이 45센티미터쯤이었고, 모슬린 천이라 해도 세로로 접거나 비틀어서 꼬면 튼튼한 끈이 될 걸세. 당연히 그렇게 꼰 채로 발견되었지.

나의 추리는 이렇다네!

단 한 사람의 범인이 그 덤불이나 다른 어느 곳에서 시체의 허리에 천 조각을 '둘러매고' 얼마쯤 갔는데, 이 방식으로는 무거워서 혼자 움직일 수 없다는 걸 깨달은 거야. 그래서 시체를 끌고 가기로 결심한 거네. 시체가 '끌렸다'는 사실은 증언에도 나와 있으니까.

그렇게 하려면 밧줄 같은 것을 시체의 다른 한쪽 끝에 감아야 하네. 목이 가장 좋지 않을까. 끈이 머리에 고정돼 빠질 염려가 없을 테니.

범인은 먼저 허리에 감긴 천 조각을 떠올렸을 거야. 이 천 조각은 꽤 단단히 매어져 옷에서 떨어지지 않았던 것 같아. 그러니 속치마에서 다른 조각을 쉽게 찢어냈던 거야. 찢어낸 속치마 조각을 단단히 목에 감고는 범인은 강기슭까지 시체를 '끌고' 갔던 걸세.

상당히 공을 들여 만든 불완전한 이 '붕대'는 '그 자체'가 손수건을 손에 넣을 수 없는 상황에 이르러서야 사용할 필요성이 생겼음을 나타내주고 있네.

만약 덤불 속이 범행 현장이라면 범인은 이 덤불에서 나온 뒤 덤불과 강 사이의 그 지점에서 그래야만 하는 필요성이 생겨났음을 증명하는 것이지.

자네는 이렇게 말하지도 몰라. '드뤼크 부인의 증언은 살인이 일어났을 즈음, 덤불 언저리에 한 무리의 불량배가 있었음을 지적하고 있지 않느냐'라고. 그건 나도 인정하네. 그 끔찍한 일이 발생한 시각이나 또는 그 무렵 룰르 관문 언저리에는 드뤼크 부인이 설명한 것과 같은 불량배들이 아마 열 패거리도 넘게 있지 않았을까 생각되네.

뒤늦기도 하고 의심스러운 증언이기는 하네만, 드뤼크 부인이 맹렬히 비난한 불량배들은, 이 고지식한 부인의 말에 따르면, 부인의 가게에서 과자를 먹고 브랜디를 마셔대고는 돈 한 푼 치르지 않은 이들일세. 그 때문에 화가 났던 게 아닐까?

그러나 드뤼크 부인의 명확했던 증언은 어떤가? '한 무리의 건달들이 나타나 소란을 피우며 먹고 마신 다음 돈도 치르지 않고 앞서의 젊은이와 아가씨가 간 방향으로 걸어갔는데, 해질 무렵 다시 술집으로 돌아와서는 몹시 서두르는 태도로 다시 강을 건너갔다'로 되어 있지.

'몹시 서두르는 태도'라고 했는데, 드뤼크 부인의 눈에는 충분히 서두르는 모습으로 비쳤을 게야. 많은 과자와 술을 빼앗긴 그녀에게는 과자와 술에 대한 가격을 치를지 모른다는 희망도 품었을 테니 분했겠지. 그런 상황이 아니라면 '해질 무렵'인데 구태여 '서둘렀다'는 말을 할 까닭이 없었을 테고. 큰 강을 작은 배로 건너가야 하는데 폭풍우가 몰려오고 밤은 다가오고 있으니 아무리 불량배들이라도 빨리 집에 돌아가려고 서두르는 건 너무도 당연하지.

밤은 '다가오고'라고 나는 말했네. 밤이 '아직 안 됐기' 때문이네. 이 '불량배들'이 고지식한 드뤼크 부인에게 점잖지 못하게 서두르는 것으로 비친 건 '해질 무렵'이었지. 드뤼크 부인과 그 큰아들이 술집 가까이에서 여자의 비명 소리를 들은 건 '바로 이날 저녁'이었다고 했고. 이날 저녁 어느 때쯤 비명 소리가 들렸다고 하던가? '어두워지고 난 직후'라고 했지.

여기서 '어두워지고 난 직후'란 적어도 '밤'일세. 그리고 '해질 무렵'이란 분명 오후이지. 그러므로 드뤼크 부인이 별안간 비명을 들은 것보다 '먼저' 그 불량배들은 룰르 관문을 떠났음이 명확하다네.

어느 신문이든 이 증언에 대한 시간차를 알아차릴 수 있는데도 모든 신문과 경찰들은 터무니없는 이 모순을 깨닫지 못했네.

범인은 '불량배들'이 아니라는 내 주장에 한 가지를 덧붙이겠네. 그러나 이 한 가지가 결정적이라네. 막대한 상금이 걸리고, 공범자를 고발하는 자조차 무죄 방면을 약속하는 상황인데도 질 낮은 '불량배들'이건 다른 집단이건 간에 누구도 서로를 배신하지 않았다는 사실 말이네.

이렇다면 상금이나 무죄 방면보다 오히려 동료에게 '배신당할까 두려워', 즉 '자신이 배반당하지 않기 위해' 스스로 배신하고 말 걸세.

누설되지 않은 비밀은 그게 바로 비밀이라는 것을 증명하지. 바로 이 흉악 범죄는 하느님과 범인만 아는 비밀이라는 거지.

빈약하지만 분석을 확실히 종합하고 결론 내리세. 우리는 드뤼크 부인의 집 지붕 아래에서나 룰르 관문 덤불 속에서 피해자의 애인이나 남몰래 가까이 사귄 친구에 의해 살인이 저질러졌다는 생각에 이르렀네.

이 친구란 검은 얼굴빛의 사나이네. 이 얼굴빛에 대해선 천 조각의 매듭이나 모자 끈이 '선원 매듭'이라는 데서 뱃사람의 얼굴빛이지. 발랄하기는 해도 천한 아가씨가 아니었던 피해자와의 교제로 볼 때 이 사나이가 여느 선원보다 신분이 위였음을 말해주네.

신문사에 들어온 긴급 투서가 달필이었던 것도 이 사실을 뚜렷이 해주고 있지. 르메르퀴르 신문에 실린 첫 번째 사랑의 도피 내막으로 판단컨대 이 불행한 아가씨를 죄악에 빠뜨린 뱃사람은 바로 그 '해군 장교'가 아닐까 하는 의심을 품게 하네.

그리고 여기서 떠오르는 건 검은 얼굴의 사나이가 그 뒤 내내 모습을 감추고 있다는 걸세. 이 사나이의 얼굴빛이 검게 그을어 있었는데, 발랑스와 드뤼크 부인이 이 한 가지만 기억하는 것으로 보아 얼굴빛만 도드라질 정도로 특징적이라는 거야.

왜 사나이는 모습을 감추고 있는 것일까? 불량배들에게 살해된 것일까? 그렇다면 왜 살해된 '아가씨의 흔적'만 있는 것일까? 두 범죄 현장은 당연히 같은 장소가 아니겠나. 남자의 시체는 어디로 갔을까? 범인들은 같은 방법으로 두 사람을 처분했을 게 틀림없는데.

만약에 이 사나이가 살아 있다면 살인범으로 몰릴까 두려워 숨었다고 볼 수도 있을 거야. 이만큼 시간이 흘렀고 누군가 마리와 함께였다는 증언도 있었으니 이 사나이가 그런 우려를 품을 법도 하지. 사건 초반에야 거기까지 생각이 미치지 않았을 수 있네. 지금도 걸리는 게 없다면 무엇보다도 흉행을 알리고 악당의 신원을 밝혀내는 일을 돕고 싶었을 거야.

그녀와 함께 있는 걸 타인들이 봤으며, 지붕 없는 나룻배로 그녀와 함께 강을 건너간 것도 사실이니, 범인을 고발하는 게 혐의를 벗는 가장 확실한 방법이라는 것은 어떤 바보라도 알 수 있을 걸세.

운명의 일요일 밤에 이 사나이에게 의심할 여지가 없고, 그가 살인이 일어난 것도 몰랐다고는 도저히 생각할 수 없네. 만에 하나 그럴 가능성이 있다면, 몰랐다는 경우에 한해 이 사나이가 살아 있으면서도 범인을 고발할 수 없었을 거라고 상상할 수 있겠지.

그럼 진상을 밝힐 우리의 수단은 무엇일까? 이 수단들은 일이 진행됨에 따라 더욱더 뚜렷해질 걸세.

먼저 첫 번째 가출을 철저히 조사해보세나. 해군 장교의 자세한 경력과 현재의 상황, 그리고 살인이 저질러진 바로 그 시각에 어디 있었는가를 따져보자고.

불량배들에게 죄를 뒤집어씌우려고 했던, 석간신문에 보내진 여러 투서를 서로 잘 비교해보고, 그것이 끝나면 이 투서들의 문체와 필적을 그전 조간신문에 보내진, 보베의 유죄를 강력히 주장하는 투서들과 비교해보는 걸세.

이 모든 일이 끝나면 다시 이 투서들을 그 장교의 필적과 비교해보는 거야. 그리고 드뤼크 부인과 그 아들, 합승마차 마부 발랑스에게 물어 '검은 얼굴의 사나이'의 태도나 생김새를 자세히 확인하도록 하세.

요령껏 질문하면 이들 가운데 누구에게서든 바로 새로운 정보, 그들 자신도 자기가 알고 있었음을 깨닫지 못했던 어떤 정보를 반드시 끌어낼 수 있을 걸세.

덧붙여 6월 23일 월요일 아침에 나룻배 사공이 발견한 '보트'의 행방을 알아보세. 시체가 발견되기 조금 전 감시인도 모르는 사이에 '배의 키도 없이' 보트 관리사무소에서 없어진 보트에 대해서. 조심성과 끈기만 있으면 반드시 이 보트의 행방이 밝혀질 거야. 그것을 발견한 나룻배 사공이 알아볼 수 있을 뿐만 아니라, 키도 그의 손안에 있으니까. 마음에 아무 거리낌 없는 사람이라면 물어보지도 않고 배의 키를 버리고 가지는 않았을 걸세.

여기서 잠깐 자네에게 물어보겠네. 이 보트를 건져냈다는 '공고'는 아무 신문에도 나지 않았네. 그것은 곧, 말없이 사라졌고 말없이 보트 관리사무소로 옮겨졌다는 거야. 하지만 보트의 소유주나 사용자는 월요일에 건진 보트가 있는 곳을 공고도 하지 않았는데 다음 날인 화요일 아침에 어떻게 그 사실을 알았을까?

이 사나이가 그곳의 상황이나 세부적인 정보도 알 정도로 해군과 밀접한 관련을 갖고 있다고 상상하지 않는 한 말일세.

단독 범인이 시체를 강가까지 끌고 갔다고 묘사할 때 어쩌면 보트를 이용했을지도 모른다는 건 이미 말했네. 이제 우리는 마리가 '보트에서 내던져진 것'이라고 생각해도 좋네. 당연히 그렇게 되었을 걸세. 시체를 강가 얕은 곳에 팽개쳐놓을 수는 없었을 테니까.

피해자의 어깨와 등에 색다른 상처 자국이 나 있는 건 보트 밑바닥에 긁힌 것임을 말해주네. 시체에 추가 달려 있지 않았던 점도 이런 생각을 한층 더 강화시켜주지. 기슭에서 던져 넣은 거라면 틀림없이 추가 달려 있었을 거야. 추가 없었던 것은 범인이 보트를 타고 나가기 전에 미리 추를 준비하지 못했다고 추정할 수 있네. 시체를 물속에 던져 넣으려다가 범인은 자기 실수를 깨달았을 걸세. 그때 당장은 어쩔 도리가 없었겠지. 어떤 위험을 감수하더라도 시체 곁으로 가는 것보단 나았을 테니까.

무서운 짐을 처분한 범인은 서둘러 시내로 돌아갔을 거야. 이름

없는 선창에서 뭍으로 뛰어올랐을 거고. 그러나 보트를 묶었을까? 급한 나머지 보트를 묶어두는 따위의 일은 할 수 없었을 걸세. 선창에 보트를 묶는 건 자기를 향한 증거를 묶어두는 것과 같은 느낌이었을 거야.

범인은 당연히, 범죄와 관련 있는 건 모두 자신과 연관되지 않도록 했겠지. 달아난 선창과 보트의 흔적도 없애려 했을 거야. 틀림없이 보트를 흘러가게 했겠지.

계속 상상해보자고. 다음 날 아침 업무나 어떤 연유로 날마다 자신이 모습을 드러내는 곳에 보트가 있는 것을 보자 이 불쌍한 사나이는 공포에 사로잡혔네. 그날 밤 그는 '키의 행방은 묻지도 않은 채' 보트를 가져가 버리지.

자, 이 키를 잃은 보트는 지금 '어디에' 있을까? 최우선으로 그것을 찾아내야 할 걸세. 이 보트만 눈에 띄면 그 순간이 성공의 순간이니까. 이 보트는 놀랄 만큼 신속하게 운명의 일요일 한밤중에 보트를 사용한 사나이를 찾도록 키를 움직일 거야. 확증은 확증을 낳아 끝내 범인이 밝혀질 테지."

* * *

구체적으로 설명하지는 않았지만 많은 독자가 이미 뚜렷이 알 수 있을 만한 여러 가지 이유로, 우리에게 들어온 원고 가운데 뒤팽이 손에 넣은 얼핏 보아 하찮은 단서를 끝까지 '추적해가는 과정'을 쓴 부분은 여기서 빼기로 한다. 다만 소망한 결과는 실현되어, 경찰국장이 마지못한 태도로 나오긴 했지만 이 탐정과의 계약조항을 충실히 이행했음을 간단하게나마 전해두는 편이 좋으리라.

포 씨의 글은 다음과 같이 끝난다.

-『스노든즈 레이디스 컴패니언』(이 소설의 최초 수록 잡지) 편집자

* * *

우연의 일치에 대해 말할 뿐이며, '그 이상의 것이 아님을' 알아주기 바란다. 그리고 이 문제에 관해서는 지금까지 이야기한 것으로 충분하리라 믿는다.

내 마음속에는 초자연적인 것에 대한 믿음이 존재한다. 자연과 신은 서로 다른 것임을, 적어도 이성적인 인간이라면 부인하지 못할 것이다. 신이 자연을 창조하여 자기 뜻대로 지배하고 바꿀 수 있다는 것 또한 의심의 여지가 없다. 하지만 내가 '뜻대로'라고 쓴 것은 그것이 의지의 문제이지 허튼 논리로 생각하는 것과 같은 능력의 문제가 아니기 때문이다.

신을 모독하는 것은 신이 스스로 법칙을 바꾸지 못하는 것이 아니라 바꿀 필요가 있다고 주장하는 것이다. 애당초 신의 법칙들은 미래에 일어날 수 있는 온갖 우발 사건을 포괄하고 있다. 신에게는 모든 게 현재이니까.

다시 말하지만, 내가 지금까지 한 이야기는 모두 우연의 일치에 의한 것일 뿐이다. 그리고 또 한 가지, 내가 알고 말한 범위 안에서 저 불행한 메리 시실리어 로저스의 운명과 마리 로제의 운명 사이에는 실로 엄청나게 놀라운 평행선이 존재한다는 걸 알게 될 것이다.

하지만 마리의 불행한 이야기를 계속 이어나가고, 그녀에 얽힌 수수께끼를 끝까지 더듬어나간다 해도 이 평행선은 계속될 것이라

는 암시와 더불어 그 사건의 해결을 위해 파리에서 사용된 방법과 비슷한 추리에 바탕을 둔 방법이 비슷한 결과를 가져오리라는 암시를 주려는 것이 나의 속셈이라고는 한순간도 생각지 말아주기 바란다.

방법의 문제에 있어 범하기 쉬운 비슷한 두 사건의 사실에 아주 하찮은 오류가 그 두 사건의 진로를 완전히 바꾸어 매우 중대한 차이를 낳을 수도 있다는 점이다. 방정식에서 소소한 잘못이 생겼을 경우, 계산의 전 과정에서 곱셈이 되풀이되는 동안 마침내 정답과는 엄청나게 어긋난 결과가 나오는 것과 마찬가지이다.

앞의 가정에 대해 내가 언급한 확률로 볼 때 스스로 평행선의 연장 같은 것은 전혀 생각해선 안 된다고 가르치고 있다. 더욱이 두 개의 평행선이 이미 충분히 길고도 정확하게 계속되었던 만큼 더욱 더 단호하게 그런 생각은 거부되어야 한다. 이 같은 생각은 얼핏 보기에 수학적 사고에는 호소력이 없을 것 같지만 실은 수학자만이 완전히 이해할 수 있는 변칙적 명제의 하나이다.

주사위 던지기에서 한 명이 두 번 연속 6이 나올 경우 그 자체만으로도 세 번째에는 6이 나오지 않는다고 장담해도 틀리지 않을 것이다. 하지만 이런 암시는 금세 부정당할 수 있다. 과거에 던진 두 번의 주사위가 미래에 영향을 미치지 않으리라는 것. 따라서 6이 나올 확률은 다른 어느 숫자의 경우와 똑같은 것이다.

이런 명확한 생각은 오히려 이를 반박하려고 하면 진지하게 받아들여지기보다는 비웃음을 당하는 경우가 훨씬 많다.

여기까지 진행된 과정에서 독이 든 사과와 같은 오류를 한정된 지면에 폭로하기는 힘들며 또 굳이 폭로할 필요도 없으리라 여겨진다. 부분을 통해 전체를 보고 진리를 찾는 경향에서 생기는 수많은 오류 가운데 하나라고 말하는 것이 오히려 충분하리라 생각한다.

* 본문에서 거리나 인물 옆에 괄호로 병기된 이름들은 이 작품의 모티브가 된 메리 시실리어 로저스 살인사건에 관련된 내용들이다.

에드거 앨런 포가 이 작품을 발표한 것은 1842년 11월로, 이때 메리 시실리어 로저스 사건은 미해결 상태였다. 메리 시실리어 로저스는 마리 로제로 표현된 젊은 아가씨로 뉴욕에서 살해되었다. 그녀의 죽음은 곧 신드롬처럼 미국인의 관심을 불러 모았다.

포는 파리 여점원에 대한 이야기를 쓰는 것처럼 메리 시실리어 로저스의 살인사건을 다루었다. 그래서 때론 사실을 적당히, 때론 사실을 충실히 써가며 작가만의 추리와 그 결론을 이끌어내었다.

이 소설의 목적인 것이다.

「마리 로제 수수께끼」가 창작될 때 포는 사건 현장과는 동떨어진 곳에 있어서 신문기사 외에 다른 조사방법이 없었다. 만약 그가 현장이나 관련된 직접적인 인물과 대면했더라면 충분한 실체를 얻었을지 모른다. 그러나 작가는 많은 것에 대해 모를 수밖에 없었다는 사실을 독자는 인지해야 한다.

작품이 발표된 지 상당한 시간 뒤에 소설 속 드뤼크 부인에 해당하는 여인의 고백으로 결론에 이르는 가정까지 상당수 사건의 결론이 사실에 가깝다는 것이 확인되었다. 이것은 포가 생각한, 말하자면 그가 창조한 추리의 과정이 얼마나 위대할 수 있는지를 보여주는 사례이기도 하다.

마리 로제 수수께끼 연구

고사카이 후보쿠 小酒井不木, 1890~1929

현대 일본 추리소설의 선구자와도 같은 존재로 평가받는다. 의학박사로서 유럽으로 유학을 떠났다가 폐결핵에 걸려 병상생활을 하던 중 추리소설을 읽기 시작해 귀국 후 집필활동에 몰두했다. 1921년 일본 최초의 본격 추리소설로 꼽히는 「의문의 검은 벚나무 疑問の黒枠」를 발표하여 이름을 알렸고, 의학을 소재로 하여 당시로서는 전무했던 추리소설을 개척하였으나 지병으로 39세 젊은 나이에 작고했다.

1. 머리말

포의 탐정소설「마리 로제 수수께끼」는 1841년 7월 뉴욕을 시끄럽게 했던 메리 로저스 살해사건을 파리에서 일어난 사건으로 이야기를 만들어 오귀스트 뒤팽의 활약으로 그 미궁의 사건을 명쾌하게 해결한 소설이다. 이 작품은 1842년 11월에 발표한 것이며, 1850년에 나온 재판再版의 각주에 따르면 포는 "「마리 로제 수수께끼」는 범행 현장에서 멀리 떨어진 곳에서 씌어졌으므로 신문 외에는 특별한 자료 없이 쓸 수밖에 없었다. 현장 가까이 있었다거나 그곳을 직접 조사했더라면 많은 것을 얻었겠지만 그렇지 못해 안타깝다. 그러나 두 사람(그중 한 사람은 작품에 등장하는 드뤼크 부인을 말한다)은 작품이 발표되고 한참 후 이 소설의 결론뿐만 아니라 그 전개과정도 타당성이 있다고 고백했다"라고 썼다. 그렇긴 하지만 포가 추리의 증거로 삼은 사실은 참된 사실과는 어느 정도 달랐으며, 따라서 포가 내놓은 해결은 사실 좀 수상한 것이었다. 바꾸어 말하면 포는 자신의 이야기를 독자에게 거침없이 이해시키기 위해서 자신에게 형편이 맞는 재료를 골라낸 듯한 흔적이 있었다. 때문에, 포의 결론은 결코 메리 로저스 사건의 진상을 전한 것이라고 말하기 어렵다.

그러므로 메리 로저스 사건의 진상이 어떤 것인지 조만간에 밝혀질 것 같지는 않으며, 세월이 흐르더라도 해결하기는 무척 어려울 것으로 보여 아마도 영원한 수수께끼로 남을 것 같다. 따라서 내가 이제부터 말하려고 하는 것은 이 수수께끼에 대한 해결이 아니라, 탐정소설가로서의 포의 이름을 불후로 만들어준 이 이야기의 제재가 되고 있는 사실을 제시해 독자의 비교연구에 이바지하고, 또한 포의 놀라운 추리력에 대해 고찰하는 것이라 할 수 있다.

2. 메리 로저스 사건에 관한 사실

그 당시에조차 해결되지 않은 사건이기 때문에 대부분의 기록이 상실된 오늘날 거기서 어떤 일이 있었다고 단정할 수는 없다. 우리는 오히려 포의 소설을 통해 이 사건의 진상을 알아야 한다는 아쉬운 입장에 있으며, 저 '3단계Third Degree'라고 불리는 특수한 종류의 심문법을 발명한 번즈 탐정의 저서 『미국의 직업적 범죄자』 중 이 사건의 기술마저 포의 소설에서 영향을 받은 것이 보일 정도이다. 단, 포의 소설이 없었다면 비록 살해당한 사람이 아무리 뉴욕에서 소문난 미인이었더라도 이 정도로 유명해지지 않았을 것이기 때문에, 포의 소설 내용이 중요하게 여겨지는 것은 무리가 아닐지도 모른다.

찰스 파우스의 저서 『미해결 살인사건』에 의하면, 이 사건의 기록은 앞에 언급한 번즈의 저서와 뉴욕 트리뷴 지의 기사 이외에 이렇다 하게 눈에 띈 것은 없다고 한다. 1841년대의 신문은 이 트리뷴 지를 제외하고는 현재 볼 수 없으며, 게다가 포는 이 트리뷴 지의 기사를 하나도 그 이야기 속에 인용하지 않았기 때문에 포가 당시 신문기사로 인용한 내용이 과연 진실인지 아닌지마저 확인할 수가 없다. 하지만 그것은 어쨌든 우선 나는 피어스의 저서에 의해 이 사건이 널리 알려지게 된 사실을 말하려고 한다.

메리 시실리어 로저스는 그 당시 뉴욕 변두리에 출입하는 남자라면 모르는 사람이 없을 정도라고 해도 좋을 정도였다. 그녀는 1840년, 브로드웨이 토마스 가(街)에 있는 앤더슨(소설에서는 르 블랑)이라는 사람의 담배가게에 판매원으로 고용되었는데, 그 아름다움 때문에 가게는 크게 번창했으며 당시 스무 살의 그녀는 '예쁜 담배가게 소녀Pretty Cigar Girl'라는 별명이 붙어 훗날 뉴욕에도 이름이 알려졌다. 그녀의 어머니는 나소 거리에서 하숙집을 경영하며 회사원들에게 방을 빌려주고 있었다.

1841년 초여름, 그녀는 어느 날 갑자기 가게를 쉬고 약 일주일간 모습을 나타내지 않았다. 이것은 즉시 사람들의 화제가 되었다. 그녀가 키 크고 멋진 복장을 한 짙은 피부색의 남자와 함께 걸어가는 모습을 보았다는, 그녀를 달갑게 보지 않는 사람들 사이에서 질투심 섞인 소문이 퍼졌다. 가게에 돌아온 그녀는 시골 친구 집을 방문한 것이라고 말했지만, 그 진상은 아무도 몰랐다.

그런데 그 일이 있은 지 얼마 후 그녀는 담배가게 점원 일을 그만두고 집으로 돌아갔다. 그녀의 가게에 부지런히 다니며 불필요한 담배를 샀던 사람들은 손안의 보물을 빼앗긴 것처럼 낙담했다. 게다가 그녀가 일을 그만둔 지 얼마 되지 않아 하숙하는 사람 중 하나인 다니엘 페인(소설에서는 생 테스타슈)과 약혼했다는 소문이 전해지자 사람들은 더욱 실망했다.

7월 25일(일요일) 아침, 그녀는 페인의 방문을 노크하고 '오늘은 이제부터 브리커 거리에 사는 친척집을 방문할 테니 저녁이 되면 마중하러 와주십시오'라고 말한 뒤 집을 나섰다. 페인은 그것이 이승에서의 마지막일 거라고는 생각지도 못했다. 한편 또, 그녀가 그 이후로부터 시체가 되어서 발견될 때까지 살아 있는 그녀의 모습을 본 사람은 한 명도 없었다.

그날 아침은 기분 좋게 개어 있었지만, 정오부터 날씨가 바뀌었고 저녁에는 심한 뇌우가 내렸다. 그 때문에 페인은 그녀와의 약속을 지키지 못했지만, 친척집이라면 하루 묵고 올 것이라고 생각하고 조금도 걱정하지 않았다. 이튿날 그는 태연하게 출근을 했다가 점심을 먹으러 돌아왔는데 그때까지도 아직 메리가 오지 않는다는 말을 듣고 걱정이 되었다. 친척집을 찾아가 보았지만 놀랍게도 메리는 어제 오지 않았다는 말에 깜짝 놀라 하숙집으로 달려와 메리의 어머니에게 사정을 알렸다. 그로부터 사람들은 점점 걱정이 깊어지면서 그녀의 귀가를 기다렸지만 전혀 소식이 없자 경찰에 신고하여 수색을 의뢰했다. 그러나 하루가 지나고 이틀이 지나도 그녀는 돌아오지 않았으며 어디 있는지 알 수 없었다.

그런데 8월 2일이 되어 트리뷴 지에 처음으로 다음과 같은 기사가 실렸다.

끔찍한 살인사건. '예쁜 담배가게 소녀'로 유명한 로저스 양은 지난주 일요일 아침 산책을 한다고 나소 거리의 자택을 나간 후 시어터 앨리의 모퉁이에서 만날 약속을 했던 젊은 남자와 함께 호보켄으로 놀러 간다고 하면서 버클리 거리 쪽으로 걸어갔다. 그 이후 소식이 끊어져 가족과 친구들은 매우 걱정하면서 화요일 신문에는 광고를 해서까지 그 행방을 찾게 되었다. 그렇기만 어디에서도 아무런 알림이 없었는데, 수요일에 이르러 루더라는 사람과 다른 두 명의 신사가 범선으로 호보켄의 캐슬 포인트에 가까운 시빌 동굴 구멍을 통과하고 있는데 수중에 젊은 여자의 시체가 있는 것을 발견했다. 크게 놀란 그들이 우선 강변으로 가서 신고한 바, 즉시 심문이 행해지고, 그 결과 로저스 양의 시체임이 확인됐다. 그녀는 끔찍한 폭행을 당한 다음 살해당한 것으로, '미지의 사람 또는 사람들에 의한 타살'이라는 선언이 내려졌다. 그녀는 선량한 성격의 아가씨로 가까운 시일 내에 이 시의 모 청년과 결혼할 예정이었다. 알려진 바에 의하면 살해가 행해지고 나서 행방을 감춘 어느 청년에게 혐의가 있다고 한다.

이 기사 첫머리에서 그녀가 길모퉁이에서 만난 청년과 함께 호보켄으로 가자고 했다는 이야기는 살인사건에 흔히 나오는 단순한 풍문에 지나지 않으며, 그 후 두 번 다시 신문에 반복되지 않았다. 번즈의 저서는 아마 경찰 기록에 따라서 쓰인 것으로 보이지만, 그것에 의해서 발견 당시 시체의 상태를 밝히자면, 그녀의 얼굴은 심하게 손상을 입었고, 허리 주변에는 짧은 끈으로 무거운 돌이 매달려 있었다. 그녀는 그녀의 옷에서 찢어낸 천으로 목이 졸려 살해되었는데, 양팔 주변에 끈자국이 분명히 남아 있었다. 양손에는 엷은 색 염소가죽 장갑을 끼고, 모자는 리본에 의해 목에 걸려 있었다. 그렇게 해서 의복 전체가 심하게 흐트러져 있었으며 동시에 잡아 찢어져 있었다.
8월 6일 트리뷴 지는 두 번째 보고를 내걸었다.

로저스 양 살해사건은 날마다 사람들의 흥미를 환기하고 있다. (……) 일주일이 지났으나 여전히 범인은 불분명하며, 경찰은 기를 써서 수사 중이지만 이미 지나치게 늦은 감이 있는 것으로 여겨진다. 시장은 스스로 현상금을 걸기 전에 뉴저지 주지사의 현상금을 기다리고 있다는 소문이 있지만, 그것은 잘못된 소문인 모양이다. (……) 실종 당일인 일요일에 호보켄에서 그녀를 본 사람은 없는가? 만약 경찰에 신고했다가 용의자가 될까 봐 두려워하는 사람이 있으면 신문사에 편지를 보내주기 바란다.

그렇지만 이것에 대하여 응답한 사람은 아무도 없었다. 8월 11일, 그녀의 약혼자 페인은 파커 판사에게 호출되어 장시간 심문을 받았지만 범인의 단서는 조금도 얻을 수 없었다. 트리뷴 지는 이것을 보고함과 동시에 페인이 그녀의 실종 후 2, 3일 사이에 스스로 수색을 진행했는데, 수요일에 그녀의 시체가 발견되었다는 소식을 듣고도 그것을 보러 가지 않은 것을 이상한 현상이라고 말해서 특히 셰인의 주의를 재촉했다.

그날은 경찰서에서 페인을 중심으로 해서 오전 8시부터 오후 7시까지 조사가 이어졌지만, 시체가 로저스 양임에 틀림없다고 하는 정도 이상의 진전은 없었다. 시체 감식의 증인은 몇 사람 있었는데 그중에는 메리의 예전 구혼자였던 크로믈린(소설에서는 보베)도 있었다. 이 남자는 걱정거리가 있으면 언제든지 불러달라고 했으며, 메리가 죽임을 당하기 전 금요일에 로저스 부인으로부터 한번 와달라는 편지를 받았지만, 앞서 방문했을 때 냉담한 대우를 받았던 터라 찾아가지는 않았다. 그런데 토요일에 그의 집 돌 문패에 메리의 이름이 써내려 있고 열쇠 구멍에는 장미꽃이 꽂혀 있었다. 수요일에 크롬린은 시체가 발견되었다는 소식을 듣고 호보켄에 가서 저녁까지 있었지만, 날씨가 지독히 무더운 탓에 심문이 부랴부랴 끝나고 시체가 매장되었다. 그리고 그가 귀가하려는 생각으로 허드슨 강을 건너려고 했지만 나룻배가 오지 않아 저지 시티까지 걸어갔다. 그러나 여기에서도 배가 오지 않아 부득이 하루 숙박할 수밖에 없었다. 그러므로 메리의 시체는 어머니도 페인도 볼 수 없었고, 단지 그 의복에 의해 메리라고 단정된 것이다.

시체를 최초에 발견한 신사들은 그녀가 보석류를 몸에 지니고 있지 않았음을 맹세했다. 적어도 그녀는 확실히 보석을 지닌 채 집을 나섰다. 한편 또 신사들은 끈도 줄도 시체에는 감겨 있지 않았다고 증언했는데, 이 점은 번즈의 기록과 상반되지만 어느 쪽이 진실인지는 알 수 있는 방법이 없다.

이러쿵저러쿵하는 동안 새로운 센세이션이 일어났다. 그것은 무언가 하면, 이전 나소 거리 129번지에 살고 있었던 모스라는 목공이 범인 혐의자로서 체포된 것이다. 그는 매서추세츠 주 우스터에서 11킬로미터 떨어진 웨스트보일스턴에서 8월 9일 체포되었는데, 그 전 며칠 동안 그는 가명으로 그 근처를 헤매고 있었다. 체포되기 전, 우스터의 우체통에서 뉴욕에서 보내온 편지가 발견되었는데, 거기에는 수염을 면도하고 복장을 바꾸어서 형사의 눈을 감추는 것이 좋겠다는 충고가 쓰여 있었다. 심문할 무렵 그는 아내 구타의 죄목으로 체포되었다고 듣고 "그것뿐입니까"라고 물었으며, 여전히 7월 25일에는 어디에 있었는지 밝히지 못했다. 처음엔 호보켄에 갔다고 말하고, 뒤에는 스태튼 아일랜드에 갔다고 말했다.

이 모스라고 하는 남자는 몸집이 작고 딱 벌어진 체격에 검은 볼수염을 기르고 산뜻한 복장을 하고 있었지만, 성질은 선량이라고는 말할 수 없는 사람이었다. 도박을 대단히 좋아했고, 자주 담배가게를 방문해서 메리와도 아는 사이였다. 문제의 그날은 메리와 함께 걷고 있었다는 증거를 들 수 있고, 그날 밤 집에 없었으며, 다음 날 트렁크를 자택에서 사무실로 몰래 나르고, 가명으로 뉴욕에서 도망쳤으며, 게다가 앞에 언급한 편지가 발견된 사실로 미루어 그가 강력한 용의자로 여겨진 것은 무리가 아니었다.

그렇지만 이것 역시 터무니없는 오류였다. 모스가 그날 젊은 여자와 스태튼 아일랜드에 간 것은 사실이지만, 그 여자는 메리가 아니고 네리와 닮은 여자였다. 트리뷴 지는 이것을 기록한 후, "지금까지의 조사로는 일요일 밤에 살인이 저질러진 것으로 여겨졌지만, 일요일 오전이나 월요일 낮 또는 밤중에 벌어진 것은 아닐까? 이 점에서 당국자가 숙고해주길 바란다"고 쓰고 있다. 그렇게 해서 결국 이전 기사를 취소하고, 메리는 어머니의 집을 나선 뒤 시신으로 발견될 때까지 누구의 눈에도 띄지 않았다고 쓰지 않을 수 없게 되었다.

하루하루 시간이 흘러갔지만 범인의 단서는 하나도 발견되지 않았다. 드디어 9월 10일이 되어 뉴욕 주 지사는 범인을 신고하면 750달러의 상금을 준다고 광고했다. 그러나 유감스럽지만 이 방법도 결과적으로 실패로 끝났다.

그런데 전에도 말했던 것처럼 당시 신문은 뉴욕 트리뷴 지 이외에는 하나도 볼 수 없었다. 물론 억측에 불과하지만 만약 관헌이 기사 금지를 명하면 다른 신문도 같은 명령을 받았을 터이기 때문에 비록 다른 신문을 볼 수 있어도 아마 더 이상 알 수는 없을 것이라고 생각된다. 그렇지만 번즈의 저서에는 트리뷴 지에 실려 있지 않은 사실로 뉴욕 쿠리어 지 9월 14일자 기사로 다음과 같은 문구가 인용되어 있다.

"위호큰(소설에서는 룰르 관문) 부근의 제방에 작은 술집을 차리고 있는 로스 부인(소설에서는 드뤼크 부인)은, 시장 앞에서 심문한 결과, 메리가 7월 25일 밤 몇 명의 젊은 남자와 함께 그녀의 가게에 왔으며 그중 한 사람이 내놓은 레모네이드를 마셨다고 진술했다. 시체의 옷은 로스 부인도 메리의 것임을 인정했다."

이 기사를 부연해서 번즈는 다음과 같이 기술했다.

"현상광고가 실린 이튿날, 무명의 편지가 검시관 앞으로 왔다. 편지의 필자가 일요일에 허드슨 강가를 산책하는 동안 뉴욕 쪽에서 한 척의 보트가 이쪽의 강변으로 오고 있었다. 거기에는 6명의 거친 남자와 한 명의 젊은 여자가 타고 있었다. 그 여자는 바로 메리였다. 보트는 호보켄에 멈췄고, 일동은 숲속으로 들어갔는데 그녀는 생글생글 웃으며 따라갔다. 정확히 일동의 모습이 보이지 않게 되었을 때 다른 보트가 뉴욕 쪽에서 왔으며 그 안에 탔던 3명의 훌륭한 복장을 한 남자들은 같이 호보켄에 상륙해서 필자를 향해 '지금 여기 6명의 남자와 한 명의 여성이 지나가지 않았는가'라고 물었다. 필자가 그렇다고 대답하자 그 세 사람은 '그 여성이 마지못해서 끌려가는 것처럼 보이지 않았는가'라고 물었다. 그에 대해 즐거운 듯이 따라간 모양이라고 대답하자 세 사람은 그런가 하더니 다시 보트를 타고 되돌아갔다는 것이다."

 이 편지는 신문에 발표되었다고 하지만 트리뷴 지에는 실려 있지 않다. 번즈에 의하면, 애덤스라는 남자가 메리를 문제의 일요일에 호보켄이 있는 나루터에서 본 것을 의뢰했다. 그녀는 그때 키 크고 짙은 피부색의 남자와 같이 있었으며 두 사람은 엘리지안 필드의 휴게실 찻집으로 갔다는 것이다. 이것을 앞서 언급한 루스 부인에게 묻자 그날 그런 모습의 남자가 가게에 방문해서 한잔한 다음 숲 쪽으로 간 것은 사실이며, 잠시 후 여자의 비명 같은 소리가 들려왔지만, 그런 정도는 언제나 있는 일이기 때문에 달리 신경 쓰지 않았다는 것이다.

 이상의 이야기 속 여자가 과연 메리였는지는 분명히 알 수 없기 때문에 이것이 사건의 진상을 가리킨다고 할 수는 없다. 그렇지만 포는 이것을 유력한 논거로써 해결하려 했다. 그렇게 해서 번즈는 다음과 같이 쓰고 있다.

 범죄가 행해진 장소는 9월 25일, 즉 살해된 지 만 2개월 후에 루스 부인의 아이들에 의해 발견되었다. 아이들이 놀러 갔던 숲속에서 흰 페티코트와 비단 스카프, 양산과 M. R.이라는 머리글자가 새겨진 손수건을 발견한 것이다. 그 부근의 땅은 마구 짓밟아져 잡초 줄기는 부러졌고 심한 격투 자국이 남아 있었다. 그 숲속에서 마치 시체를 강 쪽으로 질질 끈 것 같은 자국이 발견되었고, 그 긴 꼬리는 숲으로 사라지고 있었다. 현장의 유류품은 모두 메리의 물건이라고 판별되었다.

이런 내용은 트리뷴 지에 한마디도 적혀 있지 않다. 한편 또 메리의 약혼자인 페인이 그녀의 죽음에 비탄한 나머지 자살했다는 내용도 실려 있지 않다. 그러나 포는 이것들을 이미 독자의 시선을 끄는 이야기 속에서 인용하고 있다. 그렇게 해서 번즈의 이 기술은 유감스럽지만 그 출처가 불분명할 뿐만 아니라 어쩐지 포의 이야기에 다소 영향을 받은 것으로도 생각된다. 그러나 포의 이야기가 전부 신뢰할 만한 사실에 근거하여 씌어진 것이라고는 번즈도 생각하지 않았을 것이다. 어쩌면 진실일 수도 있다. 그렇지만 물론 절대로 믿을 만한 이유는 없는 것이다.

3. 사건의 진상

이상이 메리 로저스 살해사건에 관한 주요한 사실이며, 이런 사소한 증거만으로 사건의 진상을 판단하는 것은 도저히 불가능한 일이다.
가장 유감스러운 점은 시체를 검사한 의사의 말을 신뢰하기가 어렵다는 것이다. 심문이 행해질 때 의사가 입회하지 않을 리는 없는데도 그 내용은 트리뷴 지에도 쓰여 있지 않으며, 번즈의 저서에도 없다. 단지 포만이 의사의 시체검안서를 쓰고 있다. 그런데 포는 크로믈린이 위호큰 부근을 수색하는 동안 어부들이 강 속에서 하나의 시체를 발견하고 방금 그물로 물가로 건져냈다는 연락을 듣고 달려와 시체를 확인한 것처럼 썼다. 그렇지만 실제로는 앞서 적은 것처럼 크로믈린은 시체 발견의 보고를 자택에서 받고 나서 호보켄에 간 것이며, 그가 도착했을 때는 이미 심문이 시작되고 있었음에 틀림없다. 게다가 이 내용은 트리뷴 지에는 나와 있지만 번즈의 기술 안에는 크로믈린에 관해 한마디도 씌어져 있지 않은 것이다. 어떻든 간에 크로믈린이 천천히 시체를 볼 수 없었던 것은 상상하기 어렵지 않다.

그런데 포는 크로믈린이 시체의 상태를 보는 것을 세밀하게 묘사하고 있다.

얼굴이 온통 검붉은 피로 범벅되어 있었는데, 그 일부는 입에서 나온 피였다. 단순한 익사자에게서 볼 수 있는 거품이 아니었다. 세포조직의 변색도 없었다. 목 언저리에 타박상과 손가락 자국이 있었다.

두 팔은 가슴 위에 구부린 채로 굳어 있었다. 오른손은 꽉 쥐어 있고 왼손은 조금 벌어져 있었다. 왼쪽 팔목은 살갗이 두 줄로 둥그렇게 벗겨져 있었는데 분명 두 가닥의 밧줄 자국이거나 한 가닥의 밧줄을 두 번 감은 자국임이 틀림없었다.

오른쪽 팔목 일부도 벗겨지고 등도 모조리 벗겨졌는데, 특히 어깨뼈 언저리가 심했다. 시체를 기슭으로 끌어올릴 때 어부들이 밧줄을 걸기도 했지만, 그 벗겨진 상처는 그 때문에 생긴 것은 아니었다.

목의 살은 몹시 부어 있었다. 베인 상처 같은 것은 보이지 않고 얻어맞은 것으로 여겨지는 타박상도 전혀 없었다. 그런데 거의 눈에 띄지 않을 만큼 단단하게 목을 감고 있는 레이스 조각이 발견되었다. 그것은 완전히 살 속에 파묻혀 왼쪽 귀 바로 밑에 있는 매듭으로 메어져 있었다. 이것만으로도 그녀를 죽이기에 충분했을 것이었다.

이 상세한 기술이 의사의 시체검안서에 씌어져 있었던 것이 아님은 결코 상상하기 어렵지 않다. 포가 의사의 검안서를 구해왔으리라고는 생각할 수 없으며, 이러한 기록이 당시의 일반적인 신문에 발표될 일은 없으리라고 여겨지기 때문이다. 즉 이상의 기록 및 그것에 이어지는 의복 상태의 기록은 그의 완전한 상상력의 소산이라고 보아야 한다.

포는 소설을 만드는 것이 목적이었을 뿐 사실을 소개하는 것이 목적이 아니었기 때문에 괜찮다고 할 수 있지만, 번즈의 입장이라면 그렇게 할 수 없다. 그런데 번즈의 기록을 읽으면 어느 정도 포의 기록과 비슷하며, 게다가 앞서 말한 것같이 허리 주변에 짧은 끈으로 무거운 돌이 묶여 있었다고 씌어져 있다. 그러나 시체를 처음 발견한 사람들은 시체에 끈이나 줄 등은 하나도 없었다고 증언했으며, 이런 이유로 어느 쪽을 믿어야 하는지 판단이 어렵게 된다.

만약 의사의 검시보고서가 다른 신문에 발표되었다고 하면, 포는 시체가 며칠 동안 물속에 있었다고 하는 것에 대해서 뒤팽을 통해 긴 논의를 시킬 필요는 없을 터이다. 한편 또, 시체가 메리인지 아닌지의 의문도 제기할 필요가 없으며, 저 매우 긴 아이덴티피케이션identification에 관한 설명 역시 할 필요가 없다. 그러나 탐정소설을 쓰기 위해서는 익사체가 물에 뜰 것인가 아닌가의 논의도 해야만 하고, 개체감별론個体鑑別論도 쓰지 않으면 안 된다. 실제로 저 소설의 3분의 1을 차지하는 명쾌한 개체감별론에 의해 독자는 뒤팽의 놀랄 만한 추리에 탄복하고, 다음에 행하여지는 사건의 해결을 주저 없이 받아들이게 되기 때문이다. 그러므로 우리는 포가 인용한 레트왈르 신문(사실에서는 뉴욕 브라더조너슨 신문)의 "시체는 마리임이 틀림없는가"라는 기사는 아마도 포가 논의하기 위해서 일부러 만들어낸 것이 아닌지 의심이 든다.

발견된 시체의 상태 기록이 이렇게 구구한 이상 비록 시체가 메리임에 틀림없다고 한들 그녀가 어떤 방법으로 죽임을 당했는지 시체의 상태로부터 판단하는 것은 불가능하다. 따라서 우리는 시체를 떠나 주의를 호보켄으로 돌린 다음 그녀의 죽음의 진상을 추측해야만 하는 것이다.

그런데 앞서 적은 대로 호보켄에서 그녀를 보았다고 말한 루스 부인이나 애덤스의 증언은 결단코 확실한 것이 아니다. 또 숲속에서 발견되었다는 메리의 소지품에 대한 기록도 어디까지가 진실인지 알 수 없다. 따라서 포의 '범인은 한 사람이며 여러 명의 소행이 아니'라는 결론 역시 쉽사리 찬성할 수 없다. 포는 메리의 첫 번째 실종이 해군 장교와의 만남이라는 전제 아래 해군 장교가 범인일 것이라고 추정한 다음 메리의 마음을 상상해서 다음과 같이 쓰고 있다.

나는 함께 달아날 목적으로, 아니면 나만 알고 있는 다른 목적으로 어느 사람을 만나려고 한다. 아무에게도 방해받을 수 없다. 붙잡히지 않도록 시간 여유가 충분해야 한다.

그러니 데드로메 거리의 아주머니 집에 가서 하루 보낼 거라고 해두자. 생 테스타슈에겐 해질 때까지 나를 마중 오지 않도록 일러두면 긴 시간 집을 비워도 의심받거나 걱정 끼치지 않을 수 있고, 다른 어떤 방법보다 많은 시간을 벌 수 있으리라. 생 테스타슈에게 해진 뒤 나를 마중 오도록 해두면 결코 그전에는 오지 않을 것이다. 그러나 마중 오라는 말을 하지 않으면 내가 달아나기 위한 시간이 그만큼 짧아지고 만다. 왜냐하면 그는 집에 돌아오지 않는 나를 그만큼 더 빨리 걱정하기 시작할 테니까.

 메리의 정신분석은 이렇게 극도로 세밀함에 달하지만 이것만으로는 살해의 비밀이 조금도 명확해지지 않는다. "하지만 내 속셈은 결코 돌아오지 않는 거야. 적어도 몇 주일 동안, 아니면 어떤 핑계를 만들어내기까지 돌아오지 않는 거니까 나로서 생각해야 할 것은 다만 시간을 버는 일뿐이야"라는 말에 이르러서는 그녀가 시체가 되어서 발견된다는 사정을 설명한다기보다는 오히려 아직 어딘가에 살고 있으며 시체는 그녀가 아니라고 설명하는 쪽이 더 좋을 정도이다. 단 이것은 범인이 한 사람이라는 추정을 하기 위한 논의이기 때문에 어쩔 수 없는 일일지도 모른다.
 첫 번째 실종을 두 번째 실종, 즉 살해와 관계있는 것이라고 생각한 포의 추정은 범죄학적으로 볼 때 매우 합당하다. 그런데 포는 첫 번째 실종과 두 번째 실종 사이의 시일을 석간신문 6월 23일 기사에 의해 약 3년 반으로 추정했다. 포는 이야기 처음에 약 5개월이라고 썼는데, 뒤에서 3년 반이라고 추정하는 것은 이상하다. 메리는 담배가게에서 1년 반 정도밖에 일하지 않았으므로, 3개월 반의 차이일 수도 있다고 생각되지만, 첫 번째와 두 번째 사이는 "우리 나라 군함이 순양 항해에 걸리는 기간보다 겨우 두어 달밖에 더 길지 않"다고 쓰여 있는 곳을 보면, 역시 3년 반이라고 보는 모양이다. 그렇다면 해군 장교를 메리의 연인이라고 보는 것은 매우 이상하고, 따라서 피부색이 짙거나 풀매듭 때문에 나온 '해군 설' 등도 사건의 진상으로부터 바라보면 일종의 억지라고 할 수 있다. 단, 해군 장교 운운하는 설說은 6월 24일 르메르퀴르 지의 "어제의 한 석간신문은 전에도 마리 로제에게 수수께끼의 실종사건이 있었음을 쓰고 있다. 르 블랑의 향수가게에서 사라졌던 일주일 동안 그녀가 난봉꾼으로 이름난 한 젊은 해군 장교와 함께 있었다는 것은 널리 알려진 사실이다. 다행히도 그녀가 일주일 뒤 돌아오게 된 것은 그들이 다투었기 때문으로 추측된다"라는 기사를 근거로 한 것이지만, 첫 번째 실종이 메리나 어머니가 시골 친구에게 놀러 갔다고 밝힌 것과는 달리 르메르퀴르 지는 "해군 장교와 함께 있었다는 것은 널리 알려진 사실이다"라고 쓰여 있는 것도 조금 이상하다. 해군 장교가 만약 잘 알려져 있었다면 메리의 어머니가 모른다고 할 리 없으며, 따라서 어머니를 심문한 경찰 기록에는 실려 있을 텐데, 그것을 조사한 번즈의 저서에는 그런 기록이 없는 것이다.

마지막으로 메리가 어디에서 죽임을 당했는지의 문제 역시 알려진 사실만으로 추정해서 이것을 해결하는 것은 매우 곤란하다. 그러나 메리의 시체가 허드슨 강으로부터 발견된 것으로 미루어 허드슨 강 근처에서 범행이 저질러진 것을 상상하기는 어렵지 않다. 지금 같으면 메리의 의복에 묻은 먼지나 풀잎 조각들을 현미경으로 검사해 범행 장소를 추정할 수 있겠지만, 당시는 상식적으로 판단하는 것 이상은 없었다. 만약 위호큰 근처에서 눈에 띄었다는 여자가 메리였다면, 범행은 역시 그 부근에서 행해졌다고 판단하는 것이 상식적으로 보아서 당연한 것이다.

그다음에는 메리가 한 사람에게 죽임을 당한 것인지 또는 여러 명의 악한들에게 당했는지 하는 문제가 생긴다. 우선 메리가 여섯 명의 남자와 함께 있었다고 말한 목격자와, 피부색 짙은 남자와 함께 있었다는 목격자가 있었기 때문이다. 물론 이들 목격자들은 매우 수상하지만, 만약 그것을 시인한다면 포의 추정처럼 한 사람에 의해 죽임을 당했다는 이론이 맞는 것 같다. 그러나 당시의 사람들은 격투한 흔적이 발견됐다는 사실을 근거로 일단은 사람들에게 죽임을 당했다고 믿는 경우가 많았던 것이다. 포의 문장 속에, "검시의의 불쾌한 보고에 대해 간단히 이야기해두세. 악한의 인원수에 관한 이 의사의 추론이 파리의 이름난 해부학자들로부터 부당하고 전혀 근거 없는 일로 당연히 조롱받았다는 것만 말해두면 되겠지"라는 문장이 있는 것을 보면 검시에 나선 의사까지도 범인의 다수설을 세웠다고 보인다. 그러나 이 역시 포의 공상으로부터 탄생한 '사실'일 것이라고 생각된다.

거기에서 다음에, 포는 이 세상의 설(說)을 반박하기 위해서 다음과 같이 묘사했다.

그렇다면 '격투의 흔적'에 관해 생각해보세. 이 흔적이 무엇을 나타내는 거라고 생각하나? 물론 불량배들이지. 그러나 그것은 오히려 불량배들이 없었다는 것을 나타내는 게 아닐까?

가냘픈 아가씨와 가상의 불량배들 사이에 무슨 격투가 벌어질 수 있었겠는가? 사방에 그 흔적을 남길 만큼 오랜 격렬한 격투가 어떻게 벌어질 수 있었는가 말일세. 두어 명의 거센 팔뚝이 말없이 움켜잡으면 상황은 끝났을 거야. 피해자는 놈들의 뜻에 굴복할 수밖에 없었을 테고.

아마도 자네는 그 덤불이 범행 현장이 아닐지도 모른다는 주장에 대해 여러 명의 불량배들이 벌인 현장은 아니라는 사실을 각인하게 됐을 거야. 범인이 '단 한 사람'이라고 가정하면, 그리고 그렇게 가정해야만 흔적을 뚜렷이 남길 만큼 격렬하고 완강한 격투를 생각할 수 있지.

아, 하나 더. 덤불 속에 발견된 물건들이 남아 있을 수 있다는 그 사실은 그것 자체가 의심스럽다는 건 이미 말했네. 이런 범죄의 증거물들이 그 발견 장소에 우연히 남겨지게 되었다는 것은 아무래도 있을 수 없는 일로 생각되네.

범인들은 부패로 인해 발견될 특징조차 사라지게 될 시체를 치울 만큼 침착한데도, 적어도 그렇게 생각되는데도, 시체보다 더욱 뚜렷한 증거물을 범행 현장에 발견되게끔 남겨놓았네.

특징적인 것이 바로 피해자 이름이 적힌 손수건일세. 이게 실수라면 '불량배들'의 실수는 아니라고. 어떤 개인의 실수로밖에 생각할 수 없네.

상상해보게나. 살인을 저지른 사람이 있네. 그의 곁에는 죽은 사람밖에 없네. 곧바로 그는 눈앞의 움직이지 않게 된 시체에 덜컥 겁을 먹을 거야. (……) 떨리고 앞이 막막할 거야. 그러나 시체는 처리해야지. 그러니 우선 시체만 강으로 나르고 범행의 다른 증거는 뒤에 남겨놓는다 하세. (……) 온 힘을 다해 강가에 가는 동안 심리적 공포는 배가 되고 환청도 들릴지 몰라. (……) 결과가 어찌 되든 그는 되돌아가지 않을 거야. 되돌아가고 싶어도 되돌아갈 수 없는 걸세. 당장 달아날 생각밖에 안 나지.

이렇게 범인 1인설을 주장하고 그에 맞춰서 범인 행동도 추정하고 있다. 그 결과 여전히, "밑자락에서 허리 부분까지 폭 30센티미터쯤의 조각이 찢겨 그것이 허리를 세 바퀴 감아 등에 어떤 종류의 매듭으로 매여 있었다"는 것을 범인이 한 사람이었기 때문에 시신을 운반하기 위한 준비로 여겨진 증거라고 진술하고 있는 것이다.

그러나 여기서 포는 하나의 논리적 모순에 빠지고 만다. 포는 숲속에 남겨진 물품이 3, 4주일 동안 발견되지 않았다는 것은 생각할 수 없기 때문에 그 물품들은 범행 현장에서 주의를 돌리기 위한 목적에서 일부러 숲속에 두었을 것이라고 추정한다. 하지만 앞에서는 그 장소가 흉행 현장이리고 인정했다. 이것은 작년 3월 27일 발행한 디텍티브 매거진에 실린 보드킨 판사의 말에서 지적되었는데, 그는 이 자가당착 때문에 이 작품에 대한 기대가 깨어졌다고 서술하고 있다.

한편 또 웰스 여사가 지적한 것처럼 소매에서 허리 근처까지 찢어진 천으로 메리의 허리를 세 번 감았다는 것도 그의 논리적 모순이라고 할 수 있으며, 실제로 시신을 발견한 사람들이 시체에는 끈도 줄도 보이지 않았다고 증언한 바를 보면 이 역시 포의 공상에서 창조된 '사실'이라고 말해야 좋을지도 모른다.

어떻든 간에 이러한 논리적 모순, 즉 보드킨 판사나 웰스 여사가 지적한 점 및 첫 번째 실종과 두 번째 실종 사이의 시일에 관한 문제 등이 이 소설에서 발견된다는 것은, 「마리 로제 수수께끼」가 반드시 메리 로저스 사건을 설명하는 것이 아님을 단언할 수 있으며, 포가 추리의 소재로 삼은 '사실' 또한 반드시 진실은 아님을 상상할 수 있다.

그런 점에서 볼 때 포가 이 이야기의 1850년판에 부가한 각주(이 글의 첫 부분에 인용했다)는 디포$_{Defoe}$가 자주 이용한 수단처럼 독자의 감흥을 깊게 하기 위한 방법에 지나지 않는다고 해도 지장 없다고 생각된다.

이상과 같은 이유로 메리 로저스 살해사건은 엄밀히 말하면 범인이 어떤 사람이었는지뿐만 아니라 어디에서 살인이 벌어졌는지조차 알 수 없는 수수께끼의 사건이다.

4. 탐정소설로서의 「마리 로제 수수께끼」

「마리 로제 수수께끼」는 물론 탐정소설이며 사건 기록이 아니지만, 다만 앞에서 언급한 것처럼 논리적 모순이 있다는 점에서 탐정소설로서도 어느 정도 감흥이 줄어든다. 그러나 이 소설을 읽으면서 뒤팽의 명쾌한 논리와 그 화려한 말솜씨에 반해 어쩌면 이러한 논리적 모순을 눈치채지 못하는 것은 아마도 포의 위대한 글솜씨 덕분일 것이다. 실제로 탐정소설을 애호하는 독자는 이 소설에서 엄청난 흥미를 느낄 것임에 틀림없다고 생각한다.

포가 이 이야기를 만들어내기까지 어떤 이유가 있었는지는 물론 알 방법이 없지만, 경찰의 무능에 분개해서 붓을 들었다기보다는 이 사건을 기본으로 뒤팽의 성격을 한층 명확히 해서 그 자신의 추리력을 유감없이 발휘해보자고 계획한 것이라고 여겨진다. 앞서의 언급대로 시체 확인을 하는 데만 작품의 거의 3분의 1 분량이 소요된다. 그정도로 그 개체감별이 세밀한 점은 실로 경탄할 만한 가치가 있다. "보베가 시체를 확인한 부분을 다시 한 번 잘 읽어보게……" 이하의 문장은 개체감별에 관해 씌어진 종래 어느 문장에도 뒤지지 않는 명문이라고 생각한다.

이 문장에 반한 독자는 계속 끌려들어가 범인 및 살해의 장소에 관한 추리에 인도된다.

내가 이제 제의하려는 것은 이 비극의 내적인 문제들은 내버려두고 그 둘레로 주의를 집중시키자는 걸세. 이 같은 조사에서 곧잘 저지르는 잘못은 직접적인 사건에만 수사를 국한시키고 방계적 또는 부수적인 사건을 완전히 무시해버리는 일일세. 증언과 변론을 뚜렷이 관련 있는 것에 반 국한시키는 선 법성의 낙습이시.

그러나 경험이, 진정한 철학이 변함없이 가르쳐주는 바에 따르면 많은 진실은, 아니, 어쩌면 과반수의 진실은 겉보기에는 아무 관련 없는 것으로부터 나오는 것일세. 근대과학이 예측하기 어려운 것에 의존하는 것도 이와 비슷한 취지에 그 바탕을 둔 것이지.

자네는 아마 내 말을 잘 이해하지 못할 거야. 인간 지식의 역사는 인류의 귀중한 많은 발견들이 방계적이고 우발적이고 이례적인 사건들 덕분임을 줄기차게 보여주었기 때문에 마침내 미래의 발전을 내다보는 데 있어서도 평범한 예상의 영역을 크게 벗어나 우연히 생기는 발견에 대해 더욱 큰 비중을 둘 필요가 있게 된 것일세.

이러이러해야 한다는 예견에 입각하는 것은 이미 이론에 합당치 않게 되었지. '우연'이 기초의 일부로 인정받고 있는 것이니까. 우연을 실제의 계산문제로 삼는 거지. 학교의 수학 공식에서는 예기하지도 않고 염두에도 두지 않는 것을 다루자는 걸세.

되풀이 말하지만 온갖 진실의 과반수가 방계적인 것에서 나왔다는 건 의심할 나위 없는 사실이며, 따라서 내가 이미 충분히 조사되고도 지금껏 아무 성과 없는 사건의 내부에서 이 사건의 수사방향을 그것을 둘러싼 그때의 상황으로 돌리려는 것은 이 사실에 담겨 있는 원리 정신에 따르는 것일 뿐일세.

포는 대부분의 진리가 방계적인 것에서 나온다고 설명하고, 당시

의 주변 사정을 조사하는 것이 당연한 순서임을 말하며 각 신문을 통해 논리를 구성하는 데 필요한 기사를 발췌한다. 그리고 그것을 근본으로 더욱 명쾌한 추리로 옮겨가는 그의 솜씨는 교묘하기가 극에 달한다.

이러한 서식이야말로 본격 탐정소설의 원형이 되며, 이 형태가 어떻게 코난 도일 및 기타 탐정소설가에 의해 이용되고 있는지는 독자도 이미 잘 알고 있을 것이다. 열거한 신문기사는 이른바 이 이야기의 두 번째 복선이라고도 볼 수 있으며, 첫 번째 복선인 마리 실종 전후의 기술과 이어져서 아름다운 형태를 이루고 있다. 아무 생각 없이 읽는다면 「마리 로제 수수께끼」는 마치 한 편의 논문처럼 보이지만, 사실은 싫증 날 정도로 용의주도한 하나의 이야기를 만들어낸 포의 노력이 똑똑히 나타나 있다.

물론 이 이야기에는 그다지 조마조마한 곳이 없다. 이것은 제재의 성질상 어쩔 수 없는 것이지만, 그럼에도 독자가 끝까지 빨려 들어가는 것은 그 서술방법이 약간의 흠도 없는 것처럼 잘 나열되어 있기 때문이다. 그렇게 해서, 독자를 끌고 가려는 노력 때문에 도리어 논리의 모순을 초래하는 처지에 빠지고 말았다.

포 자신이 이 논리의 모순을 눈치챘는지는 물론 알 수 없지만, 비록 눈치챘더라도 이미 손을 댈 수 없었을 것이다. 이것은 본격 탐정소설을 쓸 때 항상 마주치는 어려운 점이며, 본격소설에 손을 대는 사람이 드문 것은 이 때문이라고도 말할 수 있다.

경찰의 기록이면 사실을 나열하기만 하면 괜찮겠지만, 소설인 이상 독자를 만족시킬 수 있도록 어떤 해결을 짓지 않으면 안 된다. 그로 인한 다소의 파탄도 일어나는 셈이다. 또, 본격 탐정소설을 쓸 때는 자칫하면 하찮은 점의 설명을 놓치기 쉽다. 「마리 로제 수수께끼」에서도 예를 들면, 뒤팽은 숲속 나뭇가지에 걸려 있던 옷 조각이 격투 과정에서 우연히 잡아 찢겨진 것이 아니라고 주장했지만, 어째서 범인이 일부러 옷을 찢어 시기에 끌러 있게 됐는지는 설명하지 않고 있다.

그렇지만 「마리 로제 수수께끼」를 읽은 독자는 지금까지 언급한 것을 제외하고는 이야기에 나오는 크고 작은 모든 사항이 자세하게 분석 해부되어 있음을 알아챌 것이다. 실제로 다른 면에서 볼 때 세심할 정도로 잘 다루어져 있으며, 이것은 도저히 평범한 사람의 솜씨로는 이루기 힘든 수준이다.

최근 우리 나라에서도 열심히 탐정소설 창작을 시도하고 있지만 「마리 로제 수수께끼」와 같은 본격 탐정소설을 쓰는 사람은 지극히 적으며 나 역시 써보고 싶지만 아직 어려워서 손을 대지 못하고 있다. 이때에 즈음하여 본격 탐정소설의 원조라고도 할 수 있는 「마리 로제 수수께끼」가 히라바야시平林 씨의 충실한 번역을 통해 『신청년』에 소개된 것은 매우 기쁜 일이다. 독자는 즐겁게 두 번 세 번 읽고 그 묘미를 맛보아주기 바란다.

멕시코의 천리안

The Episode of The Mexican Seer

그랜트 앨런 Grant Allen, 1848~1899

캐나다 출생의 영국 작가이자 과학자이다. 영국 옥스퍼드 대학 졸업 후 과학자로서 활동하면서 수많은 과학 서적을 집필했다. 추리문학계에서는 괴도怪盜소설의 효시로 알려진 클레이 대령 시리즈 단편집 『아프리카의 백만장자』(1897)가 유명하다. 코난 도일과 가까운 사이였으며, 클레이 대령 시리즈도 셜록 홈즈 시리즈에서 영감을 얻어 쓴 것으로 알려졌다. 대표작으로 「다이아몬드 커프스」 등이 있다.

나의 이름은 시모어 윌브라험 웬트워스. 남아프리카의 대부호로 유명한 금융가인 찰스 밴드리프트 경의 매제이자 비서이다. 몇 년 전 찰스 밴드리프트가 케이프타운의 신출내기 변호사였던 시절, 나는 그의 여동생과 결혼할 만한 자산을 가지고 있었다. 그로부터 몇 년 후 킴벌리 근처 밴드리프트의 토지와 농장이 점차로 개발되어서 클로테도르프 골콘다스 주식회사로 발전하자, 그는 나에게 보수가 나쁘지 않은 비서라는 직업을 제의했다. 그 자격으로 나는 쭉 언제나 그의 곁에 있는 충실한 의논 상대가 되어왔다.

이 찰스 밴드리프트라는 사람은 평범한 사기꾼은 근처에도 오지 못할 것 같은 인물이었다. 중키에 단단한 체격, 바싹 죄어진 입가, 날카로운 눈이 성공한 천재 사업가를 그려놓은 것 같은 사람이다. 나는 찰스 경을 속인 악한을 단 한 명 알고 있는데, 니스 경찰의 이야기에 따르면 그 악한은 비도크, 로베르 우댕, 칼리오스트로와 한통속이라고 해도 의심할 여지가 없었다.

휴가 시기가 되었으므로 우리는 몇 주 일정으로 리비에라로 떠났다. 피곤한 업무에서 벗어나 휴양과 오락을 하는 것이 목적이었으므로 아내를 동반할 필요가 없었다. 실상 밴드리프트 부인은 런던의 편안한 생활에 완전히 만족해서 불편한 지중해 연안의 외딴 곳으로 가는 것을 이해하지 못했다. 그러나 평소 일에 몰두하던 찰스 경과 나, 두 사람은 도시에서 몬테카를로의 테라스에서 맑은 공기를 쐬며 기분전환하는 것이 무척 마음에 들었던 것이다. 우리는 경관을 즐기는 것을 아주 좋아했다. 뒤로는 알프스가 있으며 앞에는 푸른 바다가 있는 모나코 암벽에서의 훌륭한 조망은(바로 옆에 있는 유혹적인 카지노를 제외하고는) 나에게는 유럽 전 지역에서 가장 아름다운 경치 중 하나였다. 찰스 경은 이곳에 오면 감상적인 생각을 했다. 그는 런던의 혼란함에서 벗어난 지 얼마 되지 않더라도 오후 한때 종려나무와 선인장 사이에서 부는 산뜻한 바람을 쐬면서 몬테카를로의 룰렛에서 몇백 프랑 따는 것이 그를 소생시킨다고 믿었다. 내 생각을 말하자면, 이 나라는 매우 지친 지성을 위해 있는 나라다! 그렇지만 우리는 지금까지 한 번도 모나코 공국 자체에 머무른 적이 없다. 찰스 경은 모나코가 금융가의 편지 주소로서 적당하지 않다고 생각하는 것이다. 그는 니스의 프롬나드 데장글레에 있는 기분 좋은 호텔을 마음에 들어 했다. 거기에 숙박한 그는 매일 해안을 걸어 카지노까지 가면서 건강을 회복하고 긴장을 풀어주곤 했다.

 이번 시즌, 우리는 호텔 데장글레에 아늑한 기분으로 도착했다. 2층에 살롱과 서재와 침실이 있는 고급 객실을 차지하고 곧 지극히 쾌적한 코스모폴리탄의 사교에 합류했다. 니스에는 마침 그때 초자연적인 투시력을 가졌다는 위대한 '멕시코의 천리안'이 사기꾼이냐 아니냐는 소문으로 자자했다. 그런데 나의 유능한 처남은 사기꾼을 만나면 그 정체를 폭로하는 데도 열성적인 성격이었다. 그는 사업가로서 지극히 예민하기 때문에 타인을 등치는 속임수를 폭로하는 것을 이른바 사심이 없는 기쁨으로 여겼다. 많은 여인들이 멕시코의 천리안에 대해서 계속 기이한 이야기를 해주었으며, 그들 중 몇 명은 최근에 실제로 그를 만난 이야기를 전했다. 그는 한 여인에게 도망친 남편의 현재 위치를 알려주었다. 또 다른 여인에게는 다음 날 밤 룰렛에서 이기는 숫자를 가르쳐주었다. 또 다른 여인에게는 그녀가 마음속으로 동경하던 남자의 모습을 스크린에 투영해 보여주었다. 물론 찰스 경은 그런 일을 전혀 믿지 않았지만 호기심을 억누르지는 못하고 이 이상한 천리안을 만나 직접 진위를 판단하겠다고 결심했다.

"개인이 강령회降靈會를 열면 얼마나 드려야 하겠소?"

그는 피카르데 부인에게 물었다. 천리안에서 룰렛을 이기는 숫자를 가르침 받았던 부인이었다.

"그는 돈 때문에 일하지 않습니다." 피카르데 부인은 대답했다. "자선행위를 하는 것이지요. 그는 기꺼이 무상으로 그 기적적인 능력을 보여줄 것입니다."

"그런 허튼 소리를!" 찰스 경은 대답했다. "먹고는 살아야 할 거 아니오. 우리를 만난다면 5기니 드리겠소. 어느 호텔에 있습니까?"

"코스모폴리탄이던가요…… 아, 아니에요. 기억났습니다. 웨스트민스터입니다."

찰스 경은 조용히 내 쪽을 보았다. "이보게, 시모어." 그는 속삭였다. "만찬이 끝나면 곧 이 녀석을 찾아가게. 내가 누구인지 절대 언급하진 말고. 우리 객실에서 사적인 강령회를 한번 해주면 5파운드 치른다고 하게나. 이름은 절대로 말해서는 안 되네. 그 친구를 함께 데려와서 곧장 계단 위에 오게나. 누구와도 만나지 않도록 하게. 그 친구가 얼마나 알아맞히는지 보고 싶네."

나는 곧장 자리를 떠났다. 천리안은 주목할 만큼 흥미 깊은 인물이었다. 키는 찰스 경과 비슷해 보였지만 그보다도 호리호리하고 곧은 체격에 매부리코, 꿰뚫는 듯한 검은 눈동자, 깨끗하게 면도한 얼굴은 메이페어 홀에 놓여 있는 안토니우스의 흉상 같았다. 그러나 가장 눈에 띄는 것은 그의 기묘한 머리카락으로, 파데레프스키처럼 주름지고 물결치고 있어서 그의 높고 흰 이마와 섬세한 용모 주변을 둘러싸고 빛나는 후광 같았다. 한눈에 그가 여성을 쉽게 매료시키는 데 성공한 이유를 알았다. 그는 시인, 가수, 천리안의 풍모를 하고 있었던 것이다.

"안녕하십니까." 나는 말을 꺼냈다. "당신께 제 친구 객실에서 강령회를 열어달라는 부탁을 드리러 왔습니다. 그 친구는 답례로 5파운드를 지불하겠다고 합니다."

세뇨르 안토니오 에레라(이것이 그가 밝힌 이름이었다)는 인상적인 스페인 풍 억양으로 인사했다. 그의 거무스름한 올리브색 뺨에 희미한 미소가 번졌다.

"나는 나 자신의 능력을 팔지 않습니다. 무료로 나누어드리죠. 당신의 친구, 당신의 익명의 친구가 나의 손을 통해 우주의 불가사의를 보고 싶다고 한다면, 나는 기꺼이 그것을 보여드리겠습니다. 다행히, 이렇게 예정에 없이 회의적인 방법(나의 친구가 회의적이라는 것을 나는 본능적으로 느끼고 있었다)을 상대가 믿도록 해야 하는 일이 자주 있지요."

그는 멋지고 긴 머리를 사려 깊은 태도로 어루만지며 묵직한 목소리로 말했다.

"네, 가겠습니다." 그는 천장 부근에 우뚝 솟아 있는 무엇가를 향한 채 말을 이었다. "갑시다. 함께 갑시다!" 그는 빨간 리본이 붙은 커다란 솜브레로*를 쓰고 망토를 걸친 후 담배에 불을 붙이고 나와 함께 호텔 데장글레를 향해 걸었다.

가는 도중 그는 거의 말이 없었고, 말을 하더라도 짧고 퉁명스러웠다. 아무래도 깊은 생각에 열중한 모양이었다. 과연 도착해서 내가 문을 열자 그는 어디에 온 것인지 모르는 것처럼 한두 걸음 나아갔다. 그리고 곧 멈춰 서더니 잠시 주변을 둘러봤다.

"하, 앙글레로군." 단어를 빠뜨렸을지도 모르고 남방 사투리가 섞이긴 해도 그의 영어는 관용적이며 훌륭했다.

"여기. 그래, 여기예요!" 그는 한 번 더 보이지 않는 존재를 향해서 말했다.

이 유치한 방법으로 찰스 경을 속일 작정인가 하고 나는 미소를 지었다. 찰스 경은 그런 사기에 걸리는 인물이 아니다(런던 사람들도 다 알고 있을 것이다). 천리안은 가장 흔한 마술사들이 내뱉는 싸구려 주문을 외는 것 같았다.

우리는 계단 위의 방으로 향했다.

그곳에는 찰스가 미리 불러 모은 몇 명의 사람이 기다리고 있었

---

* 챙이 넓은 멕시코 모자.

다. 천리안은 생각에 열중한 채 방으로 들어갔다. 그는 야회복을 입고 있었지만, 그 허리에 감은 빨간 장식 띠가 화려하고도 분위기 있어서 시선을 끌었다. 그는 방 한복판에서 잠깐 멈추더니 누구에게도, 무엇에도 눈길을 주지 않았다. 곧장 찰스 쪽으로 걸어가서 까무잡잡한 손을 내밀었다.

"안녕하십니까. 당신이 주인이군요. 내 영혼의 눈이 그렇게 고하고 있습니다."

"그렇소." 찰스 경이 말했다. "이 친구는 재치가 있군요. 매킨지 부인, 만나신 적 있지요?"

천리안은 주위를 가만히 둘러보고 두 사람이 아는 사이임을 무표정한 얼굴로 인정했다. 그러자 찰스 경은 그를 시험하기 위해서 자기 자신이 아닌 나에 대해서 두세 가지 간단한 질문을 시작했다. 그는 대부분의 질문에 놀라울 정도로 정확하게 대답했다.

"그의 이름이요? 그의 이름은 S로 시작되는 것 같군요. 당신은 그를 시모어라고 부릅니다."

그는 단어 하나하나를 길게 끌며 말했는데, 마치 그 말 속에서 어떤 사실이 천천히 밝혀지는 것 같았다.

"시모어……윌브라험……스트래포드 백작, 아니, 스트래포드 백작이 아닙니다! 시모어 윌브라험 웬트워스입니다. 아마, 웬트워스와 스트래포드와의 사이에 무언가 관련이 있는 것 같네요. 나는 영국인이 아니라서 그 의미를 모르겠습니다. 그러나 웬트워스와 스트래포드, 이 둘은 같은 의미가 있는 이름입니다."

그는 분명히 확인하기 위해서 주변을 둘러봤다. 한 여성이 그를 구했다.

"웬트워스는 위대한 스트래포드 백작*의 성입니다." 그녀는 상냥하게 말했다. "당신 말씀처럼 웬트워스 씨가 그의 자손인지 아닌지는 잘 모르겠군요."

"그는 자손이 맞습니다."

천리안은 즉시 검은 눈동자를 빛내며 대답했다. 나는 좀 재미있다는 생각이 들었다. 내 아버지는 언제나 스트래포드 백작과 실제로 친족관계라고 주장했지만, 가계도가 완성되려면 연결고리가 하나 결여되어 있었다. 아버지는 토머스 웬트워스 상원의원이 브리스틀의 말 장수인 조너던 웬트워스의 부친임을 확인시켜주지 못했다. 나의 가계는 조너던에서 갈라지고 있었다.

"나는 어디에서 태어났겠소?" 찰스 경이 갑작스럽게 자기 얘기로 화제로 돌렸다.

천리안은 양손으로 이마를 치더니 이마에서 분출하는 액을 막는 것처럼 손을 갖다 댔다.

"아프리카." 그는 점차로 사실이 상세해져가는 것처럼 천천히 말했다. "남아프리카. 희망봉. 잰슨빌. 드워트 스트리트. 1840년!"

"어럽쇼, 맞혔군." 찰스 경은 중얼거렸다. "정말로 알아맞히는 것처럼 보이는걸. 하지만 그전에 나에 대해 알고 있었을지도 모르지. 시모어가 어디에서 왔는지 알고 있었을지도 몰라."

"나는 힌트를 준 적이 없습니다. 그가 문 앞에 도착할 때까지 그는 내가 안내하는 호텔이 어딘지도 몰랐습니다." 내가 말했다.

천리안은 턱을 가볍게 쓰다듬었다. 그의 눈은 비밀스러운 빛을

---

* 토머스 웬트워스 스트래포드. 아일랜드에서 부총독을 지내던 중 찰스1세에 의해 백작에 임명되었다.

품은 듯했다.

"봉투 속에 있는 지폐의 번호를 한번 알아맞혀 볼까요?" 그가 가볍게 물었다.

"방에서 좀 나가 주겠소? 이것을 다른 분들에게 보여주는 동안 말이오."

찰스 경의 말에 세뇨르 에레라는 방을 나갔다. 찰스 경은 조심스럽게 지폐를 손에 든 채 손님들에게 그 번호를 보여주며 한 바퀴 돌았다. 그런 다음 봉투에 지폐를 집어넣고 단단하게 봉했다.

천리안이 돌아왔다. 그는 무엇이든 꿰뚫어볼 듯 날카로운 눈으로 사람들을 돌아보았다. 긴 머리카락을 흔든 다음 봉투를 손에 들었다.

"AF, 73549." 그는 천천히 대답했다. "50파운드 영국 은행권, 어제 몬테카를로의 카지노에서 딴 칩을 교환한 돈입니다."

"어떻게 했는지 알겠군." 찰스 경은 우쭐한 듯 말했다. "당신은 거기서 돈을 교환한 게 틀림없어. 그리고 내가 그것을 또 교환했지. 실제로 나는 머리 긴 남자가 그 부근을 서성거리는 걸 봤단 말이오. 그래도 수준급 마술이긴 하군요."

"저분은 물건을 꿰뚫어볼 수 있어요." 한 여자가 끼어들었다. 피카르데 부인이었다. "그는 상자 속 물건을 볼 수 있다고요." 부인은 우리들의 할머니가 사용했던 것 같은 작은 금색 상자를 드레스 주머니에서 꺼냈다. "이 안에 무엇이 있습니까?" 부인이 그것을 그의 눈앞에 들이대고 물었다.

세뇨르 에레라는 그것을 응시했다. "금화 세 개." 그는 상자 속을 보려고 이마에 잔주름을 모았다. "하나는 미국의 5달러, 하나는 프랑스의 10프랑, 하나는 독일 빌헬름 황제의 20마르크입니다."

부인은 상자를 열어서 모두에게 그 속을 보여주었다. 찰스 경은 조용히 미소를 지었다.

"공모야!" 그는 혼잣말처럼 말했다. "공모야!"

천리안은 언짢은 표정으로 그를 바라보았다. "더 많은 것을 원하십니까?" 그는 매우 인상적인 목소리로 말했다. "당신이 믿을 수 있는 자취를! 좋습니다. 당신은 조끼 왼쪽 주머니에 편지, 쭈글쭈글해진 편지를 갖고 계십니다. 제가 그것을 소리 내어 읽어 보일까요?"

찰스 경을 알고 있는 사람이라면 믿기 어려울지도 모르지만, 처남의 얼굴이 붉어진 것을 인정하지 않을 수 없다. 그 편지에 무엇이 씌어져 있는지는 모르지만, 그는 매우 쌀쌀맞고 애매한 말투로 대답했다. "아니, 괜찮습니다. 당신의 손을 번거롭게 할 필요는 없습니다. 당신의 재주는 이제 충분히 보았습니다." 그리고 그의 손가락은 세뇨르 에레라가 편지를 소리 내어 읽는 것을 두려워하는 것처럼 신경질적으로 조끼 주머니를 만지작거렸다. 그가 조금 걱정스럽게 피카르데 부인 쪽을 본 것 같은 느낌마저 들었다.

천리안은 정성스럽게 인사를 했다.

"주인님, 물론 당신 마음대로입니다. 저는 모든 것을 전망할 수 있습니다만, 비밀이나 성역에 대해서는 언제나 존중합니다. 그렇지 않으면 저는 사회를 파괴하게 되겠지요. 이 세상에 자신에 대한 모든 사실이 알려지는 걸 좋아할 자가 어디 있겠습니까?"

천리안은 온 방을 둘러봤다. 불쾌한 긴장이 가득 찼다. 우리들 대부분은 이 기괴한 중남미 사람이 정말로 너무 많이 알고 있다는 것을 느꼈다. 그중 어떤 사람은 금융상의 조작에 관여하고 있을지도 모른다.

"예를 들면." 천리안은 태연히 말을 이었다. "2, 3주일 전에 파리에서 열차로 여기에 올 때 저는 우연히 매우 지성적인 사업가 신사분과 함께하게 되었습니다. 그는 가방 안에 기밀서류를 넣고 있더군요." 그는 찰스 경을 보았다. "그런 일이라면 당신도 알고 있겠지요. 전문가의 보고서, 광산기사가 보내온 그 보고서. '극비'라고 표시된 그것을 당신도 보신 적이 있을 겁니다."

"금융상 높은 중요성이 있는 물건이오." 찰스 경은 쌀쌀하게 말했다.

"바로 그렇습니다." 천리안은 중얼댔다. 그의 스페인적인 억양이 일순간 사라졌다. "그것이 극비라고 표시되어 있었으므로 물론 저는 그 비밀스러운 봉인을 존중했습니다. 제가 말씀드리고 싶은 것은 그것뿐입니다. 이러한 능력을 부여받은 사람으로서 저는 동포에게 괴로움을 주거나 폐 끼치는 일에는 그 능력을 발휘하지 않는 게 저의 책무라고 생각합니다."

"훌륭한 마음가짐이오." 찰스 경은 조금 신랄하게 말했다. 그러고는 나의 귀에 속삭였다. "어처구니없을 정도로 영리한 악당이로군, 시모어. 여기에 데려오지 않는 게 좋았을지도 모르겠어."

세뇨르 에레라는 본능적으로 우리의 심정을 알아챈 것처럼 좀 더 밝고 쾌활한 목소리로 말했다.

"저는 이제부터 특별히 더 재미있는 신비한 힘이 실현되는 것을 보여드리고 싶습니다. 그러려면 주변의 밝은 빛을 조금 어둡게 해야 합니다만. 괜찮겠습니까, 주인님. 저는 의도적으로 출석자의 머릿속에서 당신의 이름을 읽어내는 것을 피해왔습니다. 이 램프 불을 조금 떨어뜨려도 좋습니까? 네! 좋습니다. 자, 이것과 그리고 이것. 그렇게! 좋습니다." 그는 봉투에서 가루 한 줌을 작은 접시에 부었다. "다음으로 성냥을 좀. 감사합니다." 가루는 괴상한 녹색 불꽃을 발했다. 그는 주머니에서 카드와 작은 잉크 양아리글 꺼냈다. "펜을 가지고 계십니까?"

나는 곧 펜을 가지고 왔다. 천리안이 그 펜을 찰스 경에게 내밀었다.

"아무쪼록, 거기에 이름을 써주십시오." 천리안이 카드 한복판을 가리켰다. 그것은 귀퉁이가 양각된 것으로 한복판에는 다른 색의 작은 사각형이 있었다.

찰스 경은 이유 없이 하는 서명에 본능적인 저항감이 있었다.

"무엇을 할 작정이오?" 찰스 경이 물었다(백만장자의 서명에는 다양한 용도가 있다).

"카드를 봉투에 넣어주시면 제가 그것을 태웁니다. 그다음, 제가 당신의 필적을 보여드리겠습니다."

찰스 경은 펜을 집어들었다. 서명을 쓴 직후에 그 카드가 태워질 것이라면 걱정할 일은 없다. 그는 평소의 견고하고 명료한 서체로 이름을 썼다. 자신의 가치를 알고 5천 파운드 수표를 작성하는 것도 주저하지 않는 남자의 필적이었다.

"잘 보고 계십시오." 천리안은 방 반대편에서 말했다. 그는 찰스 경이 이름을 쓰는 것을 보지 않았다.

찰스 경은 카드를 가만히 바라보았다. 천리안은 정말로 영향을 주기 시작하고 있었다.

"그럼 그것을 봉투에 넣어주십시오." 천리안이 외쳤다.

찰스 경은 어린 양처럼 그의 말을 따랐다.

천리안은 앞으로 나왔다.

"봉투를 저에게 주십시오." 천리안은 받아 든 봉투를 난로 쪽으로 가서 엄숙하게 불을 붙였다. "보십시오. 오그라들고 재가 되는 것을." 그러더니 그는 방 중앙의 녹색 전등 옆으로 되돌아가서 팔을 걷은 다음 찰스 경 앞에 내보였다. 팔에는 피와 같은 빨간색으로 내 처남의 '찰스 밴드리프트'가 그 자신의 필적으로 쓰여 있었다.

"어떻게 했는지는 알겠소." 찰스 경은 중얼거리듯 말했다. "교묘한 가짜야. 그러나 그래도 나는 알겠소. 당신은 이 밝은 녹색 빛을 나에게 오랫동안 보게 했지. 그런 다음 나는 그 반대색에서 당신 살갗에 씌어져 있었던 글자를 보게 되는 것이오."

"그렇게 생각하십니까?" 천리안은 입술을 기묘한 형태로 구부리며 말했다.

"틀림없소."

번개처럼 재빠르게 천리안은 소매를 걷어붙였다. "이것은 당신의 이름입니다." 그리고 명석한 목소리로 외쳤다. "단, 이것은 당신의 풀네임이 아닙니다. 그러면 저의 오른팔은 어떻게 생각합니까? 이것도 또 반대색입니까?" 그는 다른 한쪽 팔을 내밀었다. 거기에는 바다와 같은 녹색으로 '찰스 오설리번 밴드리프트'라고 쓰여 있었다. 그것은 내 처남의 세례명으로, 처남은 '오설리번'이 맘에 안 들어 오래전부터 이름에서 빼버렸다. 어머니 쪽 가계가 그는 부끄러웠던 것이다.

찰스 경은 서두르듯 그것을 보았다.

"맞았소. 정확히 맞았군!" 그러나 그의 목소리는 텅 비었다. 그는 이미 강령회를 계속할 생각이 없는 것 같았다. 그는 사람 속을 꿰뚫어볼 수 있었으며, 우리들을 지나치리만큼 잘 알고 있었던 것은 명확했다.

"불을 밝혀주게나." 내 말에 급시가 불을 켰다. "커피나 술을 한 잔 가져오라고 할까요?" 내가 밴드리프트에게 속삭였다.

"무엇이든지 좋아. 그 녀석의 건방진 모습을 더 이상 보지 않을 수만 있다면. 사람들에게 담배를 피울 것인가도 물어보게나. 여기 계신 숙녀분들 중에도 담배를 피울 분이 있을 걸세."

안도의 한숨이 일어났다. 빛은 밝게 빛나고 있었다. 천리안은 곧 자신의 일을 멈추었다. 그는 실로 우아한 태도로 구석에서 커피를 홀짝이면서 담배를 권한 부인과 깍듯한 예의로 잡담을 나누고 있었다. 그는 세련된 신사였다.

다음 날 아침, 호텔 홀에서 피카르데 부인을 또 만났다. 그녀는 훌륭한 수제품 여행복장 차림이었다. 기차역으로 가는 것이 틀림없었다.

"외출하십니까, 피카르데 부인?" 내가 외쳤다.

그녀는 미소 지으며 예쁜 장갑을 낀 손을 내밀었다.

"예, 나가는 중이에요." 그녀는 못된 장난이라도 하듯 대답했다. "피렌체인가 로마인가 어딘가로요. 나는 니스를 다 마셨습니다. 오렌지를 짜내듯 말이지요. 모든 즐거움을 누렸지요. 그래서 제가 좋아하는 이탈리아로 다시 간답니다."

이상하다는 생각이 들었다. 이탈리아가 그녀의 목적지라면 파리행 호화열차와 연결되는 승합마차를 이용할 것이다. 그러나 세상

물정에 밝은 남성은 숙녀가 하는 말이라면 아무리 있을 수 없는 일이라도 그냥 받아들이는 것이다. 그 후 열흘 정도는 그녀도 천리안도 다시 생각하지 않았다.

얼마 후 2주일분의 이용 명세서가 런던 은행에서 왔다. 백만장자의 비서로서 이 명세서를 2주일마다 작성하고, 지불필 수표와 찰스 경의 수표장 기록을 대조하는 것이 나의 일이다. 이때 나는 매우 중대한 착오로 보이는 것을 발견했다. 사실은 5천 파운드의 차이가 있었던 것이다. 상대편의 문제였다. 수표장에 기록된 것보다 찰스 경은 5천 파운드 더 부채를 지고 있었던 것이다.

나는 명세서를 조심스럽게 조사했다. 실수의 원인은 명확했다. 본인 또는 지참인 지불로 5천 파운드, 찰스 경의 서명이 들어 있는 수표였다. 게다가 표면에 스탬프도 없어서 어느 곳에서 발행한 것인지 알 수 없었지만, 분명히 런던 은행 창구에서 지불되어 있었다.

나는 처남을 살롱에서 서재로 호출했다.

"보세요. 명세서에 당신이 사용하지 않은 수표가 돌아왔습니다."

나는 그것을 아무 말 없이 그에게 건네주었다. 골프나 카드 게임에서 얻은 사소한 손실을 메우기 위해서라거나 나에게 비밀로 하고 싶은 지출을 보충하기 위해서 쓴 것이 아닐까 하고 생각한 것이다. 이러한 일은 일어날 수도 있다.

그는 그것을 뚫어지게 바라보았다. 그러더니 길게 "휴!" 하고 한숨을 내쉬었다.

"시모어, 우리는 완전히 요리를 당한 셈이로군, 그렇지 않은가?" 명세서를 돌려주며 그가 말했다.

나는 수표를 응시했다.

"무슨 뜻입니까?"

"왜, 그 천리안 말일세." 그는 아직 수표를 후회하듯 바라보며 말했나. "5천은 아무래도 좋아. 그렇지만 그놈은 우리 둘을 이렇게 가지고 논 거라네. 창피한 일 아닌가!"

"어째서 천리안이라고 확신하십니까?"

"녹색 잉크를 보게나. 게다가 저 글씨체를 보면 알지. 나는 그때 약간 흥분해서 좀 멋부리는 것처럼 썼어. 평상시에 서명을 저런 식으로 한 적은 없었다네."

"그의 소행이라고 합시다." 나는 일단 인정해서 말했다. "그러나 도대체 어떻게 서명을 수표로 옮겼을까요? 이것은 처남 자신의 자필인 것 같군요. 교묘한 위조가 아닙니다."

"그렇지. 그건 인정해. 부정할 수 없어. 내가 가장 경계하고 있었을 때 그놈은 나를 속인 거야! 나는 그의 어처구니없는 심령 속임수나 말에는 현혹되지 않았지만, 설마 그 녀석이 내 돈을 노릴 거라고는 상상도 못 했다네. 차용증이나 부당청구 정도까지는 예상했지만 설마 내 서명을 수표에 도용할 줄이야. 그런 무모한 짓을!"

"대체 어떻게 한 것입니까?"

"나로서는 방법을 모르겠군. 단지 이것을 내가 썼다는 것밖에는 모르겠어. 어디에 가도 그렇게밖에 말할 도리가 없네."

"그렇다면 수표의 지불을 거절할 수 없습니까?"

"유감스럽지만 할 수 없어. 그것은 나의 진짜 서명이기 때문일세."

우리는 곧장 경찰을 찾아가 서장을 만났다. 그는 신사적인 프랑스인으로 평소 형식을 차리거나 번잡한 수속을 요구하지 않았다. 유창한 영어를 미국 억양으로 말했으며, 젊은 시절 뉴욕에서 십 년 쯤 형사로 근무했던 것처럼 행동했다.

"제 생각으로는." 우리의 이야기를 들은 후 그가 천천히 말했다. "여러분은 클레이 대령의 피해자가 되신 것 같습니다."

"클레이 대령이 누구요?" 찰스 경이 방문했다.

"저도 정말 알고 싶은 것이 그것입니다." 서장은 그 기묘한 프랑스풍 미국 억양으로 대답했다. "그는 대령입니다. 때때로 그렇게 자칭하고 있습니다. 그는 클레이 대령이라고 불립니다. 인도 고무 같은 얼굴을 가지고 있을 겁니다. 클레이, 즉 점토처럼 반죽할 수 있는 얼굴이지요. 본명은 불명입니다. 주소는 대개 유럽으로, 프랑스와 영국 두 나라 국적을 가지고 있어요. 전직은 박물관의 밀랍인형 만드는 사람이었고, 나이는 원하시는 대로입니다. 밀랍인형 만드는 지식을 살려서 자신의 코나 뺨에 밀랍을 붙여 원하는 모습을 만들어내기도 하지요. 이번에는 매부리코였군요. 으흠! 여기서 닮은 사진이 있습니까?"

그는 책상 속을 뒤져서 사진 두 장을 우리에게 건넸다.

"조금도 닮지 않았소." 찰스 경은 대답했다. "아마, 목을 제외하고는 모두 그와 전혀 닮지 않았습니다."

"그렇다면 대령입니다!" 서장은 기쁜 듯 손을 비비며 단호히 말했다. "잘 보십시오." 그는 연필을 꺼내어 두 얼굴에서 하나의 윤곽을 재빠르게 보고 그렸다. 별다른 특징이 없는 평범한 용모의 젊은 남자였다. "여기에 대령의 간단한 변장이 있습니다. 좋아요. 자, 봐주십시오. 머릿속에서 상상해보십시오. 그가 작은 밀랍 덩이를 코에 붙여서 매부리코의 콧마루를 만듭니다. 이런 식으로. 좋습니다. 자, 그가 여기에 있습니다. 그리고 턱은, 아, 조금 더요. 또 머리털은 가발로. 얼굴색은…… 이 정도로 간단한 것은 없습니다. 이것이 당신을 속인 악한의 외모입니다. 알아보시겠습니까?"

"완전히 그대로요." 우리는 중얼댔다. 연필로 그린 두 곡선과 한 덩어리의 가짜 머리카락으로 얼굴이 달라졌다.

"그는 매우 큰 눈과 매우 큰 눈동자를 가지고 있습니다만." 나는 사진을 가만히 보며 반론했다. "사진의 남자는 작아서 나른해진 물고기와 같은 눈이군요."

"그렇습니다. 벨라돈나 한 방울이면 동공이 확대됩니다. 그래서 천리안이 완성됩니다. 아편 5그레인은 이것을 수축시킵니다. 그래서 산송장 같은, 멍청한지 영리한지 알 수 없는 얼굴이 됩니다. 그런데 신사 여러분, 이 사건은 나에게 맡기세요. 나는 그를 추적하고 있습니다. 그를 붙잡는다는 말은 하지 않았습니다. 지금까지 아무도 클레이 대령을 붙잡은 적이 없습니다. 하지만 나는 그가 무슨 짓을 했는지는 설명할 수 있을 것입니다. 5천 파운드가 푼돈에 불과한 당신 같은 분께는 그것이 위로가 될 것입니다."

"당신은 흔한 프랑스 공무원과는 다르군요, 서장." 나는 굳이 한마디를 했다.

"그렇습니다!" 서장은 보병대장과 같이 몸을 바로세우며 대답했다. 그는 최대의 위엄을 갖추고 프랑스어로 말을 이었다. "나는 이 경찰서의 전력을 기울여 이 범죄자를 쫓겠습니다. 가능하다면 범인을 체포하겠습니다."

우리는 당연히 런던에 전보를 쳐서 은행에 용의자의 특징을 써서 보냈다. 그러나 아무런 수확도 없었다.

사흘 뒤 서장은 우리의 호텔을 찾아왔다.
"저희가 발견한 것을 알려드리게 되어 기쁘군요."
"무엇입니다? 천리안을 체포한 것입니까?" 찰스 경이 물었다.
서장은 그 말에 겁을 먹기라도 한 듯 뒤로 물러나며 말했다.
"클레이 대령을 체포했냐고요?" 그는 외쳤다. "무슈, 우리는 인간일 뿐입니다! 그를 체포했냐고요? 아뇨, 그렇지 않습니다. 그러나 그의 뒤를 쫓았습니다. 그것만으로도 이미 충분합니다. 클레이 대령의 속셈을 간파한 것만으로도요."
"뭘 간파했단 말이오?" 찰스 경은 의기소침해졌다.
서장은 앉았지만 자신이 발견한 것에 만족한 모양이었다. 그가 이 교묘하게 구성된 범죄를 매우 즐기고 있는 것이 틀림없었다.
"우선 첫째로, 무슈. 당신의 비서가 그날 밤 세뇨르 에레라를 데리러 갔을 때 그가 누구의 방에 가는 것인지 몰랐을 거라고 생각하셨을 텐데, 사실은 전혀 반대입니다. 세뇨르 에레라 혹은 클레이 대령은, 마음에 드는 쪽으로 부르십시오, 당신에게서 돈을 등치기 위해서 이번 겨울에 니스로 온 것입니다."
"하지만 내가 그를 불렀잖소." 처남이 말참견했다.
"그렇습니다. 그는 당신이 자신을 부르러 보내도록 만든 것입니다. 그는 카드를 가지고 있었습니다. 그런 것이 없었다면 그는 상당히 형편없는 마술사라고 할 수 있지요. 그는 아내인지 여동생인지 모를 한 숙녀를 이 호텔에 묵게 했습니다. 피카르데 부인이라는 사람입니다. 그녀를 통해서 그는 당신이 교제하고 있는 몇 명의 여성을 강령회로 초대했습니다. 그중 두 부인이 당신에게 천리안에 대한 이야기를 하도록 해서 당신의 호기심을 끌어들였지요. 이 방에 왔을 때 그는 두 분에 대해서 대단히 상세한 조사를 끝마친 다음이었다는 것에 세 마지막 1달러까지 걸어도 좋습니다."

"우린 모두 멍청이였군, 시모어." 처남이 외쳤다. "이제야 다 알겠다. 그 부인은 저녁식사 전에 내가 그를 만나고 싶어 한다고 연락한 거야. 자네가 거기에 도착했을 때 그 녀석은 이미 날 속일 준비를 갖추고 있었던 거지."

"그렇습니다." 서장은 대답했다. "그는 당신의 이름을 양손에 그려놓았습니다. 그리고 더욱 중요한 준비를 하고 있었습니다."

"수표 말이오. 글쎄, 그건 도대체 어떻게 한 일인지?"

서장은 문을 열며 말했다. "들어오시오." 젊은 남자가 들어왔다. 우리는 즉시 그가 리비에라 유수의 주요 은행인 크레디트 마르세유의 외화 부문 주임임을 알아보았다.

"이 수표에 대해서 알고 있는 것을 이야기해주십시오." 서장은 우리가 증거로 경찰에 넘겨주었던 수표를 그 남자에게 보여주며 말했다.

"4주일쯤 전의 일입니다만……." 주임은 말을 꺼냈다.

"당신의 강령회가 열리기 열흘 전이네요." 서장은 덧붙였다.

"매우 머리가 긴 매부리코 신사가 제 담당 부서로 와서 찰스 밴드리프트 경의 런던 은행 담당자를 아느냐고 물었습니다. 그는 당신의 계좌에 지불할 금액이 있다고 하면서 저희에게 송금을 부탁하더군요. 저는 당신이 저희 은행 계좌를 가지고 있지 않기 때문에 저희가 그 돈을 받는 것은 규칙위반이며, 당신의 런던 거래은행은 더비 드러몬드앤드로젠버그 은행이라고 알려주었습니다."

"맞소." 찰스 경은 중얼댔다.

"이틀 후 저희 고객인 피카르데 부인이라는 분이 최고 신용도가 있는 분의 서명이 든 300파운드의 유효한 수표를 가져오셨더군요. 그녀는 그것을 그녀 명의로 더비 드러몬드앤드로젠버그 은행으로 송금해서 그녀의 런던 계좌를 만들어달라고 부탁했습니다. 저희들은 부탁대로 하고 수표책을 받았습니다."

"이 수표는 거기서 나온 것입니다. 수표번호를 런던에 조회해서 알았습니다." 서장이 덧붙였다. "동시에 당신의 수표가 환금된 그날 피카르데 부인은 런던에서 예금 잔액을 인출했습니다."

"그런데 그자는 어떻게 나에게 수표에 서명시킨 것이오?" 찰스 경이 외쳤다. "그자가 어떤 카드 마술을 사용한 것입니까?"

서장은 같은 카드를 주머니에서 꺼냈다.

"이것이 같은 카드입니까?" 그가 질문했다.

"그 자체입니다! 베낀 것 같군요."

"그럴 줄 알았습니다. 네, 우리의 대령은 종교적인 목적으로 만들어진 이런 카드를 콰이 메세나의 가게에서 한 벌 사서 그 한복판을 도려내고, 보세요……." 서장은 카드를 뒤집어서 뒤쪽에 종잇조각이 깨끗하게 붙어 있는 것을 보여주었다. 그것을 벗기면 천리안이 우리에게 보여준 것처럼 서명하는 자리가 표면에 나오게 접은 수표가 그 안에 들어 있었다. "깨끗한 트릭이라고 말할 수 있습니다." 서장은, 정말로 훌륭한 속임수에 대해 직업적인 감동을 담아서 말했다.

"그러나 그는 내 눈앞에서 봉투를 태웠소." 찰스 경은 외쳤다.

"푸우!" 서장은 외쳤다. "테이블에서 난로로 다가가는 동안 봉투를 바꿔치기하는 속임수도 못 쓰는 사람이 마술사라고 할 수 있겠습니까? 클레이 대령은, 당신이 기억하시다시피 뛰어난 마술사입니다."

"음, 문제의 인물이 누구인지, 그리고 그와 함께 있었던 여자가 누구인지 알게 된 것만으로도 위안이 됩니다." 찰스 경은 희미한 안 노의 한숨과 함께 말했다. "다음 일은 물론 당신이 영국까지 단서를 따라가서 그들을 체포하는 것이겠지요."

서장이 어깨를 움츠렸다. "그들을 붙잡는다고요!" 그는 유쾌하기 짝이 없는 목소리로 외쳤다. "아, 무슈, 당신은 피에 굶주린 분이로군요! 사법 관계자 중 누구도 카우슈쿠Caoutchouc* 대령, 프랑스어로 그렇게 부릅니다만, 그를 체포할 수 있었던 사람은 없습니다. 그는 뱀장어처럼 종잡을 수 없습니다. 그는 우리의 손가락 사이를 빠져나갑니다. 체포했다고 한들 무엇을 증명할 수 있습니까? 궁금하군요. 그를 한번 만나본 사람 중에서 다음에 할 변장을 그리고 증언할 수 있는 사람은 없습니다. 대령은 '잡을 수 없는 녀석'입니다. 저는 제가 유럽 경찰 중에서 가장 영리한 사람이라고 생각합니다만."

"음, 그래도 나는 그자를 잡고 말겠소."

찰스 경은 그렇게 대답한 후 입을 다물었다.

---

* '생고무'라는 뜻의 단어로 비유적으로 변장술을 가리킨다.

3월 15일에 생긴 일
The Ides of March

어네스트 윌리엄 호닝 Ernest William Hornung, 1866~1921

영국에서 태어난 시인이자 소설가이다. 아마추어 도둑 래플즈_{A. J. Raffles}라는 캐릭터를 창조하여 추리소설계에 이름을 알렸다. 약한 시력과 건강 문제로 고생하던 중 오스트레일리아로 이주해 요양, 자신이 창조해낸 래플즈처럼 뛰어난 크리켓 실력도 갖추게 됐다. 1886년 영국으로 돌아와 코난 도일의 여동생과 결혼하였으며, 1894년부터 본격적인 창작활동을 시작했다. 대표작으로 「젠틀맨과 플레이어」 「법의 경계」 「리턴 매치」 등이 있다.

1

 내가 마지막 선택으로 올버니에 돌아온 것은 12시 30분쯤이었다. 내 마음은 잿빛으로 변하고 있었지만 그곳은 거의 달라진 것이 없었다. 바카라 게임 득점 계산판과 빈 술잔이 수북한 재떨이와 함께 테이블에 어지럽게 널려 있었고, 담배 연기를 내보내느라 한쪽 창문을 열어두었는데 연기가 나가는 대신 안개가 들어오고 있었다. 래플즈는 정장 차림을 간편한 옷으로 갈아입고 있을 뿐이었다. 그는 내가 자기를 잠자리에서 끌어냈다는 듯이 눈살을 찌푸렸다.
 "뭐 두고 간 게 있나?" 나를 보자 그가 말했다.
 "아닙니다."
 나는 인사도 하지 않고 나 자신도 놀랄 만큼 그의 앞을 지나쳐 그의 방 통로로 밀고 들어갔다.
 "분풀이를 하러 돌아온 것은 아니겠지? 자네와 혼자 게임을 할 생각은 없는데. 좀 미안하지만 말일세……."

우리는 그의 난롯가에서 얼굴을 마주 보고 있었다. 내가 그의 말을 끊고 말했다.

"제가 이 시간에 이런 식으로 되돌아오니 놀라시는 건 당연합니다. 저는 선배님을 거의 알지 못합니다. 제가 선배님 방에 들어온 것은 오늘이 처음입니다. 그러나 저는 학교 후배였고 선배님은 저를 기억한다고 하셨습니다. 물론 변명이 아닙니다. 그러니 제 이야기를 잠깐만 들어주시겠습니까?"

처음엔 흥분하여 힘들게 한 마디 한 마디 해나가야 했다. 그러나 내 말을 듣는 그의 표정을 보니 마음이 놓여 말이 술술 나왔다.

"물론이지. 말하고 싶은 만큼 말하게나. 설리번 한 대 피우고 앉게."

그는 나에게 은제 담배 케이스를 내밀었다.

"괜찮습니다. 감사합니다만 저는 담배도 피우지 않고 앉지도 않겠습니다. 지금 제가 하려는 얘기를 들으시면 그런 친절을 권하지도 않으실 겁니다."

나는 머리를 흔들며 큰 소리로 말했다.

"그런가? 왜 그렇게 생각하지?"

그는 담배에 불을 붙이며 맑고 푸른 한쪽 눈으로 나를 치켜보았다.

"아마 선배님은 저를 나가라고 할 것이며 그건 당연한 행동일 것입니다. 그렇지만 제발 그렇게는 하지 말아주십시오. 선배님은 제가 방금 2백 이상을 잃은 것을 아시죠?"

그는 고개를 끄덕였다.

"저는 호주머니에 그 돈이 없었습니다."

"그래, 기억하네."

"그러나 수표책을 가지고 있었죠. 그리고 모두에게 수표를 써주었습니다."

"그런데?"

"그 종이들은 아무런 쓸모가 없습니다. 저는 이미 기재 은행에서 너무 많은 돈을 끌어다 썼거든요."

"하지만 잠깐이겠지."

"아닙니다. 저는 돈을 다 써버렸습니다."

"그렇지만 어떤 사람들은 자네가 부자라고들 하던데. 나는 자네가 재산을 물려받았다고 들었는데?"

"그랬었죠. 3년 전 일이죠. 그것이 불행의 씨앗이었습니다. 이제 모두 가버렸어요. 단돈 한 푼도 없습니다. 예, 그렇습니다. 저는 바보입니다. 저 같은 바보는 없을 겁니다. 이거면 충분하지 않습니까? 왜 저를 내쫓지 않으십니까?"

그는 매우 침통한 표정으로 왔다 갔다 하고 있었다.

"자네 가족들이 도움을 주지 않겠나?" 마침내 그가 물었다.

"가족들이요! 제게는 아무도 없습니다. 마음 상할 사람들이 없다는 걸 하나님께 감사드립니다. 저는 외아들입니다. 그것이 재난의 시작이었죠. 제가 탕진한 건 불쌍한 제 아버지의 돈이었습니다. 아버지는 그 돈을 벌기 위해 열심히 일하셨어요. 하늘이 도우셨는지 아버지는 돌아가셔서 아무것도 모르실 겁니다."

나는 의자에 몸을 던지고 얼굴을 가렸다. 래플즈는 사치스러운 카펫 위를 계속 오락가락했다. 카펫 외에도 여러 가지 사치스러운 가구들로 꾸며져 있었다. 부드럽고 규칙적인 그의 걸음걸이에는 아무런 변화가 없었다.

"어디, 집은 가지고 있겠지?" 그가 말을 꺼냈다.

"예, 마운트 거리에 있습니다."

"가구는 어떤가?"

나는 나의 비참함에 크게 웃음이 나올 지경이었다.

"심지어는 지팡이에까지 매매 딱지가 붙어 있지요."

래플즈는 눈썹을 치켜올리고 단호한 눈으로 가만히 서 있었다. 그래서 나는 그가 최악의 사태라고 생각한다는 것을 깨달았다. 그는 어깨를 으쓱하더니 다시 왔다 갔다 하기 시작했다. 잠시 동안 우리 둘은 아무 말이 없었다. 그러나 움직이지 않는 그의 잘생긴 얼굴에서 나는 나의 운명과 사망 확인서를 읽어냈다. 숨을 쉴 때마다 나는 그를 찾아온 나의 어리석음을 저주했다. 그는 열한 명의 크리켓 선수들의 주장이고 나의 상급생이었을 때 나에게 친절을 베풀어 주었다. 그래서 나는 감히 그에게서 친절을 기대했던 것이다. 나는 파산했고 그는 여름마다 크리켓을 할 뿐 아무 일도 하지 않고 지낼 만큼 부자였기에 나는 어리석게도 그의 자비와 동정심과 도움을 계산에 넣었던 것이다. 그렇다. 나는 진심으로 겸손하게 그를 믿었다. 그 결과 내 꼴은 우습게 되어버렸다. 그 비틀어진 콧구멍, 완고한 턱, 내 신세를 한번 바라보지도 않는 차가운 파란 눈에는 자비도 동정도 보이지 않았다. 나는 더 이상 한 마디도 하지 않고 떠나려 했다. 그러나 래플즈가 문 앞을 막아섰다.

"어딜 가는 건가?"

"그건 제 문제입니다. 더 이상 폐를 끼치지 않겠습니다."

"그럼 내가 자네를 어떻게 도와주겠나?"

"저는 선배님께 도와달라고 하지 않았습니다."

"그런데 왜 나를 찾아왔나?"

"당연한 거 아닙니까!" 나는 소리쳤다. "이만 가보겠습니다."

"어딜 가서 뭘 할 건지 이야기해주기 전에는 안 되겠네."

"모르시겠습니까?"

나는 거의 울다시피 소리쳤고 잠시 동안 우리는 서로의 눈을 노려보며 서 있었다.

"그럴 배짱이라도 있나?"

그의 빈정거리는 말을 듣는 순간 나는 마지막 한 방울까지 피가 끓어올랐다. 뒤로 물러서며 외투에서 권총을 빼 움켜잡았다.

총구를 나의 관자놀이에 대고 방아쇠에 손가락을 걸었다. 파산을 한 데다 치욕까지 당하고 살 수는 없었다. 이제 드디어 나의 잘못된 인생을 끝내기로 결심했다. 그 비참한 현실 때문에 나는 미칠 듯이 흥분했다. 그런데 순간 한 사람의 죽음에 다른 사람을 말려들게 하고 있다는 생각이 나의 천박한 이기주의에 호소를 시작했다. 그리고 마주 선 래플즈의 두려움과 공포의 빛을 마지막 위안 삼아 처참하게 죽어갈 내 모습에 몸서리가 쳐졌다. 그것이 방아쇠에 걸린 내 죽음의 손을 옭아맸다.

다음 순간 그의 얼굴은 공포도 불안도 사라지고 오로지 경이와 감탄과 즐거운 기대로 차올랐다. 결국 나는 저주를 내뱉으며 권총을 호주머니에 넣었다.

"악마 같은 분이시군요. 선배님은 제가 자살하길 바라셨군요."

"내가 왜 그걸 바랐겠나. 사실 자네가 자살을 생각하고 있다는 느낌은 들었네. 내 평생 그렇게 매혹되어본 순간은 처음이야. 나는 자네가 그런 성질을 가졌다고는 생각도 못 했다네. 버니! 나는 절대로 자네를 그냥 보내주지는 않겠어. 자네, 그런 장난은 다시 하지 않는 게 좋을 걸세. 이제 우리는 그 궁지에서 빠져나갈 길을 생각해야겠어. 우선, 나한테 그 총을 주게."

그러면서 한 손을 다정하게 내 어깨에 올리더니 다른 손을 외투 호주머니에 넣었다. 나는 꼼짝도 못 하고 그에게 무기를 빼앗겼다. 이것은 래플즈가 자기 뜻에 저항할 수 없게 만드는 미묘한 힘을 가지고 있어서만은 아니었다. 그는 내가 지금까지 본 사람 중에서 누구와도 비교할 수 없을 정도로 노련한 사람이었다. 그러나 내가 가만히 있었던 것은 강자에게 복종하는 약자의 본능 이상의 무엇 때문이었다. 나를 올버니까지 오게 한 그 희미한 희망은 거의 어마어마한 안심으로 변했다. 래플즈는 결국 나를 도와줄 것이다! 래플즈는 나의 친구가 될 것이다! 마치 온 세상이 갑자기 내 편에서 도와주는 것 같았다. 그래서 나는 그의 행동에 저항하지 않았고 열정적으로 그의 손을 꽉 쥐었다. 그리고 외쳤다.

"하늘이 선배님을 축복하시길! 모든 점에서 저를 용서하십시오. 사실대로 말하겠습니다. 저는 선배님이 궁지에서 저를 도와주시리라고 굳게 믿었습니다. 그렇게 요구할 권리가 없다는 것을 잘 알면서도 말입니다. 그런데 저는 옛날 학생 시절을 떠올리고, 옛 생각을 하면서 선배님이 제게 다른 기회를 주리라고 생각했습니다. 만약 선배님이 도와주지 않으면 제 머리를 날려버리려고 했지요. 지금도 선배님의 마음이 변한다면 그렇게 할 겁니다."

사실 그가 아주 친절한 태도로 말하며 나의 학교 시절 별명을 부르긴 했지만 그의 마음이 변하지 않을까 못내 두려웠다.

"아, 그렇게 성급한 결론을 내리진 말게나. 버니, 나한테는 나쁜 점도 많지. 그렇지만 누구를 도와주는 것이 그 나쁜 점에 들어가진 않겠지. 이봐, 앉아서 담배나 한 대 피우게. 좀 진정이 될 거야. 위스키? 그건 자네한테 가장 좋지 않은 거야. 여기 자네가 들어올 때 끓이고 있던 커피가 있어. 이제 내 말을 들어보게. 자네는 '다른 기회'라고 말했는데, 그게 무슨 뜻인가? 바카라에서의 다른 기회? 그건 아니지. 자네는 행운이 돌아오리라고 생각하는 건가? 그건 나빠진 일을 더욱 나쁘게 만드는 것일 뿐이야. 자네는 구덩이에 던져 넣을 만큼 충분히 전 재산을 던져 넣었어. 자네 자신을 내 손에 맡길 텐가? 좋아. 그러면 자네는 더 이상 바카라에 뛰어들면 안 돼. 그리고 나는 자네에게서 받은 수표를 은행에 제시하지 않기로 약속하네. 그렇지만 불행하게도 아직 다른 사람들이 있지. 게다가 더욱 불행하게도 나 역시 자네처럼 궁지에 몰려 있다네."

이제 내가 래플즈를 바라볼 차례였다. 나는 큰 소리로 외쳤다.

"선배님이? 선배님이 궁지에 몰려 있다고요? 그걸 저보고 믿으라는 겁니까?"

그가 미소를 지으며 되물었다.

"자네가 돈이 없다고 할 때 내가 안 믿지 않던가? 그리고 경험해 봐서 알겠지만 이런 곳에서 살고 한두 개의 클럽에 가입했고 크리켓을 조금 치는 사람이라고 해서 은행에 잔고를 꼭 가지고 있을까? 지금 자네와 마찬가지로 나도 돈이 없다네. 내가 가진 것이라곤 재치밖에 없다네. 완전히 빈털터리야. 자네처럼 나도 오늘 저녁에 돈이 필요하다네. 그러니 버니, 우리는 같은 배를 탄 거야. 같이 저어 가는 것이 더 나을 걸세."

"같이요!"

나는 외쳤다.

"선배님이 저를 떨쳐내려고 하는 말이 진정 아니라면 선배님을 위해 이 세상에서 무슨 일이라도 하겠습니다. 선배님이 할 만한 일을 생각해보십시오. 저는 따르겠습니다. 여기 올 때 저는 절망적이었고 지금도 그렇습니다. 오직 불명예를 입지 않고 여기서 빠져나갈 수만 있다면 무슨 일이라도 하겠습니다."

나는 그를 다시 보았다. 그는 화려한 의자에 몸을 젖히고 앉아 있었다. 나는 그의 나태하고 강건한 모습을, 그의 창백하고 날카롭고 말끔히 면도한 모습을, 단호하고 거리낌 없이 말하는 입을 보았다. 그리고 다시 나는 별처럼 차갑게 빛나는 멋진 그의 눈에서 내 머릿속을 비추고 내 가슴속 비밀을 밝혀내는 맑은 빛을 느꼈다. 드디어 그가 입을 열었다.

"자네가 할 수 있을지 모르겠네. 지금 기분이라면 가능하겠지만, 나중에 자네 기분이 어떻게 될지 모르지. 그러나 그런 어조로 얘기하는 친구에게는 희망이 있지. 이제 나는 자네가 학교 다닐 때 용감한 작은 꼬마였던 것도 기억이 난다네. 내가 기억하기로 자네는 나에게 친절을 베푼 적도 있었지. 그 일 기억나나, 버니? 자, 잠깐 기다리게나. 아마 나는 자네에게 제법 도움이 될 수 있을 걸세. 생각할 시간을 좀 주게."

그는 일어나 새 담배에 불을 붙이고 한 번 더 방을 왔다 갔다 했다. 아까보다 더 느리고 더 생각에 잠긴 걸음걸이로 훨씬 더 오랫동안 걸었다. 그는 두 번쯤 내 의자 앞에 멈춰 서서 뭔가 말하려는 것처럼 보였지만 매번 생각을 검토하고 말없이 왔다 갔다 하기를 계속했다. 그러다 조금 전에 닫았던 창문을 밀어올리고 올버니 앞마당을 가득 채운 안개 속으로 몸을 내민 채 얼마 동안 서 있기도 하였다. 그 사이 굴뚝 쪽에 붙은 시계가 1시를 쳤고, 30분이 되자 다시 한 번 울렸다. 서서히 나는 나의 무거운 짐을 이 멋진 친구의 넓은 어깨에 옮겨놓았다. 시간이 흐르면서 내 생각은 나의 눈을 따라갔다. 그 방은 적당한 크기의 네모난 방이었는데 두 쪽짜리 문, 대리석 벽난로, 그리고 올버니의 어두침침하고 고풍스러우면서도 독특한 특징을 가지고 있었다. 적절한 자유분방함과 적당히 고상한 취향으로 멋지게 꾸며진 방이었다. 그러나 크리켓을 치는 사람의 집에서 흔히 볼 수 있는 것이 그의 집에는 보이지 않았다. 그 대신 조각이 새겨진 참나무 책장이 한쪽 벽을 채우고 있었다. 크리켓 팀 사진이 있으리라 기대했던 곳에는 〈사랑과 죽음〉 〈축복받은 다모젤〉 같은 복제품이 먼지 낀 액자에 끼워져 서로 다른 높이로 붙어 있었다. 그는 최고의 운동선수가 아니라 이류 시인이었을지도 모른다. 그의 복잡한 작문에는 언제나 유미주의의 섬세한 경향이 있었다. 이런 것은 그의 여러 가지 면을 생각나게 했고 그가 방금 언급한 작은 사건도 떠올리게 했다.

공립학교 분위기가 크리켓 선수 열한 명의 분위기, 특히 주장의 성격에 따라 얼마나 크게 달라지는지는 모두 알고 있을 것이다. 나는 래플즈와 우리 학교의 분위기가 좋았으며, 그가 애쓴 대로 크리켓 팀은 천사의 편에 있었다는 것을 부정하는 소리를 들은 적이 없었다. 그러나 그가 밤에는 야한 옷과 가짜 수염을 달고 시내를 돌아다니는 버릇이 있다는 소문이 학교에 퍼진 적이 있다. 그것은 쉬쉬하면서도 돌아다니는 이야기였으므로 믿는 사람은 없었다. 나 혼자만이 그것이 사실임을 알고 있었다. 나는 밤마다 기숙사 학생들이 잠들었을 때 그가 타고 내려간 밧줄을 끌어올렸다가 신호가 오면 그 밧줄을 다시 내려줄 때까지 깨어 있었다. 그런데 어느 날 밤 그는 너무 대담해서 자칫하면 이름을 날리던 전성기에 불명예스럽게 제적당할 뻔했다. 완전한 대담무쌍함과 언제나 그의 편인 특별한 후배, 즉 나라는 존재의 도움으로 그 불운한 결과를 막을 수 있었다. 그 불명예스러운 사건에 대해서 더 거론할 필요는 없다. 그러나 나는 필사적으로 이 사람의 자비에 나를 맡기는 데 그 일을 잊어버린 척할 수는 없었다. 그리고 래플즈가 그것을 잊지 않음으로써 얼마나 내게 관대해질 수 있었는지 궁금해하던 차였다. 그때 마침 래플즈가 내 의자 앞에 한 번 더 멈춰 섰다.

"나는 우리가 위기일발의 순간을 맞았던 그날 밤을 생각하고 있었어. 왜 그렇게 놀라나?" 그는 이렇게 말을 꺼냈다.

"저 역시 그 일을 생각하고 있었습니다."

그는 나의 생각을 읽기라도 한 듯이 미소 지었다.

"그래, 그때 자네는 작은 꼬마였지, 버니. 자네는 말하지도 않았고 주춤거리지도 않았어. 자네는 묻지도 않았고 아무 이야기도 하지 않았지. 나는 자네가 지금도 그런지 궁금하네."

"모르겠습니다." 나는 그의 어조에 약간 당황했다. "저는 일에서 너무 많은 실수를 저질러서 다른 사람이 저를 거의 믿지 않는 것만큼이나 제 자신도 저를 거의 믿지 않습니다. 그러나 결코 친구를 배반한 적은 없지요. 그것만큼은 당당히 말할 수 있습니다. 그렇지 않았다면 오늘 밤 제가 이런 곤경에 빠지지도 않았을 겁니다."

"분명히." 래플즈는 어떤 숨겨진 생각에 동의하는 것처럼 혼자 고개를 끄덕이며 말했다. "분명히 내가 기억하는 그대로군. 나는 자네가 10년 전이나 지금이나 똑같다는 데 내기를 걸 수 있네. 버니, 우리는 변하지 않았어. 우리는 발전했을 뿐이야. 자네나 나나 자네가 밧줄을 내려주고 내가 그것을 한 손 한 손 붙들고 올라가던 때로부터 전혀 비끼지 않았다고 생각해. 자네 아직 친구를 위해서라면 무슨 일이든 하겠다고 말하겠나? 어떤가?"

"무엇이라도요." 나는 눈물이 날 정도로 기뻤다.

"범죄까지도?" 래플즈가 미소를 지으며 물었다.

이전과는 다른 말투였다. 그가 나를 놀리고 있는 게 분명했다. 그러나 그의 눈은 여전히 진지해 보였고, 내 쪽에서도 그 말을 부인할 처지가 전혀 아니었다.

"그럼요, 범죄까지도요. 선배님의 범죄를 말씀해보세요. 저는 선배님 부하입니다."

그는 한순간 경탄하며 나를 바라보았다. 그리고 다음 순간 의심스러운 눈초리가 되었다. 그러고 나서 머리를 흔들더니 그만의 독특한, 약간 냉소적인 웃음을 지으며 화제를 바꾸었다.

"버니, 자네는 근사한 친구야. 정말 무모한 성격이기도 하고. 아까는 자살한다고 하더니 이제는 내가 원하면 어떤 범죄라도 저지를 수 있다니! 자네가 원하는 것은 끌어주는 힘이야. 자네는 좋은 평판을 받는, 법을 준수하는 버젓한 시민으로 잘 지내왔어. 그럼에도 불구하고 우리는 훔치거나 사취를 해서라도 오늘 밤 돈을 구해야 해."

"오늘 밤에요?"

"빠를수록 더 좋지. 내일 아침 10시 이후에는 매 시간이 위험한 시간이야. 그 수표 중 하나라도 자네 거래은행에 제시되면 자네와 수표는 모두 부도가 나는 거지. 그러니 우리는 오늘 밤에 돈을 마련해야 해. 나는 이제 어디서 돈이 마련될 수 있는지 생각해봐야겠어."

"새벽 2시에요?"

"그래."

"하지만 그런 시간에 어떻게, 어디서?"

"여기 본드 거리에 사는 내 친구로부터."

"그분하고 무척 친한 사인가 보군요."

"친하다라는 말론 안 되지. 나는 그의 집에 자유롭게 드나들 수 있고 열쇠도 모두 갖고 있어."

"이 밤중에 그분을 깨우실 겁니까?"

"그가 자고 있다면."

"제가 선배님과 같이 가야 합니까?"

"반드시."

"그렇다면 가겠습니다. 하지만 저는 그 생각이 좋진 않다고 말할 작정입니다."

나의 동료는 비웃듯이 나를 바라보다가 곧 사과하면서 말했다.

"아니야, 제기랄. 그래, 자네를 이해하네. 그건 끔찍하게 힘든 시련이지. 그러나 자네를 밖으로 돌게 하진 않겠어. 저기 위스키가 있고 여기 소다수가 있어. 자네가 마시는 동안 나는 옷을 좀 챙겨 입겠네."

나는 공포심을 좀 누그러뜨리기 위해 술을 마셨다. 그동안 래플즈는 짧은 외투를 걸치고 곱슬머리에 부드러운 펠트 모자를 아무렇게나 쓰고 나에게 왔다. 내가 술병을 건네자 그는 미소 지으며 고개를 저었다.

"일을 먼저 하고 온 다음 쉬자고. 자네는 오늘이 며칠인지 아나?"
내가 잔을 쭉 들이켰을 때 그가 달력을 한 장 찢어내며 물었다.
"3월 15일이요."
"'3월 15일을 기억하라.'* 자네는 이길 잊지 않았을 테지?"
그는 웃으면서 주의 깊은 가정부처럼 불이 사그라들기 전에 석탄을 난로에 넣었다. 우리는 굴뚝에 붙어 있는 시계가 2시를 칠 때 함께 밖으로 나왔다.

2

피커딜리는 지독히 하얀 안개에 싸여 있었다. 희미한 가로등이 죽 늘어서 있고 길에는 진흙이 얇게 덮여 있었다. 우리는 다른 사람들을 한 명도 만나지 못했다. 그래서 그 구역 경찰은 우리를 유심히 바라보았다. 그러나 나의 동행을 알아보고는 모자에 손을 대고 인사했다.
"보다시피 나는 경찰들에게 잘 알려져 있다네."
래플즈는 지나가면서 웃었다.
"불쌍한 친구, 이런 밤에도 눈을 뜨고 지키고 있군. 버니, 안개는 자네와 나에게 따분할지도 모르지만 범죄자들에게는 하늘이 보낸 완벽한 선물일세. 자, 다 왔어. 그 친구는 분명히 잠들어 있을 거야."
우리는 본드 거리로 들어서서 몇 야드를 남기고 멈췄다. 창문은 안개에 가려져 거의 보이지 않았고 희미한 불빛 하나도 비치지 않았

---

* 셰익스피어의 『줄리어스 시저』에 나오는 말이다. 3월 15일은 시저가 암살당한 날.

다. 그 창문들은 보석점 위에 있었는데 나는 가게 문의 구멍을 통해 실내에 불이 밝게 켜져 있음을 알았다. 그러나 가게 옆 도로로 통하는 문이 있는 위층은 전체가 하늘처럼 아주 깜깜했다.

"오늘 밤에는 포기하는 것이 낫겠습니다. 분명히 아침이 적당할 것 같습니다." 내가 재촉했다.

"전혀 그렇지 않아. 나는 그의 열쇠를 가지고 있어. 우리는 그를 놀라게 해줄 걸세. 따라오게."

그는 나의 오른팔을 잡고 서둘러 길을 건너가 열쇠로 문을 열었다. 다음 순간 문은 재빠르게, 그러나 부드럽게 우리 뒤에서 닫혔다. 우리는 어둠 속에 함께 서 있었다. 밖에서 누군가 잰걸음으로 다가오고 있었다. 우리가 건너왔던 안개 속에서 그 소리가 들려왔다. 이제 그것은 점점 가까이 왔고 나의 동료는 손가락으로 나의 팔을 단단히 잡았다.

"아마 그 녀석일 거야. 그는 밤도둑 같은 녀석이지. 버니, 소리 내지 마, 우리는 그를 깜짝 놀라게 해줄 테니까. 아!"

그 잰걸음은 멈추지 않고 지나갔다. 래플즈는 긴 한숨을 쉬었다. 나를 꽉 잡았던 손이 서서히 풀렸다.

"그러나 아직은 소리 내지 말게. 그가 어디 있든지 간에 우리는 그를 깨울 거야. 자네, 신발을 벗고 나를 따라오게."

자, 당신은 나의 행동이 이상해 보일지도 모른다. 그러나 당신이 혹시라도 A. J. 래플즈를 만난다면 그를 따르지 않을 수 없다는 걸 알게 될 것이다. 처음엔 의문을 품을지도 모르지만 곧 그의 말에 이끌리는 것이다. 그가 신을 벗는 소리를 듣고 나도 신을 벗고 그를 따랐다. 계단을 올라가서야 나는 죽은 듯이 조용한 밤에 돈을 구하러 가는 방법이 매우 이상하다는 생각이 들었다. 그러나 분명 래플즈와 그는 예외적이라고 할 만큼 가까웠고, 그래서 서로 놀리는 습관이 있는가 보다고 추측할 수밖에 없었다.

우리는 아주 천천히 더듬거리며 위층으로 올라갔다. 계단엔 카펫이 깔려 있지 않았다. 습기 찬 벽에는 아무것도 없었다. 계단 난간에는 먼지가 수북하여 나의 손자국이 남았다. 우리가 그 집에 들어간 이래 나는 계속 섬뜩한 기분이 들었다. 그 기분은 올라가는 걸음을 옮길 때마다 점점 커졌다. 우리가 놀래려는 사람은 도대체 어떤 사람이란 말인가?

우리는 층계참에 도착했다. 계단 난간은 우리를 왼쪽으로, 왼쪽으로 이끌었다. 네 단을 더 오르자 또 다른 긴 층계참이 있었다. 갑자기 어둠 속에서 성냥불 하나가 빛났다. 나는 성냥 긋는 소리를 듣지 못했었다. 그 불빛은 눈을 어둡게 했다. 그 빛에 적응하자 래플즈가 한 손에 성냥을 들고 다른 손으로 그 빛을 가리고 있었다. 그곳은 아무것도 없고 벽에도 아무것도 붙어 있지 않았으며 모든 문이 열려 있는 방이었다.

"저를 어디로 데려오신 거죠? 집이 비어 있잖아요!" 내가 외쳤다.

"쉿, 기다려!" 그가 속삭였다.

그는 빈방 하나로 들어갔다. 우리가 문지방을 넘어갈 때 그가 켠 성냥이 꺼지자 그는 작은 소리도 내지 않고 다른 성냥을 켰다. 그리고 내게 등을 돌리고 뭔가를 더듬거리며 찾았는데 나는 아무것도 볼 수 없었다. 그가 두 번째 성냥을 버렸을 때는 기름 냄새가 약간 나면서 다른 불이 켜졌다. 나는 그의 어깨를 넘어다보려고 앞쪽으로 다가가려 했다. 그때 그가 갑자기 돌아서면서 작은 랜턴을 내 얼굴에 비췄다.
"이게 뭡니까?" 나는 숨이 막힐 정도로 놀랐다. "무슨 악마 같은 장난을 치려는 겁니까?"
"이미 쳤네." 그는 조용히 웃으며 대답했다.
"제게요?"
"그런 것 같네."
"그러면 이 집에는 아무도 없습니까?"
"우리 이외엔 없지."
"본드 거리에 살고 있다던 친구에 대한 이야기는 저를 놀리신 거군요. 그러면 누가 우리에게 돈을 주죠?"
"전부 그런 것은 아니야. 댄비는 틀림없이 내 친구지."
"댄비?"
"아래에 있는 보석상."
"무슨 말씀입니까? 우리는 그 보석상에게서 돈을 얻을 건가요?"
나는 그가 말하는 바를 어렴풋이 짐작하고 바람에 날리는 이파리처럼 떨면서 속삭였다.
"글쎄 꼭 그런 것은 아니지."
"그럼 어떻게요?"
"그의 가게에서!"
다른 질문은 필요 없었다. 나는 나의 우둔함 말고는 모든 것을 알았다. 그는 여러 가지 힌트를 주었지만 나는 하나도 눈치채지 못했다. 그리고 그곳, 그 빈방에서 그를 바라보며 서 있을 뿐이었다. 그는 나를 비웃으며 희미한 랜턴을 들고 거기 서 있었다.
"도둑! 선배님! 선배님!" 나는 숨이 막혔다.

"자네에게 내가 재치로 먹고산다고 하지 않았나."

"왜 제게 무슨 일을 하려는 건지 말해주지 않았습니까? 어째서 저를 믿을 수 없었습니까? 왜 거짓말을 하신 거죠?" 나는 내가 무시당한 것에 회가 났다.

"자네에게 말하려고 했지. 나는 한 번 이상 자네에게 말하려고 했어. 자네는 범죄에 대해 내가 말한 것을 기억하나? 자네는 뭐라고 했었는지 아마 잊어버렸겠지만, 나는 자네가 그때 진심으로 말했다고 생각하진 않았네. 그러나 나는 자네를 시험해봐야겠다고 생각했지. 이제 나는 자네가 못 알아들었다는 걸 알았네. 그러나 자네를 나무랄 생각은 없어. 비난받을 사람은 나뿐이야. 자네는 할 수 있는 한 빨리 이곳에서 나가게나. 이 일은 나에게 맡기고. 자네가 무엇을 하든지 나를 폭로하지는 않겠지!"

오, 그의 영리함, 그 저주스러운 영리함! 그가 위협이나 강제성, 비웃음을 보였다면 모든 것은 완전히 달라졌을 것이다. 그러나 그는 그 자신이 궁지에 빠지더라도 못 본 척하라며 나를 풀어주었다. 그는 나를 비난하지 않았다. 그는 나를 믿었다. 그는 나의 약점과 장점을 알고 있었으며 그것을 가지고 노는 중이었다.

"그렇게 성급한 말씀은 마세요. 저 때문에 이런 일이 생각난 겁니까? 아니면 어차피 하려던 일이었습니까?"

"어차피 하려고 한 일은 아니야. 내가 낮에 드나들 수 있는 열쇠를 가지고 있었던 것은 사실이지만. 오늘 밤 성공하면 그 열쇠는 내버리려고 했지. 왜냐하면 사실 그 일은 혼자서 할 수 있는 일이 아니거든."

"그럼 결정되었어요. 저는 선배님의 부하입니다."

"정말인가?"

"그렇습니다. 오늘 밤에는!"

"멋진 옛 친구 버니!"

그는 랜턴을 한순간 내 얼굴에 갖다 대고 중얼거렸다. 그리고 자기 계획을 설명했으며 나는 끄덕거리고 있었다. 마치 우리가 항상 같이 지내는 강도 친구라도 되는 것처럼. 그는 낮은 소리로 말했다.

"나는 그 가게를 알고 있네. 그곳에서 몇 가지 물건을 산 적이 있거든. 나는 이 윗부분도 알고 있어. 한 달 정도 세를 내놓은 적이 있는데 나는 집을 보겠다고 해서 허락을 받았지. 그리고 열쇠를 받아 복제해둔 거야. 내가 모르는 것은 그 둘 사이를 어떻게 연결시키느냐 하는 것이지. 우리는 그것을 여기서 결정해야 하는데, 나 자신은 아무래도 지하실 쪽이라는 생각이 들어. 일 분만 기다리면 말해주겠네."

그는 마루에 랜턴을 내려놓고 뒤쪽 창문 쪽으로 기어가 거의 소리를 내지 않고 문을 열었다. 그러나 아까처럼 주의 깊게 창문을 닫은 다음 머리를 흔들며 돌아와서 말했다.

"그건 한 가지 방법이긴 했어. 뒤쪽 창문 위에 있는 뒤창문 말이야. 그런데 너무 어두워서 아무것도 볼 수가 없어. 우리가 감히 밖을 비춰볼 수도 없고. 나를 따라 지하실로 내려오게나. 기억해, 아무도 없다고 전제한다 해도 아주 작은 소리도 내서는 안 돼. 그걸 듣는 자가 있어."

우리는 밖에서 잰걸음 소리가 들리는 것을 눈치챘다. 래플즈는 랜턴을 끄고 다시 그 소리가 지나갈 때까지 꼼짝도 하지 않았다. 그가 중얼거렸다.

"경찰 아니면 이런 보석상들이 두고 있는 경비원일 거야. 경비원은 우리를 위해 경비해주는 사람이지. 그러나 그는 이런 게임을 알아내는 데 보수를 받고 있어."

우리는 조심스럽게 계단을 기어 내려왔다. 그 계단은 아무리 조심해도 약간은 삐걱거렸다. 통로에 다다르자 신발을 집어들었다. 그 다음 좁다란 돌계단을 다 내려와 래플즈는 불을 바닥에 비췄다. 이제 그는 신발을 신더니 나에게도 신을 신으라고 좀 큰 소리로 말했다. 우리는 이제 도로에서 상당히 내려간 곳에 있었다. 그곳은 각각의 벽에 문이 하나씩 붙어 있는 작은 공간이었다. 세 개의 문은 열려 있어 우리는 그 문으로 빈 지하실을 보았다. 그러나 네 번째 문은 열쇠를 넣어 빗장을 풀었다. 그 문은 곧 안개에 싸인 깊고 네모난 우물 바닥으로 이어져 있었다. 그 건너편에는 비슷한 문이 또 하나 있었다. 래플즈는 몸으로 빛을 가린 다음 랜턴을 그 문에 가까이 가져갔다. 짧고 갑작스럽고 요란한 소리에 내 심장은 정지해버리는 것 같았다. 다음 순간 나는 그 문이 활짝 열려 있는 것을 보았다. 그 안에 래플즈가 쇠지렛대 하나를 들고 서 있었다. 그가 나를 부르고 작은 소리로 말했다.

"이게 1번 문이야. 악마는 문이 몇 개나 더 있는지 알겠지만 나는 적어도 두 개가 있다는 것만 알아. 그 문을 통과하고 나면 소음에 신경 쓸 필요 없어. 여기서 나가면 위험이 덜할 거야."

우리는 이제 우리가 방금 내려온 좁은 계단에 이르는 마당이랄까, 또는 우물처럼 보이는 곳에 와 있었다. 그런 곳은 대개 사적이고 사업적인 목적으로 만드는 장소였다. 그러나 이번에 올라가는 계단은 열린 곳으로 통해 있질 않았다. 대신 그 꼭대기에는 야릇하고 견고하게 생긴 마호가니 칠을 한 문이 있었다. 래플즈는 랜턴을 나에게 주고 열쇠 뭉치로 몇 분간 자물쇠를 열어보다가 도로 주머니에 열쇠를 집어넣으면서 중얼거렸다.

"이 문을 통과하려면 한 시간은 걸리겠는걸."

"그 문을 딸 수가 없습니까?"

"없어. 나는 이 자물쇠를 알아. 이건 아무리 해도 소용없어. 우린 자물쇠를 잘라내야 해. 그러자면 적어도 한 시간쯤 걸릴 거야."

우리가 그 문을 여는 데는 내 시계로 47분이 걸렸다. 우리라기보다는 래플즈라고 해야겠다. 내 평생에 그렇게 공들여 하는 일은 본 적이 없었다. 나는 단순히 어둠침침하게 빛나는 랜턴과 작은 기름병을 들고 기다렸을 뿐이다. 래플즈는 예쁜 수가 놓인 상자를 하나 꺼냈다. 그것은 마치 면도도구를 담는 통처럼 보였지만 그 대신 기름을 포함한 기타 그의 비밀스러운 작업에 필요한 도구로 가득 차 있었다. 래플즈는 짧은 외투와 그 안에 입은 간편한 양복 상의를 벗어 꼭대기에 있는 계단에 깔고는 팔소매를 걷어붙이고 무릎을 꿇고 그 위에 앉았다. 그리고 굽은 자루가 달린 타래송곳으로 열쇠 구멍 옆에서 일을 시작했다. 맨 처음에는 소음을 적게 내기 위해 기름칠을 했고, 그 뒤에도 새로운 구멍이 생길 때까지 수없이 기름칠을 했다. 자물쇠는 주변에 서른두 개의 구멍을 내야 자를 수가 있었다.

나는 래플즈가 첫 번째 생긴 구멍으로 집게손가락을 집어넣는 것을 보았다. 그 둥근 구멍은 곧 타원형으로 늘어나더니 그의 손이 엄지까지 들어갔다. 그때 그가 부드럽게 혼잣말을 했다.

"내 이럴 줄 알았지!"

"왜요?"

"뒤에 철문이 또 있어."

"도대체 그걸 어떻게 통과하죠?" 나는 당황하여 물었다.

"자물쇠를 비틀어야지. 그러나 두 개가 있을 거야, 그 경우에는 문이 안쪽으로 열리기 때문에 새 구멍을 두 개나 내야 할 거야. 실제로 그 문은 5센티미터밖에 안 열릴걸."

자물쇠 하나가 이미 우리를 거의 좌절시켰는데 또 자물쇠를 따야 한다니, 나는 실망스럽고 조급해져서 생각을 멈춰버렸다. 그저 기름통을 들고 불을 비추고 서 있을 뿐이었다. 어느 사이 조급했던 내 머릿속은 강한 흥미로 채워졌다. 이제껏 어떤 정직한 직업에서도 느껴보지 못한 흥미였다. 래플즈는 검은 머리를 숙이고 주(州) 대항 크리켓 경기에서 보였던 조심스럽고 단호한, 반쯤 웃는 미소를 띤 채 무릎을 꿇고 있었다.

드디어 구멍이 완성되어 자물쇠를 통째로 비틀었다. 벌어진 틈새로 그의 멋진 팔과 어깨가 들어갔다.

"이제 자물쇠가 하나만 있다면 그건 가운데 있을 거야. 아! 여기 있다. 그것을 따자. 그럼 드디어 들어가게 되는 거야."

그는 팔을 빼고 열쇠 뭉치에서 열쇠를 하나 골랐다. 다시 팔과 어깨가 들어갔다. 나는 심장이 두근두근하는 소리, 호주머니에서 시계가 째깍거리는 소리, 열쇠가 딸깍딸깍하는 소리를 들었다. 그리고 드디어 짤깍 소리가 들렸다. 다음 순간 그 마호가니 칠을 한 문과 철문이 크게 열렸고 우리는 들어갔다. 래플즈는 얼굴을 닦으며 사무실 책상 위에 앉아 있었고 랜턴은 그 옆에서 희미한 불빛을 던지고 있었다.

우리는 이제 가게 뒤에 있는 휑하고 널찍한 로비에 있었다. 그러나 가게와는 철제 칸막이로 나누어져 있었다. 그걸 발견한 나는 절망에 빠졌다. 그러나 래플즈는 조금도 실망하지 않고 자신의 코트와 모자를 로비에 있는 못에 걸고 랜턴으로 그 칸막이를 살폈다.

"별거 아니야." 일 분 정도 조사한 뒤 그가 말했다. "이 정도는 금방 통과하겠지. 그러나 문제는 다른 쪽에 있는 문이야."

"또 다른 문!" 나는 신음했다.

"지레로 밀어 올려야겠어. 이런 철제 칸막이의 약점은 아래에서 밀어 올릴 수 있는 지레의 힘이지. 그렇지만 소리가 나. 이제 자네가 활약할 순간이네. 이 부분은 내가 자네 없이 할 수 없는 곳이지. 나는 자네를 위로 올려 보내서 거리에 아무도 없을 때 신호하도록 하겠어. 내가 자네와 같이 가서 불을 비춰주도록 하지."

내가 이 외로운 보초 역할을 얼마나 좋아하지 않았는지 상상하지 못할 것이다. 그러나 내게도 지극히 중요한 책임이 있기에 흥분이 되었다. 지금까지 나는 구경꾼에 불과했다. 이제 게임에 참여하게 된 것이다. 신선한 흥분에 찬 나는 양심이나 안전 따위에 훨씬 더 무감각해졌다. 그런 감정은 이미 내 가슴 속에서 죽어버렸다.

그래서 나는 가게 위에 있는 거리를 향한 방에서 한마디 불평 없이 내 자리를 지켰다. 가구 집기들은 들어올 세입자가 취사선택할 수 있도록 그대로 있었는데, 다행스럽게도 베네치안 블라인드가 창문에 드리워져 있었다. 블라인드 옆에 서서 거리를 살펴보고 누군가가 다가오고 있으면 발을 두 번 구르고 다시 아무도 없으면 발을 한 번 구르는 일은 세상에서 가장 쉬운 일이었다. 맨 처음에 들렸던 요란한 금속성 소리 말고는 나에게까지 들리는 소리는 정말 믿을 수 없으리만큼 작았다. 그러나 그 소리들도 내가 발을 두 번 구를 때마다 전부 그쳤다. 내가 창문에서 보낸 한 시간 남짓 동안 경찰은 여섯 번 내 눈 밑을 지나갔고 보석상 경비원으로 보이는 사람은 더 자주 지나갔다. 그중 한 번은 정말 혼비백산했다. 그러나 오직 한 번뿐이었다. 그것은 경비원이 멈춰 서서 들여다보는 구멍으로 불이 환히 켜져 있는 가게를 살펴봤을 때였다. 나는 그의 휘파람을 기다렸다. 나는 교수형이나 감방을 기다렸다. 그러나 래플즈는 나의 신호를 꼼꼼하게 따랐고, 그 사람은 고요한 가운데 지나쳤다. 끝으로 내 차례라는 신호를 받았다. 성냥을 켜고 왔던 길을 되밟아 넓은 계단을 내려가고 좁은 계단을 내려가 그 지역을 건너 로비로 갔다. 그곳에는 래플즈가 한 손을 펼치고 나를 기다리고 있었다.

"잘했어, 자네는 위급할 때 잘 해내는 사람이 틀림없어. 자넨 그 대가를 받을 걸세. 내가 1페니짜리만 주었다 해도 1천 파운드는 건졌을 거야. 그건 모두 내 호주머니에 있지. 그리고 내가 이곳에서 발견한 다른 것도 있네. 아주 좋은 포르투갈산 붉은 포도주와 시가야. 아마도 댄비의 사업상 친구들을 위한 것 같아. 당장 하나 꺼내서 불을 붙여보게나. 나는 화장실도 발견했는데 떠나기 전에 좀 씻고 머리도 빗어야겠어. 굴뚝 청소부만큼이나 시커멓구먼."

철제 칸막이는 내려져 있었다. 그러나 그는 내가 다른 편 창문으로 엿보며 저쪽 가게에서 하는 그의 공작을 지키고 있었을 때 그것이 올려져 있었음을 강조했다. 여기는 전구 두 개가 저녁 내내 켜져 있었다. 처음엔 그 차갑고 하얀 빛 속에서 잘못된 것을 하나도 볼 수 없었다. 나는 정돈된 통로를 따라 왼쪽에 빈 유리 카운터, 오른쪽에 손대지 않은 은제품이 있는 유리 장식장을 보았고, 길에서는 무대 위 달처럼 보였던 구멍의 단호하고 검은 눈을 마주했다. 카운터는 래플즈가 비운 것이 아니었다. 그 속에 들었던 것들은 처음의 금고에 들어 있었는데, 래플즈는 한 번 보고 그것을 포기했다. 그는 은제품도 나를 위해 담뱃갑을 골라준 것 말고는 살펴보지 않았다. 그는 가게 진열장으로 제한했다. 이곳은 세 개의 칸으로 되어 있었는데 밤을 대비하여 따로 자물쇠가 달린 떼어낼 수 있는 판자로 안전장치를 해놓았다. 래플즈는 몇 시간 전에 그것을 떼어냈다. 그리고 전깃불은 시체의 갈비뼈처럼 드러난 물결 모양의 셔터를 비추고 있었다. 값진 물건들은 문에 있는 작은 창문에서는 볼 수 없는 그 장소에서 어디론가 사라졌다. 그 외 다른 모든 곳은 마치 저녁 내내 아무 일도 없었다는 듯 변함이 없었다. 철제 칸막이 뒤에 있는 다 부서져버린 문을 빼고 포도주와 시가 상자, 화장실에 있는 다소 지저분해진 타월, 여기저기 흩어진 타버린 성냥개비, 먼지가 쌓인 계단 난간에 찍힌 우리의 손자국 등 우리가 방문한 흔적은 하나도 남기지 않았다.

"그걸 내가 오랫동안 계획했을 것 같은가?"

마치 춤을 추고 돌아오는 사람들처럼 우리가 새벽 거리를 걸어올 때 래플즈가 물었다.

"아닐세, 버니. 한 달 전에 그 비어 있는 이층을 보기 전까지는 전혀 생각하지도 않았어. 그리고 나는 아래층 상태를 보기 위해 몇 가지 물건을 그 가게에서 샀지. 나는 그 물건 값을 절대 갚을 수 없으리라고 생각했지. 그러나 원 세상에. 나는 내일 갚을 거야. 그게 시적인 공평함이 아니면 뭐겠나? 한번 가본 것만으로도 나는 그곳의 가능성을 보았네. 그러나 두 번째는 동료 없이 불가능하다는 것을 깨달았어. 그래서 나는 사실상 포기한 거나 마찬가지였지. 그런데 마침 자네가 곤경에 빠져서 나를 찾아온 거야. 그러나 우리는 여기 올버니에 있고 나는 불씨가 남아 있기를 바라네. 자네는 어떤지 모르지만 나는 키츠이 독수리처럼 습기 때문일세."

그는 중죄를 짓고 돌아오는 길에 키츠를 생각한 것이다. 그는 나와 마찬가지로 그의 집에 있는 난롯가가 그리웠을 것이다! 내 마음속의 수문은 느슨해졌고, 우리 모험을 얘기하는 그의 평범한 말이 차가운 급류처럼 나를 압도했다. 래플즈는 도둑이었다. 그가 도둑질하는 것을 도왔으니 나 역시 도둑이었다. 그러나 나는 마치 우리가 그 놀랄 만하거나 사악하다고 할 수 있는 일은 전혀 하지 않았다는 듯 그의 난롯가에 서서 몸을 녹이면서 그가 호주머니를 비워내는 것을 볼 수 있었다.

테이블은 호주머니에 들어 있던 것으로 반짝였다. 열 개가 넘는 반지, 수십 개의 다이아몬드, 팔찌, 목걸이, 가지 모양 장식, 귀고리, 진주, 루비, 자수정, 사파이어. 그리고 다이아몬드는 모든 것에 다 들어 있었다. 나는 눈이 부셔서 번쩍거리는 그것들이 보이지 않을 지경이었다. 나는 믿을 수가 없었다. 그러나 정작 마지막으로 든 감정은 보석에 대한 것이 아니었다. 하지만 권총은 주머니에 없었다. 그 사실은 심금을 울렸다. 나는 뭔가를 말해야겠다고 생각하며 손을 내밀었다. 그가 두 눈에 짓궂음을 담고 나를 쳐다봤을 때 나는 이제 래플즈를 알 수 있었다. 나는 그가 조용히, 냉소적인 미소를 지으며 총알을 빼고 권총을 나에게 돌려주는 것을 보았다. 그가 말했다.

"자네는 믿지 못하겠지만 나는 장전이 되어 있는 권총을 가지고 다닌 적이 없어. 대개는 권총이 자신감을 준다고 생각하나 본데 만약 잘못되면 매우 곤란하게 되지. 물론 어떤 사람이 권총을 사용할 수도 있고 그게 전혀 게임이 아닐 때도 있지. 그러나 나는 그 일을 잘 해내는 살인자는 그렇게 달아오르기 전에 위대한 사건이라도 저질렀어야 한다고 생각해왔지. 이보게나, 그렇게 괴로운 표정은 짓지 말게. 나는 그런 대단한 사건을 일으킨 적도 없고 앞으로 그럴 생각도 없네."

"그렇다면 이 정도는 전에도 했다는 말인가요?" 나는 거칠게 말했다.

"전에? 버니, 자넨 나를 불쾌하게 만드는군. 이게 처음 하는 일처럼 보였나? 물론 전에도 이런 일을 했지."

"자주?"

"글쎄, 그건 아니야. 하여튼 그 매력을 잃을 정도로 자주 하진 않았어. 사실 내가 지긋지긋하게 곤궁하지 않았으면 절대 하지 않았지. 자네, 팀블레비 다이아몬드에 대해 들어본 적 있나? 그게 가장 최근 일이야. 그건 모조 보석이었어! 그리고 헨레이에 있는 도머 보트하우스에서 작은 일 하나가 있었어. 그것 또한 내가 한 짓이지."

"처음에 어떻게 시작하게 된 겁니까?"

나는 놀라움이 호기심으로 바뀌고, 그의 경력에 점점 더 이끌려갔다.

"아, 그건 이야기가 길어. 내가 크리켓 게임을 하러 식민지에 가 있을 때야. 그건 지금 자네에게 말하기에는 너무 긴 이야기지. 그러나 그때 나는 오늘 자네가 처한 곤란과 똑같은 상태에 빠져 있었어. 탈출구는 단 한 가지였고. 나는 처음 그것을 경험했고 완전히 매혹되고 말았지. 흥분, 낭만, 위험과 함께 버젓한 삶이 이루어지고 있을 때 평범하고 별로 마음에도 들지 않는 직업에 왜 정착한단 말인가? 나는 자네도 나처럼 그 생활을 좋아할지 궁금하네."

"그걸 좋아한다고요? 저는 아닙니다. 그건 제게 맞는 생활이 아니에요. 한 번으로 족해요."

"자네, 한 번 더 나를 도와주지 않을 텐가?"

"제게 부탁하지 마세요. 제발 제게 부탁하지 말아주세요."

"그러나 자네는 날 위해서 무엇이라도 하겠다고 말하지 않았는가! 자네는 나에게 어린 시절의 내 범죄를 자백하라고 했었네. 그러나 나는 그때 자네가 진심으로 말한 것이 아니라는 걸 알고 있었어. 오늘 밤 자네는 돌아가지 않았고 그건 나를 만족시켰지. 내가 은혜를 모르는 데다 비논리적인 것 같군. 나는 여기서 끝장을 내야 해. 그러나 자네는 나에게 꼭 필요한 사람이야. 꼭 필요한 사람! 버니, 생각해보게나. 오늘 밤 우리가 얼마나 호흡이 잘 맞았는지. 한 번도 삐걱거리지 않았고 한 번도 실수하지 않았어. 자네도 알다시피 무서운 것은 전혀 없지. 그리고 우리가 함께 일한다면 그런 일은 전혀 없을 거야."

그는 내 양쪽 어깨에 손을 얹고 내 앞에 서 있었다. 나는 발길을 돌려 굴뚝에 양 팔꿈치를 대고 타는 듯한 머리를 파묻었다. 다음 순간 훨씬 진심 어린 손길이 내 등에 닿았다.

"좋아, 좋아! 자네가 백번 옳아. 그리고 나는 나쁜 사람들 중에서도 더 나쁜 사람이야. 나는 절대 다시 부탁하지 않겠어. 원한다면 가게나. 그리고 정오쯤 현금을 가지러 다시 오게. 흥정은 없어. 그러나 물론 자네가 나를 도와주었으니 나도 자네를 곤경에서 빼줘나

가도록 해주겠네."

나는 흥분하여 다시 돌아섰다.

"그 일을 다시 하겠습니다." 나는 이를 악물고 말했다.

그는 머리를 흔들었다.

"자네는 안 돼." 그는 나의 어리석은 열정에 아주 기분 좋은 미소를 지으며 말했다.

"저는 하겠습니다." 나는 맹세하듯 외쳤다. "저는 선배님이 원할 때마다 도와드리겠습니다. 이제 어떻게 하겠습니까? 저는 일단 발을 들여놓았어요. 그리고 그 일을 다시 할 겁니다. 어쨌든 저는 악마에게 갔습니다. 저는 돌아갈 수도 없습니다. 설령 돌아갈 수 있다고 해도 그러지 않겠어요. 아마 저도 선배님이 그러셨던 것처럼 그 일에 빠진 것 같습니다. 아마 선배님이 저를 돕겠다고 약속하셨을 때 제가 말한 것이 진심이라고 생각하셨던 것 같습니다. 아직도 그것은 진심입니다. 선배님이 저를 원하시면 저는 선배님 사람입니다."

이것이 나와 래플즈가 3월 15일에 어떻게 흉악한 범죄에 협력하게 되었는지에 대한 이야기다.

13호 감방의 비밀
The Problem of Cell 13

자크 푸트렐 Jacques Futrelle, 1875~1912

추리소설 사상 가장 박식한 탐정으로 평가받는 '반 도젠 교수'라는 탐정 캐릭터를 창조했다. 「수정 점술사」, 「완전한 알리바이」, 「정보 누설」 등 짧은 기간 동안 다수의 단편을 발표했으며, 국내에 발간된 책으로는 『미스터리 명탐정 사건파일』 『사고 기계』 등이 있다. 1912년 타이타닉 호 침몰 시 37세라는 젊은 나이로 아내를 살리고, 자신은 미발표 원고 6편과 함께 바다 속으로 사라지는 비극적인 최후를 맞이했다.

알파벳 26자 가운데 오거스터스 S. F. X. 반 도젠 Augustus S. F. X. Van Dusen의 이름에 들어가지 않은 글자들은 나중에 그가 뛰어난 과학적 경력을 쌓는 과정에서 거의 모두 그 이름 뒤에 명예롭게 추가되었다. 그의 이름을 그가 얻은 모든 칭호와 함께 정식으로 쓰면, 놀랄 만큼 당당한 구조를 이루었다. 그는 철학박사Ph. D. 겸 법학박사LL. D.였다. 동시에 왕립학회 회원F. R. S.이면서 의학박사M. D.와 치의학박사M. D. S.이기도 했다. 그는 외국의 많은 대학과 학회에서도 능력을 인정받아 그 자신도 발음하기 어려운 몇 가지 다른 칭호도 얻었다.

요란한 칭호 못지않게 그의 외모 역시 인상적이었다. 그는 마른 체격에 가냘픈 어깨를 학자답게 축 늘어뜨리고 있었다. 깨끗이 면도한 얼굴은 늘 밀폐된 방에 틀어박혀 지내는 생활 때문에 병적으로 창백했다. 그는 미세한 물체를 주의 깊게 관찰하는 사람처럼 눈을 항상 가늘게 뜨고 있어서, 높은 도수의 안경을 통해 겨우 보이는 그 눈은 가늘고 길게 찢어진 푸른색 틈에 불과했다. 그러나 가장 두드러진 특징은 바로 그 눈 위에 있는 이마였다. 비정상적일 만큼 높고 넓은 이마는 헝클어진 노란 머리로 덮여 있었다. 이 모든 것들이 서로 공모하여 그에게 독특하고 그로테스크한 개성을 부여해주었다.

반 도젠 교수는 독일인의 피가 흐르고 있었다. 그의 조상들은 대대로 과학 분야에서 명성을 떨쳤다. 따라서 후손인 반 도젠 교수가 뛰어난 지성을 갖게 된 것은 당연한 결과였다. 무엇보다도 그는 논리학자였다. 그가 살아온 반세기 가운데 적어도 35년은 오로지 2에 2를 더하면 언제나 4가 된다는 것, 경우에 따라서가 아니라 언제 어느 때나 그렇게 된다는 것을 입증하는 데 바쳐졌다. 그는 움직이기 시작한 모든 사물은 모두 어딘가로 간다는 일반명제를 존중했고, 조상들의 정신력이 모두 농축된 그 놀라운 정신력을 주어진 문제에 쏟아부을 수 있었다. 말이 나온 김에 덧붙여 말하자면, 반 도젠 교수의 모자 사이즈가 8호라는 것도 주목할 만하다.

세상 사람들은 반 도젠 교수의 별명이 '생각하는 기계'라는 걸 어렴풋이나마 들은 적이 있을 것이다. 이는 그가 체스 시합에서 놀라운 재능을 보였을 때 한 신문기자가 붙여준 별명이다. 그는 체스를 처음 하는 사람이라도 논리적인 사고력만 발휘하면 일생을 체스 연구에 바친 챔피언도 얼마든지 이길 수 있다는 것을 직접 입증해 보였던 것이다. 생각하는 기계! 이것은 그가 가진 명예로운 칭호를 모두 합한 것보다 그를 더 정확하게 설명해주는 말일 것이다. 그는 몇 주일이고, 몇 달이고 좁은 실험실에 틀어박혀 지내면서, 동료 과학자들을 깜짝 놀래고 세계를 흥분시킬 생각을 계속 내놓았기 때문이다.

생각하는 기계가 손님을 맞는 경우는 아주 드물었다. 어쩌다 찾아오는 손님들은 대개 남자였다. 뛰어난 과학자들이 논의의 요점을 주장하고 증명하기 위해 들르는 것이다. 그러나 그것은 생각하는 기계를 설득하기 위해서가 아니라, 스스로 확신을 갖기 위한 것이었다.

어느 날 저녁, 이런 손님들 중에서 두 사람이 한 이론을 토론하기 위해 찾아왔다. 찰스 랜섬 박사와 앨프레드 필딩이었다. 그 이론이 어떤 것인지는 여기선 별로 중요하지 않다.

"그런 일은 불가능해!"

대화 도중 랜섬 박사가 단호하게 선언했다.

"불가능한 일은 없네." 생각하는 기계도 똑같이 단호하게 선언했다. 그는 언제나 퉁명스럽게 말했다. "정신은 물질을 지배하는 주인이네. 과학이 이 사실을 충분히 인식한다면 더 큰 진보가 이루어질 거야."

"하늘을 나는 배는 어때?" 랜섬 박사가 물었다.

"불가능하지 않지. 언젠가는 발명될 거야. 내가 만들 수도 있지만 워낙 바빠서……." 생각하는 기계가 단언했다.

랜섬 박사는 너그럽게 웃었다.

"전에도 그런 말을 들었네. 하지만 그런 말은 아무 의미도 없어. 정신은 물질을 지배할지 모르지만 자신을 활용하는 방법은 아직 발견하지 못했어. 세상에는 사람의 머리로는 도저히 생각할 수 없는 것, 아니 아무리 생각해도 알 수 없는 것이 존재하니까."

"예를 들면 어떤 거지?" 생각하는 기계가 힐문했다.

랜섬 박사는 담배를 피우면서 잠시 생각에 잠겼다.

"예를 들면 감옥의 벽은 어떨까? 감방을 빠져나가는 방법은 아무도 생각해낼 수 없어. 만약 그걸 생각해낼 수 있다면 감방에 갇혀 있을 죄수는 한 사람도 없겠지."

"두뇌와 창의력을 활용할 수 있는 사람은 감방을 떠날 수도 있네. 그 두 가지는 서로 다른 게 아니라 똑같은 거야." 생각하는 기계가 퉁명스럽게 말했다.

랜섬 박사는 흥미를 느꼈다.

"한 가지 예를 들까? 사형선고를 받은 죄수들, 절망과 두려움에 미칠 것 같아서 탈출할 기회만 있다면 지푸라기라도 잡을 사람들을 가두어놓는 감방을 예로 들지. 자네가 그런 감방에 갇혔다면 탈출할 수 있겠나?"

"물론." 생각하는 기계가 선언했다.

"물론……." 필딩이 처음으로 대화에 끼어들었다. "폭탄으로 감방을 날려버릴 수는 있겠지. 하지만 죄수로서 감방에 갇혀 있으면 그런 짓을 할 수는 없어."

"그런 일은 결코 없을 거야." 생각하는 기계가 말했다. "자네들이 사형선고를 받은 죄수를 다루듯 나를 다루어도 나는 감방을 떠날 수 있네."

"감방에 들어갈 때 탈옥하는 데 필요한 도구를 미리 준비한다면 모를까, 그렇지 않고는 불가능할걸." 랜섬 박사가 말했다.

생각하는 기계는 눈에 띌 정도로 짜증 내며 파란 눈을 깜박였다.

"나에게 꼭 필요한 물건만 주고 언제든, 어디에 있는 교도소에든 나를 가두어보게. 일주일 안에 탈옥할 테니까." 그는 단호하게 선언했다.

랜섬 박사는 흥미를 느끼고 의자에서 일어섰다. 필딩은 새 시가에 불을 붙였다.

"밖으로 나오는 방법을 정말로 생각할 수 있다는 건가?" 랜섬 박사가 물었다.

"반드시 탈출해 보이겠네."

"진심인가?"

"물론 진심이야."

랜섬 박사와 필딩은 오랫동안 침묵을 지켰다.

"그러면 한번 해보겠나?" 마침내 필딩이 물었다.

"물론이지." 반 도젠 교수가 말했다. 그의 목소리에는 빈정거림이 섞여 있었다. "나는 하찮은 진리를 사람들한테 가르쳐주려고 더 어리석은 짓도 한 적이 있어."

생각하는 기계의 말투는 도전적이었고, 랜섬 박사와 필딩의 마음속에는 서로 비슷한 분노가 격렬하게 끓어올랐다. 물론 어리석은 짓이었지만, 반 도젠 교수가 기꺼이 탈옥을 시도하겠다고 고집했기 때문에 그들은 결국 그렇게 하기로 결정했다.

"그럼 당장 시작하지." 랜섬 박사가 덧붙였다.

"나는 내일 시작하는 게 좋겠어. 왜냐하면……." 생각하는 기계가 말했다.

"아니, 지금 시작해야 해." 필딩이 단호하게 말했다. "자네는 예고 없이 체포되는 거야. 물론 실제로 죄를 짓고 체포되는 것은 아니지만, 친구들한테 연락할 기회도 없이 감방에 갇혀, 사형선고받은 사람과 똑같이 엄중한 감시와 보호를 받게 되는 거네. 그래도 하겠나?"

"좋아. 그럼 지금 시작하지." 생각하는 기계가 자리에서 일어섰다.

"장소는 치숌 교도소의 사형수 감방이네."

"치숌 교도소의 사형수 감방이라……."

"무엇을 갖고 가겠나?"

"되도록 조금만 가져가겠네. 구두, 양말, 바지, 셔츠."

"물론 몸수색은 허락하겠지?"

"다른 모든 죄수들과 똑같이 취급해주게. 나를 특별히 더 엄중하게 감시해도 안 되고, 더 느슨하게 감시해도 안 되네."

이 실험의 허락을 얻기 위해서는 사전준비가 몇 가지 필요했지만, 세 사람이 모두 영향력 있는 인물이어서 모든 일이 전화 통화로 만족스럽게 해결되었다. 세 사람이 과학적인 견지에서 그 실험에 대해 설명하자 감옥의 관계자들은 어리둥절해하면서 마지못해 승낙했다. 반 도젠 교수는 그들이 지금까지 맞이한 죄수들 가운데 가장 유명한 죄수가 될 터였다.

생각하는 기계는 감옥에 갇혀 있는 동안 몸에 걸치기로 한 것들을 다 입고 가정부이자 요리사인 몸집이 작은 늙은 여자를 불렀다.

"마사, 지금 시간이 9시 27분이오. 지금 나가려고 하는데, 오늘부터 일주일 후 9시 30분에 이 신사들과 다른 신사 한두 명이 여기서 나와 함께 저녁을 할 거요. 랜섬 박사는 아티초크 요리를 무척 좋아한다는 걸 기억해두시오."

세 사람은 치숌 교도소로 차를 향했다. 그 일을 전화로 보고받은 교도소장이 그들을 기다리고 있었다. 교도소장이 알고 있는 것은 유명한 반 도젠 교수가 교도소에 들어올 예정이고, 그가 교수를 붙잡아둘 수만 있다면 교수는 일주일 동안 죄수 노릇을 할 것이며, 교수는 아무 범죄도 저지르지 않았지만 다른 죄수들과 똑같은 취급을 받아야 한다는 것뿐이었다.

"몸수색을 하시오." 랜섬 박사가 지시했다.

반 도젠 교수는 몸수색을 받았다. 아무것도 발견되지 않았다. 바지 주머니는 텅 비어 있었다. 빳빳한 흰 셔츠에는 주머니가 하나도 없었다. 구두와 양말은 벗겨서 조사한 다음 돌려주었다. 랜섬 박사는 이 모든 사전준비를 지켜보는 동안 어린애처럼 연약해 추운한 마음을 불러일으키는 교수의 창백한 얼굴과 희고 가는 손을 눈여겨보고는 이 일에서 자신이 맡은 역할을 후회할 정도였다.
"정말 하겠나?" 그가 물었다.
"내가 이 일을 하지 않아도 내 말을 믿겠나?" 생각하는 기계가 되물었다.
"물론 안 믿지."
"그러니까 하는 거야."
그 말투는 랜섬 박사가 품었던 동정심을 모조리 몰아내 버렸다. 화가 난 박사는 이 실험을 끝까지 지켜보기로 결심했다. 실험에 실패하면 반 도젠 교수의 자부심은 큰 상처를 입을 것이다. 그런 자부심은 비난을 받아 마땅하다고 박사는 생각했다.
"외부 사람과 연락하는 건 불가능하겠지요?"
랜섬 박사가 물었다.
"절대로 불가능합니다. 교수님한테는 어떤 종류의 필기도구도 드리지 않을 겁니다." 교도소장이 대답했다.
"간수들이 교수의 전갈을 외부 사람한테 전하지 않을까요?"
"직접적이든 간접적이든 한 마디도 전하지 않을 겁니다. 그 점은 안심하셔도 좋습니다. 간수들은 교수님 말씀을 한 마디도 빼놓지 않고 나한테 보고할 테고, 교수님이 주시는 물건은 모조리 나한테 넘겨줄 겁니다."

"그만하면 충분합니다." 필딩이 말했다. 그는 이 일에 노골적인 흥미를 보였다.

"물론 교수가 실패할 경우에는……." 랜섬 박사가 말했다. "그리고 자유를 돌려달라고 요구할 경우에는 당연히 교수를 풀어주어야 한다는 건 알고 계시겠지요?"

"알고 있습니다." 교도소장이 대답했다.

생각하는 기계는 옆에 서서 이 대화가 끝날 때까지 잠자코 있다가 비로소 입을 열었다.

"세 가지 요구가 있네. 대단한 것은 아니야. 허락하느냐 안 하느냐는 당신들 판단에 맡기겠네."

"특별대우를 요구하면 안 되네." 필딩이 경고했다.

"특별대우를 요구하는 것이 아니야." 생각하는 기계는 쌀쌀맞게 대답했다. "내가 원하는 건 가루 치약이네. 가루 치약이라는 걸 확인할 수 있도록 자네가 직접 사다주게. 그리고 5달러 지폐 한 장과 10달러 지폐 두 장이 필요해."

랜섬 박사와 필딩과 교도소장은 놀란 표정으로 서로를 바라보았다. 가루 치약을 요구한 데에는 놀라지 않았지만, 돈을 요구한 것에는 놀라지 않을 수 없었다.

"이 친구가 만나게 될 사람 가운데 25달러로 매수할 수 있는 사람이 있습니까?"

"2500달러로도 안 될 겁니다." 교도소장은 단호하게 대답했다.

"그렇다면 돈을 줍시다. 전혀 해롭지 않을 것 같군요." 필딩이 말했다.

"세 번째 요구사항은 뭔가?" 랜섬 박사가 물었다.

"내 구두를 반짝반짝 빛나게 닦아주게."

또다시 세 사람은 놀란 표정으로 쳐다보았다. 마지막 요구는 어리석기 짝이 없는 것이라 기꺼이 동의했다. 요구사항이 모두 이루어지자 생각하는 기계는 그가 탈출하겠다고 장담한 감옥 안으로 끌려갔다.

"여기가 13호 감방입니다." 교도소장이 강철 복도를 따라 내려가다가 세 번째 문 앞에 서서 말했다. "유죄 판결 받은 살인범들을 가두어놓는 방이죠. 내 허락 없이는 아무도 이 방을 나갈 수 없습니다. 그리고 이 방에 들어간 사람은 아무도 외부와 연락을 할 수 없습니다. 내 명예를 걸겠습니다. 이 방과 내 사무실 사이에는 문이 세 개밖에 없으니까 언제든 이상한 소리가 나면 당장 들을 수 있습니다."

"이 감방인가?" 생각하는 기계의 목소리에서 빈정거림이 느껴졌다.

"훌륭하지." 랜섬 박사와 필딩이 대답했다.

무거운 강철 문이 활짝 열리자 날쌔게 도망치는 작은 발소리들이 들렸다. 생각하는 기계는 어두운 감방 속으로 들어갔다. 교도소장은 문을 닫고 이중으로 자물쇠를 채웠다.

"감방에서 난 저 소리는 뭐지?"

랜섬 박사가 창살 너머로 물었다.

"쥐들이야. 수십 마리는 되는 것 같군."

생각하는 기계는 짤막하게 대답했다.

세 사람이 작별인사를 나누고 돌아서는데 생각하는 기계가 불렀다.

"교도소장, 지금 정확히 몇 시요?"

"11시 17분입니다."

"고맙소. 그럼 오늘부터 일주일 후 8시 30분에 당신 사무실에서 여러분들을 만나겠소."

"만약 당신이 감방에서 나오지 못하면?"

"이 문제에 만약이란 없소."

치숌 교도소는 화강암으로 지은 넓고 큰 4층 건물로, 몇 에이커에 이르는 빈터 한가운데에 서 있었다. 높이 5미터가 넘는 단단한 돌담이 교도소를 둘러싸고 있는데, 아무리 노련한 암벽 등반가도 발판을 찾을 수 없을 만큼 돌담 안팎이 매끄럽게 마무리되어 있었다. 돌담 꼭대기에는 또 하나의 예방조치로 끝이 창날처럼 뾰족한 1.5미터 높이의 강철 막대가 촘촘히 박혀 있었다. 이 돌담은 그 자체가 자유와 구속 사이를 가로막는 절대적인 경계선이었다. 죄수가 감방에서 탈출했다 해도 이 돌담을 통과하기는 불가능했다.

교도소 건물은 폭 7.5미터쯤 되는 뜰로 둘러싸여 있었고, 그것이 건물에서 돌담까지의 거리였다. 이 뜰은 낮에 이따금 약간의 자유를 허락받은 죄수들의 운동장으로 쓰였다. 그러나 13호 감방이 속한 구역의 죄수들에게는 그러한 혜택이 주어지지 않았다. 뜰에는 무장한 경비원 네 명이 온종일 배치되어, 한 사람이 교도소 건물을 한쪽씩 맡아 계속 순찰을 돌았다.

밤에도 뜰은 거의 대낮처럼 환하게 불이 밝혀졌다. 사방에 각각 하나씩 켜져 있는 커다란 아크등이 교도소 담 위로 높이 솟아 있어서 경비원들은 무엇이든 뚜렷하게 볼 수 있었다. 그 불빛은 뾰족한 강철 막대가 박힌 담 꼭대기도 환히 비추었다. 아크등에 전기를 공급하는 전선은 교도소 건물 옆을 따라 올라가 애자에 이른 다음,

꼭대기 층에서 아크등을 떠받치고 있는 기둥까지 뻗어 있었다.

생각하는 기계는 침대 위에 올라서야만 촘촘히 창살이 박힌 감방 창밖을 내다볼 수 있었지만, 이미 이 모든 것을 파악했다. 그가 감방에 갇힌 다음 날 아침이었다. 희미한 모터보트 소리가 들려오고, 물새 한 마리가 하늘 높이 날아가고 있었다. 그는 돌담 너머 어딘가에 강이 흐르고 있다는 것을 눈치챘다. 같은 방향에서 남자아이들이 왁자지껄 떠들며 노는 소리가 들려왔고, 이따금 방망이로 공을 때리는 소리도 들렸다. 그는 교도소 돌담과 강 사이에 운동장 같은 빈터가 있다는 것도 알아챘다.

치숌 교도소는 절대적으로 안전한 곳으로 여겨졌다. 지금까지 그 교도소에서 탈출한 사람은 아무도 없었다. 침대 위에서 창밖을 내다본 생각하는 기계는 당장 그 이유를 이해할 수 있었다. 그는 감방이 20년쯤 전에 지어졌다는 판단을 내렸지만, 감방 벽은 빈틈없이 단단했고, 창문에 새로 끼운 쇠창살에도 녹슨 흔적은 보이지 않았다. 창문도 너무 작아서 쇠창살이 없다 해도 그리로 빠져나가기는 어려울 것이다.

그러나 이런 것들을 보면서도 생각하는 기계는 실망하지 않았다. 그 대신 생각에 잠긴 얼굴로 눈을 가늘게 뜨고 커다란 아크등을 유심히 바라보았다. 지금은 눈부신 햇살이 뜰을 환히 비추고 있었다. 이어서 그는 아크등에서 건물까지 뻗어 있는 전선을 눈으로 더듬었다. 그는 그 전선이 자신의 감방에서 그리 멀지 않은 건물 옆면을 따라 아래로 내려간 게 틀림없다고 판단했다. 이건 알아둘 만한 가치가 있을지도 모른다.

13호 감방은 교도소 사무실과 같은 층에 있다. 다시 말해서 지하실도 아니고 위층도 아니었다. 사무실 층에서 계단을 네 단밖에 올라오지 않았으니까 이 층의 높이는 기껏해야 지상 1미터 정도에 불과할 것이다. 창문 바로 밑에 있는 땅은 보이지 않았지만, 건물에서 돌담 쪽으로 조금 떨어진 땅은 볼 수 있었다. 그 정도 높이면 창문에서 쉽게 뛰어내릴 수 있을 것이다. 그건 좋다.

이어서 생각하는 기계는 이 감방까지 어떻게 왔는가를 생각하기 시작했다. 우선 외곽 경비초소가 있었다. 이 초소는 담의 일부를 이루고 있었다.

거기에는 양쪽으로 열리는 무거운 쇠창살 문이 있었다. 이 문에는 항상 한 사람이 보초를 서고 있었다. 보초는 수많은 열쇠와 자물쇠를 철컥거린 뒤에야 사람들을 밖으로 내보냈다. 교도소장 사무실은 교도소 건물 안에 있었고, 교도소 뜰에서 그 사무실까지 가려면 작은 눈구멍만 하나 뚫려 있는 튼튼한 강철 문을 통과해야 했다. 그런 다음, 그 실내 사무실에서 그가 지금 갇혀 있는 13호 감방까지 오려면 무거운 나무 문 하나와 강철 문 두 개를 지나 교도소 복도로 들어와야 한다. 게다가 이중 자물쇠로 잠겨 있는 13호 감방 문도 항상 고려해야 한다. 결국 13호 감방에서 바깥 세계로 나가 자유를 찾으려면 무려 일곱 개나 되는 문을 정복해야 한다는 계산이 나온다. 그러나 이와는 대조적으로 그가 거의 방해를 받지 않는다는 사실은 유리한 점이었다. 간수는 아침 6시에 음식을 들고 감방 문 앞에 나타났다. 그다음에는 정오에 다시 오고 저녁 6시에는 저녁 식사를 가져왔다. 밤 9시에는 점호를 하러 왔다. 그게 전부였다.

"이 감옥의 시스템은 훌륭하게 정비되어 있군." 생각하는 기계는 속으로 찬사를 보냈다. "밖으로 나가면 감옥 시스템을 조금 연구해야겠어. 감옥에서 죄수들을 다루는 데 이렇게 많은 주의력을 발휘하고 있을 줄은 몰랐는걸."

그의 감방에는 철제 침대를 제외하고는 아무것도, 그야말로 아무것도 없었다. 침대는 큰 망치가 줄을 사용하기 않고는 분해할 수 없을 만큼 단단하게 조립되어 있었다. 그에게는 큰 망치도, 줄도 없었다. 의자도, 테이블도, 양철 조각이나 사기 조각조차도 없었다. 아무것도 없었다! 그가 음식을 먹는 동안 간수는 옆에 서서 지키고 있다가 그가 사용한 나무 숟가락과 그릇을 챙겨들고 나갔다.

이런 일들이 하나씩 생각하는 기계의 두뇌 속에 새겨졌다. 그는 마지막 가능성을 검토한 후 감방을 조사하기 시작했다. 지붕에서 사방 벽을 따라 바닥에 이르기까지 모든 돌과 시멘트를 조사했다. 여러 번 주의 깊게 바닥을 발로 두드려보았지만, 바닥은 단단하기 짝이 없는 시멘트였다. 조사가 끝나자 철제 침대 가장자리에 앉아 오랫동안 생각에 잠겼다. 생각하는 기계 오거스터스 S. F. X. 반 도젠 교수한테는 생각할 것이 있었기 때문이다.

그때 쥐 한 마리가 그를 방해했다. 녀석은 그의 발등을 가로지른 다음, 자신의 대담무쌍함에 놀란 듯 감방의 어두운 구석으로 재빨리 도망쳤다. 잠시 후 눈을 가늘게 뜨고 쥐가 사라진 구석을 유심히 들여다보던 반 도젠 교수는 어둠 속에서 그를 빤히 바라보고 있는 작은 구슬 같은 눈들을 알아보았다. 눈을 세어보니 여섯 쌍이었다. 그 속에는 그보다 더 많은 눈이 있을 게 분명했지만 어두워서 잘 보이지 않았다.

이어서 생각하는 기계는 침대에 앉은 채 처음으로 감방 문 아래쪽을 주목했다. 쇠창살과 바닥 사이에는 5센티미터쯤 되는 틈이 있었다. 생각하는 기계는 이 틈에 눈을 고정시킨 채 구슬 같은 눈들이 모여 있던 구석 쪽으로 갑자기 뒷걸음쳤다. 놀란 쥐들이 비명을 지르며 쏜살같이 달아났다.

이어서 정적이 깔렸다.

문틈으로 빠져나간 쥐는 한 마리도 없었는데 감방 안에는 쥐가 한 마리도 없었다. 따라서 아무리 작은 틈일지라도 감방 밖으로 나가는 다른 통로가 있는 게 분명했다. 생각하는 기계는 두 무릎을 꿇고 엎드린 채 길고 가느다란 손가락으로 어둠 속을 더듬으며 그 통로를 찾기 시작했다.

그의 수색은 마침내 성과를 거두었다. 바닥에서 시멘트와 같은 높이의 작은 구멍을 발견한 것이다. 구멍은 동그랗고, 크기는 1달러 은화보다 조금 컸다. 쥐들이 도망친 통로는 바로 여기였다. 그는 손가락을 구멍 속으로 깊숙이 집어넣었다. 그것은 배수관 같았는데, 지금은 쓰이지 않는 듯 바싹 마르고 먼지가 끼어 있었다.

이 점에 만족한 그는 한 시간 동안 침대에 앉아 있다가, 작은 창문을 통해 다시 한 번 주위를 조사했다. 외곽을 지키는 경비원들 가운데 한 명은 바로 맞은편 담 옆에 서 있었는데, 생각하는 기계의 머리가 창문에 나타났을 때 우연히 13호 감방의 창문을 보고 있었다. 그러나 과학자는 그 경비원에게 알은체도 하지 않았다.

정오가 되자 간수가 지겨울 정도로 맛이 없는 교도소 점심을 들고 나타났다. 생각하는 기계는 집에 있을 때는 오로지 살기 위해 음식을 먹었다.

여기서도 그는 주는 대로 불평 없이 음식을 먹었다. 이따금 그는 문밖에 서서 그를 지켜보고 있는 간수에게 말을 걸었다.

"지난 몇 년 동안 이곳에서 개수공사를 한 적이 있나?"

"특별한 건 없습니다. 4년 전에 담을 새로 쌓은 정도지요."

"교도소 건물은 손대지 않았나?"

"외부의 목조 부분에 새로 페인트를 칠했지요. 그리고 아마 7년 전에 배수관을 새로 설치했을 겁니다."

"아! 강은 여기서 얼마나 떨어져 있지?"

"90미터쯤 될 겁니다. 아이들이 교도소 담과 강 사이에서 야구를 하지요."

생각하는 기계는 더 이상 말을 하지 않았지만, 간수가 가려고 하자 물을 요구했다.

"여기서는 목이 몹시 마르군. 그릇에 물을 담아서 여기 놓아둘 수 없겠나?"

"소장님한테 여쭤보겠습니다." 간수는 대답하고 사라졌다.

30분 뒤에 그는 작은 오지 그릇에 물을 담아 가지고 돌아왔다.

"소장님 말씀이 이 그릇은 계속 갖고 있어도 좋답니다. 하지만 제가 요구하면 언제든 저한테 보여주셔야 합니다. 그릇을 깨뜨리면 다시는 드릴 수 없습니다."

"고맙군. 깨뜨리지 않겠네."

간수는 자기 임무를 수행하러 갔다. 간수가 떠나기 전에 생각하는 기계는 잠시 뭔가를 묻고 싶은 눈치였지만, 결국 아무 질문도 하지 않았다. 두 시간 뒤 그 간수는 13호 감방 문 앞을 지나다가 안에서 무슨 소리가 나는 것을 듣고 걸음을 멈추었다. 생각하는 기계는 감방 구석에 무릎을 꿇고 엎드려 있었다. 그 구석에서 겁먹은 쥐들이 찍찍거리는 소리가 들렸다. 간수는 흥미로운 듯이 바라보았다.

"옳지. 드디어 잡았다." 간수는 죄수가 혼잣말로 중얼거리는 소리를 들었다.

"뭘 잡았다는 겁니까?" 간수가 물었다.

"쥐 한 마리. 보겠나?" 생각하는 기계가 대답했다.

과학자의 기다란 손가락 사이에서 작은 회색 쥐가 몸부림치고 있었다. 죄수는 그것을 불빛 쪽으로 가져와서 유심히 바라보았다.

"시궁쥐야." 그가 말했다.

"쥐를 잡는 것보다 더 좋은 일은 없습니까?" 간수가 물었다.

"쥐를 잡는 이곳에 있다는 건 수치스러운 일이지." 죄수는 퉁명스럽게 대답했다. "이 녀석을 가져가서 죽이게. 이 쥐가 나온 쥐구멍에는 아직도 수십 마리가 더 있네."

간수는 꿈틀거리며 몸부림치는 쥐를 받아 들고 바닥에 힘껏 내동댕이쳤다. 쥐는 찍 소리를 내고 뻗어버렸다. 나중에 간수는 이 사건을 교도소장에게 보고했지만 교도소장은 그저 미소 지을 뿐이었다.

그날 오후 늦게, 13호 감방 구역을 지키는 외곽 경비원은 다시 창문 방향으로 눈을 돌렸다가 창밖을 보고 있는 죄수를 보았다. 죄수의 한 손이 쇠창살 쪽으로 올라오더니 무언가 하얀 것이 13호 감방 창문에서 바로 밑 땅으로 팔랑거리며 떨어졌다. 작은 천 조각을 둘둘 말아서 5달러짜리 지폐로 묶은 것이었다. 천은 하얀 셔츠 감이 분명했다. 경비원은 다시 창문을 쳐다보았지만 얼굴은 이미 사라진 뒤였다.

경비원은 심술궂은 미소를 지으며 돌돌 말린 천과 5달러 지폐를 교도소장의 사무실로 가져갔다. 그곳에서 그들은 천에 적혀 있는 글을 간신히 해독했다. 글씨는 기묘한 잉크 같은 것으로 적혀 있었는데 잉크가 번져서 희미해진 부분이 많았다. 둘둘 말린 천에는 이렇게 적혀 있었다.

이것을 발견하시는 분은 찰스 랜섬 박사에게 전해주시기 바랍니다.

"아." 교도소장이 킬킬거리며 말했다. "첫 번째 탈출 계획은 실패했군." 그러다가 다시 한 번 생각하고 중얼거렸다. "그런데 왜 이걸 랜섬 박사한테 보내려는 걸까?"

"도대체 어디서 펜과 잉크를 구했을까요?" 경비원이 물었다.

교도소장은 경비원을 보았고, 경비원은 교도소장을 보았다. 그 미스터리에 대한 명쾌한 해답은 찾을 수 없었다. 교도소장은 천에 쓰인 글자를 주의 깊게 살펴보다가 고개를 저었다.

"어쨌든 그 사람이 랜섬 박사한테 뭐라고 말하려는 건지 보세." 마침내 그는 아직도 어리둥절한 얼굴로 말하고 천 조각을 펼쳤다. "아니, 이게 뭐지? 자넨 이걸 어떻게 생각하나?" 그가 당황하여 물었다.

경비원은 천 조각을 받아 들었다. 거기에는 이렇게 적혀 있었다.

Epa cseot d'net niiy awe htto n'si sih. 'T'.

교도소장은 한 시간 동안 이게 무슨 종류의 암호인가 궁금해했고, 다시 30분 동안은 왜 하필이면 죄수가 자신을 이곳에 있게 만든 랜섬 박사에게 연락을 시도했는가 궁금해했다. 그다음에는 죄수가 어디서 필기도구를 구했으며, 그 필기도구는 어떤 종류의 것인지 잠시 생각했다. 이 점을 분명히 하기 위해 다시 한 번 천 조각을 조사했다. 그것은 흰 셔츠를 찢어낸 조각으로 가장자리가 너덜너덜했다.

이제 천 조각은 설명할 수 있었지만, 죄수가 왜 여기에 글을 썼는지는 여전히 의문이었다. 교도소장은 죄수가 펜이나 연필을 갖고 있을 리 없다는 것을 알고 있었고, 게다가 그 글씨는 펜이나 연필로 쓴 것도 아니었다. 그렇다면 무엇일까? 교도소장은 직접 조사해 보기로 결심했다. 생각하는 기계는 그의 죄수였다. 죄수들을 감옥에 잡아두는 것이 그가 받은 명령이다. 이 죄수가 외부 사람에게 암호문을 보내어 탈출하려 한다면 다른 죄수에게 하듯 탈출을 막는 것이 그의 의무였다.

교도소장은 13호 감방으로 갔다. 생각하는 기계는 바닥에 무릎을 꿇고 엎드려 쥐를 잡는 게 아니라 쥐들을 겁주는 일에 열중하고 있었다. 죄수는 교도소장의 발소리를 듣고 재빨리 그를 돌아보았다.

"수치스러운 일이오." 죄수가 퉁명스럽게 말했다. "이 쥐들 말이오. 수십 마리는 될 거요."

"다른 죄수들은 쥐가 있어도 충분히 견뎌냅니다." 교도소장이 말했다. "여기 새 셔츠가 있습니다. 입고 계신 셔츠는 제가 가져가겠습니다."

"왜요?" 생각하는 기계가 재빠르게 물었다. 그의 말투는 부자연스러웠다. 정말 당황한 모양이었다.

"당신은 랜섬 박사에게 연락을 하려고 했습니다." 교도소장이 엄격하게 말했다. "당신은 이곳에 갇힌 죄수니까 그걸 막는 게 제 의무입니다."

생각하는 기계는 잠시 침묵을 지켰다.

"좋소. 의무를 수행하시오."

교도소장은 심술궂은 미소를 지었다. 죄수는 바닥에서 일어나 흰 셔츠를 벗고 그 대신 교도소장이 가져온 죄수 8 서츠를 입었다. 교도소장은 재빨리 그 셔츠를 받아 든 다음 그 자리에서 암호문이 적힌 천 조각과 셔츠의 찢어진 부분을 비교해보았다. 생각하는 기계는 흥미롭다는 듯 그 모습을 바라보았다.

"경비원이 그걸 당신한테 갖다줬군요?"

"물론입니다." 교도소장은 의기양양하게 대답했다. "이것으로 당신의 첫 번째 탈옥 시도는 끝난 겁니다."

천 조각과 셔츠의 찢어진 부분을 비교해본 교도소장은 흰 셔츠에서 찢겨나간 부분이 두 곳뿐인 것을 확인하고 만족스러워했다. 생각하는 기계는 그 모습을 가만히 지켜보았다.

"이건 무엇으로 썼습니까?" 교도소장이 물었다.

"그걸 알아내는 것도 당신의 의무인 걸로 아는데요." 생각하는 기계는 퉁명스럽게 말했다.

교도소장은 거친 말을 늘어놓을 뻔했지만, 곧 자제심을 되찾고 감방과 죄수의 몸을 샅샅이 수색했다. 그러나 아무것도 발견하지 못했다. 펜 대신 썼을지 모르는 성냥개비나 이쑤시개도 찾아내지 못했다. 암호문을 쓰는 데 사용한 액체도 똑같은 수수께끼에 싸여 있었다. 교도소장은 눈에 띄게 곤혹스러워하는 얼굴로 13호 감방을 떠났지만, 찢어진 셔츠를 전리품으로 얻었다.

"그래, 셔츠 조각에 편지를 쓴다고 해서 감옥을 빠져나갈 수 있는 건 아니지. 그건 확실해." 교도소장은 자기만족에 빠져 중얼거렸다. 그는 천 조각을 서랍에 넣고 사태의 진전을 기다리기로 했다.

"그 사람이 그 감방에서 빠져나오면 나는…… 나는 사임할 거야. 빌어먹을."

감옥에 갇힌 지 사흘째 되는 날, 생각하는 기계는 공공연히 간수를 매수하여 밖으로 나가려고 했다. 간수가 점심식사를 갖다주고 쇠창살 문에 기대어 그가 식사를 끝내기를 기다리고 있을 때 생각하는 기계가 말을 걸었다.

"감옥의 배수관은 강으로 통해 있나?"

"그렇습니다." 간수가 대답했다.

"배수관은 무척 작을 것 같은데."

"그리로 기어 나가기에는 너무 작지요. 그게 교수님께서 생각하고 계시는 탈출구라면 말입니다." 간수가 싱긋 웃으며 대답했다.

생각하는 기계는 식사를 끝낼 때까지 침묵했다. 식사가 끝나자 그는 다시 말을 꺼냈다.

"내가 범죄자가 아니라는 건 알고 있겠지?"

"네."

"내가 석방을 요구하면 언제든 석방될 권리가 있다는 것도 알고 있지?"

"네."

"나는 여기서 탈출할 수 있으리라고 믿고 여기에 왔네." 죄수는 눈을 가늘게 뜨고 간수의 얼굴을 유심히 바라보았다. "내 탈옥을 도와주는 대가로 경제적인 보상을 받을 생각은 없나?"

간수는 얄궂게도 정직한 사람이었다. 그는 마르고 연약한 죄수의 체격과 노란 머리로 더부룩하게 덮인 커다란 머리를 바라보면서 딱하다는 표정을 지었다.

"이 감옥은 교수님 같은 사람들이 도망칠 수 있을 만큼 어수룩하게 지어지진 않았을 겁니다." 마침내 간수가 말했다.

"하지만 내가 탈옥하는 데 도움이 될 만한 계획을 한 가지쯤 알려주지 않겠나?" 죄수는 거의 애원하듯 물었다.

"아뇨." 간수는 짧게 대답했다.

"500달러 주겠네. 나는 범죄자가 아니네."

"안 됩니다."

"1천 달러면 되겠나?"

"안 됩니다." 더 이상의 유혹을 피하기 위해 급히 그곳을 떠나려던 간수가 돌아서서 말했다. "저에게 1천 달러를 주신다 해도 교수님을 탈출시킬 수는 없습니다. 밖으로 나가려면 문을 일곱 개나 통과해야 하는데, 제가 갖고 있는 열쇠는 두 개뿐이거든요."

간수는 이 일을 모두 교도소장에게 보고했다.

"두 번째 계획도 실패했군." 교도소장은 심술궂은 미소를 지었다. "첫 번째는 암호 편지, 두 번째는 매수인가?"

간수는 6시에 생각하는 기계의 저녁식사를 들고 다시 13호 감방으로 가다가 이상한 소리에 깜짝 놀라 발을 멈추었다. 틀림없이 쇠로 쇠를 긁는 소리였다. 간수의 발소리가 나자 그 소리는 멈추었다. 죄수의 시야에서 벗어난 곳에 있던 간수는 발을 쿵쿵거려 13호 감방에서 멀어져가는 듯한 발소리를 냈다. 그러나 실제로는 같은 지점에서 제자리걸음을 하고 있었다.

잠시 후 계속해서 쇠를 긁는 소리가 다시 나기 시작했다. 간수는 발소리를 죽이고 조심스럽게 감방 문으로 다가가 창살 사이로 안을 엿보았다. 생각하는 기계는 철제 침대 위에 올라서서 작은 창문의 창살을 무언가로 문지르고 있었다. 팔이 앞뒤로 움직이는 것으로 보아 줄로 창살을 자르고 있는 것 같았다.

간수는 조심스럽게 사무실로 가서 교도소장을 불러 함께 발소리를 죽이며 13호 감방으로 왔다. 쇠를 긁는 소리는 아직도 들렸다. 교도소장은 만족할 만큼 듣고 있다가 감방 문 앞에 불쑥 모습을 나타냈다.

"잘 되갑니까?" 교도소장은 얼굴 가득 미소를 지으며 물었다.

생각하는 기계는 침대 위에서 휙 돌아보고는 얼른 바닥으로 뛰어내리더니 무언가를 감추려는 듯 허둥거렸다. 교도소장은 한 손을 내민 채 안으로 들어갔다.

"이리 주세요."

"싫소." 죄수는 날카롭게 말했다.

"자, 어서 주세요. 교수님의 몸을 다시 수색하고 싶진 않습니다."

"싫소." 죄수는 똑같은 말을 되풀이했다.

"그건 뭡니까? 줄인가요?"

생각하는 기계는 말없이 서서 눈을 가늘게 뜨고 교도소장을 보았다. 그의 얼굴에는 낙담 비슷한 표정이 떠올라 있었다. 낙담과 아주 비슷했지만 완전히 낙담한 표정은 아니었다. 다만 교도소장이 동정을 느낄 정도였다.

"세 번째 계획도 실패했군요? 안됐습니다." 그는 사람 좋게 말했다.

죄수는 아무 말도 하지 않았다.

"몸을 수색하게." 교도소장이 지시했다.

간수는 주의 깊게 죄수의 몸을 수색했다. 마침내 그는 바지 허리띠에 교묘하게 숨겨진 5센티미터 정도의 쇳조각을 찾아냈다. 쇳조각의 한쪽은 반달처럼 구부러져 있었다.

"아!" 교도소장은 그것을 간수한테서 받아 들며 말했다. "구두 뒤축에서 빼낸 거군요." 그는 유쾌한 듯이 미소를 지었다.

간수는 수색을 계속하여 바지 허리띠의 반대쪽에서 첫 번째 것과 똑같은 쇳조각을 또 하나 찾아냈다. 가장자리가 닳아 있는 것을 보면 그것으로 창문의 쇠창살을 문지른 게 분명했다.

"이걸로 창살을 자르는 것은 무리요."

"할 수 있었을 거요." 생각하는 기계는 단호하게 말했다.

"여섯 달쯤 문지르면 가능할지도 모르지요." 교도소장은 너그럽게 말했다.

죄수는 살짝 얼굴을 붉혔다. 교도소장은 그 얼굴을 바라보면서 천천히 고개를 저었다.

"이제 포기할 준비가 되셨습니까?"

"난 아직 시작하지도 않았소."

그러자 교도소장은 간수와 함께 다시 한 번 감방을 철저히 수색했다. 두 사람은 방을 샅샅이 뒤지고 마지막에는 침대를 뒤집어보기까지 했다. 아무것도 없었다. 교도소장은 직접 침대 위에 올라가, 죄수가 톱질하고 있던 창살을 조사했다. 창살을 보고 즐거운 표정을 지었다.

"열심히 문지르신 덕분에 반짝반짝 윤이 나는군요."

교도소장은 풀죽은 모습으로 그를 쳐다보는 죄수에게 말했다. 교도소장은 튼튼한 두 손으로 창살을 움켜쥐고 흔들어보았다. 쇠창살은 단단한 화강암 속에 박혀서 꼼짝하지 않았다. 교도소장은 창살을 하나씩 조사한 끝에 모두 만족스러운 상태인 것을 알았다. 마침내 그는 침대에서 내려왔다.

"포기하세요, 교수님." 그가 충고했다.

생각하는 기계는 고개를 저었고, 교도소장과 간수는 밖으로 나갔다. 그들이 복도를 따라 사라지자 생각하는 기계는 침대 가장자리에 걸터앉아 머리를 두 손으로 감싸 쥐었다.

"저 감방에서 나가려 한다는 건 미친 짓이에요."

간수가 한마디했다.

"물론 나갈 수 없지." 교도소장이 말했다. "하지만 그는 영리해. 나는 그 암호를 무엇으로 썼는지 알고 싶네."

다음 날 새벽 4시. 공포에 질린 비명 소리가 커다란 교도소 전체에 울려 퍼졌다.

심장이 오그라들 정도로 무시무시한 비명 소리였다. 건물 중앙에 있는 감방에서 터져나온 그 비명은 소름 끼치는 전율과 고뇌, 끔찍한 공포로 가득 차 있었다. 교도소장은 그 소리를 듣고 부하 세 명과 함께 13호 감방으로 통하는 긴 복도를 달려갔다.

달려가는 도중 또다시 무시무시한 비명이 들렸다. 그 소리는 점점 약해져 비통한 울부짖음으로 바뀌었다. 하얗게 질린 죄수들의 얼굴이 위층과 아래층 감방 문에 나타나 놀란 눈으로 밖을 내다보았다.

"13호 감방에 있는 그 멍청이야." 교도소장이 투덜거렸다.

그가 13호 감방 앞에 멈춰 서서 안을 들여다보자 간수 한 명이 랜턴을 비추었다. '13호 감방에 있는 그 멍청이'는 간이침대에 편안하게 반듯이 드러누워 입을 벌린 채 코를 골고 있었다. 그들이 13호 감방을 들여다보고 있을 때 위쪽 어딘가에서 또다시 귀청을 찢는 비명 소리가 들렸다. 교도소장은 약간 놀란 얼굴로 계단을 올라가기 시작했다. 잠시 후 그는 맨 위층의 43호 감방에서 한 죄수가 감방 구석에 움츠리고 있는 것을 발견했다.

43호 감방은 13호 감방 바로 위에 있었지만, 2층과 3층이 그 사이에 있었다.

"무슨 일이야?" 교도소장이 물었다.

"고맙게도 소장님이 와주셨군요." 죄수는 외친 뒤 감방 창살에 몸을 부딪쳤다.

"왜 그래?" 교도소장이 다시 물었다.

그는 문을 열고 안으로 들어갔다. 죄수는 무릎을 꿇고 교도소장의 몸을 끌어안았다. 그의 얼굴은 공포로 하얗게 질려 있었고, 두 눈동자는 커질 대로 커졌으며 온몸을 부들부들 떨고 있었다. 그가 차가운 두 손으로 교도소장의 손을 움켜잡았다.

"나를 이 감방에서 데리고 나가요. 제발 데리고 나가요." 죄수는 간청했다.

"도대체 무슨 일이야?" 교도소장은 초조해서 짜증스럽게 물었다.

"무슨 소리를 들었어요! 무슨 소리를……." 죄수는 신경질적으로 감방을 두리번거렸다. "그건…… 그건 말할 수 없어요." 죄수는 말을 더듬거렸다. 그러다가 갑자기 두려움이 폭발한 듯 말을 이었다. "나를 이 감방에서 데리고 나가요. 어디에 처넣어도 좋으니까 여기서 나가게만 해줘요."

교도소장과 간수 세 명은 서로 마주 보았다.

"이 녀석은 누구야? 무슨 죄를 지었지?" 교도소장이 물었다.

"조셉 밸러드입니다. 여자 얼굴에 염산을 끼얹었습니다. 여자는 그것 때문에 죽었지요." 간수 한 명이 대답했다.

"하지만 그걸 증명할 수는 없어. 아무도 증명할 수 없어. 제발 나를 다른 감방으로 옮겨줘요." 죄수가 헐떡이며 말했다.

그는 아직도 교도소장에게 매달려 있었다. 교도소장은 거칠게 죄수의 두 팔을 뿌리쳤다. 그러고는 잠시 그곳에 서서, 몸을 움츠린 불쌍한 죄수를 보았다. 죄수는 어린애처럼 강한 공포에 사로잡힌 것 같았다.

"이것 봐, 밸러드, 네가 무슨 소리를 들었다면 무슨 소린지 어서 말해봐."

"말할 수 없어요. 못 해요." 죄수는 흐느끼고 있었다.

"그 소리는 어디서 들려왔지?"

"모르겠어요. 사방에서…… 아니, 어디에서도 아니에요. 그냥 들렸을 뿐이에요."

"그건 무슨 소리였지? 사람 목소리였나?"

"제발 대답하라고 하지 마요." 죄수가 간청했다.

"대답해!" 교도소장은 날카롭게 말했다.

"목소리였어요. 하지만 사람 목소리는 아니었어요." 죄수는 흐느꼈다.

"목소리인데 사람 목소리는 아니라고?" 교도소장은 당황했다.

"숨죽인 소리처럼 분명치 않게 들렸어요…… 멀리서…… 유령처럼……." 죄수가 설명했다.

"그 소리는 감옥 안에서 들려왔나? 아니면 밖에서 들려왔나?"

"어디서도 들려오는 것 같지 않았어요. 그냥 여기…… 여기에 있었어요. 사방에…… 나는 그 소리를 들었어요. 분명히 들었어요."

한 시간 동안 교도소장은 그 말을 이해하려고 애썼지만, 밸러드는 갑자기 태도를 바꾸더니 아무 말도 하지 않았다. 다른 감방으로 옮겨주거나, 아니면 날이 밝을 때까지 간수 한 사람을 옆에 있게 해달라고 간청할 뿐이었다. 이 요구는 매정하게 거절당했다.

"이봐." 교도소장이 마지막으로 말했다. "또다시 그런 비명을 지르면 징벌방에 처넣겠어."

교도소장은 찌푸린 얼굴로 나가버렸다. 밸러드는 동이 틀 때까지 감방 문 앞에 앉아서 공포에 질려 하얗게 일그러진 얼굴을 창살에 눌러대고, 크게 뜬 눈으로 뚫어지게 복도를 내다보았다.

그날, 생각하는 기계가 감옥에 갇힌 지 나흘째 되던 그날은 이 자원한 죄수 덕분에 상당히 활기를 띠었다. 그는 감방의 작은 창문에서 대부분의 시간을 보냈다. 그가 맨 처음 한 행동은 또 다른 천 조각을 경비원에게 던진 것이었다. 경비원은 충실하게 그것을 들고 교도소장에게 갔다. 거기에는 이렇게 적혀 있었다.

이제 사흘 남았다.

교도소장은 그것을 읽고도 조금도 놀라지 않았다. 생각하는 기계가 이제 사흘만 더 감옥에 갇혀 있으면 된다고 쓴 것이라고 그는 이해했다. 그리고 그 편지가 교수의 허세라고 생각했다. 하지만 교수는 어떻게 그것을 썼을까? 생각하는 기계는 이 새 천 조각을 어디서 찾아냈을까? 어디서? 어떻게? 교도소장은 천 조각을 주의 깊게 조사했다. 그 천은 고급 셔츠의 하얀색 옷감이었다. 그는 교수 한테서 빼앗은 셔츠를 꺼내 처음의 천 조각 두 개를 찢어진 부분에 조심스럽게 맞추어보았다. 이 세 번째 조각은 끼어들 여지가 없었다. 그것은 어느 부분에도 맞지 않았지만 분명히 같은 옷감이었다.

"그리고 어디서…… 도대체 어디서 필기도구를 구하는 것일까?"

교도소장은 큰 소리로 물었다.

넷째 날 오후, 생각하는 기계는 감방 창문을 통해 바깥에 있는 무장 경비원에게 말했다.

"오늘이 며칠이지?"

"15일입니다."

생각하는 기계는 머릿속으로 천문학적 계산을 한 뒤, 그날 밤에는 9시가 지나서야 달이 뜨리라고 확신했다. 이어서 그는 또 다른 질문을 했다.

"저 아크등은 누가 관리하나?"

"전기회사에서 사람이 옵니다."

"이 건물에는 전기 기술자가 한 사람도 없단 말인가?"

"네."

"교도소가 자체적으로 기술자를 고용하면 돈을 절약할 수 있을 텐데."

"그건 제가 상관할 일이 아닙니다."

경비원은 그날 생각하는 기계가 유난히 자주 감방 창문에 나타나는 것을 보았지만, 그 얼굴은 항상 멍청해 보였고, 안경 뒤에서 가늘게 뜬 눈은 깊은 생각에 잠겨 있는 것처럼 보였다. 그는 얼마 후에는 사자처럼 더부룩한 머리의 존재를 지극히 당연한 것으로 받아들이게 되었다. 그는 그동안 다른 죄수들도 똑같은 짓을 하는 것을 보았다. 창문 밖을 내다보는 것은 바깥세상에 대한 그리움이었다.

그날 오후, 주간 경비원이 야간 경비원과 교대하기 직전에 그 머리가 창문에 다시 나타났다. 생각하는 기계의 손이 창살 사이로 무언가를 내밀고 있었다. 그것은 5달러짜리 지폐였다.

"당신한테 주는 거야." 죄수가 외쳤다.

여느 때처럼 경비원은 그것을 교도소장에게 가져갔다. 교도소장은 의혹의 눈으로 지폐를 바라보았다. 그는 이제 13호 감방에서 나온 거라면 뭐든지 의심하는 눈으로 보게 되었다.

"저한테 주는 거라고 하더군요." 경비원이 설명했다.

"일종의 팁이겠지. 자네가 그걸 받으면 안 될 특별한 이유라도……"

교도소장이 갑자기 말을 끊었다. 그는 반 도젠 교수가 13호 감방에 들어갈 때 5달러 지폐 한 장과 10달러 지폐 두 장을 갖고 간 것을 기억해냈다. 전부 합해서 25달러였다. 그런데 5달러 지폐 한 장은 그 감방에서 나온 첫 번째 천 조각에 묶여 있었다. 교도소장은 아직도 그것을 갖고 있다. 그는 다시 한 번 확인하기 위해 그 지폐를 꺼내어 유심히 보았다. 분명 5달러 지폐였다. 그러나 여기에 5달러 지폐가 또 한 장 있다. 생각하는 기계는 10달러 지폐밖에 갖고 있지 않을 텐데?

"누군가가 10달러 지폐를 5달러 지폐로 바꾸어주었겠지."

마침내 그는 이렇게 생각하고 안도의 한숨을 내쉬었다.

하지만 그 자리에서 마음을 정했다. 13호 감방을 철저히 수색하자. 이 세상 어느 교도소의 감방 수색보다 더 철저히. 죄수가 마음대로 글을 쓰고 돈을 바꾸고 그 밖에도 도저히 설명할 수 없는 일들을 할 수 있다면 이 교도소는 근본적으로 무언가가 잘못된 거다. 그는 한밤에 13호 감방에 들어가볼 계획을 세웠다. 새벽 3시가 좋을 것 같았다. 생각하는 기계가 그 모든 불가사의한 일들을 한 이상 하루 중 어느 때인가는 그 일을 했을 것이다. 밤에 그런 일들을 했다고 보는 것이 가장 이치에 맞으리라.

교도소장은 그날 밤 3시에 살금살금 13호 감방으로 내려갔다. 감방 문 앞에 서서 귀를 기울이자 죄수의 규칙적인 숨소리 외에는 아무 소리도 들리지 않았다. 교도소장은 거의 소리도 내지 않고 이중 자물쇠를 연 다음 안으로 들어가 문을 잠갔다. 그러고는 누워 있는 사람의 얼굴에 느닷없이 랜턴을 비추었다.

교도소장이 생각하는 기계를 깜짝 놀래줄 계획이었다면 그건 잘못된 생각이었다. 그 사람은 조용히 눈을 뜨더니 안경에 손을 뻗으면서 지극히 냉정한 말투로 물었다.

"누구요?"

수색 상황을 자세히 설명할 필요는 없을 것이다. 그 수색은 문자그대로 철저했다. 감방이나 침대의 어느 부분도 그냥 지나치지 않았다. 그는 바닥에 뚫려 있는 동그란 구멍을 발견하고 무슨 영감이 번득였는지 그 구멍 속으로 굵은 손가락을 넣었다. 잠시 그곳을 더듬던 교도소장이 무언가를 꺼내어 랜턴에 비춰보았다.

"앗!" 그는 비명을 질렀다.

그가 구멍에서 꺼낸 것은 쥐, 죽은 쥐였다. 그의 머릿속에서 번득였던 영감은 태양 앞의 안개처럼 사라져버렸다. 그러나 수색은 계속되었다. 생각하는 기계는 한 마디도 하지 않고 침대에서 일어나 죽은 쥐를 감방에서 복도로 내쳤다.

교도소장은 침대 위로 올라가 작은 창문에 박힌 쇠창살을 흔들어보았다. 창살은 모두 단단했다. 문의 모든 창살도 마찬가지였다.

계속해서 교도소장은 죄수의 옷을 수색했다. 우선 구두부터 조사해보았다. 숨긴 것은 아무것도 없었다! 다음은 바지 허리띠. 역시 아무것도 없었다. 다음은 바지 주머니. 한쪽 주머니에서 지폐 몇 장이 나왔다.

"1달러짜리 다섯 장이로군." 그는 숨이 막혔다.

"그렇소." 죄수가 말했다.

"하지만 당신은 10달러 지폐 두 장과 5달러 지폐 한 장을…… 도대체 어떻게 한 겁니까?"

"그건 당신이 상관할 일이 아니오."

"내 부하가 돈을 바꿔주었나요? 교수님의 명예를 걸고 솔직히 말씀해주십시오."

생각하는 기계는 잠시 입을 다물었다.

"아니오."

"그럼 돈을 만든 겁니까?" 그는 이제 어떤 것도 막을 준비가 되어 있었다.

"그건 당신이 상관할 일이 아니라니까." 죄수는 같은 말을 반복했다.

교도소장은 유명한 과학자를 사납게 노려보았다. 교수에게 놀림을 당한 기분이었다. 아니, 그는 교수가 자기를 놀리고 있다는 것을 알았다. 그러나 어떻게 놀리고 있는지는 알지 못했다. 교수가 진짜 죄수라면 어떻게든 진상을 알아낼 것이다. 하지만 그런 경우라면 아마 지금까지 일어난 그 모든 불가해한 일들이 그처럼 강렬하게 그의 마음에 와닿지도 않았을 것이다. 오랫동안 두 사람은 말을 하지 않았다. 이윽고 교도소장이 홱 돌아서서 감방을 나가 문을 쾅 닫았다. 그때는 아무 말도 할 수 없었다.

그는 시계를 힐끔 보았다. 10분 전 4시였다. 그가 침대에 눕자마자 가슴이 찢어지는 듯한 비명 소리가 또다시 감옥 전체에 울려 퍼졌다. 그는 고상하진 않지만 감정이 그대로 담긴 말을 몇 마디 중얼거리고 다시 교도소 복도를 지나 위층 감방으로 달려갔다.

밸러드가 또다시 철문에 몸을 힘껏 눌러댄 채 목청껏 비명을 지르고 있었다. 교도소장이 감방 안으로 램프를 비추었을 때에야 비로소 비명을 그쳤다.

"나를 데리고 나가요. 여기서 내보내줘요! 내가 했어요. 내가 그랬어요. 내가 그 여자를 죽였어요. 제발 그걸 치워요."

"뭘 치워달라는 거야?" 교도소장이 물었다.

"내가 그 여자 얼굴에 염산을 뿌렸어요. 내가 했어요. 솔직히 자백할게요. 나를 여기서 내보내 줘요."

밸러드의 상태는 가련했다. 그를 복도로 나오게 한 것은 오직 자비에서 나온 행동이었다. 밸러드는 궁지에 몰린 짐승처럼 복도 구석에 웅크리고 앉아 두 손으로 귀를 틀어막았다. 그를 진정시켜 입을 열게 하는 데에는 30분이 걸렸다. 그는 감방에서 일어난 일을 설명하기 시작했지만, 이야기는 앞뒤가 맞지 않고 지리멸렬했다. 어젯밤 4시가 되기 조금 전에 그는 목소리를 들었다. 무덤 속에서 나오는 것처럼 흐릿한 목소리가 구슬프게 울부짖었다.

"그 목소리가 뭐라고 했지?" 교도소장이 호기심에서 물었다.

"산- 산- 산!" 죄수는 헐떡였다. "그 목소리는 나를 비난했어요. 산이라고! 내가 염산을 뿌려서 그 여자는 죽었어요. 오!" 죄수는 공포에 질려 오랫동안 몸을 떨었다.

"산이라고?" 교도소장은 어리둥절하여 죄수의 말을 되풀이했다 그에게는 너무 벅찬 상황이었다.

"산, 내가 들은 건 그게 전부예요. 그 한 마디가 여러 번 되풀이되었어요. 다른 말도 있었지만 잘 들리지 않았어요."

"어젯밤이라고 했지? 오늘 밤에는 무슨 일이 있었지? 지금은 왜 이렇게 겁을 먹은 거야?"

"똑같았어요." 죄수는 헐떡였다. "산- 산- 산!" 그는 손으로 얼굴을 덮고 몸을 떨면서 앉아 있었다. "내가 그 여자한테 염산을 뿌린 건 맞지만 그 여자를 죽일 생각은 없었어요. 나는 그 말을 들었어요. 그건 나를 고발하는 말이었어요. 나를 비난했어요."

그는 우물거리다가 입을 다물었다.

"다른 소리는 못 들었나?"

"들었어요. 하지만 무슨 소린지 알 수 없었어요. 아주 조금…… 한두 마디밖에……."

"그건 무슨 소리였지?"

"'산'이라는 말을 세 번 들었어요. 그다음에는 길게 신음하는 소리가 들렸고, 그다음에는 '8호 모자'라는 말을 들었어요. 그 말은 두 번 들었어요."

"8호 모자?" 교도소장은 되풀이했다. "제기랄, 8호 모자는 또 뭐야? 죄를 비난하는 양심의 목소리가 8호 모자에 대해 이야기했다는 건 처음 듣는군."

"이 녀석은 미쳤습니다."

간수 한 사람이 다 끝났다는 듯이 말했다.

"자네 말이 맞아." 교도소장이 말했다. "미친 게 분명해. 아마 무슨 소리를 듣고 겁을 먹었겠지. 지금은 겁에 질려 떨고 있어. 8호 모자라고! 제기랄……."

생각하는 기계가 감옥에 갇힌 지 5일째 날이 밝았을 때 교도소장은 사냥꾼에게 쫓기는 짐승 같은 표정을 짓고 있었다. 이 일을 빨리 끝내고 싶어서 안달이 난 상태였다. 그는 유명한 죄수가 감옥생활을 즐기고 있다고 생각했다. 그렇다면 생각하는 기계는 유머 감각을 전혀 잃지 않은 게 분명했다. 이 닷새째 날 생각하는 기계는 또 다른 천 조각을 외곽 경비원에게 던졌다. 거기에는 이렇게 적혀 있었다.

"이틀 남았다."

그는 또 50센트도 아래로 던졌다.

교도소장은 13호 감방의 죄수가 50센트 동전을 하나도 갖고 있지 않다는 것, 아니 동전뿐 아니라 펜이나 잉크나 천 조각도 있을 리 없다는 것을 알고 있었다. 그런데도 그는 그것들을 모두 갖고 있다. 그것은 이론이 아니라 현실이었다. 교도소장이 쫓기는 짐승 같은 표정이 된 것은 그 때문이기도 했다.

'산'과 '8호 모자'에 대한 무시무시하고 불가사의한 이야기도 그의 머리에 집요하게 달라붙었다. 물론 그 이야기는 아무 의미도 없었다. 공포에 질려 범죄를 자백한 미친 살인자의 허튼소리일 뿐이다. 그러나 생각하는 기계가 들어온 뒤 교도소에는 '아무 의미도 없는 일'이 너무 많이 일어났다.

6일째 날 교도소장은 엽서 한 장을 받았다. 랜섬 박사와 필딩이 이튿날인 목요일 저녁에 치솜 교도소에 도착할 예정인데, 반 도젠 교수가 그때까지 탈출하지 못한다면 교도소에서 교수를 만나고 싶다는 내용이었다.

"교수가 탈출하지 못한다면이라고?"

교도소장은 심술궂은 미소를 지었다. 탈출이라니!

생각하는 기계는 그날 세 장의 편지로 교도소장을 분주하게 만들었다.

그 편지들은 여느 때처럼 천 조각에 적혀 있었고, 목요일 밤 8시 30분의 약속과 관계있는 내용이었다. 그 시간은 과학자가 감옥에 들어갈 때 약속한 시간이었다.

7일째 되는 날 오후, 교도소장은 13호 감방 앞을 지나가면서 안을 힐끔 들여다보았다. 생각하는 기계는 철제 침대에 누워 있었다. 가볍게 한잠 자고 있는 게 분명했다. 언뜻 보기에 감방은 여느 때와 다름없었다. 교도소장은 오후 4시인 그 시각부터 저녁 8시 30분까지는 아무도 그 감방을 떠날 수 없다고 장담할 수도 있었다.

감방을 돌고 돌아오는 길에 다시 13호 감방에서 들려오는 안정된 숨소리를 듣고 문 가까이 다가가 안을 들여다보았다. 생각하는 기계가 보고 있었다면 그러지 못했을 것이다. 그러나 지금은 달랐다. 높은 창문에서 한 줄기 햇살이 들어와 자는 사람 얼굴을 비추고 있었다. 죄수가 몹시 수척하고 피곤해 보인다는 생각이 처음으로 들었다. 바로 그때 생각하는 기계가 가볍게 몸을 뒤척였다. 교도소장은 무슨 죄라도 지은 것처럼 서둘러 복도를 따라 걸었다. 그날 저녁 6시가 조금 지났을 때 그는 간수를 만났다.

"13호 감방은 별일 없겠지?"

"네, 소장님. 하지만 음식을 별로 먹지 않았습니다."

교도소장은 7시가 지난 직후 의무를 다했다는 뿌듯한 기분으로 랜섬 박사와 필딩을 맞아들였다. 그는 두 사람에게 천 조각에 적힌 편지를 보여주고, 자신이 고생한 이야기를 모두 털어놓을 작정이었다. 그 이야기를 다 하려면 시간이 한참 걸릴 터였다.

그러나 그가 미처 이야기를 시작하기도 전에 강변 쪽 뜰을 지키는 경비원이 사무실로 들어왔다.

"제가 맡은 쪽의 아크등이 켜지지 않습니다."

"빌어먹을, 정말 재수 없는 사람이군." 교도소장은 소리를 질렀다. "그자가 여기 온 뒤로 별의별 일들이 다 일어나니……."

경비원은 어둠에 묻힌 근무지로 돌아갔고 교도소장은 전기회사에 전화를 걸었다.

"여기 치숌 교도소요. 아크등이 하나 고장 났으니 서너 명만 급히 좀 보내주시오."

교도소장이 수화기를 놓고 뜰로 나간 것을 보면 만족스러운 대답을 들은 게 분명했다. 랜섬 박사와 필딩이 앉아서 기다리고 있는데 정문을 지키는 경비원이 속달 편지 한 통을 들고 사무실로 들어왔다. 랜섬 박사는 우연히 그 겉봉에 쓰인 주소에 눈길이 쏠렸고, 경비원이 밖으로 나가자 좀 더 자세히 그 편지를 살펴보았다.

"맙소사!" 그가 외쳤다.

"왜 그래?" 필딩이 물었다.

박사는 말없이 편지를 내밀었다. 필딩은 그것을 자세히 보았다.

"우연의 일치일 거야. 틀림없어." 필딩이 말했다.

8시가 다 되었을 때 교도소장이 사무실로 돌아왔다. 전기 기사들은 왜건을 타고 도착하여 지금 아크등을 고치는 중이었다. 교도소장은 정문 경비원과 연결되어 있는 인터폰을 눌렀다.

"전기 기사는 몇 냉이나 왔나? 네 명이라고? 작업복에 전퍼를 걸친 기술자 세 명과 감독 한 명? 감독은 프록코트에 실크 모자를 썼다고? 좋아. 나중에 네 명만 나가는지 확인해. 이상."

그는 랜섬 박사와 필딩 쪽으로 돌아섰다.

"여기서는 조심해야 합니다. 특히……." 그의 말투에는 노골적인 빈정거림이 섞여 있었다. "과학자를 가두어놓고 있을 때는 더욱 조심해야지요."

교도소장은 속달 편지를 아무렇게나 들고 봉투를 찢기 시작했다.

"이걸 읽은 다음에 두 분께 해드리고 싶은 이야기가 있습니다. 아니! 이게 뭐야!" 편지를 힐끔 본 그가 말을 끊었다. 너무 놀라서 꼼짝도 못 하고 입을 딱 벌렸다.

"왜 그러십니까?" 필딩이 물었다.

"13호 감방에서 보낸 속달 편지입니다." 교도소장은 헐떡였다. "저녁식사 초대장이에요."

"뭐라고요?" 나머지 두 사람은 똑같이 벌떡 일어섰다.

교도소장은 망연자실한 얼굴로 잠시 편지를 들여다보다가 복도에 서 있는 경비원에게 날카롭게 외쳤다.

"13호 감방으로 달려가서 그 사람이 있는지 확인해."

경비원은 명령대로 달려갔다. 그동안 랜섬 박사와 필딩은 편지를 조사했다.

"반 도젠의 필적입니다. 의심할 여지가 없어요." 랜섬 박사가 말했다. "반 도젠의 필적이라면 수없이 보았지요."

바로 그때 정문과 연결된 인터폰이 울렸다. 교도소장은 멍한 상태로 수화기를 들었다.

"여보세요. 뭐? 기자 두 명? 들여보내." 그는 랜섬 박사와 필딩을 돌아보았다. "그 사람이 밖에 나갔을 리 없습니다. 틀림없이 감방에 있어요."

그때 경비원이 돌아와 보고했다.

"아직 감방에 있습니다, 소장님. 제가 보았습니다. 침대에 누워 있어요."

"그것 보세요. 내가 뭐랬습니까?" 교도소장은 그제야 숨통이 트인 듯 다시 자유롭게 숨을 쉬었다. "그런데 그 편지는 어떻게 보냈을까요?"

바로 그때 교도소 뜰에서 교도소장 사무실로 통하는 철문을 탕탕 두드리는 소리가 났다.

"기자들입니다." 경비원이 말했다.

"들여보내." 교도소장이 지시했다. 그리고 두 신사에게 말했다. "기자들 앞에서 이 일에 대해서는 아무 말도 마십시오. 그 이야기라면 신물이 나니까."

문이 열리고 두 사람이 정문으로 들어왔다.

"안녕하십니까, 여러분." 한 사람이 말했다.

허친슨 해치 기자였다. 교도소장은 그를 잘 알고 있었다.

"안녕하시오." 또 한 사람이 성급하게 말했다. "나요." 생각하는 기계였다.

그가 가늘게 뜬 눈으로 교도소장을 노려보았다. 교도소장은 입을 딱 벌리고 말았다. 랜섬 박사와 필딩도 물론 놀랐지만, 교도소장이 알고 있는 것을 그들은 알지 못했다. 그들은 그저 놀랐을 뿐이지만, 교도소장은 온몸이 마비되었다. 허친슨 해치 기자는 호기심 어린 눈으로 그 상년을 바라보았다.

"어떻게…… 도대체 어떻게…… 어떻게 된 겁니까?" 교도소장이 마침내 숨 막힌 소리로 물었다.

"감방으로 갑시다." 과학자 동료들이 익히 알고 있는 퉁명스러운 목소리로 생각하는 기계가 말했다.

교도소장은 아직도 최면술에 걸린 것처럼 멍한 상태로 앞장섰다.

"감방 안을 랜턴으로 비춰보시오." 생각하는 기계가 지시했다.

교도소장은 지시에 따랐다. 감방의 겉모습에는 전혀 이상이 없었다. 그리고 침대 위에는 생각하는 기계가 누워 있었다. 틀림없다! 노란 머리가 보인다! 교도소장은 다시 옆에 서 있는 사람을 돌아보고 별 희한한 꿈도 다 꾸는구나 하고 생각했다.

그는 떨리는 손으로 감방 문을 열었다. 생각하는 기계는 안으로 들어갔다.

"여길 보시오." 그가 말했다.

그가 감방 문 아래쪽 창살을 발로 걷어차자 창살 세 개가 밖으로 밀려났다. 네 번째 창살이 부러져서 복도를 데굴데굴 굴러갔다.

"여기도 보시오." 지금까지 죄수였던 과학자는 침대 위에 올라서서 작은 창문으로 손을 뻗었다. 그가 손으로 창문을 한 번 휩쓸자 창살이 모두 빠졌다.

"침대 속에 있는 저건 뭡니까?" 교도소장이 물었다. 그는 이제야 서서히 정신을 차리고 있었다.

"가발이오." 생각하는 기계가 대답했다. "이불을 젖혀보시오."

교도소장은 이불을 젖혔다. 이불 밑에는 둘둘 감은 9미터쯤 되는 굵은 밧줄과 단검, 줄 세 개, 3미터쯤 되는 전선, 가늘고도 강력한 강철 플라이어, 손잡이 달린 작은 망치, 데린저 권총 한 자루가 놓여 있었다.

"어떻게 한 겁니까?" 교도소장이 다시 물었다.

"여러분은 9시 반에 나와 함께 저녁식사를 하기로 되어 있잖소. 자, 갑시다. 지금 가지 않으면 늦어요." 생각하는 기계가 말했다.

"하지만 도대체 어떻게 하신 겁니까?"

"두뇌를 쓸 줄 아는 사람을 붙잡아둘 수 있다고는 생각지 마시오. 자, 빨리 가지 않으면 늦어요."

반 도젠 교수의 집에서 열린 만찬은 조용했다. 손님은 랜섬 박사와 앨프레드 필딩, 교도소장, 그리고 허친슨 해치 기자였다. 식사는 일주일 전에 반 도젠 교수가 지시한 대로 정확히 제시간에 준비되었다. 랜섬 박사는 애티초크가 맛있다고 생각했다. 마침내 식사가 끝나자 생각하는 기계는 랜섬 박사 쪽으로 돌아서서 가늘게 뜬 눈으로 그를 보았다.

"이제는 믿겠나?" 생각하는 기계가 물었다.

"믿네." 랜섬 박사가 대답했다.

"그게 공정한 실험이었다는 걸 인정하겠지?"

"인정하네."

다른 사람들, 특히 교도소장과 마찬가지로 랜섬 박사도 생각하는 기계의 설명을 애타게 기다리고 있었다.

"어떻게 했지?" 필딩이 먼저 입을 열었다.

"그렇습니다. 말씀해주세요." 교도소장이 말했다.

생각하는 기계는 안경을 고쳐 쓰고 가늘게 뜬 눈으로 손님들을 두어 번 둘러본 다음 이야기를 시작했다. 그는 처음부터 낱낱이 차근차근 이야기했다. 그처럼 흥미진진하게 귀 기울이는 청중을 앞에 놓고 이야기해본 사람은 아무도 없을 것이다.

"나는 몸에 걸친 것을 제외하고는 아무것도 갖지 않고 감방에 들어갔다가 일주일 안에 그 감방을 떠나기로 약속했소. 나는 처음 교도소를 한 번도 본 적이 없었소. 감방에 들어갈 때는 가루 치약과 10달러 지폐 두 장과 5달러 지폐 한 장을 요구했고, 내 구두를 반짝반짝 윤이 나게 닦아달라고도 요구했소. 이런 요구가 거절되었더라도 크게 문제 되지는 않았을 거요. 하지만 여러분은 내 요구를 들어주었소. 감방 안에는 내가 이용할 수 있는 게 아무것도 없으리라는 건 알고 있었소. 그래서 교도소장이 나를 감방에 넣고 문을 잠갔을 때 겉보기에 전혀 해롭지 않은 그 세 가지 물건을 쓸모 있는 것으로 바꾸지 못하는 한 나는 분명 무력한 상태였소. 그 물건들은 사형선고를 받은 죄수라면 누구한테나 허용되었겠지요? 어떻소, 교도소장?"

"가루 치약과 광낸 구두는 허용되지만, 돈은 허용되지 않았을 겁니다."

"사용법을 아는 사람의 손에 들어가면 어떤 물건이든 위험한 법이오." 생각하는 기계가 말을 이었다. "첫날엔 잠을 자고 쥐를 쫓는 일만 했소."

그는 교도소장을 보았다.

"탈옥 문제가 제기되었을 때 나는 그날 밤에는 아무 일도 할 수 없으리라는 걸 알았소. 그래서 다음 날 시작하자고 제안한 거요. 자네들은 내가 외부 도움으로 탈옥을 준비할 시간 여유를 갖고 싶어 한다고 생각했지만, 그렇지 않네. 내가 원할 때면 언제든 원하는 사람과 연락할 수 있다는 걸 알고 있었지."

교도소장은 잠시 그를 뚫어지게 보다가 엄숙하게 담배를 피우기 시작했다.

"이튿날 아침 6시에 간수가 아침식사를 가져와서 나를 깨웠소. 점심은 낮 12시, 저녁은 오후 6시에 한다고 간수가 말해주었지. 나는 그 시간 외에는 대개 혼자 지낼 수 있으리라고 짐작했소. 그래서 아침식사를 끝내자마자 감방 창문으로 외부 상황을 조사했소. 창문을 통해서 감방을 빠져나가더라도 담을 기어오르는 건 헛수고가 되리라는 걸 첫눈에 알아봤지. 내 목표는 단순히 감방에서 나가는 것이 아니라 교도소에서 빠져나가는 것이었으니까. 물론 담을 넘을 수도 있었겠지만, 그런 식으로 계획을 세우려면 더 많은 시간이 걸렸을 거요. 그래서 당분간은 그 생각을 모두 잊었소.

그 첫 관찰 결과, 나는 교도소 맞은편에 강이 있고 운동장도 있으리라 생각했소. 이 추측은 나중에 간수가 확인해주었지. 그때 나는 또 한 가지 중요한 사실을 알았네. 바깥쪽에서는 필요하면 누구나 특별한 주의를 끌지 않고 교도소 담에 접근할 수 있다는 거였지. 그건 기억해둘 만했소. 그래서 그 사실을 머리에 새겨두었소. 하지만 바깥에 있는 것 중 가장 관심을 끈 것은 감방 창문에서 불과 1미터 거리에 아크등으로 이어져 있는 전선이 지나고 있다는 것이었소. 그건 아크등을 꺼야 할 필요가 생겼을 때 중요한 역할을 하게 되리라는 걸 알았소."

"그렇다면 오늘 밤에 당신이 아크등을 끈 겁니까?" 교도소장이 물었다.

"나는 그 창문에서 알아낼 수 있는 것을 전부 알아낸 다음……." 생각하는 기계는 교도소장의 말에는 아랑곳하지 않고 말을 이었다. "교도소 내부를 통해 도망치는 방법을 궁리했소. 나는 그 감방에 어떻게 들어갔는가를 생각해보았소. 그게 밖으로 나가는 유일한 길이라는 걸 알았기 때문이오. 나와 바깥 세계 사이에는 문이 일곱 개 였고, 그래서 그 길로 나가겠다는 생각은 당분간 포기했소. 감방의 단단한 화강암 벽을 뚫고 나갈 수도 없었으니까."

생각하는 기계는 잠시 말을 끊었다. 랜섬 박사는 시가에 불을 붙였다. 침묵이 몇 분 흘렀다. 이윽고 과학적인 탈옥수가 말을 이었다.

"이런 것들을 생각하고 있을 때 쥐 한 마리가 내 발등을 지나갔소. 그건 새로운 사고방식을 제시해주었소. 감방에는 적어도 여섯 마리의 쥐가 있었소. 구슬처럼 반짝이는 그 눈을 여섯 쌍 볼 수 있었소. 하지만 어떤 쥐도 감방 문 밑을 통해 들어오진 않았다는 걸 알았소. 나는 쥐들이 문 밑으로 나가는지 확인하려고 문을 지켜보면서 녀석들을 일부러 놀라게 했소. 녀석들은 분명 감방 문 밑으로 나가지 않았는데 모두 다 사라지더군요. 쥐들은 다른 길로 나간 게 분명했소. 다른 길로 나갔다는 건 곧 다른 통로가 있다는 뜻이잖소.

나는 그 통로를 찾아냈소. 그건 낡은 배수관이었는데, 오랫동안 사용하지 않아서 오물과 먼지로 일부가 막혀 있더군요. 하지만 그건 쥐들이 온 길이었소. 쥐들은 어디선가 왔을 거요. 어디서 왔을까? 배수관은 대개 교도소 뜰 바깥으로 통해 있소. 이 배수관은 아마

강이나 강 근처로 통해 있었을 거요. 따라서 쥐들은 그쪽에서 온 게 분명하오. 쥐들이 그 배수관을 통해 왔다면 배수관 끝에서 왔을 거라고 나는 추리했소. 쇠나 납으로 만든 배수관에 출구 이외에 다른 구멍이 뚫린다는 건 거의 있을 수 없는 일이니까.

간수는 내 점심식사를 가져왔을 때 두 가지 중요한 사실을 말해주었소. 그는 그게 중요한 사실인지 뭔지도 몰랐겠지만. 하나는 7년 전에 교도소 배수관을 새로 설치했다는 거였고, 하나는 강이 90미터밖에 떨어져 있지 않다는 거였소. 그래서 그 배수관이 옛날에 쓰던 배수관의 일부라는 걸 분명히 알았소. 배수관은 대개 강 쪽으로 비스듬히 기울어져 있다는 것도 알고 있었소. 하지만 배수관 출구가 물속에 있느냐, 땅 위로 나 있느냐가 문제였소.

내가 다음에 해결해야 할 문제는 바로 이것이었소. 이 문제를 해결하기 위해 적어도 열두 마리의 쥐를 잡아서 조사해보았소. 쥐들은 모두 물기 하나 없이 말라 있더군요. 쥐들은 배수관을 통해 들어왔고, 무엇보다도 중요한 것은 집쥐가 아니라 들쥐였다는 사실이오. 그렇다면 배수관 반대쪽 끝은 교도소 담 밖 땅 위로 나 있는 게 분명하오. 거기까지는 순조로웠소. 나는 지금부터 자유롭게 일을 하려면 교도소장의 관심을 다른 쪽으로 돌려야 한다고 생각했소. 자네들이 내가 탈출하러 감옥에 왔다고 교도소장에게 말한 덕분에 실험은 훨씬 더 어려웠네. 그 때문에 나는 거짓 냄새를 피워 교도소장을 속여야 했지."

교도소장은 슬픈 눈으로 천장을 쳐다보았다.

"첫 번째 속임수는 내가 랜섬 박사에게 연락하려고 한다고 믿게 만드는 것이었소. 그래서 셔츠에서 찢어낸 천 조각에 랜섬 박사 앞으로 편지를 쓰고 그것을 5달러 지폐로 묶은 다음 창밖으로 던졌소. 나는 경비원이 그걸 교도소장에게 가져갈 걸 알았고, 교도소장이 그걸 랜섬 박사한테 보내주기를 기대했소. 그 첫 번째 천 조각을 갖고 있소, 교도소장?"

교도소장은 암호문을 꺼냈다.

"도대체 이게 무슨 뜻입니까?" 그가 물었다.

"거꾸로 읽어보시오. 낱말 사이의 띄어쓰기는 무시하고 읽어보시오."

"이, 것, 은······." 그는 한 자 한 자 그것을 들여다보더니 이윽고 싱긋 웃으면서 단숨에 읽어내렸다. "이것은 내가 의도하는 탈옥방법이 아니다." 교도소장은 여전히 싱글싱글 웃으면서 물었다. "그런데 지금은 그걸 어떻게 생각하십니까?"

"나는 그게 당신의 관심을 끌리라는 걸 알았소. 사실이 그랬지만······." 생각하는 기계가 말했다. "그리고 그 뜻을 정말로 알아냈다면 그건 정중한 비난이 되었을 거요."

"도대체 무엇으로 이 글을 썼나?" 랜섬 박사는 천 조각을 조사해 보고 필딩에게 건네주면서 물었다.

"바로 이것이지." 지금까지 죄수였던 과학자는 한쪽 발을 뻗었다. 그 발에는 그가 감옥에서 신었던 구두가 신겨 있었지만 광택은 나지 않았다. 구두약이 말끔히 벗겨져 있었다. "검은 구두약을 물로 축축하게 적신 게 내 잉크였소. 구두끈 끝에 달려 있는 뾰족한 금속은 아주 좋은 펜이 되었지."

교도소장은 천장을 쳐다보며 갑자기 웃음을 터뜨렸다. 안도감과 즐거움이 섞인 웃음이었다.

"정말 놀라운 분이군요. 계속하세요." 그는 감탄한 듯이 말했다.

"내 의도대로 그 편지 때문에 교도소장은 내 감방을 일찍 수색하게 되었소. 나는 교도소장이 내 감방을 수색하는 버릇을 갖게 하고 싶었소. 아무리 수색해도 번번이 아무것도 찾아내지 못하면 결국 정나미가 떨어져서 수색을 그만둘 테니까 말이오. 결국에는 실제로 그렇게 되었지."

교도소장의 얼굴이 붉어졌다.

"교도소장은 그때 내 흰 셔츠를 빼앗아가고 그 대신 죄수용 셔츠를 주었소. 내 셔츠에서 찢겨져나간 부분이 첫 번째 편지에 쓰인 두 조각뿐인 것을 교도소장은 확인했지. 하지만 교도소장이 내 감방을 수색하는 동안 나는 그 셔츠에서 찢어낸 사방 20센티미터쯤 되는 천 조각을 작은 공처럼 돌돌 말아서 입속에 집어넣고 있었소."

"그 셔츠에서 사방 20센티미터나 되는 천 조각을 찢어냈다고요? 도대체 그건 어디서 난 겁니까?" 교도소장이 물었다.

"빳빳한 흰 셔츠의 가슴 부분은 세 겹으로 되어 있소. 나는 가운데 들어 있는 천을 떼어내고 두 겹만 남겨놓았지. 당신이 그걸 알아차리지 못하리라는 건 알고 있었소. 그 얘기는 이 정도로 해둡시다."

잠시 침묵이 흘렀다. 교도소장은 멋쩍은 웃음을 지으며 사람들을 둘러보았다.

"교도소장에게 생각할 거리를 줌으로써 당분간은 교도소장 문제가 처리됐기 때문에 나는 자유를 향하여 엄숙한 첫 걸음을 내디딜 수 있었소." 반 도젠 교수가 말했다. "나는 배수관이 바깥 운동장 어딘가로 뚫려 있다는 걸 당연히 알고 있었소. 많은 남자아이들이 거기서 논다는 것도 알고 있었고. 쥐들이 거기서 내 감방으로 들어온다는 것도 알고 있었소. 이런 일들을 알고 있다면 바깥에 있는 사람과 연락할 수도 있지 않겠소? 우선 필요한 건 길고 튼튼한 실이라는 걸 깨달았소. 그래서…… 하지만 우선 이걸 보시오."

그는 바지 자락을 걷어올려 양말 윗부분을 보여주었다. 가늘고 질긴 나일론 실로 짠 양말 윗부분이 양쪽 다 사라지고 없었다.

"나는 양말을 풀었소. 일단 실을 얻어내기 시작한 뒤로는 별로 어려울 게 없었소. 400미터 정도의 실을 쉽게 손에 넣은 거요. 그런 다음 남아 있는 천 조각의 절반에다 여기 있는 이 사람한테 내 상황을 설명하는 편지를 썼소." 그는 허친슨 해치를 가리켰다. "솔직히 말해서 그 편지를 쓰느라 무척 고생했소. 해치가 나를 도와주리라는 걸 알고 있었소. 신문기사가 될 가치가 충분하니까 말이오. 나는 천 조각에 쓴 편지에 10달러 지폐를 단단히 묶었소. 사람의 눈을 끄는 데 그보다 확실한 방법은 없소. 천 조각에다는 이렇게 썼지. '이것을 발견하는 사람은 데일리아메리칸의 허친슨 해치 기자에게 전해주시오. 그 사람이 이 정보를 제공한 대가로 10달러를 더 드릴 것입니다'라고 말이오.

다음에 할 일은 이 편지를 어떤 남자아이의 눈에 띄도록 그 운동장으로 내보내는 것이었소. 두 가지 방법이 있었지만 가장 좋은 방법을 선택했소. 우선 쥐 한 마리를 잡았소. 쥐 잡는 일에는 숙달이 되어 전혀 어렵지 않았소. 쥐의 한쪽 다리에다 천 조각과 돈을 단단히 묶고 그 배수관으로 쥐를 놓아주었소. 공포에 사로잡힌 쥐는 당연히 배수관 밖으로 나갈 때까지 쉬지 않고 달린 다음 땅 위에서 달음질을 멈추고 실을 갉아서 천 조각과 돈을 떼어낼 거라고 나는 추측했소.

쥐가 더러운 배수관 속으로 사라진 순간부터 나는 걱정이 되기 시작했소. 내가 너무 많은 요행을 바라고 있었기 때문이오. 쥐는 내가 한쪽 끝을 잡고 있는 실을 갉아서 끊어버릴지도 모르고, 다른 쥐들이 그 실을 쏠아버릴 수도 있소. 쥐가 배수관 밖으로 빠져나가 영원히 발견되지 않을 곳에 천 조각과 돈을 남겨둘 수도 있소. 그 밖에도 수많은 일이 일어날 수 있지 않겠소. 그래서 초조한 시간이 시작되었소. 하지만 감방에 남아 있는 실이 불과 1, 2미터밖에 안 남을 때까지 쥐가 계속 달렸다는 사실로 미루어 나는 쥐가 배수관 밖으로 나갔을 거라고 생각했소. 나는 편지를 받은 다음에 할 일을 해치에게 자세히 지시해두었소. 문제는 그 편지가 과연 해치의 손에 제대로 들어갈 것인가 하는 거였소.

이 일을 끝내자 내가 할 수 있는 일은 오로지 기다리면서 이 계획이 실패할 경우에 대비하여 다른 계획을 세우는 것이었소. 나는 공공연히 간수를 매수하려고 시도했소. 나와 자유를 가로막고 있는 일곱 개의 문 가운데 그 간수가 열 수 있는 문은 두 개뿐이라는 걸 알았소. 그런 다음 나는 교도소장을 초조하게 만들기 위해 또 다른 일을 꾸몄소. 구두 뒤축에서 쇳조각을 빼내어 감방 창문 쇠창살을 톱질하는 척했소. 교도소장은 굉장한 소동을 벌였고, 그다음부터는 그 쇠창살이 튼튼한지 확인하기 위해 창살을 흔들어보는 습관도 생겼소. 창살은 튼튼했소. 그때는 말이오."

교도소장은 다시 빙그레 웃었다. 이제는 더 이상 놀라지 않았다.

"이 계획에서 할 수 있는 일을 다 했고, 이제 할 수 있는 일은 오로지 기다리면서 무슨 일이 일어나는지 두고 보는 것뿐이었소. 편지가 제대로 배달되었는지, 아니 발견되기라도 했는지, 아니면 쥐가 갉아먹어 버렸는지도 알 도리 없었소. 하지만 나와 바깥 세계를 이어주는 그 가느다란 실을 배수관을 통해 잡아당겨볼 용기는 나지 않았소.

그날 밤 침대에 누워서도 나는 실을 기법게 잡아당기는 신호가 올까 봐 잠을 자지 못했소. 그 편지를 받으면 실을 가볍게 당겨 나에게 그 사실을 알려달라고 해치에게 지시해두었소. 새벽 3시 30분쯤 되었을 때 마침내 실이 당겨지는 감촉을 느꼈소. 실제로 사형선고를 받은 죄수도 그보다 더 진심으로 무언가를 열렬히 환영해본 적이 없었을 거요."

생각하는 기계는 말을 멈추고 기자를 돌아보았다.

"자네가 한 일은 자네가 설명하는 게 낫겠네."

"천 조각에 쓴 편지를 나한테 가져온 건 야구 놀이를 하던 아이였습니다." 해치가 말했다. "나는 당장 거기에 굉장한 기삿거리가 들어 있다는 냄새를 맡았지요. 아이에게 10달러를 준 다음 나는 명주실과 삼실과 가볍고 유연한 철사를 구했습니다. 교수의 편지에는 그 편지를 발견한 사람이 어디서 그걸 주웠는지 알려줄 테니까 새벽 2시에 그 부근을 수색하라고 적혀 있더군요. 그리고 실 끝을 발견하면 그것을 부드럽게 세 번 잡아당기고 다시 한 번 잡아당기라고 되어 있었습니다.

나는 작은 손전등을 들고 수색을 시작했습니다. 한 시간 이십 분쯤 지난 뒤에야 겨우 잡초 속에 반쯤 감추어진 배수관 끝을 찾아냈지요. 이어서 실 끝을 찾아내어 교수가 지시한 대로 잡아당겼습니다. 그랬더니 당장 응답이 오더군요. 나는 그 실에 명주실을 묶었고, 반 도젠 교수는 그것을 감방 안으로 당기기 시작했어요. 나는 명주실 끝에 다시 삼실을 묶었고, 그것이 안으로 끌려 들어가자 이번에는 삼실 끝에 철사를 묶었습니다. 그것도 안으로 끌려 들어갔고, 이제 우리는 배수관 입구에서 감방 안까지 쥐들이 쏠아버릴 수 없는 튼튼한 통신선을 갖게 되었지요."

생각하는 기계가 손을 들자 해치는 말을 끊었다.

"이 모든 일은 완전한 침묵 속에서 이루어졌소. 하지만 철사가 내 손에 들어왔을 때는 너무 기뻐서 탄성을 지르고 싶었소. 이어서 우리는 또 다른 실험을 시도했소. 해치는 기꺼이 실험에 응할 준비가 되어 있었소. 나는 배수관을 말을 주고받는 통로로 사용해보았소. 해치나 나나 똑똑히 들을 수는 없었지만, 그렇다고 다른 사람의 주의를 끌게 될까 봐 큰 소리를 지를 수는 없었소. 마침내 나는 당장 원하는 것을 해치에게 납득시킬 수 있었소. 내가 질산을 요구했을 때 해치는 그 말을 알아듣는 데 상당히 애를 먹은 모양이오. 나는 '산'이란 말을 여러 번 되풀이해야 했소. 그런데 그때 위쪽 감방에서 비명 소리가 들리더군요. 나는 당장 누군가가 엿들었다고 생각하고, 교도소장이 오는 소리를 듣고는 얼른 자는 척을 했소. 교도소장이 그 순간 내 감방에 들어왔다면 그 탈출 계획은 거기서 끝장나고 말았을 거요. 하지만 교도소장은 그냥 지나쳤소. 내가 가장 위험했던 순간은 바로 그때였다오. 하마터면 들킬 뻔했으니까. 이 임시변통의 통신선을 확보한 이상 내가 어떻게 감방 안에서 필요한 물건을 구하고 마음대로 사라지게 했는지는 쉽게 알 수 있을 거요. 그냥 배수관 속에다 떨어뜨리기만 하면 그만이었소. 교도소장, 당신은 손가락이 굵어서 바깥 세계와 연결된 철사에는 손이 닿지 않았을 거요. 내 손가락은 보다시피 더 길고 훨씬 가늘지요. 게다가 나는 그 배수관에 쥐를 보초로 세워두었소. 그건 당신도 기억하겠지요?"

"기억합니다." 교도소장이 얼굴을 찡그리며 말했다.

"누군가가 그 구멍을 조사해보려고 히디기도 죽은 쥐를 보면 당장 마음이 달아날 거라고 생각했소. 해치는 이튿날 밤까지는 배수관을 통해 쓸모 있는 것들을 보내줄 수는 없었지만, 시험 삼아 10달러를 바꾼 잔돈을 나에게 보내주었소. 그래서 나는 내 계획의 다른 부분을 추진할 수 있었소.

이어서 나는 내가 마침내 채택한 탈출 계획을 발전시켰소. 이 계획을 성공적으로 실행하기 위해서는 뜰에 있는 경비원이 감방 창문에 있는 내 얼굴을 보는 데 익숙해지게 만들어야 했소. 나는 으스대는 글을 쓴 천 조각을 경비원한테 떨어뜨려 이 문제를 해결했소. 가능하면 교도소장이, 자기 부하 중 한 명이 나를 위해 바깥세상과 연락하고 있다고 믿게 하는 것도 목적의 하나였소. 나는 경비원이 나를 볼 수 있도록 몇 시간씩 창가에 서서 밖을 내다보았고, 이따금 그에게 말을 걸기도 했소. 그런 방법으로 나는 교도소에는 전기 기사가 한 명도 없고 문제가 생기면 전기회사에 의뢰한다는 걸 알게 됐소.

그건 자유로 가는 길을 완벽하게 열어주었소. 내가 갇혀 있던 마지막 날 초저녁에 날이 어두워지면 내 감방 창문에서 1미터 정도밖에 떨어져 있지 않은 전선을 절단할 계획이었소. 내가 갖고 있는 철사 끝에 질산을 묻혀서 전선에 갖다 대면 쉽게 전선을 끊을 수 있소. 그러면 전기 기사가 끊어진 부분을 찾는 동안 교도소의 그 부분이 캄캄해질 것이오. 그러면 해치가 쉽게 교도소 뜰로 들어올 수 있지요.

실제로 탈출 작업을 시작하기 전에 해야 할 일이 딱 한 가지 더 있었소. 배수관을 통해 해치와 마지막 세부사항을 맞추는 일이었소. 나는 감금된 지 나흘째 날 밤, 교도소장이 내 감방을 나간 지 30분도 지나기 전에 이 일을 했소. 해치는 이번에도 내 말뜻을 알아듣는 데 무척 애를 먹었소. 그래서 나는 산이란 말을 여러 번 되풀이했고, 그다음에는 '8호 모자'라는 말을 되풀이했소. 8호는 내 모자 사이즈라오. 위층에 있는 죄수가 이 말을 듣고 살인을 자백했다죠? 이튿날 간수가 나한테 말해주었소. 그 죄수는 배수관을 통해 우리 목소리를 듣고 당연히 당황했을 거요. 그 배수관은 그 죄수의 감방과도 이어져 있었소. 내 감방 바로 위에 있는 감방에는 아무도 없었기 때문에 다른 사람은 아무도 듣지 못했던 거요.

물론 창문과 문에서 쇠창살을 잘라내는 작업은 질산 덕분에 비교적 쉬웠지만 시간이 걸렸소. 나는 유리병에 넣은 질산을 배수관을 통해 받았소. 닷새째와 엿새째, 이레째 날은 밑에 있는 경비원이 나를 쳐다보는 가운데 철사 조각에 질산을 묻혀서 창문의 쇠창살을 녹였소. 질산이 번지는 것을 막기 위해 가루 치약을 사용해서. 작업하는 동안 나는 멍하니 내다보았고, 그러는 동안에도 시시각각 질산은 금속 안으로 더 깊이 침투해 들어갔소. 나는 간수들이 문의 창살 상태를 확인할 때 항상 문의 윗부분만 흔들어보고, 아래쪽 창살은 건드리지 않는다는 걸 알았소. 그래서 아래쪽 창살을 거의 다 자른 다음 금속을 조금 남겨서 제자리에 붙어 있게 해놓았소. 하지만 그건 무모한 만용이었소. 그쪽으로는 생각만큼 쉽사리 빠져나갈 수 없었으니까."

생각하는 기계는 얼마 동안 말없이 앉아 있었다.

"이것으로 모든 일이 분명해졌을 거요. 내가 설명하지 않은 점은 모두 교도소장과 간수들을 어리둥절하게 만들기 위한 연극일 뿐이었소. 내 침대 속에 있던 물건들은 해치를 즐겁게 해주려고 들여놓는 거요. 해시는 그 기사를 좀 더 재미있게 꾸미고 싶어 했으니까. 물론 가발은 내 계획에 꼭 필요한 물건이었지. 그 속달 편지는 내가 감방에서 해치의 만년필로 쓴 다음 밖에 있는 해치에게 보내어 부치게 한 거요. 내 이야기는 이걸로 끝난 것 같소……."

"하지만 교수님은 실제로 교도소 구내를 떠났다가 다시 정문을 통해서 내 사무실로 들어왔잖습니까?" 교도소장이 물었다.

"아주 간단하오." 과학자가 말했다. "아까도 말했듯이 나는 전류가 아직 통하고 있지 않을 때 질산으로 전선을 끊었어요. 그래서 전류가 공급되기 시작했을 때 아크등은 켜지지 않았지요. 문제가 무엇인지 알아내서 수리하는 데에는 약간 시간이 걸린다는 걸 알았소. 경비원이 당신한테 보고하러 갔을 때 교도소 뜰은 어두웠지요. 나는 창문으로 기어나온 다음, 그 창문은 너무 작아서 겨우 빠져나왔지만 어쨌든 창문으로 나온 다음, 창살을 좁은 창틀 위에 세워서 제자리에 돌려놓고, 전기 기사들이 도착할 때까지 어두운 그늘 속에 숨어 있었소. 해치는 그 사람들 틈에 있었지요.

내가 해치를 보고 말을 걸자 해치는 나한테 모자와 점퍼와 작업복을 건네주었어요. 나는 당신이 뜰에 있을 때 당신한테서 3미터도 떨어지지 않은 곳에서 그 옷을 갈아입었소. 나중에 해치는 내가 기술자인 것처럼 나를 불렀고, 우리는 왜건에서 무언가를 가져온다는 구실로 함께 정문을 빠져나갔어요. 정문 보초는 우리를 금방 들어간 두 기술자인 줄 알고 기꺼이 내보내 주었소. 우리는 옷을 갈아입고 다시 나타나서 당신에게 면회를 요청한 거요. 그래서 우리는 당신들을 만난 거요. 그것뿐이오."

침묵이 몇 분 흘렀다. 랜섬 박사가 처음으로 입을 열었다.

"훌륭해! 정말 놀라워."

"해치는 어떻게 기술자들과 같이 왔지?" 필딩이 물었다.

"아버지가 그 전기회사 이사거든." 생각하는 기계가 대답했다.

"그런데 만약 바깥에 자네를 도와줄 해치 같은 사람이 없었다면 어떻게 했지?"

"죄수는 누구나 할 수만 있다면 기꺼이 탈옥을 도와줄 친구를 한 사람쯤은 갖고 있는 법이네."

"가령…… 가령 낡은 배수관이 없었다면?" 교도소장이 호기심 어린 얼굴로 물었다.

"밖으로 나갈 수 있는 방법이 두 가지 더 있었소."

생각하는 기계는 수수께끼처럼 대답했다.

10분 뒤에 전화벨이 울렸다. 교도소장을 찾는 전화였다.

"전등은 고쳤나?" 교도소장이 수화기에 대고 물었다. "좋아. 13호 감방 옆에 있는 전선이 끊어졌다고? 그래, 나도 알고 있어. 전기 기사가 한 사람 많다고? 그건 또 무슨 소리야? 두 명은 나갔다고?"

교도소장은 어리둥절한 표정으로 다른 사람들을 돌아보았다.

"정문 보초는 전기 기사를 네 명만 들여보냈고, 두 명은 내보냈으니까 두 명이 남아 있어야 하는데, 세 명이 남아 있답니다."

"한 사람은 나 대신 있는 겁니다." 생각하는 기계가 말했다.

"아! 알겠습니다." 교도소장이 말했다. 그리고 수화기에 대고 말했다. "다섯 번째 사람도 내보내. 그 사람은 틀림없어."

나인스코어의 수수께끼
The Ninescore Mystery

배러니스 에뮤스카 오르치 Baroness Emmuska Orczy, 1865~1947

헝가리에서 태어난 여류작가. 1890부터 소설을 쓰기 시작했다. 1901년 셜록 홈즈의 폭발적 인기에 영향을 받아 집필한 '구석의 노인' 시리즈로 큰 인기를 얻었다. 1910년 단편집 『스코틀랜드 야드의 레이디 몰리』를 출간했는데, 소설 속 레이디 몰리는 초창기 여성 경찰로서 여성 탐정 역사상 빼놓을 수 없는 존재로 알려진다. 프랑스 혁명을 배경으로 한 활극 『빨강 별꽃 Scarlet Pimpernel』(1903)은 지금까지도 영국 국민문학으로 손꼽힌다.

글쎄, 여러분도 아시다시피 그녀가 공작의 딸이라는 사람도 있고, 빈민가에서 태어났지만 영향력을 위해서 이름에 직함을 붙이고 다닌다고 말하는 사람도 있다.

물론 나는 할 말이 얼마든지 있지만, 시인들이 말하듯 '나의 입술은 봉해져 있다'. 그녀는 야드Scotland Yard에서 성공적인 경력을 쌓는 동안 우정과 신뢰로 나를 대해주었지만, 그녀의 사생활에 대해서는 절대 한 마디도 하지 않기로 나에게 약속을 받아냈다. 나도 성경을 놓고 맹세했다. '죽을 때까지' 운운하면서.

그렇다. 그녀가 우리 부서의 책임자로 임명된 순간부터 우리는 언제나 그녀를 '마이 레이디'라고 불렀으며, 국장은 그녀를 '레이디 몰리'라고 불렀다. 우리 여성부서Female Department는 남자들에게 지독히 냉대받았지만, 실수투성이인 남성보다 여성의 직감이 열 배쯤 뛰어나다는 말에 반론을 제기하지 마시기 바란다. 이른바 수수께끼 같은 사건을 여성이 수사하도록 했다면 미해결 범죄가 절반쯤은 줄지 않았을까, 나는 굳게 믿는다.

예를 들어 나인스코어의 놀라운 사건을 남자들끼리 수사했다면 진상이 드러났을 것이라고 생각하시는지? 당시 어떤 남자가 레이디 몰리만큼 대담한 모험을 할 수 있었을까. 나야 예상하긴 했지만.

그녀가 몹시 흥분해서 내 방으로 왔던, 기념할 만한 아침으로 되돌아가자.

"내가 원한다면 나인스코어에 가도 좋다고 국장님이 말했어요, 메리." 그녀는 흥분한 목소리로 말했다.

"당신이!" 나는 소리를 질렀다. "뭐 하러요?"

"뭐 하러, 뭐 하러라고?" 그녀는 진지하게 반문했다. "메리, 이해 못 하겠어? 나는 이런 기회를 기다렸어요. 평생 단 한 번 있을까 하는 기회잖아? 야드는 이 사건을 포기한 상태예요. 대중은 분개해 있고 신문에는 비판적인 사설이 실리고 있어요. 남자들은 어찌할 바를 몰라 하고 있어요. 그래서 오늘 아침 국장님께 갔는데……."

"그래서?" 그녀가 돌연 말을 멈추자 나는 급히 물었다.

"아, 내가 어떻게 했는지 신경 쓰지 마요. 가는 길에 전부 이야기해줄 거니까. 어쨌든 11시 캔터베리 행을 타야 하니까 시간이 없어. 국장은 내가 가도 좋을 뿐만 아니라 마음에 드는 사람을 데려가라고 했어요. 그는 남자를 추천하겠지만, 이건 어쨌든 여자의 일이라는 느낌이 들어. 그러니까 메리, 나는 누구보다 당신과 함께 가고 싶어. 아직 이 사건에 대해 잘 모를 테니까 열차 안에서 이 사건에 대해서 알려주겠어요. 시간이 별로 없으니 빨리 업무를 정리하고 11시 정각에 체링 크로스 역 매표소에서 만납시다."

그녀는 내가 물어볼 틈도 주지 않고 나갔다. 하기야 너무 당황해서 할 말도 없었지만. 여성부서 쪽에 살인사건이 맡겨지다니! 그런 사례는 이때껏 들은 적이 없었다. 그러나 나 역시 흥분했고, 짐작하셨겠지만 역에 일찌감치 도착했다.

다행히 레이디 몰리와 나는 객차를 탈 수 있었다. 캔터베리까지 직행이었으므로 시간은 충분했고, 레이디 몰리를 보좌한다는 명예를 얻은 나는 이 사건에 대한 모든 것을 알려고 했다.

메리 니콜스의 살인 현장은 나인스코어 마을에 있는 오래되고 훌륭한 집인 애쉬 저택이었다. 저택은 수목이 울창하게 우거진 토지에 둘러싸여 있었고, 제일 멋진 곳은 작은 연못 한가운데에 있는 섬으로 여기에는 시골풍의 작은 다리가 걸려 있었다. '황무지'로 불리는 그 섬은 가장 구석에 있어 집에서는 보이지 않고 소리도 들리지 않는 곳이었다. 지난 2월 5일 아가씨의 시체가 발견된 것은 이 매력적인 장소의 연못 한구석이었다.

이 끔찍한 발견의 무서운 전말은 생략해두자. 이 불운한 여인은 풀 덮인 작은 제방에 하반신이 놓인 채 머리와 팔, 어깨까지 더러운 물속에 빠져 있었다고 말하면 충분할 테니까.

이 섬뜩한 광경을 처음 발견한 사람은 애쉬 코트의 견습 정원사 중 하나인 티모시 콜맨이었다. 그는 시골풍 다리를 건너 작은 섬 반대쪽까지 가로질러 가다가 건너편에 푸른 무언가가 반쯤 물에 잠겨 있는 것을 발견했다. 그것이 흰 끝동이 붙은 푸른 드레스를 입은 여성의 시신임을 확인한 티모시는 신경이 둔감한 시골 사람답게 묵묵히 몸을 구부리고 진흙 속에서 그것을 끌어올리려 했다.

그러나 그 앞에 전개된 무서운 광경은 그의 둔한 신경마저 곤두서게 했다. 시신이 입은 옷 앞쪽이 피투성이가 되어 있었다. 잔인하게 살해된 것이 틀림없었다. 그보다 티모시가 완전히 겁을 먹은 것은 진흙 속에 오랫동안 박혀 있던 머리와 팔과 어깨가 심하게 부패되어 있었기 때문이다.

물론 필요한 일은 즉시 행해졌다. 티모시는 저택에 도움을 요청했고, 곧 경찰이 현장에 도착해 불운한 피해자의 시신을 작은 지역 경찰서로 옮겼다.

나인스코어는 길에서 떨어진 조용한 마을로 캔터베리에서 11킬로미터, 샌드위치에서 6킬로미터 거리였다. 얼마 지나지 않아 마을 사람 대부분은 무서운 살인사건이 일어났다는 소식을 들었고, '그린맨' 술집에서는 이미 세세한 일에 대한 이야기까지 나누고 있었다.

우선 시신 그 자체는 실제로 판별이 불가능했지만 흰 끝동이 붙은 밝은 청색 드레스, 메이주어스 형사가 살해당한 여성의 손 근처에서 찾아낸 진주와 루비 반지, 붉은 가죽가방 등은 확실히 알아볼 수 있는 물건이었다.

티모시 콜맨이 끔찍한 시체를 발견한 지 두 시간도 못 되어 불행한 희생자의 신원은 애쉬 코트의 거의 반대편인 나인스코어 레인의 엘름 코티지 2번지에서 언니 수잔과 함께 살던 메리 니콜스임이 확인되었다. 경찰은 이 주소를 찾아가 문이 잠겨 있으며 집이 비어 있는 것을 확인했다.

이웃 1번지에 사는 후커 부인은 메이주어스 수사관에게 수잔과 메리는 2주 전 외출했으며 그 이후 본 일이 없다고 증언했다.

"내일이면 2주가 되네요." 그녀는 말했다. "나는 고양이를 불러들이려고 현관문 바로 안쪽에 있었죠. 7시가 넘었는데 지금처럼 어두운 밤이었어요. 눈앞에 있는 것도 보이지 않는 데다가 안개가 꼈고 지겨운 이슬비가 내리고 있었고요. 수잔과 메리는 오두막집에서 나왔어요. 수잔의 모습을 확실히 본 것은 아니지만, 메리의 목소리는 분명히 들었답니다. 그녀는 '서둘러야 해'라고 말했어요. 저는 마을에 물건을 사러 가나 싶어서 그들에게, 목요일이면 나인스코어의 가세가 진부 일찍 문을 단으며 교회 종은 7시를 알렸다고 말해주었어요. 그런데 둘은 신경 쓰지 않고 마을 쪽으로 갔는데, 그게 마지막으로 본 것이로군요."

마을 사람들을 통해 많은 기묘한 사실이 밝혀졌다. 메리 니콜스는 변덕스러운 젊은 아가씨로 지금까지 제법 많은 추문이 있었다. 한편 수잔은 건전하고 착실했다. 여동생의 좋지 않은 평판을 탐탁지 않게 여겼으며, 후커 부인에 따르면 두 아가씨 사이에서는 심한 말다툼이 여러 번 있었던 모양이었다. 이 말다툼은 작년에 특히 심했는데, 라이오넬 리드게이트 씨가 오두막집을 방문할 때마다 그런 일이 벌어졌다고 한다. 런던 신사 같은 그는(나중에 알게 되었지만 마을의 젊은이인) 친구들이 살고 있는 캔터베리에 자주 머물렀으며, 그럴 때는 나인스코어에까지 이륜마차로 와서 메리를 데리고 드라이브를 즐기곤 했다.

리드게이트 씨는 지난해 생일에 작위를 받은 부유한 에드브룩 경의 동생이었다. 에드브룩 성에 거주하는 그는 골프를 좋아해서 동생 라이오넬과 함께 샌드위치 골프장이 매우 가까운 애쉬 코트를 한 번인가 두 번 빌린 적이 있었다. 에드브룩 경은 기혼자임을 덧붙여두겠다. 한편 라이오넬 리드게이트 씨는 캔터베리 성당 참사회 의원의 딸인 미스 마베리와 얼마 전 약혼했다.

그런 까닭에, 같은 신분의 숙녀와 곧 결혼할 상류층 청년인 그와 자신의 여동생에 대한 소문이 퍼지는 것을 수잔 니콜스가 싫어한 것도 이해할 만하다.

그러나 메리는 신경 쓰지 않았던 것 같다. 그녀는 재미와 즐거움만을 좇는 아가씨로 세상 평판에 무관심했다. 심지어 캔터베리 로드의 외딴 오두막집에 사는 과부 윌리엄스 부인에게 그녀가 몸소 맡긴 여자아기의 부모에 대한 흉흉한 소문에도 그저 어깨를 으쓱할 뿐이었다. 메리는 윌리엄스 부인에게 말하길, 아기 아빠는 자신의 오빠로 자기와 수잔의 손에 어린 아기를 남기고 갑자기 죽었는데, 자기들이 보살필 수가 없으니 부인이 좀 맡아주길 바란다고 말했다. 곧 합의가 이루어졌다.

양육비가 결정되고, 메리 니콜스는 그 후 매주 아기를 만나러 오면서 돈을 가져왔다.

메이주어스 형사가 윌리엄스 부인을 방문해 그게 사실임을 확인했고, 미망인은 앞서 있었던 일과 연결되는 놀랄 만한 이야기를 들려주었다.

"내일로 2주일째예요. 7시 조금 넘어서 제 오두막으로 메리 니콜스가 달려왔지요. 칠흑같이 어두운 데다 지겨운 이슬비가 내리던 불쾌한 밤이었어요. 메리는 몹시 서둘러 말했어요. 캔터베리에서 기차로 런던까지 가니까 아이와 작별하고 싶다고 하더군요. 꽤 흥분한 것 같았고, 옷도 흠뻑 젖어 있었어요. 내가 아기를 데려오자 그녀는 조금 거칠게 입을 맞추고 제게 말했어요. '아기를 잘 돌봐주세요. 저는 잠시 떠나 있어야 해요.'라고요. 그리고 갓난아기를 내려놓으면서 제게 2파운드를 주었는데, 그건 8주일치 양육비랍니다."

그 후 메리는 다시 한 번 "안녕"이라고 말한 다음 오두막집에서 달려나갔으며, 윌리엄스 부인은 문 앞까지 함께 나갔다고 한다. 무척 어두운 밤이었기 때문에 메리가 울먹이는 소리로 누군가에게 말하는 것을 들을 때까지 그녀가 혼자인 줄로만 알았다. "아기에게 키스해야 했어……." 그리고 사라져가는 목소리가 들렸다. "캔터베리로 가는 길에……." 윌리엄스 부인은 강조해서 말했다.

메이주어스 형사는 1월 23일 밤 니콜스 자매가 나인스코어를 떠난 것을 확인할 수 있었다. 분명히 그들은 7시 무렵 집을 나와 윌리엄스 부인에게 갔으며, 메리가 아이와 작별하는 동안 수잔은 밖에서 기다리고 있었다. 그 후 그들의 자취는 사라졌다. 캔터베리로 가서 마지막 열차를 탔는지, 어느 역에서 내렸는지, 언제 불쌍한 메리가 돌아왔는지는 현재로서는 알 수 없었다.

검시관에 의하면 이 불운한 아가씨는 적어도 12일 내지 13일 전에 죽은 게 틀림없었다. 더러운 물 때문에 부패가 빨라지지 않았더라면 2주 만에 얼굴을 알아볼 수 없게 되기는 어려웠을 것이다.

캔터베리 역 매표원도, 짐꾼도 이 문제에 어떤 빛도 던져주지 못했다. 캔터베리 웨스트는 번화한 역으로, 매일 많은 승객이 표를 사고 왕래한다. 그러니까 두 젊은 여인이 1월 23일, 즉 2주 전에 마지막 열차를 탔는지 아닌지 확실한 정보를 얻기는 불가능했다.

한 가지 확실한 것은 수잔이 캔터베리에서 열차를 탔는지 혹은 동생과 함께였는지에 관계없이, 의심할 여지 없이 메리는 나인스코어에 같은 날 밤 또는 다음 날 돌아왔다는 것이다. 2주 후 반쯤 썩은 그녀의 시체를 티모시 콜맨이 애쉬 코트의 부지에서 발견했으니까.

그녀는 애인을 만나기 위해서 돌아왔을까? 수잔은 지금 어디 있을까?

보시다시피 처음부터 사건 전체에는 큰 수수께끼가 있고, 좀 더 확실한 증거가 검시 심문에서 나오지 않자 현지 경찰이 야드의 지원을 받고 싶다고 한 것은 당연한 일이었다.

그래서 초기보고서가 런던에 왔고, 그것이 우리의 손에까지 내려온 것이다. 레이디 몰리는 처음부터 깊은 관심이 있었으며, 국장은 그녀가 나인스코어에 가면 어떻게 일을 처리할지 지켜볼 생각으로 보낸 것이라고 나는 확신했다.

애초 레이디 몰리는 현지 경찰이 검시 심문을 마치고 런던 지원을 요청했다면 캔터베리에 가려고 마음먹었다. 하지만 그동안 가만히 있는 것은 마이 레이디의 성격이 아니었다.

"로맨틱 드라마의 제1막을 놓칠 생각은 없어요." 열차가 캔터베리 역에 들어갔을 때 그녀가 말했다. "메리, 가방을 들어요. 나인스코어까지 걸어가야 하니까…… 사생寫生 여행 중인 두 여류 화가야, 잊지 마요…… 말해두지만, 마을에서 머무를 곳을 찾아야 해."

우리는 캔터베리에서 가벼운 점심식사 후 가방을 들고 걷기 시작해 10킬로미터 떨어진 나인스코어에 도착했다. 건물 중 하나가 '품위 있는 독신 신사 숙녀용 아파트'라는 간판으로 맞이해주어서 거기에 묵기로 했다. 이튿날 아침 8시, 우리는 검시 심문을 하기로 한 현지 경찰서를 찾아갔다. 마치 오두막집을 공무로 사용하게 된 듯한 매우 이상한 작은 장소였는데, 좁은 방이 빼꼭하게 차 있었다. 몸을 움직일 수 있는 근처 사람은 모두 이 7.5세제곱미터의 숨 막히는 장소에 모인 것처럼 보였다.

메이주어스 수사관은 심문 담당 주임에게서 우리가 도착한다는 것을 통보받고 증인, 검시관, 배심원이 잘 보이는 좋은 자리를 두 개 만들어주었다. 방은 참기 어려울 정도로 좁았지만 레이디 몰리도 나도 그때는 쾌적이고 뭐고 신경 쓰지 않았다. 우리는 몹시 흥미를 느끼고 있었던 것이다.

사건은 처음부터 불가해한 수수께끼에 덮여 있었다. 단서는 아주 약간에 불과했고, 무서운 지간, 즉 어느 특정 인물의 유죄에 대한 어둡고 말로 형언할 수 없는 의혹, 그것이 출석자 전원의 마음속에 소용돌이치고 있었다.

경찰이나 티모시 콜맨이나 이미 알려져 있는 사실에 덧붙일 만한 것은 아무것도 없었다. 반지와 가방은 살해당한 여성이 입고 있던 옷과 함께 제출되었다. 이 모든 것은 몇 사람의 증인에 의해 메리 니콜스의 소지품이라고 증언되었다.

세밀한 질문을 받은 티모시는, 머리가 완전히 처박혀 있었기 때문에 아가씨의 시신이 진흙 속으로 밀려 넣어진 것 같다고 대답했다. 어떻게 하면 그런 식으로 넘어질 수 있는지 그는 상상할 수 없었던 것이다.

의학적인 증거도 다시 제출되었다. 이전과 같이 불확실하고 애매했다. 머리와 목의 상태만으로 치명적인 타격이 어떠한 방향으로 가해졌는지 확인하는 것은 불가능했다. 의사는 불운한 아가씨가 사망한 지 최소한 2주가 지났음에 틀림없다고 반복해 진술했다. 시신은 2월 5일에 발견되었기 때문에 그보다 2주 전이라면 1월 23일 무렵이다.

애쉬 코트의 관리인 역시 이 이상한 사건에 빛을 던지지 못했다. 그도, 그 가족 중 누구도 의심스러운 것을 못 보았다. 그는 '황무지'에서 살인이 벌어졌을지도 모르지만 숙소에서 180미터 떨어져 있고 그 사이에는 본채와 화단이 가로놓여 있다고 설명했다. 그는, 부지의 그 부분은 나인스코어 레인과 나지막한 벽돌담으로 분리되어 있으며, 그 벽에는 레인으로 향해 열리는 문이 있는데 대부분 엘름 코티지의 정면으로 향해 있다, 라고 배심원의 질문에 대답했다. 그는 집이 1년 이상 비어 있었으며 자신은 열두 달 전쯤 죽은 이전 관리인의 업무를 승계했다고 덧붙였다. 증인이 그 일자리를 맡고 난 후 리드게이트 씨가 골프하러 온 적은 없었다.

앞서 경찰에 말한 여러 증인의 진술이나 지금의 증언을 반복하는 것은 의미 없을 것 같다. 두 자매의 사생활은 적어도 일반적으로 알려진 범위에서는 철저하게 밝혀졌다. 그러나 시골 사람들이 어떤지는 알 것이다. 딱히 흉흉한 소문이나 험담거리가 아니라면 타인의 사생활에 아는 바가 없기 마련이다.

두 아가씨는 매우 여유 있게 생활했던 것 같다. 메리는 언제나 옷차림이 멋졌다. 윌리엄스 부인에게 맡긴 여자아기에게는 질 좋고 비싼 옷이 많았으며 주 5실링의 양육비는 밀리지 않고 지불되었다. 그러나 두 사람 사이가 좋지 않았다는 것은 확실했다. 수잔은 메리와 리드게이트 씨와의 관계를 격렬하게 반대했으며, 얼마 전에는 목사에게 여동생이 나인스코어를 떠나 과거와 완전히 인연을 끊도록 설득해달라고 부탁했었다. 나인스코어의 목사 옥타비우스 러들로는 그 일에 대해서 메리와 잠깐 이야기를 나누며 런던에 매우 좋은 일자리가 있다고 넌지시 비쳤다.

"하지만……." 목사는 말을 이었다. "제 말은 별로 효과가 없었습니다. 그녀는 자기 자신에게 충분한 수입이 있고 필요하다면 5천 파운드 정도는 간단히 들어오기 때문에 두 번 다시 일은 하지 않아도 된다고 말했습니다."

"당신은 그때 리드게이트 씨의 이름을 언급했습니까?" 검시관은 물었다.

"그렇습니다." 목사는 잠깐 머뭇거리다가 말했다.

"그때 그녀의 태도는 어땠습니까?"

"유감스럽지만, 그녀는 웃어 넘겼습니다." 옥타비우스 목사는 점잖게 대답했다. "그리고 문법적으로는 조금 틀렸습니다만, 몹시 유쾌하게 말하더군요. '어떤 사람들은 무슨 말을 하고 있는지 모르는 사람도 있군요'라고요."

보시다시피 모든 것이 막연했다. 잔혹한 범죄를 설명하는 단서는 없고, 동기도 알 수 없다. 애매한 의혹, 어쩌면 협박의 의혹뿐이다. 다만 이 특별한 검시심문 과정에서 사건에 광명을 던지는 두 가지 사실이 있었던 것을 잊지 않고 이야기해야만 한다. 당시만 해도 이 사실들이 수수께끼의 해명에 도움이 되리라고 생각했었지만, 궁극적으로는 이전보다 더 앞이 보이지 않는 어둠 속으로 빠져버리고 말았다.

우선 현지 농가에 고용된 마차꾼 제임스 프랭클린의 증언을 언급한다. 이 남자는 다음과 같이 말했다. 같은 토요일 밤, 즉 1월 23일 저녁 6시 반쯤, 칠흑같이 어두웠기 때문에 그는 마차에서 내려 말과 짐수레를 끌고 나인스코어를 걷고 있었다. 엘름 코티지 근처에 온 바로 그때 쉰 목소리로 속삭이는 듯한 남자의 소리를 들었다.

"문 좀 열어줘. 여긴 지옥같이 어둡군." 약간 사이를 두고 같은 목소리가 이어졌다. "메리, 이 괘씸한, 어디 있어?" 그때 여자 목소리가 대답했다. "좋아요, 곧 가겠어요."

제임스 프랭클린은 그 후 더는 들은 것이 없었고, 어둠 속에서 아무도 못 보았다. 켄트 사람 특유의 무신경함 탓에 그는 메리 니콜스가 살해당했다는 소식을 들을 때까지 이에 대해 전혀 생각하지 않았다. 그 후 그는 경찰에 와서 이런 이야기를 했다. 그러나 그 목소리가 엘름 코티지가 있는 샛길 옆에서 들렸는지, 그 반대쪽 낮은 벽돌담이 자리 잡은 쪽이었는지 확실히 구분하지 못했다.

극적이라는 점에서 감각이 뛰어난 메이주어스 수사관은 마지막으로 준비해둔 문서를 제출했다. 이것은 이미 언급한 붉은 가죽가방 안에서 찾아낸 종잇조각으로, 필적이 몇 사람에 의해 사망자의 것으로 확인되었고, 노트 용지 구석에 일련의 날짜와 시각이 연필로 쓰여 있을 뿐이어서 처음은 그다지 중요하다고 여겨지지 않았다. 하지만 갑자기 이 날짜들이 이상하고 무서운 의미를 가져왔다. 적어도 그중 두 개의 날짜, 12월 26일과 뒤에 '오전 10시'라고 쓰여 있는 1월 1일은 리드게이트 씨가 나인스코어에 와서 드라이브하기 위해 메리를 데려간 날이다. 증인 한두 명이 이 사실을 분명히 증언했다. 두 날짜는 모두 해리어*의 지방대회가 있었던 날로 마을 사람들은 여기 참여했으며, 메리 역시 매우 즐거웠다는 말을 했다고 한다.

그 외의 날짜(전부 여섯 개인)는 막연했지만, 후커 부인의 기억에 따르면 그중 하나는 메리 니콜스가 집을 떠나던 날과 일치했다. 하지만 같은 필적으로 쓰인 마지막 날짜는 1월 23일이며, 그 밑에는 오후 6시라고 적혀 있었다.

검시관은 검시심문을 연기했다. 라이오넬 리드게이트 씨의 설명이 필요했던 것이다.

---

* 여우 사냥개의 일종.

대중들은 무척 흥분했다. 사건은 이미 지역사회의 일이 아니었다. 근처 시골 여관은 런던에서 온 관광객, 예술가, 저널리스트, 극작가, 배우의 매니저로 가득 찼고, 그 틈에 캔터베리의 호텔이나 민박집 주인은 신나게 벌이를 하고 있었다.

모순되게도, 연관성 없고 뒤섞인 증거 속에서도 사려 깊은 사람들의 마음속에서는 확실한 사실이 한 장의 생생한 사진처럼 선명하게 떠오르고 있었다. 사진은 두 여자가 축축하고 칠흑 같은 밤의 어둠 속에서 캔터베리를 향해 걸어가는 장면이었다. 그전의 장면은 모두가 퇴색해버렸다.

메리 니콜스는 나인스코어에 언제, 그리고 왜 돌아온 것일까?

라이오넬 리드게이트와의 약속을 지키기 위한 것이었다고 사람들은 속삭였다. 그러나 만약 그 간단한 메모의 해석이 맞다면, 그 약속은 그녀와 그녀의 언니가 집에서 사라진 그날의 일이었다. 확실히 6시 반에 남자 목소리가 그녀를 불렀고 그녀는 대답했다. 마차꾼 프랭클린은 그녀의 목소리를 들었다. 그러나 반시간 후에는 후커 부인이, 그녀가 언니와 집을 나갈 때 그 소리를 들었다. 그다음 그녀는 윌리엄스 부인의 집을 방문했다.

이들 모두가 조화를 이루는 유일한 설명은, 물론 메리는 수잔과 함께 캔터베리로 가는 길이었고, 되돌아와서 애인을 만났는데 그 애인은 그녀들 애쉬 코트의 아무도 없는 곳으로 오게 하여 죽였다는 것이다.

동기를 찾는 것은 어려운 일이 아니었다. 라이오넬 리드게이트 씨는 결혼을 앞두고 돈 요구와 추문의 협박을 불쾌하게도 계속할 우려가 있는 사람의 입을 영원히 막아버리고 싶었던 것이다.

그러나 여기에는 강한 반론이 하나 있었다. 수잔 니콜스의 실종이다. 그녀에 대해서는 광범위하게 알려졌다. 그녀의 여동생이 살해된 것은 영국 전체에 보도되었으므로 그녀가 모를 리가 없다. 게다가 그녀는 리드게이트 씨를 싫어했다. 그가 유죄라면 왜 그녀는 나타나서 그에게 불리한 증언을 하지 않는 것일까?

만약 리드게이트 씨가 결백하다면 범인은 어디 있을까? 그리고 왜 수잔 니콜스는 사라졌을까?

왜? 왜? 왜?

글쎄, 다음 날이면 알게 될 것이다. 리드게이트 씨는 연기된 검시 심문에서 증언하도록 경찰의 명단에 올라 있으니까.

미남이며 좋은 체격에 분명히 불안하고 긴장한 듯한 그는 검시관과 배심원이 자리에 앉기 직전 자신의 변호사를 따라 작은 법정으로 들어갔다. 그는 앉을 때 날카로운 눈초리로 레이디 몰리를 보았다. 그 표정에서 그녀가 누구인지 깨닫고 꽤 당혹스러워하는 걸 나는 눈치챘다.

그가 소환된 첫 증인이었다. 남자다우면서 명확하게 그는 사망자와의 관계를 간결히 설명했다.

"그녀는 사랑스럽고 재미있는 아가씨였습니다. 근처에 올 때면 그녀를 데리고 나가는 것을 좋아했지요. 제겐 거리낄 일이 없었습니다. 마을 사람들이 쑥덕거리긴 했어도 그녀에게 해가 되진 않았어요. 그녀에게 문제가 있다는 소문은 알고 있었지만 저하고는 아무 상관도 없습니다. 저는 여자를 괴롭히지 않습니다. 제 생각엔 어느 불한당이 그녀를 마구 대하고 있었던 것 같습니다."

검시관은 그에게 엄격한 질문을 던져 자신이 원하던 방향의 설명을 끌어내려 했다. 그러나 리드게이트 씨는 굳어진 듯 어떤 유도 심문에도 무감각하고도 단호히 대답했다.

"그게 누군지는 모릅니다. 저하고는 상관이 없지만, 그녀가 안됐다는 생각이 들 뿐입니다. 그녀의 언니를 비롯한 모든 사람이 그녀를 냉대했어요. 그래서 나는 그녀를 조금이라도 즐겁게 해주려고 했습니다."

맞는 말이었다. 매우 동정적인 진술이었다. 대중은 크리켓과 골프와 풋볼을 좋아하는 남자다움의 표본인 그가 마음에 들었다. 이어서 리드게이트 씨는 12월 26일과 1월 1일 메리와 만난 것을 인정했지만, 그것이 그녀와의 마지막 만남이라고 지극히 단호하게 증언했다.

"그러나 1월 23일." 검시관은 암시했다. "당신은 사망자와 만날 약속을 하지 않았소?"

"절대 아닙니다."

"그러나 당신은 그날 그녀와 만났겠지요?"

"절대 그런 적 없습니다." 그는 조용히 대답했다. "저는 지난 달 20일 형이 사는 링컨셔의 에드브룩 성에 갔다가 3일 전에 마을로 돌아왔습니다."

"맹세코 틀림없습니까, 리드게이트 씨?"

"맹세합니다. 몇십 명의 증인이 있으니까요. 가족들, 손님들, 하인들."

그는 자신의 분을 억제하려 했다. 불쌍한 사람, 그는 이제야 자신에게 무서운 혐의가 걸려 있음을 눈치챈 것이다. 변호사가 그를 진정시켜 자리에 앉혔는데, 여기 참석한 모든 사람들은 이 젊은 미남 스포츠맨이 살인자가 아니라고 생각하며 안심했다는 말을 하지 않을 수 없다. 그를 보면 그것은 어리석은 생각으로 여겨졌다.

하지만, 한편으로는 당연히 교착 상태에 빠졌다. 더 이상의 증인은 없었기 때문에 새로운 사실은 해명되지 않았고 배심원은 알려지지 않은 단수 또는 복수 인물에 대한 통상의 평결을 내렸다. 그리고 우리들, 흥미를 가진 관중은 문제와 직면하게 되었다. 누가 메리 니콜스를 죽였는가, 또한 그녀의 언니 수잔은 어디에 있는가?

평결 뒤 우리는 숙소로 돌아왔다. 레이디 몰리는 미간에 깊은 주름을 새긴 채 말없이 걷고 있었다. 이 주름은 그녀가 깊은 생각에 빠져 있다는 표시였다.

"차라도 한잔하시죠." 오두막집의 문을 빠져나가면서 나는 한숨 돌리며 말했다.

"안 돼요." 마이 레이디는 차갑게 말했다. "나는 전보를 써야 하고, 그리고 우린 캔터베리로 곧장 가서 전보를 보낼 거예요."

"캔터베리로요?" 나는 허덕였다. "적어도 두 시간은 걸어야 해요. 마차를 탈 수 있을 것 같지도 않고, 게다가 3시가 넘었어요. 어째서 나인스코어에서 전보를 보내지 않는 거죠?"

"메리, 어리석군요."

그녀는 전보를 두 통 썼다. 적어도 한 통은 30단어 이상으로 완성됐을 것이다.

우리는 캔터베리로 향했다. 나는 차를 못 마셔서 기분이 좋지 않았으며 한편으로는 혼란스러웠다. 레이디 몰리는 빈틈이 없었고 밝았으며 초조할 정도로 활발했다.

우리는 5시 조금 전 첫 번째 전보국에 도착했다. 마이 레이디는 그 행선지나 내용을 나에게 가르쳐주는 배려도 없이 전보를 보냈다. 그리고 나를 캐슬 호텔로 데려가 우아하게 차를 주문했다.

"오늘 밤 나인스코어까지 걸어서 돌아갈 건지 여쭤봐도 될까요?"

나는 기분이 좀 나빴으므로 조금 야유하듯 물었다.

"아니에요, 메리." 그녀는 샐러넌* 소각을 깨물면서 조용히 대답했다. "이 호텔에 객실 두 개를 잡았고, 연락은 내일 아침 이 호텔에 돌려주도록 현지 경찰관에게 전보를 쳐두었어요."

그 후로는 침묵과 인내, 저녁식사와 침대, 그뿐이었다.

이튿날 아침, 내가 옷을 갈아입기도 전에 마이 레이디가 방으로 들어왔다. 그녀는 손에 들고 온 신문을 침대 위에 놓으며 차분하게 말했다.

"어제 석간에 잘 게재되었어요. 시간을 제대로 맞췄어요."

무슨 일인지 그녀에게 물어보나 마나다. 직접 보는 편이 빠르기 때문에 신문을 집어들었다. 그것은 런던 석간신문 중 하나로 바로 1면의 놀랄 만한 표제가 눈에 띄었다.

    나인스코어의 수수께끼

    메리 니콜스의 아기가 죽어간다

그리고 그 아래에 짧은 기사가 있었다.

    안타깝게도 켄트 주 나인스코어의 애쉬 코트에서 불가사의하고 무서운 상황 아래 살해당한 불행한 아가씨의 아기가 위독한 병에 걸렸다. 오

---

* 달콤한 과자의 일종.

늘, 아기를 맡고 있는 윌리엄스 부인의 집에 왕진한 현지 의사는 아기가 몇 시간 이상 버티기 어려울 것이라고 말했다. 현 시점에서 나인스코어 특파원으로서는 아기의 상태를 알 수 없다.

"이건 무슨 뜻인가요?" 나는 숨을 몰아쉬었다.
그녀가 대답하기 전 노크 소리가 들렸다.
"미스 그라난드 앞으로 전보입니다." 호텔 직원이었다.
"서둘러요, 메리." 레이디 몰리는 재촉했다. "국장과 메이주어스에게 당신 앞으로 여기에 전보를 치도록 말해두었어요."
전보는 나인스코어에서 온 것으로 '메이주어스'라는 서명이 있었다. 레이디 몰리는 그것을 소리 내서 읽었다.

메리 니콜스가 오늘 아침 여기에 도착. 경찰서에 구류. 즉시 올 것.

"메리 니콜스! 이해가 안 가는군요!" 나는 겨우 그 정도밖에 할 말이 없었다.
그녀는 이렇게만 대답했다.
"이럴 줄 알았지! 이럴 줄 알았어! 메리, 인간성은 아름다워요. 난 그걸 가르쳐준 신에게 감사할 따름이에요!"
그녀는 나에게 서둘러 옷을 갈아입도록 하고, 전세 마차를 부르라고 부탁한 다음 어수선한 아침식사를 함께 했다. 나는 솟아오르는 호기심을 나만의 상상으로 만족시켜야 했다. 레이디 몰리는 생각에 빠져 있어 내게 신경 쓰지 않았으니까. 분명히 국장은 자신이 무엇을 했는지 알고 있으며, 그것을 인정하고 있었다. 메이주어스의 전보가 그것을 지적하고 있다.

마이 레이디는 갑자기 인간적으로 돌아왔다. 매우 수수한 복장에 잘 어울리는 모자를 쓴 그녀는 진지한 언행과 어울려 실제 나이보다 몇 살 더 많아 보였다.

전세 마차는 빠른 속도로 우리를 나인스코어까지 데려갔다. 작은 경찰서에서 우리를 기다리고 있던 메이주어스를 만났다. 그는 야드의 엘리엇과 피그램를 데리고 있었다. 그들은 분명히 명령을 받은 듯 모두 매우 정중했다.

"그 여성은 메리 니콜스임에 틀림없습니다." 레이디 몰리가 옆을 지나칠 때 메이주어스는 말했다. "살해당한 것으로 여겨지던 여성입니다. 숨어 있던 곳에서 그녀를 나오게 한 것은 갓난아기에 관한 그 엉터리 가짜 기사입니다. 어찌 된 일인지 모르겠어요." 그는 태연하게 말했다. "아기는 아주 건강한데."

"글쎄요." 레이디 몰리는 그렇게 말했지만 그날 아침 처음 보는 미소가 그녀의 사랑스러운 얼굴에 빛나고 있었다.

"언니도 곧 나타날 거라고 생각합니다." 엘리엇이 응답했다. "우린 터무니없이 큰 문제를 떠안게 되었습니다. 메리 니콜스가 살아 있다면 누가 애쉬 코트에서 살해당한 걸까요?"

"글쎄요." 레이디 몰리는 또다시 매력적인 미소를 보였다.

우리는 곧 메리 니콜스를 만나러 갔다.

옥타비우스 목사가 그녀 옆에 앉아 있었다. 격렬하게 우는 그녀를 보며 곤란해하고 있었다.

레이디 몰리는 엘리엇 일행에게 복도에서 기다리라고 말하고 방 안에 들어왔다. 나는 그 뒤를 따라갔다. 문이 닫히자 그녀는 메리 니콜스에게 가서 조심스럽게 말했다.

"그런데 겨우 마음을 결정했군요, 니콜스? 우리가 당신의 체포영장을 청구한 것은 알고 있겠지요?"

"날 체포해요?" 그녀는 숨을 몰아쉬었다. "무슨 혐의로?"

"당신 언니, 수잔을 살해했으니까요."

"내가 아니에요!" 그녀는 다급하게 말했다.

"그럼 수잔은 죽었군요?" 레이디 몰리는 조용히 말했다.

메리는 자신도 모르게 비밀을 털어놓았음을 깨달았다. 그녀는 레이디 몰리를 겁에 질린 듯 바라보더니 백짓장처럼 창백해졌다. 옥타비우스 목사가 부드럽게 의자로 이끌지 않았다면 곧 쓰러졌을 것이다.

"난 아니라고요." 그녀는 심장이 멎을 듯 흐느끼면서 같은 말을 했다.

"그건 당신이 증명해야 해요." 레이디 몰리는 냉정하게 말했다.

"물론 아이는 지금 윌리엄스 부인이 데리고 있지만 곧 고아원에 보내질 테고……."

"안 돼요, 그럼 안 돼요." 아기 엄마는 흥분해 말했다. "그건 안 돼요, 제발. 고아원은." 광적으로 울면서 그녀는 덧붙였다. "그 아이 아빠는 귀족이에요!"

목사와 나는 놀라움으로 숨을 들이켰지만, 이 클라이맥스를 교묘하게 이끈 레이디 몰리는 이미 모든 것을 추측하고 있으면서도 메리 니콜스의 자백을 받아내기 위해 밀어붙인 것이 틀림없었다.

아기를 이용해 아기 엄마의 자백을 받은 그녀는 인간 본성을 꿰뚫어보고 있었다! 메리 니콜스는 한때 사랑했던 남자를 그 범죄에서 구해내기 위해 아기와 잠시 헤어지기까지 하면서 모습을 숨기려고 했다. 하지만 아기가 다 죽어가고 있다는 소식을 듣자 타인의 손에 맡겨진 것을 견디지 못했으며, 레이디 몰리가 고아원 이야기를 하자 어머니로서의 마지막 자존심으로 고함쳤던 것이다.

"고아원이라니! 그 아이 아빠는 귀족이에요!"

궁지에 몰린 그녀는 모든 것을 고백했다.

에드브룩 경, 당시에는 리드게이트 씨가 아이의 아빠였다. 이를 눈치챈 그녀의 언니 수잔은 지금까지 1년 이상에 걸쳐 불운한 남자를 계획적으로 협박해왔다. 메리가 모르는 상태에서. 지난 1월, 그녀는 5천 파운드를 주면 메리가 그를 만나 그에게서 받은 편지와 반지를 돌려준다는 약속을 하고 그에게 나인스코어까지 오도록 했다.

만날 장소가 결정되었지만 마지막 순간이 되자 메리는 어두운 곳에 가는 것이 무서워졌다. 수잔은 겁날 것이 없었지만, 다만 밤늦게 남자와 이야기하는 모습이 남의 눈에 띄면 자신의 평판이 나빠질까 걱정되어 메리의 옷을 입고 반지와 편지와 여동생의 가방을 들고 에드브룩 경을 만나러 갔다.

그 만남에서 어떤 일이 벌어졌는지는 아무도 모른다. 다만 협박자가 살해되는 것으로 끝났다. 수잔이 동생의 옷차림을 하고 있었기 때문에 범인은 진흙 안에 시체를 묻는 무서운 방법에 의해 피해자의 신원을 착각하게 할 수 있음을 곧장 떠올렸을 것이다. 어쨌든 그는 경찰을 속이는 데 거의 성공했었다. 레이디 몰리의 기발한 직관이 없었다면 그대로 끝나고 말았을 것이다.

범행 후 그는 본능적으로 메리의 집을 찾아갔다. 그녀가 도와주지 않는다면 그는 끝장이었기 때문에 모든 것을 털어놓아야만 했다. 그래서 그는 그녀 또는 그녀의 언니를 찾을 수 없도록 나인스코어에 실마리를 남기지 않고 집을 떠날 것을 설득했다. 그가 건네준 돈 덕분에 그녀는 어딘가 다른 곳에서 새로운 생활을 시작할 수 있었고, 아기도 빨리 되돌려주겠다고 약속해 그를 믿도록 했다.

이렇게 해서 그는 메리를 사라지게 만들었다. 그의 범죄가 발견된 그 순간부터 그녀는 그에게 있어 가장 불리한 중요 증인이었다. 메리와 같은 유형의 계급 아가씨는 자신이 한때 사랑한 남자, 자신의 아기 아빠인 남자의 말에는 본능적으로 따르게 마련이었다. 그녀는 자취를 감추는 것에 동의하고 자신이 정체불명의 악당에게 살해당한 것으로 세상이 믿도록 만들었던 것이다.

그리하여 살인자는 에드브룩 성의 사치스러운 거주지로 의심받지 않고 조용히 돌아갔다. 그의 이름을 메리 니콜스와 연결시키는 사람은 아무도 없었다. 애쉬 코트에 무사히 돌아왔을 때 그는 리드게이트 씨였으며, 그가 귀족이 되자 따분한 변두리 나인스코어는 그에 대해 잊어버리고 말았다.

아마 라이오넬 리드게이트 씨는 형과 시골 아가씨의 관계를 모두 알고 있었을 것이다. 검시 심문에서 그의 태도를 봤을 때 나는 그렇게 생각하지만, 그는 증거가 없는 이상 당연히 자신의 형을 등지지 않았을 것이다.

물론 지금 사건 전체의 양상이 바뀌었다. 한 여성의 통찰력과 경탄할 만한 직감에 의해 수수께끼의 장막은 갈라져버렸다. 내 생각에 그녀는 현대 최고의 심리학자이다.

결과는 다 아실 것이다. 야드의 우리 동료들은 레이디 몰리로부터 사건을 인계받아 현지 경찰의 지원을 얻어 에드브룩 경의 1월 23일 행적을 조사하기 시작했다.

그들의 초기 조사만으로도 경이 21일 에드브룩 성을 떠난 것을 확인할 수 있었다. 그는 아내에게 사업차 외출한다며 하인도 동반하지 않고 나와서 랭햄 호텔에 묵었다.

그러니 경찰의 수사는 여기서 갑자기 끝난다. 에드 브룩 경은 분명 소문을 우연히 들었다. 어쨌든 레이디 몰리가 교묘하게 메리 니콜스를 은둔지에서 유인해 진상을 털어놓게 만든 다음 날, 이 불운한 사나이는 그랜텀 철도역에서 급행열차 앞에 몸을 던져 즉사했다. 인간은 이제 그를 단죄할 수 없게 된 것이다!

남자 수사관이 그 거짓 전보나 가시 돋친 말을 생각해내서 마을 아가씨의 모성애를 자극해 그렇게 일찍 자백을 받아낼 수 있었다고는 생각하지 않는다. 남자였다면 아무리 지혜를 짜내도 그런 생각을 해내진 못했을 테니까.

추리소설에 대해

사카구치 안고 板口安吾, 1906~1955

다자이 오사무, 오다 사쿠노스케 등과 함께 전후 일본문학을 대표하는 무뢰파 작가로 꼽힌다. 소설을 넘어 에세이, 역사 연구, 비평 등 다방면에서 활동했다. 1931년 발표한 소설 「바람박사」와 「구로타니 마을」이 마키노 신이치의 극찬을 받으며 신진 작가로 급부상했다.

역자의 말 _ 정태원

「추리소설에 대해」는 『불연속 살인사건』으로 국내에도 잘 알려진 일본의 사카구치 안고가 쓴 에세이입니다. 안고는 일본 문단의 총아로서 왕성한 작품활동을 했고 단편 추리소설도 많이 발표했습니다. 어린 시절부터 탐정소설을 애독해온 그는 전쟁기간 중에는 훗날 유수의 평론가가 된 사람들과 함께 추리소설의 범인 맞히기 게임을 하며 일본에서 발간된 대부분의 추리소설을 읽었고, 열여덟 살 때부터는 번역을 해서 『신사건』에 게재도 하는 등 추리문학에 대한 열의가 대단했습니다. 1948년 발표된 『불연속 살인사건』은 '탐정소설은 작가와 독자의 지혜 겨루기 게임으로, 게임인 이상 해결이 공정해야만 한다'는 주장을 실천한 작품으로, 제2회 탐정작가클럽상(일본추리작가협회상의 전신)을 수상했습니다.

요코미조 세이시의 『나비부인 살인사건』에 관한 트릭이 소개되니, 아직 이 작품을 읽지 않으신 분들은 참고하시기 바랍니다. 오래된 글이라 원문에는 추리소설이 아닌 탐정소설로 되어 있습니다. 역자가 편의상 추리소설로 옮겼습니다.

* * *

　추리소설 애호가 입장에서 전쟁이 끝난 1945년 이후 2, 3년 동안의 추리소설에 대한 감상을 적어보겠다.
　요코미조 세이시의 『나비부인 살인사건』은 종전 후는 물론이거니와 일본의 역대 추리소설 중에서도 가장 본격적인 수작이라 할 수 있다. 오사카에서 저지른 범행을 도쿄에서 일어난 범행으로 믿게 하는 트릭과 그 트릭을 부자연스럽지 않게 성립시키는 피해자의 기괴한 성격 창조가 너무나도 잘 구성되어 있어, 그 트릭이라는 점에서는 세계적인 명작과 어깨를 겨룰 만한 구성력을 보여준다.
　하지만 한 사람의 아마추어 입장으로 감히 이 명작에서 3가지 결점을 끄집어내 추리소설 전반의 결점에 대한 불만과 희망을 토로해보고자 한다.
　첫 번째는 수수께끼를 위해 인간성을 부당하게 왜곡시켰다는 점이다.
　범인은, 빼앗은 보석을 튜브 속에 감추어놓고 그것을 다시 꺼내려다 아메미야에게 들키자 순간적 충동으로 상대를 죽인다. 그리고 시체는 밧줄로 꼬아 5층 창문 밖에 매달아놓고 밧줄의 꼬임이 원상태로 돌아가 시체가 풀려 떨어지기까지의 시간을 이용해, 계단 밑의 사람들이 모이는 장소에 얼굴을 비추어 알리바이를 만든다.
　주인공은 단지 감추어둔 보석을 꺼내는 단순한 동작을 할 뿐인데도 다른 사람에게 들키고 만다. 또한 그 정도로 위험한 모험을 하는 가운데 순간적으로 그런 식의 트릭을 생각해낸다. 이것이 우선 인간성이라는 점에서 부당한 일이라는 것이다. 오히려 주인공은 시체를 남겨둔 채 당황해도 망치는 것이 당연하지 않겠는가.

또 하나는, 아무리 고심해서 알리바이를 만든다 해도 5층에서 시체가 떨어지는 순간 목격자가 없다면 고심 끝에 만들어낸 알리바이도 알리바이로 성립되지가 않는다는 점이다. 그리고 목격자의 눈이 어느 정도 있는 곳이라면, 시체를 밧줄에 감아 창밖에 매다는 시간이 걸리고 복잡한 동작을 사람들 눈에 띄지 않게 은밀히 할 수는 없다. 만약 그 장치를 다른 사람들이 알아차리지 못할 정도의 한적한 곳이라면 시체가 떨어져도 금방 발견되지 않을 것이며, 시간이 지나서 발견될 때에는 심혈을 기울여 만들어낸 알리바이도 소용없게 돼버린다. 오히려 5층 창밖에 장치해놓은 밧줄을 다시 거둬들이는 만큼의 불필요한 위험을 자초하는 것에 불과하다.

요컨대 인간성이라는 점에서 있을 수 없는 알리바이이고, 이러한 무리한 토대 위에서 수수께끼가 성립되어 있는 한 수수께끼 풀이 게임에서 독자가 실패하는 것은 당연한 것이다.

쓰노다 기쿠오의 『다카키 가의 참극』에서는 고로라는 청년이 자기 스스로도 왜 알리바이를 만들어야만 하는지 모를 정도로 막연한 불안감에 휩싸여, 진짜 살인범조차도 시도하지 않을 과장된 신파조의 알리바이를 조작해내는데, 이것은 인간성이라는 측면을 완전히 무시한 것이다. 한편 고로에게 3시에 알리바이를 만들게 만든 친구는 3시에 들려온 총소리를 듣고 고로가 범행을 저질렀다고 생각해 총을 숨긴다. 그렇다면 실제의 범죄를 두려워했기 때문에 고로에게 알리바이를 만들게 한 것이 아니겠는가.

역시 그렇구나, 이젠 끝났구나, 하고 한숨을 돌릴 때까지도 고로의 범죄라고는 생각할 수 없게끔, 이 소설은 처음부터 끝까지 인간성 왜곡을 멋대로 하고 있다. 독자가 범인을 짐작할 리가 없다.

두 번째 결점은 초인적 영웅에 지나치게 치우치는 바람에 가장 평범한 곳에서 범인을 추정할 수 있는 단서를 부당히 묵살하고 있는 점이다.

예를 들면 범인은 도쿄에서의 범행으로 보이게 가장하고 오사카에서 범행을 저질렀지만 그 때문에 모래가 든 여행가방을 오사카의 아파트로 받지 못한다. 또한 콘트라베이스 케이스를 훔쳐 아파트로 가지고 와서는 다시 가지고 나가지 못한다. 이상과 같이 아파트를 중심으로 커다란 짐을 들여놓았다 빼갔다 하는 것이다. 경찰 형사의 조사였다면 이런 지극히 평범한 점에서부터 실마리를 잡아내는 것이 당연하며 독자도 물론 그렇게 해야 할 것이라고 생각할 것이다. 따라서 형사가 그 점에서 찾아내지는 않는 이상 아예 그런 의심 가는 부분이 없기 때문이라고 생각한다.

아파트를 중심으로 한 트렁크의 반입과 반출, 콘트라베이스 케이스의 반입 반출, 그런 의심스러운 사실은 없었다고 생각한다. 따라서 독자에게는 오사카에서의 범행을 추정하는 실마리가 발견되지 않는 것이다.

그래서 해결편에 이르러 유리 선생이 아파트의 모래 주머니를 추리의 근거 삼아 범행을 풀어간다. 독자는 그런 천재적 추리에 경탄하기보다도 어떻게 된 거야, 그런 건 극히 평범한 형사라면 찾아낼 수 있는 것 아닐까, 라고 생각한다. 또한 커다란 짐을 들고 나는 것을 형사가 알아차릴 단서 없이 감쪽같이 해낸 범인이라면 모래 주머니를 아파트 안에 둘 리 없다. 아파트 아주머니들이란 아파트 내의 물건이 오른쪽에서 왼쪽으로 움직이는 정도의 조그마한 변화에도 민감한 법이다. 따라서 모래 주머니가 늘어나 있으면 곧 그들의 화제에 오를 것이다.

또한 여기에 작가는 인간성을 왜곡해 부당히 장난감으로 가지고 노는 결점을 드러내고 있다.

추리소설이 천재적 초인적 추리를 필요로 하는 것은 범인 또한 천재적이어서 평범한 사람이 발견할 수 있는 단서를 남기지 않기 때문이다. 그러나 『나비부인 살인사건』의 경우에는 그와 다르게 범인이 평범한 단서를 남기고 있는데도 작가가 억지로 그것을 숨겨 자신에게 편리하도록 묵살해버린다. 그렇게 해서는 독자가 범인을 짐작할 리 만무하다.

세 번째 결점은 위와 관련되어 있는데, 즉 범인을 추정하는 실마리로써 알고 있는 모든 것은 해결편에 이르기 전에 독자에게도 전부 알려줘야 하는 점이다.

독자에게는 알리지 않았던 것을 단서로 하여 탐정이 범인을 추정한다면 이 수수께끼 풀이 게임은 정당하지가 않다. 범인은 독자에게 눈치채이지 않는 것이 당연하며, 그렇지 않은 불공정한 작품은 작가의 실패로서 게임이 되지 않는다.

요코미조 세이시의 『나비부인 살인사건』의 경우뿐 아니라 세계적인 명작으로 일컬어지는 작품에서도 이상 세 개의 결점을 전혀 찾아볼 수 없는 작품은 거의 없다. 결국 대부분 수수께끼의 성공을 위해서 인간성을 왜곡시키거나 부당한 억지를 무리하게 시도하고 있으며, 다소의 무리는 어쩔 수 없다고 인정하게 만들어버린다. 그러나 부당한 억지가 있다면 그것은 작가가 작품에 실패한 것이다.

나는 추리소설을 수수께끼 풀이 게임으로서 즐긴다. 이런 한여름에 아무것도 하고 싶지 않을 때에는 추리소설을 읽거나, 묘수풀이 바둑 또는 장기를 두는 것이 무엇보다도 안성맞춤이다. 그래서 더위를 떨칠 셈으로 이 여름 본격 추리소설을 쓰기 시작했지만 그것은 그저 취미 삼아서일 뿐이다. 즉 나 자신이 추리소설은 수수께끼 풀이 게임이 아니면 안 된다는 지론을 가지고 있는 것은 아니다.

기기 다카타로 씨의 「추리소설 예술론」도 추리소설을 사랑한 나머지 나온 것으로, 너무나 깊이 사랑해 반해버린 그것을 이 세상과 다른 꿈과 환상의 세계에서 살게 하려는 지극한 정성이 보이기는 하지만 어딘지 궁색해 보인다. 추리소설은 꼭 이래야만 된다는 식으로 고정화되어서는 안 된다. 오히려 수수께끼 풀이 게임, 예술적 향기, 괴기, 해학, 무엇이든 괜찮다. 본래 추리소설이라는 것은 독자에게 오락물로 읽히는 것이기에 가볍고 적극적인 마음가짐이 필요하다.

도스토예프스키의 『죄와 벌』을 추리소설로 생각할 수는 없지만, 본래 문학이 인간을 그리는 것이기에 범죄도 그려진다. 그렇다고 범죄가 추리소설의 전매특허는 아니다. 문학이 인간의 문제로서 자연히 범죄를 다루는 것과 마찬가지로, 추리소설은 범죄라는 것이 인간의 호기심을 끌어들이고 그런 대중적인 호기심과의 거래에 의해 자연적으로 전문적인 장르로 성장한 것이다. 따라서 그것은 본래 호기심에 호소하는 재미있는 것이어야 하며, 또한 그렇다고 예술로서의 가치가 떨어지는 것도 아니다.

기기 다카타로 씨는 예술로 부르고 있지만, 나는 다른 의미에서 문장의 숙달이 필요하다고 생각한다. 문학의 장르 가운데서 추리소설의 문장이 일반적으로 가장 치졸하다.

저주받은 무엇무엇이라든지, 공포의 무엇무엇이라든지, 무턱대고 문장 자체에서 겁을 주기 때문에 읽기 싫어도 어쩔 수 없다. 그러한 겁주는 문장을 제거하면 대개의 추리소설은 원래 분량의 2분의 1 정도만으로 충분하며, 그리는 편이 훨씬 읽기 쉬워신나. 무시무시하다는 것도 사실 속에 존재하는 것이기 때문에 문장은 다만 그 사실을 확실하게 표현하기 위한 기능을 발휘하면 되는 것이다.

그다음으로, 일본의 추리소설은 지나치게 현학적인 데가 있다. 반 다인의 악영향으로 생각되는데 사망한 오구리 무시타로 등의 경우, 추리소설의 소재 자체가 빈곤해서 그것을 현학적으로 위장하고 있다. 그러한 현학은 지성에 반대되는 것으로 실제로는 문학적 빈곤을 분명히 드러내는 것이다. 흔한 일반적으로 있는 일로, 독학자에게 있어 어학 지식을 과시하고 싶은 것일지 모르지만, 어학이란 결코 학문도 지식도 아니며, 어학을 통해 읽혀진 텍스트의 내용만이 학문인 것이다. 보통 추리소설에서는 아직도 지식이 어학으로 여겨지고 있다.

법의학에 관한 것도 현학적으로 내세워져 그다지 전문적인 내용을 쓸 필요가 없는 곳에서 그 지식을 지나치게 나열한다. 그 반면에 정작 중요한 곳에서는 진정한 법의학 지식이 바닥나 버리는 결점도 있다.

예를 들면 '공포스러운 얼굴로 죽어 있었다'와 같은 문장이다. 시체의 얼굴에는 공포가 드러나 있다 해도 죽는 순간의 공포와는 관계없는 일로, 즉 편안한 마음으로 죽은 얼굴도 괴로움으로 일그러져 있을 수 있다. 공포스러운 죽음도 사후의 어떤 육체적 조건의 변화로 행복한 얼굴 표정이 될지 모르며, 그런 것이 범죄 수사의 단서가 된다면 그 탐정은 거의 실패하는 게 당연하다. 그러나 일본 추리소설에서는 이러한 점이 의외로 대단히 진지하게 나타나고 있다.

범죄수사에 있어서 아무래도 이것만은 법의학적 또는 학문적인 지식이 필요하다고 하는 절대적 요청에 의해 쓰여야 하며, 정확한 전문지식의 뒷받침이 결여되지 않도록 명심해야 한다.

일본 추리소설의 결점의 하나로는 죽이는 방식이 지나치게 복잡하다는 것이다. 흉기를 장치해놓고 톱니바퀴 또는 실 등을 이용해 자연적으로 장치에서 흉기가 떨어져 살인이 완성되는 식이다. 이렇게 쓰는 작가는 이것을 완전범죄의 요소로 생각할지도 모르나 나는 정반대로 생각한다. 그러한 장치라는 것은 상대적인 조건이 필요한 법이다. 즉 피해자의 위치가 정해져 있다든지, 몇 시 몇 분의 피해자가 그 위치에 있다든지 하는 조건이 일치될 확률은 아주 낮은 것이 대부분이며, 그것이 빗나가면 단숨에 탄로나 버린다. 완전범죄이기는커녕 대단히 불완전한 범죄로 실패율이 높고 만약 실패하면 그것으로 어쩔 수 없지 않은가.

이런 장치에 의지하는 것은 위험하다. 대체로 이러한 장치가 제대로 작동되어도 즉사는 불가능하고 불구자가 되거나 급소를 빗나가 소생된다든지 하는 정도이며, 그 정도까지 가게 되면 더할 나위 없이 좋은 성능의 장치는 더욱 많아지게 된다.

그러나 그런 장치에 의존하기보다는 단도로 푹 찌르는 편이 확실하다. 총, 독약을 이용하거나 자신의 손을 직접 써서 죽이는 쪽이 실수가 적은 것은 분명하다. 그런데도 왜 장치를 이용할 필요가 있을까. 가장 큰 이유는 알리바이 때문이다.

따라서 알리바이만 교묘하게 만들 수 있다면 빗나갈 위험성이 높은 장치 등은 그만두는 것이 제일이다. 문제는 알리바이의 조작이다. 이 기본이 망각된 완전범죄란 곧 교묘한 속임수로 생각되어버리기 쉽다. 아무리 생각해도 직접 푹 찌르는 것보다 실패율이 적은 속임수는 거의 없다. 왜냐하면 피해자는 살아 있는 인간이며 시계처럼 정확히 정해진 장소에 다다르는 기계와는 다르다. 그런 우연을 기대하여 교묘한 속임수를 쓰기보다는 알리바이 조작에 중점을 두는 쪽이 사실적으로 '있을 수 있는 일'이고 결국 독자를 납득시키는 것이다.

현상 추리소설의 경우에는 대개 이런 교묘한 수법으로 죽이고, 죽인 다음에는 자연히 자물쇠로 잠그는 수법이 나온다. 그런데 과연 그런 수법으로 죽일 수 있는지, 죽일 수 있다 하더라도 그 확률이 어느 정도인지 하는 점은 철저하게 비판해야 한다. 그리고 작가 자신이 이 정도면 어떻게든 되겠지 하는 식의 안이한 생각으로 쓴다면, 끝까지 추궁해서 그런 바람직하지 않은 안이함을 빈틈없이 지적해 그러지 않도록 해야 한다. 이러한 점이 일본 추리소설의 발전을 위해 가장 중요한 것으로, 그 근본에 확실한 현실감이 결여되어 있으면 그 작품은 완전히 불량품이다.

오구리 무시타로 씨의 작품 등은 속임수의 완벽함을 추구하기 위해 매우 어설픈 허술함을 드러낼 뿐이며, 그 안이한 구조를 위장하기 위해 현학의 연막을 치고 있다. 그런 수법은 가장 지적이지 못한 유치한 조작으로, 드러난 결점은 심하게 추궁받아야 마땅하다.

이전까지의 일본은 용의자가 금방 연행되고 자백만으로 기소되는, 전혀 추리소설로서 성립될 조건이 없는 상황이었다. 그러나 물적 증거가 없이는 기소될 수 없고 본인의 자백만으로는 효과가 없게 된 새로운 헌법은 추리소설의 혁명적 발전을 약속하고 있다.

이상의 나의 감상은 추리소설을 수수께끼 풀이 게임으로서 애호하는 한 명의 취미가가 그 취미상의 감상을 말한 것에 지나지 않는다.

수수께끼 풀이 게임으로서의 추리소설은 해결의 실마리가 되는 모든 조건을 독자에게도 알려야 한다는 것과, 수수께끼를 복잡하게 하기 위해서 인간성에 납득할 수 없는 억지를 부려서는 안 된다는 것, 이것이 기본 규칙이다.

표적 위의 얼굴
The Face in the Target

길버트 키스 체스터턴 Gilbert Keith Chesterton, 1874~1936

영국 시인이자 소설가이며 문화예술계 평론가로도 활동했다. 영국 런던 출생으로 대학에서 문학과 미술을 전공했다. 미술 평론가로서 글쓰기를 시작하여 수백 편의 시와 희곡, 단편과 장편소설을 꾸준히 발표했다. 『지케이 위클리 GK's Weekly』라는 주간지를 만들어 자신이 편집 발행하기도 했다. 소설에서는 겸손한 로마 가톨릭 성직자인 '브라운 신부'를 탄생시켜 미스터리 팬들에게 불후의 명성을 남겼다.

신진 기자이자 사회평론가인 해롤드 마치는 황무지와 목초지로 이루어진 대지를 힘차게 걷고 있었다. 그 지평선은 유명한 토우드 파크의 아득한 숲 가장자리에 걸쳐 있었다. 트위드 옷을 입은 그는 밝은 곱슬머리에 깨끗한 눈을 가진 잘생긴 젊은이였다. 자유롭게 바람과 햇빛을 받으며 대지를 걸어가는 그는 아직 젊었지만, 정치에 대한 일을 머리에서 떨쳐버릴 수 없었다. 그가 토우드 파크에 온 용건이 정치상의 것이었기 때문이다. 그곳에서 만나기로 한 재무성장관 하워드 혼 경은 그가 제안한 이른바 사회주의적 예산에 대해 장래가 촉망되는 기자와의 인터뷰에서 자세히 밝힐 예정이었다. 해롤드 마치는 정치에 대한 것이라면 무엇이든 알지만, 정치가에 대해서는 전혀 모르는 사람이었다. 그는 예술, 문학, 철학, 문화 전반에 조예가 깊었다. 단지 자신이 살고 있는 세상 물정만 제외하고.

햇빛이 내리쏟아지는 대지 한가운데를 가다 보니 땅이 갈라졌다고도 할 만한, 그렇지만 약간의 단층에 불과한 곳이 나타났다. 작은 숲속의 나무 밑 잡초 터널 아래로 시냇물이 사라지는 곳이었다.

마치 피그미족族의 산골짜기를 내려다보는 거인이 된 것 같은 이상한 느낌이 들었다. 하지만 그 움푹한 곳에 발을 디디면서 그 인상은 사라졌다. 오두막집 높이 정도의 바위투성이 제방이 나와 절벽의 옆면을 보여주고 있다. 로맨틱한 호기심에 이끌려 흐름대로 길을 따라가던 그는 큰 회색 바위와 녹색 이끼처럼 부드러운 관목 사이에서 빛나는 물을 발견하면서 지금까지와는 완전히 다른 환상에 끌려 들어갔다. 마치 대지가 입을 열어 꿈의 뒤편으로 그를 삼킨 것 같았다. 이윽고 은빛 흐름에 떠오르는, 크고 둥근 바위 위에 앉아 있어 어쩐지 큰 새처럼 보이는 검은 그림자를 깨달았을 때 아마도 그의 인생에서 가장 기묘한 우정과 만난다는 독특한 예감 같은 것이 들었다.

그 남자는 낚시를 하고 있는 것 같았다. 적어도 낚시꾼보다 더 꼼짝하지 않고 앉아 있었다. 조상彫像처럼 말도 없었고 움직이지도 않았기에 마치는 차분히 그 남자를 관찰할 수 있었다. 키가 크고 금발에 피부는 창백하고 약간 감상적으로 보였으며, 두툼한 눈꺼풀과 높은 코를 가지고 있었다. 얼굴은 흰 모자로 가려져 있었지만, 얇은 콧수염과 부드러운 자태로 볼 때 젊은 사람 같았다.

하지만 파나마 모자를 벗어 옆의 이끼 위에 올려놓았을 때 그의 눈썹이 듬성듬성한 것이 보였다. 그리고 눈동자가 공허해 보여서 사색에 빠져 있거나 아니면 두통이라도 있는 것 같았다. 하지만 짧은 관찰에서 깨달은 가장 큰 수수께끼는 그가 낚시꾼같이 보이지만 낚시를 하고 있는 게 아니라는 거였다.

남자는 낚싯대 대신 그물 같은 것을 가지고 있었는데 그것은 아이들이 새우나 나비를 잡는 데 쓰는 장난감 그물 같았다. 그는 그것을 물에 던져 넣었다가 잡초나 진흙 등 수확물을 진지하게 응시한 다음 비우기를 거듭했다.

"아무것도 잡은 게 없습니다." 묻지도 않은 질문에 대답하듯 남자가 조용히 말했다. "잡은 물고기는 반드시 놓아주지요. 특히 큰 물고기는. 그렇지만 작은 것이 잡히면 흥미가 생깁니다."

"과학적 흥미로군요?" 마치가 물었다.

"아마추어 과학이라고 할 수 있겠지요." 기묘한 낚시꾼은 대답했다. "일반적으로 말하는 인광현상이 취미입니다. 그렇지만 우리 사회에서 냄새 나는 물고기를 다루긴 곤란할 겁니다."

"그럴 줄 알았습니다." 마치는 미소 지으며 대답했다.

"빛이 나는 커다란 대구를 들고 응접실에 들어가는 것만큼 별난 일이겠지요." 신기한 인물은 열의 없이 말을 이었다. "랜턴처럼 가지고 다닐 수 있다면, 혹은 양초 대신 작은 청어를 가지고 다니는 것은 아주 재미있겠지요. 바다생물 중엔 전등 갓에 딱 어울리는 녀석도 있습니다. 푸른 고둥은 별빛 같지요. 그리고 어떤 붉은 불가사리는 진짜 붉은 별처럼 빛납니다. 그렇지만 사실 저는 여기서 그런 것을 찾진 않습니다."

마치는 그가 무엇을 찾고 있는지 물어볼까 하다가 아무래도 심해어 같은 전문적인 대화를 나누기에는 역부족이라고 생각해 좀 더 일반적인 화제로 돌아왔다.

"여긴 유쾌한 장소로군요. 작은 골짜기와 강이 있는 이곳은. 스티븐슨 말대로 무슨 일인가 일어날 것 같은 곳입니다."

"맞아요." 상대가 대답했다. "어쨌든 이 장소는 단순히 존재하는 것이 아니라 뭔가 일어날 곳 같지 않습니까. 아마 그건 피카소나 입체파들이 각도나 지그재그 선으로 표현하려고 하는 것과 비슷하겠지요. 정확히 직각으로 앞을 막은 나지막한 절벽과 그 앞에 깔린 풀밭을 보세요. 소리 없는 충돌입니다. 마치 큰 파도와 밀려가는 물결 같습니다."

마치는 뚫고 나온 바위가 경사면의 잔디밭에 나와 있는 것을 보며 고개를 끄덕였다. 그는 이렇게 간단히 과학 전문용어를 예술에 응용해낸 남자에게 흥미가 생겨, 입체파 예술가들을 어떻게 평가하는지 물어보았다.

"제 소견으로는 입체파들이란 진짜 입체파가 아닙니다. 그들은 전혀 두께가 없어요. 모든 것을 수학적으로 생각하면 얄팍하게 되어버리지요. 그 풍경에서 살아 있는 선을 꺼내, 직각으로 간략하게 만들어주세요. 그러면 경치를 지상의 도형으로 평면화할 수 있습니다. 도형에는 도형의 미가 있습니다. 하지만 그것은 전혀 별종이며 고유의 미입니다. 온화하고 영원한 수학적 진리죠. 흔히 '백색 광휘'라고 부르는……."

그는 말을 멈추었다. 다음 말을 꺼내기 직전 무슨 일이 갑자기 일어났던 것이다. 튀어나온 바위 뒤에서 기관차 같은 굉음이 들리더니 커다란 자동차 한 대가 나타났다. 그 차는 웅대한 서사시에 나오는 파멸을 향해 돌진하는 전차처럼 해를 등지고 우뚝 솟은 벼랑의 정상에 이르렀다. 마치는 아무 소용 없다는 것을 알면서도 엉겁결에 손을 내밀었다. 흡사 응접실에서 떨어뜨린 찻잔을 잡으려는 것처럼.

일순간 차는 비행선처럼 바위 위에서 날아가 버린 것 같았다. 그 다음 차 바퀴와 같이 하늘이 회전하는 것처럼 보였지만, 잔해가 처박힌 키 큰 풀 속에서 회색의 한 줄기 연기가 쥐 죽은 듯 조용한 대기 가운데를 천천히 올라갔다. 약간 떨어진 풀밭에 회색 머리칼의 남자가 내던져져 있었다. 그의 사지는 힘없이 흐트러졌으며 얼굴은 다른 편을 향해 있었다.

피짜 뉘시꾼은 그물을 내던지고 재빨리 현장으로 갔으며, 그아 방금 알게 된 마치도 뒤따라갔다. 그들이 근처로 갔을 때 남자는 조용히 쓰러져 있었던 반면, 소름 끼치게 망가진 차는 분주한 공장처럼 여전히 소음을 내고 있었다.

그는 죽은 것이 틀림없었다. 치명상은 두개골의 후부에 있었다. 그 가망 없는 치명적 상처에서 흘러나온 피가 잔디밭을 적시고 있었다. 하지만 태양을 향한 얼굴에는 상처가 없고 묘하게 눈을 끌었다. 낯선 얼굴이지만 언젠가 본 적이라도 있는 듯 익숙한 얼굴이었다. 누구인지는 모르지만 금방이라도 생각해낼 수 있을 것만 같았다. 유인원 같은 큰 턱, 모난 넓은 얼굴. 커다란 입은 일직선을 그은 것처럼 다물고 있다. 코는 작았지만 콧구멍은 탐욕스레 공기를 들이마시려는 듯하다. 얼굴에서 가장 이상한 것은 한쪽 눈썹이 다른 한쪽보다 급격한 각도로 젖혀져 있다는 것이었다. 마치는 지금껏 이렇게 살아 있는 듯이 자연스러운 얼굴을 한 시신을 본 적이 없었다. 백발이 후광처럼 흩어져 있어 괴상한 힘이 퍼져나가는 것 같았다. 호주머니에서 종이들이 튀어나와 떨어져 있었고, 마치는 그 속에서 나온 명함집을 주웠다. 그는 명함의 이름을 소리 내어 읽었다.

"험프리 턴불 경. 어디선가 들은 적이 있는데."

그의 동반자는 나직하게 한숨을 쉬고 생각에 잠긴 듯 말이 없더니 이윽고 불쑥 입을 열었다. "그 불쌍한 사람은 가버렸군요." 그리고 또다시 듣는 사람의 수준을 넘어서는 과학 용어를 덧붙였다.

"이런 상황에서는." 박학한 기인이 말을 이었다. "경찰에 통보할 때까지는 시체를 그대로 두는 편이 좋을 겁니다. 제 생각엔 경찰 이외의 사람들에게 알려지지 않는 것이 낫겠군요. 근처 사람들에게 숨기더라도 놀라지 마세요." 그리고 갑작스러운 고백을 하듯 말했다. "저는 사촌을 만나러 토우드에 왔습니다. 제 이름은 혼 피셔입니다. 제가 이 근처에서 시간을 보내고 있었다니, 좀 웃기는 일 같지 않습니까?"

"하워드 혼 경이 당신의 사촌입니까?" 마치가 물었다. "나도 그분을 만나러 토우드 파크에 가는 중입니다. 물론 공적인 일이지만, 그의 원칙을 추진하는 태도는 훌륭합니다. 이번 예산안은 영국 역사 중에서도 최고의 것이에요. 비록 실패해도 영국 역사에 있어서 최고의 영웅적 실패가 됩니다. 피셔 씨, 당신도 친척분이 훌륭하다고 생각하시겠지요?"

"그보다는, 명사수로 알고 있죠." 피셔가 말했다. 그러고는 너무 냉정히 말한 것을 후회하듯 강력하게 덧붙였다. "아, 최고라곤 할 수 없어도 그는 정말 사격 솜씨가 훌륭해요."

마치 자신의 말로 점화라도 된 것처럼 그는 갑자기 바위의 튀어나온 곳을 붙잡더니 권태로웠던 모습과는 달리 민첩하게 올라갔다. 잠시 후 바위 꼭대기에 올라섰고, 그의 말동무가 따라 올라와 숨을 골랐다. 그사이, 하늘에 선명하게 새겨진 듯한 파나마 모자 밑에서 매부리코의 옆얼굴은 주변을 가만히 응시하고 있었다.

위쪽 평지는 한 면이 잔디밭이라서 치명상을 입은 차의 바퀴 자국이 새겨져 있었지만, 벼랑은 딱딱한 이빨로 씹어 붙인 것처럼 울퉁불퉁했고, 절벽 가까운 곳에는 뿔뿔이 흩어진 바위들이 있었다. 누구든 계획적으로 죽음의 함정에 뛰어들었다고는 도저히 생각할 수 없었다. 특히 대낮이라면.

"어떻게 된 일인지 모르겠군요." 마치가 말했다. "눈이 안 보였던 것일까요? 아니면 취해서 못 봤을까요?"

"둘 다 아닌 것 같습니다." 상대가 대답했다.

"그럼 자살이겠군요."

"그러기에는 너무 장황한 방법입니다." 피셔라는 사람이 한마디했다. "게다가 아무래도 이 가엾은 퍼기가 자살하리라고는 생각할 수가 없군요."

"가엾은 누구요?" 기자가 놀라서 따져 물었다. "이 운 나쁜 사람을 아십니까?"

"그를 정확히 아는 사람은 없습니다." 피셔는 약간 애매하게 대답했다. "하지만 물론 누구나 그를 알아요. 의회와 법정에서는 공포의 대상이었습니다. 그중에서도 문제가 있어서 추방 명령을 받은 외국인들을 둘러싼 소동 때문에요. 그는 그중 한 사람이 살인죄로 사형에 처하게 했습니다. 그것 때문에 지쳐서 재판관을 사직했지요. 그 이후 대개 혼자 차를 몰았고 주말에는 토우드에도 자주 왔어요. 그렇지만 문자 그대로 현관 앞이라고 할 만한 장소에서 자살할 이유를 모르겠습니다. 당신은 혹스를, 제 사촌 하워드 말입니다, 일부러 만나러 온 것 같군요."

"토우드 파크는 당신 사촌이 소유한 것 아닙니까?" 마치가 물었다.

"네, 거긴 윈스롭 집안 소유입니다. 지금은 새 주인이 있습니다. 몬트리올에서 온 젠킨스라는 사람이지요. 혹스는 사격하러 옵니다.

사격 솜씨가 뛰어나다고 좀 전에 말했지요."

위대한 정치가에 대한 이러한 거듭된 찬사는 해롤드 마치에게 누군가가 나폴레옹이 나폴레옹 카드게임의 명수라고 설명하는 것처럼 느껴졌다. 하지만 다른 감각이 미지의 홍수 속에서 발버둥치고 있었으므로 사라져 없어지기 전에 그것을 표면으로 끌어내야만 했다.

"젠킨스라면. 설마 사회개혁주의자 제퍼슨 젠킨스 말입니까? 새 소작농 계획으로 한참 싸우고 있는 사람 말입니다. 솔직히 말하자면 실례가 되겠지만, 세상의 어떤 각료보다도 만나고 싶은 사람입니다."

"맞아요. 혹스는 소작농제가 필요하다고 했지요. 가축의 품종개량이 너무 잦다고 했을 때 모두 웃기 시작했어요. 물론 누가 작위를 하사하지 않으면 안 되죠. 아직 그 사람은 받지 못했지만요. 아, 누가 있는 것 같군요."

사람을 죽인 거대한 곤충처럼 무서운 신음 소리를 내고 있는 차를 등지고 그들은 차가 온 길을 따라 걷기 시작했다. 곧 갈라진 길이 나왔다. 그중 하나는 멀리 있는 공원 문 쪽을 곧장 향하고 있었다. 차가 긴 직선도로를 달려와 왼쪽으로 도는 대신 죽음을 향해 잔디밭을 돌진한 것이 분명했다. 하지만 피셔의 눈을 끈 것은 이 발견이 아니라 좀 더 확고한 사실이었다. 흰 도로 귀퉁이에 어두운 사람 그림자가 이정표처럼 서 있었다. 거친 사냥옷을 입은 큰 남자로, 모자는 쓰지 않았는데 흐트러진 곱슬머리가 한층 더 거친 모습으로 보였다. 좀 더 가까이 다가가자 이 터무니없는 첫인상은 줄어들었다. 밝은 빛 아래에서 본 그의 모습은 우연히 모자 없이 머리만 빗지 않고 나온 보통 신사라고 할 만한 매우 평범한 외관이었다.

하지만 큰 체격은 여전했고, 그의 눈은 동굴처럼 깊은 데다가 어쩐지 동물을 연상케 했다. 하지만 마치가 좀 더 남자를 관찰할 시간은 없었다. 놀랍게도 함께 가던 남자가 "안녕하쇼, 잭!" 하고 소리쳤던 것이다. 그리고 바위 저편의 대찬사를 알리려 하지도 않고, 이 정표를 지나치듯 통과해버렸다. 비교적 작은 일이었지만 그것은 앞장서 가던 유별난 새 친구가 행한 일련의 이상한 행동 중에서도 가장 이상한 일이었다.

그들이 지나친 남자는 뭔가 의심스러운 듯 두 사람을 바라보았지만, 피셔는 곧장 도로를 따라 차분히 계속 걸어가 넓은 부지의 문을 넘어갔다.

"저 사람은 여행가 존 버크입니다." 그는 친절하게 설명했다. "그의 맹수 사냥에 대해 들으신 적이 있으시겠지요. 소개해드리지 못한 것은 죄송합니다만, 어차피 나중에 틀림없이 만날 겁니다."

"물론 그의 책은 알고 있어요." 마치는 다시 흥미를 갖고 말했다. "묘사가 멋있었지요. 존재에 대해서. 거대한 머리가 달을 가렸을 때 처음으로 코끼리의 접근을 눈치챘다, 라고요."

"맞아요. 젊은 홀켓이 훌륭하게 썼지요. 네? 버크의 책을 홀켓이 썼다는 것을 모르셨나요? 버크는 총 말고는 다룰 줄 아는 게 없지요. 당신도 총으로는 글을 못 쓸 겁니다. 아, 아시다시피 그는 자기 분야에서는 사자같이 용맹한 전문가죠. 누구나 용감한 사람이라고 말해줄 겁니다."

"그를 잘 아시는 것 같군요." 마치는 약간 당황한 듯 웃으며 말했다. "게다가 다른 사람들에 대해서도요."

피셔의 벗겨진 눈썹이 돌연 주름지면서 기묘한 눈빛이 떠올랐다.

"저는 너무 많이 알고 있습니다. 그것이 저의 문제입니다. 누구에게 있어서도 문제겠지요. 우리는 너무 많이 압니다. 서로 간에 대해서도 잘 알고, 제 자신에 대해서도 잘 알죠. 지금 제가 관심 있는 것은 단 하나, 제가 모르는 것입니다."

"그게 뭐죠?"

"왜 그 불운한 사람이 죽었는가 하는 거죠."

그들은 이런 식으로 이야기를 나누며 곧바로 길을 따라 1.5킬로미터 정도 걸어왔다. 마치는 전 세계가 확 뒤집힌 것 같은 이상한 느낌이 들었다. 혼 피셔 씨는 상류사회의 친구나 친척에 대해 별달리 험담을 하지도 않았고, 몇 사람에 대해서는 애정을 담아 이야기했다. 하지만 그 사람들은 신문에 언급되는 사람들과 이름만 같을 뿐 전혀 다른 사람처럼 여겨졌다. 차가운 친밀감도, 심한 분노도 없는 것처럼 생각되었다. 흡사 무대 반대편의 조명 같았다.

정원지기 집 앞의 큰 문에 도착했지만, 그곳을 지나 끝이 없을 듯 휜 직선도로를 따라 계속 걸어가는 바람에 마치는 놀랐다. 하지만 하워드 경과 만나기에는 너무 이른 시간이었고, 어떻게 되건 새로운 친구의 조사를 끝까지 지켜보고 싶었다. 황무지를 뒤로한 지 제법 시간이 흐르고 휜 도로 중간쯤에 이르렀다. 토우드 파크의 소나무숲이 큰 덮개처럼 태양을 가려 커다란 그림자를 드리운 바람에 대낮인데도 숲속은 한밤중 같았다. 하지만 곧 스테인드글라스에서 빛이 비추듯 나무 사이가 밝아지기 시작했다. 길을 나아가자 나무들이 베어져 쓰러져 있고 나지막한 나무들이 듬성듬성 서 있었다. 피셔에 따르면 거기서 하루 종일 하우스 파티가 계속되는 중이라고 한다. 180미터쯤 앞에 길의 첫 번째 분기점이 보였다.

그 모퉁이에는 그레이프스The Grapes라는 지저분한 간판을 건 낡아 빠진 술집이 있었다. 그 간판은 거무칙칙해져서 지금은 뭐라고 쓰였는지 알아보기도 어렵고, 하늘을 등지고 교수대처럼 기분 나쁘게 흔들리고 있었다. 마치는 와인은 없고 대신 식초술을 주는 선술집 같다고 말했다.

"명언입니다. 저기서 와인을 마시면 어리석었다는 생각이 들 겁니다. 하지만 맥주는 훌륭해요. 브랜디도 좋고요."

피셔의 말에 마치는 조금 놀라면서 그를 따라 술집에 들어갔다. 희미한 혐오감은 술집의 주인을 보고도 사라지지 않았다. 이야기 속 친절한 술집 주인과는 전혀 달랐다. 뼈만 앙상한 사람으로, 검은 콧수염에 입은 움직이지 않았지만, 검은 눈은 쉴 새 없이 굴리고 있었다. 과묵한 사람이었지만, 맥주를 주문한 다음 자동차를 화제로 집요하게 말을 걸어 단편적이나마 몇 가지 정보를 얻어냈다. 주인은 자동차에 대해 잘 아는 것 같았다. 자동차의 구조나 관리, 실수에 대해 조예가 깊은 그는 늙은 선원처럼 상대방의 얼굴에서 빛나는 눈을 떼지 않았다. 이렇게 약간 묘한 대화를 나눈 결과, 마침내 어느 차에 관한 사실을 알아냈다. 그 차는 한 시간쯤 전에 술집 앞에 멈춰 섰는데 나이 든 남자가 내리더니 차에 대해 도움을 요청했다고 한다. 손님이 뭔가 더 도움을 청하진 않았는가 묻자 술집 주인은, 그 노신사가 물통에 물을 가득 채우고 샌드위치 하나를 포장해달라고 요청했다고 짧게 대답했다. 이 말을 마친 무뚝뚝한 주인은 급히 카운터 밖으로 걸어갔다. 그가 어두운 실내로 사라지는 소리가 두 사람의 귀에 들렸다.

피셔의 지친 시선은 먼지투성이의 음산한 술집을 돌다가, 새의 박제가 들어 있는 유리 진열장에 멍하니 머물렀다. 위쪽 걸개에는 소총이 걸려 있었지만 그것은 단순한 장식물처럼 보였다.

"퍼기는 유머가 있었습니다." 피셔가 말했다. "그 사람 특유의 기분 나쁜 감각이 있었죠. 그렇지만 자살하려는 사람이 샌드위치를 싸간다는 건 농담치고는 너무 소름 끼치는군요."

"당신이라면 어떻습니까. 큰 저택에 가려는 사람이 문 앞에서 샌드위치를 산다는 것도 흔한 일은 아니겠지요."

"예⋯⋯ 예." 피셔는 거의 기계적으로 반복했다. 그리고 갑작스레 쾌활한 얼굴로 상대에게 눈짓했다. "그렇고말고요! 당신 말이 맞아요. 정말 말씀대로입니다. 뭔가 이상하지 않습니까?"

잠시 침묵이 흐르더니 술집 문이 난폭하게 열렸다. 한 남자가 급히 카운터로 걸어가는 것을 본 마치는 약간 신경질적이 되었다. 그 남자는 창가 쪽 나무 테이블에 앉아 있는 두 사람 쪽은 쳐다보지도 않고 동전으로 카운터를 두드리며 큰 소리로 브랜디를 주문했다. 그가 사나운 눈초리로 돌아보았을 때 마치는 생각지 못한 감정에 휩싸였다. 동행자가 그 남자를 혹스라고 불렀으며, 그에게 하워드 혼 경이라고 소개했기 때문이다.

그는 여느 정치가들이 그렇듯 신문에 나오는 젊은 초상화보다 꽤 나이 들어 보였다. 옅은 금발에는 잿빛이 섞여 있었지만 익살스러울 정도로 둥근 얼굴과 매부리코, 민첩하게 빛나는 눈의 결합은 어쩐지 앵무새를 연상시켰다. 모자를 머리 약간 뒤쪽에 쓰고 팔 밑에는 총이 놓여 있었다. 해롤드 마치는 위대한 혁신적 정치가와의 만남에 대해 다양하게 상상했었지만, 팔 밑에 총을 둔 채 술집에서 브랜디를 마시는 장면까지는 미처 떠올리지 못했다.

"또 징크(젠킨스)의 집에 들리셨군요." 피셔가 말했다. "모두가 징크의 집에 있는 것 같습니다."

"그래." 재무성장관이 대답했다. "멋진 사격이었지. 징크가 쏜 것만을 빼고는. 그렇게 사격을 즐기면서 솜씨가 그렇게 형편없는 사람은 못 봤어. 그래도 좋은 친구야. 누구도 반박하지 못할걸. 나는 험담을 하진 않아. 하지만 그는 총 다루는 법을 전혀 배우지 않은 것 같지. 고용인의 모자에서 모표帽標를 쏘아 떨어뜨린 적도 있다는데, 아마 모표가 갖고 싶었나 보지. 그는 그가 엉뚱하게 금박을 입혀놓은 별장의 풍향계 닭을 쐈다는군. 아마도 그가 잡은 유일한 닭이겠지. 너도 지금 함께 갈래?"

피셔는 뭔가 할 일을 마친 후 따라가겠다고 애매하게 대답했고, 재무성장관은 술집을 나섰다. 마치는 그가 브랜디를 주문할 때 약간 혼란스러워하던 모습을 떠올렸다. 말하는 동안에는 침착한 모습을 보였다. 그 내용이 기자의 기대와 다르긴 했지만. 잠시 후 피셔는 천천히 술집을 나와 길 한가운데 서서 걸어온 쪽 모퉁이를 쳐다보았다. 그리고 180미터 정도 되돌아가서 다시 멈춰 섰다.

"여기가 그 장소라고 생각합니다." 그가 말했다.

"무슨 장소요?" 그의 동반자가 물었다.

"그 가엾은 사람이 살해된 장소입니다." 피셔가 침울한 듯 말했다.

"무슨 소리입니까?" 마치는 힐문했다. "그는 여기서 2.5킬로미터 떨어진 바위에 충돌했습니다."

"그렇지 않습니다. 그는 바위 위에 떨어진 것이 아닙니다. 부드러운 잔디밭 경사면에 떨어진 건 아시겠지요? 그렇지만 나는 그가 이미 총에 맞은 것을 확인했습니다." 그리고 잠시 후 덧붙였다. "그는 술집에서는 살아 있었습니다만, 바위 위에 떨어지기 전에 이미 죽어 있었습니다. 즉 이 곧은 도로를 운전하던 중 총에 맞았습니다. 이 근처겠지요. 그 후엔 물론 차는 아무도 멈춰 세우지 못하고 방향도 바꾸지 못할 테니 똑바로 계속 전진했을 겁니다. 시체를 먼 곳에서 발견하게 만드는 매우 교묘한 방법이에요. 대부분 사람들이 당신처럼 말하겠죠. 운전하던 사람이 사고를 냈다고요. 살인자는 영리한 자임에 틀림없습니다."

"하지만 술집이나 어디선가 총성을 듣지 않았을까요?" 마치가 물었다.

"들렸을 겁니다. 그러나 아무도 눈치채지 못했을 겁니다." 탐정은 계속했다. "그게 그의 영리한 점이지요. 사격은 하루 종일 계속되고 있었습니다. 많은 총성으로 싹 지워지도록 시간을 가늠해서 쏜 것이 틀림없습니다. 완전히 일류 범죄자예요. 다른 일도 그렇게 잘할 겁니다."

"무슨 뜻입니까?" 그의 동료는 알 수 없는 말에 뭔가 기분 나쁜 예감이 들었다.

"그는 일급 사수입니다." 피셔가 말했다.

그는 돌연 방향을 바꿔 차가 다닐 수 없는 좁고 풀이 무성한 샛길로 걸어갔다. 그곳은 술집 반대편으로 큰 부지가 끝나고 넓은 황무지가 시작되는 지점이었다. 마치는 참을성을 발휘해 터벅터벅 그를 따라가 키 큰 잡초 너머로 생기 잃은 말뚝 표면을 응시하고 있는 그를 찾아냈다. 말뚝 뒤에서 포플러나무들이 거대한 회색 기둥으로 자라고 있었다. 나무들은 짙은 녹색 그림자로 하늘을 채우고, 서서히 약해져가는 바람에 희미하게 흔들리고 있었다. 오후가 되자 태양도 낮아져 포플러나무의 거대한 그림자는 풍경의 3분의 1 이상을 차지했다.

 "당신은 일류 범죄자입니까?" 상냥한 목소리로 피셔가 물었다.
 "유감스럽지만 나는 그 정도가 못 됩니다. 그러나 4급 도둑 정도는 될 수 있겠지요"

 그리고 동반자가 대답할 틈도 없이 몸을 날려 가까스로 담장을 넘어갔다. 그를 따라가는 마치는 육체적인 노력은 거의 필요 없었지만 머릿속이 무척 혼란스러웠다. 포플러나무가 담장 바로 근처에 있어서 넘어가는 데 좀 애를 먹었다. 포플러나무 너머에는 월계수나무 울타리가 있는데 수평으로 비치는 햇빛에 녹색으로 빛나고 있었다. 생나무 울타리가 이어진 탓에 들판이 아니라 실은 망가진 집에 들어가는 것 같았다. 사용하지 않게 된 문이나 창을 통해 안으로 들어가 가구로 막힌 곳을 찾아내는 것과 비슷했다. 월계수 울타리를 우회하자 잔디가 깔린 평원 같은 곳이 이어졌다. 녹색 계단을 하나 내려가자 잔디 볼링장 같은 직사각형 잔디밭이 나왔다. 저 너머 보이는 유일한 건물은 나지막한 온실로, 동화 나라의 들판에 세워진 유리 오두막 같았다. 큰 저택에서 조금 떨어져 완전히 고립된 듯한 곳을 피셔는 알고 있었다. 그는 이것이 잡초에 뒤덮이는 것이나 황폐해져 흩어지는 것 이상으로 귀족 계급을 풍자하고 있음을 깨달았다. 방치되진 않았어도 황량해졌다. 어쨌든 그 온실은 사용되지 않았다. 결코 찾아오지 않는 주인을 위해 정기적으로 청소되고 있었다.

 그런데 잔디밭을 바라보던 중 생각지도 못한 것을 찾아낸 것 같았다. 그것은 일종의 삼각대로 테이블처럼 둥근 원판을 지탱하고 있었다. 잔디밭으로 내려가 근처까지 간 다음에야 마치는 그것이 표적임을 깨달았다. 오래전에 사용했는지 비바람에 바래졌고, 화려한 색의 동심원은 퇴색되어 있었다. 궁술弓術이 유행하던 아득한 옛 빅토리아 왕조 시대에 만들어진 것으로 보였다. 마치는 어두운 색의 크리놀린*을 입은 부인이나 이국풍 모자를 쓴 구레나룻의 신사들이 잃어버린 정원에 유령처럼 다시 찾아오는 모습을 어슴푸레 상상했다.

더 가까운 곳에서 표적을 보고 있던 피셔가 갑자기 큰 소리로 외쳐댔다.

"이봐요! 누군가 여기에 총탄을 퍼부었어요. 것도 꽤 최근에요. 아마 징크가 여기서 사격 솜씨를 향상시키려고 연습했던 것 같습니다."

"그렇군요, 아직도 향상이 필요하겠는데요." 마치는 웃으면서 대답했다. "과녁 중앙 근처에 맞은 총탄은 하나도 없어요. 아예 뿔뿔이 흩어지도록 아무렇게나 난사한 것 같군요."

"아무렇게나 난사한다." 표적을 유심히 응시하면서 피셔는 되풀이했다. 그저 동의한 것 같았지만 무기력한 눈꺼풀 아래에서 그의 눈은 빛났다. 구부린 몸을 펴는 그의 몸짓은 마치의 눈에 지금까지 못 보던 움직임처럼 비쳤다.

"잠깐만 기다려주세요." 그가 호주머니를 뒤지면서 말했다. "화학 약품이 있었을 텐데…… 그리고 집으로 갑시다." 그러고는 표적 위로 몸을 굽혀 탄흔 위에 손가락으로 무언가를 붙였다. 마치가 보기에 탁한 회색 기름때 같았다. 그리고 두 사람은 깊어지는 땅거미 속에 긴 녹색 길을 따라 저택을 향했다.

그렇지만 이곳에서도 역시 별난 탐정은 정면 현관으로 들어가지

---

* 19세기 서양 여인들이 즐겨 입었던, 스커트를 종처럼 부풀게 만든 드레스.

않았다. 집 주위를 걸어 돌아다니다가 창이 열린 곳을 찾아내고는 그곳으로 들어가더니, 총기실로 보이는 방으로 친구를 불러 넣었다. 새를 공격하기 위한 도구가 벽에 깔끔하게 세워져 정리되어 있었다. 하지만 창가 테이블 건너편에는 묵직하고 살벌한 모양의 무기가 한두 개 놓여 있었다.

"봐요! 저것이 버크의 맹수 사냥용 총입니다. 여기에 보관하는 줄은 몰랐습니다."

피셔는 하나를 들어 간단히 살펴보더니 얼굴을 찌푸리며 내려놓았다. 그 순간 낯선 청년이 급하게 방에 들어왔다. 피부가 거무스름하고 건장한 몸집에 울퉁불퉁한 이마와 불도그 같은 턱을 한 그는 무뚝뚝하게 사과하면서 이렇게 말했다.

"여기에 버크 소령의 총을 모두 모아 싸놓으라고 하셨습니다. 오늘 밤 떠나신다고 합니다."

그리고 그는 이방인을 쳐다보지도 않고 두 정의 라이플을 들고 나갔다. 열린 창을 통해 땅딸막한 검은 그림자가 밝은 뜰 저편으로 사라지고 있었다. 피셔는 다시 창밖으로 나와 그를 가만히 응시했다.

"저 사람이 아까 말했던 홀켓입니다. 비서 같은 존재로, 버크의 자료들을 관리한다는 것은 알고 있었지만 총까지 관리하는 줄은 몰랐습니다. 그러나 과묵하고 수상한 작은 악마 같기 때문에 무슨 일이든 할 수 있을지도 모릅니다. 몇 년 전까지는 체스 챔피언으로 알려졌던 사람이죠."

비서가 사라진 방향으로 발길을 향하자 이윽고 잔디밭 위에서 담소와 웃음이 흘러나오는 하우스 파티 장면이 나타났다. 키 크고 장발이 흐트러진 사냥꾼이 작은 집단을 주도하고 있었다.

"그건 그렇고." 피셔가 말했다. "버크나 홀켓에 대해 이야기했을 때 총으로는 글을 잘 쓸 수 없다고 말했었지요. 음, 하지만 이젠 그렇게 생각하지 않습니다. 당신은 총으로 솜씨 좋게 그림을 그리는 화가 이야기를 들은 적이 없습니까? 이 근처에 대단한 녀석이 있습니다."

하워드 경이 활기차고 다정하게 피셔와 그 친구 기자를 불러 세웠다. 마치는, 버크 소령이나 홀켓 씨, 그리고 또 내친김에 주인인 젠킨스 씨에게도 소개를 받았다. 화려한 트위드 옷을 입은 평범하고 몸집이 작은 남자로, 사람들에게 마치 아기처럼 사랑을 받는 것 같았다.

못 말리는 재무성장관은 자신이 잡은 새, 버크와 홀켓이 잡은 새, 주인 젠킨스가 잡은 새에 대해서 여전히 이야기하고 있었다. 마치 사교적인 편집광 같았다.

"자네와 자네 사냥감 말일세." 그는 싸움을 걸 듯 버크에게 소리쳤다. "뭐, 큰 사냥감은 누구라도 쏠 수 있지. 자넨 작은 사냥감을 원하지 않나."

"그야 그렇죠." 혼 피셔가 참견했다. "어쨌든, 만약 하마가 덤불에서 튀어나와 하늘을 날 수 있다면, 혹은 사유지에 하늘을 나는 코끼리를 보호하고 있다면 네, 그렇다면……."

"그런 새라면 징크라도 맞힐 수 있겠지." 주인의 등을 쾌활하게 두드리며 하워드 경은 큰 소리로 외쳤다. "건초 더미나 하마라면 이 친구도 맞힐 수 있을 거야."

"여기요, 여러분." 피셔가 말했다. "잠시 후 저와 함께 다른 것을 쏘러 갑시다. 하마는 아닙니다. 제가 부지에서 찾아낸 기묘한 동물입니다. 다리 세 개에 눈이 하나, 그리고 무지개 색을 띤 동물이지요."

"도대체 무슨 말을 하는 거요?" 버크가 물었다.

"와서 보세요." 피셔는 쾌활하게 대답했다.

이런 사람들은 언제나 뭔가 새로운 것을 찾기 때문에 엉터리 같은 이야기라도 좀처럼 거절하지 않는다. 그들은 엄숙하게 총기실에서 다시 무기를 꺼내 안내인을 슬슬 따라갔다. 하워드 경은 일순 발을 멈추고 금도금 풍향계가 여전히 돌고 있는 유명하고 화려한 정자를 가리켰다. 포플러나무를 넘어 잔디밭에 도착해 오래된 표적을 쏜다는, 새롭지만 무의미한 게임을 받아들일 무렵이 되자 황혼은 밤의 어둠으로 변했다.

남아 있던 빛도 잔디밭에서 사라지는 것 같았다. 해질 녘 포플러나무는 보랏빛 영구차의 큰 깃털 장식을 닮았다. 무의미한 행렬은 마침내 둘레를 돌아 표적 앞으로 왔다. 하워드 경은 호스트(젠킨스 씨)의 어깨를 두들기며 첫 총알을 쏘게 하려고 장난스레 앞으로 밀었다. 그의 손이 닿은 어깨와 팔이 부자연스럽게 경직되는 것 같았다. 젠킨스 씨는 비꼬기 잘하는 그의 친구들이 보았거나 상상했던 것보다 훨씬 더 서투른 모습으로 소총을 안고 있었다.

그 순간 아주 끔찍한 비명이 어딘지 모를 곳에서 들린 듯했다. 마치 사람이 아닌 뭔가가 그들 위에서 날개를 펄럭이거나 저편 어두운 숲에서 동물이 내는 소리처럼 그 자리와는 어울리지 않는 부자연스러운 소리였다. 하지만 피셔는 그 비명이 몬트리올 출신 제퍼슨 젠킨스의 새파래진 입술에서 나왔다는 것을 눈치챘다. 그때 젠킨스의 얼굴은 평범한 얼굴이라고 할 수는 없었다. 다음 순간 두 사람과 함께 정면의 물체를 본 버크 소령이 쉰 목소리로 저주의 말을 뿜어 냈다. 어슴푸레한 잔디밭에 서 있는 표적은 음침한 고블린*이 비웃고 있는 것처럼 보였다. 문자 그대로 웃고 있었다. 두 눈은 별과 같이 빛났고, 위를 향한 두 개의 콧구멍과 넓고 꽉 다문 입의 양끝. 눈 위의 흰 점 몇 개는 백발 섞인 눈썹이나 마찬가지였는데, 그중 하나는 거의 직각으로 위를 향해 있었다. 빛나는 점들로 이루어진 훌륭한 풍자화였는데, 마치는 그 인물이 누구인지 알았다. 잔디밭이 어슴푸레하게 빛나서 마치 바닷속 괴물이 황혼 녘 뜰에서 기어다니는 것 같았다. 그러나 그곳에는 죽은 사람의 얼굴이 있었다.

"발광 페인트일 뿐입니다." 버크가 말했다. "피셔 이 친구가 인광성 물질로 장난한 거로군요."

"꼭 퍼기 같구먼." 하워드 경이 말했다. "아주 잘 그렸군."

모두가 웃었다. 젠킨스만 제외하고. 모두가 웃는 동안 젠킨스는 동물이 처음으로 웃는 듯한 묘한 소리를 냈다. 돌연 혼 피셔가 그에게 다가왔다.

"젠킨스 씨, 당장 둘이서만 할 말이 있습니다."

마치가 새 친구 피셔와 만나기로 약속한 곳은 황무지 바위 아래 경사면, 작은 물이 흐르는 곳이었다. 불쾌하고 그로테스크한 일이 벌어져 정원에 있던 모임이 뿔뿔이 흩어지게 된 장소이기도 했다.

"그건 제 장난이었습니다." 피셔가 우울한 듯 말했다. "표적에 인(燐)을 붙인 것은. 하지만 젠킨스를 놀라게 하려면 갑작스러운 공포

---

* 어두운 동굴 같은 곳에 사는 서양 요정의 일종.

로 떨게 할 수밖에 없었습니다. 연습하고 있던 표적 위에 자신이 죽인 얼굴이 나타나 지옥 불에 의해 빛나는 것을 보았을 때 젠킨스는 경악했습니다. 그때 나는 확실히 납득할 수 있었습니다."

"유감스럽지만, 나는 지금도 무슨 일이 벌어졌는지 모르겠어요. 도대체 젠킨스가 무슨 짓을 했고 왜 그랬는지." 마치는 말했다.

"알게 될 겁니다." 따분한 듯 미소 지으며 피셔가 대답했다. "당신이 처음 힌트를 주었습니다. 그렇습니다. 날카로운 지적이었습니다. 저택에서 식사를 하는데 샌드위치를 갖고 갈 리가 없다고 말했지요. 다른 가능성으로는, 방문은 하지만 식사할 생각은 없었다는 것이죠. 어느 쪽이든 간에 어쨌든 식사는 하지 않을 것인지도 모른다. 거기서 떠오른 것은 불쾌한 방문이 되리라고 예상했던 것일지도 모르고, 혹은 환영받을 수 있을지 의심스러웠기 때문일지도 모릅니다. 어쨌든 무언가 환대받지 못할 이유가 있었겠지요. 그리고 과거 턴불은 뒤가 의심스러운 인물에게 공포의 대상이었음을 생각해냈습니다. 떳떳하지 못한 자를 찾아내 고발했던 것이 생각났지요. 출발점은 주인을 지시하고 있었습니다. 즉 젠킨스입니다. 젠킨스는 추방 명령을 받은 외국인 중 한 사람이었을 겁니다. 턴불은 다른 충격 사건으로 그에게 유죄 판결을 내리려고 했었겠지요."

"하지만 당신은 범인이 사격의 명수라고 했어요." 마치는 반대 의견을 내세웠다.

"젠킨스는 명사수입니다. 서투른 척을 할 수 있을 정도로 능숙한 것이죠. 당신의 힌트 덕택에 그게 젠킨스라고 생각하게 되었습니다. 제 사촌의 아주 서툰 총 솜씨에 관한 이야기였습니다. 모자에서 모표를, 오두막에서 풍향계를 쏘아 떨어뜨렸다고 합니다. 네, 사실

그만큼 못 맞히려면 아주 잘 쏘아야 하는 것 아니겠습니까. 머리나 모자가 아니라 정확하게 목표를 겨냥해야만 합니다. 만약 사격이 정말로 형편없었다면 그 가능성은 1천분의 1입니다만, 그렇게 현저하고 생생한 물건을 맞히진 못할 겁니다. 눈에 뜨일 만한 물건이었기 때문에 선택한 것이지요. 그러면 세상에 소문이 납니다. 정자 위에서 돌고 있는 풍향계를 맞혀 전설처럼 퍼지게 한다. 그렇게 해두고 사악한 눈빛과 위험한 소총을 가지고 매복하고 있었습니다. 자신이 만들어낸 무능력의 전설 뒤에서요.

아직 더 있습니다. 그건 별장 그 자체입니다. 그 모든 것 말이죠. 금도금에다가 번지르르한 색을 칠한다는 악취미 때문에 젠킨스는 조롱을 받았습니다만, 그런 탓에 벼락부자라는 낙인이 찍혀 있었습니다. 진짜 벼락부자는 그런 짓을 하지 않아요. 세상에는 벼락부자가 넘치니 잘 알고 있습니다. 그들이 하는 일은 따로 있습니다. 진정한 벼락부자는 빈틈이 없기 때문에 해야 할 일을 알고 그것을 지시할 뿐입니다. 즉시 모든 것을 실내 장식가나 예술 전문가에게 맡기고 손을 대지 않습니다. 총기실 의자에 금박 모노그램*을 붙일 정도의 배짱을 가진 백만장자는 거의 없지요. 그리고 보면 이름도 모노그램과 마찬가지로군요. 톰킨스, 젠킨스, 징크라는 이름은 웃기긴 해도 일반적입니다. 즉 저속하지 않을 정도로 평범하지요. 개성이 없을 정도로 평범하다고나 할까요. 선택한 것은, 분명히 언뜻 보기에 평범한 이름입니다만, 사실 꽤 이색적입니다. 톰킨스라는 사람을 알고 있습니까? 탤벗 이상으로 드물겠지요. 희극에서 벼락부자의 의

---

* 성명 첫 글자를 도안하여 붙인 글자.

상 같은 것입니다. 젠킨스는 펀치 인형처럼 옷을 입고 있었습니다. 그것은 그가 펀치라는 배역이었기 때문이지요. 제 말은, 그가 허구의 인물이라는 것입니다. 전설 속 동물처럼 그는 존재하지 않아요.

존재하지 않는 인간이 되려면 무엇이 필요한가 생각해보셨나요? 허구의 인물이 되기 위해서는 재능이 있는 것만으로는 부족하죠. 재능을 희생하며 숨기는 새로운 위장이 필요합니다. 이 남자는 매우 독창적인 위장을 선택했습니다. 완전한 새로운 방법입니다. 교활한 악당은 화려한 신사, 훌륭한 실업가, 자선가, 도덕적인 사람의 얼굴을 가지고 있었습니다. 몸집 작은 우스꽝스러운 남자의 화려한 의상은 바야흐로 새로운 변장이었습니다. 그러나 변장이라는 것은, 실제로 무엇이든지 할 수 있는 사람에게는 매우 지루한 일이겠지요. 그는 무척 다재다능하며 빈틈이 없는 사람입니다. 사격뿐만 아니라 뭐든지 할 줄 압니다. 그림을 그린다든가 혹은 바이올린을 연주하는 것도요. 그런 사람에게 재능을 숨기는 것이 도움이 되는 일이 생겼죠. 그러나 도움이 되지 않는 곳에 재능을 사용하는 것은 막을 필요가 없습니다. 그림을 그릴 수 있다면 무의식중 압지에 그림을 그린다거나…… 이 사람은 종종 퍼기의 얼굴을 압지에 그려보지 않았나 싶군요. 처음에는 잉크로 점을 찍었겠지만 나중에는 총으로 쏘아 그림을 그리듯 했을 겁니다. 인기척 없는 장소에서 방치된 표적을 찾아내, 남몰래 사격에 빠져들었을 겁니다. 몰래 술을 마시는 것처럼요. 당신은 탄흔이 뿔뿔이 흩어졌다고 생각했지요. 그렇긴 했습니다만, 그러나 우연은 아닙니다. 자국과 자국의 사이는 한결같지 않았습니다. 그렇지만 점이 있는 것은, 정확히 맞히겠다고 생각한 장소입니다. 풍자화 정도에 수학적 정밀도는 필요하지 않습니다.

저 역시도 조금 그림을 그리긴 합니다. 종이에 펜으로 원하는 장소에 점을 찍는 것은 경이로운 기술입니다. 소총으로 공원 너머 점을 찍는 것은 기적입니다. 그러나 기적을 일으킬 수 있는 인간이라면 기적을 행하고 싶어서 항상 몸이 근질근질하겠지요. 비록 어두운 곳에 있더라도요."

마치는 잠시 생각한 끝에 입을 열었다.

"하지만 새나 잡는 그런 작은 총으로 그를 쓰러뜨리는 것은 무리일 텐데요."

"그렇죠. 그게 총기실에 들어간 이유였습니다." 피셔는 대답했다. "버크의 라이플을 사용했습니다. 버크는 라이플 소리를 들었다고 생각했죠. 그래서 모자도 쓰지 않고 그런 몹시 거친 모습으로 뛰어나왔습니다. 그는 아무것도 못 봤지만 차가 빨리 지나가는 것을 보고 잠시 뒤를 쫓아가다가 잘못 들었다는 결론을 내렸지요."

다시 침묵이 흘렀다. 피셔는 두 사람이 처음 만났을 때처럼 큰 돌 위에 미동도 없이 앉아서 물 아래 소용돌이치는 은회색 강을 보고 있었다. 갑자기 마치가 말했다.

"물론 그도 이젠 진상을 알았겠지요."

"당신과 나 말고는 아무도 진상을 모릅니다. 그리고 나는 당신과 말다툼할 생각이 없습니다."

"무슨 뜻이죠?" 마치의 목소리가 높아졌다. "무슨 짓을 한 겁니까?"

혼 피셔는 소용돌이치는 물결을 바라보고만 있다가 결국 입을 열었다.

"경찰은 자동차 사고라고 단정했습니다."

"하지만 당신은 그게 아니란 것을 알잖아요."

"저는 너무 많이 안다고 말했지요." 강을 바라보며 피셔가 대답했다. "저는 그것을 알고 있습니다. 그 밖에도 여러 가지를 알고 있어요. 모든 일이 일어나는 분위기도 전체의 움직임도 알고 있습니다. 그 사람이 영원히 평범하고 우스운 인간이 되는 데 성공했음을 알고 있습니다. 당신이 툴이나 리틀 티치 같은 희극배우 역을 연기한 작은 몸집의 남자를 고발할 수 없다는 것도 알고 있습니다. 징크가 암살자라고 혹스나 홀켓에게 말하면 눈앞에서 웃어넘기겠지요. 아, 그들의 웃음에 전혀 위선이 없다고는 말할 수 없습니다만, 그 나름대로 거짓은 없습니다. 그들 모두가 징크를 필요로 하고, 징크 없이는 아무것도 못 할 겁니다. 제게 아무런 잘못이 없다고 말하진 않겠습니다. 저는 혹스를 좋아합니다. 그가 쓰러지는 것을 원하진 않아요. 징크에게서 선거자금이 나오지 않으면 그는 안 되겠지요. 지난번 선거에서는 아슬아슬했습니다. 그러나 고발할 수 없는 유일하고 진정한 이유는 불가능하기 때문입니다. 아무도 믿으려 하지 않을 것이고, 아무것도 모릅니다. 뒤틀린 풍향계가 모두 농담거리로 바꿔 버린 겁니다."

"불명예스러운 일이라고 생각하진 않나요?" 조용히 마치가 물었다.

"여러 가지를 생각했어요. 혹시 혼란에 빠진 사회를 다이너마이트로 폭파하더라도 사람들이 변할 것 같진 않군요. 제가 사회에 대해서 알고 있다고 해도 너무 질책하지 말아주세요. 그게 제가 냄새 나는 물고기 같은 것에 매달려 시간을 멍하니 보내는 이유입니다."

그는 잠시 강물을 바라보다가 덧붙였다.

"말했었죠. 큰 고기는 놓아준다고요."

대암호
The Great Cipher

멜빌 데이비슨 포스트 Melville Davisson Post, 1869~1930

에드거 앨런 포와 반 다인 사이의 가장 위대한 미국 추리작가로 평가받는다. 변호사로 일하던 중 1896년 단편 「랜돌프 메이슨의 기묘한 계획」을 발표하며 문단에 데뷔했다. 이 데뷔작은 악덕 변호사 메이슨을 주인공으로 한 작품으로, 그 후로도 「죄의 본체」 등 다수의 '메이슨' 시리즈를 선보여 선풍적인 인기를 얻었다. 그 후 메이슨과는 대조적으로 신의 정의를 믿는 탐정 애브너를 주인공으로 한 단편 「돔도프 사건」, 「나보테의 포도원」 등을 발표하여 역시 절대적인 인기를 얻었다.

환상적인 밤이었다. 어디고 할 것 없이 온통 몽롱했다. 시야는 온전히 제로 상태였다. 원래는 몇 개의 광장을 넘어 공원 한쪽을 가로지르고 하얀 국립기념탑이 우뚝 서 있는 조붓하고 안개 자욱한 먼 곳까지 경관이 펼쳐지는 장소였다.
　대통령 관저 남쪽 베란다 근처에는 재스민과 인동덩굴의 짙은 냄새가 떠돌고 있었다. 그러나 그 어디에도 불은 켜져 있지 않았다. 베란다 전체가 짙은 그림자에 싸여 있는 가운데 교양과 신념을 겸비한 사람의 우렁찬 목소리가 들렸다.
　"중요한 때에 자네가 미국으로 와줘서 참으로 기쁘네, 융켈. 쇼반느 최후의 탐험여행에 관해 자네한테 물어보고 싶었네. 나는 남아메리카에서 쇼반느를 만났는데 그는 일급 인물이었다네. 그의 죽음에 어떤 수수께끼가 숨어 있는 걸까? 당시 퍼졌던 소문은 진실이라고 생각지 않아. 상상을 초월하는 내용이니까."
　바로 가까이에 프랑스인이 있었다. 그 남자는 안락의자에 앉아 다리를 뻗고, 불이 없는 담배를 손끝으로 만지작거렸다. 잠시 회상에 잠겨 있던 남자는 마침내 낮고 맑고 낮은 목소리로 이야기했다.
"하지만 모두 진실입니다, 각하. 우리 나라에서는 주지의 사실입니다."
우렁찬 목소리가 그의 말을 가로막았다.
"그 기상천외한 얘기가 사실이라는 건가?"
프랑스인의 목소리는 변하지 않았다.
"진실은 당시 소문 이상으로 기상천외했다는 겁니다. 누구 한 사람, 이것을 믿지 않았습니다. 아니, 믿을 수가 없었던 거죠. 최후에 그의 일기가 도착했을 땐 모두 그가 죽기 전에 미쳤을 거라고 생각했습니다. 그가 기록에 남긴 것은 도저히 실제로 일어났던 일이라곤 생각할 수 없었지요." 그는 잠시 숨을 돌렸다. "그러나 모두 진실이었습니다. 증거물인 에메랄드는 루브르 박물관에 보관되어 있습니다."
융켈의 맞은편에 짙은 그림자에 싸인 채 모습이 분명치 않은 커다란 남자는 탄성의 소리를 내며 말했다.
"그 에메랄드는 쇼반느가 찾고 있었던 물건을 드디어 발견했다는 증명은 되겠지. 그러나 그의 일기가 진실이라고는 도저히 생각되지 않아. 일기 마지막 부분을 쓸 무렵에는 아마 미쳐 있었을 거야."
프랑스인은 전과 다름없는 목소리로 말했다.
"각하, 그는 일기의 마지막 부분을 쓸 때 분명히 제정신이었을 뿐만 아니라 훌륭히 재능을 발휘했습니다. 저는 그 점에 대해 마음으로 칭찬하고 있습니다. 그는 절망적인 입장에 몰려 있었지만 궁지에서 도망칠 수 없음을 분명히 알고 있었습니다. 거기서 그는 더할 나위 없는 건전한 사고력과 비할 데 없는 재능이 필요한 어떤 계획에 착수했던 것입니다. 저는 쇼반느를 생각할 때마다 기립박수라도 치고 싶습니다."

　어둠 속에서 의자 등받이에 몸을 기대는 듯한 기색이 느껴졌다. 그리고 커다란 탄성이 들려왔다.

　"놀라운 일이야. 나는 쇼반느가 무엇을 찾고 있었는가를 알고 있네. 바르var에서 함께 사냥하던 때 그는 곧잘 그런 얘기를 했지. 콩고 북쪽 중앙아프리카의 광대한 황무지에 먼 옛날 잊혀진 문명이 존재한다는 것인데, 그는 그 존재를 확신할 단서를 잡고 있는 것 같았네. 상아 밀렵꾼들의 옛 루트가 그 장소와 인접해 있다고 했어. 또 그것과 얽혀 있는 노예 상인들의 얘기도 여러 가지 남아 있다는 것이었네. 나는 당시 그의 얘기는 자료가 부족하지만, 이 지상 어딘가에 어떤 문명이 꽃피고 있다고 해도 전혀 이상할 것은 없다고 생각했지. 인류는 우리들의 상상을 넘는 훨씬 태고부터 존재했으니까."

　그는 특유의 힘차고 탄탄한 목소리로 말을 이었다.

　"쇼반느가 찾고 있던 것에 관한 증거를 발견했다 하더라도 조금도 놀랄 건 없지. 그는 실력 있는 고고학자야. 그는 지금까지 발견된 그런 일에 관해서는 모든 것에 통달해 있었네. 그는 또한 비길 사람이 없을 정도로 훌륭한 만능 탐험가지. 만약 이 세상에 콩고에서 북동까지 상아 밀렵꾼들의 옛 발자취를 더듬어 앨버트 니안자 호수까지 답파가 가능한 사람이 있다면 그건 바로 쇼반느일 걸세. 쇼반느가 그 땅까지 가서 찾고 있던 물건의 증거를 잡았다고 하는 걸 나는 믿을 수 있네. 그러나 그 탐험대의 생존자가 프랑스에 가져온 일기의 내용은 아무래도 진실이라고 생각할 수 없는걸. 내가 읽은 내용이 각색되어 있다 하더라도 그것을 쓸 때 쇼반느는 틀림없이 제정신이 아니었어. 그런 모험 후엔 제정신이 아니라 해서 조금도 이상할 것은 없지. 생각만 해도 소름 끼칠 것 같은 모험이야. 적도에 위치한 그 정글은 대략 5천 킬로미터를 답파하지 않으면 횡단할 수 없을 정도로 아주 광대한 지역이네. 그곳에는 생각할 수 있는 모든 위험이 잠재해 있지. 그곳을 몇 번쯤 돌파했었다 해도 앨버트 니안자 호수에 도착했을 땐 아마 누구라도 정신이 이상해졌을 거야."

융켈은 여전히 평온한 목소리로 대답했다.

"각하, 그 일기를 입수했을 때만 해도 우리 정부는 전적으로 각하와 의견이 일치했습니다. 죽음을 앞둔 쇼반느가 미쳤다고 생각했기 때문입니다. 그러나 그는 미친 것이 아니었습니다. 그가 온전한 정신으로 훌륭한 재능을 발휘했다는 사실을 각하가 모두 아시게 된다면 충분히 납득하시리라고 생각합니다. 우리가 이 사실을 이해하기까지는 오랜 시간이 걸렸습니다. 다만 저는 쇼반느가 일기 마지막 부분에 표시한 기상천외한 사건보다도 상당히 어리석었던 우리들의 우둔함이 더 이상하다고 생각됩니다. 우리가 잡은 최초의 단서는 그 일기를 확실히 파리에 도달시키기 위해 그가 사용한 방법입니다. 그는 이 일기를 가져오는 사람에게 5천 프랑을 지불하도록 하는 지시를 유언 집행인에게 지명하여 일기의 표지와 속지에 써서 남겼습니다. 결국 그는 일기를 프랑스에 갖고 온 사람에게 보수를 제공하도록 한 것입니다. 쇼반느의 일기에는 세 남자가 등장하지만 실제로 모습을 드러낸 사람은 한 사람뿐이었습니다. 나머지 두 사람이 어떻게 되었는가는 쉽게 상상이 됩니다. 쇼반느가 발굴을 포기한 후 그와 함께 앨버트 니안자 호수를 목표로 출발한 모든 사람과 같은 운명을 겪었음이 틀림없습니다."

융켈 맞은편 어두운 곳에 있는 큰 남자는 차분하게 귀를 기울이게 된 모양이었다. 그가 잠자코 있자 융켈은 말을 계속했다.

"12월 17일 아침, 쇼반느가 드디어 이투리 강에 도착했을 때 그와 함께 끝까지 살아남았던 세 사람은 목숨을 아끼지 않는, 참으로 드문 모험가였음에 틀림없습니다. 세 사람은 분명히 밥줄이 끊긴 사람들로 모든 것을 걸고 최후의 기회에 도전했던 거라 생각합니다. 그렇지 않았다면 쇼반느의 탐험대에 참가하지 않았겠지요. 이 세 사람은 쇼반느가 선발해서 참가시킨 대원이 아니었습니다. 그는 그런 인품의 인간을 선발하려 한 적이 한 번도 없었습니다. 그들은 쇼반느의 뒤를 밟고 있었던 듯 그가 레오폴드빌* 동쪽에서 콩고 강으로부터 멀어졌을 때 그의 대열에 멋대로 섞여 들어왔던 것 같습니다. 정말로 악마의 앞잡이 같은 남자들입니다. 작은 몸집에 이리 같은 얼굴을 한 아파치 루터크, 프랑스 대도시에 출몰하는 밤도둑인 핀란드인 뱃사람, 거기에다 통칭 캡틴 딕스로 불리는 미국인 건달, 이렇게 세 명이었습니다. 그중 일기를 가져온 사람은 루터크였습니다. 이 남자가 세 사람 중에서는 적임자였겠죠. 쇼반느와 함께 살아서 정글을 돌파한 이들은 이 세 명의 건달뿐이었죠. 일기의 어느 쪽을 보아도 이들에 대해 기술돼 있습니다.

아마 세 사람과 동행을 계속하면서 그들에 대한 쇼반느의 감정이 변했다고 생각됩니다. 그도 처음에는 세 사람에 대해 우리와 마찬가지의 인상을 일기에 썼습니다만, 동행을 결정하고 나서는 전적으로 표현이 달라졌더군요. 그때 이후 한 번의 예외도 없이 세 남자를 칭찬하는 문장을 쓴 것을 보면 맨 처음 부분은 다른 누군가가

---

* 현재의 킨샤샤. 아프리카 콩고 강 수운(水運)이 시작되는 곳에 있는 도시.

쓴 게 아닌가 의심이 될 정도입니다. 일기에는 세 남자의 지칠 줄 모르는 행동과 활동력, 용기, 쇼반느에 대한 헌신 등이 끝까지 일관되게 쓰여 있습니다.

물론 세 남자는 정글을 돌파하기 위해서는 쇼반느에게 의지해야 했고, 같은 위험에 직면해 있었으므로 힘을 합쳐 그를 지지했다고 생각합니다. 요컨대 세 남자가 쇼반느를 위해 노력했던 것은 자신들이 끝까지 살아서 황무지를 탈출하고 싶으나 자기들만으로는 그게 불가능하다는 걸 알았기 때문일 것입니다.

세 남자는 분명히 하층계급 출신의 무지한 일당이었습니다. 핀란드인과 미국인 건달은 어떤 교육도 받지 못했습니다. 한편 루터크는 글을 읽을 줄 알았는데 이 사내는 외인부대 탈주병인 듯합니다. 악마 같다고 해도 과언이 아닐 정도로 표독한 사내였습니다. 그러나 지혜나 기지에 있어선 쇼반느와는 비교가 될 수 없었을 테지요. 그 점에서는 나머지 두 사람도 마찬가지였습니다. 그들은 무지하기만 한 것이 아니라 아주 미신적이었습니다. 그러나 결단력이 강해 무엇이라도 두려워하지 않고 목숨을 아끼지 않는 용기가 있었습니다.

우리가 맨 처음 일기 내용에서 주목한 것은 쇼반느가 세 남자에 관해 전혀 환상을 품고 있지 않았다는 사실입니다. 그는 세 남자의 성격을 완전히 간파했습니다. 특히 루터크의 성격을 정확히 파악했기에 그 한 점의 계획에 성패를 걸었던 거라고 생각합니다. 이 무모한 남자야말로 적임자라고 생각했던 것입니다. 그는 루터크에게 적임자가 되기를 기대하며 계획에 착수했지요. 이런 그의 생각은 틀리지 않았다고 생각합니다. 저는 이 일기를 주의 깊게 읽고 이 사실을 분명히 깨달았습니다.

또한 다른 사실도 깨달았습니다. 그것은 쇼반느가 사태가 진전되는 상당히 빠른 시기에 이미 자신의 입장을 자각했던 것 같다는 점입니다. 그는 자신이 앞으로 어떻게 될지를 알았을 것입니다. 장래의 장래까지 내다보았던 것이죠. 이것이 전에 말씀드렸듯이 일기 내용에서 제가 주목했던 한 가지 사실입니다. 미치기 직전의 사람이 쇼반느처럼 자신을 에워싼 상황을 먼 앞날까지 정확히 파악하는 게 가능한 일일까요? 저는 불가능하다고 생각합니다. 건전하고 온전한 정신을 가진 인간만이 쇼반느처럼 확실하게 장래의 일까지 내다볼 수 있지요. 모든 능력을 냉정히 발휘할 수 있는 건전한 정신의 소유자가 아니라면 쇼반느처럼 미래의 일이 계산대로 진척되는 것을 끝까지 지켜볼 수가 없습니다. 정신이 온전치 못한 인간이라면 상식적이지 못한 일을 할 겁니다. 별볼일없는 계획에 매달려본다든지 죽기 전에 비장한 소리를 질러본다든지, 부질없는 희망을 기대하는 정도가 고작이겠지요. 사태가 절대적으로 자신의 생각대로 진전되는 것을 지켜보려면 쇼반느처럼 신령과 같은 맑은 정신이 필요합니다.

저는 그 일기를 무언가 암호가 아닐까 해서 자세히 조사해보았습니다. 쇼반느의 정신 상태에 확실한 징후가 보이기 시작한 것은 12월 17일경 새로운 동행자가 합세하면서부터입니다. 그날 드디어 쇼반느의 대열은 정글에서 빠져나와 코끼리가 밟아온 옛길을 더듬기 시작했습니다. 물론 그전에 그들은 여러 가지 사건을 경험했습니다. 그중 하나가 여러 명의 대원을 잃은 것입니다. 이에 대해 쇼반느는, 단순히 자연적인 원인에 따른 게 아니라 곳곳에서 야영하는 소인족들이 대원들을 궤멸시키기 위해 계획적으로 도전해왔기 때문이라고 생각했던 것 같습니다.

에민 파샤를 구출하기 위해 스탠리*가 이투리 강 언덕길을 더듬어가며 깨달았던 것과 마찬가지로, 쇼반느도 다시 그 같은 야영지가 두려운 미개지 전역에 걸쳐 그물눈처럼 둘러쳐져 있음을 깨달았던 겁니다. 소인족이 대원들 중 원주민만 노려 독화살을 쏘고 백인에게는 위해를 가하지 않는다는 사실도 스탠리와 마찬가지로 쇼반느도 알았습니다. 이로 인해 동행했던 백인 세 명과 쇼반느는 언제나 공격을 피할 수 있었지만, 나머지 대원들은 소인족의 집요한 공격에 쓰러져갔고, 결국 쇼반느와 백인 세 명만 살아서 정글을 탈출했습니다.

쇼반느는 콩고에 원정했던 다른 모험가들과 마찬가지로 소인족이 어떤 독을 사용하는지 알아내려고 시험해보았습니다. 그러나 스탠리 이상의 성과를 내진 못했습니다. 이 독으로는 백인이 죽지 않는다는 사실을 스탠리 탐험대가 과시했기 때문에 그 배타적인 부족이 탐험대 중 백인을 공격하는 걸 단념하고 원주민만 노렸던 게 아닐까, 그래서 대열을 지휘하는 백인 네 명에게는 손을 뻗치지 못했던 게 아닐까, 쇼반느는 생각했습니다. 이런 생각은 저도 이해합니다. 이에 대한 일은 일기에 정확하게 기록돼 있습니다. 결론적으로 말해서 쇼반느는 대원이 전멸했음에도 이를 개의치 않고 네 명의 백인만은 살아날 수 있다고 믿었던 모양입니다.

이 탐험대의 규모는 크지 않았습니다. 쇼반느가 통제 가능한 정도의 수로 이루어진 탐험대였습니다. 그는 찾는 물건을 손에 넣기

---

* Sir Henry Morton Stanley. 영국 출신의 미국 언론인이자 탐험가. 1887년 수단의 에콰토리아 총독 에민 파샤를 구하기 위해 아프리카로 떠났다.

위해 정찰대 이상으로 큰 탐험대를 조직하는 일은 하지 않았던 것 같습니다. 예의 에메랄드의 발견은 수목을 바꿔 심으면서 만들어진, 다시 말해 고대의 둔덕 일부를 파헤칠 때 생긴 우연의 결과였던 겁니다.

물론 모험 이야기를 들어본 적 없는 사람은 그 같은 배타적인 부족이 존재할 리 없다고 생각하겠지요. 그러나 이것은 결코 가공의 존재가 아닙니다. 적도 바로 밑 광대한 정글 전역에 걸쳐 이러한 부족이 살고 있고, 야음을 타서 독무기를 쓰며 살그머니 공격해온다는 것은 모험가들 사이에서는 잘 알려진 사실입니다. 스탠리는 원정 중 내내 이 부족을 두려워했습니다. 그의 지도에는 이들 부족의 야영지 소재를 가리키는 표지가 1면에 표시돼 있습니다. 이는 결코 지어낸 이야기가 아닙니다. 콩고에서는 이들 부족이 언제나 위협의 대상으로 알려져 현실적으로 위험한 존재입니다. 쇼반느는 원주민 대원의 신변에 일어난 일을 이상하다거나 수수께끼라고 생각하지도 않았던 듯합니다. 이 일은 일기에 확실히 적혀 있습니다.

아까도 말씀드렸습니다만 믿어지지 않는 사건이 일기에 기록되기 시작한 것은 12월 17일 이후입니다. 드디어 그날 그들은 사지를 빠져나왔습니다. 그날 이전에도 다소 암시적인 일이 일기에 나와 있습니다. 불면으로 고생하고 있었는지 몰라도 쇼반느는 그 일을 몇 번이나 되풀이해서 표현했습니다. 수면제를 먹어도 잠을 못 잤는지 수면제가 듣지 않는다는 말을 몇 번이나 썼습니다. 요즈음의 약은 효과가 없다고 한탄하고, 약에 뭔가 섞여 있지나 않은가 의심하였으며, 다른 사람에게 그 약을 먹게 하여 효과를 시험했다고도 적혀 있습니다. 그런데 그 약이 다른 사람에게선 즉시 효과가 나타나서 도리어 그가 불안해했다는 내용도 있지요. 그 후에도 여전히 불면이 계속되어 의사가 권할 만한 다양한 약을 복용해봤지만 어떤 것도 효과가 없었던 모양입니다.

이 일은 12월 17일 이전 무렵부터 자세하게 기술되어 있습니다. 그때는 일행이 콩고의 정글 북동쪽을 향해 두려운 행진을 계속했던 기간입니다. 말로는 다하기 어려운 공포의 연속이었습니다. 광대한 미대지의 전역이 악마의 왕국이었습니다. 그 상황을 실감으로 느끼는 것은 우리들로서는 불가능합니다.

어둠과 비의 공포, 하늘은 나무들의 가지 끝으로 뒤덮인 내내 어둡고, 발밑 지면은 진흙밭처럼 질퍽거리고, 온갖 종류의 해충이며 파충류가 그 근방 어디에나 기어다니고, 온통 썩은 냄새만이 풍겨오고, 게다가 인정사정없고 눈에 보이지 않는 적이 잠복하고 있습니다. 악조건으로 이것만 갖추어져도 누구라도 신경이 곤두서겠지요. 쇼반느가 잠들지 못했다는 것도 무리는 아닙니다. 그러나 그는 꺾이지 않았습니다. 이 일을 반드시 각하께서 알아주셨으면 합니다. 오히려 거의 신비적이라고도 할 만한 힘을 발휘하여 피할 수 없는 운명을 맞았던 것입니다.

쇼반느가 이다음 찾아올 자신의 운명을 자각한 것이 언제였는지 알 수 없습니다. 그러나 앞에서도 말씀드렸듯이 북동쪽으로 행동을 개시했던 최초의 날부터 그는 이 일을 알고 있었던 게 아닌가 합니다.

저는 그 일기를 단어 하나하나 세심하게 검토했습니다. 이것은 누가 읽어도 의미가 파악되지 않는 문장들이지만, 쓴 사람의 의도만 정확히 파악하면 본래 의미를 틀림없이 알 수 있다는 것이 당시 저의 느낌이었습니다. 이 같은 경우는 전에도 경험한 적이 있습니다.

독일에서 우송된 우편 문장을 보니까 단순히 국내 사건에 대한 보고에 지나지 않는데도 실제는 명확한 지시를 포함한 군대의 명령문서였던 적이 있지요. 이것으로도 알 수 있듯이 저의 느낌은 틀리지 않았습니다만, 당시 파리의 정부 고관은 저의 발상을 비현실적인 것으로 간주하고 무시하고 말더군요.

그런데 이미 말씀드렸듯이 12월 17일경까지는 이 같은 기묘한 탈선의 모습이 일기의 어디에도 보이지 않습니다. 그날 정글에서 빠져나온 일행은 동쪽이 낮은 산맥으로 에워싸인 큰 초원 고지를 향했습니다. 앨버트 니안자 호수는 이 산맥 기슭에 있습니다. 앨버트 호수에는 배를 예약해두었는데 일행은 예정보다 열흘이나 빨리 정글을 빠져나왔던 것입니다. 배는 스탠리가 에민 파샤와 만났던 곳과 같은 지점에서 일행을 맞으러 올 예정이었습니다.

여기서 또 한 가지 지나칠 수 없는 사실이 있습니다. 일행은 스탠리와는 달리 앨버트 호수의 산부리로는 가지 않았습니다. 그들은 풀이 우거진 경사면에 캠프를 치고 머물렀습니다. 쇼반느의 기록에 의하면 그 풀은 영국의 잔디와 닮았다고 합니다. 그곳은 정글을 나와서 하루 정도 전진한 지점이었습니다.

쇼반느는 탐험대가 애용하는 현대적인 기구를 갖추고 있었습니다. 그래서 그는 아주 정확하게 캠프 위치를 기록할 수 있었죠. 이 위치는 여섯 가지 다른 도면으로 일기에 기록돼 있어서 여러 가지 방법으로 확인되었습니다. 그는 이 캠프의 위치만은 한 치의 실수도 없이 정확한 기록으로 남겨두겠다고 다짐했던 것 같습니다. 실제로 그의 기록은 조금도 틀림없습니다. 우리 나라와 벨기에의 국경을 구획하는 국경 표시와 마찬가지로 정확한 위치를 차지하고 있습니다.

만약 오늘 새로 측량해도 0.5미터도 틀리지 않으리라고 생각합니다. 측량할 시간은 충분히 있었을 겁니다. 다른 남자들이 앨버트 호수로 나간 사이에 그는 루터크와 함께 캠프에 머물렀기 때문입니다.

여기까지 오면 호수까지의 길은 간단히 확인될 거라고 생각되었습니다. 하늘을 가르는 바위투성이의 곶이 보였습니다. 그러나 쇼반느와 동행한 남자들은 길을 확실히 확인해두어야 한다고 생각했던 듯합니다. 어차피 배가 도착하기까지는 시간이 남았으니까 그 시간을 이용해 길을 확인하면 좋았을 것이었습니다. 미국인 건달 딕스와 핀란드인은 앨버트 호수를 향하고, 루터크와 쇼반느는 함께 캠프에 남았습니다.

일기를 보면 쇼반느는 이 방침을 정당화하기 위해 상당히 신경을 썼던 것으로 생각됩니다. 이때 그는 자신의 몸 상태에 불안을 느꼈습니다. 이 캠프 장소는 두려운 콩고의 정글을 빠져나온 후이므로 마치 천국과도 다름없는 장소였습니다. 기복이 심한 밝은 초록의 초원으로 여기저기 나무 그림자가 점철되어 있고 언덕 위에는 일단의 수풀이 보이고, 그 너머 동쪽으로는 앨버트 호수를 에워싼 산맥을 바라다볼 수 있었지요. 남서로 전개되는 광대하고 두려운 미개지를 탈출한 후인 만큼 그곳은 정말 낙원이었습니다. 가는 곳마다 새가 울고, 영양이며 들소 들이 풍부하게 서식하는 빛나는 토지였습니다. 수렵가에게는 야영지를 찾느라 수고할 필요가 없는 장소였지요.

쇼반느는 이 캠프에서 루터크와 둘이 지내며 일기를 썼습니다. 저는 이 일기를 토대로 파리 경찰청에서 이른바 암호 해독이라 해야 할 작업에 드디어 성공했던 것입니다.

조금 전 저는 그들이 옛 코끼리의 길을 더듬어 앨버트 호수 아래

이 천국과 같은 토지로 향한 12월 17일 이전 일기에서 쇼반느의 동정을 보이는 기술이라면 단 한 가지, 그가 불면증에 시달렸고 수면제를 복용해도 효과가 없었다고 말한 것뿐이라고 말씀드렸습니다. 그러나 정확히 말씀드리자면 그것뿐이 아닙니다. 이 일기에는 이 무렵부터 쇼반느의 정신 상태를 암시하는 기록이 나와 있습니다. 분명히 그는 어떤 생물, 그것에 관해 아무런 지식이 없는 생물의 서식지에 접근하고 있었다는 인상을 기록에 남길까 어쩔까 오래 망설였던 모양입니다.

아무래도 모호한 이야기지만 일기에 적혀 있는 '느낌'의 근거, 그것이 이미 애매합니다. 요컨대, 뭔가 기묘한 생물이 전방에 있는 것 같다고 한다거나, 이런 생물이 탐험대를 뒤쫓아온 듯한 기분이 든다고 한다면 그런대로 납득이 됩니다. 앞서도 말씀드렸듯이 배타적인 소인족이 네 명의 백인을 제외하고 대원들을 모두 죽이려고 뒤따라왔음은 사실이니까요. 그러나 쇼반느가 느낀 것은 그런 위험이 아니었습니다. 그런 위험이라면 처음부터 알아차렸고 충분히 각오도 되어 있었을 겁니다. 전방에 무언가 생물이 있는 것 같은 막연한 불안이 새로이 그의 마음에 싹트고 있었던 것입니다.

쇼반느는 이 느낌이 마음에 얽매여 떠나지 않았다고 쓰고 있습니다. 이 느낌은 앞으로 나아감에 따라 점점 강해졌고, 일행이 정글을 탈출하여 앨버트 호수 서쪽 풀밭에 도달했을 무렵에는 의심할 것도 없을 만큼 불안했다고 합니다.

처음에 쇼반느는 이것을 불면증의 원인인 우울 상태가 일으킨 환각이라고 치부했지요. 그러나 나중에는 이것을 무시할 수 없는 확실한 예감으로 받아들였다고 합니다.

물론 우리는 처음 이 일기를 입수했을 때 이들 기술이나 그것에 관계된 믿기 어려운 사정으로 인해 신경이 이상해진 사람의 환각이라고 생각했지요. 그러나 이것은 상당한 불찰이었습니다. 그 이후의 일기는 어느 한 가지를 들더라도 매우 중요한 것이지만, 그것을 나중에야 깨달았던 것입니다. 이 무렵까지의 일기를 읽으면 쇼반느의 마음이 어떻게 움직였는지 실로 잘 알 수 있습니다.

앞서도 말씀드렸듯이 쇼반느의 일기 후반에는 그와 함께 기거했던 세 남자의 친절한 마음이나 헌신적인 노력에 대해 늘 기록되어 있습니다만, 당시 세 명은 그에 대해 상당히 신경 쓰고 있었던 듯합니다. 세 명은 그의 정신 상태에 심하게 위험을 느꼈다고 생각할 수 있습니다. 그것은 세 명이 쇼반느가 소지한 모든 탄약류와 개인용 무기까지 감춘다든지 망가뜨린다든지 했던 사실에서도 쉽게 상상이 됩니다. 세 명은 나이프의 날까지 부러뜨렸지요. 그러한 정신 상태에서는 살인을 할지도 모르고, 자살할지도 모른다고 걱정했던 겁니다. 세 사람은 동료로서는 서로 전혀 적의를 품고 있지 않았다고 쇼반느는 되풀이해서 일기에 쓰고 있습니다.

그런데 쇼반느의 일기는 이 무렵부터 그가 보았다고 하는 이상한 생물에 대한 표현에 파묻혀 있었습니다. 뭔가 기묘한 생물이 캠프에 접근했다는 느낌에 그는 사로잡혀 있었던 듯합니다. 이 무렵의 일기를 읽으면 그는 자신이 느낀 인상이 얼마나 옳은가를 되풀이해서 썼습니다만, 그가 공을 들여 쓰면 쓸수록 도리어 우리에게는 황당무계한 것으로 느껴집니다. 인간의 타고난 감각은 극히 좁은 범위에 한정되어 있는데 이 세상 모든 생물에 관하여 어떻게 알 수 있을까 하는 의문을 제기하고 다시 그 감각의 한계에 관하여 다음과 같이 고찰하고 있습니다. '눈은 쉽게 속는다. 귀도 완전히는 믿을 수 없다. 인간의 후각은 가장 하등한 동물의 후각에보다도 훨씬 못 미친다. 그 외의 지각에 대하여 말하면, 원시적인 촉각에 한정되어 있다. 이 같은 한정된 수단에 의지해 예컨대 주위이 한정된 지역이리해도 세상을 큰 개념으로 파악하려는 것이 가능하다고 여기는 것은 우습기 짝이 없는 것이 아닐까.'

일기에는 불면증에 대한 글, 환각에 빠져 쓴 것처럼 보이는 글에 이어 이상과 같은 내용이 열두 페이지에 걸쳐 상세히 쓰여 있습니다. 그리고 그 후 그 이상한 사건을 더 자세히 기록하고 있습니다.

지금까지는 두뇌 속 현상이었습니다. 모든 것이 이른바 '정신적 증상'이었죠. 그러나 이제부터 육체적 징후가 나타나기 시작합니다.

쇼반느가 그의 말대로 '얼굴의 미묘한 감촉'을 느낀 것은 일행이 정글을 빠져나와 새로운 캠프 장소에서 지낸 첫날 밤이었습니다. 그것은 날개깃 끝으로 간지럽히는 듯한 아주 희미한 감촉이었다고 합니다. 그는 어두움 속에서 분주히 더듬어보았으나 손에 닿는 것은 아무것도 없었습니다. 그의 문장에 의하면 이날 밤 이 같은 일이 수차례 있었다는데, 그때마다 급히 손을 뻗어보았지만 주위에 무언가 생물이 있다는 육체적인 감촉은 없었다는 겁니다.

이것은 딕스와 핀란드인이 앨버트 호수로 길을 정찰하러 나가기 전의 사건입니다. 쇼반느는 이 체험을 다른 남자들에게 진지하게 이야기해보았으나 남자들은 아무것도 느끼지 못했다는 것입니다. 텐트 속에 발자국이나 뭔가 다녀간 흔적이 아무것도 없었다는 것도 사실입니다.

다음 날 밤에도 다시 같은 일이 생겼습니다. 이때 쇼반느는 얼굴

위로 무언가가 쓰윽 지나가는 느낌을 분명히 받았다고 합니다. 그때 그는 곧 팔을 뻗어 뭐든지 어떤 생물이 손에 닿을까 하여 필사적으로 더듬어보았습니다. 아무것도 손에 닿지 않았습니다. 소리도 전혀 들리지 않았고, 텐트에서 함께 누워 있던 남자들도 아무렇지도 않은 표정으로 잠자고 있었답니다. 그는 그다음 날 아침 다시 이 이야기를 했습니다. 그러나 세 남자는 그런 것은 아무것도 모르겠다고 대답했습니다.

쇼반느가 생물이 나타났던 일을 말할 때마다 세 남자는 그의 일을 상당히 걱정했던 것 같습니다. 아무튼 남자들은 아무것도 보지 못한 데다가 아무것도 스친 적이 없었던 까닭에 그런 쇼반느의 상태가 걱정되었지요. 남자들이 그의 무기에 예방 조치를 한 것은 이 날이었던 것 같습니다. 사내들은 쇼반느를 감시하기 위하여 프랑스인 루터크를 캠프에 남겨두기로 했습니다. 이때 쇼반느의 정신 상태로는 수수께끼 생물의 위협보다도 언젠가 그가 자신에게 상처 입힐지도 모른다는 우려가 있어 이런 조치가 행해진 거라고 일기에는 분명히 적혀 있습니다. 그래서 딕스와 핀란드인만 앨버트 호수로 떠났고, 루터크는 쇼반느와 함께 캠프에 남았습니다.

쇼반느가 생물을 본 날은 두 남자가 출발하고 나서 루터크와 함께 텐트에서 자고 있던 세 번째 밤이었습니다. 새벽 3시경이었죠. 그는 한밤 내내 잠들지 못했지만 눈만은 감고 있었는데, 어느 순간 어쩐 일인지 퍼뜩 눈을 떴다고 합니다. 손목시계를 보니 꼭 3시 17분이었습니다. 그날 밤은 보름달로, 반쯤 열린 텐트의 휘장 틈새로 밝은 빛이 쏟아져 들어와 시곗바늘을 볼 수 있었습니다. 인기척이라고는 무엇 하나 들리지 않았습니다. 무언가 있는 듯한 기색은 있었지만 확실히 생물이 있다고 육체로 실감될 만한 증거는 아무것도 없었습니다.

그것은 휘장을 움직이지도 않고, 소리도 내지 않고 쓰윽 다가왔지요. 쇼반느는 그 생물을 분명히 봤다고 쓰고 있습니다. 생물은 텐트에 들어오면 일순 멈춰 서서 그대로 몇 초인가 전혀 꼼짝도 하지 않았다고 합니다. 생물의 머리 부분은 다른 부분과 비교하여 불균형일 정도로 거대했고, 머리 부위 생김새가 정육각형이었다는군요. 외형은 확실히 알겠지만 전체적인 얼굴 생김새는 자세히 알 수 없었다고 합니다.

이것은 공포를 불러일으키지 않을 수 없다고 생각합니다. 머리 부분이 몸체와 비교하여 불균형하게 크고 정육각형인 데다 몽달귀신이라는 겁니다. 가슴과 배도 전체적으로 보면 역시 매우 거대했습니다. 수족은 가늘고 길며 마디가 있었죠. 몸 전체가 붉은 기가 도는 이상한 색깔로, 우리가 익히 보아온 동물들이 갖고 있는 가죽은 전혀 없고, 몸체는 무언가 딱딱하고 붉은 물질로 되어 있었던 듯, 그건 마치 가죽을 벗긴 고기를 얼려서 문지른 것 같은 인상이었다고 합니다.

그의 눈이 그 생물을 포착한 것은 진짜 한순간으로 생물은 금세 꺼지듯 사라졌습니다. 쇼반느는 잠깐 방향을 바꿨다 싶은 사이에 생물이 자취를 감추고 만 것이라고 느꼈습니다. 생물이 침입한 입구는 달빛에 분명히 잘 보였는데 그 생물의 모습만은 두 번 다시 볼 수 없었습니다. 보이는 것은 다만 텐트의 침상에 깔린 가죽뿐이었습니다."

여기서 융켈은 상대가 지금까지의 이야기를 모두 이해했다는 것을 전제로 말을 계속하려는 건지 일단 입을 다물었다. 그러나 상대의 의견을 구하려 하지는 않았다. 맞은편 인물이 그가 다시 입을 열기를 기다리는 것 같아 그는 곧 말을 이었다.

"저는 쇼반느가 쓴 체험의 전부와 그 일로부터 그가 내린 결론에 관해 상세하게 말씀드릴 작정은 아닙니다. 그는 그 후로도 밤에 그 생물을 보았습니다. 그러나 항상 그의 곁에 있던 루터크는 한 번도 보지 못했습니다. 쇼반느는 이 생물에게서 무언가를 배웠습니다. 그 생물들은 늘 그에게 인간의 감각과는 다른 지적 발상을 주었습니다. 그는 이 생물이 소경인 듯한 인상을 받았습니다. 적어도 우리 인간이 이해하는 의미로는 장님이었던 듯합니다. 그러나 그 생물이 우리가 시각이라 부르는 감각보다 우수하지는 않다 해도 적어도 동등한 감각을 갖추고 있다는 것은 틀림없다고 그는 생각했습니다.

그는 또 자세히 적지는 않았지만 그 생물이 지하에 서식하고 있다는 사실을, 그리고 그 지하도시 하나가 캠프에 근접해 있음을 발견했습니다. 결국 그는 무언가 기묘한 운명의 장난으로 이 이상한 생물의 지하 서식지 입구 어근에 캠프를 설치했던 겁니다. 이러한 살아 있는 물체를 우리 감각으로 생물이라 부를 수 있는지는 모르겠지만요.

이것은 우리의 상상입니다만, 쇼반느가 일기에 영국 작가 웰스의 소설에 등장하는 물체를 모델로 삼아 이 생물에 관해 표현한 것으로 볼 때 비슷한 느낌의 생물이 아닐까 합니다. 웰스의 소설에 등장하는 것은 인류가 퇴화하여 태어난 생물로, 지하 암흑세계에 남아서 가냘프게 생존하는 동류의 고기를 먹으며 오래도록 살았다고 합니다.

쇼반느는 일기 속에서 모델 운운하는 말은 한 줄도 적지 않았습니다. 콩고의 정글을 벗어나고부터 뇌리를 떠나지 않는 예감대로 생물을 만난 뒤로 가끔씩 마음에 떠오른 것으로써 일찍이 읽었던 이 소설을 저고 있을 뿐입니다.

이상이 쇼반느 일기의 주 내용입니다. 이것을 읽고 각하도, 파리 당국도 쇼반느는 미쳤다고 믿었습니다. 그 클라이맥스의 기술이 결정적인 근거가 된 듯합니다. 미국인 건달 딕스와 핀란드인이 앨버트 호수로 나간 후 쇼반느가 루터크와 단둘이서 일주간을 지냈기 때문입니다만, 그사이 그가 목격한 것을 그 일기에는 아시다시피 실로 자세히 적었습니다. 그 이래 쇼반느가 어떻게 해서든지 최종적인 결론에 도달했으리라는 것도 각하는 이미 아시리라고 생각합니다. 결국 그는 조끼 속에 꿰매 넣어 가져온 일곱 개의 큰 에메랄드가 그 생물을 도발시켰으리라 생각했던 것 같습니다.

그 에메랄드는 루브르 박물관에 있습니다. 세계에서도 가장 진귀한 일곱 개의 보석입니다. 지금까지 알려진 어떤 에메랄드보다 크고 순수한 보석입니다. 아무도 모르는 방법으로 커팅되어 그 속엔 우리가 아는 어떤 언어보다도 오래된 그림 문자가 쓰여 있는데, 이 문장은 지금까지 온갖 노력에도 불구하고 해독에 성공하지 못했습니다.

어쨌든 프랑스인 루터크가 쇼반느와 내내 함께 있었다는 것은 결국 루터크는 끊임없이 그를 감시하고 있었다는 말이 되죠. 쇼반느가 텐트에서 12미터 이상 벗어난 일은 한 번도 없었을 겁니다. 두 사람은 아무런 소리도 듣지 못했고, 폭력 행위 같은 일도 전혀 없었습니다. 쇼반느나 감시역인 루터크가 알아차리지 못할 행위는 한 번도 없었는데, 딕스와 핀란드인이 돌아오기 전날 에메랄드는 사라지고 만 겁니다!

쇼반느는 그 일을 상세히 일기에 적어놓았습니다. 전혀 의문을 품을 여지가 없을 정도로 확신에 찬 문장으로 정확히 기술해놓았습니다. 에메랄드는 그 생물이 지하 거처에 가져갔다는 것입니다. 그리고 그 거처의 입구는 캠프에 근접한 장소라고 합니다.

여기에서 그와 함께 있었던 남자들이 그를 미쳤다고 판단한 것도 무리가 아니라고 생각합니다. 그는 세 남자에 대해 장황할 정도로 다정한 이별의 말을 적고 있습니다. 남자들의 용기, 그에 대한 친절, 탐험대에 대한 헌신적 태도를 상세히 적어 그들에 대한 고마움을 표현했지요. 동료의 충성에 관해 이 이상으로 멋진 글을 쓸 수 있는 사람은 아마 없을 겁니다.

아울러 그는 자신의 죽음이 분명히 임박해 있다는 사실을 지적했습니다. 이 일기가 프랑스에 도착하기를 기도하고 프랑스 정부가 원정대를 보내 에메랄드를 회수하기를 간절히 희망했습니다. 그 에메랄드는 그의 기술에 의하면 생물의 지하 거처 어딘가에 감춰져 있다고 했습니다. 마치 그 생물의 거처가 어디에 있는지 안다는 듯이 적어놓았습니다. 에메랄드는 캠프 장소에 근접한 생물의 거처에 있어서 회수해 갈 수 있다고 단언했습니다. 덧붙여 자신의 죽음이 임박한 것도 그 죽음이 피할 수 없는 일임을 언급했고, 그 후로도 세 남자의 충성에 관해 단언했습니다.

루터크의 보고에 의하면, 그다음 날 그는 핀란드인의 라이플 총으로 자살했다고 합니다. 이것으로 그가 미쳤다고 확신하는 것도 당연하다고 생각합니다."

여기서 갑자기 융켈은 소리를 높였다.

"그러나 그는 미치지 않았습니다. 각하는 이 일기 전체가 암호인 것을 알아차리지 못하셨습니까? 그가 어떤 것을 의도한 것인지를 모르시겠습니까?"

그때 베란다 쪽의 인물이 갑자기 뭐라 말할 수 없는 커다란 탄성을 질렀다. 한 손바닥을 다른 주먹으로 때리는 소리가 났다. "멋있어!" 그는 외쳤다. "어떤 찬사도 부족할 정도로 교묘해. 정말로 멋져! 그런 절망적인 입장에 있으면서 이런 교묘한 수단을 생각해내다니. 정말 놀라운 일이야. 그는 자신이 어떻게 될지 알고 있었지. 그래서, 콩고 강에서 끌어올린 돌 밑에서 주운 보석을 숨겨놓고, 나중에 프랑스 정부가 회수할 수 있도록 숨겨놓은 그 장소를 암호로 표시해놓은 거야. 게다가 그는 이 일기가 파리에 무사히 도달하도록 아주 세심하게 신경을 썼지. 멋지다! 놀랄 일이야!"

그는 곡물 자루를 두드리듯 커다란 손으로 자신의 다리를 두드렸다.

"그 남자, 이런 일을 계획했을 거라고는 꿈에도 생각하지 못했어. 그저 미친, 시시한 친구라고만 생각했지!"

"확실히." 융켈이 대답했다. "처음에는 누구라도 그렇게 생각했습니다. 그러나 그는 미치지 않았던 겁니다. 그는 다만 이 일기의 전부를 사용하여 세부까지 계산하여 암호로 꾸몄던 것뿐입니다. 그것은 이미 원주민 대원을 전부 잃고 앨버트 호수에 도달할 것이 확실시되면 그까지도 살해하려고 작정했던 세 남자까지 속인 암호입니다. 일기는 표면상으로는 남자들의 억울함과 그 자신의 광기를 증명하고 있으므로, 그들이 일기를 억울함의 증거로서 프랑스 정부에 갖다 바칠 거라 예측하고 남자들을 완전히 속였던 겁니다.

그는 살아서 돌아올 가능성이 전혀 없다는 걸 알고 있었습니다. 그러나 그는 이 보물을 암살자들의 손에 넘기고 싶지 않았습니다. 그래서 자신이 쓴 탐험기와 이 세상에 비교할 수 없는 에메랄드를 어떻게 해서라도 프랑스에 도달시키기를 원했던 것입니다. 거기에서 자신의 탐험에 관련이 있는 모든 정확한 사실과 자신이 암살되는 것을, 그리고 에메랄드를 숨긴 장소를 암호 형태로 만들기 위해 일기를 준비했던 것이죠.

또한 일기에 의하면 암살자들이 당연한 보수를 받지 않으면 안 되게끔 꾸몄습니다. 그는 딕스와 핀란드인이 에메랄드를 루터크가 훔쳤다고 생각할 것을 예견했습니다. 게다가 이 프랑스인은 나머지 두 명보다도 교활해서 상대의 의혹을 알아챘다면 뒤바꿔 상대를 죽일 거라는 점도 예견했지요. 사실 이 일은 두 명이 돌아온 아침 쇼반느의 암살에 이어 곧 실행되었던 것입니다. 이는 아파치 루터크가 처형되기 직전 띄엄띄엄 자백한 말에서 확실히 알 수 있었습니다."

융켈은 여기서 한숨을 돌리고 말을 이었다.

"각하, 이 일기는 지금까지 이 세상에서 시험된 암호 표기 중에서도 가장 멋진 예가 아닐까 합니다."

그는 여기서 다시금 한숨을 돌리고 정중한 어조로 말했다.

"각하, 쇼반느가 표시한 생물이 무엇인지, 그리고 에메랄드는 어디에다 감췄는지 이제 아셨겠죠?"

또다시 커다란 탄성 소리가 들렸다.

"물론."

그 소리는 대답을 했다.

"일기를 쓴 방식에서, 또 미리 계획된 정신 증상으로 그것이 어떤 것인가는 나도 짐작이 되네. 생물은 개미야, 바로 빨간 개미. 그리고 에메랄드는 캠프에서 가장 가까운 개미집에 감추었던 거지!"

버나비 사건
Rex v. Burnaby

리차드 오스틴 프리먼 Richard Austin Freeman, 1862~1943

애거서 크리스티, 도로시 세이어즈 등과 어깨를 나란히 하는 영국 작가다. 의사 출신 소설가로 과학수사를 소설에 도입한 최초의 추리소설가로 알려졌다. 특히 셜록 홈즈로 초래된 본격 미스터리의 황금기에 손다이크 박사라는 캐릭터를 창조하여 큰 인기를 얻었다. 주요 작품은 '손다이크 박사'를 내세운 단편소설집 『노래하는 백골』과 최초로 지문을 소재로 쓴 단편 「붉은 엄지손가락 지문」 등이 있다.

주치의가 진료를 하면서 환자의 가족이나 친구들과 친해지는 건 통상 있는 일이다. 버나비 가家는 개원 초기 환자로 나와 마음이 맞아 금세 친밀해졌다. 그 집안은 조용한 배려와 특히 거드름 피우지 않는 교양이 넘쳐 매력적이고 기품 있는 가정이었다. 또한 흥미를 끄는 가정이기도 했다. 남편과 부인의 나이 차로 가정적 조건이 세상의 평균과 약간 달라 주변 사람들에게 억측의 씨앗이 뿌려졌기 때문이다. 게다가 앞으로 언급하게 될 뜻밖의 사정도 있었다.

프랭크 버나비 씨는 50대 전후로 상당히 허약한 체질의 남자다. 조용하고 약간 내성적인 그는 온화하며 친절한 데다가 묘하게 사람을 좋아하고 신용하는 성격이었다. 근무처는 영국공문서 보관실로, 고문서 관리를 담당한 만큼 고문서에서 얻어낸 색다르고 재미있는 이야기를 많이 알고 있었다. 그는 그런 이야기로 사람을 매료시켰고, 가정에 단란한 분위기를 가져왔다. 나는 그토록 매력적인 남자를 본 적이 없고, 이 남자 이상으로 사랑하고 존경하는 마음을 품어본 사람이 없다.

버나비 씨와는 전혀 다른 의미에서 그에게 결코 뒤지지 않는 매력적인 사람이 또 있었는데, 바로 그의 아내다. 애교가 넘치며 눈에 띄게 아름다운 그녀는 아직 서른 살 전으로 아가씨 티를 벗지 못했다. 상냥하고 활달한 성격에 시시덕대며 떠들어대기도 하지만 교양과 기품이 있으며 남편이 하는 일에 지대한 관심을 갖고 있다. 내가 보기에 이 두 사람은 깊은 애정과 충분한 공감으로 이루어진, 무척이나 사이좋고 행복한 부부였다. 한편, 버나비 씨의 전처가 낳은 네 명의 아이가 있었는데, 그중 남자아이가 셋, 여자아이가 하나였다. 아이들이 젊은 계모를 따르는 것은 아이들에 대한 그녀의 자애로움을 무엇보다도 잘 말해주는 것이었다.

그러나 옥에도 티가 있다. 적어도 나는 그렇게 느꼈다. 이 가정의 친구로서 또 한 사람, 시릴 파커라는 젊은이가 있었다. 특별히 내가 이 젊은이에게 사적으로 반감을 품은 것은 아니지만, 그래도 파커와 이 가정과의 관계가 그다지 좋다고 생각되지는 않았다. 그는 용모가 수려하고 붙임성이 좋고 재능이 있으며 견문도 넓었다.

어느 출판사의 공동 경영자로 원고를 읽는 게 그의 일이었다. 그에게도 버나비 씨와 마찬가지로 직업상의 독서로부터 얻은 재미있는 화제가 끊이지 않았다. 그런데 버나비 부인에 대한 파커의 찬미와 애정이 분명히 위험한 지경에까지 이르고, 점점 더 친밀해지는 모습에 나는 눈살을 찌푸릴 수밖에 없었다. 부인은 그에게 아주 분명한 우정의 감정을 품고 있었다. 그것은 정말 담백한 감정이었다. 그러나 나는 두 사람의 관계를 의혹의 눈으로 보고 있었다. 부인은 어떤 남자든 애정을 품어볼 만한 여자였다. 하지만 그녀를 바라보는 파커의 눈에 종종 떠오르는 애정의 빛은 마음에 들지 않았다. 사실 두 사람의 행적에 사람들에게 지탄받을 만한 점은 없었다. 어떤 의미에서도 그들 간에는 앞으로 덮쳐올 무서운 재앙이 짐작될 만한 게 없었다.

비극의 출발점은 비교적 사사로운 곳에 있있다. 난해한 사본을 무수히 읽은 탓으로 버나비 씨가 눈의 피로를 느끼자 나는 그가 올바른 진단 아래 올바른 안경을 맞출 수 있도록 안과의사를 소개해주었다. 그가 진찰을 받으러 갔던 날 저녁, 나는 버나비 부인으로부터 급히 와달라는 연락을 받았다. 집에 가보니 버나비 씨의 상태가 지독히 나빴다. 증상으로 보아 왜 이런 일이 일어났는지 도저히 이해할 수 없었다. 그것은 어떤 병명에도 해당되지 않는 것이었다. 얼굴에 홍조가 있었고, 체온은 약간 높고, 맥박은 빠르나 호흡은 느리고, 목은 극도로 건조하고, 동공은 크게 확장되어 있었다. 이 놀라운 증상은 내가 아는 한 아트로핀 중독을 제외하면 해당되는 게 없었다.

"무슨 약을 복용하셨습니까?" 내가 물었다.

버나비 부인은 머리를 흔들었다.

"선생님이 처방해주신 약 외에는 아무것도 먹지 않았습니다. 게다가 남편은 아무것도 먹으려 하지 않았어요. 아무튼 귀가한 직후 갑자기 발병했으니까."

정말 이해하기 힘든 말이었고 환자 자신도 발병 원인에 대해 전혀 짐작되는 바가 없었다. 그 문제를 생각하면서 나는 문득 맨틀피스*를 봤는데 그 위에 안약 라벨이 붙은 물약 병과 처방전 봉투가 있

---

* 벽에 붙여 만든 장식적인 난로.

었다. 봉투를 열어보자 안과 처방전이 붙어 있었다. 아트로핀 설파이트의 극히 희박한 용액.

"이 안약을 넣었습니까?" 내가 물었다.

"네. 남편이 귀가하자마자 제가 눈에 넣어드렸어요. 양 눈에 각각 두 방울씩, 용법대로 했어요." 부인이 말했다.

정말 이상하다. 이 네 방울의 안약에 포함된 아트로핀 양은 100분의 1그레인** 이하로, 현재의 증상을 일으키기에는 불가능한 정도의 미량이다. 버나비 씨는 독약을 복용한 사람의 모든 징후를 보이고 있지만 실제로 복용하지 않은 것은 분명하다. 안약 병이 거의 가득 차 있었던 것이다. 이유를 전혀 알 수 없었다. 그래도 나는 이것을 아트로핀 중독으로 조치했다. 치료는 눈에 보이게 효과를 나타냈고, 이로 인해 나는 오히려 더 오리무중의 기분으로 귀가했다.

다음 날 아침 왕진을 가보니 환자는 이미 회복하여 출근한 후였다. 그러나 그날 밤 또 급히 와달라는 연락이 왔다. 나는 열일 제쳐두고 급히 버나비 씨 집으로 향했다. 환자는 전날과 비슷한 발병으로 괴로웠는데 상태는 더 심각했다. 나는 급히 피로칼핀 주사를 놓고 다른 적당한 치료를 해서 그의 증상이 급속히 호전되는 것을 보았다. 그러나 치료의 효과는 증상이 실제로 아트로핀에 의한 것임을 나타냈기 때문에 안약에 함유되어 있는 미량을 제외하면 아트로핀은 전혀 복용하지 않았다는 얘기가 된다.

이것은 정말 이해하기 힘든 일이었다. 철저하게 조사를 해도 안약 외에는 독의 출처를 발견할 수 없었다. 게다가 두 번에 걸친 발병은

** 1그레인은 약 64밀리그램이다.

두 번 다 안약을 사용한 직후 일어난 것으로, 설령 말이 되지 않을 정도로 극히 적은 양이어도 이 확연한 연관성을 무시할 수 없었다.

"이건 제 추측에 지나지 않습니다만." 내가 버나비 부인과 사정을 들으러 온 파커에게 말했다. "버나비 씨는 특이체질, 그러니까 이 약에 대해 이상하게 민감한 체질인 것 같습니다."

"그건 흔히 있는 체질입니까?" 파커가 물었다.

"그렇습니다. 약물에 대한 반응은 사람마다 각기 다르죠. 특정한 약을 예로 들자면, 요드칭키에 대한 내성이 극도로 약해서 보통의 의약품이 갖는 독성 효과를 나타내는 사람이 있는가 하면 이상할 정도로 태연한 사람도 있습니다. 크리스티슨은 『독약론』에서 아편을 복용하지 않는 남자가 약 1온스의 아편칭키를, 이건 보통 사람에게는 치사량이지요, 복용하고도 태연했다는 예를 들고 있습니다. 이러한 독물 특이체질은 환자를 잘 모르는 의사가 두려워하는 함정입니다. 만약 누군가가 버나비 씨에게 벨라돈나라는 약을 대량으로 줬다면 어떻게 될지 생각해보십시오."

"벨라돈나는 아트로핀과 같은 효과가 있나요?" 부인이 물었다.

"같습니다. 아트로핀은 벨라돈나의 주성분입니다."

"잘 알았어요." 부인이 외쳤다. "어쩌다 보니 남편의 특이체질을 알게 됐군요. 이제 안약은 사용하지 않도록 해야겠어요."

"그렇습니다. 사용하지 마십시오. 제가 하인즈 씨에게 편지를 써서 아트로핀을 쓸 수 없다는 걸 알려드리지요."

안과의사에게 연락을 했더니 그는 안약과 발병의 연관에 은근히 의문을 나타냈다. 그러나 버나비 씨가 아트로핀과의 관계를 이만 끊는 것으로 문제의 결말이 났다. 그리고 그의 결단은 지금까지 옳

앗다는 것이 입증되었다. 그동안 증상은 재발하지 않았던 것이다.

두 달이 지났다. 이 일은 나의 뇌리에서 거의 잊혀지고 있었다. 그런데 그 병이 어떤 의미에서 재발하여 나는 아연했는데, 이때 굉장히 중대한 위험을 느꼈다. 마침 내가 오전에 왕진을 나가려고 현관을 나서는데, 버나비 씨의 하녀가 편지를 갖고 헐떡이며 나타났다. 편지는 버나비 부인이 쓴 것으로 급히 왕진을 와달라고, 남편이 전과 같은 병에 걸렸다는 요지였다. 나는 구급가방을 들고 급히 버나비 씨 집으로 갔다. 가보니 버나비 씨는 완전히 붉은 얼굴로 소파에 누워 찡그린 표정을 짓고 있었다. 틀림없이 아트로핀 중독 증상이다. 그렇지만 증상이 심하지 않아서 적당한 치료를 하자 곧 나아졌다.

"그런데 버나비 씨." 나는 그가 안도의 한숨을 쉬자 말했다. "대체 무슨 짓을 한 겁니까. 또 안약에 손을 댔습니까?"

"아니…… 손대다니요? 하인즈 의사에게 벌써 말해두었는데."

"그럼 아트로핀을 함유한 뭔가를 드신 거군요."

"그런 것 같다고 생각합니다만 짐작이 가지 않아요. 약은 전혀 먹지 않았습니다."

"환약, 정제, 고약, 연고 같은 건?"

"전혀 사용하지 않았어요. 실제 나는 아침식사 말고는 오늘 아무것도 입에 대지 않았습니다. 발병한 것은 아침식사 직후였는데, 식사는 아주 간단하게 했어요. 비둘기 알 두 개와 토스트에 홍차를 곁들였지요."

"비둘기 알이라뇨." 나는 벌컥했다. "왜 참새 알로 하지 않았죠?"

"시릴 씨가 보내준 것입니다. 장난할 생각으로요." 버나비 부인이 설명했다. 시릴은 파커를 말한다. "남편은 그걸 굉장히 좋아해요. 시릴 씨가 최근 비둘기와 토끼 같은 가축을 기르기 시작했거든요. 그 일을 시작한 건 거의 남편을 위해서였을 거예요. 선생님이 남편에게 특별한 식사를 해야 한다고 말씀하셨기 때문이죠. 그래서 요즘엔 시릴 씨가 계속 보내주고 있어요. 특히 비둘기나 토끼를요. 그것도 상점에서 사는 것보다 훨씬 어린 것들이에요."

"그래요. 시릴 씨는 아주 좋은 사람이죠. 내 식사의 절반 이상은 그 사람이 공급해준답니다. 이렇게 많은 선물을 받은 건 본의는 아니지만."

"이런 선물 하는 걸 그분은 즐거워해요." 버나비 부인은 말했다. "그런데 웬만하면 이런 건 죽여서 보내주었으면 좋을 텐데, 시릴 씨는 늘 산 채로 보낸다니까요. 그래서 요리사가 죽이는 걸 싫어해요. 나는 도저히 죽이지는 못하겠어요. 하지만 나중에 죽은 상태로는 제가 요리합니다. 남편의 음식은 거의 제가 직접 요리하지요."

"그렇답니다." 버나비 씨는 깊은 애정을 담은 시선을 힐끗 아내에게 보냈다. "마가렛은 요리하는 예술가죠. 그리고 내가 그 예술품을 다 먹어치웁니다. 선생, 나는 굉장히 사치스럽게 살고 있답니다."

정말 재미있는 대화였다. 그러나 중요한 문제와는 관계없다. 즉 '아트로핀의 출처는 어딘가?'라는 문제 말이다. 만약 버나비 씨가 아침식사 외에는 아무것도 먹지 않았다면 아트로핀은 틀림없이 아침식사 안에 들어 있었으리라. 나는 그 점을 지적했다.

"하지만 선생." 버나비 씨가 말했다. "그건 불가능합니다. 알은 우선 제외할 수 있습니다. 껍질에 구멍을 뚫지 않고는 독을 넣을 수 없잖아요. 게다가 그 알은 그런 흔적이라곤 없었어요. 그리고 빵과 버터와 홍차는 우리 모두 같은 것을 먹었는데 다른 사람은 이상이 없답니다."

"그건 그리 결정적인 건 아닙니다. 당신에게 중독 반응을 일으킨 아트로핀 용량은 아마 다른 사람이 먹었어도 별 이상을 나타내지 않았을 겁니다. 그런데 여기서 수수께끼는 바로, 아트로핀이 어떻게 해서 어떤 식품 속에 들어갈 수 있었는가 하는 점입니다."

"그런 일은 있을 수 없습니다." 버나비 씨가 말했다.

그것은 현실적으로 내가 확신하는 바이기도 했다. 그러나 실로 석연치 않은 결론이었다. 왜냐하면 수수께끼는 해명되지 않은 채 남았기 때문이다. 그리고 환자의 왕진을 계속하기 위해 겨우 버나비 가를 나왔을 때 내가 위험 원인의 추적에 실패했다는 것에, 그리고 병이 재발하지 않을 것을 환자에게 보증할 수 없었다는 점에서 내심 부끄러운 생각이 들었다.

게다가 이 염려는 기우로 끝나지 않았다. 일주일 정도 지난 후 버나비 가로 왕진해달라는, 낭패와 불안에 찬 새로운 연락이 왔다. 분명히 불안을 생각할 정도의 분명한 이유가 있었다. 도착해보니 버나비 씨가 입도 열지 못하고 눈도 보이지 않는 상태로 누워 있었는데, 파란 눈동자는 속이 텅 빈 검은 원반으로 변하여 부자연스러운 빛을 띠고 있었다. 나는 그의 맥박을 재고, 물을 한 모금 마시려는 그의 헛된 노력을 바라보면서 버나비 씨는 이제 다시는 회복할 수 없을지도 모른다는 생각이 들었다. 그런 생각은 내가 방으로 들어갔을 때 침대 옆에 유령처럼 선 채 떨고 있는 부인의 모습을 본 순간에도 들었다. 그러나 다행히 환자는 지난번보다 느리긴 했지만 치료에 반응하여 한 시간 후에는 여전히 중태이긴 했지만 당장의 위기를 벗어났다.

그동안 조사한 결과 발병 원인을 해명하는 것은 완전히 실패로 끝났다. 증상이 나타난 건 저녁식사 직후였다. 간단한 식단으로, 버나비 부인이 요리한 비둘기 캐서롤*, 가족 이외의 사람도 함께 먹은 채소와 가벼운 푸딩, 뚜껑을 열어두었던 병에서 따른 샤프리** 약간, 이 정도였다. 그 밖의 음식은 조금도 먹지 않았고, 의약품 종류도 전혀 입에 대지 않았다고 한다. 한편 발병 성질에 관한 의문은 내가 한 화학검사에서 해결되어 임상연구협회에 의해서 확인되었다. 비교적 소량이긴 하지만 아트로핀이 확실히 검출되었다. 그러나 그 출처는 여전히 불가해한 수수께끼였다.

정말 우려해야 할 사태였다. 이 최후의 발병은 아주 아슬아슬하게 치명적인 파국을 피할 수 있었는데 독의 출처는 여전히 분명하지 않았다. 같은 미지의 출처에서 언제 어떤 새로운 공격이 행해질지 모르는 일이었고, 그 결과 어떤 일이 일어날지는 누가 알겠는가? 불쌍한 버나비 씨는 만성적인 공포 상태에 빠졌고 그의 아내도 끊임없는 불안으로 고통스러울 정도로 야위었다. 나만 해도 말이 아니었다. 무슨 일이 일어나든 책임은 나에게 있었다. 나는 머리를 쥐어짜 보았지만 아무것도 생각할 수 없었다. 때때로 두려운 생각이 떠올랐지만 어쩔 수 없이 머릿속에서 떨쳐버려야 했다.

마지막 발병으로부터 2, 3일이 지난 밤, 버나비 씨의 형이 나를 찾아왔다. 그는 런던에 있는 병원에 소속된 병리학자로 진찰은 하지 않는다. 온순하고 사람 좋은 동생과는 성격에서 많은 차이점을 보였다. 결단력 있고 적극적인 사람이었고, 자신의 생각을 말할 때는

---

* 오븐에서 익혀 만드는, 한국의 찜과 비슷한 요리.
** 프랑스산 포도주.

솔직하고 가식이 없었다. 우리는 이미 면식이 있었기 때문에 서두는 불필요했다. 박사는 언제나 그렇듯 단도직입적으로 요점을 꺼냈다.

"내가 왜 왔는지 알겠죠, 자딘. 그 아트로핀 중독 건이죠. 그런데 어떤 조치를 취하고 있죠?"

"어떤 조치도 취할 수 없다고 생각합니다." 내 대답은 너무도 부족했다. "아무래도 이해할 수 없습니다."

"다음의 발병과 검시재판을 기다리는 수밖에 없다! 이래서는 안 돼요. 이 사건은 손을 빨리 쓰지 않으면 위험합니다. 독의 출처를 당신이 모른다고 해도 누군가는 알고 있겠지요. 그리고 그 누군가의 정체를 밝히는 건 오늘을 넘기면 안 됩니다. 고를 상대는 그리 많지 않아요. 나는 지금부터 상태를 보고 좀 조사해볼 작정입니다. 당신도 함께하면 좋을 텐데."

"그쪽에서는 당신이 온다는 걸 알고 있습니까?"

"아니." 박사는 거칠게 말했다. "그러나 나는 타인이 아닙니다. 당신도 그렇지만."

나는 동행하기로 했지만 그의 태도는 그다지 마음에 들지 않았다. 느닷없이 방문하려는 그의 속셈을 쉽게 알 수 있었다. 그러나 반면에 그 같은 직업의 인물, 게다가 환자의 육친인 사람과 책임을 분담하는 것은 싫지 않았다. 그런 이유로 나는 기꺼이 그와 동행했다. 구급가방을 들고 간 것은 이때의 내 정신 상태를 말해준다.

우리가 도착했을 때 버나비 부인은 마침 저녁식사를 하려고 앉아 있었다. 아이들은 따로 저녁식사를 하고 있었다. 버나비 박사의 자리는 내 옆의 정면에 마련되었다. 나는 그의 눈이 계속 식탁 위를 주시하고 있음을 보고 약간 이상하게 생각했다. 분명히 식품 하나하나를 아트로핀 매개물로서 가능한지 평가하고 있었다.

"모처럼 오시는 건데 미리 알려주셨으면 좋았을 텐데요, 짐. 양 등심보다 더 좋은 것을 준비했을 텐데." 버나비 부인이 말했다.

"양 등심이라면 상등품이죠." 버나비 박사가 대답했다. "그런데 프랭크의 요리는 도대체 뭐죠?" 동생 버나비가 냄비 뚜껑을 열자 박사가 덧붙였다.

"그건 토끼 프리카세*예요. 굉장히 어린 토끼였는데 요리사가 그놈을 죽일 때 거의 울 것 같았어요."

"죽인다고요!" 박사는 놀라서 큰 소리로 외쳤다. "제수씨는 토끼를 산 채로 삽니까?"

"산 것이 아니에요. 시릴 씨가, 어, 그 파커 씨가 가져오셨어요." 부인은 의심에 찬 차가운 눈길과 부딪치자 약간 얼굴을 물들이고 당황하여 덧붙였다. "그분이 농장에서 기른 닭과 토끼를 프랭크를 위해 잔뜩 가져왔어요."

"호오!" 박사는 깊이 생각하는 듯한 눈길을 냄비 위에 보냈다. "가만! 직접 기른다고? 농장은 어디에 있죠?"

"엘삼이에요. 하지만 농장이라기보다는 그냥 정원에서 토끼나 닭이나 비둘기를 기르는 것뿐이에요."

"요리사는 영국인인가요?" 버나비 박사는 또 냄비 위에 시선을 두고 물었다. "프랭크의 요리는 어딘가 프랑스 풍으로 보이는데."

"고맙지, 형." 버나비 씨가 끼어들었다. "나는 평범한 요리사에게는 부탁하지 않아요. 나는 까다로운 미식가니까. 내 식사는 거의 마

---

* 고기를 잘게 썰어 버터로 굽고 채소를 곁들여 끓인 요리.

가렛이 직접 요리하는데, 요리사도 이렇게는 만들지 못할 거예요." 버나비 씨는 또 냄비에서 고기를 건졌다.

버나비 박사는 그 말을 곰곰이 생각하는 듯하더니 갑자기 화제를 요리에서 린디스판 복음서**로 옮겼다. 형제는 새로운 기분으로 대화를 나눴다. 학자로서 버나비의 취미는 7, 8세기 필사본에 있었기 때문에 그 깊은 지식도 누구 못지 않게 깊었다.

"이제 식사하세요, 프랭크. 당신은 한번 입을 열면 끝이 없잖아요. 요리가 식겠어요." 부인이 큰 소리로 말했다.

"그렇겠지. 하지만 좀 기다려. 형님에게 「더럼 북 The Durham Book」의 콜로타이프***를 보여주고 싶은데. 실례."

그는 테이블에서 일어나 옆의 서재로 들어가 종이 꾸러미를 갖고 나왔다.

"이것이 그 도판이죠." 그는 편지지를 형에게 건네주었다. "잠시 보고 계세요. 그동안 식사를 빨리 할 테니까."

그는 나이프와 포크를 손에 들었다. 식사를 할 듯하더니 갑자기 나이프와 포크를 내려놓고 의자 등받이에 기댔다.

"더 이상은 먹고 싶지 않아."

그 순간 나는 그의 어조에서 무심코 그의 얼굴을 탐색하듯 살폈다. 그의 형과 내가 좀 전에 나눴던 대화로 인해 나는 약간 신경이 날카로워진 채 병의 재발을 염려하고 있었던 것이다. 내 눈에 비친 것은 결코 좋은 것이 아니었다. 안면은 희미하게 홍조를 띠고 표정에는 불안이 가득한 기색이었다. 나는 냉정을 가장한 채 그에게 물

** 700년경 영국 린디스판 섬에 있었던 수도원 원장이 만든 유명한 장식사본 복음서.
*** 인쇄방식의 일종으로, 사진 등을 정밀하게 복제하는 데 이용된다.

었다.

"몸 상태는 괜찮죠? 버나비 씨."

"그다지 좋지 않습니다. 눈이 약간 흐릿해지고 목이……."

이 말과 동시에 그의 입술이 떨리고 염려했던 독을 먹은 듯한 몸짓을 나타냈다. 나는 당황해서 일어섰다. 그리고 불안해하는 부인의 모습을 신경 쓰면서 그의 옆에 가서 눈을 들여다보았다. 놀라웠다. 이미 동공은 평소의 두 배로 늘어났고, 검은 눈에서는 먼젓번과 똑같은 빛을 나타내고 있었다. 나는 공포에 휩싸였다. 그리고 버나비의 틀림없이 놀란 얼굴을 바라보는 한편 그의 형의 불길한 말이 귀에 맴돌았다. '다음의 발병과 검시재판'이라든가 빨리 손을 쓰지 않으면 안 된다고 했던 말.

증상은 일단 시작되자 급속히 진행했다. 시시각각 상태는 나빠졌고 급격히 확산된 동공은 강한 독성을 암시했다. 나는 가방을 들고 홀로 뛰어나갔다. 돌아오자 그는 장님처럼 양손으로 더듬고 있었고 안면이 창백했다. 그의 부인이 떨리는 손으로 그의 한쪽 팔을 잡고 문 쪽으로 이끌어주었다.

"바로 피로칼핀을 주는 게 낫겠습니다." 나는 피하주사기를 꺼내면서 태연하게 나를 지켜보는 버나비 박사 쪽을 힐끗 봤다.

"네." 박사는 동의했다. "그리고 모르핀은 약간. 아마 흥분제도 바로 필요하게 될 거요. 나는 침실로 가겠습니다. 방해가 될 테니까."

나는 환자를 데리고 2층 침실로 가서 바로 해독제를 주사했다. 이어서 그가 부인의 도움을 받고 눕는 동안 아래층으로 내려가 브랜디와 뜨거운 물을 찾았다. 식당으로 들어가려는데 약간 열려 있는 문틈으로 맨틀피스 옆에 서 있는 버나비 박사가 보였다. 홀에서 가져온 휴대용 가방을 자기 앞 테이블에 놓고 손으로 맨틀피스에 있었던 작은 보헤미안 글라스 병을 잡고 있다. 무심결에 나는 발길을 멈췄다. 박사는 작은 병을 신중하게 가방에 넣고 닫은 뒤 작은 열쇠로 자물쇠를 채우고 열쇠를 포켓에 넣었다.

그것은 사실 기묘한 행동이었지만 물론 내가 알 바는 아니었다. 그렇지만 나는 식당에 들어가는 대신 발소리를 죽이고 부엌으로 들어가 뜨거운 물을 찾았다. 돌아와보니 박사의 가방은 원래대로 홀의 테이블에 놓여 있고, 박사는 무거운 얼굴로 식당으로 돌아와 있었다. 브랜디를 찾는 내게 박사가 두세 가지 질문을 했다. 그러더니 놀랍게도 침실로 가서 자기도 돕겠다고 했다.

두 사람이 침실로 가자 가엾은 버나비는 절반 정도 옷을 벗은 채 침대에 옆으로 누워 있었는데 보기에도 불쌍한 상태였다. 나 역시 대단히 놀라 육체적으로도 피곤했고 정신적으로도 흐릿했다. 부인은 침대 옆에서 무릎을 꿇고 창백한 얼굴로 앉아 있었다. 눈에 눈물이 홍건했고 공포에 찬 듯했지만, 그래도 평정을 유지하려고 노력하고 있었다. 나와 박사를 보자 부인은 일어서서 자리를 내주고 우리가 환자의 맥을 짚고 약한 심장의 고동에 귀를 기울이는 동안에 바지런히 흥분제를 먹이려고 준비하고 있었다.

"설마 남편이 죽지는 않겠죠?"

버나비 박사가 청진기를 나에게 돌려주자 부인이 모기 소리로 물었다.

"생각해보시오. 처음이 아니잖소."

박사가 쌀쌀맞게 대답했다. 너무 냉정하다는 생각이 들 정도였다.

버나비 사건 373

"이제 알겠군." 박사가 말했다. 이어서 그는 부인에게 의심스러운 눈길을 보이고 동생의 얼굴을 바라봤다.

한 시간 이상이 지나도 환자 상태를 예측할 수 없었다. 미친 듯이 뛰는 맥박이 언제 사라질지, 괴로운 호흡이 언제 우르르 정지해버릴지 애가 타고 두려웠다. 때때로 우리는 신중하게 해독제를 늘리고 강장제를 투여했지만 솔직히 말해서 거의 희망은 없었다. 버나비 박사도 비관하는 표정을 굳이 숨기지 않았다. 견디기 힘든 시간이 경과하고 저승사자의 방문을 각오할 즈음, 나의 가슴속에 집요한 의문이 끓어올랐다. 이 불상사가 의미하는 것은 무엇인가? 독의 출처는 어디인가? 이 가정에서 왜 버나비 씨만 증상을 보이는가? 특히 아트로핀이 치명적인 유일한 사람에게?

정말이지 겨우, 마침내 변화가 나타났다. 처음에는 변화라고 인정할 수 없을 정도로 거의 희망을 걸지 못할 정도였다. 그러나 이윽고 변화는 점차 명료해졌다. 상태가 급속히 호전되기 시작했다. 고동은 느려졌고 호흡도 자연스러워졌다. 모르핀을 놓아주자 환자는 꾸벅꾸벅 조용히 잠들기 시작했다.

"이제 괜찮겠지." 버나비 박사가 말했다. "저는 실례하겠습니다. 그러나 아슬아슬한 고비였죠, 자딘, 정말 위기일발 상황이었어요."

박사는 문 쪽으로 걸어가더니 잠시 돌아다보고 부인을 향해 어색한 작별인사를 했다. 나는 그가 오늘 방문한 일에 대해서 얘기를 나누리라 생각하고 그를 따라 계단으로 내려갔다. 그러나 박사는 그 건에 대해서 언급하지 않았다. 가방을 들고 현관 발판에 설 때까지는 사실 한 마디도 하지 않았다. 박사는 약간 의미를 포함한 말을 했다.

"휴, 자딘, 「더럼 북」이 동생 목숨을 구했어요. 그 콜로타이프가 없었다면 동생은 죽었을 거요."

박사는 곧 돌아섰다. 뒤에 남겨진 나는 아무리 해도 애매한 그 말을 이해해보려고 머리를 쥐어짰다.

15분 후에 버나비 씨는 푹 잠들었다. 모든 위기에서 벗어난 게 틀림없었으니 나도 휴식을 취했다. 집 밖으로 나오자 부랴부랴 이 한 시간 동안 가슴속에 떠오른 계획을 실행에 옮기기 시작했다. 이번 사건에는 어떤 수수께끼가 있고, 그것을 푸는 것이 분명 내가 할 일이다. 버나비의 목숨을 구하려면 나 자신의 평판은 일단 차치하고 수수께끼를 풀지 않으면 안 된다. 여기서 나는 친구이며 은사인 손다이크 박사에게 사실을 알려 조언을 구하고 필요하다면 협력도 청하리라 다짐했다.

이미 10시가 넘은 시각이었다. 하지만 나는 그가 집에 있는 것을 확인하고 택시를 타고 이너 템플레인의 문까지 가달라고 부탁했다. 과거의 경험으로 손다이크 박사의 습관을 알고 있었기에 나는 희망을 가질 수 있었다. 예상대로 나의 희망은 꺾이지 않았다. 킹스 벤치 워크 5A의 2층으로 가서 안쪽 문을 노크하자 박사가 있었다. 게다가 그는 딱히 다른 일을 하고 있지도 않았다.

"이런 시간에 실례해서 죄송하지만." 나는 박사와 악수하면서 말했다. "저는 지금 궁지에 처해 있습니다. 게다가 아주 급한 문제라서……."

"자네는 나를 친구로서 생각해주었군. 좋아. 자네 고민이란 어떤 거지?"

"실은 아트로핀 중독 현상을 세 번이나 반복한 환자가 있습니다. 도무지 그 이유를 알 수 없습니다."

나는 그동안의 사건을 간단히 설명하기 시작했다. 일이 분이 지나자 박사가 내 말을 막았다.

"대략적인 얘기는 도움이 안 되네, 자딘. 아직 초저녁이네. 그 건의 시작과 끝, 그리고 관계자 모두에 대해서 상세히, 또 상호관계를 듣고 싶네. 미세한 점도 생략하지 말게."

박사가 무릎 위에 노트를 펼치고 앉아 파이프에 불을 붙였다. 나는 사건의 경과를 자세히 말하기 시작했다. 안약에서 시작하여 뜻밖의 큰 사고까지 다 이야기했다. 박사는 세심한 주의를 기울여 경청하는 한편, 내 말의 흐름을 끊지 않으면서 의문점을 물어보고 메모를 하기도 했다. 내가 말을 마치자 박사는 노트를 옆에 두고 파이프를 두드리면서 말했다.

"쉽지 않은 사건이군, 자딘. 게다가 독의 드문 성질로 보아 정말 흥미 깊은데."

"아니, 흥미고 뭐고 없습니다!" 나는 무심코 외쳤다. "저는 독약학자가 아닙니다. 평범한 의사입니다. 게다가 알고 싶은 것은 도대체 어떻게 하면 좋을까 하는 겁니다."

"자네가 말한 건 일목요연했네. 경찰에 알려야지. 자네 혼자서든, 가족 중 누군가와 함께든."

나는 실망하여 손다이크를 바라봤다.

"하지만." 나는 주저했다. "경찰에 무엇을 알리면 되죠?"

"자네가 나한테 말한 것이지. 간단하게 말하면 이런 것이네. 프랭크 버나비는 아트로핀 중독으로 안약 건을 빼고는 세 번 발병했다. 발병은 어느 경우든 시릴 파커가 재료를 제공하고, 버나비 부인이 요리한 음식과 연관이 있는 것 같다고."

"뭐라고요!" 나는 크게 외쳤다. "설마 버나비 부인을 의심하는 건 아니겠죠?"

"나는 누구도 의심하지 않네. 전혀 범죄적인 중독사건이 아닐지도 모르니까. 하지만 버나비 씨는 분명히 보호할 필요가 있네."

"그전에 내가 몇 가지 조사할 필요가 있지는 않습니까?"

손다이크 박사는 머리를 저었다.

"위험이 너무 크네. 중독사건이 생각지 못한 경로였든, 의도하지 않은 실수였든, 자네가 중독사건을 밝혀내기 전에 남자는 죽을 거고 경찰 역시 수사를 중단시킬 거야."

결국 이것이 그의 충고이며 나도 그렇다고 생각했다. 하지만 그것은 나에게 불쾌하기 그지없는 의무를 다하는 것이었다. 나는 길을 걸으면서 그 불쾌함을 완화시키려는 방법을 궁리해보았다. 마지막으로 나는 버나비 부인을 설득하여 두 사람이 같이 경찰에 통보할 것을 결정했다.

그러나 그렇게 할 필요가 없었다. 다음 날 아침 방문하자 택시가 현관 앞에 세워져 있었다. 현관에 마중 나온 하녀는 마치 유령이라도 본 듯 안면이 창백했다.

"아니, 이건 무슨 일이지? 메이벨."

분주하게 나를 손님방으로 안내하는 하녀에게 물었다. 하녀는 고개를 저었다.

"모릅니다. 뭔가 무서운 일이. 선생님이 오신 걸 알려드리겠습니다."

메이벨은 곧 문을 닫고 사라졌다. 그녀의 태도와 평소와 다른 딱딱한 응대가 나를 불길한 예감으로 이끌었다. 대체 무슨 일일까. 머릿속이 복잡해진 가운데 사복 근위병처럼 보이는 키 큰 남자가 들어와 내 의문을 풀어줬다.

"사닌 박사님이시죠?"

내가 고개를 끄덕이자 남자는 명함을 내밀고 설명했다.

"저는 레인 형사부장입니다. 실은 정보를 입수해서 그 점에 대해 조사하라는 지시를 받았습니다. 그것에 의해서 프랭크 버나비 씨는 중독 증상으로 괴로웠다죠. 이게 사실입니까?"

"버나비 씨는 곧 회복하리라 봅니다. 하지만 어젯밤은 아트로핀 중독 증상을 보였습니다."

"같은 종류의 발병이 또 있었습니까?" 형사는 거듭해서 물었다.

"있었습니다. 이건 다섯 번째 발병입니다. 하지만 처음 두 번은 분명히 버나비 씨가 사용했던 안약에 의한 것이었습니다."

"그래서 나중 세 번의 경우입니다만, 독물이 어떤 경로로 섭취되었는지 짐작되는 게 있습니까? 예를 들어 음식물에 들어갔다든가?"

"전혀 짐작할 수 없습니다. 형사님께 말씀드린 것 이상은 아무것도 모릅니다. 게다가 물론 억측을 할 생각도 없습니다. 그 정보를 전해준 사람이 누군지 물어봐도 될까요?"

"유감스럽지만 말씀드릴 수 없습니다. 하지만 금방 알게 되겠죠. 버나비 부인에 대한 명확한 용의점이 있어서…… 방금 체포했습니다…… 당신에게는 검사 측 증인이 되어달라고 부탁드리고 싶습니다."

나는 깜짝 놀라 형사를 응시했다.

"그러면." 나는 숨이 찼다. "당신은 버나비 부인을 체포했다는 겁니까?"

"그렇습니다. 남편을 독살하려고 한 용의자입니다."

나는 아연했다. 하지만 손다이크 박사의 말과 긴가민가했던 흐릿한 추측을 생각하면 이 사태의 놀랄 만한 급변도 완전히 의외라고 할 수는 없다.

"버나비 부인과 얘기 좀 해도 될까요?" 내가 물었다.

"혼자는 안 됩니다. 게다가 말을 하지 않는 편이 좋을 것 같습니다. 그러나 만약 용건이 있다면……."

"있습니다." 내가 말했다.

부장형사는 앞장서서 식당으로 갔다. 식당에서는 버나비 부인이 창백한 얼굴로 몸을 굳힌 채 의자에 앉아 있었다. 굉장히 침착했지만 약간 아연한 모양이었다. 테이블의 부인 앞에는 군인 같은 남자가 부인은 안중에도 없는 듯 다리를 길게 뻗고 앉아 있었다. 내가 부인에게 다가가 무언중에 손을 잡아도 남자는 눈도 꿈쩍하지 않았다.

"부인. 저한테 말하고 싶은 용건이 혹시 있습니까? 남편분께선 이 당치도 않는 사태에 대해서 알고 계십니까?" 내가 물었다.

"아뇨. 상태가 좋아지면 선생님이 알려주세요. 또 만약 상태가 좋아지지 않는다면 가능한 한 빨리 저의 아버지에게 알려주세요. 용건은 그것뿐입니다. 이제 나가는 게 좋겠어요. 여기 있는 분이 수고를 하실 테니까, 그럼 안녕히."

부인은 무덤덤히 내 손을 잡았다. 나는 격려와 동정의 말을 하려고 방을 나갔다. 그러나 형사들이 부인을 전송하기 위해 홀에서 기다리고 있었다.

형사들은 굉장히 예의 바르게 배려했다. 부인이 나가자 그들은 경의를 담은 태도로 따라갔다. 형사부장이 현관문을 열려고 할 때 벨이 울렸다. 문이 열리자 그곳에 서 있는 사람은 파커 씨였다.

그는 버나비 부인에게 말을 걸려고 했지만 부인은 눈인사만 하고 옆으로 빠져나가 형사부장을 따라 계단을 내려갔다. 그 뒤를 형사가 따랐다. 형사부장은 부인이 탈 때까지 차 문을 열고 기다렸다가 자신도 차에 탔다. 형사가 운전기사 옆에 앉자 차는 떠났다.

"대체 어떻게 된 겁니까, 선생?" 파커 씨는 믿을 수 없다는 표정으로 나를 보았다. "저 사람들은 사복형사 같은데요."

"맞소. 그들은 지금 버나비 부인을 남편 살해미수 용의로 체포했습니다."

나는 파커가 쓰러질 것이라고 생각했다. 그는 홀의 의자에 털썩 주저앉아 허탈한 표정을 지어 보였다.

"어째서 이런 일이!" 그는 괴로운 듯이 말했다. "정말 무서운 일이다! 하지만 증거가 없는데…… 그녀를 의심할 증거 따위가 있을 리 없어. 틀림없이 비열한 억측이야. 아마 누군가가 조종했겠지."

이 점에 대해서는 상당히 강한 심증이 있었지만 입 밖에 내지 않았다. 파커가 식당으로 걸어갔다. 나는 사정을 약간 설명하고 귀찮기 그지없는 일을 대해야 하므로 용기를 내어 2층으로 올라갔다.

버나비는 모르핀의 효과로 약간 멍한 상태이긴 했지만 완전히 회복되었다. 그러나 내가 전해준 뉴스는 즉각적인 효과를 나타내 그의 눈을 완전히 뜨게 했다. 앗, 하는 말과 함께 침대에서 내려온 그가 당황한 몸짓을 보였다. 냉정함을 잃지 않았기 때문에 분별력도 잃지 않았다.

"이제 일어나도 괜찮겠죠."

동정 어린 나의 말에 그는 이렇게 응했다.

"마가렛의 입장은 굉장히 위험합니다. 선생도 부인이 있겠지만 젊은 미인이…… 그와 반대인 내가 어떤가를 생각하면 그 점을 알겠죠. 빨리 손을 쓰지 않으면 안 됩니다. 나는 장인을 만나러 가야 합니다. 장인은 굉장히 유명한 법률가입니다. 제1급 법정 변호사를 고용해야 합니다."

그러자 나는 이런 종류의 사건에서 손다이크 박사가 갖는 독특한 자격에 대해 말하며 그와 상의해보기를 권했다. 버나비는 주의 깊게 말을 들었지만 별로 마음이 내키지 않은 모양이었다. 그래도 그는 신중하게 대답했다.

"변호사 선임 문제는 물론 장인에게 맡겨야 하겠죠. 하지만 그러는 동안 손다이크 박사님께 상의해주셔도 좋을 듯합니다. 그 문제는 당신이 알아서 해주십시오. 장인에게는 내가 알리도록 하죠."

여기서 나는 불길한 소식에 대응하는 버나비의 냉정한 태도에 적어도 안심을 하고 집을 나설 수 있었다. 급히 서둘러야 하는 사건에 부딪치자 손다이크 박사의 집으로 갔다. 박사는 마침 막 법정에서 돌아온 참이었다.

"그래서 자딘." 내가 오늘까지의 경위를 전하자 박사가 말했다. "나에게 뭘 해달라는 건가?"

"박사님의 힘으로 버나비 부인의 무죄를 입증해주십시오."

박사는 묘안을 생각하는 듯한 태도로 잠시 나를 보았는데 이윽고 조용하게 약간 의미심장한 말을 했다.

"원고나 피고 한쪽만을 위한 증언을 하는 것은 내 일이 아니네.

감정인의 증언이란 변호사에게는 작용되지 않아. 만약 내가 이 사건의 증거를 조사하면 그것은 피고를 대리하는 자네 책임이 되네. 왜냐하면 너무나 불리한 것이라면 감정인이 입수한 사실은 모든 선언 소항에 따라 공개해야만 하기 때문이네. 정의의 목적을 촉진하기 위한 각자의 명백한 의무는 말할 것도 없네. 여기서 변호사로서 말한다면, 또 이미 아는 사실을 액면 그대로 받아들이게 되면, 이 사건을 상세히 알고 있는 나를 고용하는 것은 권장할 만한 일이 아니네. 검찰 측 입장을 한층 강화하는 결과밖에 안 되네.

그러나 한 가지 제안을 하지. 이 사건은 굉장히 기묘해서 흥미진진한 가능성이 있다는 기분이 드네. 여기서 자네들과는 무관하게 내가 조사하도록 해주게. 만약 내 조사가 적극적인 결과를 낳는다면 자네에게 알릴 테니까. 자네는 나를 증인으로서 소환하여 심문하면 되지. 만약 결과가 소극적이라면 자네는 나를 사건의 밖에 두면 되겠지."

이 제안에 나는 어쩔 수 없이 찬성했다. 그러나 박사의 집을 나오자 왠지 실패한 듯한 기분이 들었다.

'이미 아는 사실의 액면'에 대한 박사의 언급은 분명히 이 사실들이 피고에게 불리하다는 걸 의미한다. 게다가 '기묘해서 흥미진진한 가능성'은 박사 자신이 그다지 기대하지 않는 일말의 희망을 암시하는 바에 지나지 않다.

진절머리 나는 일정을 여기서 상세히 기술할 필요는 없다. 치안 판사의 최초 심문 때 경찰 측은 고발 내용을 언급하고 체포 사실을 증언하고, 검찰 측도 변호 측도 재구류를 요청하고 쌍방 모두 분명하게 속셈을 보이려고 하지 않았다. 여기서 심리는 7일간 연기되었다. 피고는 보석이 기각되어 신병이 구치되었다.

이 참기 힘든 7일 동안 나는 매우 많은 시간을 버나비 씨와 함께 보냈다. 그의 의연한 태도와 자제심에는 경탄했으며, 그 초췌하고 윤기 없는 얼굴은 보기에도 민망할 정도였다. 그 며칠 동안 그는 폭삭 늙어버린 것처럼 보였다. 그의 집에서 버나비 부인의 부친인 하랏 씨와도 만났다. 품격 있고 관록 있는 인물로 전형적인 보수파 법률가였다. 피고인 여성의 부친과 남편이 불안과 괴로움 속에서도 서로 격려하는 모습을 보는 것은 뭐라 말할 수 없는 비통한 기분이었다. 파커가 한 번 그곳에 나타났는데 그의 얼굴은 부친이나 남편 이상으로 초췌하고 침통했다. 그러나 그에 대한 하랏의 태도가 쌀쌀맞고 서먹서먹했기에 그는 이후 두 번 다시 방문하지 않았다. 이런 회합으로 우리는 사건을 빠짐없이 검토했는데, 이건 나에게 한층 더 한 고통이었다. 왜냐하면 내가 할 수 있는 그 어떠한 증언도 오히려 검찰이 기소할 명분을 강화해준다는 사실을 확실히 깨달았기 때문이다.

이러한 7일 중 6일이 지나도록 손다이크 박사의 연락은 없었다. 6일째 저녁이 되어서야 나는 그의 편지를 받았다. 짧고 무뚝뚝했지만 그래도 한 줄기 빛을 비춰주는 내용이었다.

자네가 말한 사건을 조사한 결과, 문제를 제기할 가치가 있다고 생각하네. 나는 이 취지에 따라 조언하고자 편지를 쓰네.

약간 무미건조한 편지였다. 그러나 박사를 잘 아는 나는 그의 약속은 본인의 의향을 소극적으로 언급한 것이라는 걸 알았다. 그리고 다음 날 아침, 법정에서 하랏 씨와 버나비 씨를 만나고 그들의 태도에서 뭔가⋯⋯ 지금까지와는 다른 쾌활한 기대감이 있을 것으로 보였는데, 그것은 손다이크 박사가 변호사 앞으로 더 구체적인 실낱을 해주었다는 것을 암시했다. 하지만 그들이 외관에 나타난 용기에도 불구하고 내심으로 품은 극도의 불안은 무정한 사람이라도 충분히 헤아릴 수 있는 바였다.

개정이 선고되었을 때 법정의 광경은 한 폭의 그림이 되어 나의 기억에 지울 수 없는 채색으로 다양하게 남겨졌다. 비속卑俗과 비극, 가벼움과 엄숙함의 교차⋯⋯. 착석한 무거운 분위기의 재판관, 둔한 경관, 분주한 변호사들, 피고석을 향해 센세이션을 기다리는 눈으로 앉아 있는 방청객의 수군거림, 그것은 내가 두 번 다시 보고 싶지 않는 대조의 혼합이었다.

피고에 대해서 말하면, 부인의 모습을 보고 나는 아연했다. 간수 두 명이 지키는 부인은 대리석 조각처럼 의연하고 핏기 없는 얼굴로 앉은 채 이 잡다한 광경을 무표정하고 당혹한 모습으로 바라보았다. 표정은 냉정했지만 그것은 죽음을 각오한 사람의 냉정함이었다. 검사가 기립하여 논고를 시작하자 그녀는 교수대 위 죄수처럼 사형 집행인을 보는 듯한 표정으로 그를 바라봤다.

짧은 첫 진술을 듣고 내 기분은 무거웠다. 그래도 검사 해롤드 레이튼 경은 영국의 법정을 세계에서 유례 없는 그 주도면밀한 공명정대함으로 피고에 대한 소인*을 개진했다. 그러나 있는 그대로 주저 없이 언급된 모든 사실은 전율할 만했다. 이 사실들이 그대로 파

---

* 訴因. 소송을 일으킨 원인.

멸적인 결론을 이끄는 데는 설득력이 풍부한 웅변 따위 불필요하게 보였다.

젊고 아름다운 여성과 결혼한 남자 프랭크 버나비 씨는 세 번에 걸쳐서 일종의 독, 즉 아트로핀을 복용하게 되었다. 그가 그 독의 작용으로 병에 걸린 것은 나중에 증명될 것이다. 그 증상은 어느 특정한 식사를 한 후 발생하고 그 식사는 버나비 씨만 먹은 것이다. 그 음식 속에는 실제로 앞에서 언급한 독이 들어 있었다. 독이 함유된 식사는 그에게만 먹이기 때문에 피고인 부인이 특별히 요리한 것이다. 현재 피고가 어떻게 독을 입수했는지, 또는 소유하고 있었는지를 나타내는 증거는 없다. 범행 동기를 나타낼 만한 단서도 없다. 그러나 실제로 독을 음식에 넣었다는 증거에 의해 검사는 피고를 재판에 붙일 것을 요구한다. 이상의 진술에 이어서 검사는 증인심문을 한다. 그 처음이 나였다. 선서를 하고 주소, 이름, 직업 등을 밝히자 검사는 이 사건의 경과를 두세 가지 질문했지만 여기서 그것을 반복할 필요는 없다. 그 후 검사는 질문을 계속했다.

"버나비 씨 증상의 원인에 대해서 당신은 어떤 의심을 품었습니까?"

"아니요, 그건 확실히 아트로핀 중독에 의한 것이었습니다."

"그 특이한 민감증은 피고에게 알렸습니까?"

"네, 제가 직접 말했습니다."

"당신이 아는 한 다른 사람에게도 알렸습니까?"

"내가 부인에게 말했을 때 파커 씨가 그곳에 있었습니다. 버나비 씨와 버나비 씨의 형 버나비 박사에게도 알렸습니다."

"당신이 아는 한 피고가 아트로핀을 입수할 수 있는 방법이 있습니까?"

"안과의사의 처방에 따라 받은 안약에 들어 있었겠죠."

"아트로핀이 버나비 씨 체내에 들어가는 데에 음식물 이외의 매개체는 뭐가 있다고 생각합니까?"

"생각할 수 없습니다."

여기서 내 증언은 끝났다. 나는 내 증언 하나하나가 피고석의 부인의 구속을 점점 더 강하게 만들 것으로 여겨져 암담한 생각으로 증인석에 나왔다.

다음 증인은 요리사였다. 그녀는 그 토끼를 죽여 가죽을 벗기고 피고에게 건네주고, 피고가 그것을 프리카세로 요리해 식탁에 올린 취지를 증언했다. 증인은 조리에는 전혀 손을 대지 않았고, 한번은 5, 6분 동안 주방을 떠나 피고를 부엌에 혼자만 남겨두었다고 한다.

요리사의 증언이 끝나자 제임스 버나비의 이름이 호명되었다. 의사는 분명히 곤혹스러워했지만 그래도 단호한 태도를 취했다. 처음의 두세 가지 질문에 의해서 동생 집에 방문했을 때 갑작스럽게 생긴 발병의 상황이 설명되었다. 이 병을 증인은 금세 급성 아트로핀 중독으로 간파했고, 독은 특별히 조리된 음식 속에 들어 있다고 판단했다고 말했다.

"증인은 그 견해를 입증하기 위해 어떤 조치를 취했습니까?" 검사가 질문했다.

"혼자만 있게 되자 바로, 남은 토끼 고기를 난로 위에 있던 유리병 속에 넣었습니다. 병은 사전에 물로 씻어둔 것입니다. 나는 나중에 그 음식을 베리 교수에게 가져갔지요. 교수는 나의 입회 하에 그것을 분석하여 아트로핀을 검출했습니다. 교수가 검출한 것은 30분의 1그레인의 아트로핀 설파이드였습니다."

"그것은 유해한 양입니까?"

"보통 사람이라면 유해한 양이라고 할 수 없습니다만, 그래도 의약품의 기준은 훨씬 넘은 것입니다. 그러나 프랭크 버나비 씨에게는 유해한 양일 것입니다. 만약 이미 먹은 양에 이만큼 더 먹었다면 그가 목숨을 잃었을 것임은 의심할 여지가 없습니다."

여기서 검찰 측의 진술은 일단락을 맺었다. 피고 측에는 아무리 보아도 불리한 형세이다. 반대 심문은 행하지 않았다. 조금 전에 손다이크 박사가 도착하여 하랏 씨와 변호사가 구두협의를 했기 때문에 나는 변호인 측이 새로운 논점을 제기하여 반격에 나서리라고 생각했다. 과연 그랬다. 손다이크 박사가 증인석에 대한 절차를 끝내자 변호사는 '증인의 자유에 맡기기로 했다'고 말했다.

"당신은 이 사건에 대해 조사를 했겠죠?" 손다이크 박사가 고개를 끄덕이자 변호사는 계속했다. "그럼 특정한 질문은 피하기로 하고, 증인에게서 그 조사와 결과를 들어보도록 하죠. 또한 무슨 이유로 증인이 조사를 착수했는지 언급해주십시오."

"이 사건은." 박사가 말했다. "닥터 자딘이 나에게 알려주었습니다. 자신이 알고 있는 모든 사실을 전해주더군요. 이 사실들에는 참으로 주목해야 할 부분이 있는데, 종합해보면 중독에 대한 것입니다. 이 사건은 네 가지 현저한 면이 있습니다. 첫째는 독물의 매우 드문 성질이고, 둘째는 이 특정한 독물에 대한 버나비 씨의 이상한 과민체질입니다. 셋째는 독물의 매개체가 되었다고 여겨지는 음식의 출처가 모두 같다는 것이며, 넷째로 그 식품이란 비둘기 알, 비둘기 고기, 토끼 고기, 세 가지입니다."

"그 점에 뭔가 주목해야 할 면이 있습니까?" 변호사가 질문했다.

"주목해야 할 점은 비둘기와 토끼는 아트로핀에 대해서 월등한 면역을 갖고 있다는 점입니다. 초식성인 새나 동물은 대부분이 많든 석든 식물성 독에 면역을 갖고 있습니다. 세 중에서도 특히 비둘기는 그 면역이 훨씬 뛰어나고, 또 토끼는 어떤 병의 증상도 느끼지 않은 채 사람 한 명을 죽일 아트로핀의 백 배의 양을 섭취할 수 있습니다. 토끼는 습관상 벨라돈나와 그와 유사한 가지속 식물 잎이나 열매 등을 자유롭게 먹습니다."

"가지속 식물은 아트로핀을 함유하고 있습니까?"

"네, 아트로핀은 벨라돈나 식물의 주성분으로 독성을 갖고 있습니다."

"여기서 만약 토끼 같은 동물이 벨라돈나로 사육되었다면 그 고기는 유독합니까?"

"그렇습니다. 가령 토끼를 먹어서 생긴 벨라돈나 중독사건은 훼이스와 벤틀리에 의해서 기록됩니다."

"여기서 증인은 본 건에 있어서 비둘기와 토끼 자체에 독이 함유된 건 아닌가, 의심을 품었겠군요?"

"그렇습니다. 중독 증상이 이 두 가지의, 특히 면역이 강한 동물을 먹은 후에 일어난 것은 현저한 암호입니다. 그러나 이 양자를 연결할 만한 이유는 달리 있습니다. 각각의 경우, 증상은 독의 추정량과 엄밀히 비례하고 있습니다. 예를 들어 비둘기 알을 먹은 후에는 극히 경미합니다. 독성을 지닌 비둘기가 낳은 알에는 극히 미량의 독이 함유되어 있기 때문입니다. 마지막으로 토끼를 먹은 후에는 급격한 증상이 나타납니다. 토끼는 최고의 면역성을 갖고 있으며 벨라돈나 잎을 많이 먹을 확률이 크기 때문입니다."

"증인은 자신의 의중을 시험하기 위해 무슨 조치를 취했습니까?"

"저번 주 월요일에 엘삼으로 가서 시릴 파커 씨가 그곳에 살고 있는 것을 확인하고 그의 땅을 외부에서 점검했습니다. 그의 정원 안에 담으로 둘러쳐진 작은 울타리가 있었습니다. 작은 목초지를 가로질러 가서 담을 넘어보니, 닭장과 비둘기 우리와 작은 토끼집이 만들어져 있었습니다. 그것들은 모두 개방되어 있어 닭이나 토끼들은 우리 주위를 돌아다녔습니다. 우리의 한쪽 담 옆에는 벨라돈나가, 길이는 담 길이와 같게, 폭은 180센티미터 정도로 밀생하고 있었습니다. 양배추 잎과 다른 식물을 넣은 바구니가 놓여 있었지만, 내가 관찰하고 있을 때 토끼들은 그 먹이보다는 벨라돈나의 어린잎을 실컷 먹더군요.

다음 날 저는 바구니에 토끼 한 마리를 넣어 조수와 함께 또 엘삼으로 갔습니다. 주변에 사람이 없는 것을 확인하고 조수가 담을 넘어 철망 속에서 토끼 한 마리를 꺼내와 나에게 건네주었고, 대신 바구니 속 토끼를 철망 속에 넣어주었지요. 목초지를 빠져나와 우리는 곧 그 토끼를 죽였습니다. 토끼가 어떤 독을 먹었을 경우 그게 배설될 가능성을 막기 위해서였죠.

런던에 도착하자 나는 곧 죽은 토끼를 가지고 세인트 마가렛 병원으로 갔습니다. 그곳 화학연구소에서 화학의인 워드포드 교수 입회 하에 내가 가죽을 벗기고, 요리할 때와 마찬가지로 내장을 빼냈습니다. 뼈에서 살점을 떼어내고 그 살점을 워드포드 박사에게 주자, 박사는 아트로핀 검출을 위한 철저한 화학 테스트를 했습니다. 그 결과 모든 근육에 아트로핀이 함유되어 있다는 게 판명됐고, 정량 분석 결과 근육에서만 1.93그레인이나 검출됐습니다."

"그게 위험한 양입니까?"

"그렇습니다. 보통 사람에게도 굉장히 위험합니다. 버나비 씨처럼 아수 민감한 특이체질에서는 확실히 치사량이죠."

여기서 손다이크 박사의 증언은 끝났다. 반대 심문은 없고 재판관도 전혀 질문을 하지 않았다. 워드포드 교수가 소환되어 심문받고 손다이크 박사의 증언을 뒷받침할 증언을 행하자 버나비 부인의 변호사는 재판석을 향하여 계속하려고 했다. 그러나 재판관은 그것을 저지했다.

"이제 논해야 할 소인은 사실상 없습니다. 감정을 했던 증인은 음식이 피고의 손에 닿기 전에 이미 그 속에 독이 들어 있었다는 것을 여실히 보여주고 있습니다. 따라서 독을 넣었다는 피고에 대한 혐의는 성립되지 않고 고소는 기각되지 않을 수 없습니다. 본관은 모든 사람이 빠지게 되는 이상한 상황의 희생자가 된 불행한 여인에 대하여 동정하고, 또한 본관과 마찬가지로 수수께끼가 해명된 것을 기뻐하리라 확신합니다. 피고를 무죄방면합니다."

방청객들의 박수 속에서 버나비 부인이 피고석을 나와 남편이 내민 두 손을 잡았다. 실로 극적인 순간이었다. 갑작스럽게 호전된 사태에 두 사람은 몹시 감격한 모양이었다. 나는 꾸물거리지 않고 간단한 축하 말을 전한 뒤 돌아섰다. 그리고 손다이크 박사와 함께 법정을 나오려고 하는 순간이었다. 나는 상쾌한 일을 목격했다. 버나비 박사가, 약간 떨어져 있는 버나비 부인이 손을 잡을 수 있도록 손을 내밀었다.

"마가렛, 나를 지독한 사람이라고 생각하겠죠?" 버나비 박사는 인상 좋게 말했다.

"당치도 않아요. 당신은 적절한 행동을 하셨어요. 저는 그렇게 할 정신적 용기를 가진 당신을 존경해요. 그래요, 짐, 당신의 행위가 프랭크의 목숨을 구한 거예요. 그리고 손다이크 박사님이 말씀하시지 않았다면 또 유독한 토끼가 등장했겠죠."

"박사님은 이 사건을 어떻게 생각하십니까?" 손다이크 박사와 함께 법정을 나오면서 나는 물었다.

"중독은 우연한 일일까?" 손다이크 박사는 머리를 저었다. "아니네, 자딘. 우연의 일치가 너무 지나치지 않는가. 버나비 씨가 아트로핀 이상과민 체질로 보통 의약품 복용 양으로도 중독된다는 것을 파커가 알기 전까지는 독성 동물이 등장하지 않았네. 그 후 그는 동물을 산 채로 보냈는데 그건 자신에게서 혐의를 벗기고자 함과 동시에 독의 출처를 혼란시킬 두 가지 목적이었다고 생각되네. 게다가 벨라돈나가 무성한 곳에 철망을 쳤다는 것도 의아했지만, 식물 자체가 이상하게 무성했는데 그 대부분은 아직 어리고 이식된 것처럼 보였네. 파커의 회사가 작년에 독물학 책을 출판한 것을 나는 마침 알고 있었지. 그 책 속에는 비둘기와 토끼의 면역에 관해서 쓰여 있었는데 파커는 아마 그걸 읽었겠지."

"그렇다면 당신은 파커가 버나비 부인을…… 그가 사랑하는 여인을…… 범행의 도구로 사용했다고 생각합니까? 그렇다면 정말 악질적이고 비열한 행위라고 생각되는데."

"나는 그렇게 생각지는 않네. 내가 잡은 토끼나 혹은 다른 한 마리가 며칠 내에 버나비 씨 집으로 도착할 예정은 아니었나 생각되네. 아마 요리사가 주인을 위해 조리할 것이고 그렇게 되면 그는 확실히 죽겠지. 그리고 그의 죽음은 버나비 부인과는 무관한 증거가 되겠지. 혐의는 요리사에게 돌려지고. 그러나 파커가 앞으로 고발될 일은 없겠지. 왜냐하면 어떤 배심원도 내 증인에 기초하여 그를 유죄로 만드는 일은 절대로 없을 테니까."

손다이크 박사 의견 그대로였다. 파커를 고발하는 절차는 아무도 밟지 않았다. 그러나 파커는 두 번 다시 버나비 가에 모습을 나타내지 않았다.

문자조합 자물쇠
The Puzzle Lock

리차드 오스틴 프리먼 Richard Austin Freeman, 1862~1943

애거서 크리스티, 도로시 세이어즈 등과 어깨를 나란히 하는 영국 작가다. 의사 출신 소설가로 과학수사를 소설에 도입한 최초의 추리소설가로 알려졌다. 특히 셜록 홈즈로 초래된 본격 미스터리의 황금기에 손다이크 박사라는 캐릭터를 창조하여 큰 인기를 얻었다. 주요 작품은 '손다이크 박사'를 내세운 단편소설집 『노래하는 백골』과 최초로 지문을 소재로 쓴 단편 「붉은 엄지손가락 지문」 등이 있다.

그날 저녁 손다이크와 함께 잠보리니 식당에서 식사를 한 것은 기억하고 있다. 그런데 도대체 무엇을 축하하기 위한 회식이었는지 기억나지 않는다. 아마 뭔가 한 가지 일을 마무리하고 조촐하지만 축하로 한잔한 것이 아니었나 생각한다.

아무튼 우리는 그 식당 구석자리에 앉았다. 손다이크의 자리 뒤로 커다란 창이 있었고 6월 하순의 햇빛이 쏟아져 들어왔다. 정해진 코스를 다 비우고, 바르삭 한 병을 따고 과연 다 마셨는지 어땠는지 모르지만, 다음 요리를 내키지 않다는 듯 끼적이고 있을 때 남자 한 명이 들어와 우리 바로 앞 테이블에 앉았다. 곧장 걸어가서 기대 놓은 의자 하나를 바로 하고 앉는 것을 보니 그 테이블은 그의 예약석인 듯했다.

나는 그 남자의 꼼꼼한 동작을 흥미롭게 쳐다보았다. 늘 규칙적으로 저녁식사를 하는 사람 같았다. 웨이터를 대하는 모습이나 의자가 하나뿐인 자리를 예약한 것으로 보아 이 식당 단골인 것 같았다.

그러나 남자의 동작보다도 인물 자체가 나의 흥미를 끌었다. 분위기가 좀 남달랐는데, 예순 살 정도에 몸집이 작은 바싹 마른 남자였다. 얼굴은 주름투성이인 데다 표정이 풍부하고 상당히 변덕스러운 듯한 인상이었다. 짧게 깎은 백발은 솜씨 좋게 다듬은 느낌이었다. 조끼 호주머니에 만년필, 연필, 외과 의사가 사용할 듯한 작은 손전등 끝이 보였다. 회중시계 고리에 은테의 코딩턴 렌즈*가 늘어뜨려져 있고, 왼손 가운뎃손가락에는 본 적 없는 커다란 문장이 박힌 반지를 끼고 있었다.

"어떤가, 저 남자를 어찌 생각해?" 나의 시선을 쫓고 있던 손다이크가 물었다.

"모르겠는걸." 내가 대답했다. "코딩턴 렌즈를 갖고 있는 걸 보면 박물학자거나 과학자 같은데, 그렇다고 보기에는 요란한 반지를 끼고 있는 게 이상하고, 아마 골동품상이거나 화폐 수집상이겠지. 아니면 우표 수집상일지도 모르겠군. 아무튼 뭔가 작은 물건을 다루는 상인일 거야."

이때 다른 남자가 들어와서 화제가 된 인물의 테이블로 성큼성큼 다가가서는 손을 내밀었다. 먼저 와 있던 남자는 잠자코 그 손을 잡았지만 그다지 반가워하는 기색은 아니었다. 새로운 남자는 다른 테이블에서 의자를 끌어와 앉고 메뉴를 집어들었다. 앞의 남자는 상대의 움직임을 성가신 듯이 쳐다보았다. 어찌 된 연유인지 새로운 남자의 호기 있고 야단스럽고 강압적인 듯한 성격이 마음에 들지 않는 모양이었다.

이 두 사람에 이어, 입구 앞에 서서 누군가를 찾듯이 식당을 둘러

---

* 고배율 확대경용 렌즈의 일종.

보고 있는 키 큰 남자가 눈에 들어왔다. 그 남자는 비어 있는 일인용 테이블을 발견하고 다가가 앉더니 수상하다는 듯이 쳐다보는 웨이터의 눈길을 느끼자 당황하여 메뉴를 보기 시작했다. 이 남자를 보고 있으려니 나는 왠일인지 기분이 나빠졌다. 그가 젊은이였다면 아무리 멋지게 차려입었더라도 그렇게 마음에 걸리지는 않았을 것이다. 그는 나이가 많았고 번질번질하게 기름 바른 머리를 양쪽으로 빗었고, 기름으로 광낸 검은 콧수염이 있었고, 한눈에도 장식용으로 보이는 같잖은 외눈 안경을 쓰고 있었다. 그 모습에 나는 불쾌해지지 않을 수 없었다. 그러나 이 남자가 어떤 차림을 하고 있든 나와는 관계없는 일이다. 그보다 당장은 먹는 일이 중요했다. 나는 잠시 먹는 데 전념했다. 손다이크의 작은 웃음소리가 들렸다.

"그런대로 괜찮은 부류군." 그가 안경을 벗으며 하는 말이었다.

"썩 좋아, 레스토랑 와인치고는." 나는 동의했다.

"와인을 말하는 게 아냐. 옛 친구 배저를 말하는 거지."

"배저 경감 말인가? 이 식당에 배저 경감이 와 있단 말인가? 난 못 봤는데." 나는 큰 소리로 물었다.

"그렇다면 잘된 일이지, 저비스. 생각보다 그가 변장을 잘했다는 증거니까. 그렇지만 좀 더 자기 버릇을 숨겨야겠어. 그가 안경을 수프에 빠뜨린 게 벌써 두 번째야."

그의 시선을 따라가니 아까 그 남자가 기름 바른 콧수염에 살짝 안경을 문지르고 있었다. 변장한 외눈 안경의 얼굴이 본래 모양으로 돌아갔을 때 나는 낯익은 경감의 모습을 희미하게 알아보았다.

"자네가 배저라고 하니 아마 저 남자가 배저일 테지." 내가 말했다. "확실히 저 남자는 우리 친구 배저를 닮았지만 그래도 나는 배저라는 걸 알아보지 못하겠는걸."

"나도 못 알아봤을 거야. 그가 무의식적으로 잠깐이지만 서툰 짓을 보여주지 않았다면 말이야. 뒤통수를 만지작거린다든지, 입을 벌린다든지, 턱을 긁적거린다든지 하는 그의 버릇은 자네도 알고 있을 테지. 지금 나는 그런 버릇을 저 남자에게서 본 거네. 그는 그만 깜빡 잊어버리고 저 멋진 외눈 안경을 손으로 문질러버리고 말았네. 결국 남의 눈에 띄는 행동을 하고 만 거지. 가짜 수염을 의식하다 보니 그리 된 거라 해도 저런 짓을 하면 어떡하겠나."

"그가 쫓고 있는 사람은 어떤 사람이지? 변장한 걸 보니 상대가 얼굴을 알고 있는 것 같은데. 그렇지만 상대는 아직 나타나지 않은 것 같아. 여기 있는 특정인물을 관찰하고 있는 것 같진 않으니까 말이야."

"그런 것 같군. 그러나 일부러 안 보는 척하는 상대라면 저기에 있을걸. 우리 바로 앞 테이블에 있는 두 남자가 곧바로 그의 시선 안에 있는데도 그는 아직 한 번도 그쪽에 눈길을 주지 않았거든. 무엇보다도 그가 자리를 잡기 전에 저 두 사람에게 재빨리 눈길을 던지는 것을 나도 눈치챘으니까. 어쩌면 우리 존재를 알아차렸을지도 모르지. 아냐, 그렇진 않을 것 같군. 우리는 등 뒤 창으로 빛을 받고 있는 데다 그는 뭔가 다른 일에 정신이 팔려 있는 것 같으니까." 손다이크가 말했다.

나는 두 남자를 보고 경감에게 시선을 옮겼다. 과연 친구의 말이 옳았다. 경감의 테이블 위에는 커다란 화분이 놓여 있었는데, 그는 두 남자가 자기를 볼 수 없도록 화분 위치를 밀어놓았다. 그리고 메뉴 한쪽으로 눈을 들어 때때로 흘끔흘끔 두 사람을 보고 있었다.

게다가 두 사람의 식사가 끝나가자 그도 서둘러 식사를 마치고 웨이터를 불러 계산서를 청했다.

"그를 쫓아가 끝까지 지켜보는 게 좋겠군."

손다이크는 재빨리 계산을 마치고 말했다.

그리 오래 기다릴 필요도 없었다. 두 남자가 일어서더니 천천히 입구까지 걸어가서 밖으로 나가기 전에 일단 멈추더니 시가에 불을 붙였다. 그러자 배저는 반대쪽 거울을 보면서 일어났다. 두 사람이 나가는 걸 보더니 황급히 모자와 지팡이를 집어들고 그 뒤를 쫓았다.

손다이크는 의향을 묻는 시늉으로 나를 보았다.

"우리도 쫓아가는 걸 즐겨볼까?"

나는 동의했다. 이렇게 해서 우리도 밖으로 나가 경감의 뒤를 쫓게 되었다.

신중하게 간격을 두고 배저의 뒤를 따라가며 가끔 우리는 경감 앞으로 가는 두 사람에게 시선을 던졌다. 경감은 두 남자의 행동에 분명히 당황하고 있었다. 두 사람은 가끔 불시에 멈춰 서는 바람에 그때마다 경감도 주춤거리는 것이었다. 그러나 경감은 인도가 복잡한 탓에 안전거리보다 훨씬 가까이 두 사람에게 접근해 있었다. 얼마 있다가 두 사람이 갑자기 돌아섰다고 생각한 순간 나이 많은 남자가 무어라 큰 소리를 지르더니 길 반대쪽을 가리켰다.

이것은 분명 추적자의 주의를 돌리려는 술책이었다. 행인들은 이에 속아 가리키는 쪽을 돌아보았다. 당연히 경감도 눈에 띄면 곤란하겠다 싶었는지 행인과 같이 돌아보았다. 그 틈에 두 남자는 가까운 건물 속으로 훌쩍 뛰어들었다. 경감이 고개를 돌렸을 때 이미 두 사람의 모습은 사라지고 없었다.

배저 경감은 그들을 놓친 걸 알고 황급히 달리기 시작했다. 그리고 세레스티얼 은행의 큰 현관 앞에 멈추더니 주의 깊게 안을 들여다보았다. 목표한 상대를 찾은 듯이 서둘러 은행 안으로 뛰어 들어갔다. 우리도 발길을 서둘러 뒤를 따랐다. 기다란 홀을 반쯤 갔을 때 배저가 엘리베이터 앞에서 기를 쓰고 버튼을 누르는 모습이 보였다.

"불쌍하게도."

우리는 그가 알아차리지 못하게 옆을 지났다. 손다이크는 소리 죽여 웃으며 말했다.

"저 남자는 늘 저렇지. 이 거대한 빌딩 속에서는 이제 더 쫓는다는 것이 무리일걸. 우리는 브렌하임 쪽으로 나가는 게 좋을 것 같네."

나선 계단을 통해 출구에 가까이 갔을 때 홀 쪽으로 통하는 계단을 내려오는 두 남자가 보였다.

"이거 놀랍군. 그 사람들 저기 있네! 돌아가서 배저 경감에게 알려줄까?"

내 말에 손다이크는 주저했다. 그 주저가 시간을 조금 지연시켰다. 이때 택시가 출구 앞에 손님을 내려주었는데, 이를 보고 젊은 쪽이 날쌔게 운전기사에게 신호를 보내더니 달려들었다고 생각한 순간 이미 차문 손잡이를 움켜잡았다. 그는 동행을 밀어 넣고 자신도 서둘러 올라타고는 문을 닫았다. 택시가 움직이자 손다이크는 수첩과 연필을 꺼내어 차 번호를 적었다. 그다음 우리는 엘리베이터 앞까지 돌아갔으나 경감은 이미 없었다.

"이제 포기하는 수밖에 없을 것 같은데, 저비스." 손다이크가 말했다. "배저 경감에게 택시번호나 가르쳐주세. 익명으로 우리가 할 수 있는 건 이 정도밖에 없을 걸세. 아무튼 안된 사람은 배저뿐이군."

그 뒤 우리는 이 사건을 잊고 지냈다. 적어도 나는 그랬다. 그 알 수 없는 두 남자를 두 번 다시 만날 일은 없으리라 생각했다. 그런데 얼마 지나지 않아 뜻하지 않게 실로 기묘하고 비극적인 상황에서 다시 그들과 만나게 되었다.

일주일쯤 후였다. 우리는 범죄수사과에 근무하는 옛 친구 밀러 경감의 방문을 받았다. 오래 사귀어 서로 신뢰하는 사이라 우리에게 이 유능하고 솔직한 경감의 방문은 언제나 대환영이었다.

"잠시 들렀습니다." 애용하는 시가의 끝을 자르면서 밀러 경감이 말했다. "상당히 기묘한 사건에 손대고 있어서 알려드리려고 왔습니다. 당신은 늘 기묘한 사건에 흥미를 느끼니까요."

손다이크는 조용히 미소 지었다. 그는 전에도 경감에게 이 같은 말을 들은 적이 있다. 그리고 경감이 그렇게 얘기하는 데는 충분히 그럴 만한 이유가 있었다.

"실은 특수한 범죄입니다. 상대가 조직인 것은 확실합니다만, 우리가 주목하고 있는 것은 그 우두머리입니다."

"그자는 상습범입니까?" 손다이크가 물었다.

"글쎄요. 그 점은 분명치 않은데요. 실은 확실히 이 남자라고 딱 잘라 말할 인물을 우리는 아직 한 번도 보지 못했습니다."

"요컨대." 손다이크는 빙긋 웃었다. "당신이 이때다 싶을 때는 언제나 그자가 없었다는 말씀이지요?"

"현재로서는." 경감은 수긍했다. "정말 그대로입니다. 사실은 이상하다고 노렸던 사람을 한 명 놓쳤습니다. 어떻게든 그를 잡고 싶습니다. 물론 그 단짝도 함께요. 그는 언뜻 졸개같이 보이지만 실은 상당히 센 자입니다. 큰 조직에서도 활약할 수 있을 듯한 교활한 패거리입니다. 게다가 이자들을 잡으면 다시 줄줄이 엮어 검거할 수 있을 것 같습니다. 이렇게 말하는 건 배후에 보통 악당은 뒤꿈치도 따라가지 못할 모사꾼이 있어서 거래를 하고 있기 때문입니다."

"어떤 거래지요?" 내가 물었다.

"절도입니다. 주로 보석과 금괴를 노리지만 특히 보석이 전문이죠. 이들 수법의 특징은 도난품이 언제나 행방불명된다는 점입니다. 지금까지 한 번도 소재를 파악하지 못했습니다. 도난당할 때마다 모든 장물아비를 조사했지만 어떻게 해도 찾을 수 없습니다. 연기처럼 감쪽같이 사라졌다고밖에 생각할 수 없습니다. 그래서 우리는 어찌할 바를 모르는 거지요. 범인의 자취를 본 적이 없는 데다 도난품의 소재도 밝히지 못하니까 정말 곤란하지요. 완전히 두 손 들었습니다."

"그러나 뭐든 단서는 잡았겠죠?" 내가 말했다.

"그렇죠. 대단한 건 아니지만 맞혀볼 가치는 있을 듯합니다. 부하 한 사람이 우연히 콜체스터로 여행 갔을 때 한 남자와 기차를 함께 탔는데, 그 남자가 리버풀 역에서 내리는 걸 보았답니다. 그 무렵 콜체스터에서 도난사건이 발생해 그 부하는 즉시 워털루로 달려가 모든 열차를 조사했지요. 그런데 그 이틀 후 콜체스터에서 보았던 여행객 차림의 남자가 개찰구에 나타난 거지요. 부하는 대기시켜두었던 택시를 타고 그자의 뒤를 밟아 자택을 확인하고 다시 그자에 관한 정보를 두세 가지 입수했습니다. 셰몬즈라는 남자로 브로커 회사에 근무하는데 이 남자에 관한 일은 아무도 모르는 데다 사무실에도 거의 없는 듯했습니다.

배저 경감이 이 일을 인계받아 하루이틀 미행을 계속했습니다만 마지막 순간에 그를 놓쳤습니다. 배저는 그 남자를 어떤 식당까지 미행하여 유리문 너머로, 그가 미리 자리 잡고 있던 노인에게로 가서 악수하는 것을 목격했습니다. 그러고 나서 그자가 테이블에 의자를 끌어가는 것을 보고 배저도 식당으로 들어가 지켜보기 좋은 테이블에 자리를 잡았습니다. 두 사람이 나란히 식당 문을 나서자 배저도 틈을 주지 않고 뒤쫓았습니다만, 세레스티얼 은행 안에서 그만 놓치고 말았지요. 그 후 두 사람이 은행을 나와 택시를 잡고 그레이트 턴스타일에서 내린 것까지는 우리도 알고 있습니다."

"택시의 행선지를 알아낸 것은 훈장감이로군요." 손다이크가 말했다.

"경찰이 좀 더 높이 평가받았으면 합니다." 밀러 경감이 말했다. "그러나 여기서 우리는 암초에 걸리고 말았습니다. 두 사람이 그레이트 턴스타일에서 택시를 내리고 나서는 누구도 그들의 모습을 본 사람이 없는 겁니다. 마치 대기원으로 증발한 것 같습니다."

"그러나 다른 남자가 누구인지는 아시겠지요?" 내가 말했다.

"그럼요. 아까 말한 식당 지배인이 그 남자를 알고 있었습니다. 러트렐 노인입니다. 이 노인은 우리도 알고 있습니다. 노인은 막대한 보험에 들어 있어서 거리에 나갈 때는 일일이 보험회사에 통고합니다. 보험회사에서는 경찰에 의뢰하여 노인을 지켜보게끔 하지요."

"러트렐의 직업은 무언가요?" 내가 물었다.

"약간 이상한 노인이지요. 적어도 거래상으로는 그렇습니다. 겉으로는 보석과 골동품을 취급하는 상인인데 가구도, 그림도, 금괴도 값비싼 거라면 뭐든 취급합니다. 경매장에서 값을 다투는 것을 무엇보다도 좋아한다는데 경매인들은 그를 몹시 미워하는 것 같습니다. 제멋대로이기 때문이지요. 뭔가 비밀 수입이 있는 건 틀림없다고 생각합니다. 그렇게 큰돈을 쓸 수 없을 텐데 말이지요. 표면상 거래로는 그토록 벌어들일 수 없거든요. 아무튼 물건을 파는 사람이 아니라 사는 것을 즐기는 사람입니다. 변덕도 심한 데다 별난, 그야말로 이상한 사람이지요. 노인의 집은 대영박물관도 무색할 정도로 보안장치를 하고 있습니다. 정말로 미친 짓이라고밖에 할 수 없습니다. 모든 문과 침실에 이르기까지 모든 곳에 전기 경보기를 달고, 사무실 금고실에는 문자조합 자물쇠를 달아두었습니다."

"그러나 그것만으로는 안전하다고 할 수 없군요." 내가 말했다.

"그건 정말 안전합니다." 경감이 말했다. "금고실 잠금장치는 알파벳을 열다섯 개 조합한 것인데 부하 한 사람이 계산해보았더니 약 40조쯤의 조합이 가능하다는 겁니다. 이 조합은 전부 시험해보기가 불가능한 데다 열쇠를 분실할 염려도 없습니다. 그 금고실에는 어느 정도로 많은 귀중품이 들어 있는지 상상도 할 수 없습니다. 우리는 이 금고실도 신경이 쓰입니다만 노인이 한층 더 걱정입니다. 셰몬즈가 이 노인을 어디로 데려가 살해하고 그 금고실을 습격할 기회를 노리는 게 아닌지 생각하면 불안해서 못 견디겠습니다."

"러트렐은 가끔 외출한다고 하셨지요?" 내가 물었다.

"그렇습니다. 외출할 때는 반드시 보험회사에 연락하여 금고실 손잡이를 테이프로 봉인하고 옆 기둥도 큰 테이프로 봉인해둡니다. 이번에는 보험회사에 연락도 없었고, 문도 봉인되어 있지 않았습니다. 옆 기둥은 봉인되어 있었으나 이것은 먼저 봉인되어 있던 것이 그대로 남아 있는 것이 아닌가 생각됩니다. 이것과 테이프 조각이 남아 있을 따름입니다. 나는 오늘 아침 관리인에게 부탁하여 그곳을 조사해보았습니다. 그런데 박사님, 나도 당신에게 배워서 주머니에 언제나 형을 본뜨는 밀랍과 분필을 넣어 가지고 다닙니다. 오늘 아침에도 그래서 형을 떠올 수 있었는데 어떻습니까? 여기서 그 감정을 부닥드릴 수 있을까요?"

그가 주머니에서 작은 주석 상자를 꺼내 그 속에서 휴지에 싼 물건을 조심스럽게 풀어냈다. 종이를 벗기자 한쪽이 편편하고 푹 파인 모양을 한 밀랍 덩어리가 나왔다.

"정말로 형이 잘 찍혔습니다."

밀러 경감은 밀랍 덩어리를 손다이크에게 넘겨주었다.

"분필로 먼저 털어 밀랍에 달라붙지 않도록 했습니다."

손다이크는 확대경으로 그것을 조사하고 나서 내게 확대경을 돌려주었다.

"밀러 경감, 이걸 사진으로 찍었습니까?"

"아니요. 손상되지 않았을 때 찍어둬야겠네요."

"반드시 그렇게 해야 합니다. 이걸 귀중한 단서라고 보신다면 지금 폴튼에게 사진을 찍어두라고 할까요?"

경감은 고맙다며 그 제안을 받아들였다. 손다이크는 납형을 실험실로 가져가서 조수에게 촬영을 시켰다. 그가 돌아오기를 기다려 밀러 경감이 말했다.

"정말로 이유를 알 수 없는 사건입니다. 셰몬즈가 자취를 감추고 아무 소식도 없는 현재 우리는 어찌할 도리가 없습니다. 또 도난사건이 일어나거나 금고실이 습격을 받거나 뭔가 또 다른 사건이 일어나기를 기다릴 수밖에 없는 형편입니다."

"금고실이 열려 있지 않은 것은 확실합니까?" 손다이크가 물었다.

"열렸던 흔적은 전혀 없었습니다. 러트렐이 행방불명이지만 어쩌면 이미 살해되었는지도 모릅니다. 그렇다면 아마 그의 주머니는 셰몬즈의 손으로 이 잡듯 조사되었으리라 생각됩니다. 물론 금고실 열쇠는 존재하지 않지요. 그것이 문자조합 자물쇠의 장점입니다. 그러나 러트렐이 조합문자가 적힌 메모를 가지고 다녔으리라고 충분히 생각할 수 있습니다. 기억에만 의지한다는 건 불안할 테니까요. 사무실 열쇠는 아마 몸에 지니고 있겠지만, 업무시간에는 누구라도 손쉽게 들어갈 수 있을 겁니다. 러트렐의 사무실에는 아무도 없겠지만 다른 사무실에는 하루 내내 사람 출입이 있을 테니까 건물에 들어가는 사람을 전부 경찰에게 미행시킬 순 없지요. 뭔가 좋은 생각이 없으십니까, 박사님?"

"그렇게까지 말씀하시는데 죄송하군요. 마치 구름 잡는 식의 이야기라서요. 셰몬즈만 하더라도 수상할 뿐 불리한 증거는 한 가지도 없습니다. 행방이 묘연하다고 하지만 이것도 경찰이 놓쳤을 뿐이지요. 러트렐도 마찬가지입니다. 러트렐은 수상한 점이 여럿 있지만, 그러나 현재 당신이 파악하고 있는 사실만으로는 수색영장을 청구하는 것도 무리가 아닐까 싶습니다."

"그렇습니다. 금고실을 수색할 영장은 아무래도 청구될 것 같지 않습니다. 그것만 있어도 대단히 도움이 될 테지만."

이때 폴튼이 아까 그 납형을 보석상이 사용함직한 작은 상자에 넣어서 들고 왔다.

"확대한 네거필름을 두 장 만들어두었습니다. 아주 깨끗이 찍혔습니다. 인화는 몇 장 할까요, 경감님?"

"한 장이면 됩니다, 폴튼 씨. 더 필요하게 되면 그때 다시 부탁하지요." 경감은 작은 상자를 집어들어 주머니에 넣고 자리에서 일어 났다. "사건 이후의 경과는 그때그때 알려드리겠습니다. 그사이 이 사건에 관한 것을 면밀히 검토해주시겠습니까? 그리고 무엇이든 힌 트를 주십시오. 도움이 될 겁니다."

사건 검토를 약속하고 경감을 배웅한 손다이크는 폴튼을 따라 실험실에 들어가 네거필름을 들고 빛에 비춰보았다. 물고기 부레 모 양의 배 모양인데 그걸 본 기억이 났다. 그러니까 이것이 러트렐 씨 가 손가락에 끼고 있던 문장과 같은 것임을 나는 한눈에 알았다. 세 배로 확대한 사진으로 살펴보니 세부까지 분명하게 확인할 수 있었다. 우아하기보다는 기이한 디자인이었다. 가장자리 두 곳에 있 는 삼각형 부분에는 각각 해골과 날개 달린 모래시계의 모양이 붙 어 있고, 중앙에는 로마체로 긴 문장이 조각되어 있었으나 잠깐 본 것만으로는 무엇을 의미하는 건지 전혀 알 수 없었다.

"암호일까?" 내가 말했다.

"그렇지 않을걸. 내 말은 공간을 잘 이용하기 위해 섞은 것일 거 라는 거야. 아무래도 그런 느낌이 들어." 손다이크가 대답했다.

그는 왼손에 네거필름을 들고 오른손에 연필을 잡고 터무니없어 보이는 사행시를 종이에 썼다.

>
> Eheu alas how fast the dam fugaces
>
> Labuntur anni especially in the cases
>
> Of poor old blokes like you and me Posthumus
>
> Who only wait for vermes to consume us

"음, 묘한 단어를 골랐군. 러트렐 노인은 재치 있는 익살을 염두에 두고 선택했는지 모르지만 익살이라고는 해도 일부러 반지에 새길 정도는 아닌 것 같은데."

"그렇군. 익살치고는 상당히 재치가 없는걸. 그러나 뭔가 숨겨진 의미가 있을지도 모르지."

그는 다시 한 번 그 조각문자를 살펴보았다. 되풀이해서 꼼꼼히 살펴보았다. 그러고 나서 건조대에 네거필름을 걸고 아까 그 종이를 수첩에 넣었다.

"아무래도 모르겠는데, 왜 이 사건을 밀러 경감이 우리에게 가져왔지? 자네에게 뭘 연구해달라고 부탁하는 걸까? 사건도 없는 것 같은데." 내가 말했다.

"사실 애매한 사건이지, 밀러 경감은 지나친 억측을 하지. 배저 경감도 똑같아. 결국은 빛 좋은 개살구 격이 될지도 몰라. 그러나 생각해볼 여지가 전혀 없는 건 아니지."

"예를 들면?"

"어떤가, 저비스. 자네도 그 남자들을 목격했지. 그들의 행동도 보았고, 밀러 경감의 설명도 들었어. 러트렐의 문장도 보았고. 이것들 모두를 종합해보게. 그러면 적어도 흥미진진한 추측 정도는 떠오르지 않겠나? 가능하면 추측 이상의 의견을 끌어내 주었으면 좋겠는데."

나는 이 화제를 더 이상 뒤쫓지 않았다. 손다이크가 '추측'이란 말을 사용할 때는 그 자신의 의견을 끌어내는 것이 어렵다는 걸 알기 때문이다. 그러나 손다이크가 초등학생의 시 같은 러트렐의 운문에 강하게 집착했던 점이 아무래도 마음에 걸렸다. 그래서 그 뒤

나는 그 네거필름으로 사진을 만들어 녹초가 될 때까지 그 어이없는 조각문자를 연구해보았다. 그러나 가령 여기에 무슨 의미가 숨겨져 있다 해도(그렇다고 생각하기 어려웠으나) 결국 나는 알지 못한 채 끝내고 말았다. 내기 도달한 결론은 고자 러트렐 정도의 나이라면 이런 시답잖은 것보다 좀 더 나은 것을 쓸 만한 분별을 갖추었으면 좋았을 걸 하는 생각 정도였다.

경감은 언제까지나 문제를 포기 상태로 두지는 않았다. 그는 사흘 후에 다시 찾아오더니 변명을 섞어가며 다시 이야기를 늘어놓았다.

"여러 가지로 번거롭게 해드려서 죄송합니다. 그러나 이번 사건이 뇌리에서 떠나지 않는군요. 무언가 손을 써야만 하지 않을까 하며 궁지에 몰린 형편입니다. 그 일과는 별로 상관이 없는 것 같습니다만, 그 문자를 사진으로 여러 번 조사해보았는데 뭘 의미하는지 도저히 모르겠습니다. fugaces라는 건 무슨 의미지요? vermes라는 건 worms(벌레)를 말하는 게 아닌가 생각됩니다만, 왜 이런 식으로 철자를 썼는지 알 수 없습니다."

"이 시는 분명 어떤 라틴어 시를 비꼰 것입니다. 그것은 호레이스의 찬미시의 하나로 이런 말로 시작합니다. Eheu! fugaces, Postume, Postume, Labuntur anni. 요약하면 '아! 포스트미우스여, 세월의 흐름은 빠르게 어느덧 흘러갔다'는 의미입니다." 손다이크가 말했다.

"원 참, 세월이 빠른 것쯤은 어떤 천치라도 알뿐더러 중년을 넘긴 사람이라면 더더욱 그렇지요. 그런 걸 새삼스레 라틴어로 늘어놓을 일은 아니지요. 그것만으로는 아무 소용이 없군요. 그런데 나는 러트렐의 집 수색허가를 정식으로 받았습니다. 비록 무엇 하나도 움직이지 말고 그냥 보기만 하는 허가지만, 그곳 관리인에게는 전해두었습니다. 박사님이 저와 함께 꼭 가주셨으면 합니다. 박사님은 다른 사람이라면 놓치는 것을 즉석에서 발견해내는 기술을 갖고 계시니 함께 가주시면 큰 도움이 되겠습니다."

그는 애원하는 표정으로 손다이크를 보았다. 그리고 그가 생각에 잠기는 것을 보고 다시 말을 이었다.

"관리인이 묘한 말을 하더군요. 관리인은 계속해서 그 건물의 전기 계량기를 측량하고 있었는데 러트렐의 방에 전기가 흐르고 있다고 합니다. 한 시간에 30와트 정도로 아주 미미한 양이긴 하지만 관리인으로서는 납득이 가지 않아 방에 켜놓은 전등이라도 있나 하고 러트렐의 사무실 전체를 조사해보았답니다. 그런데 스위치는 전부 내려져 있고 누전이 될 리도 없다는 것입니다. 이상하지 않으십니까?"

확실히 이상한 얘기였다. 그러나 손다이크의 표정에는 이 일에 흥미를 쏟는 것 같은 기색이 없었다. 그런데도 나름대로 무언가 중대한 의미를 짐작한 듯 물었다.

"언제 수색하러 가실 겁니까?"

"이제 가려고 합니다." 밀러 경감은 대답하고, 다시 애원하는 듯한 어조로 덧붙였다. "함께 가실 수 있을까요?"

손다이크는 일어섰다.

"좋소, 함께 갑시다. 저비스, 시간이 괜찮으면 자네도 함께 가지 않겠나?"

나는 즉시 동의했다. 밀러 경감의 말에 숨길 수 없는 흥미를 보이는 것으로 보아 손다이크는 분명 어떤 명확한 의문을 품은 것이었다. 우리는 즉시 출발했다. 미틀 코트에서 훼터 골목으로 빠져서 서

비스 인inn의 가장자리 쪽에 가까운 구식 건물(행방불명된 러트렐의 집인)로 향했다.

"여기는 전에도 한 번 보고 갔지요."

판리인이 얼굴를 기지고 니오지 밀러 경감이 말했다.

"우선 사무실부터 순서대로 수색하면 어떨까 합니다. 창고나 거실은 나중에 조사해도 되겠지요."

거기서 우리는 바깥쪽 사무실로 들어갔다. 그러나 그곳은 대기실로 사용되었던 듯해 다시 안쪽의 개인 사무실로 갔다. 여기는 거실이나 서재로 사용되었던 모양인지 안락의자 하나와 책장, 서류대가 달린 훌륭한 책상이 있고, 안쪽 벽으로는 단단한 철제 금고실 문이 보였다. 우리 관심의 표적은 이 문이었다. 우리가 문 앞에 다가서자 경감은 그 특징을 설명했다.

"참으로 교묘한 착상입니다. 이 문자조합 자물쇠 말입니다. 열쇠 구멍은 없습니다. 우선 열쇠 구멍이 있어도 안전 자물쇠의 경우는 억지로 열 수 없으니까…… 그래서 열쇠를 잃어버릴 염려가 없지요. 아무리 '열려라, 참깨'라고 외치고 조합문자를 찾아보아도, 자 보십시오, 평생이 걸러도 찾아내기란 불가능하다고 생각합니다."

그 문자조합 자물쇠는 단단한 쇠로 만든 옆 기둥에 박혀 있었는데 열다섯 개의 A라는 문자열이 금고 파괴를 비웃는 듯이 표시판에 나와 있었다. 나는 문자 몇 개의 까끌까끌한 모서리에 손가락을 문질러 문자판을 돌려보았다. 그랬더니 간단히 문자판이 돌아갔다.

"안 돼요." 밀러 경감이 말했다. "아무리 만져봐도 소용이 없어요. 나는 이제부터 장부를 조사하고 고객 명부를 조사할 작정입니다. 전에 시험해보았습니다만 서류대에는 자물쇠가 걸려 있지 않을 겁니다. 이 자물쇠는 처음 보았을 때 그대로 두는 것이 좋을 겁니다."

경감은 내가 움직여놓은 문자판을 본래대로 돌려놓고 서류대를 조사하기 위해 몸의 방향을 바꾸었다. 사실 문자조합 자물쇠를 마냥 노려보고 있다 해도 별 뾰족한 수는 없었다. 나는 아직도 무의미한 문자열을 유심히 쳐다보고 있는 손다이크를 뒤로하고 경감을 따라갔다.

경감은 빙글빙글 웃으며 손다이크 쪽을 눈짓으로 가리켰다.

"박사님은 조합을 찾아낼 작정이신 것 같군요." 그는 쿡쿡 웃었다. "글쎄, 그것도 괜찮겠군요. 문자조합 방식이 40조밖에 되지 않는 데다가 박사님은 연세에 비해서는 젊으니까요."

밀러 경감은 서류장 유리문을 열고 장부를 꺼내 책상 위에 펼쳤다.

"별로 기대할 순 없을 것 같지만." 그는 장부의 색인을 조사하며 말했다. "그래도 여기에 나와 있는 사람 가운데 러트렐의 소재를 알 만한 힌트를 얻을지도 모르고, 그 사람들의 직업만 알게 되어도 큰 도움이 될 겁니다."

경감이 고객 명부를 손가락으로 가리키며 고객 한 사람에 대해 설명하려던 순간이었다. 금고실 쪽에서 무언가 삐걱거리는 듯한 커다란 소리가 들렸다. 우리는 깜짝 놀라 재빨리 돌아섰다. 손다이크가 금고실 문손잡이를 잡고 있었다. 더구나 놀랍게도 조금이긴 하지만 이미 문이 열려 있었다.

"이거 놀랍군요!" 밀러 경감은 장부를 덮고 금고실 쪽으로 가며 소리쳤다. "박사님이 금고실 문을 열었군요!"

그는 큰 걸음으로 금고실로 다가가며 자물쇠의 문자판을 쳐다보고는 크게 숨을 내쉬었다.

"이런, 내가 멍청했군." 그는 소리쳤다. "자물쇠가 잠겨 있지 않았던 거군! 경관 누구 한 사람 손잡이를 돌려볼 생각을 하지 않았다니. 멍청하기 짝이 없었어. 그렇지만 이 지긋지긋한 수수께끼에다 이런 바보 같은 해답이라니! 아무리 보아도 러트렐 노인다운 발상이로군."

나는 표시기를 보았다. 열다섯 개의 A가 나란히 늘어놓여 있었다. 놀랍게도 정확히 조합을 맞춘 것이다. 이것은 러트렐 노인으로서는 즐거운 농담일지 몰라도 그다지 안전한 방법이라고는 생각할 수 없었다. 손다이크는 우리가 수상쩍은 듯이 바라보고 있는 것을 알고 1센티미터가량 열려 있는 문의 손잡이를 그대로 잡고 있었다.

"문 안에서 무언가 밀리는 듯한 느낌이 있는데, 열어볼까요?" 손다이크가 말했다.

"그게 좋겠습니다." 밀러 경감이 대답했다.

손다이크는 손잡이에서 손을 떼자마자 살짝 옆으로 비켜섰다. 문이 천천히 열리더니 남자의 시체가 쓰러지듯 나오더니 얼굴을 위로 하고 벌렁 나자빠졌다.

"세상에!" 밀러 경감은 입을 쩍 벌렸다. 황급히 뒤로 물러나 그 소름 끼치는 물체를 공포와 경악이 뒤섞인 눈길로 벌벌 떨며 바라보았다. 다음 순간 그는 갑자기 시체 쪽으로 걸어가서 몸을 굽히더니 큰 소리로 외쳤다. "이건 러트렐이 아니잖아. 셰몬즈야. 셰몬즈가 이런 곳에 숨어 있다니, 러트렐은 어떻게 된 거지?"

"금고실 안에 누군가 또 있을 거야." 손다이크가 말했다.

문 쪽에서 들여다보니까 안쪽에서 비치는 희미한 빛에 구석 쪽으로 비죽이 나와 있는 한쪽 발이 보였다. 밀러 경감은 즉시 안으로 뛰어 들어갔다. 나도 그를 뒤따랐다. 금고실은 L자형 구조로 L자의 가로에 해당하는 부분이 좁은 통로로 되어 있었다. 그리고 직각으로 굽어 있는 곳으로 들어서면 목적한 방으로 가게 되어 있다. 이 복도의 막다른 곳에는 작은 전등 하나가 켜져 있었다. 그 빛으로 통로의 마루 위에 기다랗게 뻗어 있는 노인의 시체를 알아볼 수 있었다. 빛이 어두운 데다 이마에 그어진 들쭉날쭉한 상처 때문에 인상이 완전히 달리 보였지만, 나는 시체의 신원을 금방 알아보았다.

"이 시체는 여기서 빨리 내가는 것이 좋겠군."

밀러 경감이 찌푸리며 말했다. 한편으로 두려운 발견에 충격을 받았고 또 불쾌감에 휩싸였기 때문일 것이다.

"이후에 수색에 착수하기로 하지요. 이것은 절도사건이 아니네요. 철저하게 규명하지 않으면 안 되겠습니다."

나는 경감과 함께 러트렐의 시체를 들어다 사무실 구석에 눕혔다. 셰몬즈의 시체도 끌어다가 같은 장소에 놓았다.

"이렇게 된 경과에 대해서는 의문의 여지가 없을 것 같습니다." 나는 두 구의 시체를 간단히 조사하고 나서 말했다. "셰몬즈는 분명히 피스톨로 이 노인의 두부를 등 뒤 근접한 거리에서 쏜 겁니다. 상처 주변 머리카락이 탄 데다 탄환은 이마를 관통하고 있습니다."

"그런 것 같군요." 밀러 경감은 긍정했다. "그 점은 확실합니다. 그러나 알 수 없는 게 셰몬즈가 어째서 금고실 밖으로 나오지 않았는가 하는 것입니다. 그는 문에 자물쇠가 걸려 있지 않은 것을 틀림없이 알았을 텐데 말입니다. 그가 손잡이를 돌리지 않고 멍청하게 서 있었다고는 생각할 수 없습니다. 그의 두 손을 보십시오."

"그리고 알 수 없는 것은." 손다이크가 말했다. 그는 그때까지 문제의 자물쇠를 바깥쪽과 안쪽에서 세밀히 살펴보고 있었다. "어째서

문이 닫혔나 하는 겁니다. 이건 아주 중요한 문제입니다."

"그렇군요. 그러나 그 점은 새로 검토하기로 하고 이 금고실 안에는 그것보다도 문제가 되는 일이 있습니다. 콜체스터의 도난품이 서의 신부 ㅁㅅ에 있다는 겁니다. 러트렐이 절도에 가담했다고밖에 생각할 수 없습니다." 밀러 경감이 말했다.

경감은 떨떠름한 표정으로 다시 금고실로 들어갔다. 손다이크와 나도 그의 뒤를 따랐다. 경감은 통로 근처에서 자동 권총과 작은 가죽 표지로 된 책을 주웠다. 책을 펼쳐 전등불에 비춰 슬쩍 훑어보더니 곧 탄성을 내지르며 탁 하고 책을 닫았다.

"이게 무어라 생각하십니까?" 경감은 그 책을 우리 앞에 내놓으며 말했다. "절도단 명단이자 주소록이자 일지이기도 합니다. 드디어 손에 넣었군요. 러트렐 노인이야말로 전부터 우리가 쫓고 있던 패거리의 우두머리였습니다. 저기 선반을 보십시오. 모두 우리가 찾고 있던 도난품입니다. 내가 작성한 명단과 맞춰보면 각각 출처를 확인할 수 있을 겁니다."

그는 거기 선 채로 보석이며 금괴며, 그 외 다른 귀중품이 놓여 있는 시렁을 만족스러운 듯이 바라보았다. 그리고 전등 바로 밑 구석에 꽂혀 있는 서랍을 눈여겨보았다. 그것은 불균형하게 보일 정도로 큰 손잡이가 달린 철제 서랍으로, '자리 없는 보석unmounted stone'이라고 읽기 쉬운 문자로 쓰인 라벨이 붙어 있었다.

"그러면 노인의 자리 없는 보석이라는 수집품을 보기로 할까요?" 밀러 경감은 서랍으로 다가가 손잡이를 잡고 힘껏 잡아당겼다. "이상하군. 자물쇠가 채워져 있지 않은데도 꿈쩍도 안 하는군요." 그는 벽면에 발을 대고 힘껏 버티고 다시 힘을 주어 손잡이를 잡아당겼다.

"잠깐 기다리시지요, 밀러 경감." 손다이크가 말했다.

그러나 이미 경감이 온 힘을 다한 결과 두 자 길이의 서랍이 나왔다. 뒤이어 크게 끼익끼익 하는 소리가 들리더니 일순 멈추었다가 금고실 문이 꽝 하고 소리를 내었다.

"뭐지?" 밀러 경감은 서랍에서 손을 떼었다. 그랬더니 다시 끼익끼익 소리가 나며 서랍은 미끄러지듯 원래대로 돌아갔다. "지금 이 소리가 무슨 소리지요?"

"문이 닫히는 소립니다." 손다이크가 대답했다. "아주 멋진 장치입니다. 시계와 같은 메커니즘입니다. 서랍을 뽑으면 나사가 감겨서 스프링이 느슨해져 문이 닫히는 겁니다. 정말 교묘합니다."

"그렇다면." 밀러 경감은 창백한 얼굴로 손다이크를 바라보며 숨 가쁜 목소리로 말했다. "우리는 갇힌 거군요."

"당신은 잊으신 것 같군요." 내 목소리에도 솔직히 약간 불안스러운 울림이 있었다. "열쇠는 그대로 있을 겁니다."

"그랬군요. 원 참, 바보스럽게." 밀러 경감은 웃었다. "셰몬즈와 마찬가지로 멍청하군요. 그러나 아무튼……."

그는 통로로 돌아갔다. 경감이 손을 더듬어 문 쪽으로 걸어가는 소리에 이어, 이윽고 손잡이를 돌리는 소리가 들렸다. 갑자기 묘지와 같은 정적을 깨는 공포의 비명 소리가 났다.

"문이 움직이지 않아요! 자물쇠가 꽉 잠긴 것 같아요!"

나는 서둘러 통로로 갔다. 심장 박동이 빨라졌다. 나의 눈에는 조금 전 우리가 이 무서운 문을 열었을 때 양손으로 문짝을 두드리는 자세 그대로 굴러나온 시체의 끔찍한 광경이 떠올랐다. 그 남자가 걸려들었던 덫에 우리도 걸린 것인가? 머지않아 누군가 우리의 시체를 발견하게 된단 말인가?

 밀러 경감은 문 앞에서 희미한 빛을 받으며 손잡이를 잡고 미친 듯이 흔들어댔다. 자제심을 잃은 것 같았다. 나도 비슷한 상태였다. 나는 자물쇠가 완전히 길리지 않았을지도 모른다는 부질없는 희망을 품고 온 체중을 실어 문짝에 부딪쳐보았다. 그러나 단단한 문은 돌벽처럼 꼼짝도 하지 않았다. 다시 한 번 부딪쳐보려고 자세를 갖추었을 때 바로 뒤에서 손다이크의 목소리가 들려왔다.

 "소용없어, 저비스. 문에는 자물쇠가 걸려 있어. 그러나 걱정할 거 없네."

 말을 마치기도 전에 갑자기 고리 모양의 밝은 빛이 나타났다. 그가 언제나 주머니에 숨겨 가지고 다니는 작은 손전등이었다. 그 빛의 동그라미 속에 안쪽 옆 기둥에 붙어 있는 문자조합 자물쇠의 문자표시기가 분명하게 떠올랐다. 문자표시기가 보인다는 것과 손다이크의 냉정한 어조에 힘을 얻어 나는 거의 평정 상태로 돌아왔다. 밀러 경감도 그런 것 같았다. 그의 말투는 평상시와 다름없었다.

 "그러나 전처럼 자물쇠는 걸려 있지 않은 것 같은데요. 표시기의 문자는 들어올 때와 마찬가지인 AAAAAA로 되어 있습니다."

 정말로 그대로였다. 표시기에는 문을 열었을 때와 마찬가지로 열다섯 개의 A가 나란히 있었다. 이 자물쇠는 장식용이고 문을 여는 장치는 별도로 있는 걸까? 나는 이 의문을 손다이크에게 물어보려고 했다. 그런데 그는 손전등을 나에게 건네주며 슬쩍 나를 밀듯이 하여 표시기가 있는 곳으로 다가갔다.

 "전등을 잘 들고 있어, 저비스."

 손다이크는 오톨도톨한 문자판의 모서리를 조작하기 시작했다.

오른쪽(반대쪽 끝)의 표시기에서부터 맞추기 시작해서 일정한 곳까지 가면 그것을 거꾸로 짚어 돌아왔다. 나는 흥미와 호기심의 눈으로 지켜보았다. 밀러 경감도 마찬가지였다. 열다섯 개의 문자가 조작되는 사이에 어떤 단어가 나타나지나 않을까 기대하고 있었다. 그런데 그렇지는 않았다. 손다이크의 손가락이 A의 열을 계속 M으로 바꾸는 것이었다. 드디어 L이 한 자, X가 몇 자 이어졌다. 완성된 문자를 보니 태고의 연대를 로마숫자로 나타내던 것같이 되어 있었다.

"좋아, 손잡이를 당겨요, 밀러 경감." 손다이크가 말했다.

밀러 경감은 손잡이를 돌려 무거운 듯이 문을 밀었다. 즉시 가장자리로 가는 빛줄기가 나타났다. 날카롭게 삐걱거리는 소리가 나더니 문이 직각으로 열렸다. 우리는 즉시 쓰러지듯 밖으로 나갔다. 적어도 경감과 나는 그랬다. 살아서 밖으로 나왔다는 것에 온몸이 기쁨으로 들떴다. 그런데 밖으로 나와보니 거기에 한 남자가 있었다. 그는 공포로 일그러진 창백한 얼굴로 방 저쪽 구석에 있는 두 구의 시체 위에 몸을 굽히고 있었다. 금고 문이 단단했기 때문에 우리의 행동이 밖으로 소리가 새어나가지 않았던 모양이다. 갑작스런 우리의 출현에 그 남자는 꼼짝도 못 하고 입을 떡 벌리며 눈을 크게 뜬 채 우리를 바라볼 뿐이었다. 그러다가 갑자기 일어나더니 문 쪽으로 돌진하여 밖으로 나갔다. 밀러 경감은 즉시 그 뒤를 쫓았다.

추적은 금방 끝났다. 도망간 남자는 인도에 대기하고 있던 키 큰 경관에게 붙들려 버둥거리고 있었다. 밀러 경감의 부하인 경관은 도망자의 손목에 수갑을 채우고 그를 일으켜 세워 택시를 찾으러 갔다.

"아마 한패일 겁니다." 사무실에 돌아오자 밀러 경감이 말했다.

그리고 열린 금고실 문을 바라보며 손수건으로 얼굴을 닦았다. "이 문은 보기만 해도 오싹합니다. 정말 몸이 후들거렸습니다. 태어나서 지금까지 이렇게 무서운 생각이 들었던 적은 처음입니다. 문 닫히는 소리가 들릴 때 그 불쌍한 세몬즈가 얼마나 당황했을지 절실하게 느껴집니다. ……정말 놀랐습니다."

그는 다시 이마를 닦고 금고실 문으로 다가가며 물었다.

"그런데 마법의 주문은 도대체 뭐였습니까?"

경감은 표시기에 다가가며 흘낏 그것을 보고 나서 놀란 표정으로 내 쪽으로 돌아섰다.

"으응?" 그가 소리쳤다. "아직 AAAA인 채인데! 확실히 박사님이 바꿨을 텐데."

이때 손다이크가 모습을 나타냈다. 지금껏 금고실에서 무언가를 살펴보고 온 모양이다. 경감은 돌아서서 손다이크의 설명을 구했다.

"교묘한 장치입니다. 금고실 전체가 천재의 유작이라고 할 수 있습니다. 세몬즈의 시체가 증명하듯이 그 효과는 완벽합니다. 맞는 조합은 로마숫자로 나타낸 수입니다만, 자물쇠에는 문이 열리기 시작하면 동시에 작동하도록 열 개의 플레이백 장치가 붙어 있습니다. 세몬즈는 이 덫에 빠졌던 겁니다. 물론 그는 러트렐이 자물쇠를 장치하는 것을 보지 못했겠죠. 세몬즈는 죽이려는 상대와 금고실에 들어가면서 표시기를 훔쳐보았을 때 A라는 문자가 늘어져 있는 걸 보고 그것이 조합문자라고 생각했겠죠. 그래서 자신이 밖으로 나오려고 했을 때는 당연히 자물쇠가 열리지 않았던 것입니다."

"어째서 그는 다른 조합을 시험해보지 않았던 걸까?" 내가 물었다.

"아마 시험해보았겠지." 손다이크가 대답했다. "그러나 어떻게 해 보아도 잘되지 않으니까 결국 A만 늘어놓고는…… 그렇게 해서 문이 열리는 것을 그는 목격했으니까. 이렇게 열 개였다네."

그는 문을 닫고 경감과 내가 바로 옆에서 지켜보는 가운데 문자판의 까끌까끌한 모서리를 돌렸다. 그랬더니 다음과 같은 문자가 표시기에 나왔다.

MMMMMMMCCCLXXXV

그가 손잡이를 잡고 천천히 돌리자 문이 열렸다. 그런데 문이 문지방 위로 움직인 순간 커다란 소리가 나며 표시기의 문자는 전부 A로 돌아갔다.

"이거 놀랍군요." 밀러 경감이 소리쳤다. "그 불쌍한 셰몬즈는 이 무서운 속임수에 걸려들었군요. 나도 감쪽같이 속았습니다. A가 늘어서 있는 것을 보고 나서 문이 열리는 것을 목격했으므로 그걸로 모두 다 알았다고 속단했습니다. 그런데 박사님, 아무래도 모르겠는 게 박사님은 어떻게 해서 이 속임수를 간파했느냐는 것입니다. 어디서 추리를 전개했는지 설명해주실 수 있습니까?"

"있고말고요. 그러나 그건 가장 나중에 하는 편이 좋을 것 같습니다. 당신은 이 두 구의 시체를 처리해야 되는 데다 그 밖에도 할 일이 많으실 겁니다. 우리도 돌아가야 하고요. 조합문자는 필요할 때를 위해 분명히 적어드리겠습니다. 나중에 결과를 알려주십시오." 손다이크가 말했다.

그는 종잇조각에 숫자를 적어서 경감에게 건넸다. 우리는 그 장소를 떠났다.

집으로 돌아오는 길에 내가 말했다.

"나도 밀러 경관이나 마찬가지 심경이야. 자네가 어디서부터 추리를 시작했는지 전혀 짐작이 가지 않네. 아마 문장의 조각문자가 단서가 되었겠다고 생각하네. 그것으로 자네가 그 자물쇠의 문자조합을 산파했을 뿐만 아니라 러트렐이 그 패거리의 우두머리라는 걸 간파했다고 생각하는데, 하지만 어떻게 해서 간파했는지 도저히 알 수 없네."

"그게 말이네, 저비스. 이건 원래는 단순한 사건이었어. 알고 있는 것을 하나씩 음미하여 그 사실을 겹쳐 쌓아보면 우리가 실은 모든 사실을 파악하고 있다는 것을 자네도 이해할 걸세. 문제는 이들 사실을 정리해 그 의미를 찾아내는 것뿐일세.

우선 러트렐이라는 인물에 관해서인데, 우리는 그 남자가 분명히 아는 사람이라고 생각되는 한 사람과 함께 있는 것을 목격했네. 그때 그들은 경관에게 미행당하고 있었어. 그들이 미행자를 알아챘던 것은 틀림없겠지. 그처럼 교묘하게 따돌렸으니까.

그 후 우리는 밀러 경감에게서 그 한 사람이 절도단의 솜씨 좋은 절도범이라는 것을, 또 한 사람은 큰 부자로 별난 사람인데 무엇이나 취급하는 상인이며, 그 금고실에는 문자조합 자물쇠가 달려 있다는 소릴 들었어. 꽤나 머리 좋고 예리한 밀러 경감이, 러트렐이 그가 찾고 있는 일당의 두목 자격이 충분하다는 걸 깨닫지 못한 것은 이상한 일이야. 모든 종류의 귀중하고 색다른 물품을 판매하는 상인이 있어. 그 남자는 보석이나 금괴나 은제품을 판가름하는 뛰어난 재능을 갖고 있지. 게다가 그는 문자조합 자물쇠를 사용하는 거야. 문자조합 자물쇠를 사용하는 건 어떤 부류의 사람일까? 편안하게 자물쇠를 사용하는 사람이 아닌 것만은 확실하지. 그런데 절도단 두목에게 이 자물쇠는 다시 없는 안전책이라 해도 좋을 거야. 보통 자물쇠로는 언제 도둑맞을지 알 수 없는 데다가 강탈당하는 일도 있으니까.

그러나 이 비밀 자물쇠라면 도둑맞을 염려가 없는 데다 강탈당할 걱정도 없는 거란 말이야. 이렇게 생각하니까 러트렐이 일당의 두목이라 해도 조금도 이상할 것이 없었지.

다음으로, 이 자물쇠 문제에 대하여 생각해보자고. 우선 우리는 러트렐이 왼손에 커다란 문장이 달린 반지를 끼고 회중시계 사슬에 코딩턴 렌즈를 매달고 주머니에 작은 손전등을 휴대하고 있는 것을 목격했어. 이것만으로는 알 수가 없었지. 그런데 밀러 경감에게서 자물쇠 얘기를 듣고 문장의 납형을 보고 나서 이 문장을 보니 저절로 그 상호관계가 떠올랐던 거야.

밀러 경감이 용하게 간파했다시피 누구도, 특히 늙은 사람의 경우에는 조합을 자신의 기억에만 의존하는 짓은 하지 않을 거야. 그런데 실제로 이 조각문자를 보니까 자물쇠의 문자조합을 해명하는 열쇠가 이 속에 숨겨져 있을 가능성이 크다는 생각이 들었네. 이 조각문자는 무의미한 데다 터무니없는 시를 점철한 것임을 생각하니 가능성은 점점 강력해졌네. 그 시는 어떻게 생각해도 문자 그대로의 의미와는 관계없는 별도의 목적을 위해 만들어진 것이라고밖에 생각할 수 없었지. 거기서 나는 그 조각문자에 관해 면밀하게 생각해보았네.

그런데 그 문자조합 자물쇠는 열다섯 개의 문자를 조합한 것이라는 걸 밀러 경감에게 들었지. 답은 아마 '최고극치superlativeness'와 같은 기다란 말일까? 아니면 몇 개 짧은 단어의 조합일까, 그도 아니면 화학방정식 같은 것일까? 또는 연대표시명chronogram 일지도 모르지. 연대표시명을 비밀의 기록이나 전언에 이용한 예는 별로 들은 일이 없지만, 이용한다면 가장 좋은 수단이 될 거라고 생각했지. 그렇지만 이번 경우는 아주 좋은 수단이 되었던 거야."

"연대표시명이라는 건? 메달 같은 데 새겨넣는 것 말인가?"

"그래 메달 같은 데에 자주 사용되지. 요컨대, 연대표시명이라는 것은 문자를 몇 개 이용하여 전체 주제와 관련이 있는 연대를 표시한 문장이야. 이 연대표시용 문자는 해독에 편리하도록 다른 문자보다도 크게 새겨져 있는 게 보통이야. 그러나 물론 그렇지 않으면 안 될 이유는 없지. 연대표시명의 원리는 이래. 로마체의 알파벳에는 두 종류가 있어. 단순히 문자만으로 달리 어떤 의미가 없는 것과, 문자이면서도 숫자로도 사용되는 것. 숫자를 나타내는 문자는 M(1000), D(500), C(100), L(50), X(10), V(5), I(1)로 되어 있지. 연대표시명을 해독하기 위해서는 우선 이 숫자를 나타내는 문자 전부를 뽑아서 그것을 순서에 상관없이 가산해야 되네. 이 합계의 숫자가 구하는 연대가 되는 거지.

그런데 아까도 말했듯이 이 조각문자는 어쩌면 연대표시명이 아닐까 하는 생각이 들었네. 그러나 그것은 숫자가 아니라 문자를 조합한 자물쇠였으므로 만약 숫자가 키포인트라면 로마숫자로 표시되어야 하는 데다가 그것은 열다섯 개가 되어야 했어. 가설은 이같이 간단히 만들어졌는데 나는 이 조각문자를 연대표시명으로 취급하기로 하고 해독작업을 했어. 그랬더니 열다섯 개 문자로 구성된 숫자가 떠올랐네. 이것이 아마 정답이리라 생각했지만, 물론 결론을 내리려면 실제로 시험해볼 필요가 있었네."

"그럼 여기서 자네의 해독과정을 재현해보지 않겠나."

우리는 곧 방으로 들어가 문을 닫았다. 나는 큰 메모지와 연필을 챙겨와 의자를 잡아당겼다.

"자, 빨리 시작하세." 내가 말했다.

"좋고말고. 우선 처음에는 숫자를 나타내는 문자를 2배 크기로 쓴 다음 U를 V로 고치고, W를 V 두 개로 취급하여, 이 조각문자를 보통 연대표시명의 형태로 고쳐 써보았네.

EHEV ALAS HOVV FAST THE DAM FVGACES
LABVNTVR ANNI ESPECIALLY IN THE CASES
OF POOR OLD BLOKES LIKE YOV AND ME POSTHVMVS
VVHO ONLY VVAIT FOR VERMES TO CONSVME VS

이번에는 각 행마다 숫자 표를 만들어 각각 합계를 내보세.

1	2	3	4
V = 5	L = 50	L = 50	VV = 10
L = 50	V = 5	D = 500	L = 50
VV = 10	V = 5	L = 50	VV = 10
D = 500	I = 1	L = 50	I = 1
M = 1000	C = 100	I = 1	V = 5
V = 5	I = 1	V = 5	M = 1000
C = 100	L = 50	D = 500	C = 100
	L = 50	M = 1000	V = 5
	I = 1	V = 5	M = 1000
	C = 100	M = 1000	V = 5
		V = 5	
1670	363	3166	2186

그다음에 이 네 가지 합계를 다시 다음과 같이 합산하지.

1670 + 363 + 3166 + 2186 = 7385

총 합계는 7385가 되는데 이것을 로마숫자로 나타내면 다음과 같다네.

MMMMMMMCCCLXXXV

이렇게 열다섯 개의 문자로 구성된 숫자가 예의 문자조합 자물쇠 표시기의 문자와 딱 일치했어. 이것은 놀랄 만한 우연의 일치지만, 나는 만약의 경우를 위해 고쳐서 계산해본다든지 곱셈을 해본다든지 해서 다른 가능성을 찾아본 결과, 이것이야말로 맞는 조합이라는 확신에 도달했네. 그다음은 다만 실제로 시험해본 것뿐이네."

"그런데 자넨 밀러 경감이 전기 이야기를 했을 때 갑자기 기운을 내는 것 같았는데……."

"당연하지. 그의 얘기에서 그 건물 어딘가에 작은 전등 스위치가 켜져 있는 게 틀림없다고 생각했지. 더구나 아직 조사하지 않은 장소로 말하면 금고실밖에 없었거든. 그런데 거기 들어갈 수 있었던 유일한 인물이 행방불명이니까 그 인물이 아직 그곳에 있을 것이 분명했지. 가령 거기 있다면 아마 죽어 있을 테고, 또 그 인물과 함께 다른 인물이 들어가 있을 가능성도 아주 높았거든. 그의 한패도 역시 행방불명인 데다 더구나 두 사람은 동시에 자취를 감춘 거니까. 그러나 솔직히 말해서 그 스프링이 달린 서랍에 관한 건 전혀 짐작하지 못했어. 밀러 경감이 서랍을 끌어낼 때 이상하다고는 생각했지만. 러트렐 노인은 천재적인 악당이었어. 좀 더 나은 인생을 누릴 만한 인물이었는데. 아무튼 그의 죽음으로 경찰은 일당을 완전히 잡아들일 수 있을 테지?"

사건은 손다이크의 추측대로 되었다. 경찰은 러트렐 노인의 일기와 사무실에서 체포한 부하의 자백을 단서로 상황도 모른 채 우왕좌왕하고 있던 일당을 체포했다. 그 결과 그들은 러트렐 노인의 문자조합 자물쇠에는 미치지 못하지만 상당히 효과적인 자물쇠가 달린, 특별히 단단한 방에 갇혀 있게 되었다.

셜록 홈즈 문헌 연구
Studies in the Literature of Sherlock Holmes

로널드 녹스 Ronald Arbuthnott Knox, 1888~1957

영국 대주교이자 추리소설가이다. 1925년 발표한 『육교 살인사건』은 일반 추리소설이 지니는 흥미를 뒤집어놓은 독특한 구성으로 인기를 얻은 명작이다. 그의 장편소설은 논리성이 풍부하며, 단편에는 기발한 아이디어가 많다고 평가받는다. 한편 1929년 발표한 '탐정소설 10계'로도 유명하다.

만약 비평하는 것에 즐거움이 있다고 하면 그것은 생각지도 못한 어떤 것을 발견하는 것이다. 작가가 중요하지 않다고 생각하는 것을 중요하다고 하고, 작가가 사족이라고 생각한 것을 본질적인 것으로 지적하는 것 등이다. 그래서 만약 순무에 대해 책을 쓴 사람이 있다면, 현대의 연구자는 그의 부부 사이는 어땠는지에 대해 찾으려고 노력한다. 그리고 만약 시인이 미나리아재비를 노래하면, 그 한 마디 한 마디를 분석해서 '내세의 존재'에 관한 시인의 생각을 검토할 때 이용할지도 모른다. 이 흥미 깊은 원칙에 따라 흔히 우리는 아리스토파네스에게 경제학적인 근거를 억지로 갖다 붙이려 하는데, 아리스토파네스는 경제학을 전혀 몰랐기 때문이다. 한편 우리가 셰익스피어에서 암호문을 찾으려 하는 것은, 셰익스피어가 진심으로 작품 속에 암호문을 쓰지 않았던 것을 알고 있기 때문이다. 그리고 누가복음을 음미하고 선별하는 것은 공관복음서의 문제를 연구하기 위해서다. 불쌍한 성 누가는 공관복음서의 문제가 존재한다는 것을 전혀 몰랐다.

그런데 이 방법을 셜록 홈즈에게 적용하는 것은 또 특별한 매력이 있다. 어느 의미에서 이 방법은 홈즈 자신의 방법이라고 할 수 있기 때문이다. "나의 신조는 사소한 것이 가장 중요하다는 것입니다" 하고 홈즈는 말했다. 이것은 그의 일생 동안 일의 좌우명이었다. 그리고 우리 성직자들이 "외관상 그렇게 중요하다고 생각되지 않는 작은 일로 그 사람의 성격을 판단해서는 안 된다"고 말하는 것과는 그 반대이다.

홈즈의 문헌을 연구하는 것은 학문적으로 주목할 가치가 없다는 사람이 있는데, 만약 완전하고 계통적인 연구라면 모든 것이 연구 가치가 있다고 대답하고 싶다. 나는 한 걸음 더 나아가 홈즈의 방법을 더 배울 필요가 있다고 본다. 악惡은 모리어티가 죽은 뒤에도 살아남고, 선善은 홈즈와 같이 라이헨바흐 폭포에 빠졌다. 또 잘 알려진 것처럼 코카인을 사용하는 불결하고 유해한 습관은 책을 지나치게 읽은 결과라고 주장하는 사람들도 있다. 마찬가지로 홈즈의 풍자와 경험에 의해 스코틀랜드 야드*는 조금도 이익을 얻지 못했다는 것도 분명한 사실이다. 홈즈는 「빨간 머리 연맹」에서 범인들이 은행 지하실로 굴을 파고 침입한다는 것을 알았을 때 어둡게 한 랜턴을 들고 지하실에서 기다리다가 구멍을 파고 들어온 범인을 잡는다. 그런데 나중에 하운즈디치에서 완전히 똑같은 사건**이 벌

---

* Scotland Yard. 영국 경찰국을 은유적으로 일컫는 호칭이다.
** 하운즈디치(Houndsditch) 사건. 1910년 12월 16일 밤. 동구 출신 아나키스트들이 이스트 엔드의 하운즈디치에 있는 보석가게의 지하 금고를 노려 터널을 파고 있다는 첩보를 입수, 경찰이 출동한다. 그런데 영국 경찰은 평소 총을 갖고 다니지 않기 때문에 경관 네 명이 사살당했다. 범인들 중 한 사람이 총상으로 중상을 입었다. 다음 해 1911년 1월 1일, 범인이 시드니 가 건물에 숨어 있는 것을 알고 내무장관 윈스턴 처칠이 직접 포위작전을 지휘했다. 이번에는 경찰이 발포했는데 건물이 불타고 나중에 범인 두 사람이 불에 탄 시체로 발견되었다.

어졌을 때 경찰은 어떻게 했던가? 그들은 순경 몇 명을 보내고, "이 아래에 강도가 있다" 하고 소리치면서 사건이 벌어지고 있는 은행의 문을 크게 두드렸다. 당연히 경찰은 모두 총을 맞아 쓰러졌고, 나중에 산당을 제포하려고 네무 부가 총으로 무장한 부대와 소방대까지 파견해야 했다.

셜록 홈즈를 연구하려면 무엇보다도 먼저 왓슨 의사를 연구해야 한다. 그러면 문제의 문헌학적, 서지학적 측면을 보자. 먼저 그 신빙성에 대해서 말해보자. 홈즈 일대기에는 중대한 모순점이 몇 개 있다. 『주홍색 연구』에는 "Being a Reprint from the Reminiscences of John H. Watson, M. D., Late of the Army Medical Department"라는 부제가 있기 때문에 존 H. 왓슨이 쓴 것이 틀림없다. 그런데 「입술이 비뚤어진 남자」에서는 왓슨 부인이 남편을 '제임스'라고 부른다. 어떻게 된 것일까? 필자는 세 명의 연구자와 연명으로 아서 코난 도일 경에게 편지를 보내 설명을 요구했다. 물론 서명 아래에 十자 표시를 네 개 덧붙여서. "이것은 '네 개의 서명'입니다"라고 쓴 것이다. 대답은 '그것은 실수로 편집에서 잘못됐다'고 했다. 석학 자우보슈Sauwosch가 말하는 "숨길 것도 없이 편자의 무지일 뿐"이다. 그러나 이 실수가 백네키Backnecke의 '왓슨 2인설Theory of the Deutero-Watson'을 만들었는데, 그는 『주홍색 연구』『글로리아 스콧 호』 『셜록 홈즈의 귀환』이 '다른 왓슨'이 쓴 것이라고 주장한다. 『셜록 홈즈의 회상』(「글로리아 스콧 호」 제외), 『셜록 홈즈의 모험』『네 개의 서명』 『바스커빌 가문의 개』가 진짜 왓슨이 쓴 것이라고 한다. 그가 『주홍색 연구』의 진정성을 부정하는 데는 독자적인 이유가 있다. 예를 들어 이 책에서는 문학과 철학에 관해 홈즈의 지식은 제로라고 판정하고 있는데, 홈즈가 박학다식하고 심오한 사색가가 명백하다는 것이다. 이 점에 대해서는 나중에 논한다.

백네키가 「글로리아 스콧 호」를 다른 왓슨이 썼다고 한 이유는 여기에서 홈즈가 자신은 '칼리지College'에 2년 다녔다고 말하고 있으며, 「머스그레이브 가의 의식」에서는 "대학생활의 마지막 몇 년my last years at the university"*이라고 말한다. 이것을 보아도 두 작품을 같은 사람이 썼다고는 생각할 수 없다는 것이 백네키의 주장이다. 게다가 「글로리아 스콧 호」에서는 퍼시 트레버의 불도그가 예배당에 가는 도중에 홈즈를 물었다고 하는데, 옥스퍼드나 케임브리지는 대학구내에 개를 데리고 갈 수 없기 때문이다. "불도그는 천재 왓슨이 만들어낸 것으로 예배당에 어울리는 것"이라고 그는 덧붙였다. 「글로리아 스콧 호」는 완전한 홈즈 이야기를 구성하는 11요소(나중에 설명한다) 가운데 네 개밖에 갖추지 못해 다른 작품과 비교해 비율이 너무 낮다고 한다. 그러나 나는 이 불규칙성은 단순히 사건 수사의 예외적인 성격 탓이라고 생각한다. (내 판단으로는) 「글로리아 스콧 호」와 『주홍색 연구』가 다른 왓슨이 썼다고 하는 주장은 근거가 약하다. 이 두 작품 모두 진정한 홈즈 스토리라고 생각한다.

「마지막 사건」을 보면 홈즈의 죽음, 그 후 무사히 훨씬 건강해져서 다시 등장하는 점 등 여러 가지 문제점이 있다. 비평가 중에는 『셜록 홈즈의 귀환』에 나오는 내용이 진짜고 「마지막 사건」을 왓슨이 지어낸 것이라고 보는 사람도 있다. 예를 들어 피프파우프Piff-Pouff

---

* 「머스그레이브 가의 의식」에서는 "my last years"라고 복수를 사용했다. 당시 대학은 3년제였기 때문에 2학년이나 3학년 때가 된다. 2학년에 중퇴했다면 '마지막 2년(my last years)'는 이상하다는 것이 백네키의 말이다.

는 이것을 기적술을 사용한 낡은 속임수로서, 게테Getae족 신화에 나오는, 영원불멸의 교의를 설명하기 위해 지하에서 돌아온 잘목시스나 게벨레이지스의 예를 들고 있다. 실제 피프파우프는 이렇게 밝히고 있다.

"셜록 홈즈는 라이헨바흐 폭포에서 떨어지지 않았다. 거짓말 덩어리에서 굴러 떨어진 것은 왓슨이었다."

비슷한 주장을 하는 인물로서 빌게만Bilgemann이 있다. 그는 라이헨바흐 폭포의 에피소드는 에트나 화산에서 분화구에 몸을 던진 엠페도클레스의 고사를 흉내 낸 것이라고 말한다. 홈즈의 피켈이 남아 있던 것은 화산이 분출했을 때 엠페도클레스가 남긴 그 유명한 슬리퍼에 해당하는 것이다. "「마지막 사건」은 사과를 가득 실은 수레가 멋지게 뒤집어진 것이다"라고 빌게만은 명언을 남겼다.

다른 비평가들은 물론 백네키도 역시 「마지막 사건」을 진짜로 보고 있다. 『셜록 홈즈의 귀환』의 내용이야말로 날조된 것이라고 주장한다. 『셜록 홈즈의 귀환』의 내용에 의문을 갖는 근거에는 세 종류가 있다. ①홈즈의 성격과 추리방법이 과거와 다르다. ②이야기 자체가 성립되지 않는다. ③예전 이야기에서 알려진 사실과 모순된 점이 있다.

①진짜 홈즈는 의뢰인에게 실례되는 태도를 보인 적이 없다. 그런데 「세 학생」에서 홈즈를 보면 "홈즈는 별로 달갑지 않은 동의의 뜻으로 어깨를 으쓱했다……"와 같이 묘사되어 있다. 진짜 홈즈라면 중대한 사건이 일어나는 것을 병적일 정도로 갈망했을 것이다. 「노우드의 건축업자」에서는 존 헥터 맥펄레인이 자신은 체포될지도 모른다고 하자, "체포라고요! 이거 참 멋지군! 몹시 흥미롭군요. 무슨

혐의로 체포를 당하는 겁니까?"라고 소리치지 않는가. 『셜록 홈즈의 귀환』에서는 체포한 범인을 놓아주는 장면이 두 번 있는데, 물론 진짜 홈즈는 직업윤리가 있어서 그런 일은 하지 않는다. 그 밖에도 가짜 홈즈는 의뢰인 여성을 세례명으로 불렀는데, 원래 왓슨이라면 그런 것을 절대 쓰지 않았을 것이다. 또 홈즈가 일을 할 때는 식사를 하지 않는다고 쓰여 있는데, 진짜 홈즈라면 「다섯 개의 오렌지 씨앗」 때처럼 열중한 나머지 식사를 잊어버릴 뿐이다. 『셜록 홈즈의 귀환』에서만 홈즈가 셰익스피어를 세 번 인용하는데, 셰익스피어의 대사라고는 말하지 않는다. 「춤추는 인형」에서는 기묘한 논리를 전개한다. 「외로운 사이클리스트」에서는 왓슨 혼자 현장에 보내는데, 이 같은 경우는 다른 사건에서는 볼 수 없고, 그 증거로 『바스커빌 가문의 개』에서는 사건을 비밀리에 조사하기 위해 홈즈가 직접 다트무어까지 가기도 했다. 진짜 홈즈는 분할부정사(a split infinitive)를 절대 사용하지 않는데 『셜록 홈즈의 귀환』에서는 적어도 세 번 사용하고 있다.

②「세 학생」의 경우, 대학 장학생 선발시험 문제지를 시험일 전날 인쇄하는 곳이 있을까? 그것도 일반 대학이 아니고, 안뜰을 가리키는 'Quadrangle'이라는 단어를 사용하고 있듯이 옥스퍼드 대학의 장학금이 걸린 출제다. 그리고 시험문제는 투키디데스의 장의 반(only half a chapter)이라고 했다. 이것을 인쇄한 것을 시험관이 겨우 한 시간 반 만에 교정을 할 수 있을까? 이 반 장章이 용지 3매에 다 들어갈까? 또는 'JOHANN FABER'라는 상표가 새겨진 연필을 어떻게 깎으면 NN이라는 두 글자만 남길 수 있을까? J. A. 스미스 교수는 「프라이어리 스쿨」에서 자전거의 앞바퀴와 뒷바퀴의 타이어 자국이

겹친 것을 보고 간 것인지 온 것인지 판단할 수 없다고 한다.

③모순점도 많다.「외로운 사이클리스트」에서는 신랑 신부와 식을 거행하는 목사만으로 결혼이 이루어진다. 그런데「보헤미아의 스캔들」에서는 입회인이 없으면 결혼은 성립되지 않는다는 이유 때문에 부랑자로 변장한 홈즈가 증인 역할을 맡는다.「마지막 사건」에서 경찰은 "모리아티를 빼고 일당 전원을 체포했다"고 했는데,「빈집」을 보면 모란 대령은 증거불충분으로 나온 것 같다.『셜록 홈즈의 귀환』에서 악의 화신의 이름은 제임스 모리아티 교수이다. 그런데「마지막 사건」에서 제임스는 군인인 형의 이름으로 되어 있다. 더 심한 것도 있다.「빈집」에서는 홈즈의 인형에 '낡은 쥐색 가운'을 입힌다. 그러나 독자는 잊지 않았을 것이다.「입술이 비뚤어진 남자」의 수수께끼를 풀기 위해 살담배를 1온스 피우며 밤을 새웠을 때 입은 것은 '파란 가운'이었다. 파피에 마셰Papier Mache는 "홈즈는 마치 카멜레온이 된 것 같다"고 말한다. 자우보슈의 발언은 더 신중하다. "속이기 위해서 여러 가지 색 상의를 입은 것은 이번이 처음은 아니다. 그러나 현대의 요셉인 셜록은 사라지고 사악한 왓슨이 그를 먹어버린 것이다."

이와 같은 비판에 나는 찬성한다. 그러나 왓슨 2인설에는 동의할 수 없는 부분이 있다. 홈즈 이야기를 모두 왓슨이 쓴 것은 틀림없다고 생각한다. 다만 사실의 기록인 진짜 모험과 왓슨 혼자 만들어 낸 가짜 모험이 있는 것이다. 즉 진상은 이렇다. 왓슨은 돈 씀씀이가 조금 헤펐다. 이것은『주홍색 연구』첫 부분에서 알 수 있다. 그의 형도, 회중시계의 태엽 감는 구멍의 상처를 보고 홈즈가 추리하듯이, 상당히 술을 좋아했다. 동생도 결혼 전에는 크라이테리언 바등에 다녔다. 『네 개의 서명』에서도 점심식사에 프랑스산 적포도주를 잔뜩 마시는 기묘한 행동을 하면서 "한밤중에 머스킷 총이 텐트 안으로 들어온 것을 보고 주저 없이 2연발총을 쏘았다"고 말하고 미래의 아내에게는 "피마자 기름을 두 방울 이상 마시는 것은 매우 위험"하다고 주의를 주었는가 하면, 진정제로 많은 양의 스트리키닌을 쓰도록 권하는 잘못된 충고를 한다. 무슨 일이 벌어졌을까? 왓슨에게서 예언자 엘리아는 떠나고, 우리가 알고 있듯이 부인은 사망했다. 그는 다시 술에 빠지고, 게으름 때문에 의사 일에 소홀하게 되어 결국 손을 떼게 되었다. 그는 생계를 꾸려나가기 위해 옛날에는 충실히 기록했던 몇 가지 모험담에 덧붙여 꼴사나운 모조품을 만든 것이다.

자우보슈는 왓슨이 다른 작가와 자신의 초기 작품에서 차용한, 힘들게 작성한 목록을 열거하고 있다. 홈즈가 티베트에서 라마 교주와 같이 보냈다는 것은 「니콜라 박사」를 흉내냈으며, 「춤추는 인형」의 암호 해독법은 에드거 앨런 포의 「황금벌레」의 모방이고, 「찰스 오거스터스 밀버튼」에는 래플즈의 영향이 있다. 「노우드의 건축업자」는 「보헤미아의 스캔들」과 비슷하다. 「외로운 사이클리스트」와 「그리스어 통역」도 비슷하고 「여섯 개의 나폴레옹」과 「블루 카번클」 「두 번째 얼룩」과 「해군조약」 등도 지적했다.

다음은 각 사건의 연대에 대해 본문에 날짜가 적혀 있건 않건, 단서를 기본으로 다음 순서로 결정할 수 있다.

① 글로리아 스콧 호 — 홈즈 첫 사건.
② 머스그레브 가의 의식 — 두 번째 사건.

③ 주홍색 연구 ― 왓슨 등장. "홈즈와 내가……"는 여기에서 시작된다. 1879년.
④ 얼룩 끈 ― 1883년.
⑤ 라이게이트의 지주들   1887년.
⑥ 다섯 개의 오렌지 씨앗 ― 1887년.
⑦ 네 개의 서명 ― 1888년. 왓슨의 약혼.
⑧ 독신 귀족 ― 바로 뒤에 왓슨이 결혼하다.
⑨ 등이 굽은 남자.
⑩ 보헤미아의 스캔들.
⑪ 해군조약.

분명히 이 순서이다.

1888년의 어느 시기에 ⑫「증권 중개인」, ⑬「신랑의 정체」, ⑭「빨간 머리 연맹」이 있었다. 1889년 6월에는 ⑮「입술이 비뚤어진 남자」, ⑯「기사의 엄지」는 이해 여름이었다. ⑰「블루 카번클」은 크리스마스 날로부터 8일 동안의 사이였다.「마지막 사건」은 1891년으로 명기되어 있다.「실버 블레이즈」「누런 얼굴」「입원 환자」「그리스어 통역」「녹주석 보관」「너도밤나무 숲」은 분명히 왓슨의 결혼 전 일이다.「보스콤 계곡 미스터리」는 결혼 후이다. 이것들은 날짜 표시가 없다.

남은 것은『바스커빌 가문의 개』인데 이것은 1889년에 일어난 사건이라고 확실히 기록되어 있어서『셜록 홈즈의 귀환』뒤라고 할 수 없다. 그런데 자우보슈는 이것을 가짜라 주장하는데, 그 근거로 『타임스』의 사설이 자유무역 문제를 다룬 것은 1903년 이후라고 했다. 내용만을 단서로 하고 있는 이 추정은 성립되지 않는다. 블런트의 『성경의 우연의 일치』와 비슷한 방법으로, 이 사건이 늦어도 1903년 이전에 있었던 것을 증명해 보인다. 경찰을 고소하겠다는 고집쟁이 노인이 왓슨에게 "프랭크랜드 대 여왕(레지나) 소송에서 그 사실이 드러났을 때"라고 말한다. 그런데 잘 알고 있듯이 빅토리아 여왕의 서거와 에드워드 왕의 즉위는 1901년이다.

『바스커빌 가문의 개』가 가짜임을 증명하려고 거론된 근거는 여러 가지 있지만 모두 불충분하다. 홈즈가 "고양이처럼 청결"하다고 한 것도 "그의 손은 반창고 투성이었다"라고 하는 『주홍색 연구』의 기술과 별로 모순되지 않는데, 원래 백네키는 이것을 예로 들어 『주홍색 연구』가 가짜라고 했다. 더 중요한 문제로 왓슨의 아침식사 시간을 들었다. 『주홍색 연구』나 『셜록 홈즈의 모험』에서도 왓슨은 홈즈보다 나중에 일어나 아침식사를 한다. 그런데 『바스커빌 가문의 개』에서는 홈즈의 늦은 아침식사 시간이 언급된다. 이를 아주 간단히 설명하면, 왓슨은 더 늦게 먹었을 것이다.

우리는 『네 개의 서명』 『주홍색 연구』 『바스커빌 가문의 개』의 세 장편, 모두 스물세 편의 단편(『셜록 홈즈의 모험』에 12편, 『셜록 홈즈의 회상』에 11편 수록)을 연구자료로 했다. 다음에 검토해야 할 것은 먼저 작품의 구성, 다음에 선행 작품의 영향이다. 전자에 대해서는 독일의 석학 라체거Ratzegger의 설이 넓게 받아들여지고 있다. 즉 홈즈 이야기는 기본적으로는 11개의 요소로 구성된다는 것이다. 이 11개 요소는 순서가 바뀌는 경우도 있다. 개개 사건의 기록에 대해서는 홈즈 이야기의 이상형에 가깝거나 먼 것에 따라 그들의 숫자가 변한다. 11개 모두 포함된 것은 『주홍색 연구』뿐이다. 『네 개의 서명』과 「실버 블레이즈」에는 10개, 「보스콤 계곡 미스터리」와 「버릴 코로넷」에는 9개가 포함된다. 『바스커빌 가문의 개』 「얼룩 끈」 「라이게이트의 지주들」 「해군조약」은 8개이다. 「다섯 개의 오렌지 씨앗」 「등이 굽은 남자」 「마지막 사건」은 5개이고, 「글로리아 스콧 호」에는 앞에서 말했듯이 4개만 포함되어 있다.

　11개 요소의 처음은 도입Proömion①이다. 수수한 베이커 가의 방에서 이야기가 시작되고, 성격 묘사가 있고, 때로는 탐정이 훌륭한 추리를 피로한다. 다음은 처음의 설명 부분 주해Exegesis kata ton diokonta②로, 여기서 의뢰인이 사건을 진술한다. 그 후의 조사Ichneusis③는 탐정의 개인적 조사이다. 엎드려 조사하는 장면도 많다. ①은 아주 중요한 것이고 ②와 ③도 대부분의 사건에서 볼 수 있다. 다음의 ④ ⑤ ⑥은 그다지 중요한 것은 아니다. 그중에는 주장Anaskeue④, 즉 스코틀랜드를 대표하는 견해를 말하는 장면과, (독자를 향한) 최초의 암시The First Promenusis⑤를 포함하고 있다. 여기에서는 경관에게 믿기 힘든 힌트를 주는데 상대는 완고하게 받아들이지 않는다. 그리고 두 번째 (이해하기 어려운) 암시The Second Promenusis⑥로 왓슨에게만 수사방향을 암시한다. 그러나 「누런 얼굴」처럼 틀리는 일도 있다. ⑦은 주석Exetasis으로 범인의 흔적을 찾아 친족과 사용인 등을 조사하고, 동시에 시체를(만약 있다면) 조사하고, 런던의 자료보관소를 찾아가고, 문헌을 조사하고, 범인의 성격에 관해 여러 가지 조사를 한다. ⑧은 운명 변화의 예조Anagnorisis로 범인이 체포되거나 적어도 범인의 정체가 밝혀진다. ⑨는 두 번째 주해Exegesis : kata ton pheugonta, 즉 범인의 고백이다. ⑩은 설명Metamenusis, 여기에서는 무엇이 단서였는지,

그것을 어떻게 찾아냈는지를 홈즈가 설명한다. ⑪은 폐막 Eiplogos으로 대단원인데 이것은 단 한 문장으로 집약된다. 이 결론은 도입과 마찬가지로 빼놓을 수 없다. 잠언과 유명작가의 인용을 많이 사용한다.

『주홍색 연구』는 어느 의미에서 홈즈 스토리의 전형이고 이상형이지만, 동시에 어느 정도 미발달형이기도 해서 그중에 몇 개는 나중에 버려지게 된다. 주해는 대부분 범인의 고백이 아니라 독립된 이야기로 첨부되는데, 균형이 맞지 않을 정도의 공간을 차지하고 있다. 이것은 에밀 가보리오의 영향이다. 가보리오의 『르콕 탐정』의 '제1부 탐정의 고민'은 범인 체포까지 묘사, '제2부 탐정의 승리'는 공작 가의 역사를 프랑스 혁명까지 거슬러 올라간다. 르콕 탐정은 마지막 장에 겨우 얼굴을 내민다. 이 '이야기 속 이야기'는 너무 길게 느껴지지만 프랑스에서는 여전히 볼 수 있는데, 『노란 방의 비밀』에서는 해명되지 않은 수수께끼가 남고, 이야기는 『검은 옷을 입은 여자의 향기』로 이어진다.

그러나 왓슨 의사처럼 문학적으로 교묘하게 묘사된 인물을 찾는다면, 가보리오, 포, 윌키 콜린스 등의 선배들만 보면 안 된다. 피프 파우프는 「왓슨의 심리학」에서 플라톤의 『대화』와 그리스 비극과의 유사점을 주목한다. 플라톤의 『국가』에서 트라시마코스가 호통치는 장면이 있다. 이것은 어셀니 존스가 등장하는 장면과 비슷하다는 것이다. "뭐라고요? 진실을 인정하는 데 인색하면 안 됩니다. 그건 그렇고 이번 것은 어떻습니까? 정말 굉장한 사건입니다. 엄연한 사실이 여기 있지 않습니까. 이론 따위가 파고 들어갈 여지가 없지요."(『네 개의 서명』) 며칠 후 다른 사람처럼 기가 죽어서 나타난 존스 경감은 빨간 손수건으로 얼굴을 닦으며 나타나는데, 태어나서 처음 얼굴을 붉히는 트라시마코스를 소크라테스가 보았다고 하는 것을 연상시킨다. 그렉슨과 레스트레이드 두 경감의 라이벌 의식도 경찰의 여러 가지 실패를 보여주기 위한 것이다.

그러나 여기에서 가장 중요한 점은 단순히 스코틀랜드 야드 비판 내용이다. 르콕도 물론 라이벌은 있다. 라이벌은 그의 상사로 화를 내며 르콕의 계획을 방해해서, 실제로 죄수가 독방의 창으로 메모를 주고받는 것을 못 본 체한다. 레스트레이드의 라이벌 의식에는 물론 이와 같은 악의적 요소는 없다. 경찰 전문가의 자존심이 사립탐정에게 반발하는 것이다. 궤변가들은 소크라테스를 싫어했는데, 이것은 궤변가들이 대가를 받지만 소크라테스는 받지 않기 때문이었다. 홈즈도 보수를 받은 사건은 많지 않다.「보헤미아의 스캔들」에서는 처음에 1천 파운드를 받지만, 그것은 수사 비용으로 나중에 정산해서 돌려주었을 가능성도 있다. 마지막에는 에메랄드 반지를 주겠다는 것을 거절한다.「빨간 머리 연맹」에서도 홈즈는 실비 이상의 경비를 시티앤서버밴 은행에서 받지 않는다. 미스 스토너에게는 "나에게는 일 자체가 보수입니다" 하고 말한다. 행방을 알 수 없었던 녹주석 보관을 3천 파운드에 사서 홀더 씨로부터 4천 파운드를 받는다.『주홍색 연구』에서는 "나는 그들의 얘기를 듣고, 그들은 내 설명을 듣지. 그다음 상담료를 내면 나는 그 돈을 챙기지"라고 말한다.「그리스어 통역」에서는 탐정사업으로 생계를 꾸려가고 있다고 인정한다.「마지막 사건」에서는 스칸디나비아 왕실과 프랑스 정부로부터 충분한 보수를 받았기 때문에 은퇴해서 화학 연구에 열중할 수 있다고 말한다. 이렇게 보면 홈즈도 보수를 받은 일이 있지만 의뢰인이 지불할 능력이 있을 때에 받는 것 같다. 그렇더라도 경찰 간부가 아닌 프리랜서이기 때문에 승진 등에 신경 쓸 필요는 없다. 게다가 방법이 정반대이다. 홈즈는 일단 수사에 착수하면 지엽적 문제와 눈앞의 사실에 현혹되지 않는다. 이것이 궤변가들과 다른 점이다.

만약 플라톤의 『대화』에서 궤변가를 빌려왔다면, 그리스 비극에서는 적어도 하나의 요소를 채용했다. 가보리오는 왓슨에 필적할 만한 인물을 쓰지 않았다. 르콕의 파트너는 늙은 군인인데 완전히 우둔하고 무능해서 도움이 되지 않는다. 홈즈의 드라마에 필요한 것은 "그리스 비극의 코러스"라고 왓슨은 말한다. 왓슨은 건실한 일반시민의 대표이다. 그의 범용함은 주역이 각광을 받으면 보이지 않는다. 주위 상황이 어떻게 변해도 왓슨만은 흔들리지 않는다. 코러스의 역할에 대해서 호라티우스는 이렇게 말한다.

> 코러스는 선인을 이끌어 친절한 조언을 하고
> 화난 사람을 제지하고, 죄를 두려워하는 자를 사랑해야 한다.
> 코러스는 검소한 식사를 하고, 건전한 정의와 법률을 지키고
> 문을 열어놓고 시간을 보내고, 착한 일을 하는 사람을 칭찬한다.
> 코러스는 비밀을 지키고, 불행한 사람에게는 행운이 돌아오도록
> 오만한 사람은 운이 오지 않도록 신들에게 기도해야 한다.

왓슨을 깊이 연구해보면, 그가 이 코러스와 같은 성격을 갖고 있다는 걸 알 수 있다, 하고 사바리오네Sabaglione 교수가 말했다. 그는 「얼룩 끈」과 아이스큐로스의 「아가멤논」을 비교하고 있다.

홈즈 : "언니는 침대 위치를 바꿀 수 없었어. 그래서 침대는 환기 구멍과 벨 끈에 대해 언제나 같은 위치에 있지. 그 끈은 밧줄이라 해도 좋을 거네. 벨 용이 아닌 것만은 분명하니까."

왓슨 : "홈즈, 자네가 말하고자 하는 의미를 어렴풋하게나마 알 것 같네. 교묘하고 무서운 범죄를 막는 데 우리가 가까스로 때를 맞췄군."

다음은 유명한 「아가멤논」이다.

카산드라 : "아, 아, 그 황소를 암소에서 떼어놓아라! 암소는 검은 뿔로 공격하라. 그러면 황소는 물이 든 솥 안으로 쓰러진다. 속여서 죽이는 큰 솥의 음모를 너희에게 알린다."

코러스 : "우리는 신탁을 해독할 수 없지만, 이 말에서 무서운 것이 임박한 것을 알 수 있다."

(아가멤논은 목욕 중에 그물에 걸려 참살된다. 코러스는 모르지만 관객은 이것을 알고 있다.)

왓슨은 코러스와 마찬가지로 언제나 무대 위에서 일어나는 사건을 보고 있다. 이 점에서는 독자와 같은 입장에 있다. 그러나 코러스와 마찬가지로 무서운 흉계를 간파할 수 없다.

다음으로 왓슨의 상표이자 상징이며 비밀은 무엇일까? 물론 그의 중절모이다. 이것은 단순한 중절모가 아니다. 그것은 성직자가 입는 가운 같은 것이고 경찰의 배지 같은 것이다. 홈즈는 다른 모자를 쓸 때도 있지만 왓슨은 언제나 중절모가 쓴다. 침묵에 싸인 심야의 다트무어에서도, 라이헨바흐의 절벽 위에서도 그것을 쓰고 등장한다. 수도원장과 유대교의 랍비가 언제나 독특한 모자를 쓰고 있듯이 왓슨도 계속 중절모를 쓰고 있다. 그것을 벗기는 것은 삼손의 머리카락을 데릴라가 자르려는 것만큼 어려울 것이다. 피프파우프는 말한다. "왓슨과 그의 중절모를 떼어놓을 수는 없다." 이것은 단순한 울로 만든 모자가 아니다. 마법사의 모자이자 삼중관三重冠이며 후광이다. 이 중절모는 변하지 않는 것이고 반박할 수 없는 것이다. 법과 정의의 상징이며 기존 질서, 인간다울 권리, 야만에 대한 인간성의 승리를 상징한다. 속악 무참한 범죄를 내려다보는 높은 탑이다. 그들을 부끄럽게 하고, 치료하고, 신성한 것으로 바꾼다. 가장자리의 곡선은 완벽한 좌우 대칭이고, 꼭대기의 둥근 부분은 지구처럼 둥글다. 사바리노네가 말했다. "의뢰인의 모자에서는 그 습관과 성격을 알 수 있지. 왓슨의 모자에서는 그 품성을 알 수 있네." 왓슨은 홈즈에게 모든 것이다. 그의 주치의며, 철학자이며, 친구이며, 동지이며, 전기 작가이며, 사제다. 그러나 그가 역사에 그 이름을 남긴다고 하면 그것은 불요불굴의 중절모 애용자로서이다.

만약 라이벌인 형사들이 궤변가이고, 왓슨이 코러스라면 의뢰인과 범인은 어디에 해당할까? 여기에서 유의해야 할 것은 그들은 조연에 지나지 않는다는 점이다. 파피에 마셰는 말한다. "홈즈 스토리에 등장하는 살인범들은 『맥베스』에 나오는 살인자처럼 그다지 중요하지 않다." 홈즈가, 왓슨이 사건을 지나치게 센세이셔널하게 다룬다고 항의하는데, 그가 이 일로 왓슨을 책망하는 것은 이해가 가지 않는다. 왓슨은 가보리오의 공작처럼 범죄를 저지른 인물 자체에 흥미가 없고, 범인은 경찰견과 사냥감이라는 관계로 보고, 범인은 탐정과 아무 관계도 없다고 생각한다. 이 점에서 『노란 방의 비밀』은 조금 심하다. 어쨌든 쟈크 룰르타뷰가 실은 범죄자의 사생아였다고 하기 때문이다. 그에게는 체스터턴의 『브라운 신부』에 나오는 야망을 가진 악당(플랑보) 같은 고상하고 종교적인 동기는 없다. 동기에서 범죄를 저지르는 것은 홈즈 스토리에는 없다. 의뢰인은 모두 모범적이고, 신문 보도처럼 사정을 설명한다. 범인들도 전형적인 범죄자이고 주어진 상황에서 가장 교묘한 방법으로 행동한다. 소크라테스라면 이렇게 말할 것이다. "가장 훌륭한 탐정은 가장 훌륭한 범인만 잡을 뿐이다." 실제, 범인이 적어도 실수를 하면 홈즈의 추리는 무너지고, 애정과 금전이 범행 동기일 경우에는 야만과 교활함만 눈에 띄는 것이다.

이제 우리는 주인공을 살펴보려 한다. 복잡하고 여러 측면을 가진 홈즈 성격의 단서를 찾아보자. 그러나 여기에는 커다란 아이러니가 있다. 홈즈는 자신을 사람이 아닌 기계이며 순수한 경찰견으로 여기기 때문이다. "인생은 허무하고 예술 작품만 남는다." 그가 애용하는 프로벨의 말 그대로이다.

셜록 홈즈는 유서 깊은 지주 가문에서 태어났다. 할머니는 프랑스 화가의 동생이었다. 형 마이크로프트는 우리가 알고 있듯이 동생보다 재능이 뛰어나고, 홈즈의 말과 왓슨의 기록을 믿는다면, 정부의 회계감사를 하고 있다. 홈즈가 학교에 다녔는지는 알 수 없다. 왓슨은 학교를 다녔다. 친구 한 명이 보수당 거물 정치가의 조카로, 이 친구를 "같은 반 학생들은 운동장에서 퍼시를 쫓아다니며 못살게 굴었고, 경기 중에는 정강이를 걷어차기 일쑤였다"라고 한 것으로 보아 이 학교에는 귀족의 자제는 거의 없었을 것이다. 따라서 왓슨은 이튼 출신은 아니다. 대학도 잘 알 수 없다. 다만 케임브리지 주변의 경치에 대해 『셜록 홈즈의 회상』에서 본인이 말하지만 꼭 믿을 수는 없다.

홈즈의 대학시절에 대해서는 이보다는 잘 알려져 있다. 그는 내성적인 성격으로 스포츠는 복싱과 펜싱만 해서 친구가 적었다. 그 중 퍼시 트레버라는 친구는 오스트레일리아의 금광에서 부를 축적한 전과자의 아들이다. 레지널드 머스그레이브라는 친구의 조상은 정복왕 윌리엄에 봉사했다고 하니 그 친구는 틀림없는 귀족 출신이다. 홈즈는 "내가 칼리지에 있을 때"라고 말했는데, 옥스퍼드와 케임브리지 중 어느 쪽일까? 그가 과학에 대한 흥미로 케임브리지에 입학했다고 하는 사람도 있는데, 이는 납득키 어렵다. 과학자가 되려 했다면 2년 다니고 그만둘 리가 없다. 친구 둘이 모두 부자이고, 한 명은 귀족에 또 한 명은 상당히 화려한 생활을 한다는 것, 그리고 홈즈 정도의 재능이 눈에 띄지 않은 것을 생각하면, 옥스퍼드의 크라이스트처치 칼리지였을 가능성이 많다. 그러나 여기에 확실한 증거는 없다.*

홈즈가 옥스퍼드에 다녔다고 해도 '그레이츠Greats' 과정(고전어, 철학, 고대사)을 들은 것은 아니다. 그렇다고 해도 『주홍색 연구』에서 왓슨이 작성한 '셜록 홈즈의 특이점'의 표에서 "철학 지식 제로, 문학 지식 제로"라고 한 것은 정확하지 않다. 실제로는 홈즈도 처음에는 왓슨을 신뢰할 수 있는 인물이라고 파악할 때까지 숨기고 있었

---

* 옥스퍼드와 케임브리지. 원문에는 단순히 각각 'which university'와 'either university'라고 기록되어 있을 뿐이다. 홈즈가 다른 대학에 갔다고는 생각할 수 없다. 왓슨이 런던 대학을 나온 것도 녹스는 알고 있는데, "대학에 대해서는 잘 모른다"고 했다. 옥스브리지 이외의 대학에는 다니지 않았다는 것이다. University와 College는 종합대학과 단과대학이 아니라 'King's College, Cambridge(케임브리지 대학 킹스 칼리지)'처럼 말한다.

을 것이다. 나중에 하피즈와 호라티우스를 비교하고, 타키투스, 잔 파울, 플로베르, 괴테, 소로 등을 인용한다. 보스콤 계곡으로 가는 기차에서는 페트라르카를 읽기도 한다. 철학에는 그다지 흥미가 없는 것 같지만 과학방법론에는 확고한 지식이 있다. 철학을 했다면 "먼저 불가능한 것을 제거하지. 그리고 아무리 불가능해 보이는 것일지라도 마지막에 남은 것이 진실이라는 얘기 말일세"라고 말하지 않았을 것이다. 관찰과 추론을 혼동할 리가 없다. 홈즈는 흙이 묻은 왓슨의 구두를 보고 "오늘 아침에 자네가 윅모어 거리 우체국에 갔었다는 것을 알려주는 것이 관찰이고, 자네가 전보를 한 장 치고 왔다는 것을 가르쳐주는 것이 추리라고 할 수 있지"라고 말하는데, 여기에는 추론이 작용해야 한다. 순간적인 머리 회전이고, 또 추리라고 할 수 없는 것이라고 할지도 모르지만. 그러나 홈즈는 감각주의자는 아니었다. 아무리 현실주의자라고 해도 『주홍색 연구』에 나오는 다음과 같은 말 정도로 현실적인 말이 있을까? "겉으로 나타난 사실이 오랫동안 추리한 것과 부합하지 않을 때에는 그것을 대신할 만한 다른 해석이 있다는 것을 나는 지금쯤은 알고 있어야 해."

다음에 추리방법method of deduction에 대해 한마디할 필요가 있다. 파피에 마셰는 이것이 가보리오의 모방이라고 주장한다. 피프파우프는 그의 유명한 논문 「연역이란 무엇가?Qu'est-ce que c'est la déduction?」에서 홈즈의 방법은 귀납법이라고 지적한다. 이 두 가지 견해는 같은 기반에 서 있다. 가보리오의 르콕은 먼저 관찰을 한다. 눈 위의 발자국이 있으면 우선 그것을 보고 추론해서, 발자국을 남긴 인물의 행동을 추리할 수 있다. 그러나 그에게는 연역법이 없다. 앉아서 '그럼 이 남자는 다음에 어떻게 할까?'라고 추리하지 않는다. 르콕은 돋보기와 핀셋은 갖고 다니지만 가운(사색용)과 파이프를 애용하지 않는다. 그 때문에 몇 번이나 잃어버린 단서를 잡을 기회를 놓치고 우연에 의지하게 된다. 그런데 홈즈는 절대로 기적이 일어나는 것을 바라지 않고 우연에 의지하지도 않는다. 그래서 홈즈는 오래 조사하고 좌절해도 일종의 안락의자 탐정이 되어, 안락의자에서 일어나지 않고도 어떤 일이 일어났는지 정확히 맞출 수 있다. 홈즈의 사고형 탐정의 특징은 마이크로프트가 원형이라고 파피에 마셰는 말하지만 그것은 잘못된 것이다. 만약 끌어낸다고 하면 홈즈가 원형이다. 한편 르콕은 같은 시대의 스탠리 홉킨스, 아니 레스트레이드에 가까울지도 모른다. 홈즈는 자신의 관찰(추리)과 연역법의 차이를 설명하고 있다. 왓슨의 구두에 묻은 진흙을 보고 우체국에 갔던 것을 안 것은 후천적인 관찰에 의해서다. 왓슨의 책상에 우표도 엽서도 많이 있기 때문에 우체국에 간 것은 전보를 보내기 위해서 간 것이라는 것은 선천적인 연역법에 의한 것이다.

그럼 다음은 홈즈의 두 개의 얼굴, 한가할 때와 일할 때의 그를 보자. 홈즈가 무료와 안일을 싫어하는 것은 왓슨보다 더하다. 왓슨은 발이 빠르다고 주장하지만 이는 본인의 말일 뿐, 언제라도 홈즈에게는 이길 수 없다. 그 밖에 왓슨의 운동 능력 증거로서는 발연통을 창에서 던지는 장면이 한 번 있을 뿐이다. 홈즈는 복싱과 펜싱을 하고 지루하면 안락의자에 앉아 권총으로 맞은편 벽을 "V. R 이라는 애국적 문자"로 장식한다. 바이올린 연주는 왓슨과 알게 되었을 때는 시간을 보내기 위해서였지만 나중에는 엄숙한 일을 마친 후 긴장을 풀기 위해 했다. 여기에서 강조하고 싶은 것은 그의 음악이 코카인과는 전혀 관계없다는 것이다. 분명히 코카인을 사용하지만 어려운 일을 대비해 두뇌를 자극하기 위해서는 아니었다. 자극이 필요할 때는 언제나 담배를 피웠다. 살담배를 피우는 것은 모두 알고 있는데 어떤 파이프를 사용하는지 아는 사람은 많지 않을 것이다. 때와 상황에 따라 다르다. 네빌 세인트 클레어 가에서 밤을 새울 때는 브라이어 파이프였다. 이것은 어려운 문제를 다룰 때 사용한다. 「신랑의 정체」에서처럼 곰곰이 생각하여 문제를 풀 때에는 언제나 "그의 의논 상대가 되는 담뱃진투성이 사기 파이프"에 불을 붙인다. 「너도밤나무 숲」에서는 벚나무 파이프를 사용했다. 명상에서 빠져나와 토론을 하고 싶을 때였다. 한 번 왓슨에게 코담배를 권한 적도 있다. 왓슨은 홈즈와 같이 지내기 시작할 때는 '쉽'을 피웠는데, 나중에는 '아르카디아 믹스처'로 바꾸었다. 상당히 비싼 것 같은데 결혼해서 형편이 좋지 않아도(대기실에 리놀륨을 깔았으니 풍족했을 리 없다) 이것을 계속 피운다. 그러나 홈즈의 파이프는 왓슨의 파이프와 똑같이 얘기할 수는 없다. 유명한 한 마디인 "파이프 담배 세 번 피우면서 생각해야 할 문제"다. 홈즈는 세계에서 가장 위대한 애연가다.

다음은 일할 때의 홈즈다. 의뢰인이 나타나면 그는 바로 힘이 솟는다. 「악마의 발」에서도 "홈즈는 파이프를 입에서 떼더니 여우 사냥 나온 늙은 사냥개처럼 강한 관심을 보이며 의자에 앉았다". 그리고 바닥에 코를 대고 방 안을 돌아보고, 담배꽁초, 오렌지 씨앗, 의치 등 범인이 남기고 간 것을 찾는다. 폴란드의 석학 민스크 씨는 "그는 사람이 아니다. 짐승인가, 신인가?"와 같이 '홈즈는 비인간적이다'라는 비판에 대해 이렇게 주장한다.

나는 홈즈를 옹호하고 싶다. 분명히 사후 어느 정도의 타박상이 생기는지 확인하려고 해부실의 시체를 지팡이로 때렸다는 소문도 있다. 그는 과학자이다. 『네 개의 서명』의 다음 장면이 있는 것도 사실이다.

"그날부터 오늘까지 불행한 아버지에 대한 소식은 한 번도 못 들었습니다. 평화로운 생활을 즐기시려고 희망으로 가슴을 부풀리며 귀국하셨는데, 그것이……."
그녀는 한 손으로 입을 가리며 흐느껴 울었다.
"날짜는?"
홈즈는 노트를 펼치며 말했다.

그러나 범인을 체포하려는 홈즈의 열의는 왓슨처럼 정의를 지키려는 정열이 아니라 순수하게 과학적 관심으로 추리를 하는 개인 흥미 때문이라고 주장하는 사람도 있다. 과연 이것은 맞는 말일까? 아니, 그렇진 않을 것이다. 축구는 득점이 목표일까, 운동을 위해 하는 걸까? 인간성과 과학은 홈즈에게서 기묘하게 혼합되었다. 어느 때는 "여자는 믿을 수 없어. 아무리 훌륭한 여자라도"라고 말한다(『네 개의 서명』). 또는 "나는 겸손을 미덕의 하나로 치는 사람들에게는 동의할 수 없네. 이론가는 모든 사물을 있는 그대로 정확히 보아야 되지"라고 한다.

「해군조약」에서는 장미의 아름다움과 종교에 대해서 의견을 말하는데, 이것은 창틀의 상처를 조사하는 것을 속이기 위해서였다. 또는 "조금은 자랑할 수 있는 백포도주"가 있다고 하거나, 기적극, 스트라디바리우스 바이올린, 실론(현 스리랑카)의 불교, 미래의 군함 등에 대해 의견을 말한다.

여기에서는 특히 홈즈가 사건 수사 중에 보이는 인간적인 측면에 주목하고 싶다. 하나는 연극적인 효과를 좋아한다. 존 오픈쇼의 살인범들에게는 오렌지 씨앗을 나씻 개 보낸다. 구치소까지 일부러 스 편지를 갖고 가서 입술이 비뚤어진 남자의 얼굴을 닦는다. 「해군조약」에서는 접시에 뚜껑을 덮어 아침식사 테이블에 낸다. 다른 하나는 경구警句이다. 공작에게서 편지가 왔을 때 그는 이렇게 말했다.

"편지는 보나마나 달갑지 않은 초대장일 거야. 왜 있잖아, 사람한테 거짓말과 하품을 하게 해놓고 좋아하는 그 사교란 것 말이야."

홈즈의 경구 중 독특한 것들은 셜로키무스Sherlockismus으로서도 알려져 있는데, 라체거 교수는 끈기 있게 173개의 셜로키무스를 수집했다. 아래에 2개의 예를 소개한다.

"그날 밤 개의 이상한 행동입니다."
"그날 밤 개는 아무 짓도 하지 않았는데요."
"그게 바로 이상한 거죠." 셜록 홈즈가 말했다.

"뒤를 밟았습니다."
"날 따라왔다고? 나는 아무도 못 봤는데."
"물론 보일 리가 없습니다. 내가 미행했으니까요." 셜록 홈즈가 말했다.

이 주제를 충분히 논하려면 적어도 2학기 동안의 강의가 필요할 것이다. 이것은 시간과 비용이 허락하는 다른 기회에 하기로 하자.

여기에서 나는 이상과 같이 단서를 몇 개 보이고, 연구방법의 개략을 말했다.

내 방법을 알겠지, 왓슨. 자네도 해보게나.

역자의 말

로널드 녹스의「셜록 홈즈 문헌 연구」는 1911년 그가 옥스퍼드 대학에서 했던 강연으로, 다음해『블루북 매거진The Blue Book Magazine』에 발표되었고, 1928년 그의 책『풍자 에세이Essays in Satire』에 수록되었다.

녹스는『육교 살인사건』(1925)과 유명한 '탐정소설 10계'(1929)를 발표했는데, 본직이 신부였다는 것은 그다지 알려지지 않았다. 1917년에 가톨릭으로 개종하고(이 논문 발표 당시에는 영국성공회에 속했다) 성서의 영역 등을 발표했으며, 몽시뇨르 녹스Monsignor Knox로 많이 불렸다. 몽시뇨르는 고위 성직자에게 붙이는 경칭이다.

1911년은 홈즈의「레드 서클」과「레이디 프랜시스 커팩스의 실종」이 발표된 해로, 녹스가 읽은 것은 전년도의「악마의 발」까지이다. 즉『셜록 홈즈의 마지막 인사』와『셜록 홈즈의 사건집』이 출판된 것은 1917년과 1927년이다. 1911년 시점에서 이미「셜록 홈즈 문헌」이 많이 있었고, '독일의 자우보슈와 라체가, 프랑스의 파피에 마셰, 이탈리아의 사바리니오네 교수 등의 업적을 비판적으로 검토할 필요가 있다'고 하는 것이 이 논문의 핵심이다.

이 논문을 읽고 코난 도일도 깜짝 놀란 듯, 녹스에게 다음과 같은 편지를 보냈다.

셜록 홈즈에 관한 귀하의 논문을 읽고 아주 즐거웠습니다. 이와 같은 주제로 이렇게 열심히 연구하신 분이 계시다는 것에 놀랐습니다. 저보다 훨씬 잘 알고 있군요. 저는 즐겁게 작품을 쓰고 나서는 다시 읽지 않았는데 모순점이, 특히 연월일의 차이가 그나마 그 정도로 끝나 다행입니다. 물론 홈즈는 점점 변합니다. 처음 『주홍색 연구』에서는 단순한 계산기였습니다. 그러나 계속 창작하다 보니 역시 조금은 교양 있는 인물로 만들어가게 되더군요. 홈즈는 애정을 보인 적이 한 번도 없습니다. 연극으로 만들어진 것은 별도로 하고, 논문에 인용된 분이 말했듯이 조금 상태를 벗어나 그에게는 맞지 않습니다. 박식한 조우보슈도 지적하지 않은 점이 있다면, 『셜록 홈즈의 모험』 가운데 무려 4분의 1 정도가 법률상의 범죄와 관계없다는 것입니다. 또 하나 저 혼자 만족하고 있고 사람들이 말하지 않는 것이 있는데, 왓슨이 코러스로서, 기록자로서의 한계를 벗어나는 일이 없다는 것입니다. 지혜를 짜내는 일이 한 번도 없습니다. 유감스럽게도 기지가 조금도 없지만 그것이 왓슨다운 점입니다.

호박 파이프

琥珀のパイプ

고가 사부로 甲賀三郎, 1893~1945

에도가와 란포, 오시타 우다루와 함께 일본 추리소설계를 대표하는 3대 거성으로 꼽힌다. 제국대학 공과대학 화학과를 졸업하여 질소 연구소 재직 중 1923년, 『신취미』에 「진주탑의 비밀」이 당선되어 작품 활동을 시작했다. 초기에는 자신의 과학지식을 바탕으로 한 본격파 탐정소설을 다수 집필했다. 그 밖의 작품으로 「혈액형 살인사건」 「덫에 걸린 사람」 등이 있다.

난 지금도 그날 밤 광경을 생각하면 오싹하다. 그것은 도쿄 대지진이 있고 나서 얼마 안 되었을 때였다.

오후 10시가 지나자 하늘이 이상해지며 태풍 소리와 함께 굵은 빗방울이 뚝뚝 떨어졌다. 그날 아침 신문에서 "오늘 밤 태풍, 수도에 내습"이라는 기사를 봤기에 관공서에서도 종일 걱정했지만 불행히도 기상대의 관측은 보기 좋게 적중했다. 내가 걱정했던 이유는 그날 밤 12시부터 새벽 2시까지 야경을 돌아야 했기 때문이다. 폭풍우 속에서 야경을 도는 일은 쉬운 일이 아니다. 이 일은 한 달 전 도쿄 대지진이 일어났을 때부터 시작되었다. 그 당시 모든 교통기관이 두절되고 이런저런 소문이 나기 시작하자, 화재를 모면한 높은 지대의 사람들이 무기를 챙겨 들고 이른바 자경단 같은 것을 조직한 것이 시초이다.

고백하건대, 나는 이 시부야의 높은 지대에서 멀리 서민 동네의 하늘로 올라가는 하얀 연기를 보고, 그 아래에서 버선발에 지저분한 옷을 걸치고 언덕 위로 도망쳐오는 피난민 무리를 보며 이 세상이 어떻게 될 것인가 걱정을 하고, 여러 가지 무서운 소문에 놀라서 백주에 집안에 전해 내려온 칼을 차고 집 주위를 돌아보는 사람 중 한 명이었다.

며칠 지나자 인심이 진정되고 흉기 소지도 금지되어 낮 경계는 없어졌지만, 밤 경계는 좀처럼 그만둘 수 없었다. 오히려 자경단이 몇 개의 야경단이 되었다. 몇 집이 모여 각 집에서 한 남자씩 나와 하룻밤에 몇 사람이 차례로 집 주위를 경계했다. 나중에는 경찰청에서도 폐지를 원하고 단원들 중 몇몇이 몹시 반대하기도 했지만, 투표 결과는 언제나 다수의 의견을 따라 존속하기로 정해졌다.

나도 xx부의 서기를 지내며 곧 연금도 생겨나는 마흔몇 살의 몸으로, 모르는 남자와 일주일에 한 번은 밤중에 딱딱이를 두들겨야만 했다.

그날 밤의 이야기다. 교대시간인 밤 12시부터 폭풍우가 더 심해졌다. 나는 교대시간에 조금 늦게 나갔는데 벌써 앞사람은 돌아간 뒤로, 두 사람이 불완전한 초소에서 외투를 입은 채 걸터앉아 기다리고 있었다. 그들은 퇴역 육군대령 아오키와 신문기자라고 자칭하는 마쓰모토 준조였다. 아오키는 우리 야경단 단장이고, 기자는 우리 집에서 몇 채 떨어진 곳으로 피난해온 서민 동네 사람이었다.

야경단의 이익이라고 할 만한 것이 하나 있다. 조가비(큰 것은 소라 정도, 작은 것은 대합 정도의) 같은 집에 고양이 이마보다 좁은 뜰을 울타리로 구분해서, 이웃 마당이 보여도 못 본 체하면서 이웃끼리 이야기하는 일이 없는, 소위 상류사회 지식계급의 습관을 깨고 어쨌든 1구획 내의 주민끼리 서로 알고 지내게 되었다는 것이다. 그리고 여러 방면에서 피난 온 사람들도 가담해서 다양한 직업에 종사하는 사람들로부터 여러 가지 지식을 얻을 수 있다는 것이다. 그러나 이 지식은 그다지 정확하지 않아 나중에는 "아, 야경 얘기군"이라고 할 정도가 되었지만.

이오키는 나이기 나보다 조금 많은 것 같은데, 철저한 야경단의 지지자로 전부터 군비확장론자이다. 마쓰모토는 젊은 만큼 야경단을 폐지하자는, 이른바 군비축소론을 주장했다. 그날 두 사람은 30분 간격으로 딱딱이를 두드리고 돌아다니며 웽웽 휘몰아치는 폭풍우에도 지지 않는 기세로 논쟁을 하고 있었다.

"그렇지만 지진이 한창일 때 죽창과 칼을 가진 자경단 백 명은 무장한 군인 다섯 명보다 못했어." 아오키 대령이 말했다.

"그렇기 때문에 군대가 필요하다고는 할 수 없지요." 신문기자가 말했다. "요컨대 지금까지의 육군은 너무나 정병주의로, 군대만 훈련하면 된다고 생각했습니다. 우리 민중은 그다지 훈련을 받지 않았어요. 특히 높은 위치인 지식계급은 입만 발달하고 서로 돕는 것을 싫어해서 거의 단체행동을 할 수 없어요. 자경단이 쓸모없다고 하는 것과 군대가 필요하다고 하는 것은 다른 문제입니다."

"그러나 자네도 지진 후 군대의 활약은 인정하겠지?"

"인정하고말고요. 하지만 그것 때문에 군비축소는 안 된다는 말은 바람직하지 않습니다. 이번 지진으로 물질 문명이 맥없이 자연에 졌다고 하지만, 그건 언어도단입니다. 우리 문화는 이번 지진 정도로 파괴되는 것이 아닙니다. 실제로 꿈쩍도 않고 남아 있는 건물도 있습니다. 우리가 갖고 있는 과학을 완전히 적용시키면 어느 정도 자연의 횡포에 견딜 수 있습니다. 우리는 도쿄에 올바른 문화를 펴지 않았던 것입니다. 어쩌면 노일전쟁에 사용한 군사비의 반쯤만 도쿄의 문화시설에 썼다면 도쿄도 이번 같은 피해는 받지 않았겠지요. 이제는 군비축소를 해야 합니다."

나는 기자의 얘기를 폭풍우 소리와 한데 섞어 들으면서 꾸벅꾸벅 졸고 있었다. 그런데 갑자기 아오키의 커다란 말소리에 완전히 잠이 깼다.

"아니, 아무리 그래도 야경단을 없앨 순 없어. 좋고 나쁜 점이야 어쨌든, 모든 집이 희생을 치르며 야경을 도는데, 후쿠시마는 괘씸한 놈이야. 그런 놈의 집은 깡그리 태워야 해."

대령은 야경 문제로 다시 마쓰모토에게 꼼짝 못 한 것 같다. 그 불똥을 언제나 그의 조롱 상대인 후쿠시마에게 향했다. 후쿠시마는 아오키의 집 바로 뒤에 최근 새로 지은 꽤 큰 집의 주인이다.

나는 깜짝 놀라 싸움이라도 나면 말리려고 생각했는데, 마쓰모토가 가만히 있어서 아무 일도 일어나지 않았다. 그리고 1시 35분이 지나 두 사람은 나를 초소에 두고 마지막 순찰을 나갔다. 폭풍우는 정말 절정에 이르렀다.

1시 50분(왜 이렇게 정확하게 시간을 기억하는가 하면 초소에 시계가 있었고 다른 일이 없었기 때문이다), 딱딱이를 두드리면서 마쓰모토 혼자서 초소로 돌아왔다. 물어보니 아오키는 잠깐 집에 들렀다 오겠다고 해서 그의 집 앞에서 헤어졌다는 것이었다. 2시에 아오키가 돌아왔다. 곧바로 교대자들이 왔기 때문에 잠시 얘기를 하고 나서 나와 마쓰모토는 초소에서 왼쪽으로, 아오키는 오른쪽으로 헤어졌다. 우리가 마침 집 앞까지 왔을 때 아득히 휘몰아치는 폭풍우 속에서 사람의 비명 소리가 들렸다.

두 사람이 달려갔다. 초소의 사람도 달려갔다. 보니까 아오키 대령이 정신없이 "불이야!"라고 외치고 있다. 나는 문득 설탕이 타는 듯한 냄새를 맡았다. 우리는 근처에서 뛰어온 사람들과 함께 미리 준비해두었던 양동이에 물을 담아 폭풍우 속으로 불을 끄러 갔다.

불이 큰 기세로 번지지 않아서 불길은 잡았지만 탄 것은 문제의 후쿠시마의 집이었다. 부엌에서 불이 난 듯 부엌과 거실, 가정부 방을 태우고 다다미 거실 쪽에는 전혀 불이 미치지 않았다.

불을 끄느라 지친 사람들은 크게 번지지 않아 다행이라 하면서 안도의 숨을 쉬었다. 집안이 너무 조용한 것이 이상했다. 손전등을 비추면서 거실 쪽으로 들어가자 바로 거실과 경계쯤이라고 생각되는 곳에 새카만 덩어리가 놓여 있었다. 손전등을 비추자 그것이 남자라는 것이 확연히 드러났다. 다음 순간 엉겁결에 "앗!" 소리를 지른 나는 두세 발 뒤로 물러섰다. 시체다! 다다미는 흘러나온 피로 검게 물들어 있었다.

내 비명 소리에 간신히 불길을 잡고 안심하고 있던 사람들이 우르르 몰려왔다.

사람들이 갖고 온 초롱 빛에 그것이 처참하게 살해당한 시체로 밝혀졌다. 누구 한 사람 가까이 다가가지 않았다. 그사이 누군가가 높게 걸어놓은 초롱 빛에 안쪽 방이 보였다. 거기에는 침상이 있었는데, 여자와 어린아이가 침대 밖으로 뻗어 나온 모습으로 쓰러져 있었다. 사람들의 입에서 죽은 사람은 이 집을 지키는 부부와 그들의 아이로 밝혀졌다. 후쿠시마 일가는 모두 고향으로 피난 갔고, 남편만 남아 있었지만 그도 이날 저녁에 고향에 갔다고 한다.

수군대는 사람들의 말에 귀 기울이던 중 문득 시체를 보자, 놀랍게도 어느새 마쓰모토가 와서 시체를 껴안듯이 한 채 조사하고 있었다. 기자인 만큼 그 행동이 익숙해 보였다. 그는 손전등을 비추면서 안쪽 방으로 들어가서 더 자세히 조사했다. 나는 그의 대담함에 완전히 탄복했다.

그사이 날이 밝았다.

이윽고 마쓰모토는 시체 조사를 마쳤는지 안쪽 방에서 나왔지만, 옆에 있는 나는 거들떠보지도 않고 이번에는 집 안을 둘러보았다. 나도 그의 눈을 쫓으면서 밝아오는 창을 둘러보았다. 구석의 다다미가 한 장 올려져 있고, 바닥의 널빤지가 올려져 있었다. 마쓰모토는 하늘을 나는 새처럼 그곳으로 뛰어갔다. 나도 무심코 그의 뒤를 따랐다.

널빤지를 올린 주위에 종잇조각이 떨어져 있었다. 마쓰모토는 조금 놀란 모습으로 그것을 주우려다가 그만두고 이번에는 주머니에서 수첩을 꺼냈다. 그의 옆에서 널빤지 위의 종잇조각을 슬쩍 들여다보자 뭔가 의미를 알 수 없는 부호 같은 것이 쓰여 있었다. 그리고 그의 수첩을 보자 종잇조각과 같은 부호가 그려져 있는 것이 아닌가.

"아, 당신이군요." 옆에서 들여다보는 나를 알아챈 마쓰모토가 급히 수첩을 닫았다. "어떠세요, 불이 난 곳을 조사해보겠습니까?"

그를 따라 불난 곳으로 걸어갔다. 반쯤 탄 기물이 무참하게 흩어져 있고, 까맣게 탄 나무는 하얀 증기를 뿜고 있었다. 불이 시작된 곳은 확실히 부엌인 듯 방화의 흔적으로 여겨지는 물건은 하나도 보이지 않았다.

"어떠세요, 역시 설탕이 탔지요." 마쓰모토가 가리킨 것은 커다란 유리 항아리였다. 뚜껑이 없이 몸체만 있는 것으로 바닥에는 검은색을 띤 판자 모양의 것이 달라붙어 있었다. 아오키의 비명 소리를 듣고 달려왔을 때 "설탕이 타는 것이다"라고 혼잣말을 했던 이 청년의 기민함에 놀라면서 나는 항아리 속의 것이 설탕이 탄 것이 틀림없다는 것을 확인했다.

그는 주위를 면밀히 조사했다. 그러던 중 주머니에서 솔을 꺼내 판자 위에서 쓸어 모은 것을 수첩 종이 위에 얹어 보여주었다. 그것은 종이 위를 구르고 있는 하얗고 조그만 구슬 몇 개였다.

"수은이군요." 내가 말했다.

"그렇습니다. 아마 이 안에 있었던 것이겠지요." 그는 직경 1센티미터 정도의 유리관 파편을 보였다.

"온도계가 깨진 것이 아닙니까?" 어떤 우월감을 느끼며 내가 그에게 말했다. "불이 난 것과 관계가 있습니까?"

"온도계라면 이렇게 수은이 남지 않아요. 화재와 관계가 있는지 없는지는 모릅니다."

그렇다, 알 리가 없다. 나는 마쓰모토의 활동을 보고 그가 사건의 비밀 열쇠를 발견했다고 생각했다.

바깥이 떠들썩했다. 많은 사람들이 우르르 들어왔다. 검사와 경관들이다.

나와 마쓰모토는 경관 한 명에게 오늘 밤 야경을 돌고 오던 길에 화재를 처음 발견한 아오키의 비명 소리를 듣고 달려온 것이라고 말했다. 그는 우리에게 잠시 기다리라고 했다.

마흔 살 정도로 보이는 남자 피해자는 심하게 몸싸움한 흔적이 있었다. 예리한 칼(현장에 버려진 가죽 벗기기 용 소형 식칼이 틀림없다)에 왼쪽 폐를 일격에 찔렸다. 여자는 30대 초반으로 마루에서 상체를 쑥 내밀고 아이를 안으려고 한 것을 뒤에서 왼쪽 폐를 찔러 죽인 것이었다. 식당과 방(세 사람이 자고 있던 방)의 문종이는 칼로 엉망진창 잘려나가 있었다. 머리맡 책상 위에 과자 상자와 쟁반이 있었다. 쟁반에는 자기 전에 먹은 듯한 사과 껍질이 있었다.

그 밖에 이상한 것은 마루판이 올려져 있는 것과 이상한 종잇조각이다.

심문이 시작되었다. 맨 처음에는 아오키다.

"야경 교대를 하고 2시 20분에 집으로 가는데…… 집 바깥으로 돌면 좀 멀어서 후쿠시마 씨네 뜰을 지나 저희 집 뒷문으로 들어가려고 하는데 부엌 천장에서 빨간 불이 보였습니다. 그래서 큰 소리를 질렀죠."

"마당의 나무 문은 열려 있었습니까?" 검사가 물었다.

"야경 돌 때에 가끔 마당 안으로 들어갑니다만, 나무 문은 열려 있는 것 같았습니다."

"불을 발견하기 전에 둘러본 것은 몇 시경입니까?"

"2시 조금 전이었을까, 마쓰모토?" 아오키는 마쓰모토를 돌아보았다.

"그렇지요. 순찰을 끝내고 초소에 돌아왔을 때가 5분 전이었으니 이 집 앞에서 당신과 헤어진 것은 10분 전 정도겠지요."

"이 집 앞에서 헤어졌다고 하는 것은 어떤 의미지요?"

"함께 순찰을 하고 이 앞에서 저는 잠시 집에 들렀기 때문에 마쓰모토만 초소에 돌아온 것입니다."

"역시 마당을 빠져나갔습니까?"

"그렇습니다."

"그때는 이상이 없었겠지요?"

"없었습니다."

"무슨 일로 집으로 돌아갔습니까?"

"중요한 일은 아닙니다."

그때 경관이 검사 앞으로 왔다. 검시 결과 살해는 대략 오후 10시경 일어난 것으로 판명되었다. 어린아이의 시체는 외부에 아무 이상이 없어서 부검을 하기로 했다. 동시에 과자 상자도 감식과로 보냈다.

시간 관계 때문에 살인과 화재가 관계가 있는지 어쩐지 형사 간에 논점이 된 것 같았다. 어쨌든 어떤 괴한이 남자와 격투한 끝에 머리맡에 있던 식칼로 찔러 죽이고 은폐하려고 마루판을 올렸지만 숨기지 못했다. 문종이를 자른 것은 시체를 태울 작정은 아니었을까?

"그러나 엄중하게 경비를 했는데 어떻게 들어와서 어떻게 도망갔을까?" 형사 한 명이 말했다.

"그것은 쉬운 일입니다." 마쓰모토가 입을 열었다. "야경은 10시부터 하기 때문에 그전에 잠입해서, 화재가 일어나 소동이 일어났을 때 도망갈 수 있고, 순찰과 다음 순찰 사이에도 도망갈 수 있습니다."

"자네는 도대체 뭐야?" 형사는 비위에 거슬리는 듯 말했다. "굉장히 아는 체하는 게 범인이 도망치는 걸 보기라도 한 거야?"

"보았다면 잡았지요." 마쓰모토가 대답했다.

"흠." 형사는 더욱 비위에 거슬리는 듯, "주제넘는 말 하지 말고 물러나"라고 명령했다.

"물러날 수 없습니다. 검사님께 꼭 말씀드릴 게 있습니다." 마쓰모토가 태연하게 대답했다.

"나에게 말할 게 뭔가?" 검사가 입을 열었다.

"형사님들은 조금 오해하고 계시는 것 같습니다. 아이에 대해서는 모릅니다만, 두 사람은 동일 인물에게 살해당한 것이 아닙니다. 여자를 죽인 사람과 남자를 죽인 사람이 다릅니다."

"뭐라고? 어째서?" 검사는 큰 소리를 냈다.

"두 사람을 죽인 범인은 다릅니다. 두 사람 모두 같은 흉기에 찔렸고, 똑같이 분명 왼쪽 폐를 찔렸습니다. 그러나 한 사람은 앞에서, 한 사람은 뒤에서 찔렸습니다. 뒤에서 왼쪽 폐를 찌르는 것은 조금 어렵습니다. 그리고 문종이의 절단면을 보세요. 어디나 한일자로 그어져 있는 것은 왼쪽에서 오른쪽으로 지나가고 있습니다. 대체로 칼을 쑤셔 넣은 곳은 크게 구멍이 뚫리고 당김에 따라서 얇아지기 때문에 잘 알 수 있습니다. 그리고 또 당신들은……." 그는 형사를 보았다. "사과 껍질을 보면 꽤 연결되어 있는데 왼쪽 깎기입니다. 사과를 깎은 사람은 왼손잡이, 문종이를 자른 사람도 왼손잡이, 여자를 찌른 사람도 왼손잡이, 그러나 남자를 죽인 사람은 오른손잡이입니다."

검사도 형사도 나도, 아니 그 자리에 있던 사람들 모두 반쯤 망연해진 얼굴로, 아무렇지도 않게 술술 설명하는 청년의 말을 경청했다.

"과연." 이윽고 검사가 침묵을 깼다. "요컨대 여자는 저기에 죽어 있는 남자에게 당한 건가요?"

"그렇습니다." 마쓰모토는 짤막히 대답했다.

"그럼 남자는 갖고 있던 무기로 누군가에게 당한 것이네요?"

"누군가라기보다는, 아마 그 남자라고 하는 쪽이 좋겠지요."

모든 사람이 또다시 놀랐다. 모두 잠자코 마쓰모토를 보았다.

"경감님, 그 종잇조각이 낯익지 않습니까?"

"그래." 경감은 잠시 생각하고 나서 신음하듯 말했다. "그래, 그렇게 말하니까 생각나는데, 이건 확실히 그 남자의 사건 때에……."

"그렇습니다. 저도 당시 햇병아리 기자로서 사건에 관계하고 있었지만, 이 종잇조각은 그 '수수께끼의 도난사건'으로 알려져 있는 이와미의 방에서 본 적이 있습니다."

이와미라는 말에 나도 놀랐다. 이와미! 그 남자가 다시 이 사건에 관계하고 있는 건가. 나도 당시 어마어마한 제목으로 대서특필된 이와미 사건에는 몹시 흥미를 느끼고 열심히 읽은 적이 있다. 그래서 마쓰모토는 아까 수첩에 메모해둔 부호와 비교한 것이다!

당시의 신문에 실렸던 내용 그대로를 아래에 옮겨보겠다.

수수께끼 청년 회사원인 이와미의 이야기는 이렇다.

작년 6월 말 어느 청명한 오후, 이와미는 하얀 줄무늬 바지에 검은 알파카 상의, 중절모자에 흰 구두, 넥타이는 물론 나비넥타이, 당시 젊은 회사원들이 즐기던 복장과 한 치의 오차도 없는 차림으로 의기양양하게 걷고 있었다. 불룩한 가슴에는 이달의 월급 봉투와 이번 여름은 틀렸다고 포기했던, 생각지도 못한 보너스가 담긴 봉투가 들어 있었다. 집에서 딱히 기다리는 사람도 없는 독신자의 홀가분함으로 그는 한 발 한 발 긴자의 쇼윈도 거리를 걸어나갔다. 양복점의 월부와 하숙집 여주인에게 빌린 돈을 제하고도 남아 있을 돈을 계산해보면서, 앞으로 장만하고 싶은 것들을 상상하기도 하면서. 원래 산책에는 돈이 들지 않는다. 그러나 써도 지장 없는 돈을 주머니에 지닌 채, 결코 사지는 않겠지만 사고 싶은 것들이 보이는 쇼윈도를 들여다보는 '맛'은 경험이 없는 사람은 좀처럼 알 수 없다. 이와미도 지금 이 맛에 빠져 있었다.

그는 어느 양품점 앞에 발을 멈췄다. 그때 만약 그를 날카롭게 관찰한 사람이 있었다면 그가 상의 소매를 가만히 잡아당기는 것을 알았을 것이다. 그것은 쇼윈도 안에서, 동료 누군가가 갖고 있고, 전부터 그도 갖고 싶어 했던 금제 커프스버튼을 발견하고는 자신의 빈약한 커프스버튼이 부끄러워서 무심결에 만진 것이다.

단념하고 쇼윈도를 뒤로한 그는 다시 신바시 쪽으로 가다가 이번에는 큰 시계 가게 앞에 섰다. 그는 금시계가 갖고 싶었다. 그러나 물론 살 것은 아니다. 문득 '사지 않는 쇼핑'을 떠올린 그는 걸음을 재촉했다. 약간 빠른 걸음으로 신바시를 건너 다마키야의 모퉁이에서 오른쪽으로 구부러져 두 블록 지나 어느 골목을 왼쪽으로 들어갔을 때였다. 그는 오른손을 상의 주머니에 넣었다. 무언가 기억나지 않는 조그만 것이 손에 닿았다. '이상한데?' 꺼내보니 조그만 종이 꾸러미다. 급히 열어보자, 아! 아까 갖고 싶었던 금 커프스버튼이 아닌가. 그는 눈을 비볐다. 그 순간 왼쪽 주머니에도 무언가 묵직함이 느껴졌다. 왼쪽 주머니에서 나온 것은 금시계였다. 그는 뭐가 뭔지 알 수 없었다.

마치 오래된 동화 속에서처럼 무언가 갖고 싶다고 생각한 순간 그것이 눈앞에 나타나는 마법을 경험하는 느낌이었다. 그러나 그는 언제까지나 멍하니 있을 수 없었다. 시계를 들고 있는 그의 손은 뒤에서 나온 힘센 손에 꽉 잡혔다. 그의 뒤에는 체격이 큰 남자가 서 있었다. 그는 처음 보는 남자와 함께 아까 지나온 양품점으로 가야 했다. 어리둥절해하는 그를 보고 가게 지배인은 이분이 틀림없지만 아무것도 분실한 것은 없다고 대답했다. 이어서 시계 가게에 연행되어 가자 이와미는 그제야 사정을 알 것 같았다. 시계 가게 지배인은 그를 보자마자 이 사람이 틀림없디고 말했다. 형사(체격 큰 남자는 물론 형사였다)는 즉각 몸수색을 하고 허리 주머니에서 반지를 꺼냈다. 반지는 보기 좋게 빛났다.

"별로 보지 못한 녀석이지만, 풋내기는 아닐 테지?" 형사는 이와미에게 말했다.

"농담 마십시오." 큰일이라고 생각한 이와미는 다급히 말했다. "뭐가 뭔지 전혀 모르겠습니다. 도대체 어떻게 된 건지."

"이봐. 이제 그만해. 자네는 커프스버튼을 샀고 시계를 샀고, 그건 좋아. 그러나 다이아몬드 반지를 슬쩍한 것은 곤란하지. 하지만 훌륭한 솜씨야."

"나는 시계도 반지도 사지 않았습니다. 먼저 돈을 조사해보면 알 수 있습니다."

그가 자신의 결백을 증명하려고 안주머니에서 월급 봉투와 보너스 봉투를 꺼냈다. 그 순간 그의 안색이 바뀌었다. 봉투가 찢어져 있었다. 그 모습을 바라보던 형사는 알 수 없다는 듯 목소리를 누그러뜨리고, "어쨌든 경찰청으로 갑시다"라고 말했다.

경찰청으로 간 이와미는 주눅 들지 않고 있는 그대로 진술했다. 청년의 말을 다 듣고 경감은 고개를 갸우뚱했다. 청년의 말이 사실이라면 정말 이상한 사건이다. 이때 문득 경감의 머릿속에 떠오르는 것이 있었다. 이와미가 xx빌딩에 있는 동양보석상회 사원이라는 말에 문득 2, 3개월 전 있었던 강도사건이 생각난 것이다. 곧바로 이와미를 심문해보니 놀랍게도 그는 사건에 가장 관계 깊은 사람이라는 것이 밝혀졌다.

강도사건은 이런 사건이었다.

이삼 일 뒤면 꽃구경하기 좋은 4월 초순이었다. 잔뜩 흐린 날 정오, xx빌딩 10층의 동양보석상회 지배인실. 지배인은 그날 지점에서 도착한 다이아몬드 몇 개를 보관하려고 금고를 열었다. 지배인실은 사원 모두가 사무를 보는 커다란 사무실 구석에 움푹 들어가 있어서 그 사무실을 통하는 방법 외에 다른 입구가 없었다. 그때 입구 가까이에는 서기 이와미가 대기하고 있었다. 지배인이 금고 쪽으로 향하는 순간 무언가 낯선 소리가 들렸다. 돌아보니 복면을 한 사내가 피스톨을 들고 서 있었다. 발아래에는 한 남자가 쓰러져 있었다. 얼어붙은 지배인을 노려보며 수상한 사내가 다가와 책상 위 보석을 움켜쥐려고 했다. 그 순간 뒤에서 괴성이 울렸다. 쓰러져 있던 남자 이와미 서기의 입에서 새어나온 소리였다. 수상한 사내는 훌쩍 달아나 버렸다. 다음 순간 사원들이 우르르 지배인실 쪽으로 달려왔다. 동시에 "지배인이 당했다! 의사를 불러!"라고 하면서 이와미가 뛰어나왔다. 사원들이 지배인실로 들어가려는 순간 얼굴이 창백해진 지배인이 외쳤다.

"수상한 놈은 어디 있어?"

뭐가 뭔지 모르는 것은 사원들이었다. 이와미는 지배인이 당했다고 하면서 뛰어나왔다. 다음엔 지배인이 수상한 놈은 어떻게 됐느냐고 하면서 뛰어나왔다. 아무튼 안으로 들어간 사원들은 세 번 놀랐다. 거기에는 호흡이 거의 끊어지려는 이와미가 쓰러져 있었다.

겨우 판명된 사정은 이와미와 닮은, 또는 이와미로 변장한 괴한

이 정오에 인적이 뜸한 사무실에 들어와 복면을 한 후 기회를 기다리고 있었던 것이다. 그는 지배인이 금고를 열기 위해 등을 보인 순간 이와미에게 덤벼들어 피스톨로 일격을 가했다. 뒤이어 지배인에게 다가갔지만 쓰러져 있던 이와미가 신음 소리를 내지르는 바람에 결국 목적을 이루지 못하고 도망쳤다.

지배인은 수상한 자가 도망치자 재빨리 보석을 금고에 집어넣고 그자를 쫓은 것이다.

많은 사원이 달려왔을 때 괴한은 이와미로 변장하고 지배인이 부상당했다고 외치며 뛰쳐나와 사원들을 감쪽같이 속였다. 사원들은 지배인실로 들어와 이와미를 발견하고 깜짝 놀랐다. 수상한 사내는 결국 놓치고 말았다. 그러나 지배인은 보석이 안전하다는 사실에 기뻐하고, 소란을 피우는 사원을 제지하고, 자신의 방으로 돌아가 다시 금고를 열고 조사했다. 그런데 지배인이 아주 급하게 금고에 집어넣었던 보석, 시가 수만 엔의 다이아몬드 하나가 부족했다. 지배인이 금고에 넣기 전 수상한 사내가 이미 훔쳐간 것으로 보인다.

연락을 받고 출동한 경찰도 어떻게 해야 할지 몰랐다. 지배인과 이와미를 엄중하게 조사했지만, 지배인의 말은 전적으로 신용할 수 있었고, 이와미도 당시 거의 인사불성 상태였기 때문에 의심할 여지가 없었다.

긴자에서 일어난 도난사건의 관계자 이와미가 이 백주 강도사건에도 관련이 있다는 것을 안 경감은 한층 엄중하게 심문했다. 그러나 이와미는 끝까지 쇼핑을 한 기억이 없다고 항변했다. 그러나 실제로 상품을 갖고 있었기 때문에 구류처분되어 유치장으로 보내졌다.

그런데 또다시 사건이 일어났다. 새벽 1시경, 이와미가 유치장에서 사라졌다는 사실이 발견되었다. 유치장 간수에게 경감이 특별히 이상한 청년이라고 충분히 주의를 주었건만.

경찰청은 큰 소동이 일어났다. 중대범인을 놓치고 곧바로 비상선을 폈다. 그러나 그대로 날이 밝았다. 그리고 오전 10시경 이와미는 그의 하숙집에서 어렵지 않게 체포되었다. 형사는 부질없다고 여기면서도 그의 하숙집에 잠복하고 있었는데 10시경 이와미가 멍한 얼굴로 돌아왔던 것이다.

그의 대답은 또다시 담당관의 예상을 벗어났다. 지난밤 11시 가까이 됐을 때 경관이 유치장으로 와서 혐의가 풀렸다며 내보내 주었다는 것이다. 밤은 깊고 다행히 돈이 있어서 그는, 너무나 어처구니없는 한바탕 소동을 겪었다 생각하며, 그대로 전차를 타고 시나가와의 여관에 가서 묵었다가 오늘 아침 돌아온 것이었다.

"대체 당신들은 나를 놓아주었다가 또 체포하고, 나를 갖고 노시는 겁니까?" 그는 불평하듯 말했다.

○○ 경관이 바로 호출되어 왔다. 이와미는 이 사람이 자기를 풀어주었다고 말했지만, 경관은 전혀 알지 못하는 일이라고 말했다. 반대로 시나가와의 여관을 조사하자 시간이며 모든 점에서 이와미가 말한 대로였다. 지능범 같기도 하고 강력범 같기도 해서 경찰은 이마를 맞대고 협의했다. 그 결과 이번에도 이전의 강도사건처럼 누군가가 아무것도 모르는 이와미를 조종한 것은 아닐까, 이와미는 무죄가 아닐까 하는 의견이 많았다.

그러나 이 불행한 젊은이는 결국 방면되지 않았다. ○○ 경관은 자신의 모습으로 변장한 악한에게 이용당한 것이 분명했다. 이런 와중에 결백의 증명을 찾기 위해 경찰이 이와미의 하숙방을 조사하던 중 기괴한 부호가 적힌 종이를 발견했다. 그리고 보석사건은 증거 불충분으로 무죄가 되었지만, 절도사건은 현품을 갖고 있었고 가게 지배인도 이와미를 보고 범인이라고 증언했기 때문에 결국에는 기소 딩해 금고 2개월에 치해졌다.

"그 당시 나는 기자로서" 마쓰모토가 말했다. "이 사건에 깊은 관심을 갖고 있어서 이와미의 하숙을 한 번 조사한 적이 있습니다만 이 기괴한 부호는 지금까지 기억하고 있습니다. 이 종이의 지문을 채취하면 한층 확실하겠지요."

검사는 그의 의견에 따랐다. 검사와 경관이 협의를 하고 있는데, 바깥에서 뚱뚱한 몸에 야비한 얼굴을 한 쉰 살 가까운 신사가 한 경관의 안내를 받아 들어왔다. 이 집의 주인 후쿠시마였다. 쓰러져 있는 시체를 본 그는 파랗게 질린 채 떨기 시작했다. 검사는 갑자기 긴장해서 심문을 시작했다.

"그렇습니다. 집 지키는 부부가 틀림없습니다." 간신히 정신을 차리고 후쿠시마가 대답했다. "사카다 씨인데 전에 우리 집에 출입했던 목수입니다. 아사쿠사의 하시바 사람으로 조수도 두세 명 두었고, '왼손잡이 사카다'라고 해서 명성이 조금 있었습니다. 일도 열심히 하고 정말 차분한 사람이었죠. 그런데 이번 지진으로 네 자식 중 세 명이 행방불명되고 두 살 난 막내아이만 어머니가 꽉 껴안고 피해서 구해냈지요. 사카다 씨의 낙담은 참담하기 그지없었죠. 저는 가족들을 모두 고향으로 피난시키고, 저만 장사를 하느라 여기에 남아서 가끔 고향집에 다녀왔는데 그때마다 다행히 이 부부에게 집을 맡길 수가 있었습니다. 어제저녁에도 고향에 갔다가 오늘 아침 돌아온 거죠."

"어제 두 사람에게 특별히 이상한 모습은 없었습니까?"

"별로 이상한 모습은 없었습니다."

"요즘 사카다 씨에게 손님은 없었습니까?"

"없었습니다."

"당신은 어떤 사람에게 원한을 살 만한 일은 없었습니까?"

"그런 일은 없는 걸로 알고 있습니다." 그는 옆에 있던 아오키를 보았다. "아니, 사실은 최근 이 마을 사람한테서 미움을 받고 있습니다. 내가 마을 야경에 나오지 않는다고 아오키 씨를 비롯한 사람들이 몹시 화가 나서 우리 집이 불타버렸으면 좋겠다는 말까지 했다는군요."

검사는 힐끗 아오키를 봤다.

"당치도 않소. 내, 내가 방화라도 했다는 말입니까?"

아오키는 얼굴이 붉게 달아올라 말을 더듬거렸다.

"아니, 그런 말이 아닙니다." 그는 냉담하게 대답했다. "당신이 그런 말을 했다고 말씀드리는 것뿐입니다."

"아오키 씨, 당신은 그런 말을 한 적이 있습니까?"

"네, 한순간 화가 나서 말한 적은 있습니다."

"당신이 불난 것을 발견한 것은 몇 시지요?"

"아까 말씀드린 대로 2시 10분 지나서입니다."

"불이 퍼진 상태로 보아 불이 난 지 이삼십 분 경과한 것 같은데. 그런데 당신은 그전에, 2시 10분 전에 이 집 마당을 지나갔다고 했지요?"

"그렇습니다. 하지만 설마 내가……." 아오키는 불안한 듯 말했다.

"아니, 지금은 사실조사를 하고 있는 것입니다." 검사는 엄숙하게 말하더니 후쿠시마를 향했다. "화재보험에는 들었습니까?"

"네, 집이 1만 5천 엔, 동산에 7천 엔, 합계 2만 2천 엔 계약했습니다."

"살림은 그대로 두었습니까?"

"화물차 편이 없어서 필요한 일상용품만 고향에 가지고 가고 나머지는 모두 놓아두었습니다."

"살인에 대해서 짐작 가는 건 전혀 없습니까?"

"네, 전혀 생각나는 게 없습니다."

그때 형사 한 명이 검사 옆에 와서 뭐라고 속삭였다.

"마쓰모토 씨." 검사가 기자를 불렀다. "시체 해부 결과가 나온 것 같습니다. 이것은 담당자 이외의 사람에게 알릴 만한 건 아니지만, 당신이 아까부터 유익한 조언을 해주어서 말씀드리는 것이니 이쪽으로 좀 와주십시오."

검사와 마쓰모토는 방구석으로 가서 낮게 말하기 시작했다. 나는 그들과 가장 가까운 자리에 있었기 때문에 띄엄띄엄 그 이야기를 들을 수 있었다.

"어! 염소산칼륨 중독, 글쎄." 마쓰모토의 목소리였다.

내가 들은 바로는 책상 위에 있던 과자 상자 속에 모나카가 들어 있고, 모나카 속에 소량의 모르핀이 들어 있었다고 한다. 과자 상자는 그날 오후 2시경 시부야의 아오키 제과점에서 구입한 것이고, 구매자의 모습은 이와미와 비슷했다. 그러나 모나카에는 손을 대지 않았고, 아이는 염소산칼륨 중독으로 쓰러졌다.

이윽고 검사는 원래 자리로 돌아와 다시 심문을 시작했다.

"아오키 씨, 당신이 야경 교대 시간에 집에 들렀다 온 이유가 들고 싶은데?"

"그것은, 아무 일도 아니기 때문에 얘기할 정도는 아닙니다."

"이유를 대지 않으면 당신에게 불리합니다."

대령은 잠자코 대답이 없었다. 나는 걱정이 되어 견딜 수 없었다.

"아까 얘기로는…… 아오키 씨는 불이 난 시각에 우리 집에 있었습니까?" 후쿠시마가 물었다.

"그런 건 당신이 물어봐도 좋아요." 검사가 말했다.

그때 마쓰모토가 옆방에서 뭔가 큰 책을 안고 왔다.

"후쿠시마 씨, 예전에 약학을 했다던데 좋은 책을 가지고 있군요. 나도 예전에 잠깐 그 길을 갔었는데, 야마시타 씨의 『약국방주해藥局方註解』, 참 좋은 책이지요. 나는 거의 다 잊었지만 이 책을 보고 생각이 났습니다. 그것도 염소산칼륨 중독이라는 것은 신기하다고 생각하는데." 마쓰모토는 꽤 당돌하게 적이 당황스러워하는 검사를 돌아보며 말했다. "이 책을 보니 염소산칼륨 다량이면 죽을 수 있다고 적혀 있군요. 아이는 그대로 중독된 것이지요. 그런데……." 그는 책을 편 채 검사에게 보여주었다. "이런 걸 발견했습니다."

"뭡니까?" 검사는 의심스러운 눈초리로 마쓰모토가 가리킨 곳을 보았다. 그곳에는 "크롬산칼륨, 이산화망간, 산화동 같은 산화 금속을 섞어 열을 내면 260도 내지 270도에서 산소를 방출하고, 고온에서 가장 강렬한 산화약으로 되고…… 또 여기에 두 배가량 설탕을 섞고 이 혼합물에 강한 유산을 한 방울 떨어뜨리면 발화된다"고 적혀 있었다.

"우리가 처음 불을 발견했을 때 설탕 타는 냄새가 났습니다. 그런데 현장을 조사해보니 커다란 유리 설탕 그릇이 있었는데 깨진 그 바닥에 새까맣게 숯이 묻어 있었죠. 결국 내 생각에는 이 염소산칼륨이 유산에 의해 분해되어 과산화염소를 만들어내는 성질을 이용한 것이 아닐까 합니다."

"과연." 검사는 비로소 수긍했다. "그러면 가해자가 방화할 목적으로 설탕과 염소산칼륨을 혼합하고 유산을 떨어뜨린 거군."

"아니, 저는 가해자는 아니라고 생각합니다. 왜냐하면 살인과 방화 사이에는 꽤 시간 차이가 있고, 이 약품을 조합한 것은 훨씬 이전, 아마 저녁 무렵이었다고 봅니다."

"왜지?"

"다시 말하면 어린애가 죽은 것은 어머니가 준 우유나 무언가에 설탕을 넣었기 때문이죠. 그런데 그 설탕 속에는 이미 염소산칼륨이 들어 있었고, 그것 때문에 어린아이는 중독된 것입니다."

"흐음." 검사는 끄덕였다.

"이것으로 저는 이 사건이 얼마쯤 해결되었다고 생각합니다. 어린이는 중독되어 괴로워하다가 결국 죽었습니다. 그것을 본 아버지는 먼저 지진으로 세 아이와 집을 잃고 이번에 또 마지막 아이를 잃자 제정신이 아니었겠지요. 갑자기 발광해서 어머니를 뒤에서 찔러 죽이고 다다미며 문종이 가릴 것 없이 마구 휘두르며 날뛰었습니다. 그때 문제의 이와미가 무엇 때문인지 잠입하고 있었는데 여기서 칼로 치르려고 대들었겠지요. 거기서 격투가 벌어지고 마침내 이와미에게 찔려 죽은 것은 아닐까 생각합니다. 방화가 이와미 짓이 아닌 건 그에게는 아마도 약품상의 지식은 없었겠고, 또 그즈음 특별히 그런 지루한 방법을 쓰지 않아도 되었겠지요."

"그럼 방화범은?"

"아마도 이 집이 불타기를 바라는 사람이겠지요. 제법 큰 보험도 들었다고 했으니까."

"무례한 말을 하는군!" 가만히 듣고 있던 후쿠시마가 버럭 소리를 질렀다. "아무 증거도 없는데 그저 보험금 타먹으려고 불을 질렀다니! 일단 오늘 밤 나는 집에 없었네."

"집에 있으면서 방화했다면 염소산칼륨을 쓸 필요가 없죠."

"아직도 그런 말을 지껄이는가. 검사님 앞이라도 그냥 두지 않겠어."

검사는 기자의 침착한 태도가 믿음직스러운지 딱히 말리려고 하지 않았다.

"당신이 그렇게 말한다면 내가 대신 검사님에게 설명하죠. 아, 당신의 교묘한 생각에는 나도 감탄했습니다."

마쓰모토는 검사를 향해 말을 이었다.

"나는 현장에서 유리관 파편과 수은을 조금 발견했습니다. 바로 지금까지 이것으로 누군가를 찾아낼 수는 없었지만, 아이가 염소산칼륨 중독으로 죽었다는 말을 듣고 『약국방주해』를 조사해서 비로소 진상을 알았지요.

염소산칼륨과 설탕의 혼합물에 유산 한 방울, 그렇습니다. 유산을 한 방울 넣으면 굉장한 기세로 불이 납니다. 유산 한 방울, 그것을 적당한 타이밍에 자동으로 부을 수 있는 방법은 없을까요. 수은주를 이용한 것은 놀랄 만한 생각입니다. 직경 1센티미터의 유리관, 정확히 이 파편 정도의 유리관을 U자형으로 구부려 한쪽 끝을 막고 기울이면서 다른 한끝에서 서서히 수은을 넣고 막은 쪽의 관 전부를 수은으로 채웁니다. 그리고 다시 U자관을 원래 위치로 돌려놓으면 수은주는 조금 내려갑니다. 만약 양쪽 끝을 함께 열어놓으면 수은주는 좌우 서로 같은 높이로 정지하겠지만, 한쪽 끝이 막혀 있기 때문에 공기 압력에 의해서 수은주는 일정한 높이를 유지하고 좌우의 차가 약 760밀리미디입니다. 바로 이것이 대기의 입력입니다. 때문에 만약 대기의 압력이 감소하면 수은주의 높이가 내려가는 것은 당연한 이치입니다. 어젯밤 2시경 도쿄는 바로 저기압의 중심에 들어 있었기 때문에 기상대의 조사에 의하면 오후 5시경은 기압 750밀리미터, 오전 2시는 730밀리미터입니다. 즉 20밀리미터 차가 생깁니다. 즉 한쪽 수은주는 10밀리미터 내려가고 한쪽 열린 쪽 수은주는 10밀리미터 올라갔습니다. 거기서 열린 쪽 입구의 수은 위에 소량의 유산을 채워놓으면 어떻게 되지요? 당연히 유산은 넘치게 됩니다. 후쿠시마 씨."

마쓰모토는 파랗게 질린 채 한 마디도 못 하는 후쿠시마를 돌아보았다.

"당신은 겨우 몇만 엔의 돈을 사취하려고 도리에 어긋난 짓을 했습니다. 먼저 집 지키는 부부의 아이를 죽이고, 다음엔 아이의 어머니를 죽이고 결국 아버지까지 죽였습니다. 그리고 당신의 가공할 만한 죄를 아오키 씨에게 씌우려고 합니다. 지나치게 죄를 거듭하는 것은 아닙니까. 어때요, 정직하게 자백하는 게."

후쿠시마는 여지없이 항복했다.

검사는 청년 기자의 명쾌한 판단에 혀를 내둘렀다.

"아, 마쓰모토 씨, 당신은 대단한 사람이야. 당신 같은 사람이 우리 경찰에 들어오면 정말 좋겠는데. 그런데 이와미 씨가 숨어든 이유와 독약 넣은 과자 상자를 가지고 온 이유는 무엇입니까?"

"그 점은 실은 저도 모르겠습니다." 마쓰모토는 단호하게 대답했다.

그로부터 2, 3일 지나 신문은 이와미의 체포를 보도했다. 그가 자백한 것은 마쓰모토의 말과 일치했다. 그러나 그도 역시 후쿠시마의 집으로 잠입한 이유에 대해서는 한 마디도 하지 않았다.

그 후 나는 마쓰모토를 만날 기회가 없었다. 나는 다시 원래의 생활로 돌아가 매일매일 전쟁터같이 혼잡한 시부야 역을 오르내리며 관공서에 다녔다. 어느 날 여느 때와 같이 뚜벅뚜벅 언덕을 오르고 있는데 누군가 나를 불렀다. 마쓰모토였다. 그는 싱글싱글하면서 잠시 물어볼 것이 있다며 밑에까지 같이 가자고 했다. 우리는 다마카와 전차역 위에 있는 식당으로 들어갔다.

"이와미 씨가 체포됐다는군요." 내가 입을 열었다.

"결국 체포되었지요." 그가 대답했다.

"당신이 추정한 대로가 아닙니까?" 나는 그를 칭찬하듯 말했다.

"어쩌다 들어맞았지요." 그는 태연하게 대답했다. "그런데 묻고 싶은 것은 그 후쿠시마 씨 집 말인데요. 그건 언제쯤 지어진 것이죠?"

"아마 올해 5월경에 시작해서 지진이 나기 직전에 완성되었다지요."

"그때까지는 빈 땅이었습니까?"

"네, 꽤 오랫동안 빈 땅이었습니다. 하지만 야무지게 돌담으로 쌓아서 돌계단 같은 것은 튼튼하게 만들었습니다만."

"그렇습니까."

"사건 관계가 있습니까?"

"아니, 아무것도. 잠깐 참고할 것이 있어서요."

그러고서 그는 다시 이와미 사건은 조금도 언급하지 않고 자신이 기자생활을 하면서 경험한 여러 재미있는 이야기를 들려주었다. 그리고 주머니에서 금테를 두른 호박 파이프를 꺼내 담배를 피우면서 자랑하듯 나에게 보여주기도 했다.

그와 헤어져 집으로 돌아와 옷을 갈아입으려고 하는데 문득 주머니에 손을 넣자 조그맣고 딱딱한 것이 만져졌다. 꺼내보니 아까 만났던 마쓰모토의 파이프였다.

여러모로 생각해보았지만 이것이 내 주머니에 들어 있을 리가 없었다. 나는 당황했다. 뭐라고 하면서 마쓰모토에게 돌려줄까 생각했다. 그런 뒤 언젠가 마쓰모토에게 돌려주려고 생각했지만 결국은 그런 기회가 오지 않아 그대로 지나갔다.

어느 날 두꺼운 편지 한 통이 왔다. 보낸 사람은 마쓰모토였다. 급히 봉투를 뜯고 읽어내려간 나는 "앗!" 하고 소리 질렀다.

편지 내용은 다음과 같았다.

오랫동안 뵙지 못했습니다. 이제 아마 영원히 만나뵙지 못할지도 모릅니다. 나는 겨우 이와미 씨의 기괴한 행동과 암호의 의미를 풀 수가 있었습니다. 당신이 이 사건에 특별히 흥미를 갖고 있으므로 대강 말씀드리지요.

우선 그 도난사건부터 얘기하지요. 그 사건에 이와미 씨는 죄가 없습니다. 왜냐하면 그에게는 그런 교묘한 기량이 없는 것 같고, 앞뒤 사정으로 봐도 그가 한 행동은 아무래도 그의 무죄를 증명하고 있습니다. 그렇다면 그가 갖고 있던 물건은 어떻게 된 것이지요. 당신은 xx빌딩의 백주 강도사건에서 괴한이 이와미로 변장했던 것을 기억하지요. 긴자 사건 역시 이와미로 변장한 괴한이 활약했습니다. 이 괴한은 이와미가 양품점에 멈춰 서서 커프스버튼을 갖고 싶어 하는 것을 보고 이와미가 떠난 뒤 그 가게에 들어가 버튼을 샀습니다. 다음으로 똑같이 시계를 사서 이와미의 주머니에 넣은 것입니다. 시바구치 주변에서 이와미가 처음으로 커프스버튼을 보고 멍하니 있는 사이에 보너스 봉투를 빼냈던 것입니다. 다음에 이와미가 시계를 보고 두 번 놀라는 사이에 봉투 속에서 돈을 빼냄과 동시에 다시 그의 주머니에 넣고, 재빨리 훔친 보석을 바지 주머니에 넣고 사라졌습니다. 그리고 뒤에는 그가 형사에게 체포되고, 지배인까지 증명하도록 한 것입니다. 이 괴한이 일단 자신이 죄에 빠뜨린 이와미를 밤중에 또다시 형사로 변장하는 위험을 무릅쓰고 데리고 나간 것은 무엇 때문일까요? 그것은 아마 이와미의 뒤를 따르기 위함입니다. 만약 이와미가 무언가 부정한 짓을 하고 훔친 물건을 어딘가에 숨기고 있다면, 그가 절도 혐의로 체포되고 다시 풀려났을 때 그 숨긴 장소가 걱정되어 보러 가지는 않을까, 그것이 괴한의 생각이었던 것입니다. 이와미는 무엇을 숨기고 있었던 것이지요. 그것은 그 유명한 사건으로 분실된 보석 한 개입니다. 회사에 들어간 괴한은 이와미의 비명 때문에 하나도 못 훔치고 도망갔습니다. 그리고 지배인이 당황해서 책상 위의 보석을 금고에 넣을 때 그중 가장 값나가는 보석 하나가 떨어졌습니다.

지배인이 도둑을 쫓아 나가자 이와미는 그 보석을 발견하고 악심을 품고 순간 어디에 감추고 기절한 척했던 것이 틀림없습니다. 신문에서 보석의 분실을 안 도둑은 이와미의 소행이라고 본 것이지요. 거기서 괴한은 그의 계획을 알아차리고 그 보석을 빼앗긴 것을 알았을 때 어떻게든 되찾으려고 했겠지요. 물론 그는 할 수 있는 만큼 조사를 했을 게 틀림없습니다. 그리고 그 묘한 부호는 확실히 보석을 숨긴 장소를 가리키는 것이란 걸 간파한 겁니다. 그러나 그것은 단지 이와미만의 표시에 그친 것이었죠. 부호가 가리킨 지점은 이와미가 쉽게 기억하는 곳이지만, 그것이 암호로 표시돼 있기 때문에 다른 사람은 그 암호를 풀더라도 그 지점을 알지는 못합니다. 그래서 그 괴한은 일단 경찰이 이와미를 체포하게 하고 자신이 다시 풀어주는 고육지책을 택한 것입니다. 그러나 그것도 이와미의 시나가와 행이라는 얄궂은 행위로 소용없게 되었습니다. 하긴 나중에 생각하면 이와미가 숨긴 장소는 이와미조차도 어떻게 할 수 없는 상태가 된 것입니다.

그런데 괴한은 우연히 보석의 소재를 알았습니다. 이번 사건에서 이와미가 어떤 집에 잠입했다고 하는 것 때문에 보석이 확실히 그 집 어딘가에 숨겨져 있다는 것을 알았던 것입니다. 그리고 뒤는 쉽습니다. 장방형 한쪽 구석의 화살표를 한 부호는 돌계단의 모퉁이를 나타냅니다. S. S. E는 자석의 남남동입니다. 31은 물론 31피트, T자 거꾸로 모양은 직각입니다. W—15는 서쪽으로 15피트입니다. 이와미가 보석을 숨긴 시기에 그 토지는 빈 땅으로, 돌층계만은 이미 만들어져 있었지만 온통 초원이었다는 건 당신이 더 잘 알고 있습니다. 이와미는 절도사건으로 금고형을 받고, 보석을 꺼낼 시기를 놓쳤고 그사이에 그 땅에 후쿠시마 씨의 집이 세워졌습니다. 그래서 그는 출옥하자 후쿠시마 씨 집으로 눈을 돌려 기회를 기다리던 중 마침내 집 지키는 사람에게 모르핀을 넣은 과자를 보내 마취시킨 후 천천히 보석을 꺼내려고 작정한 것입니다. 그리고 폭풍우를 틈타 잠입한 것입니다. 그런데 상대는 모르핀으로 자고 있기는커녕 거꾸로 칼을 휘두르며 대들었습니다. 마루판이 올려져 있던 것은 보석을 찾으려고 한 것입니다.

그런데 보석은 어떻게 된 것일까요?

그것은 내가 확실히 받았습니다. 벌써 알아차렸다고 생각합니다만, 내가 xx빌딩 백주 강도사건의 범인입니다. 놀라지 않도록, 더욱이 한편으로는 나의 솜씨를 증명하기 위해, 한편으로는 나를 영구히 기념하기 위해 당신의 안주머니에 호박 파이프를 넣어두었습니다. 수상한 물건은 아니니까 부디 안심하고 사용하십시오.

완전범죄
The Perfect Crime

벤 레이 레드먼 Ben Ray Redman, 1896~1961

미국의 추리소설가이자 편집자이며 비평가로도 활동했다. 『뉴욕 타임스』 『하퍼 매거진』 『아메리칸 머큐리』 등에 다수의 글을 기고했다. 1928년 발표한 「완전범죄」는 1957년 〈알프레드 히치콕 프레젠트〉라는 TV 영화 시리즈에서도 제작 방영되었다.

세상에서 가장 위대한 탐정은 자기 나이보다 조금 더 오래 묵은 포트와인이 담긴 술잔을 들고 흐뭇한 표정으로 홀짝거리면서 테이블 건너편 친구의 얼굴을 빤히 바라보았다. 몇 해 만에 맛보는 친구와의 즐거운 시간이었다. 그레고리 헤어는 탐정의 얼굴을 마주 보며 그가 입을 열기를 기다렸다.
"이건 의심할 여지가 없어." 위대한 탐정 해리슨 트레버 박사는 잔을 내려놓으며 말했다. "완전범죄는 가능해. 완벽한 범인만 있으면 되지."
"당연하겠지." 헤어는 어깨를 으쓱하며 말했다. "하지만 완벽한 범인이란 게……."
"자네는 완벽한 범인이란 실재하지 않는 상상 속의 존재라고 말하고 싶은 거지?"
"맞아." 헤어가 고개를 크게 끄덕였다.
트레버는 한숨을 내쉬고 다시 포도주를 홀짝거리더니 뾰족한 코 위에 걸친 코안경을 고쳐 썼다.

"그래, 나도 사실은 아직 그런 사람을 만난 적이 없네. 하지만 희망을 버린 적은 없어."

"아니, 그런 범죄가 일어나기를 바라는 건가?"

"아니야, 내가 얼마나 완벽한 탐정 역할을 해낼 수 있는지, 그 한계를 시험해보고 싶다는 거지. 자네도 알다시피 천재적인 탐정이란 그 핏줄 속에 탐정견처럼 집요한 추적자의 피가 흐르는 용감한 경찰관보다, 또 오로지 정확성을 추구하는 과학자보다 더 엄밀한 존재일세. 게다가 예술 비평가이기도 해. 그래서 예술 비평가와 마찬가지로 별볼일없는 2류 재료를 사용한 정식定食에는 만족할 수 없는 거지."

"맞아."

"2류는 형편없어. 하지만 가장 형편없지는 않지. 생각해보게. 매일 벌어지는 범죄는 대개 3류 아니면 4류, 아니 몇 류인지도 모를 것뿐이지 않은가! 클래식으로 꼽히는 유명한 그림 가운데도 자세히 보면 여기저기 색조나 선이 엉망인 것들도 있어. 어떤 것들은 가짜도 있고, 서툴기 짝이 없는 것도 있지. 그거나 마찬가지야."

"살인범은 대개 멍청이들이니까." 헤어가 끼어들었다.

"물론 그놈들은 어리석지! 자네도 알 거야. 그런 녀석들 변호를 맡아왔으니까. 문제는 살인이란 행위가 지극한 정성을 불러일으키지 못한다는 점이지. 일반적으로 일어나는 살인은 대개 그럴 능력도 안 되는 주제에 분수에 넘치게 완벽을 추구하며 나쁜 꾀를 짜내는 녀석들의 짓이거나, 아니면 격정에 눈이 멀어 일시적으로 판단 능력을 상실한 인간들의 짓이지. 물론 그런 녀석들 말고 자네가 이야기하는 살인마도 있어. 그리고 그자들 가운데는 가끔 노련한 솜씨를 보이는 경우도 있고. 하지만 안타깝게도 상상력과 다양성이 결여되어 있어. 그자들이 늦건 이르건 붙잡히고 마는 까닭은 늘 같은 짓을 반복한다는 문제점 때문이야."

"반복은 어리석은 짓이지." 헤이가 중얼거렸다. "그리고 어리석음은 그 누군가가 이야기했듯이 용서하기 힘든 죄악이고."

"그래, 맞아." 탐정 트레버가 맞장구를 쳤다. "지금까지 수많은 살인자들이 그런 이유로 실패의 쓴맛을 보았지. 하지만 그에 못지않은 이유가 허영심이지. 실제로 살인자들은 뜻하지 않게 우연히 죄를 저지르게 된 인간이 아닌 한 모두 지독하리만치 에고티스트$_{egotist}$야. 그건 자네도 알 걸세. 녀석들이 얼마나 권력에 대한 갈증이 심한지. 그래서 놈들은 입을 다물지 못하고 나불거리는 거지."

해리슨 트레버 박사의 안경이 반짝 빛났다. 그는 코안경에 달린 검은 끈을 연방 잡아당기며 자기 의견을 빠르고 정확하게 이야기했다. 자신의 전공 분야인 그의 말은 거침없었다. 요 20년 동안 범죄자는 트레버의 전문적인 연구 대상이었고 합법적인 사냥감이었다. 그는 곳곳을 돌아다니며 범죄자를 추적하고 결국 성공적으로 체포했다. 2층 침실에 있는 장롱 서랍에는 그 성공의 구체적인 증거가 커다란 붉은 가죽상자 안에 가득 들어 있다. 금과 은으로 만든 번쩍거리는 훈장과 약장들은 모두 유럽 여러 나라 정부가 유명한 사건을 해결했다고 하여 이 시대의 위대한 인간 사냥꾼에게 수여한 감사 표시들이었다. 가령 트레버가 살인이라는 문제에 대해 독단적인 주장을 한다고 해도 그는 충분히 그럴 자격이 있는 사람이었다.

한편 헤어는 남의 말을 경청할 줄 아는 사람이었다. 그러면서도 형사 변호사로서 오랜 경력을 쌓아왔기 때문에 그도 나름대로 의견을 지니고 있었다. 그래서 주장을 내세우지 말아야 법률적인 이익을 얻을 수 있는 경우를 제외하면 늘 자기 의견을 밝혔다. 그가 역시 차분한 목소리로 자기 의견을 자연스럽게 꺼냈다.

"살인자가 모두 대단한 에고티스트라고? 그럼 위대한 탐정들은 어떤가?"

트레버는 잠깐 눈을 깜빡이더니 안경의 검정 끈을 만지며 차가운 미소를 지었다.

"맞아, 자네 말처럼 탐정들은 바보지. 진짜 바보야. 그리고 공작새처럼 허영심도 강해. 진짜 위대한 탐정은 손으로 꼽을 정도밖에 없네. 나도 세 사람밖에 몰라. 한 명은 지금 오스트리아 빈에 있고, 두 번째는 파리에 있어. 그리고 세 번째는······."

헤어가 말을 가로채듯 고개를 들며 말했다.

"세 번째라기보다 첫 번째라고 해야겠지만, 그 탐정은 지금 이 방에 있다는 이야기지?"

세계에서 가장 위대한 탐정은 바로 고개를 끄덕였다.

"그래, 굳이 겸손한 척할 필요 없겠지. 안 그래?"

"맞아. 특히 해링턴 사건을 해결한 지 얼마 지나지 않았으니 겸손하기가 좀 힘들 테지. 그 불쌍한 사내도 드디어 2주 전에 처형되었으니 고해에서 벗어났지?"

트레버가 코웃음을 쳤다.

"그래. 그 녀석을 불쌍한 사내라고 부르고 싶다면 그렇게 불러도 괜찮겠지. 하지만 그 녀석은 신중한 살인자였어. 그건 그렇고, 그만 우리의 관심사인 완전범죄 이야기로 돌아가지."

"어째서 우리 관심사라는 거지? 자네 관심사잖아?" 헤어가 트레버의 발언을 점잖게 정정했다.

"나는 아직 완전범죄의 가능성을 받아들이지 않네. 예를 들어 완전범죄가 이루어졌다고 해보세. 그런 경우에 자네는 어떻게 그런 사실을 알 수 있다는 거지? 완전범죄라면 범인은 영원히 드러나지 않을 텐데?"

"만약 완전범죄를 저지른 사람이 조금이나마 예술적인 긍지를 지니고 있다면 틀림없이 자기가 죽은 뒤에 출판하기 위해 자세한 기록을 남길 거야. 게다가 자네는 완벽한 수사방법이 있다는 사실을 잊고 있군." 헤어가 슬쩍 휘파람을 불고 말했다.

"그럼 내가 자네에게 간단한 논리 문제를 제기하지. 완벽한 탐정이 완벽한 범인을 잡으러 나서면 대체 어떻게 되나? 절대로 움직이지 않는 물체와 무엇이든 움직일 수 있는 힘의 관계와 같지 않은가? 나는 같은 이야기라고 생각하는데. 물론 완전히 같은 이야기라고까지 할 수 없는 건 옥의 티지만." 트레버 박사는 자세를 꼿꼿하게 고치고 헤어를 노려보았다. "수사방법은 완벽할 수 있어."

"좋아. 뭐 그럴 수도 있겠지." 헤어가 상냥하게 웃으며 말을 이었다. "하지만 말이야, 트레버. 이건 내 생각인데, 자네 이야기는 불완전한 범죄를 수사하는 완벽한 방법은 있다는 뜻 아닌가?"

트레버 박사의 얼굴에서는 이미 심각한 표정이 사라지고 아까와 같은 싹싹한 미소가 떠올랐다.

"아마 내 말이 그런 뜻인지도 모르지. 하지만 나는 꼭 해보고 싶은 작은 실험이 하나 있어."

"그게 뭔가?"

"그건 말이야, 우선 어떤 범죄를 저지르는 일에 내 모든 지능을 쏟아붓는 거야. 그리고 모든 것을 잊고 다음에는 자기가 만들어낸 그 수수께끼 같은 범죄를 해결하기 위해 내가 지닌 기술과 지식을 모두 구사하는 실험이야. 내가 나 자신을 제대로 체포할 수 있는지 혹은 놓치고 말게 될지, 그게 궁금해."

"그거 정말 재미있는 시합이 되겠군." 헤어가 말했다. "그렇지만 아쉽게도 승부가 나는 걸 볼 수는 없잖아. 사소한 문제지만 잊는다는 건 어려운 일이지. 그래도 그 결과는 정말 재미있겠군."

"그래, 재미있을 거야." 트레버 박사는 평소 보기 힘든, 꿈꾸는 듯한 말투로 대꾸했다. "하지만 우리가 보고 싶은 곳을 다 내다볼 수는 없지. 우리 집에서 일하는 다나카라는 일본인이 있는데, 이 친구는 어려운 질문만 나오면 늘 이런 속담을 들먹이며 꽁무니를 빼. '후지산니, 노봇타라, 사조, 토오쿠마데, 미에루데쇼'*라고 말이야. 하지만 현실적으로 어려운 문제에 부딪힐 때마다 우리가 후지산에 오를 수는 없다는 거야."

"다나카라는 친구는 영리하군. 그런데 말이야, 트레버, 자네는 대체 완전범죄를 어떤 식으로 정의하는 건가?"

"안타깝게도 아직 정확한 정의를 내리지는 못하지만 머릿속에서 대략 윤곽은 그려진 상태야. 그런 윤곽을 최대한 표현해보도록 하지. 아, 우리 서재로 가세. 그쪽이 이야기하기 훨씬 편하니까. 또 그래야 다나카가 식탁을 치울 수 있을 테니까. 아, 자네 담배 가지고 오게."

집 주인인 트레버가 앞장섰다. 두 사람은 좁은 계단을 올라갔다.

---

* '후지산에 오르면 필시 멀리까지 보이겠죠'라는 뜻.

트레버 박사의 집은 효율적으로 설계된 벽돌 건물인데, 메디슨 에비뉴에서 그다지 멀지 않은 이스트 50번가에 있다. 집의 외관은 주인 성격만큼 특이하진 않았지만, 깔끔하고 간소한 모습은 주인을 꼭 닮았다. 부유한 뉴욕 사람들 기준으로 삼으면 결코 큰 저택은 아니지만 설비를 제대로 갖추고 있어서 완벽하다고 해도 좋을 만한 주택이었다. 집은 밖에서 보았을 때보다 훨씬 넓었다. 예전에 뒷마당이었던 공간에 박사가 증축을 했기 때문이다. 이 신축 부분 아래층에는 부엌과 고용인들의 주거공간이 있었고, 2층에는 트레버 박사의 연구실과 작업실이 있었다. 공장에 근무하는 화학 기술자나 연구실 화학자치고 이 방의 장비를 보고 탐내지 않을 사람은 없으리라. 또 방을 둘러싼 복도를 빼곡하게 채우고 있는 분류 케이스는 그 어떤 신문의 조사부와 비교해도 손색이 없을 정도로 완벽했다. 서재와 연구실은 문 하나로 연결되어 있는데, 이 서재 또한 모든 연구자들이 꿈꿀 만한 방이었다. 간단하게 이야기하면 해리슨 트레버 박사의 집은 독신자에게 이상적인 공간으로 박사는 다른 모양으로 바꿀 생각이 전혀 없었다. 지금까지 여러 남성 방문객들이 '이런 정도라면 트레버가 더 늙더라고 혼자서 살아가기에 부족함이 없겠다'라고 했다.

헤어도 트레버가 내민 질 좋은 담배를 피우며 다나카가 의자 옆 테이블에 두고 간 리큐어를 조용히 음미하며 같은 생각을 했다. 헤어도 독신생활을 마음 편하게 즐기고 있는 처지였지만 이토록 철저하게 즐기는 방법이 있는 줄은 몰랐다. 헤어는 자기 일상생활을 조금 개선해야 할 여지가 있다고 생각했다.

"물론 완전범죄라면 살인이어야 하지."

트레버의 목소리가 서재에 들어온 뒤로 내내 두 사람을 따라다니고 있던 침묵을 깼다.

헤어는 그 뚱뚱한 몸을 슬쩍 움직이며 물었다.

"그래? 왜지?"

"그야 살인은 우리의 도덕적 통념에 따르면 모든 범죄 가운데 가장 비난받아야 할 짓이니까. 그래서 가장 흥미롭지. 우리는 사람 목숨을 무엇보다 중요하게 여기며 그걸 지키기 위해 모든 노력을 아끼지 않아. 그런 사람 목숨을 수사관의 눈을 속이는 기묘한 수법으로 빼앗는 행위는 의심할 나위 없는 최고의 범죄라고 생각해. 거기에는 다른 어떤 범죄에서도 찾아볼 수 없는 일종의 미학이 깃들어 있어야 하지."

"흐음!" 헤어가 신음 소리를 냈다. "자넨 그런 소리를 너무 쉽게 하는군."

"나는 지금 범죄의 아마추어이자 동시에 범죄학자라는 입장에서 이야기하는 걸세. 자네는 외과의사가 '아름다운 증례'라는 표현을 쓰는 걸 들은 적이 있을 테지? 내 마음가짐이 바로 그렇다는 거야. 내 경우에도 그런 증례와 마찬가지로 환자가 대부분 죽지."

"무슨 말인지 알겠네."

트레버는 눈을 껌뻑거리며 코안경 끈을 잡아당기더니 다시 말을 이었다.

"그렇기 때문에 완전범죄는 아무래도 살인이어야만 하는 거야. 그것도 특별한 살인. 더할 나위 없이 순수한 살인이어야 하네. 그럼 '더할 나위 없이 순수한' 살인이란 어떤 걸까? 한 가지 예를 들어보세. 격정에 휩쓸려 저지르는 범죄는 당장 제외해도 될 거야. 왜냐하면 그런 범죄는 완전할 수 없으니까. 격정은 기교에 아무런 기여도 못 하지. 끓어오르는 피는 수많은 실책을 낳을 뿐일세. 다음, 이득을 얻기 위한 살인은 어떨까? 이런 형태는 살인을 수단으로 이용할 뿐이지 살인 자체가 목적이 아니야. 그런 살인자들은 희생자의 죽음을 통해 어떤 이득을 얻기 위한 목적으로 살인을 저지르지. 이런 이득을 얻기 위한 살인을 완전범죄에 포함되는 살인 형태로 인정할 수는 없단 말이야."

뾰족한 코의 박사는 잠깐 말을 멈추더니 얇은 입술로 담배를 물었다. 헤어는 의아하다는 표정으로 그의 얼굴을 빤히 들여다보았다. 이런 문제에 관해 감정을 전혀 싣지 않고 이야기하는 사람을 지켜보는 일이란 별로 유쾌하지 않다.

트레버가 담배를 내려놓았다.

"그러면 정치적 살인 또는 종교적 살인은 어떨까? 이런 것도 바로 제외해버려도 괜찮을 거야. 이유야 간단하지. 이런 쪽 살인자는 늘 자기가 민중에게 봉사하고 있다거나, 신을 섬긴다는 믿음을 지니고 있기 때문에 자기 죄를 숨기는 경우가 거의 없네. 그런데 생각해볼 수 있는 타입이 더 있어. 사람을 죽이는 짓에서 순수한 즐거움을 느끼며 살인을 저지르는 녀석들, 즉 피에 대한 갈망에 의해 지배당하는 녀석들이지. 자네는 틀림없이 그런 살인이 바로 더할 나위 없이 순수한 살인이라고 여길 거야. 하지만 조금 전에도 이야기했듯이 범인들은 늘 같은 짓을 반복해. 그리고 이러한 반복 때문에 범죄는 반드시 들통이 나고. 더 중요한 문제는, 예술가에겐 선별 능력이 있지만 타고난 살인자에게는 그런 능력이 전혀 없다는 사실일세. 그들의 행위는 스스로 원해서 하는 행동이 아니라 그 어떤 힘에 떠밀려 저지르게 되는 불가항력적인 행위인 셈이지. 하지만 나는 완전범죄란 필연적인 행위가 아니라 어디까지나 기술적인 행위여야 한다고 생각하네."

"자네는 완전범죄의 가능성을 모두 아주 간단하게 정리해버리는군."

헤어가 말했다. 그러자 트레버 박사는 얼른 고개를 저었다.

"아니, 이게 전부가 아닐세. 한 가지 살인 유형이 더 남아 있어. 이게 바로 우리가 찾는 살인이지. 말살을 위한 살인. 즉 상대방을 이 세상에서 지워버리는 것만을 유일한 목적으로 삼는 살인. 바꿔 말하면 탐탁지 않은 인간을 제거하겠다는 것만을 순수한 목적으로 삼는 살인 말이야."

"하지만 그런 살인이라면 조금 전에 자네가 말한 격정에 휘둘린 범죄가 되는 거 아닌가? 실제로 질투에서 비롯된 모든 살인은 사실상 말살을 위한 살인이 되지 않겠어?"

"어떤 의미에서는 그렇지. 하지만 순수한 의미에서는 달라. 아까도 이야기했지만 격정은 절대로 완전범죄를 낳을 수 없네. 완전범죄란 충분히 연구하고 꼼꼼하게 계획한 뒤에 완벽하게 냉혹한 상태에서 이루어져야만 하네. 그렇지 않으면 불완전한 범죄가 되고 말 거야."

"자네, 이 문제에 대해 냉혹하리만치 끈덕지군."

트레버가 잠깐 말을 멈춘 틈을 타 헤어가 말했다.

"물론 그렇지. 그게 완전범죄를 해낼 수 있는 유일한 방법일 거야. 나는 동기와 정황이 완전범죄에 이상적이라고 할 수 있는 순수한 말살살인을 상상할 수 있네. 예를 들어 자네가 15년이라는 오랜 세월에 걸쳐 핀다로스*가 지은 송시頌詩의 의문에 싸인 한 구절을 해독했다고 가정해보세."

"하하!" 헤어가 익살맞은 표정을 지으며 트레버의 말을 가로막았다. "그런 걸 내가 해독했다고 가정해주시겠다고?"

"그런데 말이야." 해리슨 트레버는 헤어의 반응에는 아랑곳하지 않고 말을 이었다. "그런데 다른 학자가 또 있어. 그 사람이 자네의 해석을 완전히 뒤집을 수 있는 논거를 찾아내지. 그리고 그 사람은 자신의 주장을 자네에게 이야기하는 거야. 아직 다른 사람에게는 전혀 이야기하지 않았다고 가정하고. 이렇게 하면 자네에게는 완벽한 동기가 생겨. 흠잡을 데 없는 상황이 만들어지는 셈이지. 그러면 이제 어떻게 실행하느냐 하는 살인방법만 남을 뿐이야."

그레고리 헤어는 진지한 표정을 지으며 자세를 고쳤다.

"뭐라고? 자네 그게 대체 무슨 뜻이지? '살인방법'이라니?"

박사가 눈을 깜박거리더니 대꾸했다.

"아니, 이해가 안 되나? 자네는 그 라이벌을 제거하면 고대 시에 대한 자네의 해석이 무너지는 걸 피할 수 있잖아. 그야말로 어엿한 동기가 되지. 자네의 라이벌이 이 세상에서 사라져 그 증거가 없어지면 틀림없이 그 누구도 자네에게 그런 동기가 있었다는 사실을 눈치챌 수 없을 거야. 자네는 완전히 자유로운 상태에서 두 가지 중요한 사항에 집중할 수 있어. 살인방법과, 그리고 이건 굳이 설명할 필요도 없겠지만 시체 처리."

"시체 처리?"

"그래. 그야말로 아주 중요한, 가장 중요한 사실이지." 박사는 슬쩍 의미심장한 미소를 지었다. "주제넘은 소리인지는 몰라도 나는

---

* Pindaros. 기원전 5세기경에 활동한 그리스의 서정시인.

이 문제에 관해 상당히 가치 있는 연구를 해왔네."

"호오, 자네가?" 헤어가 중얼거렸다. "그래서, 무얼 발견한 건가?"

"나중에 가르쳐주지. 하지만 내가 살아 있는 동안 자네 이외에는 그 누구에게도 가르쳐주지 않을 거야. 왜냐하면 너무 단순하고 위험한 내용이라서. 아, 자네에게 이 이야기는 해둬야겠군. 완전범죄를 해내기 위해서는 시체 처리가 그 무엇보다 중요해. 범죄의 체소**가 없으면 경찰은 아주 골치 아파지지. 해링턴도 그때 웨스트의 시체를 어디다 잘 숨겼다면 아마 2주 전에 그렇게 전기의자에 앉는 일은 없었을지도 몰라. 해링턴은 너무 부주의했어."

헤어는 얼른 자세를 고치며 큰 소리로 물었다.

"해링턴이? 아니야, 사실 오늘 밤 자네와 하고 싶었던 이야기가 바로 그 해링턴 사건에 관해서야."

"그랬나? 그럼 어서 이야기하게. 아, 그런데 내친김에 이야기하자면 그 사건은 말살살인에 가까운 범죄였어. 하지만 돈이라는 요소가, 그것도 거액의 돈이 얽혀 있었지. 그리고 돈이란 범죄와 얽히면 어쩔 수 없이 지독한 냄새를 풍기거든. 그래서 해링턴 사건의 경우에도 동기를 바로 밝혀낼 수 있었네. 하지만 해링턴이 차지하고 있는 사회적 지위가 있기 때문에 우리는 움직일 수 없는 증거를 잡을 때까지 그 사람에게 손을 댈 수 없었던 거야."

"움직일 수 없는 증거? 그래, 내가 묻고 싶었던 게 바로 그걸세. 자네도 알다시피 나는 지난주까지 해외에 있었기 때문에 해링턴이 체포되었다는 소식을 귀국길에 오르기 전까지 모르고 있었어. 북아

** 體素. 범죄의 기초가 되는 실질적인 사실. '시체'와 같은 범죄의 증거.

프리카의 신문은 뉴스 보도가 빠르지 않으니까. 나는 해링턴과 웨스트를 꽤 잘 아는 사이였고, 웨스트의 부인은 그 이상으로 잘 알고 지냈기 때문에 이 사건에 특별히 관심을 지니게 되었지. 자네도 이해하겠지?"

"알아. 웨스트 부인은 멋진 여성이지. 부부는 별거 중이었고, 부인은 최근 2년 반 동안은 내내 유럽에서 지냈다고 하던데."

"그래, 그 기간 동안 대부분 그랬지."

"대부분이 아니고. 내내 유럽에서 지냈어. 그 기간 중에는 한 번도 미국에 돌아오지 않았는걸."

"돌아오지 않았다고? 흐음, 내가 마지막으로 웨스트 부인을 만난 게 몽테 카를로였는데. 뭐 그런 건 지금 중요하지 않고. 내가 묻고 싶은 건 자네가 대체 어떻게 해링턴이 범인이라는 걸 밝혀낼 수 있었느냐 하는 문제야?"

해리슨 트레버 박사는 흡족한 미소를 지으며 안경을 고쳐 쓴 다음 그 특유의 말투로 설명하기 시작했다.

"뭘, 아주 간단한 일이었지. 딱 한 가지 문제가 있기는 했는데, 그건 해링턴의 자백을 너무 늦게 받아냈다는 점이었네. 그것참 짜증나더군. 왜냐하면 그때 우리는 이미 자백이 필요 없을 정도로 완벽한 상황증거를 확보하고 있었거든."

"상황증거?"

"응, 자네도 살인에 대한 어떤 판단을 내릴 때 상황증거에 많이 좌우되잖아. 살인을 저지르면서 초대장을 보내는 사람은 없으니까 말이야."

"맞아. 안타깝게도."

"좋아, 자네도 알고 있겠지만 1년이 조금 더 지난 일이지. 어느 날 밤 월가의 주식 중매인이자 천만장자(신문기자가 그렇게 적었지)인 어네스트 웨스트가 심장에 관통상을 입어 죽은 상태로 발견되었네. 그는 롱아일랜드에 있는 스미스타운 근처에 오리 사냥과 낚시 할 때 이용하는 오두막을 한 채 지니고 있었네. 그곳에서 일하는 사람은 나이 든 도우미 아주머니 한 분뿐이었는데 그 지역 출신이었지. 어네스트 웨스트는 최대한 간편한 생활을 좋아해서 그 오두막에 갈 때는 운전기사를 데리고 간 적도 없다더군. 어네스트 웨스트가 살해되던 날 밤, 가정부는 자메이카에 있는 딸이 아프다며 거기가 있었을 걸세. 그 가정부의 증언에 따르면 웨스트가 간단한 저녁 식사쯤은 직접 해먹을 수 있다면서 그녀를 보내주었다는 거야. 그 이튿날 아침에 돌아온 가정부는 숨이 멎을 정도로 깜짝 놀랐지. 웨스트가 사냥도구들과 책 몇 권이 놓여 있는 총기실 같은 곳에서 총에 맞아 죽어 있었던 거야. 그 방은 아늑하고 오두막집에서는 제일 좋은 방이었네. 격투를 벌인 흔적은 전혀 없었고, 웨스트는 커다란 팔걸이의자에 파묻히듯 앉은 채로 죽어 있었지. 그를 죽인 총탄은 25구경이었네. 살인사건 담당인 퍼스트 경위는 자기들 솜씨로는 사건의 실마리를 찾아낼 수 없을 것 같다고 판단해 내게 바로 전화를 걸었네. 그래서 나는 당장 그곳으로 달려갔지. 어쨌든 자네도 알다시피 웨스트야 유력 인사니까 말이야."

트레버는 짐짓 코안경에 매달린 검은 끈을 잡아당겼다.

"현장으로 달려간 나는 여러 가지 사항을 확인했네. 첫째, 사건 현장은 외따로 떨어진 한적한 집이었기 때문에 어느 정도 도움이 될 만한 증언을 해줄 사람이 부근에 한 명도 없었어. 시체는 7시 반쯤 전보를 가져온 우편배달부에 의해 발견되었는데, 검시 결과 범행은 시체 발견 약 한 시간 전에 일어난 것으로 밝혀졌네. 집 안에서는 사건 해결에 도움이 될 만한 증거물이 전혀 나오지 않았지. 하지만 총기신 바닥을 쓸어 모은 쓰레기들을 꼼꼼하게 살피다가 틀림없이 트위드 옷감에서 떨어진 걸로 보이는 짧은 실보무라지를 발견했네. 이 실보무라지는 웨스트의 옷에서 나온 것이 아니었어. 어쩌면 여러 달 전에 떨어진 것일지도 모를 일이라, 처음엔 그 실보무라지에 별로 주의를 기울이지 않았지. 한편 집 밖에는 그보다 더 눈길을 끄는 흔적이 많았네. 땅이 축축했기 때문에 두 사람의 발자국이 또렷하게 남아 있었던 거지. 하나는 남자 발자국이고 다른 하나는 여자 발자국이……."

"여자?" 헤어가 바짝 긴장한 표정으로 물었다.

"그래. 그 가정부 아주머니 발자국이겠지, 물론."

"아하, 그래? 가정부 발자국이라."

"틀림없을 거야. 하지만 그게 가정부 발자국이라는 사실을 확인하기는 힘들었어. 왜냐하면 남자가 아무래도 신경이 곤두섰기 때문인지 범행 현장을 떠날 즈음에 도로로 나가는 오솔길을 여러 차례 왔다 갔다 한 거야. 그러다 보니 여자 발자국은 거의 남김없이 뭉개진 거지."

"그거 이상하지 않은가?"

"맞아. 얼핏 생각하면 이상하지. 그렇지만 가만히 생각해보면 간단해. 살인자는 치명상을 입힌 총탄을 한 방 발사한 뒤 서둘러 집 밖으로 뛰쳐나갔지만 거기서 머뭇거렸어. 제정신이 아니었기 때문에 오솔길 옆에 타고 온 자동차가 있었는데도 어쩔 줄 모르고 우왕좌

왕했지. 그래서 마음을 진정시키고 생각을 정리하기 위해 몇 분 동안 그 오솔길을 왔다 갔다 했을 거야. 폭이 좁은 오솔길이었기 때문에 그가 왔다 갔다 하는 사이에 다른 발자국은 어쩔 수 없이 뭉개지고 말았던 걸세."

"차를 가지고 왔다고?"

"그래. 대형 투어링카. 그 타이어 자국이 또렷하게 남아 있었네. 그날 오후, 웨스트가 가정부를 위해 불러준 택시 타이어 자국도 남아 있었지. 그런데 범인이 타고 온 차의 타이어 자국에는 한 가지 흥미로운 특징이 있었네. 타이어 하나에 큼직하고 딱딱한 혹 같은 게 있었다는 걸세. 이 혹은 바퀴가 돌아 그 부분이 땅에 닿을 때마다 또렷한 자국을 남겨놓았지."

"알았네. 그럼 그 두 사람의 발자국은 같은 지점에서 끝나 있었나?"

"당연하지. 부른 택시도 나중에 범인이 차를 세운 곳과 같은 지점에 정차했다가 가정부를 태우고 갔으니까."

"흐음!" 헤어는 새 담배에 불을 붙이고 깊은 생각에 잠긴 표정으로 담배를 피우며 물었다. "그렇다면 자네는 여자가 그 남자와 함께 차를 타고 떠나지 않았다고 확신하는 거로군?"

트레버는 헤어를 빤히 바라보다가 언성을 높였다.

"무슨 얼빠진 소린가! 그 여자는 가정부였어. 범행이 이루어지기 두 시간 전에 택시를 타고 그 집을 떠났잖아? 해링턴도 나중에 자백하면서 내 추리가 맞았다는 걸 확인해주었네."

해리슨 트레버 박사는 유난스레 신경질적인 반응을 보였다.

"아 참, 그랬다고 했지. 내가 깜빡했네. 미안. 그럼 해링턴을 어떻게 체포했는지 들려주겠나?"

잠깐이지만 트레버 박사는 헤어가 자신을 조롱하고 있는 게 아닌가 하는 표정으로 그를 바라보았다. 헤어의 질문이 조심스러운 태도를 보이던 어느 때와 달랐기 때문이다. 뭔가 의도를 숨기고 있는 듯했다. 하지만 트레버는 그런 의심은 옆으로 치워두고 자신의 성공담을 이야기하는 즐거운 일로 되돌아왔다.

"총탄과 발자국, 타이어 자국, 그리고 그 실보무라지. 나는 이 네 가지를 실마리로 삼아 수사를 진행하기로 했지. 해야 할 일은 이런 것들을 한 사람과 정확하게 연관 짓는 일이었고, 그 수사 결과 범인의 윤곽을 잡았네. 하지만 우리는 신중하게 움직여야 할 단계에 들어섰지. 내 앞에 놓인 증거물을 가지고 웨스트를 죽일 만한 동기를 지닌 사람을 확실하게 파악하는 일에 착수했네. 그런데 누구를 잡고 물어봐도 웨스트에게는 적이 없더군. 그렇다고 친한 친구도 거의 없었고. 웨스트는 아마 혼자 여행하는 사람이 가장 빨리 여행할 수 있다는 격언을 믿었던 모양이야. 그런데 그는 월가에서 몇몇 사람을 매우 난처한 상황에 몰아넣은 일이 있더군. 웨스트의 금융 투기 활동이었지. 월가에는 내 부탁을 받고 조사를 도와줄 사람들이 있었기 때문에 나는 바로 몇 가지 재미있는 사실을 발견하게 되었어. 웨스트가 죽기 전까지 3주간 엘리엇전력이라는 회사의 보통주가 계속 올라 57포인트나 상승했네. 그런데 그가 죽은 지 나흘 뒤에는 63포인트나 폭락했지. 조사해보니 웨스트가 살해된 그날, 해링턴은 그 회사 주식을 13만 주도 넘게 공매도*로 내놓았던 거야. 해링턴은 그

---

* 주식이나 채권을 가지고 있지 않은 상태에서 매도주문을 내는 것을 말한다. 이렇게 없는 주식이나 채권을 판 후 결제일이 돌아오는 3일 안에 주식이나 채권을 구해 매입자에게 돌려주

전에도 계속 그 회사 주식을 공매도로 내놓았었는데 그걸 몽땅 웨스트가 사들였더군. 해링턴의 재산이 결코 적지는 않았지만 웨스트만큼은 되지 않았던 모양이야. 그래서 엘리엇전력의 보통주 가격을 대폭 하락시키지 않으면 자기가 파산하리라고 생각한 해링턴은 생각해낼 수 있는 가장 확실한 마지막 수단을 취했던 거지. 웨스트를 제거해버렸어. 거액의 돈 때문에 저지른 살인이지."

트레버가 짐짓 말을 끊었다. 헤어는 입을 열지 않았다.

"이게 전부야. 나머지는 탐정들이 하는 빤한 추적 작업이지. 내 직원 가운데 한 명이 네 개의 타이어를 찾아냈네. 해링턴의 시골집 차고 천장에 숨겨둔 것을 말이지. 해링턴은 살인사건 다음 날 대형 투어링카의 타이어를 새것으로 교체했어. 그런데 찾아낸 타이어 가운데 세 개는 멀쩡했지만, 나머지 하나에는 큼직하게 불룩 튀어나온 혹 같은 부분이 있었네. 해링턴의 구두는 웨스트가 죽은 오두막 옆 오솔길에 남아 있던 발자국과 정확하게 일치했고, 실보무라지도 그의 양복 옷감을 짠 실과 딱 맞아떨어졌어. 그뿐만 아니었지. 그가 체포된 뒤의 일이지만, 해링턴의 집 금고 안에서는 손잡이에 진주 장식이 된 25구경 권총이 발견되었네. 이 권총은 총탄 한 발을 발사한 뒤에 청소하지 않은 상태였어. 해링턴의 운전기사는 살인이 일어난 날 오후에 해링턴이 혼자서 대형 투어링카를 끌고 나갔다는 사실을 증언했네. 운전기사는 그날이 마침 자기 아내 생일이었기 때문인지 날짜와 시간을 또렷하게 기억하고 있더군. 사건은 이렇게 모두 간단하게 해결되었고, 흥미롭던 요소들도 해링턴의 자백으로 맥없

면 된다. 약세장이 예상되는 경우 시세차익을 노리는 투자자가 활용하는 방식이다.

이 밝혀졌지. 신문은 이 사건에서 내가 한 역할을 크게 과장해서 떠들어댔지만 말이야."

트레버는 빈정거리는 표정을 지으며 웃었다.

"그건 해결하기 어려운 사건이 전혀 아니었어. 만약 사건 관계자가 그렇게 부자가 아니고, 유력 인사가 아니었다면 사실 별 문제 아니라고 무시했을지도 모르지. 어쨌든 우리는 아주 적합한 시기에 그를 체포했네. 해링턴은 다음 주에 배를 타고 유럽으로 뺑소니치려던 상태였으니까."

"자네가 이야기한 그 권총은 어떤 총이지?"

헤어가 불쑥 묻자 트레버는 깜짝 놀랐다가 대답했다.

"왜? 그건 25구경이야. 손잡이에 진주 장식이 달린 니켈 도금된 권총이었네. 제법 멋을 부린 권총이었는데, 해링턴은 자기가 어떻게 그런 권총을 갖게 되었는지 마치 변명하듯 잠깐 설명하더군."

"나도 그가 변명했을 거라고 짐작했네. 그 권총은 손잡이 오른쪽에 살짝 찍힌 자국이 있지?"

트레버가 몸을 앞으로 쑥 디밀었다.

"맞아. 찍힌 자국이 있어. 자네가 그걸 어떻게 알지?"

"그야 앨리스가 다보스*에서 바위에 떨어뜨렸을 때 찍힌 자국이거든. 우리 넷이 호텔 뒤에서 사격 연습을 할 때였지."

"앨리스라니?" 트레버가 소리쳤다. "앨리스가 대체 누구지? 그리고 우리 넷이라는 건 무슨 소리인가?"

헤어가 낮은 목소리로 대답했다.

---

* Davos. 스위스 그라우뷘덴 주에 있는 도시.

"앨리스 웨스트. 자네도 이미 알고 있을 테지만 그건 앨리스가 지니고 있던 권총이야. 그리고 우리 넷이라는 건 어네스트 웨스트와 그의 부인 앨리스 웨스트, 그리고 해링턴과 나를 말하네. 우리는 4년 전에 스위스에서 한 호텔에 묵었거든."

"아니, 그 여자 권총이라고?" 트레버 박사는 흥분해서 말을 이었다. "그럼 앨리스가 해링턴에게 권총을 주었다는 소린가?"

"아니, 앨리스가 해링턴을 무척 사랑하긴 하지만 그랬을 것 같지는 않네. 아마 해링턴이 최근에 빼앗은 것 아닐까?"

"자네, 계속 이해가 안 되는 소리만 하는군. 그게 대체 무슨 소린가?"

트레버 박사가 버럭 소리를 질렀다.

"확실하게 이야기하자면, 그 작은 무기 때문에 엉뚱한 남자가 처형당했다는 이야기를 하는 걸세." 헤어가 침울한 표정으로 말했다.

"엉뚱한 남자?"

"그래. 물론 해석하기 나름이겠지만, 나는 이 사건은 아무래도 남자가 아닌 여자가 진범이라고 생각하네."

트레버의 표정에서 흥분이 싹 사라지고 스핑크스처럼 차분해졌다.

"자네 생각을 정확하게 이야기하게." 트레버가 말했다.

헤어는 피우던 담배를 옆에 내려놓았다.

"모든 일은 4년 전 다보스에서 시작되었네. 해링턴은 앨리스 부인에게 홀딱 반했고, 그 여자 또한 해링턴을 깊이 사랑하게 되었지. 하지만 웨스트는 '여물통 속의 개'* 노릇을 했네. 아내로 하여금 이혼하겠다는 소리는 하지도 못하게 했고, 그 자신도 이혼하려 들지 않았지. 별거를 했지만 그렇다고 앨리스와 해링턴이 결혼할 수 있었던 것도 아니네. 미리 이야기해두지만 이 문제에 관해서 나는 처음부터 자세한 속사정을 알고 있었네. 처음에야 우연이었지만 나중에는 다들 정도의 차이는 있어도 나를 고민 상담 상대로 여겼기 때문이야. 웨스트는 그때 이미 아내를 사랑하지 않았기 때문에 무척 비열하게 행동했네. 무슨 일이 있어도, 적어도 합법적으로는, 다른 남자의 여자가 되지 못하게 하겠다고 굳게 마음먹은 거지. 그리고 그런 생각은 아내에게 살해될 때까지 바뀌지 않았던 거야."

"아내에게 살해되었다고?" 위대한 탐정이 작은 목소리로 중얼거렸다.

"틀림없네. 나는 살인 현장을 본 것처럼 확실하게 이야기할 수 있어. 물론 어네스트 웨스트를 쏜 총은 아까 자네가 증명했듯이 앨리스가 가지고 있던 권총이네. 그렇지만 다보스에서 장난삼아 병 같은 것을 놓고 사격을 할 때 그 권총을 수십 번 보았기 때문에 잘 알아. 해링턴이 그런 권총을 빌릴 리가 없어. 그는 자기 집에 작지만 번듯한 무기고를 지니고 있으니까 말이야."

"그래. 우리도 해링턴의 집에서 큼직한 군용 리볼버 두 자루와 자동권총 한 자루를 발견했지."

"그랬겠지. 그런 해링턴이 장난감 같은 앨리스의 권총을 쓸 리가 있겠나? 게다가 해링턴은 도저히 살인 같은 범죄를 저지를 수 있는 사내가 아니야. 그 사람은 지나칠 정도로 신중하거든. 하지만 앨리스는 매우 신경질적인 타입이지. 난 앨리스가 화를 참지 못해 까무

---

* 이솝 이야기에서 비롯된 '심술쟁이'를 뜻하는 말.

러치려는 모습을 본 적도 있네. 분명히 미인이기는 하지만 위험한 유형의 여자고, 밑바탕은 겁쟁이야. 앨리스는 결국 그걸 증명한 셈이 되었군. 그래서 난 해링턴이 부럽다는 생각을 한 번도 해본 적이 없다니까."

"이봐, 하지만 살인이 일어났을 때 앨리스는 유럽에 있었잖아."

"유럽이 아닐세, 트레버. 내가 알기로 앨리스는 그 달에 몬트리올에 있었어. 몬트리올이라면 롱아일랜드에서 그리 멀지 않은 곳이지. 앨리스는 거기 있는 리츠호텔에서 내가 아는 해리 샌즈와 우연히 마주친 모양이야. 나는 앨리스를 몽테 카를로에서 마지막으로 보았는데, 그때도 해리 샌즈가 함께 있었지. 앨리스와 해리는 몬트리올에서 우연히 만났던 이야기를 나누더군. 앨리스는 살인이 일어나기 전과 뒤에는 유럽에 있었지만, 범행이 있던 날에는 유럽에 없었던 거야. 게다가 이게 전부는 아닐세."

"또 뭐가 있나?" 트레버의 말투가 험악해졌다.

헤어는 은으로 만든 성냥갑을 만지작거리며 잠시 망설였지만 곧 빠른 말투로 요점을 설명했다.

"나머지 이야기는 이런 내용이야. 방금 이야기했듯이 앨리스는 히스테리가 심했는데 요 몇 년 동안은 술이나 수면제도 별 효과가 없었네. 내가 몽테 카를로를 출발하기 바로 전날 밤에 있었던 일인데 앨리스는 완전히 자제력을 잃었지. 우리는 그때 앨리스 남편의 죽음에 관해 이야기하고 있을 때였어. 나는 도대체 누가 죽였을까 머릿속으로 생각을 굴리고 있었네. 그때는 아직 해링턴이 체포되지 않았을 때니까. 나는 앨리스에게 바로 해링턴과 결혼할 작정이냐고 물었네. 앨리스는 크게 당황한 표정을 지으며 대답을 얼버무리더군. 하지만 바로 죽은 남편을 맹렬하게 비난하기 시작하더니 차마 입에 담을 수 없는 욕까지 퍼부었어. 그리고 나중에는 들고 있던 이브닝백을 열어 편지 한 통을 꺼냈네. 그건 남편인 어네스트 웨스트가 앨리스에게 보낸 편지였는데 소인이 찍힌 날짜를 보니 일 년도 더 된 편지더군. 수없이 꺼내 읽었는지 종이의 접힌 부분이 거의 다 해져 있었네. 앨리스는 그걸 내게 들이밀며 자꾸 읽으라고 고집을 피우더군. 읽어보니 아주 잔인한 편지였네. 나는 지금까지 그런 편지를 본 적이 없어. 그건 마치 고양이가 쥐에게 보낸 편지, 옥리가 죄수에게 보낸 편지 같았어. 웨스트는 자기가 원하는 상황으로 아내를 몰아넣어 꼼짝도 못 하게 잡아둘 작정이었던 모양인데, 그 편지 안에서도 똑같은 내용을 반복하고 있더군. 너무 악랄한 편지라 끝까지 읽고 싶지도 않았는데 앨리스는 억지로 읽게 만들었지. 내가 편지를 돌려주자 앨리스는 이글이글 불타는 두 눈으로 불쑥 내 손을 잡더니 '만약 헤어 씨라면 이런 남자를 어떻게 하시겠어요?'라고 언성을 높였네. 나는 잠시 아무런 대답도 못 했네. 그랬더니 앨리스가 스스로 답을 하더군. '죽여야 해요! 죽여야 하는 거예요! 그런 마음이 들 수밖에 없지 않겠어요?'라고. 나는 될 수 있으면 부드러운 목소리로 이미 누군가 그 일을 실행한 거 아니겠느냐고 말해주었지. 그랬더니 앨리스는 갑자기 발작적으로 악의에 찬 웃음을 터뜨리더군. 그런 끔찍한 웃음소리는 난생 처음 들었네. 그래도 앨리스는 마음이 가라앉자 코에 분첩을 두드리고 나서 조용히 말했지. '아무 죄도 없는 병의 목은 얼마든지 쏘아 깨뜨려도 아무도 뭐라 하지 않는데, 뱀 같은 인간을 죽이면 교수형이라니, 우스운 일이죠. 나는 교수형만은 당하고 싶지 않아요. 정말 고마워요'라고."

헤어는 꽤 지친 듯이 말을 잠깐 끊더니 바로 이렇게 덧붙였다.

"이제 내가 할 수 있는 이야기는 대략 끝난 셈일세. 별로 좋지 않은 이야기지만. 나는 앨리스와 그 이야기를 나눈 다음 날 아프리카를 향해 출발했지. 아프리카에서는 신문을 거의 보지 않아서 그 뒤로 어떤 일이 일어났는지 전혀 몰랐어. 하지만 어네스트 웨스트를 쏘아 죽인 사람이 누구인지는 자신 있게 말할 수 있네."

벽난로 위에 놓인 탁상시계의 초침이 툭툭 세 차례 움직이는 동안 책이 빼곡하게 꽂힌 방은 완전히 침묵에 휩싸여 있었다. 이윽고 트레버가 입을 열었다. 잔뜩 긴장한 목소리였다.

"그러면, 자넨 내가 잘못을 저질렀다는 건가?"

헤어는 상대방의 눈을 똑바로 바라보며 되물었다.

"자네는 어떻게 생각하나, 트레버?"

탐정은 헤어의 질문에는 대답하지 않고 다른 질문을 던졌다.

"실제로 일어난 일에 대해 자네는 다른 주장을 하는 건가?"

"함부로 이야기하기는 힘들지만 앨리스가 살인을 한 것은 분명하네. 그 병에 관한 언급은 범행에 어떤 권총이 사용되었는지 앨리스는 알고 있었다는 말이 되지. 앨리스는 그 총으로 여러 차례에 걸쳐 수백 개의 병을 쏘았으니까. 내 추측으로는 앨리스와 해링턴이 어떻게든 웨스트의 마음을 돌려보려고 궁리하다가 함께 웨스트를 만나러 갔는데 설득에 실패했을 거야. 그러자 앨리스가 그 작은 장난감 같은 총을 꺼낸 거지. 늘 백에 넣고 다녔거든. 아마 틀림없이 웨스트가 피할 틈도 없이 바로 방아쇠를 당겼을 거야. 앨리스는 해링턴보다 사격 솜씨가 좋았어. 그보다 해링턴은 심장을 제대로 겨누지도 못했을 사람이고. 두 사람은 웨스트의 오두막을 나와 해링턴의 차를 타고 현장을 떠났을 텐데, 그전에 해링턴은 오솔길로 돌아가 앨리스의 발자국을 하나하나 꼼꼼하게 뭉개고 다닌 다음에 마지막으로 빈틈없게 처리하기 위해 가정부의 발자국까지 지워버린 거라고 생각하네. 그러니까 발자국은 사실 세 사람 것이 있었던 거지. 두 사람이 아니란 말이야. 이건 나하고 내기를 해도 좋아. 그리고 해링턴은 앨리스의 권총을 빼앗았겠지, 그전에 빼앗지 않았다면. 그리고 앨리스가 원하는 곳에서 내려주고 거기서 헤어진 거야. 앨리스는 해링턴이 혐의를 뒤집어쓰더라도 혼자 곤경을 감당하게 만든 거지. 해링턴은 그 사람답게 행동했어. 그 친구는 일찍이 여자를 사랑한 그 어떤 남자에게도 뒤지지 않을 정도로 앨리스를 사랑한 거지. 앨리스 또한 자기에게 어울리는 방식으로 해링턴을 사랑한 셈이고. 하지만 그게 최선의 사랑은 아니었지. 앨리스는 해링턴보다 자신의 하얀 목을 더 사랑한 셈이니까 말이야."

헤어가 쓴웃음을 지었다.

"어쩌면 앨리스는 뉴욕 주가 지금 교수형을 집행하지 않는다는 사실을 잊었던 건지도 모르지. 정말 딱한 이야기야. 그런데도 불쌍한 해링턴은 설사 그 여자는 구해줄 만한 가치가 없는 여자라고 해도 앨리스를 구해주고 싶었던 거겠지. 그에게는 앨리스가 그렇게 보였던 거야."

"그건 말도 안 돼!" 트레버가 대뜸 내뱉었다.

"뭐가?"

"내가 실수를 저질렀다는 소리잖아."

"이 친구야, 사람은 누구나 실수를 하기 마련이야."

"난 달라." 꾹 다문 트레버의 입술이 점점 더 굳게 닫혔다.

"물론 창피한 일이기는 하지만 이제 와서 어쩌겠나?" 헤어는 어깨를 으쓱했다.

트레버는 싸늘한 눈으로 헤어를 노려보며 입을 열었다.

"자넨 아직 제대로 모르는 모양이로군. 내 명성은 실수를 용납하지 않네. 내가 실수를 저지르는 일은 있을 수 없어. 난 그럴 수 없어. 그뿐이야."

헤어는 부드럽게 미소 지었다. 이렇게 흔들리는 트레버의 모습이 견딜 수 없이 측은하여 어떻게든 달래주고 싶었다.

"하지만 자네 명성은 상처를 입지 않아. 이 사실이 드러날 일은 결코 없을 테니까. 앨리스 웨스트는 아무리 생각해도 2년 안에 마약 때문에 죽을 테고, 달리 이런 사실을 아는 사람도 없으니까?"

"자네가 알고 있지 않나?"

"그래. 난 알고 있어. 하지만 우린 이 일을 잊을 수 있잖아."

트레버가 신경질적으로 고개를 끄덕였다.

"맞아, 우린 이 일을 잊어야 해. 알겠나, 헤어? 반드시 잊어야 해."

헤어가 농담하는 투로 맞장구를 쳤다.

"걱정 붙들어 매라니까, 이 친구야. 자네 명성은 내가 지켜줄 거야. 마음 푹 놓으라고. 난 절대로 발설하지 않을 테니까."

트레버가 더 신경질적으로 힘주어 고개를 끄덕였다.

"그래그래, 자네는 물론 그렇게 해줄 거야. 나도 알아."

"자, 그럼 한잔 어때?" 헤어가 의자에서 일어서며 물었다.

"저 테이블 위에 있으니 마음껏 마시게. 난 잠깐 연구실에 다녀올게."

트레버 박사는 낮은 문을 통해 방을 나갔다. 헤어는 디캔터와 술병을 분주하게 다루었다. 트레버가 크게 당황하는 모습이 보기 딱해 견딜 수 없었다. 얼마나 자존심이 센 친구인가. 어쩌면 입을 다물고 있는 편이 나았을지도 모른다. 아무런 이득도 없는 이야기니까. 헤어는 이 문제에 대해 다시는 입도 뻥긋하지 말자고 다짐했다. 그는 결국 도수 높은 브랜디를 술잔에 따랐다. 연구실로 통하는 문을 등지고 술잔을 들어 햇빛에 비추어보았다. 하지만 헤어는 그 술을 한 모금도 마실 수 없었다. 느닷없이 길쭉한 손가락 다섯 개가 목을 움켜쥐더니 클로로포름을 적신 천이 입과 코를 덮는 것을 느끼고 잔을 떨어뜨렸기 때문이다. 헤어는 간신히 한 마디 했을 뿐이다.

"제기랄……."

약 15분 뒤 해리슨 트레버 박사는 계단 난간에 기대어 아래를 살폈다. 아무도 없었다. 그는 재빨리 계단을 내려갔다.

부엌에 있던 다나카는 현관문이 쾅 닫히는 소리를 들었다. 그리고 일 분도 지나지 않아 2층 계단 층계참에서 자기를 부르는 박사의 목소리를 들었다. 다나카는 얼른 뛰어나갔다.

"다나카, 헤어 씨가 방금 돌아갔는데 담배 케이스를 두고 갔어. 얼른 뒤따라가서 전해주게. 지금 쫓아가면 보일 테니까."

다나카는 바로 뛰어나갔다. 그랬다. 모퉁이에 보이는 키 큰 사람이 '헤어 상'이 틀림없는 것 같다. 그런데 그 사람은 막 택시에 올라타는 중이었다. 다나카는 달리기 시작했다. 반 블록도 가기 전에 헤어가 탄 택시는 출발하고 말았다. 다나카는 돌아와 박사에게 보고했다.

계단 층계참에서 기다리고 있던 트레버 박사가 말했다.

"저런. 하지만 중요한 문제는 아니니까. 헤어 씨 아파트로 전화를 걸어서 그 집 사람에게 헤어 씨가 담배 케이스를 여기 두고 갔으니 맡아두겠다고, 걱정하지 말라고 이야기하게. 자네가 내일 아침에 전해주면 되니까."

다나카는 박사의 지시를 받고 바로 계단을 내려갔다. 그런데 뒤에 남은 트레버 박사는 헤어를 닮은 남자가 택시를 타고 갔다는 우연의 일치가 의아하게 여겨졌다. 어쩌면 이 우연이 유리한 증거가 될지도 모른다. 하지만 그런 것은 전혀 필요 없었다. 우연의 도움 같은 것을 받을 필요가 없었다. 박사는 서재 문 앞에서 잠깐 멈춰 서서 날카로운 눈빛으로 주위를 둘러보았다. 모든 것이 제자리에 있었다. 누가 보기에도 편하고 당연하다고 느껴질 그 자리에. 바닥에는 깨진 컵 조각 하나 보이지 않았다. 카펫의 한 부분만 거뭇거뭇 젖은 얼룩이 보였지만 이내 마를 것이다. 브랜디 소다는 마르면 어떤 얼룩도 남기지 않을 것이다. 해리슨 트레버 박사는 싸늘한 웃음을 지으며 처리해야 할 일 한 가지가 남아 있는 연구실로 뚜벅뚜벅 걸어 들어갔다. 문을 닫은 뒤, 그는 불쾌한 냄새를 완전히 없애기 위해 전기 환풍기 스위치를 올렸다. 그리고 그는 이튿날 아침까지 계속 일을 했다.

해외에서 귀국한 지 일주일도 지나지 않아 갑자기 모습을 감춘 저명한 형사변호사 그레고리 헤어의 실종 사건은 흔해빠진 의문의 사건 이상으로 각종 신문의 1면을 장식했다. 헤어의 실종은 비열한 누군가가 저지른 짓이라고 제일 먼저 주장한 사람은 트레버 박사였다. 또한 경찰의 도움을 받아 진지하게 이 사건을 수사하기 시작한 사람도 박사였다. 그가 이 사건에 깊은 관심을 보이는 것은 당연한 일이었다. 왜냐하면 헤어는 박사의 친구였고, 살아 있는 헤어를 마지막으로 본 사람도 트레버 박사였기 때문이다. 그러나 시체는 결국 발견되지 않았다. 또한 실마리가 될 만한 증거도 전혀 나오지 않았다. 다나카는 자기가 알고 있는 사실인 그 택시 이야기만 반복했다. 파출소 순경도 다나카의 증언을 뒷받침해주었다. 키가 큰 신사는 트레버 박사의 집 방향에서 걸어와, 다나카가 뒤에서 달려오는 것을 보지 못한 채로 택시를 타고 떠났다는 것이다. 하지만 이런 증언들은 결국 사건 해결에 아무런 도움도 되지 못했다. 전에 헤어가 지방검사로 근무하던 시절에 잡아넣어 오래 콩밥을 먹게 되었던 루이 아무개를 용의선상에 올려 조사해보기도 했지만, 이 사내에게는 완벽한 알리바이가 있었다. 결국 이 사건은 계속 수수께끼로 남았다.

트레버 박사와 퍼스트 경위는 수사를 포기한 뒤로 시간이 꽤 흐른 어느 날 오후, 이 사건에 대해 서로 의견을 나누게 되었다. 퍼스트는 아직도 이 사건이 살인은 아닐지도 모른다는 생각을 버리지 않고 있었다. 하지만 박사의 주장은 명확했다.

"퍼스트, 난 확신하네. 절대적인 확신이야. 헤어는 살해되었어."

"그럴까요?" 경위가 말했다. "만약 박사님이 그렇게까지 말씀하신다면 동의할 수밖에 없군요. 박사님은 실수가 없으니까요."

실낙원 살인사건

失楽園殺人事件

오구리 무시타로 小栗虫太郎, 1901~1946

1901년 도쿄에서 태어났다. 직장생활과 인쇄소 경영 등을 하다가 1933년 중편 「완전범죄」를 발표하며 추리소설 문단에 데뷔했다. 대표작인 『흑사관 살인사건』은 일본 추리문학의 3대 기서로 꼽히며, 작품 속 방대한 지식으로 인해 '탐정소설의 대신전'이라고 불린다. 1946년 『악령』을 집필하던 중 뇌일혈로 45세 젊은 나이에 작고했다.

타락한 선녀의 기록

온천장 K와 뭍에서 약 1킬로미터 떨어진 앞바다에 있는 히요도리 섬과의 사이에는 절반은 썩은 듯 허술해 보이는 나무 다리가 구불구불하게 걸려 있다. 뭍에서는 그 다리의 이름을 시인 아오아키가 명명한 이래로 '탄식의 다리'라고 부른다. 그 이름이 붙은 이유는 두말할 필요 없이, 히요도리 섬에는 카네쓰네 다쓰료 박사가 사비를 털어 만든 천녀원 나병요양소가 있는데, 다리를 건너는 사람이래봐야 전부 우수에 잠긴 불치병 환자나 그 가족이었기 때문이다.

3월 14일, 전날 밤에 꼈던 짙은 안개의 여운으로 아직 푸르스름한 안개가 그곳의 상공을 감돌고 있던 정오 무렵, 실로 우울한 표정의 노리미즈 린타로가 그 다리를 건너고 있었다. 적어도 4, 5일 정도의 요양이라 생각하고 억지로 짬을 내 어렵게 얻은 휴가였다. 마침 그때 구내에서는 실낙원이라고 부르는 연구소에 기괴한 살인사건이 발생했는데, 노리미즈의 친구인 부원장 마즈미 박사가 그에게 사건을 떠맡긴 것이었다.

사실 노리미즈도 겉으로는 꺼리면서도 속에서는 끓어오르는 호기심에 들떠 있었다. 사전에 원장 카네쓰네 박사의 이상한 성행性行과 실낙원에 얽힌 여러 가지 소문을 전해 들었기 때문이다.

마즈미 박사를 만난 새벽부터 노리미즈는 실낙원의 비밀스러운 분위기가 느껴졌다. 마즈미 박사는 자신보다는 적임이라고 말하며 실낙원 전임의인 스케테 고마루 의학사를 전화로 호출한 후에 이런 뜻밖의 말을 꺼냈다.

"내가 좌어초坐魚礁(실낙원 소재지)에 단 한 번도 개입한 일이 없기 때문에 자네는 분명히 의심스럽게 생각할 걸세. 그래도 거기에 한 치의 거짓도 없다는 것은 가와타케와 고마루라는 두 명의 조수 외에는 나 자신조차도 들어가는 것이 허용되지 않았기 때문이야. 즉, 그 일대는 원장이 만든 불침의 비밀 경계였던 것이네."

"그곳에서 살해당한 사람은?"

"조수인 가와타케 의학사일세. 이것은 명백한 타살이라고 하겠네만, 의심스러운 건 같은 시간 원장도 불가사의한 죽음을 맞았다는 점이야. 어찌 됐든 이런 시골 경찰에게도 만대불후의 조서로 남겨놓을 수 있게 해주기를 바라네."

그때 서른 살쯤 된 땅딸막한 남자가 들어왔다. 마즈미 박사는 그가 고마루 의학사라고 소개했다. 그는 마치 부종이 있는 듯 진흙처럼 누런 피부에 겉으로 보기에도 침울한 인상이었다. 그렇지만 노리미즈는 우선은 현장 검증 전에 실낙원의 본체와 세 명의 이상한 생활에 대해 고마루의 입을 통해 들을 수 있었다.

"원장님이 좌어초 위에 실낙원 건물을 지은 지 이달로 꼭 만 삼년 되지만, 그동안 전신시랍*의 연구가 비밀리에 행해지고 있었습니다. 즉, 방부법과 피부 유화법, 말피기** 씨의 점액망 보존법 등이 주요 연구 항목이었죠. 그리고 그동안 나와 가와타케는 고액 지급을 미끼로 실낙원 내부 사건에 대해선 일절 입을 다물어야 했습니다. 그리고 이번 1월에 완성된 연구보다, 여기서 먼저 말하지 않으면 안 되는 것이 있는데, 그것은 지난 3년 동안 실낙원에 또 다른 한 사람, 비밀 거주자가 있었다는 겁니다."

고마루는 품속에서 『반조 미키에 광중수기番匠幹枝狂中手記』라는 제목으로 철이 된 책을 한 권 꺼냈다.

"어쨌든 원장님이 쓴 이 서문을 읽어보시면 원장이라고 하는 인물이 얼마나 악마적인 존재였는지, 또 병고에 삐뚤어진 그 탐미주의가 어떤 처참한 형태로 나타났는지를 자세하게 알게 되실 겁니다. 그리고 이것이 전신시랍 연구 이외에 실낙원에서 보내온 생활의 전부였습니다."

보상화문寶相華紋과 화식조문花喰鳥文으로 장식된 표지를 넘기자 노리미즈의 눈은 금세 첫 문장에 빨려 들어갔다.

— 1××6년 9월 4일, 나는 암초들 사이에서 왼쪽 눈을 실명한 스물예닐곱 살의 아름다운 표류 여성을 구했다. 소지품을 보고 본적과 반조 미키에라는 그녀의 이름은 알아냈지만, 그녀는 정신적 충격 때문인지 거의 말을 하지 않았고 일반적인 우울 증세를 보였다. 그러다 우발적인 기회

---

* 시랍(屍蠟). 시체가 밀랍 모양으로 변한 것. 시체가 물속이나 습기 많은 흙속에 공기 없이 오래도록 있으면 체내 지방이 밀랍 모양의 고체로 되는데 이렇게 된 시체는 오래도록 그 형태를 유지한다.
** 말피기(Marcello Malpighi). 미시해부학의 기초를 마련한 이탈리아의 생물학자.

에 알게 된 것은 그녀가 고즈쿠에에 있는 재속 승려의 아내이며, 남편의 질투를 얻기 위해 왼쪽 눈을 손상시켰는데 그것이 나아가 투신자살의 원인이 되었다는 것이다. 그런 중에 나의 마음은 점차 반조 미카에에게 매료되어 광녀와 동거생활에 들어가게 된 것이야말로 한심스러웠지만.

- 그래도 세상에 하나뿐인 계획이 있어, 우선 그 과정을 밟기 위해 안과 출신 고마루를 시켜 미카에의 왼쪽 눈에 의안 수술을 하도록 했다. 수술 중 그를 강요하여 살아 있는 매독 균을 안와眼窩 뒤쪽 벽에서 두개골 속 빈 공간으로 주입시켰다. 사실 대뇌 침식 초기에 매독 균이 만들어내는 것은 현실을 넘어선 가공의 세계가 아니겠는가. 다시 말하면 미카에에게 마비광*** 증세가 시작되면 그 병증 특유의 의신擬神 망상을 들어볼 계획을 세웠을지니. 과연 미카에의 높은 교양과 탈속의 경지에 이르는 소질을 통해 스스로를 천인으로 견주어, 도라면兜羅綿의 나무 아래 중차원衆車苑에서 노니는 임을 부르기를 시작하였다. 듣고난 후 잊혀지지 않는 아름다움은 이 하나의 보고서를 철하는 노고를 마다하지 않는 정도로, 당연히 보적경이나 겐신 승도의 『왕생요집』**** 따위와는 도저히 견주어볼 수도 없는 능력이리라.

- 그런데 그동안에 내가 놀랐던 일이 하나 있었으니 미카에의 회임을 몰랐던 것. 조속히 누마즈에 있는 농가에 보내 분만을 시켰고, 다시 본원에 돌아온 것이 올해 1월. 그 기간 동안 미카에의 심신은, 짐작했지만 기

*** 마비광(痲痺狂). 마비성 치매라고도 하며, 매독 환자가 앓는다는 미치광이 병.
**** 왕생요집(往生要集). 일본의 겐신이 편찬한 불교서적. 일본 정토교를 여는 계기가 되었다는 평가를 받았다.

약이라도 한 것처럼 애처롭게 되었다. 즉, 매독 균이 척수에 들어가 운동실조運動失調가 나타났고 하복부에 격렬한 통증이 나타났다. 그러자 미키에의 환상도 고통에 따른 비애 어린 표현, 화만華鬘의 시듦과 날개옷의 더러움이라든가, 천인쇠언天人衰焉의 모습을 노래하게 되었다. 어쨌든 중요한 것은 한 번에 식물성 존재로 퇴화하면 치료방법이 있더라도 나에게는 이미 미키에가 필요 없게 되는 것이니, 남은 방법으로 안락사 형식을 선택하리라.

- 자연은 나의 손길을 거부하고 미키에에게 대복수증을 걸리게 하였다. 여섯 척 남짓한 신장에 비해 너무 비대한 배를 안고 전신은 마르고 영락없이 이야기책에나 나올 아귀의 모습보다 볼품없는 미키에를 보면, 생전의 모습이 어떠했는지 한탄만 나올 뿐 아니라 변해버린 모습은 그저 물거품 같다고 할까.

- 여기에서 3월 6일, 절개수술을 하고 복수 중에 부유하는 막낭 10여 개를 끄집어냈으나 쇠약함으로 인해 그날 영면함. 마찬가지로 나는 후에도 미키에로 천녀의 일생을 그려볼 수 있게, 그리고 그 임종의 모습을 기억하기 위해 좌어초에 있는 연구소를 실낙원이라 부르게 했다.

노리미즈가 다 읽을 때까지 기다리고 있던 고마루 의학사가 말했다.
"하지만 연구의 완성과 비슷한 시기에 미키에 이외에 두 구의 시체를 더 손에 넣었습니다. 두 구 모두 요양소 입원 환자로, 그중 한 사람은 구로마쓰 시게코로마루라고 하는 50대 남자로 희귀병인 송과체결절松果體結節 나병 환자였죠. 그리고 쇼지 테쓰조라는 또 한 남자는 부신副腎의 변화로 피부가 선명한 청동색으로 변하는 에디슨병이라는 괴질 환자였고요. 그래서 현재는 세 구의 시체가 전신시랍으로 만들어졌고, 게다가 원장이 선염채색이라 부르는 기괴한 장식을 하고 있습니다. 미키에는 팽창한 복부 그대로 만들었고, 다른 두 구는 저승의 옥졸이 입는 듯한 복장을 입혀서 이른바 육도六道 그림의 다면상을 만들어냈습니다."

고마루의 눈에 순간 비웃음의 빛이 떠오르는 듯했다.

"그곳에서 법규상 시체 보존의 허가와 거래 대가를 유족과 협상하게 돼서 때마침 세 명의 유족 대표가 섬에 건너왔습니다. 그것이 그끄저께, 즉 11일이었습니다."

"그러면 아직 체류 중이겠군요."

"그렇습니다. 그래서 이 사건은 쉽게 세 개가 아닌 하나의 사건인 거죠. 물론 교섭도 수월하게 진행되지는 않았습니다. 애당초 시체의 열람을 거절한 것은 원장의 지시에 따른 거였습니다. 구로마쓰의 동생도, 쇼지의 아버지도 대가에 대한 불만을 털어놓았고, 특히 전직 U도서관원이자 구세군 여사관인 미키에의 언니 가노코는 이 수기를 보고 터무니없는 조건을 말했습니다. 그런데 그게 금전 요구가 아니라 실낙원의 일원이 되게 해달라는 것이어서 더욱 묘한 게 아니겠습니까."

"실낙원의 일원이 되도록 해달라······."

노리미즈도 의아한 듯이 미간을 찌푸렸다. 그때 고마루가 "아마 이것을 본 것이겠지요"라며 마지막 페이지를 펼쳐 보였다.

그 날짜는 수술 당일로, '미키에 영면'이라고 쓴 다음에 한 장의 다이아몬드 퀸 카드가 붙어 있었다. 카드의 오른쪽 중간쯤에는 '고스타 초판성서 비장장소ｺｽﾀｰ初版聖書秘藏場所'라고 적혀 있고, 인물 모양 위에는 '몰랜드Mor-rand 다리'라고 쓰여 있었다.

"몰랜드 다리라는 것은 분명 여덟 손가락, 이른바 과취기형이었지. 그런데 이것은 암호일까?" 노리미즈가 머리를 갸우뚱거리며 물었다.

"하지만 고스타 초판성서는?" 마즈미 박사가 반문했다.

"있으면 큰일이야. 그야말로 역사적인 발견이 될 테니까."

노리미즈는 전적으로 믿을 수 없다는 듯 말을 이었다.

"세계 최초의 활자 성경은 1452년판 구텐베르크 책이지만, 그것과 같은 해에 네덜란드 할렘가의 고스타도 인쇄기계를 발명하여 성서의 활자본을 만들었다는 기록이 남아 있어. 그러나 이 활자본은 현재 단 한 권도 남아 있지 않다고 해. 구텐베르크 책은 시가 60만 파운드라고 알려져 있고. 그러니까 만약 이것이 진실이라면 실로 놀라운 일이라고 할 수 있지 않겠어!"

여기서 노리미즈는 고마루 의학사를 향해 말했다.

"이쯤해서, 사건을 발견했던 전말을 이야기해볼까요. 원장과 가와타케 의학사 중에 누가 먼저였습니까?"

"원장 쪽이었습니다."

고마루는 배치도를 정리해둔 종이를 꺼내 노리미즈에게 주었다.

"원장은 상당히 시기가 진행된 결핵 환자여서 바람이 잠잠한 밤에는 창을 열어놓고 자는 습관이 있었습니다. 그래서 오늘 아침 8시 정도 됐을 때 열려 있는 창을 통해 이상한 형체가 눈에 들어왔습니다. 그것을 가와타케에게 알리려고 갔는데 아무리 방문을 밀고 두드려도 열리지 않았습니다. 한 시간가량 기다려보아도 나오지 않기에 어쩔 수 없이 다른 남자 두 명과 힘을 합쳐 문을 부쉈습니다. 그러자 가와타케가 뒤에서 심장에 단검이 찔린 채 고개를 숙인 자세로 있었는데 꼭 죽은 것처럼 보였습니다. 그리고 두 개의 방의 정황을 말하자면, 원장실은 안뜰 쪽 창이 열려 있을 뿐, 문이나 다른 창은 남김없이 잠겨 있었습니다. 그런데 가와타케 쪽은 어땠을까요. 완전 밀실이었다는 겁니다. 그리고 시체 검안 결과는 가와타케는 우선 논외로 한다 해도, 원장의 경우에는 자세한 부검을 기다리는 중인데, 우선 급성 병사로밖에 생각되지 않습니다. 게다가 사망 추정 시간 또한 묘했거든요. 원장은 새벽 2시부터 3시 사이라고 추정되지만, 가와타케 쪽은 아침 10시에 부검을 했는데 사망 후 한두 시간 이내라는 추정을 얻었거든요. 그러니까 우리가 방문 앞에 서서 떠들고 있는 동안 비명 소리나 어떤 소리도 지르지 않았다는 것은 배후에 범인이 꾸민 모종의 비밀이 있었다는 거겠지요."

고마루는 순간 교활해 보이는 미소를 짓더니 목소리를 낮추었다.

"노리미즈 씨, 이곳에는 간과해서는 안 되는 사건이 있습니다. 그것은 원장의 죽음을 발견하기 직전에 시랍실 창가에서 반조 가노코가 기절해 있는 것을 발견한 일입니다. 물론 바로 실내에 안고 들어와 정신이 들도록 브랜디를 주었습니다만, 그 후로는 들여다볼 겨를이 없어서 11시경이 돼서야 짬을 내 문병을 갔습니다. 그때는 평상시대로 언제 그랬었냐는 듯이 회복해서, 몇 시간 후에는 침대에서 일어나 앉아 있었습니다."

"그렇다고 하면 가와타케의 죽음에 대해 가노코는 명백한 알리바이가 부족하다는 뜻이로군요?"

노리미즈는 상대의 얼굴을 무서운 눈초리로 바라보았다.

"그러면 현장에 안내해주시겠습니까."

육도 그림의 비밀

 실낙원은 히요도리 섬에서 이어지는 3천 평방미터 정도의 암초 위에 성도를 한 후 그 위에 세웠지만, 주위의 울창한 수목이 그 선 모습을 덮어 가리고 있었다. 본섬과의 사이에는 나무를 베어 만든 다리가 있는데, 그걸 조작하는 건 원장과 두 명의 조수 외에 비밀로 되어 있다는 이야기다.
 중앙의 평지에 아래 그림대로 배열돼 있는 게 실낙원의 전부이다. 네 동 모두 하얀색으로 칠해진 목조 단층으로, 겉보기에는 일반 병동과 조금도 다르지 않았다.
 노리미즈는 먼저 주위의 발자국 조사를 시작했지만, 어젯밤 짙은 안개로 축축해진 땅 위에 있는 것은 발견자인 고마루의 것으로 결국 그 외에는 아무것도 얻지 못했다.

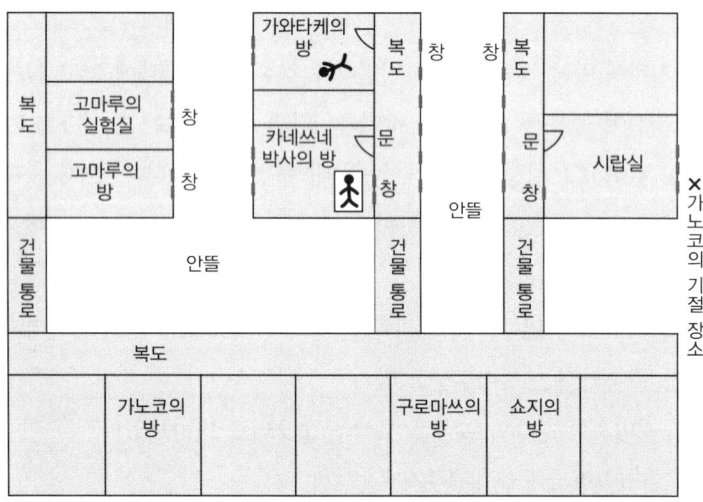

그러나 카네쓰네 박사의 방에 들어가 창 너머로 건너편 언덕의 한 건물을 보다가 비스듬히 보이는 고마루의 실험실 창문이 열려져 있는 것을 발견했다.

카네쓰네 박사의 방 창문은, 복도 쪽의 두 개는 단순한 유리창으로 장금장치가 내려져 있었고, 안뜰 쪽의 세 개는 열려 있었다. 문은 복도 쪽 왼쪽에 있고, 그 옆 오른쪽 모서리에 침대가 있고, 그 위에 카네쓰네 박사가 잠옷 차림으로 사지를 약간 벌린 채 반듯이 누워 있다. 나이는 쉰넷에서 다섯 정도에 브리앙 모양의 수염마저 없었다면 상당히 딱딱한 얼굴이었을 것이다. 그에 반해 입을 벌리고 죽은 형태를 보면 그저 편안한 수면이라고밖에 볼 수 없다.

실내에는 위치가 달라진 가구류도 없었고, 딱히 지적할 만한 어질러진 흔적도 없을 뿐만 아니라, 지문이나 범행 흔적을 증명할 만한 것도 전혀 없었다. 시체에도 외상은 물론 중독사인 것 같은 징후마저 찾아볼 수 없다. 더욱이 사망을 증명하는 시각은 작은 탁자 위에 떨어진 오른손등 밑에서 손목시계의 유리가 갈라져 있고 그 시침이 정각 2시를 가리키고 있는 것만으로도 분명했다.

"역시 심장마비일까요?"

시체를 관찰하고 있던 노리미즈 뒤에서 고마루가 말을 걸었다.

"질식사에는 맹렬한 고통이 뒤따르고, 침을 흘리거나 한쪽으로 치우친 흔적도 있으니까 뇌일혈로도 보이지 않고…… 게다가 이런 개방된 실내는 유독성 가스를 사용할 수도 없겠지요."

"그렇겠군요. 그렇게만 되어준다면, 실로 목숨은 건졌겠지요."

노리미즈는 웬일인지 반대 견해를 암시했지만, 이번에는 시체 주변을 조사하기 시작했다.

열쇠 꾸러미는 베개 밑에 그대로 있었고, 고마루의 말에 의하면 각 객실마다 열쇠 모양이 다르다고 했다. 하지만 그는 바로 침대를 벗어나 부근의 바닥에 시선을 멈췄다. 그 일대에 납작하게 마른 메뚜기 방광 같은 것이 네다섯 개 어지럽게 흩어져 있었는데, 그 한 치 정도의 주머니 같은 것은 고마루 의학사의 설명에 의해 갑자기 주목받게 되었다.

"실은 나도 의아하게 생각하고 있었습니다. 이것은 미키에의 복수와 함께 추출된 막낭이거든요. 당시 서른 개 정도가 꺼내져, 현재는 시랍실 유리 접시 안에 저장되어 있는데 개중에는 막이 상당히 튼튼한 것도 있지요."

"과연" 하고 노리미즈도 수긍했지만, "사실은 복강 내의 이물이 이런 곳에 어지럽게 흩어져 있다니, 실로 섬뜩한 이야기네요. 아마 그런 생각이 드는 것은 이것을 범죄의 상징으로 보기 때문이겠죠. 만약 흉기의 일부라면……" 하며 의아해했다.

"이런, 이런, 타살설을 꺼내자면, 그 앞이 내 방이니까요. 하지만 이 막낭에 유독가스를 채운다고 가정해도 이만큼의 거리를 투척하기 전에 먼저 이 얇은 막이 무사하지 못했을 겁니다. 그렇다면 이번에는 안뜰에 발자국이 없다고 하는 문제가 생겨버립니다."

비웃고 있는 고마루의 얼굴에 노리미즈는 짓궂은 미소를 던졌다.

"아니, 발자국 따위는 필요 없습니다. 대략 이 막낭은 안뜰 반대 방향에서 던져졌으니까요."

노리미즈가 막낭 하나하나를 가리켰다.

"여기에 있는 전부를 연결해 늘어놓으면 그 선이 시체를 중심으로 반원을 그리는데 눈치채지 못했습니까? 그 반원형 모양에 어떤

지 특별한 의미가 있는 듯 보이는군요. 그렇다고 하면, 나머지 유리창에는 잠금장치가 걸려 있었으니까 이 형태가 무엇보다 박사에게 가해진 불가사의한 힘을 암시하고 있는 게 아니겠습니까. 어쨌든 이 상황은 확실히 자연사는 아닙니다. 그리고 타살이든 자살이든 이 형태에 박사의 죽음의 비밀이 있습니다."

사인 불명의 상태로 놔둔 채 두 사람은 박사의 방을 나와 가와타케 의학사의 방으로 향했다.

그 방은 같은 건물 중에서 사이에 작은 방 하나를 끼고 있지만 창문은 모두 폐쇄되어 있었고 부서진 문만이 열려 있었다. 방 안 사면에는 대부분 실험 장비가 차지하고 있고, 그 중앙에 잠옷 위에 드레싱 가운을 걸친 가와타케 의학사가 사립문 쪽으로 다리를 뻗어 큰대자 모양으로 엎드려 있었다. 그의 등에는 정확히 심장부에 맞게 칼자루까지 파묻힐 정도로 깊게 한 개의 단검이 꽂혀 있었는데, 혈흔은 상처 주변부에만 있고 근처에는 핏자국 하나 없었다. 게다가 실내에서 눈에 띈 현상이라고 해봐야 시체의 발 밑쪽에 의자가 하나 쓰러져 있을 뿐이었다.

또한 단검도 가와타케의 소지품으로, 범인은 장갑을 사용했을 것으로 보이고 손잡이에는 지문이 남아 있지 않았다. 이렇게 모든 상황이 꼭 즉사한 것처럼 보였고, 모두 박사의 방과 흡사해 보였던 것은 격투의 흔적은 물론 범인이 뛰어내린 흔적조차 어디에서도 발견되지 않았던 것이다. 하지만 문 열쇠가 잠옷 주머니에 있는 것을 보면, 밀폐된 방에 불가사의한 침입을 했을 범인의 기교에 노리미즈도 현혹된 감정을 억제할 수가 없었다.

그때 시체에서 오른손 방향 벽에 걸려 있는 뻐꾸기 시계가 울리기 시작했다. 노리미즈는 그 옆에 있는 실험용 가스 밸브까지 조사하다가 그것을 마지막으로 전체 조사가 끝난 것처럼 그답지 않게 깊은 한숨을 내쉬며 말했다.

"이건 완전히 손을 댈 수가 없네요. 내출혈이 일어났고 외부로 흘러내린 피가 적기 때문에 칼에 찔렸을 당시의 위치마저 알기 쉽지 않다는 겁니다."

"그런데 2시 전후에 박사를 죽이고 나서 날이 밝고 8시경 가와타케를 죽일 때까지 범인은 도대체 어디에 숨어 있었던 걸까요?"

고마루가 속내를 넌지시 드러냈다. 노리미즈는 불쾌하다는 듯 눈썹을 찡그렸을 뿐 아무 대답도 하지 않았다.

그다음으로 섬에 방문한 세 명을 심문했다. 두 남자는 모두 고마루와 마찬가지로 어젯밤 잠자리에 든 후로는 방을 나오지 않았고, 아침에야 소란을 알았다고 말했다. 듣건대 구로마쓰 시게코로마루라는 중증 환자의 동생은 시체 매입 대가의 증액을 희망하고 있을 뿐이었지만, 쇼지 야스노리라는 에디슨 병 환자의 아버지는 과연 직업이 약사였던 만큼 질환의 특성상 예상보다 사망 시기가 빨랐다는 점에 짙은 의심을 품고 있는 것 같았다.

마지막으로 반조 가노코 차례였다. 그녀는 가슴에 손을 얹었다. 추억에 빠질 듯 읊조리는 그녀의 입에서는 모습도 흔적도 없는 다섯 번째 인물의 존재를 명확하게 지적하는, 실로 기분 나쁜 목격담이 쏟아져 나왔다.

"단 한 번이라도 동생을 보고 싶었을 뿐이었습니다. 어젯밤 1시쯤 그 심한 안개 속을 걸어 저는 시랍실 창문 아래로 갔습니다. 그리고 어찌어찌 덧창의 창살을 수평으로 열 수 있었는데, 보이는 거라곤 주머니 같은 것이 떠 있는 유리 선반 같은 것뿐이었죠. 그것도 성냥불빛에 생긴 그림자처럼 보였고요. 그런데 그때 그 시랍실 안에 누군가 있는 것 같다는 낌새가 느껴졌습니다."

"농담 마세요. 세 개의 시랍 외에 다른 누가 있었다는 겁니까? 그 방은 원장 외에는 절대로 열 수 없는 곳이에요."

고마루 의학사가 험악한 목소리로 말하자 가노코는 강하게 반박했다.

"그게 아니라면 여동생은 처음부터 두 사람이었다는 말이 됩니다. 정말이에요. 제가 불가사의한 것을 본 거예요." 공포에 질린 빛이 역력한 얼굴로 가노코는 말하기 시작했다. "그때쯤 어딘가에서 2시를 알리는 소리가 났습니다. 저는 마지막 남은 성냥불을 켜려고 했습니다. 그러자 갑자기 유리판이 새하얀 빛으로 밝아졌다고 생각한 순간, 그것이 마치 내부를 휘젓고 다니는 것처럼 주머니 같은 것이 떴다 가라앉았다 하면서 움직이는 것이었습니다. 그것도 단 일이 초 사이였지만, 저는 그것을 발견한 순간 급작스런 놀라움과 피로함으로 정신을 잃고 말았죠. 하지만 그것은 진실이며, 결단코 환각이 아니었다는 걸 꼭 믿어주셨으면 합니다."

놀란 두 사람은 무심코 소름이 끼친 것처럼 시선이 마주쳤지만, 고마루는 믿을 수 없다는 듯이 중얼거렸다.

"만약 속에서 막낭이 찢어지기라도 했다면 부패 가스의 발산으로 움직이기도 하겠지요. 하지만 그 빛을 내는 것만은 어떻게 해도 모르겠습니다. 확실히 여기 다섯 명 이외의 인물이 만약 숨어 있었다고 한다면, 그놈이 확실히 범인이겠지요."

고마루는 의심스러운 눈빛으로 날카롭게 가노코의 얼굴을 한동안 바라보았다.

　이렇게 해서 신문은 일단락됐지만, 가노코는 고스타 성서에 관해 단 한 마디도 누설하지 않았고, 한편으론 노리미즈도 가노코의 알리바이에 대해 해명을 요구하지 않았다.

　하지만 노리미즈는 무슨 일인가 생각난 것처럼 고마루 의학사를 남겨둔 채 두 시간 정도 방을 비웠다가 돌아오자마자 마지막 조사를 위해 시랍실로 향했다. 시랍실은 사건이 일어난 건물의 오른쪽에 있고 그 방 창문에만 덧창이 붙어 있었다. 그 이중문 안쪽에는 '타락천녀 떠나다'라고 적힌 옆에서 하계를 가리키고 있는 도리천의 제석천*이 그려진 유리 그림이 박혀 있었다.

　문 앞에 서자 이상한 악취가 흘러나왔다. 마치 썩은 달걀이 뿜어내는 듯한 그 악취에는 누구라도 손수건으로 코를 가리지 않을 수 없을 것이다. 하지만 실내에는 이곳이 생긴 이래 몇 사람도 보지 못했을, 환상의 극치 같은 광경이 전개되어 있었다.

　그것은 음산하다느니 참혹하다느니 하는 말로는 다 표현할 수 없는 공간이었다. 세상의 온갖 괴기하다는 것들도 이쯤 되면 공포라든지 혐오라든지 하는 감정을 초월하여, 그저 비밀스럽게 꾸며놓은 한 장의 그림으로서 '신화 풍경'이라고 하는 편이 적절한지도 모르겠다.

　문 오른쪽에는 주단·군청·황토·청록 등 오래된 광물성 분말 안료의 색조가 뛰어난 색소 정착법으로 표현되어진, 지옥의 두 간수가 우뚝 서 있었다. 그중 오른쪽은 에디슨 병 환자의 청동귀신으로, 청

---

* 도리천(忉利天)은 불교의 우주관에서 분류되는 천(天)의 하나이며, 제석천(帝釋天)은 도리천의 주인으로 불교의 수호신이다.

록색 홑옷을 몸에 걸치고 있는 모습이 약간 비통해 보였다. 한편 왼쪽의 붉은 옷을 입은 송과체결절 나병 환자는 그 소나뭇과 형태를 띤 딱지가 대부분 광물화로 주조한 것으로밖에 생각되지 않았고, 그것이 산악과 같이 서로 겹쳐 눈이나 귀도 가려져 있었다. 게다가 구름을 찌를 듯한 거인인 금강역사를 방불케 하는, 팽팽하게 부풀어오른 사지를 뻗은 채 입을 일그러뜨리고 허공을 노려보고 있었다.

그리고 그 둘 사이에 자리 잡고 있는 것이 머리카락을 한가운데서 갈라 둥근 상투처럼 묶고 있는 나체의 반조 미키에였다. 늑골의 살점이 떨어져나가 움푹했고, 사지가 투명한 호박색에 바짝 야윈 백치의 미인은 직경 2척은 훨씬 넘는 올챙이배를 움켜쥐고 있었는데, 당장이라도 거기서 두근두근 맥이 뛸 것만 같았다.

하지만 노리미즈는 그것을 한 번 힐끗 보고는 바로 시랍과 창문 사이에 있는 탁자 쪽으로 걸어갔다. 미키에의 배에서 꺼낸 복수와 막낭을 담아놓은 큰 유리 선반이 그 위에 올려져 있었고, 갈색을 띤 탁한 액체 안에 자라 알처럼 말랑말랑한 것이 스무 개 남짓 떠 있었다. 달걀 썩는 듯한 악취는 바로 이 썩어가는 복수에서 흘러나온 것이었다. 노리미즈는 고마루 의학사를 돌아보며 말했다.

"이 부패 가스에는 황화수소 냄새가 강하지 않습니까. 유리 선반 아래의 옷감도 짙은 녹색으로 변색되고 있군요. 아마도 범인은 이것으로부터 순수한 가스를 채취해 그것을 막낭에 충전한 것으로 '박사를 죽였다'라고 분명히 생각하게 하고 싶었겠지요. 하지만 공교롭게도 황화수소는 환자의 독기라고 할 정도로 도달하는 곳에 흔적을 남깁니다. 게다가 가령 순수한 가스라고 해도 어젯밤과 같은 짙은 안개를 만나면 견딜 수가 없어요. 분해되기 이전에 무엇보다

수증기가 흡수해버리니까요. 그러면 지금부터 가노코의 목격담을 분석해볼까요."

노리미즈는 창가에 서서 잠시 엉거주춤한 자세로 유리 선반을 노러보다가 짐시 후 빙그레 미소 지으며 히리를 폈다. 고미루 의학사는 그 모습을 의아해하며 노리미즈와 같은 동작을 해봤지만 그것은 단지 의심을 더하는 것에 지나지 않았다.

"당신이 득의만면한 표정을 지은 이유를 저는 모르겠군요. 의문은 점점 더 깊어질 뿐이 아닙니까. 찢어진 막낭이 없었기 때문에 명확한 설명이 되지 않은 것이지요. 게다가 가노코가 본 불빛이라고 하는 것이 또 문제입니다. 그것이 유리 너머 안뜰로 향하기 때문에 발해졌던 것이라고 하면, 보시는 대로 유리 선반 뒤로는 두 명의 시랍이 입고 있는 붉은색과 청록색 옷감으로 채워져 있으니, 그녀에게 유령으로 보일 걱정은 없습니다. 게다가 요사스러운 불빛은 유리 선반 주위로 떠다니기까지 했어요. 범인은 명백하게 여기 네 명 이외의 안개와 같은 인물입니다. 그런데도 어째서 당신은?"

"그 이유는 그 외에도 있기 때문이에요"

노리미즈는 조용하게 말했다.

"그러니까 혹은 빈정거림으로 생각할 수 있을지도 모릅니다만, 가노코의 목격담이 진실로 증명되었기 때문입니다. 저기 고마루 씨, 그 한정된 시각이 정확히 박사의 절명 시각을 나타내는 것이겠지요. 그러니까 달무리처럼 기체 같은 것으로부터 결정체를 만들 수 있게 해주는 매개체를 발견한 기분이라고 할까요. 즉, 이독제독의 법칙을 사용할 수 있기 때문입니다. 수수께끼로 수수께끼를 제지하는 겁니다."

"하지만, 범죄수사에 변증법은 믿을 수 없습니다." 고마루는 반박했다. "무엇보다 직관이에요. 당신은 왜 가노코를 추궁하지 않습니까?"

"하하하하하, 가노코보다 더 의심 가는 사람이 있으니까요."

"뭐요? 가노코보다 더?" 고마루가 외쳤다

"그것이 고마루 씨, 당신이라고 하면 어떻겠습니까." 노리미즈는 급소를 찌르듯이 말했다. "조금 전에 당신의 실험실 선반 중에서 이런 것을 발견했습니다. 이 '〈[쿠]'라는 글자처럼 굽은 나뭇조각은 보시는 대로 비거래기, 이른바 부메랑이라고 하는 완구입니다. 그리고 그것이 넣어져 있는 구멍 난 종이로 만든 구형은 무엇이었을까요. 나는 대략적으로 이 사건을 알 것 같은 기분이 들었습니다. 자아, 당신들은 본토로 돌아가서 당분간 나를 조용히 혼자 생각할 수 있게 해주시겠습니까."

고스타 성서의 회개

마즈미 박사를 필두로 관계자 일동이 초조하게 마른침을 삼키며 노리미즈를 기다리고 있었다. 그가 나타난 것은 해가 저문 지 얼마 지나지 않아서였다.

"범인을 알아냈습니다." 자리에 앉은 노리즈미가 나직이 말했다.

"고스타 성서의 존재 여부도 말입니까?"

팽팽하게 당겨진 긴장감 속에서, 살인사건에는 전혀 관심이 없는 듯 보였던 가노코가 처음으로 고스타 성서라는 말을 꺼냈다. 그녀의 입술에는 핏기가 없었고 관자놀이 밑으로 땀이 줄줄 흘러내리고 있었다. 또, 눈빛에서는 분명히 욕망의 훌륭한 행렬을 쫓는다는 저속한 욕구가 불타오르고 있었다.

"그렇습니다. 고스타 성서도 알아냈습니다. 그럼 순서를 쫓아 이야기해보죠. 일단 고스타 성서에서 나를 분석에까지 이끌어준 열쇠라고 한다면 가노코 씨, 실은 당신의 눈이었습니다."

순간 어수선해진 분위기를 제압하듯 노리미즈가 말을 이었다.

"과연 그 목격담은 진실이었습니다. 확실히 요상한 불빛이 생겨 내부의 막낭은 움직였던 것입니다. 그러자면 물론 그 빛의 광원이 유리 선반 부근에 있었다면 사실 그 방에 인간이 잠복해 있었든지, 그게 아니라면 초자연적인 요괴 현상이 됩니다만, 어디까지나 실재성을 믿고 싶은 나는 그 광원을 유리 선반에서 멀리 뒤쪽으로 가져갔습니다. 그러나 유리 선반의 배후에는 시랍이 입고 있는 붉은색과 청록색 의상이 있었고 그것이 장애가 됩니다. 하지만 이 경우는 오히려 그 장애가 가노코 씨의 눈에 있을 수 없는 불가사의를 비추었던 것입니다. 가노코 씨, 당신의 눈은 확실히 경미한 적록색맹이더군요."

"그걸 어떻게 아셨는지……."

가노코는 감탄했다는 듯이 노리미즈의 얼굴을 주시했다.

노리미즈는 개의치 않고 사무적인 말투로 설명을 계속했다.

"그런데 생리학 용어 중 퓨겔 채색표라는 말이 있지요. 채색한 표면에 회색 문자를 쓰고 그 위를 얇은 옷감으로 가리면 색맹인 사람은 그 글자가 사라진 것처럼 보여 읽을 수 없습니다. 그 경우가 이번 사건에 들어맞은 겁니다. 다시 말하면, 뒤쪽에서 발생해 앞쪽 유리 선반까지 비춰진 빛은 붉은색과 청록색 옷감을 통과했는데, 그것을 투과한 갈색의 복수는 가노코 씨의 눈에 회색으로밖에 빛나지 않았습니다. 그러므로 속에 있던 동일한 색의 공막주머니는 사라져서 보이지 않았습니다. 게다가 그것이 성냥 불빛으로 본 다음이었기 때문에 흡사 잘라진 막낭이 움직이는 듯한 착각을 일으켰던 것이지요. 여러분, 이렇게 해서 나는 유리 선반 뒤쪽의 빛을 증명할 수 있었는데요. 그런데 그 광원이 어디에 있었는가 하면, 몇 개의 유리창을 사이에 둔 카네쓰네 박사의 방이었습니다."

노리미즈는 여기서 비거래기와 종이 재질의 구체를 꺼내 보였다. 그것을 본 고마루가 고개를 숙인 채 손톱을 씹기 시작했다.

"실은 이 두 개의 물건이 박사의 방 건너편에 있는 고마루 씨 실험실에서 발견되었습니다만, 던진 곳으로 다시 돌아오는 비거래기의 성능을 생각하면 아무래도 고마루 씨에게 의혹을 품지 않을 수 없군요. 군데군데 구멍이 생긴 이 종이 재질의 구체는 불꽃의 탄각입니다. 그렇다면 막낭에 유독 기체를 충족시킨 것을 구멍에 채우고, 탄각에는 지극히 힘이 약한 질산칼륨을 사용하고, 그리고 그것을 비거래기에 끼워 넣어 날릴 수 있었다면, 적당한 장소에서 질산칼륨의 연소로 인해 터져나온 막낭이 아마도 사인 불명의 즉사를 일으키게 하지 않았을까요. 물론 탄각은 비거래기에 의해 다시 바로 돌아옵니다만, 그때의 불꽃이 몇 개의 유리창을 통과하다 시랍실의 유리 선반에 비친 겁니다."

그 순간 고마루를 향해 무언의 뜻을 내포한 시선이 일제히 모아졌다.

하지만 노리미즈는 억양도 변하지 않았다.

"그래도 겨우 한 걸음 진행했을 뿐입니다. 비거래기 특유의 호선 비행, 특히 돌아올 때의 큰 호선을 생각하면, 고마루 씨 방을 기점으로 하는 쉬운 해석은 실은 잘못된 피상적인 관찰일 뿐이라는 걸 이해하실 겁니다."

그는 배치도에 호선을 그려 넣은 후 설명을 계속했다.

"보시는 대로 고마루 씨 실험실로부터 위치가 한 치 정도 경사가 있으므로 호선을 이루다가 옆방 벽에 부딪쳐 끝나게 됩니다. 또 질산칼륨에 직접 불을 붙이지 않기 위해서는 도화선의 길이도 생각해 봐야 합니다. 그렇다면 비거래기를 사용한 범행이 완전히 막혀버립니다만, 우연한 착상으로 나는 귀로가 끝날 즈음 한 번 더 날아오르는 힘을 주면 그게 가능할지도 모르겠다는 생각이 들었습니다."

"뭐? 한 번 더?"

마즈미 박사가 놀란 듯 얼굴을 들었다. 노리미즈는 그의 시선을 싸늘하게 튕겨내 버렸다.

"즉, 되풀이했을 때의 큰 호선의 절반 정도로 반대 방향으로 한 번 더 튕겨나갈 수 있게 날리는 동력에 신경이 쓰였습니다. 그 힘이 질산칼륨의 연소였지요. 그렇게 되면 이번에는 기점이 이상해지는데 박사와 같은 동에 있는 가와타케의 방이 됩니다만, 우선 비거래기를 건너편에 있는 고마루 씨 실험실에 뛰어들게 하면 그때 돌아오면서 그린 큰 호선이 카네쓰네 박사의 방으로 들어오게 됩니다. 그때 질산칼륨이 불탔으니까 막낭을 배출했을 때의 배기의 반동으로 흡사 로켓과 같은 현상이 나타났습니다. 그러니까 그 새로운 힘을 받은 비거래기는 왔던 선을 역행하고 원래의 고마루 씨 실험실 안으로 뛰어들게 된 것입니다."

그렇게 되자 도대체 범인이 누구인지 전혀 오리무중인 느낌이었다. 현상적으로는 해결에 가까워진 것 같았지만, 중요한 한 명의 이름, 그것이 노리미즈의 입에서 쉽게 나오지를 않는 것이다.

"요컨대 이것은 범죄를 전가하려는 행위입니다만, 비거래기와 불꽃이라는 건 충분히 이학적으로 계산할 수 있는 것이기 때문에 이 범행에는 상당한 확실성이 있습니다. 사용한 유독 기체는 시체에 청산 죽음의 징후가 없는 것을 보면 아마 비화수소였을 겁니다."

"하지만 가스는 흩어 없어져버렸겠군." 마즈미 박사는 다시 한 번 반박했다.

"그것이 흩어지기 전에 일순간에 바닥에 하강시킨 것이 있었던 거지. 게다가 그 맹렬한 농무마저 없었더라면." 노리미즈는 짓궂게 말을 되돌려주었다. "안개 속에 온도가 다른 두 기류가 흐를 경우 안개가 둘로 나뉘는 현상을 혹시 아십니까. 헬름홀츠라고 하는 훌륭한 학자의 이름을 굳이 사용하지 않더라도, 이것은 수증기의 벽과 온도의 차이가 가스가 흩어져 없어지는 것을 막기 때문입니다 그러니까 어젯밤의 농무는 범인에게 있어서 둘도 없는 호기였습니다. 막낭이 찢어져 새어나온 비화수소는 작렬하여 일어나는 선회기류가 위쪽에 있었기 때문에 거기에 눌려 긴 끈 모양이 되어 하강했습니다. 그리고 그 한쪽 끝이 박사의 콧구멍에 닿았습니다."

"그렇다면 범인은?"

"물론 가와타케 의학사입니다."

"그럼 그 가와타케를 죽인 자는?"

"그것이, 가와타케는 자살했습니다."

노리미즈는 웃었다. 아, 평범하게 보였던 정황이 순간 전도되어버렸던 것이다.

"가와타케의 뒤틀어진 심리는 자신의 비운을 여러 명에게 부담시키려고 했고, 실로 놀랄 만한 기교를 생각해냈습니다. 그 단검은 옆쪽에 있는 실험용 가스의 구전口銓으로부터 발사되었던 것입니다. 우선 가와타케는 단검 손잡이를 마개 입구에 끼워 넣고 나서, 그것과 원래 막혀 있던 연결 파이프에 작은 구멍을 뚫고 남은 부분의 공기를 빼고 통을 뽑아버렸습니다. 그러고는 접형의 가스 마개 한편에 실을 연결시키고 다른 한쪽 끝을 뻐꾸기시계의 작은 문 안에 있는 나선에 연결시켰습니다. 그 나선은 매시간마다 느슨해지고, 느슨해졌을 때 작은 문이 열려 뻐꾸기가 움직입니다만, 물론 그 일은 정각에 작은 문이 열리기 직전에 했다고 보아야 합니다. 그러자 정각이 되어 뻐꾸기가 나오는 문이 열리면 실이 핑 하고 당겨지므로 접형을 당겨 가스의 마개를 엽니다. 그리고 진공 상태에 분출하는 처절한 힘이 입구의 단검을 발사시켰던 것입니다. 한편 계량기의 나사가 잠겨버렸으므로 분출한 얼마 안 되는 양은 순식간에 흩어져 없어져버렸습니다. 남아 있던 한쪽 실은 바로 옆에서 당겼던 틀인 접형으로부터 빠져 그 후 한 시간 사이에 뻐꾸기시계의 나선 안에 들어가 버렸습니다."

그렇다면 역시 가와타케가 범인이었는가. 그런데 도대체 무슨 이유로…….

이런 의문이 마즈미 박사와 고마루 의학사의 눈 속에 속삭임처럼 남아도 노리미즈는 말을 멈추지 않았다.

"물론 그 동기를 말하자면 그가 카네쓰네 박사를 죽인 것은 터무니없이 정체를 드러냈기 때문으로, 그것은 말할 필요도 없이 고스타 성서였습니다. 가와타케는 점차 그 존재를 알게 되어 강탈을 기도해 카네쓰네 박사를 죽였습니다만, 이상한 일은 고스타 성서가 가와타케에게는 없었습니다."

"오오." 가노코가 무심코 탁자 끝을 움켜쥐었다.

"물론 가와타케에 이어서 나는 고스타 성서가 숨겨진 장소를 밝혀냈습니다. 그것은 물론 그 카드에 나타난 박사의 수수께끼를 풀었기 때문입니다만, 그것은 정말 어이없게 풀어낼 수 있는 거였어요."

노리미즈는 처음으로 담배를 꺼내 들고는 유유히 암호 해독을 시작했다

"대개 몰랜드Mor-rand 다리라고 하는 것은 여덟 갈래로 보통보다 세 개가 더 많기 때문에 그 남아도는 3이라고 하는 숫자가 이 경우 세 자를 공제하라는 의미는 아닐까 생각했습니다. 그리고 이리저리 궁리한 결과 Mor-rand의 Mor라는 세 자를 제외하고 나면 남은 것은 '라ㄱ'와 '르ㄴ'라는 글자로, 이번에는 '라ㄱ'를 왼쪽 옆으로 뉘어서 보면 꼭 그 둘이 종이에 쓴 '루ㄴ'라는 글자를 표리로부터 바라본 형태가 됩니다. 이것이야말로 시랍실 문에 있던 제석천의 유리화는 아닐까요. 또 다이아몬드 퀸의 다이아 형태는 어느 쪽에서 보더라도 같은 형태인 '정#'이라고 하는 글자의 암시는 아닐까 생각했습니다. 그래서 유리화된 제석천이 가리키고 있는 마루 밑을 찾아보니 과연 거기에 천연의 세로 구멍이 있고, 고스타 성서는 그 속에서 발견되었습니다."

노리미즈는 가노코를 향해 돌아서서 빙그레 미소 지었다.

"하지만 그 소유는 분명하게 귀부인에게 돌려보내야 합니다."

노리미즈가 주머니에서 시가 1천만 엔의 가치가 있는 희귀본을 꺼내려는 순간이었다. 그 순간은 아마 역사적인 순간이라 할 것이다. 경외의 눈빛이 선망의 눈빛으로 바뀌며 일순 숨을 멈춘 자도 있었을 것이다. 하지만 막상 꺼내진 것을 본 일동의 입에서는 "엇?" 하는 소리가 새어나왔다.

그것은 성서라고는 말할 수 없는, 마치 태아와 같은 형태를 한 회색의 편평주물에 지나지 않았다.

가노코는 분노를 주체하지 못하고 소리쳤다

"장난은 그만두세요. 사, 빨리 고스타 성서를."

"이것이 그것입니다. 카네쓰네 박사는 이 태아의 미라를 고스타 성서에 비유했던 것입니다. 쌍태의 한편이 눌려 찌그러진 채 태어난 지형紙形 태아를 단지 다른 아름다운 말과 바꾼 것에 지나지 않았습니다."

노리미즈는 당장 울 듯한 가노코의 얼굴을 보며 조용하게 말했다.

"미키에 씨는 쌍태아를 임신했습니다. 허약한 쌍태아는 한쪽이 죽으면 남은 한쪽은 건강하게 자라나게 마련이지요. 다시 말해 한편의 희생으로 인해 다른 한편이 커나가게 된다는 말인데, 이것을 동시대에 인쇄기를 발명하고 성서를 만들었으면서도 구텐베르크의 광휘에 가려져 사라져버린 불운한 고스타에 비유했던 것입니다. 여러분 카네쓰네 박사와 가와타케 의학사의 생명을 앗아간 것은 실은 이 하나의 비유에 지나지 않았습니다."

파충관 사건

爬蟲館事件

운노 주자海野十三, 1897~1949

일본 작가로 와세다 대학교에서 전기공학을 전공했다. 대학 졸업 후 체신성 전기통신 연구원으로 근무하기도 한 그는 1928년 「전기 욕조의 괴사사건」을 발표한 이래 「진동마」, 「파충관 사건」, 「적외선 남자」, 「부수淨囚」 등 SF 추리소설을 다수 발표했다.

1

어젯밤 늦게까지 자료조사를 하여 늦잠을 자는 사립탐정 호무라 소로쿠를 조수 스나가가 깨웠다.
"어떤 손님이지?"
"스무 살 정도 되는 여자입니다."
"10분만 기다리라고 하게."
"네, 알겠습니다."
스나가는 긴장한 채로 호무라의 침실을 나갔다.
호무라는 욕실 문을 열고 몸에 걸친 것을 훌훌 벗어던지고 찬물을 받은 욕조에 텀벙 들어갔다. 물보라를 튕기며 물속으로 들어가거나 손발을 뻗거나 물개 흉내를 내는 데 3분, 욕조에서 나와 수염을 깎는 데 4분, 세수와 양치질 1분, 나머지 2분 동안에는 몸을 닦고 실례가 되지 않을 정도로 옷을 차려입는다. 그러고는 응접실로 통하는 문을 노크했다.

응접실에는 젊은 여자가 있었다.

"안녕하세요? 자, 이쪽으로 앉으세요." 그는 의자를 권했다. "빨리 용건을 말하세요."

"감사합니다."

여자는 호무라가 너무 성급해 조금 당황한 것 같았다. 그러나 어쩔 수 없다는 듯이 커다란 검은 눈으로 호무라를 바라보았다. 그 눈동자에는 말할 수 없는 슬픔이 깃들어 있었다.

"아버지가 갑자기 행방불명되었습니다. 어제 석간에도 나왔지만 아버지는 동물원 원장으로 가와치 부다이유라고 합니다."

"아, 당신이 가와치 원장의 딸 도시코입니까?"

호무라는 석간에서 슬픔에 빠진 딸 도시코의 사진을 본 기억이 있다. "가와치 원장의 기괴한 실종, 동물원에 남은 모자와 외투"라는 제목으로 사회면에 실린 3단 기사에서였다.

"네, 제가 도시코입니다." 그녀는 아름다운 눈을 깜박였다. "알고 계시겠지만 저희 집은 동물원 바로 옆 숲속에 있습니다. 아버지는 실종된 10월 30일 오전 8시 30분에 평소처럼 출근하셨습니다. 오전에는 아버지를 보았다는 동물원 사람도 많이 있는데, 오후에는 봤다는 사람이 거의 없습니다. 제가 점심 도시락을 갖고 갔는데 아버지는 결국 도시락을 드시지 못했어요. 정오가 넘어도 사무실에 돌아오지 않자 다들 이상하게 생각했죠. 아버지는 성격이 좀 별나서 갑자기 혼자 동물원을 나가 큰길까지 가서 초밥집이나 어묵집에서 한 시간 반이나 두 시간씩 머물다 오는 일도 있었기에 그날도 아마 그럴 거라고 다들 생각했습니다. 그러나 동물원을 닫는 오후 5시가 되어도 돌아오지 않았습니다. 때로는 밖에서 밤까지 계속 머물기도 했지만, 그날은 평소와 달리 사무실에 모자와 외투가 있었어요. 그래서 젊은 이학사이며 부원장인 사이고 씨가 퇴근길에 저희 집에 와서 '원장님의 병이 또 시작된 것 같습니다'라고 알려주더군요. 그런데 그길 밤은 결코 돌아오지 않았습니다. 늦더리도 새벽 한두 시에는 꼭 귀가를 하셨는데 말이죠. 어머니와 나는 몹시 걱정되었어요. 동물원도 살펴보았지만 안 계시더군요. 경찰에 신고를 했지만 '특별히 자살할 만한 동기도 없으니 오늘은 돌아오실 겁니다'라는 말만 하더군요. 그러나 우리는 그대로는 더 기다릴 수 없을 정도로 불안했습니다. 만약 아버지가 부상이라도 입었다면 한시라도 빨리 발견해서 도와야 하잖아요. 그래서 어머니와 의논해서 호무라 탐정님의 도움을 받기로 한 겁니다. 어떻게 생각하세요? 아버지의 생사는……?"

도시코는 붉게 물든 얼굴을 들고 호무라의 판정을 기다렸다.

"글쎄요."

호무라는 버릇처럼 오른손으로 길지도 않은 턱을 만졌다.

"아무래도 그 말만 듣고는 가와치 원장의 생사를 판단할 수 없습니다. 당신에게 몇 가지 질문하고 다른 방면도 조사해보고 싶군요."

"맡아주셔서 감사합니다." 도시코는 한숨을 내쉬었다. "무엇이든 물어보세요."

"동물원은 잘 찾아보았습니까?"

"네, 이미 찾아보았습니다. 행방불명된 30일, 폐장 후에 사이고 부원장이 동물원 안을 모두 조사했다는군요. 오늘 아침도 또다시 찾아보았고요."

"그렇군요." 호무라는 끄덕였다. "사이고 씨는 놀랐습니까?"

"네, 오늘 아침엔 아주 걱정했습니다."

"사이고 씨의 집과 가정은?"

"아사쿠사의 이마도입니다. 아직 독신으로 하숙하고 있죠. 그러나 사이고 씨는 훌륭한 분입니다. 혹시라도 의심하신다면 제가 원망할 겁니다."

"아니, 지금 그런 걸 생각하는 것은 아닙니다."

호무라는 요즘 보기 드문 일본인 성품을 가진 여자에게 경의와 당혹감을 느꼈다.

"원장이 가끔 새벽 한두 시에도 귀가하셨다고 했는데, 그 시간까지 어디서 시간을 보내는 겁니까?"

"저는 잘 모르지만 어머니 말로는 옛 친구를 찾아가 술을 마시는 것 같습니다. 그것이 아버지의 유일한 도락이고 즐거움이죠. 그 친구분은 러일전쟁에서 살아남은 전우로 만나면 당시를 회상하며 좀처럼 헤어지지 못하는 것 같아요."

"원장은 러일전쟁에 참전했습니까?"

"네, 사하沙河 전투에서 총탄을 맞고 송환되어 왔는데 그때까지는 열심히 싸운 것 같습니다."

"장교였습니까?"

"아니요, 중사였어요." 도시코는 이런 게 아버지 실종과 무슨 관계가 있나 하고 탐정의 두뇌에 조금 실망을 하는 것 같았다.

그러나 이 하찮게 보이는 사실이 결국 사건 해결의 열쇠가 되리라고는 두 사람 다 이때는 알지 못했다.

"원장은 그런 경우에 모자도 외투도 걸치지 않고 집에도 말하지 않고 나갔습니까?"

"그런 일은 없었습니다. 집에는 말하지 않더라도 모자와 외투는 챙겨가셨을 거예요. 특히 11월은 모자와 외투가 꼭 필요한 시기잖아요."

"그 외투는 어디에 있었습니까? 보고 싶은데요."

"외투는 집에 있어요."

"그러면 지금 바로 가지요. 옛 전우에 대해서도 이야기를 더 듣고 싶습니다."

"아, 한자키 고헤이 씨 말입니까?" 도시코는 아버지의 전우 이름을 처음으로 말했다.

2

원장의 집을 방문한 호무라는 상심한 부인을 위로한 다음 외투를 면밀히 조사하고 무언가 수첩에 적었다. 원장의 사진을 한 장 챙기고, 원장의 지문을 찾은 다음 동물원 뒷문으로 들어갔다.

사이고 부원장은 바로 호무라를 만나주었다. 사이고 다카모리의 동상처럼 살찌지는 않았지만 체격이 좋은 사람이었다.

"원장이 실종되어 걱정이 많으시겠습니다." 호무라가 인사했다. "도대체 언제 알게 되었습니까?"

"완전히 곤란하게 됐습니다." 거구의 이학사는 얼굴을 흐리며 말했다. "언제 알았다기보다는, 의심이 든 것은 그날 정오가 지나서였습니다. 원장이 돌아오지 않아서요."

"원장은 오전에 무엇을 했습니까?"

"8시 30분에 출근해서 곧바로 한 시간쯤 동물원을 한 바퀴 돌아본 다음 11시까지 사무를 보십니다. 그리고 다시 동물원을 도는데 이땐 정해진 곳 없이 아침에 신경 쓰였던 구역으로 가서 동물들을 돌보죠. 실종된 날도 이 일정에 별다른 변화는 없었고요."

"그날 동물을 돌본 것에 대한 이야기는 없었습니까?"

"없었습니다."

"원장을 마지막으로 본 사람은 누구입니까?"

"그것은 먼저 경찰이 와서 조사했기 때문에 알고 있습니다. 한 사람은 파충관爬蟲館 연구원인 가모다 토미오 이학사, 또 한 사람은 조류 온실의 무쿠시마 지로 주임입니다. 두 사람이 원장을 보았다는 시간은 모두 11시 20분경이라는군요. 아마 원장은 그들 각자에게 2, 3분쯤 주의를 주고 그대로 나간 것 같습니다."

"그 파충관과 조류 온실의 거리는?"

"나중에 안내하겠지만 35미터 정도 떨어져 있죠. 그 사이에 끼어 훨씬 안쪽에 사료 조리실 건물이 있습니다. 동물에게 줄 먹이를 조리하거나 저장해두는 곳이죠. 도면을 그리면 이런 상태입니다."

사이고 부원장은 연필을 들고 파충관의 조감도를 그렸다.

"이 사이 공터에는 아무것도 없습니까?"

"아니요. 오동나무가 열두 그루 정도 심어져 있습니다."

"원장은 사료 조리실에 갔었습니까?"

"오늘 아침에 물어봤더니 원장은 오지 않았다고 하더군요."

"누가 그런 대답을 한 거죠?"

"사육 주임 기타소토 호소기치입니다."

"원장이 행방불명됐다고 알게 된 전후 사정을 듣고 싶습니다."

"알겠습니다. 폐장할 시간이 되어도 원장이 돌아오지 않아서 살펴보니, 모자와 외투는 그대로 있고, 자택에서 가져온 도시락도 그대로 있더군요. 말없이 집으로 가실 분이 아니라는 걸 알고 사육사와 정원사들을 모두 동원해서 동물원을 철저히 뒤져보았죠. 저는 정원사 히루마를 데리고 맹수 우리를 조사했지만 이상 없었습니다."

"아마추어의 생각이지만, 하마가 있는 수조 밑 같은 데도 살펴보셨습니까?"

"당연합니다." 사이고 부원장은 끄덕였다. "그런 곳은 조사 전 사전준비가 필요하기 때문에 바로 하지는 못했지만 오늘 오후에는 하나하나 조사할 겁니다."

"그거 잘됐군요." 호무라 팀장이 소리쳤다. "나도 참가하고 싶습니다."

사이고 부원장은 승낙하고 탁상 전화기 쪽으로 갔다. 수색대가 지금 파충관으로 출발한다는 보고를 받았다. 그는 곧바로 호무라와 함께 그쪽으로 이동했다. 하얀 자갈 위를 걸어가는데 어디선가 바람을 타고 날아온 낙엽이 소리를 내며 떨어졌다. 벌써 11월이다. 숲 그늘에 선명한 붉은 잎 하나가 물같이 조용한 공기 속에 열정을 녹이고 있는 것 같다. 호무라는 잠시 귀찮은 질문을 하기로 결심했다.

"원장의 딸은 아직 독신입니까?"

"네?" 사이고는 자기 귀를 의심하듯 반문했다. "아가씨는 아직 독신입니다. 탐정님이 여러 가지 일에 신경을 쓰시는군요."

"저도 젊은 사람으로 마음에 드니까요."

"놀랐습니다." 사이고는 거구를 구부리며 말했다. "제 앞에서 그런 말씀 하시는 건 괜찮지만, 가모다 앞에서 말한다면 뱀에게 공격 당할지 모릅니다."

"가모다 씨는 파충관 사람이지요?"

"그렇습니다"라고 대답은 했지만 사이고는 조금 지나친 농담을 한 걸 것을 후회했다. "그는 저와 동창이고 성실한 남자라 놀리면 안 됩니다."

호무라는 말없이, 앞서 도시코에게 들은 말과 지금 사이고에게 들은 농담을 생각해보았다. 가모다라는 사람과 만나는 것이 기대됐다.

"가모다 씨는 주임이 아닙니까?"

"주임은 병으로 오랫동안 쉬고 있습니다. 가모다는 원래 연구만 했는데 불쌍하게도 지금은 주임 일도 하고 있죠."

"연구라면?"

"그는 파충류의 대가입니다. 의학사이자 이학사로 이학 쪽에 학위논문을 내서 머지않아 박사가 될 겁니다."

"이상한 사람이군요."

"아니, 훌륭한 사람입니다. 수마트라에 3년간 있으며 큰 뱀을 연구했지요. 재산도 많아서 저 파충관을 세울 때 반은 그가 돈을 냈습니다. 지금 밖에 전시된 비단뱀은 두 마리지만, 그 뒤에는 커다란 놈이 일곱 마리 더 있습니다."

"호오." 호무라는 눈을 크게 떴다. "그 비공개 뱀도 조사했습니까?"

"물론입니다. 연구용이라서 관람객에게는 보여주지 않지만, 다른 것들과 마찬가지로 조사했습니다. 그러나 원장을 삼킨 듯한 뱀은 없었습니다."

 호무라는 부원장이 보증하는 말을 그렇게 간단히 받아들일 수 없었다. 원장을 마지막으로 보았다는 곳이 이 파충관과 조류 온실 쪽이라면 면밀히 조사해야 힌다.

 "여기가 파충관입니다."

 부원장의 소리에 눈을 들자 온실 같은 느낌의 튼튼한 베이지색 건물이 매혹적인 비밀을 안고 두 사람 앞에 서 있었다.

3

 문을 밀고 들어가자 숨이 콱 막힐 듯 냄새 나는 온기가 호무라의 코를 찔렀다.

 소극장 무대만 한 우리 안에는 튼튼한 철망을 사이에 두고 몸을 사리고 있는 두 마리 비단뱀이 양쪽 구석에 잠들어 있다. 갈색에 검은 반점이 있는 몸통은 두꺼운 부위가 깊은 산속의 소나무 줄기만 하고, 가는 비늘은 점액으로 기분 나쁜 광택을 띠고 있다. 머리는 의외로 작아 눈을 찾기가 힘들었다. 반쯤 뜬 노란 눈을 겨우 찾았을 때는 그다지 좋은 기분이 아니었다. 호무라 일행이 들어온 것을 아는지 바람에 스치듯이 몸의 일부를 움직였다. 이런 놈들이 뒤에 또 일곱 마리 있다고 생각하자 원래 뱀을 싫어하는 호무라는 완전히 우울해졌다.

 그때 안의 쪽문을 열고 사이고 부원장이 창백한 작은 남자를 데리고 나왔다.

 "소개합니다. 이쪽이 파충관의 가모다 연구원입니다."

두 사람은 말없이 고개를 숙였다.

"원장이 마지막으로 이곳에 왔을 때의 일을 알고 싶습니다."

"오늘 아침에도 경찰들에게 시달린 터라 이제 태연히 말할 수 있습니다." 가모다 연구원이 입을 열었다. "보통 시계를 보지 않지만, 정오 사이렌을 기준으로 아마 11시 20분경이었다고 생각합니다. 카키색 실험복을 입은 원장이 들어와서 2, 3분 있었습니다. 여기에 나와 있는 비단뱀 한 마리가 힘이 없으니 먹이에 주의하라고 말하고 그대로 나가셨습니다."

"이 방에만 들어왔습니까? 아니면."

"그 이야기는 안에서 했습니다. 가는 모습은 못 봤지만 원장님은 분명 이 쪽문을 지나 이곳으로 나온 것 같습니다."

"밖으로 나가는 소리라도 들었습니까?"

"아니요, 별로 신경 쓰지 않아서."

"원장의 모습에서 뭐 이상한 점은 없었습니까?"

"없었습니다."

"원장이 나갔다고 생각되는 시간부터 정오까지 문밖에서 이상한 비명 같은 소리는 없었습니까?"

"그러고 보니 사료 조리실에 트럭이 도착해서 동물 먹이를 운반하는 것 같았습니다. 그 정도입니다."

"호오." 호무라는 눈을 크게 떴다. "그때가 몇 시경이었습니까?"

"글쎄요. 원장님이 나가시고 15분쯤 뒤였을 겁니다."

"그러면 11시 35분 전후군요. 동물 먹이라면 몹시 많겠지요?"

"상당합니다." 부원장이 옆에서 말했다. "감자, 고구마, 당근, 야채, 밀기울, 짚, 풀, 식빵, 우유, 토끼, 닭, 말고기, 어류 등이 트럭에 가득 차 있습니다."

"그렇군요." 호무라는 또 가모다를 보았다. "바보 같은 질문이지만 그 뱀은 사람을 먹습니까?"

"절대 먹지 않는다고는 할 수 없지만 그렇다고 사람을 공격하는 습성은 아닙니다. 먼저도 그런 질문을 받았는데 원장님을 먹지 않은 것은 확실합니다. 사람을 먹기에는 시간도 걸리고, 혹시라도 삼켰다면 배가 눈에 띄게 팽창했을 것입니다."

호무라는 말없이 끄덕였다.

그러나 사람의 몸을 아홉 토막으로 절단해서 이 뱀에게 한 덩이씩 먹게 하면 비교적 쉽게 처치할 수 있고 배도 그렇게 팽창하지 않을 것이다. 질문하고 싶었지만 중대한 결과를 초래하는 문제라 나중에 묻기로 했다. 일단은 모든 뱀의 상태를 조사해보는 게 먼저였다.

호무라는 뒤쪽에 있는 가모다의 연구실을 보여달라고 했다. 가모다가 바로 허락하자 일행은 문 안으로 들어갔다.

그곳은 넓고 기묘한 방이었다. 30평 정도 됐는데 둘로 나뉘어 한편에는 하얀 페인트칠이 된 테이블과 책장, 서류함, 수술대 같은 것, 유리문 달린 약품 선반, 표본 선반, 외과기계 선반 등이 늘어서 있다. 창문은 위에 있고, 천장에는 수은등을 사용한 조명등이 기분 나쁜 빛을 던지고 있다. 바닥의 한 곳을 열고 지하로 들어가는 정원사들이 있었는데 그들은 수색대가 틀림없었다. 방 한쪽에는 제복 경관 두 명이 눈을 빛내고 지키고 서 있었다.

다른 한쪽에는 튼튼한 우리가 있고, 그 안에 보기에도 무서운 큰 비단뱀 일곱 마리가 죽은 듯이 멋대로 장소를 차지하고 있었다. 호무라는 한 마리 한 마리 뱀의 몸집을 확인했다. 딱히 배가 부풀어오른 놈은 없었다. 그런데, 토막 시체를 삼켰다면, 그 범행이 30일 정오에 가까웠다고 가정해보자. 오늘은 2일 오후다. 사흘이 지나는 동안 뱀의 배가 눈에 띌 정도로 작아지는 것은 아닐까?

"가모다 씨." 호무라는 뒤를 돌아보았다. "비단뱀에게 산양을 먹인다고 하는데, 며칠 만에 소화합니까?"

"글쎄요." 가모다는 손을 비비면서 말했다. "20킬로그램 정도의 산양을 삼켰다고 하면 3일 정도일까요?"

그렇다면 50킬로그램인 원장을 아홉 토막으로 나눠서 아홉 마리 뱀에게 준다면, 지금까지 만 3일이 지났으니 모두 소화된 것이 틀림없다. 그러나 도대체 누가 죽였을까? 누가 시체를 토막 내 뱀에게 주었을까? 그것은 확실히 알 수 없지만 이 창백한 가모다 연구원이 관계하고 있다는 건 부정할 수 없다.

"아, 사이고." 가모다가 말했다. "그제 파충관 앞에서 주워서 내가 사무실에 갖다준 만년필, 그건 경찰이 먼저 조사해서 원장의 것으로 밝혀졌네."

"아, 그래." 사이고 부원장은 간단히 대답했다. 그러고는 호무라에게 시선을 보냈다.

호무라는 모르는 체하고 이 대화 속에 감춰진 비밀에 대해 생각했다.

파충관 앞에서 원장의 소지품을 주웠다는 것은 경우에 따라서는 결코 가모다에게 이익은 아니었다. 만년필은 잘 떨어뜨리는 물건이긴 하지만 그렇게 운 좋게 파충관 입구에 떨어지기란 어렵다. 또 차분한 원장이 떨어뜨렸다는 것도 이상하다. 나중에 가모다에게 혐의가 가도록 계산하고 누가 떨어뜨렸거나, 아니면 가모다가 자신이 떨어뜨려 놓고 거짓 신고를 했거나, 둘 중 하나. 전자라면 가모다를 함정에 빠뜨리려는 사람은 누구일까 하는 문제가 생기고, 후자라면 가모다 자신이 혐의를 받게 되기 때문에 그 의도를 쉽게 알 수 없다. 호무라는 가모디의 성격을 알기 위해 실내를 구석에서 구석까지 둘러보고 무언가 이상한 물건은 없나 살펴보았다.
"이건 가모다 씨 가방입니까?" 호무라는 선반 위에 있는 검은 가죽 서류가방을 가리켰다.
"그렇습니다. 제 겁니다."
"상당히 크군요."
"동물 스케치한 걸 넣고 다니기 때문에 이렇게 특별한 것이 아니면 맞지 않습니다."
"여기에 큰 탱크 같은 것이 세 개 있는데 무엇입니까?"
"제 학위논문 쓰는 데 필요한 장치입니다. 지금은 사용하지 않아서 비어 있는 것과 같습니다."
"전에는 무엇이 들어 있었죠?"
"여러 용도로 사용합니다. 뱀이 감기에 걸렸을 때는 이 안에 넣어 따뜻하게 온도를 맞추어주기도 하죠."
"액체가 들어 있는 탱크 같군요."
"때로는 더운물을 넣기도 합니다."
"하지만 뱀이 호흡할 수 있는 구멍도 없고 엄중한 자물쇠까지 걸려 있군요."
"이것은 어디까지나 논문 통과 때까지 내부를 보이고 싶지 않은 장치입니다."
"논문 제목은?"

"'비단뱀의 내분비선에 대해'입니다."

그때 경관과 정원사들이 들어와 가모다 연구원을 둘러쌌다.

"이미 이 건물을 천장부터 바닥 밑까지 조사했지만 이상은 없습니다. 아직 남아 있는 건 저 세 개의 탱크인데, 가모다 씨 말씀을 믿고 그대로 두겠습니다."

그러자 호무라가 말했다.

"기다리세요. 저 탱크는 꼭 조사해야 합니다."

"하지만 열 수 없습니다." 경관이 말했다.

"그럴 리 없습니다. 가모다 씨, 여는 편이 당신에게도 좋습니다. 탱크만 열면 당신도 결백해지지 않습니까?"

"아니, 그렇게 간단히 열 수 없습니다." 가모다는 강하게 반대했다. "저걸 열면 파충관의 온도와 습도가 급강하해서 파충류에게 큰 위해를 가합니다."

"제 생각엔 별일은 없으리라고 보는데, 해보면 어떻겠습니까?" 호무라는 다시 주장했다.

"아니, 그럴 수 없습니다. 저는 원장님한테서 상당한 책임을 부여받고 파충관을 맡고 있기 때문에 거절할 권리가 있습니다. 아무리 해도 해결의 열쇠가 발견되지 않을 경우엔 열 수도 있지만, 그러려면 준비가 필요합니다. 이 파충류들을 다른 온실로 옮겨야 하고, 그러려면 그 온실을 충분히 덥혀서 온도를 맞추어야 합니다."

"곤란하군." 호무라는 괴로운 얼굴을 했다. "그럼 다른 온실로 옮기기까지 몇 시간이나 걸립니까?"

"다섯 시간이나 여섯 시간 걸립니다."

"그거 큰일이군요. 그럼 저도 잠시 생각보지요." 호무라가 단호하게 말했다. "그동안 다른 방을 조사하겠습니다. 사이고 씨, 사료 조리실로 안내해주세요."

4

호무라는 파충관 밖으로 나와 체리 담배에 불을 붙이고 맛있게 빨아들였다.

그의 관찰로는 만약 가모다에게 혐의를 건다면, 가모다는 모종의 구실로 가와치 원장을 파충관에 불러들여 살해한 다음, 그 나체를 수술대에서 토막 내어 뱀들에게 먹였을 것이다. 수색대도 뱀의 배를 보기는 보았지만 사람을 머리부터 먹었을 만큼 배가 부풀어오른 뱀이 없다는 이유로 안심하고 있을 것이다. 그 특수 장치 안에는 피투성이가 된 원장의 옷과 구두가 은닉되어 있지 않을까? 만년필은 원장을 파충관 입구에서 목을 조를 때 떨어뜨린 것이고, 그것을 나중에 무언가 사정이 있어 유실품으로 신고한 것일 것이다.

그러나 지금 옆에 있는 사이고 부원장이 이 만년필에 대해 의심스러운 행동을 한 것에도 신경이 쓰였다. 첫째, 30일의 유실품으로서 신고된 것이면 바로 의심하고 조사했을 텐데 지금까지 말이 없었다. 원장 거라는 걸 알 수 있는 것을 왜 입 다물고 있었을까? 어쩌면 사이고가 모든 것을 계획하고 혐의가 가모다에게 걸리도록 일부러 파충관 앞에 떨어뜨린 것은 아닐까? 원장 살해방법도 시체 처리방법도 알 수 없지만 원인은 근무상의 원한 또는 실연일 것이다. 그렇게 생각하고 옆얼굴을 보니 어딘지 나쁜 사람처럼 보이기도 했다. 그러나 혐의가 희박한 사이고까지 의심하는 것은 나중에 무간지옥으로 떨어질 일이리라. 원장 딸 도시코의 말로도 부원장을 의심하는 것은 미안했다. 하지만 도시코는 가모다에 대해 조금도 말하지 않았고, 오히려 사이고를 변명했다. 이것은 사이고의 사랑에 답해주지 못한 미안함에 그를 감싸준 것이고, 한편 가모다와의 사랑 문제는 이미 해결된 상태라 한 마디도 하지 않은 것은 아닐까?

호무라는 엉클어진 실처럼 어지러운 머리를 정리하고 싶었다. 그때 발밑에서 사건 해결의 열쇠로 보이는 물건을 발견했다. 단추였다.

"아, 이건 원장 외투에 붙어 있던 단추가 틀림없어. 왜 이런 곳에 있지?"

호무라는 다행히 원장이 남긴 외투 단추의 특징을 수첩에 적어 둔 게 있었다. 그런데 단추를 주운 장소가 사료 조리실 바로 앞 오동나무와의 사이에 있는 길이다. 이것으로는 사료 조리실 사람들에게 일단 혐의를 줄 수밖에 없다. 아니, 어쩌면 파충관 앞에 떨어진 원장의 만년필도 이 단추와 거의 동시에 떨어졌다면 이것은 원장을 운반해간 경로를 말하는 것이 아닐까? 아마 만년필이 먼저 떨어지고 다음에 단추가 떨어졌다고 생각해도 좋을 것이다. 원장의 몸은 파충관 앞에서부터 사료 조리실로 운반되었을지도 모른다.

하지만 어떻게 사람 눈에 띄지 않고 운반했는지가 둘째 의문이었다. 그러려면 특수한 상황이 필요하다. 대낮이라면 다행히 관람객도 적고 사육사나 정원사도 현장에 없을 때라야 하고, 야간이라면 아주 쉽게 할 수 있는 일이다. 그러나 만년필은 원장이 실종된 당일 발견되었으니 운반된 것은 밤이 오기 전이다. 11시 20분경까지 원장을 본 사람이 있다. 정오가 되면 원장은 식사를 하기 위해 사무실로 돌아왔을 것이고, 그렇지 않았다면 아무래도 실종은 11시 20분부터 정오 사이라고 단정할 수 있다. 운반된 코스는 사료 조리실에서 파충관이 아니라 반대로 파충관에서 사료 조리실로 생각할 수 있다. 가모다 연구원은 11시 35분 전후에 사료 조리실 앞에 트럭이 도착하고 동물 먹이를 운반하는 소리를 들었다고 말했다. 그렇다면 범행은 그 전인가 후인가? 호무라는 사료 조리실 내부에도 많은 의문부호가 숨겨져 있다고 생각했다.

사이고 부원장과 같이 사료 조리실에 들어가본 호무라는 앗! 소리를 지를 뻔했다. 밖에서 언뜻 떠올려본 조리실과는 아주 달랐다. 엄청나게 큰 도마에 피가 흐르는 말고기 덩어리가 놓여 있었다. 벽에는 고기칼 등이 현란한 빛을 내며 걸려 있고, 창고에는 반으로 잘린 말과 긴 귀를 늘어뜨린 토끼가 담긴 바구니 들이 보였다.

이 무시한 광경을 본 순간 호무라의 머릿속에 번개처럼 떠오른 환영이 있었다. 원장의 시체가 사료 조리실에 운반되고, 요리사가 큰 고기칼로 재빨리 시체를 재단한다. 이어서 노련한 솜씨로 가슴, 엉덩이, 다리, 팔의 살을 떼어내 운반차에 싣고 사자나 호랑이 우리로 가서 그 고깃덩어리를 던진다. 무서운 일이다.

"이분이 조리실 주임 기타소토 호시기치 씨입니다." 사이고 부원장이 고무공처럼 살찐 남자를 소개했다.

"아, 호무라 씨입니까?" 기타소토 사육사는 싱긋 웃었다. "당신 이름은 잘 알고 있습니다. 이번 사건은 마치 당신에게 도전하는 것 같은 정말 큰 사건이군요."

호무라는 이 말을 듣고 기분이 좋았지만 어쩐지 놀림당하는 기분도 들어 상대의 인사에 대꾸도 하지 않았다. 그러나 스모 선수같이 살찐 이 어린 남자의 얼굴을 가만 보니 그가 나쁜 일을 계획할 사람이라고는 보이지 않았다. 호무라는 그 남자에게 솔직한 질문을 던질 용기를 얻었다.

"기타소토 씨, 나는 원장의 몸이 이 조리실이나 아니면 옆의 파충관에서 요리된 것이 아닐까 하는 생각이 듭니다만."

"호오." 기타소토는 작은 입을 크게 벌리고 일부러 놀랍다는 표정을 지어 보였다. "그것은 대발견입니다."

"당신은 원장이 실종된 아침, 11시 20분경부터 정오까지 어디에 있었습니까?"

"제가 유력한 용의자라는 말씀이군요." 기타소토는 싱긋 웃었다. "질문하신 시간에 이 실내에 나 혼자 있었다, 라고 한다면 당신은 기뻐하겠지만, 사실은 그 시간에 모두 여기에 있었습니다. 11시 40분에 동물들 도시락 재료가 오기 때문에 여기에서 벗어날 수 없거든요."

"그러면 그 시간 후에는 무엇을 했습니까?"

"우선 사료가 도착하기 전에는 사육사 여섯 명이 칼을 갈거나 바구니를 비우거나, 상당히 바쁘게 움직였습니다. 그리고 늘 그렇듯 그 시간에 트럭에 가득 실은 재료가 운반되어 왔습니다. 그리고 전쟁터 같은 소동이 벌어지지요. 이 추위에도 셔츠 한 장 입고 온몸에 물을 뒤집어쓴 듯이 땀을 흘립니다. 그것이 끝나면 재빨리 조리에 들어가지요. 끓이는 것은 거의 없지만 각각 동물들이 먹기 좋은 크기로 썰거나 나누어서 그릇에 넣는 것입니다. 육식동물에게 줄 살아 있는 토끼나 닭에게는 저세상으로 갈 빨간 표를 달아주지요. 머리 있는 생선을 삶거나 말고기를 적당한 크기로 재단하고, 뼈가 붙어 있어야 하는 고기도 준비해야 하기 때문에 그 일을 마치고 나면 언제나 1시 가까이 됩니다. 그 바쁜 동안에 원장을 잡아와서 요리하고 스페셜 음식으로 코끼리나 하마 등에게 주기란 상당히 어렵습니다."

호무라는 아까 정원사에게 코끼리와 하마가 인간을 먹는 이야기를 했는데, 이곳에서 그런 이야기가 또 나오자 옆을 보고 쓴웃음을 지었다. 어쨌든 조리실 사람들은 그 시간에 범행을 하기에는 아주 곤란하다는 것을 알았다.

그렇다면 원장의 만년필과 단추는 도대체 무엇을 말하는 것일까? 이론적으로 보면 아무래도 조리실 사람들이 의심스럽지만, 기타소토의 이야기로는 의심하는 것이 무리다. 그렇다면 누군가가 조리실 앞에 버렸다고 볼 수도 있다. 누가 그랬는지는 모르지만, 그렇다면 범인은 정말 쉽지 않은 주도한 계획을 세웠을 것이다.

호무라는 중요한 말을 했다.

"기타소토 씨, 옆의 파충관에 있는 비단뱀 말입니다. 모두 아홉 마리인데, 사람의 몸을 아홉 개로 토막 내서 뱀에게 주면 먹을까요?"

호무라는 기타소토의 대답을 긴장하며 기다렸다.

"하하하." 기타소토는 크게 웃었다. "아, 죄송합니다. 호무라 씨, 그 뱀이라는 동물은 살아 있는 것이라면 달려들어 자신의 입이 찢어지듯 삼키지만 죽어 있는 것은 아무리 맛있는 거라도 쳐다보지 않는 미식가입니다. 여기에서는 주로 살아 있는 닭이나 산양을 주죠. 당신은 아마 원장의 시체를 말하는 모양인데 토막 낸 것이라면 뱀은 상대하지 않습니다."

호무라는 겨우 올라간 절벽에서 추락하는 기분이었다. 구멍이 있으면 숨고 싶은 심정이 이런 경우일 것이다. 그는 기타소토 사육사에게 인사를 하고 도망치듯 밖으로 나갔다.

그는 누군가에게 자기 모습을 보이기도 싫은 듯 잰걸음으로 걸었다. 동물원 반대쪽에 버려진 도도가藤堂家의 묘소가 있다. 그곳은 울창한 숲에 싸인 조용한 장소였다. 그는 거기까지 가서 동물원 안의 떠들썩함을 뒤로하고 상록수 아래에 앉았다.

"도대체 뭐가 남아 있을까?"

호무라는 담배를 하나 꺼내 불을 붙이고 탄식했다.

처음부터 하나하나 생각해가던 중 특별히 마음에 걸리는 게 두 가지 있었다. 하나는 원장이 언제나 술친구로서 방문했던 옛 전우 한자키 고헤이를 만나는 일이다. 그렇게 하면 아직 모르는 원장의 이면생활이 폭로될지도 모른다. 또 하나는 아무래도 사건에 관계 있을 것 같은 파충관을 철저하게 다시 수색하는 것이다. 가모다가, 갑자기 열면 파충류의 생명을 뺏는다고 한 세 개의 탱크를 꼭 열어 보아야 할 것이다. 그 탱크는 고의인지 우연인지 사람 한 명을 숨기기에는 충분한 크기였다.

그런 다짐을 하는 사이에 호무라의 온몸에 점점 반항적인 힘이 솟아올랐다.

"스나가를 부르자."

그는 공중전화로 호무라 탐정사무소의 조수 스나가에게 바로 동물원으로 오라고 명령했다.

5

파충관의 가모다 연구실로 들어가니 가모다가 등을 보이고 비커에 든 다갈색 액체를 흔들어 젓고 있었다. 다른 사람은 아무도 없었다.

호무라의 발소리를 들었는지 가모다가 비커를 흔들던 손을 멈추었다. 그러나 뒤돌아보지는 않고 옆으로 몸을 움직여 경질도기로 만든 훌륭한 개수내에 액체를 부었다. 그러자 새하얀 연기가 올라왔다. 어쩌면 강산성 극약 같다. 무엇을 하고 있었을까?

"가모다 씨, 또 방해를 하러 왔습니다." 호무라가 무뚝뚝하게 말했다.

"아." 가모다는 애교 있게 고개만 돌리고 말했다. "아직 할 이야기가 있습니까?" 그는 싱글싱글 웃으면서 수돗물로 비커를 씻었다.

"아까의 대답을 하러 왔습니다."

"아까의 대답이란?"

"그렇습니다." 호무라는 커다란 탱크를 가리켰다. "이 탱크를 바로 여세요."

"당신." 가모다는 화난 얼굴로 대답했다. "아까도 말했듯이 이것을 바로 열면 동물이 모두 죽습니다."

"그러나 인간의 생명을 대신할 수는 없습니다."

"뭐? 인간의 생명? 하하, 당신은 이 탱크 안에 사흘 전에 행방불명된 원장이 들어 있다고 생각하는군요."

"그렇습니다. 원장은 그 탱크에 들어 있습니다."

호무라는 화가 난 목소리로(이것은 그의 나쁜 버릇이다) 엄청난 말을 해버렸다. 그것은 전부터 조금 의심했던 것으로 아직 단정할 만큼 충분한 증거는 모으지 못한 상태였다. 화를 낸 뒤에는 후회했지만 그러나 이상하게 화낸 뒤의 상쾌함은 없었다.

"당신은 나를 모욕하고 있습니다."

"그런 것은 지금 생각하지 않습니다. 우선은 일 분이라도 빨리 이 탱크를 여세요."

"좋습니다. 열지요." 가모다가 단호하게 말했다. "그러나 만약 이 탱크 안에 원장이 없다면 당신은 나에게 무엇을 보상하겠습니까?"

"무엇이든. 도시코 씨와 당신 결혼식에서 일생일대의 여흥이라도 보이지요."

호무라의 이 말은 아마도 가모다의 핵심을 찌른 것 같다.

"좋소." 그는 불만족스러운 얼굴로 끄덕였다. "이 장치를 열어 보이겠소. 하지만 그러려면 파충류들을 다른 건물로 옮겨야 하니 지금부터 대여섯 시간은 걸릴 것입니다. 그것은 알아주세요."

"빨리 서두르세요. 지금은 4시입니다. 그러면 밤 10시까지 걸리겠군요. 경관도 도움을 바라니까 계속 있을 겁니다."

"나도 오늘 밤은 돌아가지 않습니다." 가모다가 말했다.

호무라는 그 방에서 경관을 불렀다. 사이고 부원장에게도 양해를 구했는데 그도 오늘 밤은 탱크를 열 때까지 파충관에 머물겠다고 했다.

그러나 호무라는 그들과 다른 코스를 갈 결심을 했다. 마침 그 때 스나가 조수가 도착하자 그에게 여러 주의사항을 말하고 파충관을 감시하도록 명령했다. 호무라는 혼자 동물원의 돌문을 나갔다. 이미 가을 해는 언덕 너머로 떨어지고 새카만 숲속에 호수가 빛나고 있다. 호무라 탐정도 마침내 어둠 속으로 사라졌다. 그리고 시계 소리만 났다. 오후 5시, 6시, 7시, 그리고 8시, 9시를 알려도 호무라는 파충관으로 돌아오지 않았다. 9시 30분이 되자 많은 사육사와 정원사가 우리를 갖고 들어와 비단뱀 한 마리씩을 넣고 다른 온실로 운반해 갔다. 그 작업은 오래지 않아 끝났다. 조수 스나가는 아까부터 가모다를 한쪽에서 보고 있다. 결국 파충관의 기둥시계가 땡, 땡, 주위 벽을 흔들듯이 10시를 쳤다. 사람들은 고개를 들고 물끄러미 시계의 문자판을 보고 입구를 보았다.

"호무라 씨는 이제 오지 않을지도 모릅니다." 가모다가 두 손을 문지르며 말했다.

"마냥 기다릴 수 없으니 이대로 닫고 돌아갈까요?"

경관과 사이고 부원장이 일어났다. 스나가도 일어섰다. 그러나 그는 해산하자는 가모다의 말에 찬성해서 일어난 것이 아니었다.

"조금 더 기다려주세요. 선생님은 꼭 돌아오십니다." 스나가가 소리쳤다.

"아니, 오지 않습니다." 가모다가 말했다.

"그러면……." 스나가는 결심을 했다. "선생 대신 내가 볼 테니 이 탱크를 여세요."

"그것은 내가 거절합니다." 화난 가모다가 말했다.

스나가가 가모다와 말다툼하는 중 어느 사이에 입구 문이 열리고 호무라가 미소 지으며 이 광경을 보고 있었다.

"여러분 많이 기다리셨습니다. 뱀들은 모두 퇴장했군요. 그러면 지금은 내가 퇴장하거나, 아니면 가모다 씨가 퇴장하거나 할 순서가 되겠습니다. 자, 저것을 열어볼까요, 가모다 씨?"

가모다는 말없이 첫째 탱크에 가서 스패너로 육각 나사를 하나하나 풀었다. 일동은 가모다의 뒤에서 목을 빼고 과연 무엇이 나타날지, 침을 삼키며 바라보았다.

철컹!

소리가 나고 탱크 상반부가 입을 열었다. 내부는 동심관처럼 되어 있고, 상어 지느러미 같은 커다란 주름이 있는 동심관 안쪽이 하얗게 보일 뿐 안에는 아무것도 없었다.

"비어 있다." 누군가가 소리쳤다.

가모다는 둘째 탱크 앞으로 말없이 걸어갔다. 같은 행동을 반복해서 연 내부는 첫째 탱크와 마찬가지로 비어 있었다. 실망한 듯한, 그리고 또 안심한 듯한 한숨이 어딘가에서 들려왔다.

이제 마지막 탱크 순서다. 가모다도 긴장에 떠는 손으로 스패너를 돌렸다.

찰캉!

드디어 마지막 탱크가 열렸다.

"앗!"

"이것도 비어 있다!"

호무라는 스나가에게 눈짓을 하고 혼자 앞으로 나섰다. 그의 손에는 자동차 나팔의 손잡이 정도의 스포이트와 비커가 들려 있었다. 그는 조심스럽게 하얀 주름 주위의 노란 액체를 스포이트로 빨아들여 비커로 옮겼다. 그것은 겨우 바닥을 적실 정도의 양이었다. 호무라는 다시 스포이트 끝으로 탄력 있는 주름을 하나하나 조사했다.

그러다 "앗" 하고 소리 지르며 얼굴을 들었다.

"이것이다. 드디어 발견했다."

그가 재빨리 손가락 끝으로 들어올린 것은 길이 3센티미터, 젓가락 정도 두께의 둔한 빛을 내는 금속…… 소총의 탄환 같은 형태의 것이었다.

사람들은 영문을 몰라하는 얼굴로 호무라의 손가락 끝에 있는 것을 보았다. 호무라는 그 탄환 같은 것을 가모다의 코앞으로 가져갔다.

"당신은 이것을 알고 있습니까?"

가모다는 말없이 고개를 저었다.

"당신은 몰랐습니다."

호무라는 어쩐 일인지 지독한 탄식을 내뱉고 말했다.

"이것은 말입니다."

모든 사람이 호무라의 입을 보았다.

"이것은 러시아 군이 쏜 소총탄입니다. 그리고 이것은 30일부터 행방불명된 가와치 원장의 몸 안에 28년이나 들어 있던 것입니다. 즉 가와치 원장의 인식표입니다. 원장의 몸을 태우거나 녹이지 않으면 나오지 않는 영원한 인식표입니다."

"그런 엉터리가." 가모다가 창백하게 떨면서 화를 냈다.

"아니, 불쌍하게 가모다 씨의 계획은 엉뚱한 곳에서 실패했습니다. 당신은 원장을 죽이기 위해 의학을 배우고, 이학을 배우고, 수마트라에 가서 뱀을 연구했습니다. 그리고 일본에 돌아와 많은 기부를 하고 이 파충관을 세우고, 연구를 계속했습니다. 일곱 마리의 비단뱀은 당신의 연구 재료이며 귀중한 흉기를 만드는 것이었습니다. 우리는 흔히 의학교실에서 개를 수술하여 타액선을 몸 밖으로 끌어내, 맛있어 보이는 것을 보여 체외 용기에 나오는 개의 타액을 채집하는 실험을 봅니다. 당신은 생물학과 외과에 뛰어난 두뇌와 솜씨로 비단뱀의 복강에 구멍을 뚫고 그 소화기관의 액즙을 열심히 채집했습니다. 그리고 주도면밀하게 주의를 기울여 오늘까지 저장해됐습니다. 그리고 또 여기에 있는 탱크는 교묘한 구조를 가진 인조 위장입니다."

너무나 의외인 호무라의 말에 사람들은 아연해서 그의 입을 지켜볼 뿐이었다.

"가모다 씨는 30일 오전 11시 20분경, 원장을 사람이 없는 이곳으로 불러들여 독물로 죽였습니다. 그런 다음 바로 원장을 나체로 만들어 옷가지는 저 큰 가방에 넣고 저녁에 아무렇지도 않게 동물원 밖으로 가져갔습니다. 그리고 우선 원장의 입을 열어 뱀의 소화액으로는 녹지 않는 금니를 뽑아낸 다음, 시체가 완전히 녹을 것이라 생각하고 이 세 번째 탱크에 원장을 집어넣었죠. 그리고 오래 저장하고 있던 비단뱀의 소화액을 탱크에 넣어 밀봉하고 전동장치로 원심관, 그것은 주름이 있는 인조 위장인데, 그 위장을 움직이기 시작했습니다. 가모다 씨는 적당한 온도를 유지해 이것을 계속하면 오늘 밤 8시까지는 완전히 원장의 몸이 탱크 안에서 형체도 없이 융해된다는 걸 알았습니다. 그래서 이 시간이 되어서야 탱크를 열 것을 허락한 거죠.

가모다 씨는 계획을 진행해 탱크 안의 용액을 그대로 흘려보내기로 했습니다. 갑자기 흘려보내면 이런 조용한 곳에서 소리가 날 것을 염려해 배수구 뚜껑을 반 정도 열어 원장을 녹인 탱크의 내용액을 흘려보냈습니다. 그러나 이것 때문에 실패하게 되었습니다. 유출 속도가 아주 느려서 원장의 몸 안에 있던 탄환은 흘러가지 않고 그대로 주름 사이에 남은 것입니다. 이 탄환은 원장이 사하 전투에서 몇 발의 탄환을 맞고 야전병원에서 큰 수술을 받았지만 결국 뽑아내지 못한 한 발이었습니다. 정말 무서운 일입니다. 원장의 금니는 대담하게도 내가 보는 앞에서 비커 안의 왕수에 녹여 하수에 흘렸습니다. 만년필과 단추는 가모다 씨 자신이 조작한 것으로 이건은 범죄자 특유의 조그만 교란 수단입니다."

"엉터리나, 날조다."

가모다는 울부짖었다.

"그러면 할 수 없이 마지막 이야기를 하지요." 호무라는 조용하게 말했다. "이 범행 동기는 정말 비참한 사실에서 나왔습니다. 이야기는 멀리 러일전쟁으로 거슬러 올라가지만 당시 중사였던 가와치 원장이 분대원을 이끌고 사하 전선, 요양성에서 전투했을 때입니다. 그때 사쿠야마 난조 이등병이 어쩐 일인지 적 앞인데도 눈에 띌 정도로 유감스러운 행동을 해 우리 군 일각이 무너져버렸습니다. 하여 어쩔 수 없이 눈물을 흘리며 그 사쿠야마 이등병을 참살했습니다. 이것은 군법에 정해진 살인이지만 그것을 보고 있던 분대원 한 명이 본국으로 귀환해서 사쿠야마 이등병의 미망인에게 말했습니다. 미망인은 죽은 남편에 뒤지지 않는 사람으로 그때 아직 어린 아들을 안고 가와치 중사에게 복수를 맹세했습니다. 그 남자아이 토미오는 그 후 어머니의 성姓인 가모다를 이어받고 먼저 죽은 어머니의 의지를 이어 이런 일을 꾸민 것입니다."

호무라의 말이 끝났다. 그러나 가모다는 이번에는 아무 말도 없이 고개를 숙였다.

"그 뒤는 말할 필요가 없습니다. 마지막에 소개하고 싶은 사람이 있습니다. 이 사건의 힌트를 제공해주시고 이후 제 조사에 공헌해주신, 죽은 원장의 옛 전우, 한자키 고헤이 씨입니다. 이분은 원장과 같은 고향 출신인데 위생병으로 출정해서, 원장이 X선으로 몸 안의 탄환을 볼 때도 입회했고, 또 전쟁터의 비화를 원장에게 듣기도 한 분입니다. 가모다 씨의 죽은 아버지 일도 알고 있어서 여기에 모시고 왔습니다. 지금 소개하겠습니다."

호무라는 일어나 입구의 문을 열었다. 그러나 거기에 노인은 없었다. 파충관의 출입구가 사람이 지날 수 있을 정도의 너비로 열려 있고, 밖에는 새카만 어둠이 있을 뿐이었다.

"앗! 가모다 씨가 자살했다!"

누군가 소리쳤지만 호무라는 그쪽을 돌아보려고도 하지 않았다.

호무라의 가슴에는 사건을 해결할 때마다 경험하는 괴로운 감정이 밀려왔다.

미스터리 가이드*
Readers' Guide to Crime

제임스 샌도 James Sandoe, 1912~1980
미국의 추리문학 평론가로서 미국 콜로라도 대학 영문학 교수로 재직하기도 했다. 1949년과 1961년, 평론으로 미국추리작가협회상을 받았다.

* * *

 추리문학 수집가나 전문가가 아닌 일반 독자가 책의 판형이나 상태, 역사적 가치를 무시하고 자신의 책장을 마음에 드는 미스터리 작품으로 가득 채우려고 한다면, 현대의 뛰어난 '살인학' 학자가 작성한 다음 목록(원래 대학 도서관용으로 편집된 목록)이 도움이 될 것이다.
 샌도 씨가 선정한 주요한 작가에 관해서 진심으로 이의를 주장하는 독자는 거의 없을 것이다. 물론 많은 중요한 작가가 할애된 것도 아니다(그러나 R. A. J. 윌링, 에드거 월레스, 피비 애트우드 테일러와 그의 분신 앨리스 틸튼, 패트릭 퀜틴과 그의 분신 조나산 스태지가 나오지 않은 것은 이해하기 어렵다).
 나는 몇 작품의 선정을 부정한다. 예를 들어 평론가들이 레이먼드

---

* 「미스터리 가이드」는 미국의 추리문학 평론가인 하워드 헤이크래프트가 편집한 『추리소설의 미학(The Art of the Mystery Story)』(1946)에 소개된 것으로, 앞의 소개글은 하워드 헤이크래프트가 쓴 것이다.

챈들러의 『안녕 내 사랑』(1940)을 제외하고 『하이 윈도』를 선정한 감각을 이해할 수 없다. 나는 이 작품을 해미트 이후 하드보일드 분야에서 최고 걸작으로 생각한다. 마찬가지로 에릭 앰블러의 세련되고 잘 알려진 『디미트리오스의 관』보다 『공포의 여행』(1940)이 좋다는 독자에게 박수를 보낸다. 그 이유는 『디미트리오스의 관』은 만들어진 위험에 지나지 않지만 『공포의 여행』은 피할 수 없는 위험이라는 의미에서 순수하기 때문이다. 도로시 휴즈의 비교적 틀에 박힌 『떨어진 참새The Fallen Sparrow』(1940)를 선택해 어느 종류의 폭력에 항의한 것에는 상당히 감동했다. 동시에 그녀의 첫 작품 『파란 마블The So Blue Marble』(1940)도 선정했으면 좋지 않았을까. 이 소설은 당시 평판이 대단했던 소설 가운데 잊기 어려운 작품이다. 사실 아무래도 초기 작품에 주목하는 경향이 있다. 렉스 스타우트의 『독사』(1934), 로 크리지의 『노스 부부, 살인을 만나다The Northes Meet Murder』(1940), 티모시 풀러의 『하버드 대학 살인의 비밀Harvard Has a Homicide Mystery』(1936), H. C. 베일리의 초기 작품으로 조수아 클렁크가 등장하는 『붉은 성의 비밀The Red Castle Mystery』(1932), 조제트 헤이어의 『단순한 살인Merely Murder』(1935), 힐다 로렌스의 『눈 위의 피Blood Upon the Snow』(1944), E. H. 클레멘츠의 『그에게 죽음을Let Him Die』(1939)은 모두 첫 작품이거나 초기 작품인데, 샌도 씨와 그의 동료들이 이 작가들의 대표작으로 뽑은 후기 작품(내 의견으로는 후기가 될수록 나빠진다) 대신에 나는 이것들을 넣고 싶다.

아주 중요한 영국계 미국인 작가로 이름이 두 개 있는 존 딕슨 카에 관한 나의 초기 평가를 공식적으로 수정할 수 있는 기회에는 감사하고 싶다. 몇 년 전에 작성한 목록에서 나는 카 명의의 『아라

비안나이트 살인The Arabian Nights Murder』과 카터 딕슨 명의의『흑사장 살인사건The Plague Court Murders』을 선정했다. 그 후 가능한 주의 깊게 다시 읽어보니 기디언 펠 박사의 뛰어난 많은 활약 가운데 특히 상상력 풍부힌 키 명의의『망가진 경첩The Crooked Hinge』(1938)과 헨리 메리베일 경의 추리가 뛰어난 딕슨 명의의『유다의 창The Judas Window』(1938)(샌도 씨의 목록에도 실려 있다)으로 정정하기로 했다.

물론 샌도 씨도 알고 있듯이 경계선이 아슬아슬한 작품까지 성역에 넣은(한정된 목록 또는 '고전'의 범주라는 틀과는 대조적으로) 제한 없는 작품 목록은 한번 문이 열리면 밀려드는 책의 홍수를 모두 체크할 수 없다는 단점이 있다. 여기에 제프리 하우스홀드의『나쁜 남자Rogue Male』를 넣었다면 왜 에셀 밴스의『도망Escape』(1939)은 들어가지 않았는지, 훌륭한 작품이지만 지명도가 낮은 1932년 출판된 추적물의 고전, 필립 맥도널드의 같은 타이틀 작품에 대해서도 비슷한 말을 할 수 있다. 그레엄 그린의 서스펜스 넘치는 엔터테인먼트 작품이 들어갔다면, 헬렌 매키네스의『의혹의 여지없이Above Suspicion』(1942)는 어떤가?『발레 중의 총탄A Bullet in the Ballet』에 페이지를 할애할 여유가 있다면, 왜 비슷하게 유쾌한 엘리엇 폴의『불가사의한 미키 핀Mysterious Micky Finn』(1939)과 술 취한 탐정이 빠졌을까? 단순히 역사에 기본을 두었을 뿐인『루서 트랜트의 공로Achievement of Luther Trant』가 들어갔다면 프레더릭 어빙 앤더슨의 풍부한 내용과 그만한 가치 있는『살인의 책Book of Murder』(1930)과 초기 고달과 소피 랭의 괴도 모험담은 왜 들어가지 않았을까? 루비 콘스탄스 애시비의『그는 황혼에 도착했다He Arrived at Dusk』의 초자연적 분위기를 인정했다면 조금 더 확대해석해서 헨리 제임스의『나사의 회전The Turn of the Screw』(1898)과 도로시 맥커들의 『불청객The Uninvited』(1942)을 넣어보면 어떨까? 라울 휘트필드가 여기에 들어가면 제임스 M. 케인의 『우편배달부는 두 번 벨을 울린다The Postman Always Rings Twice』(1934)와 『이중배상Double Indemnity』(1943)을 넣는 데 이견은 없을 것이다. 그리고 다프네 두 모리아의 『레베카Rebecca』(1938)를 뺀 이유는 도대체 무엇일까? 틀림없이 이 시대 미스터리의 걸작 중 하나로 냉혹한 비평가들도 '소설'로서 인정한 작품인데 말이다.

이것들은 미세한 것에 지나지 않는다. 샌도 씨의 목록에는 전체적인 결점도 있다고 생각한다. 즉 미국이 낳은 범죄소설 가운데 하드보일드 소설을 최소한으로 하려는 경향이 있다. 하드보일드의 경솔한 기교와 지나친 행위는 당연 비판되고 있지만, 그래도 지난 15년 동안 개선되고 양식도 정리되어 있다.

비타민 부족을 해소하기 위해 목록에 데이빗 닷지의 『죽음과 세금Death and Taxes』(1941), 휴 펜트코스트의 『빨간 소인Cancelled in Red』(1939), 클리브 애덤스의 『사보타지Sabotage』(1940), 로버트 조지 딘의 『결혼 살인Murder by Marriage』(1940)과 (또는) 휘트먼 챔버스, 조지 하먼 콕스, 존 스페인, C. W. 크라프턴, H. W. 로덴, 브레트 할리데이, 다나 챔버스와 같이 독자가 좋아하는 '사립탐정'이 활약하는 작품을 몇 편 추가하면 어떨까?

엉터리가 아닌 일반적인 작품으로 읽어도 재미있고, 그 작가의 평균 이상 대표작으로 도서목록에 추가해도 도움이 될 작품을 생각대로 순서 없이 들어본다. 클레멘스 데인과 헬렌 심프슨의 『조지 경 재등장Re-Enter Sir John』(1932), 리처드 키번의 『빨간 모자의 남자The Man in the Red Hat』(1930), 버나드 케이프의 『스켈레톤 키Skeleton Key』(1919), 캐서린 우즈의 『성벽 도시의 살인Murder in a Walled Town』(1934), 데이빗 키스의 『요드의 문제A Matter of Iodine』(1940), 버지니아 퍼듀의 『그는 쓰러져 죽었다He Fell Down Dead』(1943) 또는 『떠들썩한 소동Alarum and Excursion』(1944), 패트릭 켄틴의 『바보들의 피즐A Puzzle for Fools』(1936), 엘리자베스 딘의 『살인은 수집가의 품목Murder is a Collector's Item』(1939), J. H. 월리스의 『창문의 여자Once Off Guard』(1942), 세오도라 뒤보아의 『죽음은 흰 코트를 입는다Death Wears a White Coat』(1938), 도로시 캐머론 디즈니의 『발코니The Balcony』(1940), 도리스 마일즈 디즈니의 『합성살인Compound for Death』(1943), 리처드 마시의 『풍뎅이The Beetle』(1915), 챈우드 경의 『눈 위의 발자국Tracks in the Snow』(1906), 역사적으로 가장 재미있는 것은 밸런타인 윌리엄스의 『내리닫이 쇠살의 방The Portcullis Room』(1934), 마가렛 밀러의 『철문The Iron Gates』(1945), 앨런 보즈워스의 『급속잠항Full Crash Dive』(1942), 안소니 롤의 『성직자의 실수Clerical Error』(1932), 버질 마컴의 『황혼의 죽음Death in the Dark』(1928), 베라 캐스퍼리의 『로라Laura』(1943), E. C. 벤틀리의 『트렌트 자신의 사건Trent's Own Case』(1936), C. H. B. 키친의 『고모의 죽음』(1930), P. W. 윌슨의 『신부의 성Bride's Castle』(1944), R. C. 우드소프의 『죄인용 로프Rope for Convict』(1940), 베이너드 켄드릭의 『제비꽃 향The Odor of Violets』(1941), 새뮤얼 로저스의 『뒤를 보지 마라!Don't Look Behind You!』(1944), 피비 애트우드 테일러의 『케이프 코드의 비밀The Cape Cod Mystery』(1931)과 앨리스 틸튼 명의의 『단도직입Cut Direct』(1938), 에드거 월레스의 『J. G. 리더의 살인의 책The Murder Book of J. G. Reeder』(1926), R. A. J. 월링의 『운명의 5분The Fatal Five Minutes』(1932), 조나산 스태지(패트릭 켄틴)의 『별은 죽음을 말한다The Stars Spell Death』(1939), 제임스 노먼의 『죽여라, 빨리 빨리Murder Chop chop』(1942), 빅터 루어스의 『롱보우 살인The Longbow

Murder』(1941), 재미있는 것은 헨리 웨이드의『요크 공의 발자국The Duke of York's Step』(1929), A. R. 힐러드의『빌어먹을 정의Justice Be Damned』(1941), 이든 필포츠의『회색 방The Grey Room』(1921), 앤 호킹의『지독한 독설 Deadly Is the Evil Tongue』(1940), 윌리엄 질렛의『토링턴 로드의 놀라운 범죄 The Astounding Crime in Torrington Road』(1927), 그리고 런던의 추리작가협회가 편집한 앤솔로지 두 작품,『떠 있는 제독The Floating Admiral』(1932)과『경관에게 물어라Ask a Policeman』(1933).

이제 샌도 씨의 목록을 보시기를.

하워드 헤이크래프트

* * *

현재에 이르기까지 25년 동안 평론가는 추리소설은 문학의 한 형식이라는 옹호론을 전개해왔다. 여기에 대한 반론은 25년 전에는 확실한 논거가 없었고, 지금은 소리 없는 미신으로 변했다. "대학교수는 모두 추리소설을 읽는다"는 말은 놀라운 일이지만 부정할 수 없는 사실이다. 그러나 아무리 많은 교수가 추리소설을 읽어도 추리소설을 계통적으로 소장하고 있는 대학 도서관은 거의 없다.

공공 도서관은 대중의 기호에 맞추어 대개는 대규모 책을 갖추고 있다. 그러나 여기에서마저 추리소설의 변천을 역사적으로 알 수 있도록 모으지 않고, 가끔 일시적으로 갖출 뿐이다. 공공도서관의 추리소설은 닳아빠지면 다시 제본하고, 이어갈 뿐으로 마지막까지 철저하게 사용한다. 대부분의 도서관은 오래된 추리소설을(그 가운데 최고 걸작마저) 다시 구입하거나, 독자를 만족시키기 위해 좋든 나쁘든 신간서적을 대량으로 구입할 충분한 예산이 없다. 대출 도서관은 시즌마다 새로이 책을 구입한다. 일반인과 학생들의 손이 닿지 않는 소수의 개인 장서가들만 추리소설의 발자취를 계통적이며 가장 좋은 상태로 갖추고 있다.

현재 놀라울 정도로 많은 추리소설이 출판되고(최근 소설의 새로운 네 형식 가운데 하나이지만) 그 양이 많은 것만으로도 관심을 갖지 않을 수 없다. 예외 분자, 즉 추리소설을 무시하는 적대적 교수마저 관심을 보인다(그가 착실한 학자라면 말이지만). 추리소설이 문학의 일부로서 정당한 관심과 존경을 받아온 이유는 출판 수가 많은 것도, 인기가 높기 때문도 아니다. 활력과 독창성, 최근에는 독자의 지식과 호기심과 인간성에 관한 깊은 관심 때문이다.

필자는 대학 도서관이 추리소설 수집에 책임감을 가져야 한다는 생각으로 하워드 헤이크래프트가 작성한 초기 두 개의 '작가 목록'을 기본으로 추리소설 목록을 만들어보았다. 많은 삭제와 추가를 한 이 새로운 목록은 추리소설 역사의 개략을 보이기 위한 것이고, 수수께끼와 교양, 뛰어난 활력과 다양성을 집약한 것이기도 하다. 이 수정 목록은 많은 평론가와 작가, 편집자, 독자에게 제공받았는데, 그들은 검토 후 추가와 삭제를 원하는 격렬한 항의를 했다. 그리고 1944년 4월 윌슨 도서관 공보에서 「추리소설과 학구」라는 제목으로 더 개정된 목록이 발표되자 화제가 되었고 많은 비평을 받았다. 현재 더 개정 중으로(1945년) 편집자의 조언을 받아 수정하고 있다. 도서목록 수는 최소한으로 했다. 기재된 많은 작품의 오리지널 판은 절판이 되었지만 페이퍼백으로 재간된 시리즈도 있고, 대부분은 간단하게 헌책방이나 개인 장서가에게 구할 수 있다.

선집

- **안소니 바우처(윌리엄 화이트) 엮음**, 『미국 추리소설 걸작선Great American Detective Stories』(1945) 자극적인 주석이 달린 신선하고 존경스러운 선집이다.
- **피터 하워스 엮음**, 『스코틀랜드 야드 이전: 범죄와 추리의 고전적 이야기, 경외서부터 찰스 디킨스까지Before Scotland Yard: Classic Tales of Roguery and Detection, Ranging from the Apocrypha to Charles Dickens』(1927). 빈센트 스타릿은 이 책을 "초기 추리소설의 뛰어난 앤솔로지"라고 평했다.
- **엘러리 퀸(프레더릭 더네이, 맨프레드 리) 엮음**, 『101년의 오락: 1841~1941년, 단편 추리소설 걸작선101 Year's Entertainment : The Great Detective Stories, 1841~1941』. 최고의 종합 단편집. 스타릿은 이 책을 "퀸 앤솔로지의 집대성"이라고 평했다.
  그 밖에 유명한 탐정 24명이 이름을 바꾸어 등장하고, 추리방법과 스토리로 탐정이 누구인지 맞히는 『독자에게 도전Challenge to the Readers』(1938), 『스포츠의 피: 스포츠 추리소설 걸작선Sporting Blood : The Great Sports Detective Stories』(1942), 『범죄 속의 여성들: 여성 명탐정과 범죄자The Female of the Species: The Great Women Detectives and Criminals』(1943), 『셜록 홈즈의 재난The Misadventures of Sherlock Holmes』(1944), 『악당 열전Rouges Gallery』(1945)이 있다. 다양하고 수준 높은 신작과 옛 작품을 소개하는 것으로 유명한 『엘러리 퀸 매거진』(1941)은 틀림없이 주목할 가치가 있다.
- **존 로드 엮음**, 추리작가협회 회원들의 단편과 논문이 수록된 『탐정 메들리Detective Medley』(런던, 1939). 이 뛰어난 단편집은 미국에서 『라인업Line-Up』(1940)으로 출간되었다.
- **도로시 세이어즈 엮음**, 『범죄 옴니버스The Omnibus of Crime』(1929), 『두 번째 범죄 옴니버스The Second Omnibus of Crime』(1932), 『세 번째 범죄 옴니버스The Third

Omnibus of Crime』(1935). 각각 추리와 미스터리와 호러 단편소설을 조합한 것이다. 첫 옴니버스 서문은 아주 간결한 소개문으로 세이어즈의 다른 선집 『적발의 배심원Tales of Detection』(런던, 1936)의 서문과 함께 뛰어나다.

빈센트 스타릿 엮음, 『세계 스파이 단편소설 걸작선World's Great Spy Stories』(1944). 도시풍의 세련된 주석이 달린 미국 최초의 단편집이다.

그 밖의 선집: 케네스 맥고완의 『탐정들Sleuths』(1931). 유진 스윙의 『세계 베스트 추리소설World's Best Detective Stories』(1929)은 10권으로 나온 상당히 수준이 일정하지 않은 단편집이지만 입수하기 어려운 작품이 많이 수록되어 있다. 윌러드 헌팅턴 라이트(S. S. 반 다인)의 『추리소설 걸작선Great Detective Stories』(1927)은 신뢰할 수 있는 확실한 서문이 있다. E. M. 롱의 서문이 있는 『범죄와 탐정Crime and Detection』(1926). 빈센트 스타릿의 『걸작 추리소설 14Fourteen Great Detective Stories』(1928).

장편소설, 단편소설

마저리 앨링엄, 『유령의 죽음Death of Ghost』(1934), 『판사와 꽃다발Flowers for the Judge』(1936). 앨링엄의 작품은 질적으로 뛰어나고, 후기 작품 대부분이 그렇다. 『장례식의 경찰Police at the Funeral』(1931) 이전에 발표한 초기 작품은 같은 탐정 앨버트 캠피온이 등장하지만 추리소설이라기보다 익살맞은 스릴러이다.

에릭 앰블러, 『디미트리오스의 관A Coffin for Dimitrios』(1939). 안소니 바우처와 헬렌 E. 헤이네스는 옴니버스판 『음모Intrigue』(1943)에 앰블러의 네 작품을 넣었다.

R. C. 애시비, 『그는 황혼에 도착했다He Arrived at Dusk』(1933). 특별한 공포소

설이다.

H. C. 베일리, 『포튠 씨를 불러라Meet Mr. Fortune』(1942). 레지널드 박사의 전기적 수기를 모아 하나의 장편 『비숍의 범죄The Bishop's Crime』와 초기 12단편으로 이루어졌다. 『고아 앤In Orphan Ann』(1941)에는 베일리의 다른 탐정인 위선적인 사기꾼 조수아 클렁크가 나온다.

에드윈 발머, 윌리엄 맥해그, 『루서 트랜트의 공로The Achievements of Luther Trant』(1910). 릴리언 데 라 토레와 빈센트 스타럿이 열성적으로 추천했다. 그들이 이 작품의 역사적 흥미에 주목한 것은 틀림없는데 시대와 함께 잊혀진 것도 확실하다.

프랜시스 비딩, 『이스트레프의 죽음Death Walks in Eastrepps』(1931). 빈센트 스타럿은 이 작품을 "위대한 추리소설 열 작품 가운데 하나"라고 평했다. 비딩은 시시한 3류 음모를 묘사한 시리즈 소설로도 잘 알려져 있다.

조세핀 벨, 『병원 살인사건Murder in Hospital』(1937), 『자연스러운 이유에서From Natural Causes』(1939). 미국에서 아직 출판되지 않은 작가의 뛰어난 작품 가운데 두 편.

조지 벨레어즈, 『참견자의 죽음Death of Busybody』(1943). 유머러스하고 날카로운 관찰안을 가진 영국 신예작가의 작품이다.

아놀드 베넷, 『그랜드 바빌론 호텔The Grand Babylon Hotel』(1902). 호화 현란한 작품. 스타럿은 이 작품을 "추리소설로서는 아슬아슬한 범주에 들어가지만 흥미 깊은 예이다"라고 평했다.

E. C. 벤틀리, 『트렌트 최후의 사건Trent's Last Case』(1913). 이 작품의 주인공이 단편집 『트렌트 개입하다Trent Intervenes』(1938)에 재등장한다.

안소니 버클리(안소니 버클리 콕스), 『독 초콜릿 사건The Poisoned Chocolates Case』(1929), 『시행착오Trial and Error』(1937).

얼 데어 비거스, 『중국 앵무새The Chinese Parrot』(1926). 탐정은 찰리 챈이다.

니콜라스 블레이크(세실 데이 루이스), 『야수는 죽어야 한다The Beast Must Die』

(1938).

안소니 바우처(윌리엄 A. P. 화이트), 『골고다의 7사건The Case of the Seven of Calvary』(1937)은 대학을 무대로 한 최초의 작품이다. 『베이커 가 비정규대 사건The Case of the Baker Street Irregulars』(1940)은 유쾌한 셜록 홈즈 소동이다.

애니타 바우텔, 『죽음은 과거가 있다Death Has a Past』(1939).

도로시 바워즈, 『공포와 미스 베토니Fear and Miss Betony』(1942).

어니스트 브라마, 『맥스 캐러도스Max Carrados』(런던 1914), 『맥스 캐러도스의 눈The Eyes of Max Carrados』(1924). 캐러도스 뒤에 많은 시각 장애인 탐정이 등장했는데 그에 필적하는 사람은 아무도 없다.

캐릴 브람스, 『발레 중의 총탄A Bullet in the Ballet』(1938). 발레광의 해학극이다.

H. C. 브랜슨, 『아픈 엄지The Pricking Thumb』(1943), 『자이언트 킬러The Case of the Giant Killer』(1944). 두 작품 모두 정교한 필치다.

린 브록, 『경련The Kink』(1927), 『담비The Stoat』(런던, 1940). 모두 길고 수수하고 난해하고 흥미 깊은 작품이다.

존 버칸, 『39계단The 39 Steps』(1915). 본래는 추적물이지만 깔끔한 미스터리다.

조안나 캐넌, 『개의 죽음Death at "The Dog"』(1941).

마가렛 카펜터, 『위험한 실험Experiment Perilous』(1943).

존 딕슨 카, 『화형법정The Burning Court』(1937). 이 작품에 대해 엘러리 퀸은 "사실 추리소설 장르에는 들어가지 않는다"라고 이의를 제기했으며, 안소니 바우처는 "추리소설의 경계에 위치한 작품"이라 했다. 『세 개의 관The Three Coffins』(1935)은 기디온 펠 박사가 수수께끼 풀이를 하는 카의 많은 밀실 작품 가운데 가장 뛰어나다. 릴리언 데 라 토레는 영국의 유명한 사건을 다룬 카의 훌륭한 작품 『에드먼드 고드프리 경의 살해사건The Murder of Sir Edmund Godfrey』(1936)을 추천한다.

레이먼드 챈들러, 『빅 슬립The Big Sleep』(1939), 『하이 윈도The High Window』(1942).

두 작품은 해미트의 전통을 지키고 그것을 초월했다.

G. K. 체스터턴, 『브라운 신부 옴니버스The Father Brown Omnibus』(1945). 매력적이고 통찰력이 날카로운 성직자가 나오는 단편들이 수록되어 있다.

피터 체이니, 『다크 듀엣Dark Duet』(1943). 위기 연속의 방첩활동 작품 가운데 처음으로 최고의 작품.

애거서 크리스티, 『애크로이드 살인사건Murder of Roger Ackroyd』(1926)은 너무나 당연한 트릭을 놀랍게 사용했기 때문에 추리소설계에서 가장 물의를 일으킨 작품이다. 『ABC 살인사건The ABC Murders』(1936), 『회상 속의 살인Murder in Retrospect』(1942)도 마찬가지다. 크리스티의 다른 작품도 마찬가지로 많이 추천하는데 평론가는 일반적으로『다섯 마리 아기 돼지』이외에는 상당히 호의적이다. 에르퀼 푸아로의 너무도 유명한 '작은 회색 뇌세포'에 비판적인 평론가도 있다.

클라이드 B 클레이슨, 『티베트에서 온 남자The Man from Tibet』(1938). 이 작품과 세오크리터스 루시어스 웨스트보로가 등장하는 다른 사건은 의외로 언제나 호의적인 의견이 많다.

E. H. 클레멘츠, 『Perhaps a Little Danger』(1942). 헤이네스 여사는 "엄밀히 말하면 이것은 추리소설의 범주에 들지 않을지도 모르지만 그 자격은 충분히 있고 즐거운 작품이다"라고 했다.

G. H. D. 콜 & 마가렛 콜, 『채석장의 죽음Death in the Quarry』(1934). 콜 부부의 많은 뛰어난 소설 가운데도 틀림없이 베스트 1이다.

매닝 콜즈, 『Drink to Yesterday』『A Toast to Tomorrow』(1941). 두 작품 모두 스파이 소설로 전자는 상당히 냉혹한 현실미를 띤 이야기, 속편인 후자는 독특하지만 전통적인 형식이다.

윌키 콜린스, 『월장석The Moonstone』(1868). 이 작품이 수록되어 있는 『세계의 고전』(옥스퍼드대학 출판부) 서문에서 T. S. 엘리엇은 정확하다기보다 인상적으로 "최초의 가장 긴 최고의 추리소설"이라고 했다. 이 엘리엇의 의견에 이의를 제기할 사람은 거의 없다.

J. J. 코닝턴, 『내기 경마 살인The Sweepstake Murders』(1932)은 세부까지 정확하고 그다지 돋보이지 않지만 견실한 많은 작품 가운데 하나이다.

루시 코어즈, 『Painted for the Kill』(1943). 견실하고 위트에 가득 찬 등단 작품이다.

프리먼 윌츠 크로프츠, 『통The Cask』(1920), 『크로이던 발 12시 30분The 12:30 from Croydon(Wilful and Premeditated)』(1934). 전자는 시각표를 공들여 사용한 크로프츠의 뛰어난 작품으로, 클라이맥스에서 가짜 알리바이를 하나하나 정확하게 깨간다. 후자는 도치서술inverted 소설의 대표작으로 수사가 행해지기 전에 범죄의 전개를 자세히 설명한다.

A. B. 커닝엄, 『맨니 광장의 기묘한 죽음The Strange death of Manny Square』(1941). 남부의 구릉지대를 무대로 한, 통찰력이 날카롭고 따뜻함이 있는 시리즈 작품 중 하나이다.

엘리자베스 델리, 『두 권의 살인Murders in Volume 2』(1941), 『빗나간 화살Arrow Pointing Nowhere』(1944). 아주 뛰어나고 정교한 작품이다.

릴리언 데 라 토레, 『사라진 엘리자베스Elizabeth Is Missing』(1945). 매력적인 보즈웰 스타일 탐정 시리즈의 저자가 18세기 수수께끼를 재구축해서 쓴 것이다.

찰스 디킨스, 빈센트 스타릿이 편집한 『에드윈 드루드의 비밀The Mystery of Edwin Drood』(1870). 스타릿의 것은 디킨즈의 미완성 소설의 원문을 처음 학술적으로 편찬한 것이다. 서문은 적절한 결론에 대해 여러 가지 가설을 잘 마무리했다.

카터 딕슨(존 딕슨 카), 『붉은 미망인 살인The Red Widow Murders』(1935), 『유다의 창』(1938). 밀실 수수께끼를 헨리 메리베일 경이 뛰어난 추리로 해결한다.

아서 코난 도일, 『셜록 홈즈 전집』(1936)에 빈센트 스타릿의 『셜록 홈즈의 사생활The Private Life of Sherlock Holmes』(1933)을 더하는 것도 좋고, 셜록 홈즈의 복잡한 추리 가이드로서 에드거 W. 스미스가 편찬한『셜록 홈즈 서지학A Sherlockian Bibliography』(1945)과 새로운 계간지『베이커 스트리트 저널』창간호를 더해도 좋다.

위니프레드 듀크,『스킨 포 스킨Skin for Skin』(1935). 줄리아 월레스 살인사건을 바탕으로 한 작품이다.

미뇽 G. 에버하트,『정당한 경고Fair Warning』(1936). 여성의 히스테릭한 '만약 내가 알았다면' 파의 플롯을 혐오하는 오그던 나시와 결탁해서 에버하트의 작품을 빼려고 한 평론가도 있었지만 오히려 에버하트의 초기 작품, 특히 키트keate 간호사가 활약하는『18호실의 환자The Patient in Room 18』에 주목하는 사람도 많았다.

A. A. 페어(얼 스탠리 가드너),『더 큰 것이 온다The Bigger They Come』(1939). 유쾌한 시리즈의 첫 작품으로 가장 재미있다.

존 미드 포크너,『네불리 코트The Nebuly Coat』(런던, 1903). 러셀 손다이크의『복도The Slype』(1927)의 자질을 생각나게 하는 요소가 많이 있고, 이들 대성당 이야기는 두 작품 모두 널리 알려져 있다.

J. S. 플레처,『미들 템플의 살인The Middle Temple Murder』(1918). 이 작품은 평가되었다기보다 관례에 따라 목록에 넣었다고 생각한다. 플레처의 후기 작품을 상당히 일반적으로 평가하는데 헤이네스 여사는 "1915년부터 1925년 즈음의 초기 작품"을 지지하는 한 사람이다.

레슬리 포드(제니스 브라운),『간단한 독살The Simple Way of Poison』(1937)의 로맨틱한 여주인공 그레이스 래섬은 신랄한 비판의 대상이 되어왔다.

R. 오스틴 프리먼,『손다이크 박사의 옴니버스Dr. Thorndyke's Omnibus』(1932)는 미국에서 간행된 단편집 5권으로 이루어졌다. 가장 주목해야 할 것은 도치서술 단편집『노래하는 백골The Singing Bone』(1912)이다. 또한 프리먼의 서지학적인 서문「추리소설 기법The Art of the Detective Story」과 편집자

P. M. 스톤의 에세이 「킹스 벤치 워크 5의 A5A King's Bench Walk」를 수록한 손다이크 박사의 범죄 파일. 그리고 『오시리스의 눈The Eyes of Osiris』(1911), 우연히도 디킨스 소설의 어느 해석에 대한 대답이 된 『안젤리나 프루드의 비밀The Mystery of Angelrina Frood』(1924), 도치서술 작품 『포트맥의 감시Pottermack's Oversight』(1930)의 세 장편이 있다.

데이비드 프롬, 『스코틀랜드 야드에서 온 남자The Man from Scotland Yard』(1932). 핀커튼 씨가 등장하는 소설 가운데도 특히 즐거운 작품이다.

C. S. 포리스터, 『연기된 지불Payment Deferred』(1926). 프랜시스 아일즈의 『살의Malice Aforethought』(1931)처럼 악의에 넘치는 간결한 이야기다.

티모시 풀러, 『살인과 재회Reunion with Murder』(1941).

에밀 가보리오, 『르콕 탐정Mounsieur Lecoq』(1869)과 『르루주 사건L'Affaire Lerouge』(1866)에 대해 엘러리 퀸이 말하길, 그 역사적 중요성에는 경의를 표하고 "현재 읽기에는 곤란하다"고 했다.

얼 스탠리 가드너, 『의안 살인사건The Case of the Counterfeit Eye』(1935). 최근의 페리 메이슨은 아주 교훈적인데 가드너의 작품은 어느 것이나 동일한 수준이다.

안소니 길버트(루시 베아트리체 맬리슨), 『목재헛간의 비밀Mystery in the Woodshed』(1942). 크룩 씨의 원숙미가 거의 보이지 않는다.

안나 캐서린 그린, 『리븐워스 사건The Leavenworth Case』(1878). 엘러리 퀸은 "쉽게 읽을 수 있다는 역사적 가치뿐"이라고 삭제를 제안했다. 이 소설의 역사적인 중요성은 1934년 판 서문에서 S. S. 반 다인이 논하고 있다.

그레엄 그린, 『밀정The Confidential Agent』(1939). 뛰어난 소설가가 쓴 슬프고 잔혹한 '엔터테인먼트'.

워드 그린, 『최남단에서의 죽음Death in the Deep South』(1936). 1915년에 있었던 레오 프랭크 사건을 바탕으로 한 소설.

A. F. 그레이, 『순간정지Momentary Stoppage』(런던, 1942). 파리의 호화 펜션을

무대로 한 정교하고 유머 있는 작품.

프랭크 그루버, 『프렌치 키French Key』(1939)는 두 번 추천되었다. 안소니 바우처는 존 K. 베더 명의로 쓴 『마지막 초인종Last Doorbell』(1941)을 마음에 들어 했다.

대실 해미트, 『대실 해미트 전집The Complete Dashiell Hammet』(1942)에는 그의 소설 다섯 편이 수록되어 있다. 중편소설 「블러드 머니Blood Money(1943)」와 엘러리 퀸이 선정한 세 권의 해미트 단편집 『샘 스페이드의 모험The Adventures of Sam Spade』(1944), 『컨티넨털 오프The Continental Op』(1945), 『컨티넨털 오프의 귀환The Return of the Continental Op』(1945)도 추가한다.

시릴 헤어(알프레드 알렉산더 고든 클라크), 『법의 비극Tragedy at Law』(1943).

프랜시스 노이즈 하트, 『벨라미 재판The Bellamy Trial』(1927). 법정소설.

매튜 헤드(존 캐너데이), 『돈의 냄새The Smell of Money』(1943). 그야말로 신선한 데뷔작.

H. F. 허드(제럴드 허드), 『꿀맛A Taste for Honey』(1941).

조제트 헤이어, 『질투심 강한 캐스카Envious Casca』(1941).

제임스 힐튼, 『살인인가?Was it Murder?』. 처음에 글렌 트레버 명의로 『학교의 살인Murder at School』(1933)으로 출판되었다. 스타릿은 "아주 잘 쓴 1급 소설"이라고 평했다. 힐튼 본인의 평가는 낮다.

엘리자베스 생세이 홀딩, 『레이디 킬러Lady Killer』(1942), 『완고한 살인자The Obstinate Murderer』(1938).

H. H. 홈스(윌리엄 A. P. 화이트), 『시체 보관소로 가는 로켓Rocket to the Morgue』(1942). SF 작가라는 흥미 깊은 분야의 사람이 쓴 정통 밀실 작품.

조프리 홈스(다니엘 메인워링), 『의사, 황혼에 죽다The Doctor Died at Dusk』(1936).

어네스트 윌리엄 호닝, 『밤도둑A Thief in the Night』(1905). 아마추어 도둑 래플즈의 악당 시리즈. 추리소설에 빠질 수 없는 하나의 이면.

제프리 하우스홀드, 『나쁜 남자Rogue Male』(1939). 쫓기고 쫓는 상황에 빠져들게 되는 정교한 작품. 딤즈 테일러는 가장 기억에 남는 작품으로 꼽는다.

도로시 B. 휴즈, 『떨어진 참새The Fallen Sparrow』(1942)와 『우아한 원숭이The Delicate Ape』(1944)는 스파이와 공포 이야기.

리처드 헐(리처드 헨리 샘프슨), 『고모 살인』(1935). 상당히 악의에 가득 찬 '도치서술' 소설.

엘스페스 헉슬리, 『총독관저의 살인Murder at Government House』(1937)은 잘 알려진 『사파리의 살인Murder on Safari』(1938)보다 뛰어나다.

프랜시스 아일즈(안소니 버클리 콕스), 『범행 이전Before the Fact』(1932). 알프레드 히치콕이 〈의혹Suspicion〉(1941)으로 영화화했다.

마이클 이네스(존 이네스 매킨토시 스튜어트), 『시인에 보내는 애가Lament for a Maker』(1938), 『햄릿 복수해라Hamlet, Revenge!』(1937).

코라 자레트, 『피치 연못의 밤Night over Fitch's Pond』(1933). 추리소설과 일반 소설의 경계를 드나든다.

셀윈 젭슨, 『조용히 죽여라Keep Murder Quiet』(1941).

베로니카 파커 존스, 『노래하는 과부Singing Widow』(1941). 안소니 바우처는 기회가 있으면, 시릴 터너Cyril Tourneur(영국의 극작가. 공포 비극의 대표적 작가로 『무신론자의 비극』 『복수자의 비극』 등을 썼다)가 날아와 쓴 것 같은, 강하게 얽힌 공포의 플롯이 전개되어 있다고 극찬했다.

W. 볼링브로크 존슨(모리스 비숍), 『퍼지는 얼룩The Widening Stain』(1942). 아치형 창문과 대학 도서관에 대한 작품.

패러데이 킨, 『흑과 적의 무늬Pattern in Black and Red』(1934).

루퍼스 킹, 『발커 살인을 만나다Valcour Meets Murder』(1932), 『살인 프로파일Profile of a Murder』(1935).

로널드 A. 녹스, 『육교 살인사건The Viaduct Murder』(1926). 건조하고 풍자적인 독창적 작품.

조나산 래티머, 『시체 안치소의 여자 The Lady in the Morgue』(1936).

힐다 로렌스, 『죽을 때 A Time to Die』(1945).

모리스 르블랑, 『Les Huit Coups de l'Horloge』(파리, 1922)는 『여덟 번의 시계 종소리 The Eight Strokes of the Clock』(1922)로 번역되었다. 괴도 신사 아르센 뤼팽이 탐정으로 활약하는 연작 단편 시리즈. 그러나 엘러리 퀸은 뤼팽의 장편은 그다지 읽지 않는다며 『813』(1910), 『수정마개 Le Bouchon de Cristal』(1912), 『호랑이의 이빨 Les Dents du Tigre』(1914) 순으로 추천했다.

집시 로즈 리(크레이그 라이스), 『G 스트링 살인 The G String Murders』(1941). 평론가 사이에서 크게 의견이 나뉘는데, 반은 저주하고 반은 강력한 배경을 옹호했다.

핸너 리스, 『인형 집의 죽음 Death in the Doll's House』(1943).

가스통 르루, 『노란 방의 비밀』(1908). 크레이그 라이스는 "르루가 목록에 들어가는 데 조그만 의심도 없다. 『노란 방의 비밀』에 결점이 있어도 가장 매력적인 밀실 미스터리로 영원히 남을 것이다"라고 했다. 이것을 지나치다고 하는 독자는 없을 것이다.

프랜시스 & 리처드 로크리지, 『호반의 살인 Murder out of Turn』(1941). 노스 부부가 활약하는 두 번째 작품.

E. C. R. 로락(이디스 캐롤라인 리베트), 『작가의 죽음 Death of an Author』(1937).

마리 론즈, 『하숙인 The Lodger』(1913). 이 작품이 과대평가되고 있다고 세 명의 평론가가 혹평했다.

헬렌 매클로이, 『살인 신호 Cue for Murder』(1942)는 멋진 퍼즐러. 『고블린 마켓 Goblin Market』(1943)은 정신과 의사 베이질 윌링이 활약하는 스릴러.

필립 맥도널드, 『X에 대한 체포영장 Warrant for X』(1938)은 안소니 게슬린 대령이 처음 등장하는 혼잡하고 공평하지 못한 『줄 The Rasp』(1924)보다 훨씬 좋다.

폴 맥과이어,『에덴의 장례식A Funeral in Eden』(1938),『세 명의 마녀Enter Three Witches』(1940). 두 작품 모두 아주 신랄하고 예민하다

나이오 마시,『죽음의 서곡Overture to Death』(1939) 또는『흰 넥타이의 죽음Death in a White Tie』(1938). 범죄와 탐정이 부수적인 의미밖에 없음에도 모든 평론가가『색채배합Colour Scheme』(1942)을 추가했다.

A. E. W. 메이슨,『독화살의 집』(1924),『로즈 빌라에서At the Villa Rose』(1910). 평론가들 사이에서는 어느 쪽이 뛰어난가에 대해서 격렬하게 의견이 나뉘었지만, 어느 쪽이든 뛰어나다는 것에는 의견이 일치했다.

W. 서머싯 몸,『어셴덴』(1924),『영국첩보원The British Agent』(1924). 사실적인 스파이 소설 여섯 작품 모두 옴니버스 판『동과 서East and West』(1934)에 수록되어 있다.

A. A. 밀른,『빨간 집의 비밀』(1922).

글래디스 미첼,『내가 죽은 때When Last I Die』(1942)는 영향과 결과가 서서히 누적되는 가작. 기묘한 것은 이 작품이 오랜 세월 동안 출판된 그녀의 많은 저작 가운데 미국에서 나온 유일한 작품이라는 것. 그 밖에『월계수는 독Laurels are Poison』(런던 1942),『소호의 석양Sunset over Soho』(런던, 1943),『달이 뜰 때The Rising of the Moon』(런던, 1945)가 있다.

아서 모리슨,『탐정 마틴 휴이트』(1894). 자크 푸트렐의 단편 가운데 전형적으로 당시의 시대를 반영한「13호 감방의 비밀」만 지금도 독특한 새로움을 남기고 있는데 모리슨의 평범한 단편들은 시대가 변해도 건재하다.

레오노어 글렌 오포드,『스켈레톤 키Skeleton Key』(1943)는 '만약 내가 알았다면' 파의 유머 있는 변형으로 참신하고 지성적이다. 오포드 여사의 조용하고 풍부한『유리 가면Glass Mask』(1944)은 어떨까?

E. 필립 오펜하임, 에릭 앰블러의 작품을 넣는다면『위대한 권화The Great Impersonation』(1920)도 당연 인정해야 한다고 주장하는 평론가도 있지

만, 오펜하임의 이 광상극狂想劇을 재독하면 그들의 주장은 수수께끼이다.

마르코 페이지(해리 커니츠), 『패스트 컴퍼니Fast Company』(1938).

스튜어트 파머, 『푸른 투우창의 수수께끼The Puzzle of the Blue Banderilla』(1937). 힐데가드 위더스가 활약하는 사건.

Q. 패트릭(리처드 윌슨 웹), 『그린들의 악몽The Grindle Nightmare』(1935)은 안소니 바우처의 평가로는 최고의 단편 12편 가운데 들어간다. 랄프 패트리지는 『뉴 스테이츠먼 앤드 네이션』에 「항해 살인s. S. Murder』(1933)이 좋다고 썼다. Q. 패트릭은 처음에 웹과 나서 모트 켈리가 사용한 필명인데 웹을 사용하게 되었고, 현재는 웹과 휴 콜링검 윌러의 공동 명의로 되어 있다. (그들은 또 패트릭 퀜틴과 조나산 스태지로도 쓰고 있다.) 여기에 나온 소설은 모두 웹 혼자 쓴 것 같다.

에드거 앨런 포, 「모르그 가의 살인」(1841)은 사상 최초의 추리소설이다. 「마리 로제 수수께끼」(1842)와 상을 받은 두 작품 「도둑맞은 편지」(1844) 「황금벌레」(1843). 그리고 「네가 범인이다」(1844)는 『오귀스트 뒤팽Monsieor Dupin』(1904)으로 재판되었다. 마지막 작품은 킬리스 캠벨이 편찬한 포의 『단편집』(1927)에 빠져 있다.

멜빌 데이비슨 포스트, 『랜돌프 메이슨의 기묘한 계획The Strange Schemes of Randolf Mason』(1896)은 시대에 뒤떨어지지만 의의 깊은 작품. 보다 인상에 남는 것은 『엉클 애브너의 지혜Uncle Abner』(1918)로 뛰어난 단편집이다.

레이몬드 포스트게이트, 『12인의 평결Verdict of Twelve』(1940), 『문에 누군가Somebody at the Door』(1943).

엘러리 퀸, 『차이나 오렌지의 비밀』(1934), 버나비 로스 명의로 발표한 퀸 스타일의 가장 기묘한 수수께끼인 『X의 비극』. 『재앙의 거리』(1942).

클레이튼 로슨, 『모자에서 나온 죽음Death from a Top Hat』(1938). 마술사 멀리니가 활약하는 최고의 주목 작품.

존 로드, 대부분 로드가 지루하다는 의견에 일치하고 있지만 두 사람의 평론가가 『프레이드 거리의 살인Murders in Praed Street』(1926)에 대해 소수파의 의견을 말하고 있다.

크레이그 라이스, 『분노의 재판Trial by Fury』(1941), 『스위트 홈 살인사건Home Sweet Homicide』(1944).

메리 로버트 라인하트, 『문The Door』(1930)은 유명 시리즈인데 두 명의 평론가가 첫 작품 『나선 계단The Circular Staircase』(1908)에 대해 설득력 있는 의론을 전개하고 있다. 라인하트 여사는 '만약 내가 알았다면' 파를 확립했다.

리처드 세일, 『나사로 #7Lazarus#7』(1942).

도로시 L. 세이어즈, 그녀의 뛰어난 작품들 중 어느 것이 인기 있느냐에 대해 평론가들의 의견은 분분하다. 해리엇 베인이 피터 윔지 경의 인생에 들어오는 『맹독Strong Poison』(1930)과 두 사람이 결혼하기 전에 그녀가 손댄 많은 사건은 독자들의 조롱과 분노를 샀다. 세이어즈의 최신작 『버스 운전사의 신혼여행Busman's Honeymoon』(1937)이 모든 목록에서 빠져 있는 것도 의미가 있다. 그러나 해리엇 베인에 대한 저항이 있음에도 불구하고 『맹독』은 자주 목록에 오르고 있다. 그 후에는 『나인 테일러즈』(1934)가 있다. 『그의 시체를Have His Carcase』(1932)은 베인이 나오는 두 번째 작품이다. 문제를 해결하기에는 모든 소설을 살 수밖에 없는 것 같다. 로버트 유스터스(유스터스 바튼)와 합작한 『사건의 문서Documents in the Case』(1930)는 서간체 형식의, 피터 경이 나오지 않는 유니크한 작품이다. 『대학제의 밤Gaudy Night』(1936)은 그 학구적 배경 때문에 대학출판부 책을 사는 사람이 주목해야 할 작품이다.

메이벨 실리, 『엿듣는 집The Listening House』(1938). 반反 '만약 내가 알았다면' 파에 대한 도전 작품.

조셉 시어링, 스탠드 대학의 닥터 마저리 베일리의 평가로는 『분노의 블랑셰

Blanche Fury』(1939)는 『폭풍의 언덕』에 필적하는 수준이고, 『로라 사렐의 범죄The Crime of Laura Sarelle』(1941)는 안정된 두 번째 작품이다.

조르주 심농, 『메그레 모임을 열다Maigret Keeps a Rendezvous』(1941)는 「항구의 술집에서The Sailor's Rendezvous」와 「상 피아클의 살인The Saint-Fiacre Affair」이 수록되어 있다. 『메그레 구조에 나서다Maigret to the Rescue』(1941)에는 「The Flemish Shop(Chez les Flammands)」「메그레 경감과 국경의 마을과 싸구려 술집The Guinguette by the Seine」이 들어 있다. 메그레 경감의 독자는 비교적 소수지만 열정적이고 유무를 가리지 않는 의견을 갖고 있다. 비교적 보수적인 추리소설에 익숙한 독자는 읽기 전에 작가에 대해 읽는 것이 좋을 것이다. 예를 들어 존 필 비숍의 「조르주 심농」(뉴 리퍼블릭, 1941년 3월 10일)과 레이먼드 모티머의 「심농」(뉴 스테이츠 먼트앤드네이션, 1942년 3월 10일).

빈센트 스타릿, 『심야와 퍼시 존스Midnight And Percy Jones』(1936).

커트 스틸, 『유다 주식회사Judas, Incorporated』(1939)는 사립탐정 행크 헤이어가 활약하는 일반적인 추리소설의 하나.

해리슨 스티브스, 『잘자요, 보안관Good Night, Sherriff』(1941).

로버트 루이스 스티븐슨·로이드 오스본, 『파괴자The Wrecker』(1891)를 작가는 추리소설roman policier로서 썼지만 대개의 평론가는 이 범주에 넣는 것을 거부한다. 스토리텔링이 확실한 훌륭한 미스터리 작품으로서 다시 생각해보도록 제안하고 싶다.

렉스 스타우트, 『빨간 상자The Red Box』(1937), 『요리장이 너무 많다Too Many Cooks』(1938). 네로 울프 시리즈로 아치 굿윈이 내레이터인 작품 대부분이 후보에 올라왔다.

존 스티븐 스트레인지, 『마지막을 보라Look Your Last』(1943).

T. S. 스트리블링, 『카리브 제도의 단서Clues of the Caribbees』(1929). 불가사의하게도 너무 알려지지 않은 단편집.

헤이크 탈보트,『객석의 가장자리Rim of the Pit』(1944). 멜빌 데이빗슨 포스트와 존 딕슨 카의 정통적인 흐름을 엄밀하게 따르는 신인의 두 번째 작품.

아서 W. 업필드,『Murder Down Under』(1943, 오스트레일리아). 판매는 급격히 늘지 않았지만 세부까지 정확하고 풍부한 작품.

존 W. 밴더쿡,『트리니다드의 살인Murder in Trinidad』(1933).

S. S. 반 다인,『주교 살인사건The Bishop Murder Case』(1929)이 가장 선호되는 일이 많은데, "파일로 반스에게 한방 먹여야 한다"는 오그덴 내시의 말에 찬성하는 사람도 많다.

에셀 리나 화이트,『돌아가는 바퀴The Wheel Spins』(1936)는 화이트 여사의 공포소설 중 예외적으로 행운의 작품. 알프레드 히치콕 감독이 〈The Lady Vanished〉(1938)로 만들었다.

라울 휘트필드,『할리우드 보울의 살인Death in a Bowl』(1932). 대실 해미트와 같은 시대의 작가인데 부당하게도 잊혀지고 있다.

퍼시벌 와일드,『검시재판Inquest』(1940).

미첼 윌슨,『등 뒤의 발소리Footsteps Behind Her』(1941). 에우리디케Eurydice의 이야기를 생각나게 한다. 대부분의 추적소설과 마찬가지로 쫓고 쫓기는 장면의 연속.

코넬 울리치,『검은 옷을 입은 신부The Bride Wore Black』(1940), 윌리엄 아이리시 명의로 발표한 갑자기 공포가 몰려드는『환상의 여인Phantom Lady』(1942).

앰워스 부인
Mrs. Amworth

에드워드 프레드릭 벤슨 Edward Frederic Benson, 1867~1940

영국 소설가로 버크셔 주 웰링턴 칼리지를 졸업했다. 소설 외에도 피겨스케이팅 등에 재능이 있는 만능 스포츠맨이기도 했다. 「앰워스 부인」은 1922년 6월 잡지 『허친슨 매거진』에 발표했던 순수문학 작품으로, 이와 비슷한 비추리소설만 80여 편에 이른다. 대표작인 '루시아' 시리즈는 TV 드라마로 만들어져 화제가 되었다.

늦여름에서 가을에 걸쳐 기괴한 사건들이 있었던 맥슬리 마을은 무성한 히스*와 소나무 숲으로 뒤덮인 서섹스**의 고원지대에 있다. 아마 영국에서 이곳만큼 비옥한 토지는 찾아보기 힘들 것이다. 남쪽에서 바람이 불어올 때면 바다 내음이 함께 실려오고, 동풍이 부는 계절에는 동쪽의 높은 언덕이 혹독한 3월 날씨로부터 마을을 지켜준다. 또 서풍과 북풍이 불 때는 산들산들한 미풍이 소나무와 히스의 상쾌한 향기를 몇 마일 떨어진 곳에까지 실어다준다. 이곳은 인구도 얼마 안 되는, 볼 것 없는 작은 마을이지만 아름다운 자연의 축복까지 받은, 환경적으로 아주 살기 좋은 곳이다. 넓은 풀밭이 양쪽으로 펼쳐진 도로를 따라 내려가면 마을에서 약간 떨어진 지점에 노르만 풍의 작은 교회와 지금은 사용하지 않은 옛 묘지가 있다. 그 뒤로는 도로를 사이에 두고서 차분한 빛깔의 붉은 벽돌로 지은, 조지 왕조시대의 긴 창문이 달린 작은 주택들이(집 앞

---

* 진달래과에 속하는 소관목.
** 남잉글랜드의 한 주(州).

에는 모두 네모난 화단이 있고, 뒤쪽에는 넓은 빈터가 있다) 열두세 채 있고, 스무 채가 안 되는 가게들이 나란히 늘어서 있다. 그리고 그 부근 땅에서 일하는 노동자들의 초가집도 네댓 채쯤 모여 있다. 이렇게 구성된 맥슬리 마을 사람들은 평화로운 나날을 보내고 있었다.

그러나 마을 전체에 흐르던 평화로운 분위기도 토요일과 일요일이 되면 무참히 깨져버렸다. 이 마을이 런던과 브라이튼***을 잇는 간선도로 하나에 접해 있는 탓에, 조용하던 이 도로가 주말만 되면 무수한 질주 차량과 오토바이들의 속도경쟁 도로로 바뀌는 것이다. 마을 입구의 '서행' 팻말이 오히려 더욱 속력을 내도록 부추기는 것 같다. 실제로 그 부근부터 도로가 일직선으로 뻗어 있어 앞이 훤히 내다보이기 때문에 운전자들이 속력을 늦춰야 할 까닭이 전혀 없었다. 아스팔트 도로여서 사실 주부들이 먼지 걱정을 할 필요는 없었지만, 항의 표시를 하기 위해 자동차가 가까이 오면 모두 손수건으로 입과 코를 막아 보이곤 했다.

그래도 일요일 늦은 밤, 이들 질주자들이 모두 지나가고 나면 마을은 다시 5일 동안은 즐겁고 한가롭게 세상에서 벗어난 생활로 돌아왔다. 맥슬리 마을 주민은 마을에서 벗어나는 일이 좀처럼 없었으므로 당시 나라 안을 소란스럽게 했던 철도 파업 중에도 거의 영향을 받지 않았다.

나는 이 마을에서 조지 왕조시대의 작은 주택을 가진 운 좋은 사람 중 한 명이다. 더욱이 나 자신을 행운아라 느끼는 것은 프랜시스 어콤이라는 흥미롭고 자극적인 이웃을 두고 있기 때문이다. 어콤은

*** 영국해협에 면한 해변 휴양도시.

이 마을 분위기를 매우 좋아하는 인물로, 그의 집은 내 집에서 도로를 사이에 두고 마주 보고 있다. 그는 최근 2년여 동안 하룻밤도 집을 비운 적이 없다. 2년 전 중년의 나이로 케임브리지 대학 생리학 교수직을 그만둔 이래 계속 이곳에 틀어박힌 채 인간성이 물질과 정신에 영향을 주는 불가사의한 현상 연구에 몰두하고 있었다. 사실은 그가 사직한 것도 유물론적 사고의 소유자들이 과학의 한계선상에 놓여 있는 부분, 즉 '해도海圖에 안 나와 있다'는 이유로 강하게 부정하는 미지 영역에 대한 그의 정열 때문이었던 것 같다. 그가 이전부터 역설해왔던 것은 '의대생들은 어떤 종류의 최면술 시험에 패스할 필요가 있다'와 같은, 케임브리지 대학의 우등 시험문제엔 어떤 주제의 문항을 넣어야 하는지 등에 관한 거였다. 말하자면 죽음이 닥쳤을 때 환영이 나타난다거나, 유령 저택이 있다거나, 흡혈귀짓, 자동 필기 같은 주제에 대해 학생들의 지식을 테스트할 필요가 있다는 것이었다.

"물론 학교 당국은 내 말에 귀도 기울이지 않았소."

어콤은 이 문제에 관해 내게 설명한 적이 있다.

"케임브리지 대학 같은 학문의 중심지일수록 진짜 지식을 두려워하는 법이지요. 그러나 이런 사상의 연구야말로 지식의 길이 있는 것이오. 인체 구조의 여러 기능은 대체로 알려져 있지만, 이것은 소위 해도에 쓰이고 지도에 표시된 땅과 같은 것으로, 그 바깥쪽에는 아직 발견되지 않은 광대한 지역이 존재하는 것이 확실하오. 그리고 지식의 참다운 개척자란 세상 사람들이 경망하다고 욕하고 미신이라며 비웃을지언정 위험까지 도사린 신비한 곳을 향해 돌진하는 사람들이지요. 나는 카나리아처럼 새장에 틀어박혀서 이미 알려진 것들만 떠들어대는 것보다, 설사 나침반과 여행 보따리가 없다 해도 안개 속으로 헤쳐 들어가는 쪽이 훨씬 유익하다고 생각하오. 또한 자신을 수도자로 여기는 인간이 남을 가르치는 것은 큰 실수란 말이오. 남을 가르치기 위해선 무엇보다 그가 자만심 강한 바보가 되어야 하기 때문이오."

이러한 사상을 가진 프랜시스 어쿰은 나 같은 사람, 즉 '신비에 싸인 위험한 장소'에 솟아오르는 호기심을 품은 사람에게 실로 즐거움을 주는 이웃이었다. 한편, 올봄 이후 우리는 또 한 사람, 인도의 미망인 앰워스라는 매우 환영할 만한 인물을 우리들의 친구로 맞게 되었다. 부인의 남편은 인도 북서지방에서 재판관을 지냈는데, 그가 죽자 부인은 영국으로 가 런던에서 1년을 보낸 후, 도시의 공해와 매연 대신 전원의 신선한 공기와 햇빛을 동경하여 이 마을로 이사 온 것이었다. 그 밖에도 맥슬리 마을로 이사 온 데에는 특별한 이유가 있는 모양이었다. 부인의 조상은 백여 년 전까지 오랜 동안 이 지방에서 정착해 살던 토착민이었던 것이다. 마을에서 떨어진, 지금은 사용하지 않는 그 옛 묘지에는 부인이 처녀 시절 쓰던 체이스톤이라는 성娃이 새겨진 묘석들이 많이 남아 있었다. 어쨌든 큰 체격에 열정적인 부인은 밝고 활달한 성격으로, 맥슬리 마을을 이전에는 없었던 사교적인 분위기로 금세 바꿔놓았다. 본래 이 마을에는 돈 드는 일이나 손님들을 초대하는 일 같은 건 하지 않는 데다 그런 것을 자진해서 하려는 마음이 없는 미혼 남녀들과 노인들이 많았다. 그래서 이전에는 기껏해야 조촐한 차 모임에 참석해 브리지*

---

* 카드 놀이의 일종.

를 하고, 비가 올 때는 덧신을 신은 채 터벅터벅 자기 집으로 돌아와 혼자 저녁을 먹는 정도가 최대의 즐거움이었다. 그런데 앰워스 부인이 점심 모임이라든가 작은 만찬회 등을 열며 사교적인 삶의 모습을 보여주었고, 미 올 주민들은 곧 그런 모임을 따라 하게 되었다. 이런 모임이 어디에서도 열리지 않는 밤이나 나 같은 독신들은 가끔 100미터도 떨어져 있지 않은 앰워스 부인의 집에 전화를 걸어, 저녁식사 후 피켓*을 하러 가도 되는지 물어보곤 했는데, 그러면 부인은 대개 "꼭 오세요"라고 유쾌한 대답을 들려주었다. 부인의 집에 가면 그녀는 늘 동료처럼 나의 상대가 되어줬고, 우리는 와인 한 잔과 커피 한 잔, 담배 한 개비로 저녁 한때를 보냈다. 또 부인은 힘차고 시원스럽게 피아노를 치면서 매력적인 목소리로 노래를 부르기도 했다. 해가 길어지고 밝은 낮이 늦게까지 남게 됐을 무렵에는 둘이서 자주 부인의 정원에서 게임을 했다. 그 정원은 불과 몇 개월 전까지 달팽이와 괄태충**의 서식처였는데, 부인이 직접 여러 화초가 자라나는 화려한 화원으로 가꾸어놓았다. 부인은 언제나 생동감이 넘쳤고 즐거워 보였다. 그리고 모든 일에 흥미를 보였다. 음악에도, 원예에도, 승부를 거는 일에도 뛰어난 기량을 보였다. 그래서 모든 사람이(단 한 사람을 제외하고는) 부인을 좋아했고, 부인에게서 밝은 기운을 느꼈다.

그 한 사람의 예외가 프랜시스 어콤이었다. 그는 앰워스 부인을 좋아하진 않았다. 그렇지만 자신이 그녀에게 관심이 꽤 있다는 건 인정했다. 나는 이 점을 늘 이상하게 생각했다. 부인은 정말이지 쾌

---
* 두 명이 하는 카드 놀이의 일종.
** 달팽이같이 생겼으나 껍데기가 없는 연체동물.

활하고 즐거운 사람으로 불길한 억측이나 어두운 그림자를 불러일으킬 만한 것은 조금도 느낄 수 없었던 것이다. 그만큼 건전하고 개방적인 모습을 보여주었다. 한편 어콤의 관심이 진심인 것도 의심할 여지는 없었다. 그가 끊임없이 부인을 지켜보며 면밀히 관찰한다는 것은 한눈으로도 알 수 있었다. 부인은 먼저 마흔다섯이라고 나이를 밝혔다. 하지만 생기 넘치는 태도나 활동력, 매끄러운 피부와 새까만 머리를 본 사람이라면, 부인이 무언가 특별한 궁리를 하고 있는 게 아니라면 자신의 나이를 10년 많게 말한 거라고 의심했다.

한편 우리의 비감상적인 우정이 깊어짐에 따라 앰워스 부인도 이따금 내게 전화를 걸어 방문해도 좋을지 물었다. 이전부터의 약속대로 내가 집필하느라 바쁠 때는 솔직하게 거절했는데, 그때마다 부인은 쾌활하게 웃으며 오늘 밤 일이 잘 되길 바란다고 말해주었다. 때때로 부인이 전화를 걸어오기 전에, 맞은편에 사는 어콤이 차 한 잔하러 우리 집에 올 때가 있었는데, 그는 나를 찾는 사람이 앰워스 부인이라는 걸 알면 꼭 부인을 부르라고 권했다. 그리고 부인이 방문하면 나와의 피켓 게임을 권하면서 자기도 옆에서 보며 게임 방법을 배우고 싶다고 했다. 하지만 내 예상대로 그가 게임에 조금이라도 주의를 기울이고 있는지가 의심스러웠다. 돌출된 이마와 짙은 눈썹 아래서 어콤의 시선이 끊임없이 주시하는 것은 카드가 아니라 게임을 하는 앰워스 부인이 확실했다. 아무래도 그는 이렇게 보내는 시간을 즐기고 있는 듯 보였다.

이윽고 그 7월의 이상한 밤이 올 때까지 그는 가슴속에 무언가 깊은 문제를 감추고 있는 듯한 태도로 부인을 늘 관찰했다. 한편, 게임에 열중하는 부인은 탐색하는 듯한 그의 이런 눈길을 깨닫지 못하는 것 같았다. 머지않아 훗날 일어난 일에 비추어 생각해보면, 내 눈을 가리고 있던 베일이 처음으로 벗겨지기 시작한 밤이 왔다. 그 무렵 나는 몰랐으나(시간이 지나서 알게 됐지만), 부인이 나를 방문하고 싶다고 전화할 때면 반드시 내가 혼자인지뿐만 아니라 어콤 씨도 함께 있는지를 묻는 것이었다. 그가 와 있다고 대답하면 부인은 "두 분 선생님 얘기를 방해해선 안 되니까"라고 말하고 웃으면서 "그럼 편히 쉬세요" 하는 것이었다. 그러던 어느 날 밤 앰워스 부인이 방문하기 반시간 전에 어콤이 나를 찾아와 흡혈귀에 관한 중세신앙에 대해 얘기하고 있었다. 그의 주장으로는 이것은 아직 충분히 연구되기도 전에 의학자들에 의해 미신의 쓰레기 더미에 장사 지내진, 예의 미묘한 경계선상의 주제 중 하나였다. 그는 케임브리지 시절에 강의를 듣던 이들로부터 탄성을 자아냈던 그 투철한 명석함으로, 이 신비로운 재앙의 역사를 엄숙하면서도 열심히 더듬어 확인했다. 이런 종류의 현상에는 모두 공통된 특색이 있었다. 흡혈귀들은 우선 살아 있는 남녀를 홀려서 그들에게 박쥐처럼 공중을 날아오르는 초자연력을 부여하고, 흡혈귀 자신은 매일 밤 피의 향연으로 포식하는 것이 보통이지만, 그중 하나는 피기생자(被寄生者)가 죽은 후에도 그 시체에 계속 붙어 살며 낮엔 쉬고 밤이 오면 무덤에서 나와 가공할 사명을 수행한다는 것이었다. 중세기에는 유럽의 각 나라 중 이 재앙을 모면한 나라는 거의 없었다. 하지만 이전에도 이와 비슷한 사실들이 로마, 그리스, 유태 역사 등에서도 발견되었다고 그는 말했다.

"이런 종류의 증거들을 모두 달빛 탓으로 돌리고 싶어도 그것은 어려울 거요." 그는 이렇게 말했다. "몇천 명이나 되는, 서로 아무 관계도 없는 목격자들이 많은 시대에 걸쳐서 그런 현상들이 일어난 것을 증언하고 있기 때문이지요. 그런데 혹시라도 당신이 '그럼 왜 우리는 현재 그런 일들을 볼 수 없는가?'라고 묻는다면, 나는 두 가지로 대답할 수 있소. 하나는, 중세에는 흑사병이란 역병이 창궐했고 또 그것은 분명히 존재했지만 그 후 점차 자취가 사라졌다고 해서 이런 병이 실재하지 않았다고 우리는 단정 짓지 않는다는 거요. 게다가 이 흑사병이 영국으로 건너가 노퍽의 주민 다수를 쓰러뜨린 것과 마찬가지로, 지금으로부터 300년 전 다름 아닌 이 지방에 흡혈귀가 갑자기 횡행했던 것과, 그 중심이 되었던 곳이 바로 여기 맥슬리 마을이었다는 확실한 사실도 있소. 다음은 두 번째 대답으로, 이것이 더욱 유력하다고 생각하오. 흡혈귀 현상은 지금도 결코 없어지지 않았다는 것이오. 실제로 일이 년 전 인도에서 그런 일들이 돌발적으로 발생했던 사실이 있었으니까."

그때 갑자기 앰워스 부인이 언제나처럼 쾌활하게 현관문을 두드리는 소리가 들렸다. 나는 일어나서 문을 열었다.

"어서 들어오세요." 나는 부인에게 말했다. "지금 내 피가 얼어붙을 것만 같으니까 좀 도와주세요. 어콤 씨가 아주 무서운 얘기를 하는군요."

부인의 원기왕성한 큰 몸집이 방 안에 금세 가득 찬 듯이 보였다.

"어머나, 멋지네요! 제 피도 얼어붙었으면 좋겠군요! 자, 어콤 씨, 괴담을 계속해주세요. 저도 괴담을 아주 좋아하거든요."

나는 어콤이 언제나처럼 부인을 유심히 관찰한다는 걸 알았다.

"아니, 결코 괴담이 아닙니다. 나는 단지 흡혈귀 현상은 지금도 존재한다는 얘기를 하고 있었을 뿐입니다. 불과 몇 년 전에 인도에서도 그런 일이 일어났다는 얘기를 하고 있던 참이지요." 어콤이 말했다.

침묵이 잠시 주위를 지배했다. 어콤이 부인을 관찰하는 한편으로, 부인 역시 입을 벌린 채 그를 가만히 바라보고 있었다. 팽팽히 긴장돼 있던 그 공간에 갑자기 부인의 밝은 웃음소리가 터져나오며 우리의 침묵을 깨뜨렸다.

"어머, 말도 안돼요! 그런 것이라면 도저히 제 피를 얼어붙게 할 수 없답니다. 대체 그런 얘기는 어디서 들으셨지요? 몇 년 동안이나 인도에서 살았지만 한 번도 그런 소문은 들어본 적이 없는걸요. 틀림없이 바자르 시장의 어느 야담가가 꾸며낸 얘길 거예요. 그 사람들은 그런 일을 과장해서 말하거든요."

어콤은 무언가 말하고 싶은 걸 억누르는 듯했다.

"그럴 수도 있겠군요." 그가 말했다.

웬일인지 그 밤은 평화롭고 사교적인 평소의 분위기가 흐트러진 느낌이었고, 앰위스 부인의 기분도 망쳐버린 듯했다. 부인은 게임에도 전혀 흥미가 없는 듯 두 판이 끝나자 지체 없이 돌아갔다. 어콤도 계속 침묵을 지키며 부인이 돌아갈 때까지 말이 거의 없었다.

"운이 나빴소." 어콤이 말했다. "그 이상하기 짝이 없는 병이 부인과 그녀의 남편이 살았던 페샤월에서 갑자기 발생했던 거요. 그런데……"

"그런데?"

"부인의 남편은 그때 희생되었던 거요. 아까 얘기했을 땐 그 사실을 까맣게 잊고 있었지만……"

그 여름은 터무니없이 더위가 계속된 데다 비가 조금도 내리지 않았다. 맥슬리 마을 사람들은 가뭄에 시달렸을 뿐 아니라, 한번 물리면 계속 따끔거리게 하는, 독까지 품은 커다란 검은 파리때 때문에 괴로워했다. 그놈들은 날이 저물면 소리도 없이 날아와서 가만히 살갗에 앉기 때문에 따끔 하는 통증을 느끼기 전에는 전혀 알아채지 못했다. 어찌 된 일인지 그놈들은 사람의 손이나 얼굴은 물지 않고, 언제나 목과 그 부근의 급소를 목표로 했다. 독이 퍼지면 물린 사람은 대개 일시적으로 갑상선종 증상을 보였다. 한편, 그럭저럭 8월 중순에 이르자 지금부터 얘기할 기이한 병세를 보이는 최초 환자가 생겼다. 마을 의사는 처음에 그 원인을 금방 얘기했던 그 독충한테 물린 데다 더위가 지독되기 때문이라고 진단했다. 그 환자는 앰워스 부인이 부리는 정원사의 아들로 열여섯일곱 살 먹은 소년이었다. 그애는 빈혈로 얼굴은 창백했고 쇠약해진 데다 심한 졸음과 병적인 식욕 등을 나타냈다. 소년의 목 부분에 작게 물린 두 군데의 상처를 보고 로스 의사는 파리매에게 물린 것이라고 추측했지만, 이상하게도 상처 주위에는 아무런 부기나 염증도 없었다. 그때는 이미 더위도 고비를 넘겨 날씨가 선선해졌지만 소년의 병세는 조금도 나아지지 않았다. 그리고 음식만 걸신 들린 양 먹어치우는데도 마치 가죽을 뒤집어쓴 해골처럼 바짝바짝 말라갔다.

마침 그 무렵 길에서 로스 의사를 만난 나는 환자에 대해 물어보았다. 소년은 거의 위험 상태라고 했다. 그에게 이번 환자의 증상은 정말이지 당혹스러운 데다 자기는 기껏해야 악성 빈혈 정도로밖에는 진단할 수 없다고 고백했다. 그리고, 어콤 씨라면 이 문제에 뭔가 새로운 해결의 빛을 줄지도 모르겠는데 어콤 씨가 그 소년을 보아줄지가 문제라고 덧붙였다. 그래서 나는 그날 밤 어콤과 저녁식사를 함께하기로 한 자리에 의사도 참석하길 권했다.
 어콤은 그날 밤 환자의 얘기를 듣더니 자신의 기술을 의사에게 알려줄 것을 승낙했고, 두 사람은 곧 집을 나섰다. 이런 식으로 모처럼 맛은 저녁때의 즐거움을 뺏긴 나는 앰워스 부인에게 전화해 한 시간 정도 실례해도 괜찮은지 물었다. 부인은 여느 때와 같이 어서 오라고 대답했다. 그런데 그날 밤은 피켓을 끝내고 음악을 듣기까지의 시간이 평소의 두 배 정도로 길었다. 그 이유는 부인이 기괴한 병에 걸려 절망적인 상태로 누워 있는 소년에 대하여, 그리고 맛있고 영양 많은 음식을 가지고 벌써 몇 차례나 그를 문병 갔던 일에 대해 말했기 때문이었다. "오늘 문병을 갔는데 혹시 그게 최후가 되는 것은 아니겠죠"라고 부인은 그 다정한 눈에 눈물을 글썽이며 말했다. 부인과 어콤 사이의 반감을 알고 있었던 나는 어콤이 소년을 진찰하러 간 사실을 부인에게 말하지 않았다. 돌아올 때 부인은 밤공기도 쐴 겸 전부터 읽고 싶었던 원예기사가 실린 잡지를 빌리기 위해 내 집 앞까지 따라왔다.
 "아, 밤공기가 아주 상쾌하군요!"
 부인은 차가운 밤공기를 한껏 들이마시며 말했다.
 "밤공기와 원예는 훌륭한 강장제죠. 풍요로운 대지에 직접 닿는 일만큼 내게 자극적인 건 없어요. 흙을 파서 일굴 때만큼 기분이 좋아지는 일은 없답니다. 손도 손톱도 새까맣게 되고, 구두도 진흙투성이가 되어……."
 부인은 즐거운 듯한 웃음소리를 냈다.
 "나는 대기와 땅을 몹시 사랑해요! 정말로 나는 죽는 것을 즐거움으로 여기고 있어요. 죽으면 땅에 묻히게 될 거고, 그러면 부드러운 흙이 내 몸을 감싸줄 테니까요. 납으로 된 관 따윈 정말 질색이에요. 그래서 난 확실한 유언을 남겨뒀답니다. 하지만 공기는 어떻게 하죠? 글쎄요. 어쩔 수가 없네요. 누구도 모든 걸 다 가질 순 없겠지요. 아 참! 잡지, 정말 고마워요. 꼭 돌려드릴게요. 그럼 편히 쉬세요. 정원 손질 잊지 마시고요. 창문을 열어둔 채 주무세요. 그럼 절대로 빈혈 같은 건 안 생겨요."

"난 항상 창문을 열어둔 채 잡니다." 내가 말했다.

부인이 가고 나서 곧바로 침실로 갔다. 침실 창문 하나는 길가 쪽으로 나 있는데, 옷을 갈아입으면서 창밖 그리 멀지 않은 곳에서 누군가가 말하는 소리를 들은 것 같았다. 그러나 신경 쓰지 않고 불을 끄고 잠자리에 들었다. 그리고 그 밤, 방금 전 앰워스 부인과의 대화에서 비뚤어진 암시를 받은 게 틀림없는 아주 무서운 꿈을 꿨다.

문득 눈을 떠보니 침실 창문 두 개가 모두 닫혀 있었다. 금방이라도 숨이 막힐 듯한 기분에 침대에서 뛰어내려 창문으로 갔다. 창에 내려져 있던 차양을 끌어올리던 순간 나는 소름 끼치는 공포(악몽에 시달릴 때 느끼는, 뭐라고 표현할 수 없는)를 느꼈다. 어둠 속 창문에 앰워스 부인이 딱 달라붙어 나를 향해 고개를 끄덕이며 웃고 있는 게 아닌가. 나는 급히 차양을 내리고 다른 쪽 창문으로 달려갔다. 그곳에도 역시 앰워스 부인의 얼굴이 달라붙어 있었다. 당혹감이 밀려왔다. 나는 지금 공기 없는 방 안에서 질식할 것 같은데, 어느 창문을 열려고 해도 소리도 없이 날아오는 그 검고 커다란 파리매처럼 앰워스 부인의 얼굴이 떠 있는 것이다. 너무나 공포스러운 나머지 나는 목 졸려 죽을 듯한 비명을 내지르며 마침내 잠에서 깼다.

그때 방 안은 시원하고 매우 조용했다. 창문 두 개가 모두 열려 있고 차양도 올려져 있었고, 하늘에 떠 있는 반달이 침실에 잔잔한 직사각형 빛을 비추고 있었다. 그러나 눈을 뜨고 나서도 두려움은 좀처럼 사라지지 않았다. 그래서 침대 위에서 이리저리 뒤척이며 잠을 이루지 못했다. 악몽에 시달리기 전에 꽤 오랜 시간을 잔 모양이었다. 날이 이미 거의 밝았고 동쪽 하늘에서 아침이 졸린 눈꺼풀을 열기 시작했던 것이다.

나는 날이 밝은 후에도 늦게까지 다시 잤다. 일어나서 아래층에 내려가자마자 어콤의 전화를 받았다. 그는 지금 당장 만날 수 있느냐고 물었다.

어콤은 뭔가에 마음을 뺏긴 듯한, 왠지 기분 나쁜 표정으로 나를 찾아왔다. 나는 그가 빈 파이프를 입에 물고 있는 것을 깨달았다.

"꼭 당신 도움을 얻고 싶은 일이 생겼소. 그전에 우선, 어젯밤 생긴 일을 얘기해야겠군요. 그 키 작은 의사와 함께 나는 그 소년을 보러 갔소. 소년은 숨을 쉬고 있었지만 거의 빈사상태였소. 나는 한번 보고서 그 빈혈 증상이 무엇을 뜻하는지 속으로 진단을 내렸소. 다른 것으로는 설명할 수 없소. 그 소년은 흡혈귀의 희생물이 되었던 거요."

어콤은 내가 앉아 있는 아침 식탁 가장자리에 빈 파이프를 내려놓고 팔짱을 낀 채 아래로 늘어진 눈썹 밑으로 나를 가만히 보았다.

"어쨌든 어젯밤 이야기로 돌아가면, 나는 그 소년을 소년의 아버지 방에서 내 집으로 옮겨야 한다고 주장했소. 그래서 소년을 들것에 눕히고 내 집으로 옮기던 중이었는데, 놀랍게도 그때 앰워스 부인을 만났고. 부인은 우리가 소년을 옮겨가는 걸 보고 이상하게도 무척 놀라는 표정이었소. 대체 왜 그렇게 놀랐던 걸까요? 당신은 어떻게 생각하시오?"

문득 전날 밤 꿈이 떠올려졌다. 동시에 오싹하면서 상식 밖의 터무니없는 생각이 떠올랐지만 곧 떨쳐버리고 말했다.

"글쎄요, 전 도무지 짐작이 안 가는군요."

"그럼, 그 후 생긴 일을 얘기할 테니 들어보시오. 나는 방에 소년을 눕히고 불을 모두 끈 후에 쭉 소년을 지키고 있었소. 그때 내가 잊어버리고 닫지 않았던 창문 하나가 조금 열려져 있었소. 아마도 한밤중 일이었을 거요. 밖에서 누군가 그 열려 있는 창문을 더 열려는 듯한 소리가 났소. 그것참 이상한 일이었소. 그 창문은 땅에서부터 6미터나 되는 높이에 있었단 말이오. 어쨌든 차양 한구석에서 살짝 밖을 내다봤소. 그런데 그때 창밖으로 보인 것은 다름 아닌 앰위스 부인의 얼굴이었소. 부인이 한쪽 손을 창틀에 걸치고 있었던 거요. 나는 조심조심 다가가 창문을 세게 닫아버렸소. 그 순간 분명 부인의 손가락 끝이 창틈에 끼인 것 같았소."

"하지만 그런 일은 있을 수 없지 않소?" 나는 강하게 반박했다. "부인이 어떻게 공중에 떠 있을 수 있단 말이오? 또 무슨 목적으로 부인이 거길 갔단 말이오? 이제 그런 얘긴 그만둡시다."

또다시 어젯밤 그 무서웠던 악몽의 기억이 아까보다 더 강하게 나를 사로잡았다.

"나는 단지 내가 본 일을 말하고 있을 뿐이오. 부인은 새벽까지 어떻게든 방 안으로 들어오려 하면서 기분 나쁜 박쥐처럼 창밖에서 바득거리더군요. 그럼, 내가 지금까지 말했던 걸 하나로 종합해보기로 하죠."

어콤은 손가락을 접어 하나하나 세기 시작했다.

"첫째는 소년이 지금 걸린 병과 같은 증상의 사람들이 최근 인도의 페샤월에서도 있었다는 점, 그리고 앰워스 부인 남편이 그 병으로 죽었다는 거요. 둘째는 앰워스 부인이 그 소년을 내 집으로 옮기는 것에 반대했던 점이고, 셋째로 부인의 몸 안에 붙어 사는 강력하고도 가공할 악마가 어떻게 해서든 방 안으로 들어오려고 했던 걸 알 수 있소. 게다가 중세시대 땐 이 마을에 흡혈귀가 횡행했던 적도 있었음을 덧붙여 말하리다. 이런 사실로 추측건대, 그 흡혈귀가 엘리자베스 체이스톤, 앰워스 부인의 처녀 시절 이름을 기억하고 있겠지요. 그 엘리자베스 체이스톤이라는 걸 알았소. 마지막으로 한마디 덧붙인다면 그 소년은 오늘 아침 훨씬 좋아졌다는 거요. 만일 한 번 더 부인이 찾아왔더라면 소년은 지금 필시 살아 있지 못했을 거라 생각하는데, 당신의 생각은 어떻소?"

긴 침묵이 이어졌다. 그사이 이 믿을 수 없는 이야기가 점차 현실감을 띠고 내게 다가왔다.

"지금 하신 얘기에 관계가 있는지는 잘 모르겠지만, 거기에 나도 덧붙일 게 하나 있소. 그 요괴는 새벽녘 바로 전에 없어졌다고 했지요?"

"그렇소."

나는 어콤에게 간밤의 꿈 얘기를 했다.

"당신은 마침 적당한 때 잠이 깨어 다행이오. 그것은 당신 잠재의식에서 나온 경보로 언제나 당신에게 죽음의 위험을 알리지요. 그렇다면 당신은 두 가지 이유 때문에라도 나를 도와주어야 하오. 하나는 다른 사람의 생명을 구하기 위해, 또 하나는 당신 자신을 구하기 위해서요."

"내가 무엇을 하면 되오?"

"제일 먼저 부탁하고 싶은 것은 당신이 소년을 지키면서 부인이 절대 소년에게 다가오지 못하도록 하는 거요. 그리고 결국은 부인을 철저히 궁지에 몰아넣어 그 정체를 폭로하고 박멸하려 하는데, 그 일에 협조를 좀 해주어야겠소. 그것은 인간이 아니오. 악마의 화신이란 말이오. 다만 그것을 없애려면 어떤 방법을 써야 하는지 나도 아직 모르지만 말이오."

오전 11시였다. 나는 곧바로 큰길을 가로질러 그의 집으로 갔다. 어콤이 다시 그날 밤의 망을 보기 위해 자는 동안에 나는 열두 시간 동안 책임지고 소년을 지키기로 했다. 그렇게 해서 결국 아침부터 계속해서 나와 어콤이 24시간 동안 번갈아가며 소년을 지키고 있었다. 그 사이 소년은 점점 더 차도를 보여주었다.

다음 날은 토요일로 아침부터 화창했다. 의무를 다하기 위해 어콤의 집에 가려고 큰길로 나섰는데 브라이튼 행 자동차들로 도로는 이미 홍수가 시작되고 있었다. 그때 소년의 호전된 병세를 알리듯이 밝은 표정으로 집에서 나오는 어콤의 모습이 눈에 들어왔다. 동시에, 앰워스 부인도 한 손에 바구니를 들고 내게 인사를 하면서 길 끄트머리 넓은 풀밭을 걸어 이쪽으로 다가오고 있었다. 세 사람이 우연히 한 자리에서 만나게 된 것이다. 나는 부인이 왼쪽 손가락에 붕대를 감고 있는 것을 알아차렸다. 어콤도 그걸 발견한 듯했다.

"안녕하세요?" 부인이 나와 어콤을 향해 인사했다. "어콤 씨, 당신 환자가 많이 회복됐다고 들었어요. 제가 그 아이를 위해 젤리를 한 접시 가지고 왔답니다. 한 시간 정도 그 애 옆에 있어주고 싶어요. 그 애와 난 아주 친한 사이였거든요. 그 애가 회복됐다니 얼마나 기쁜지 몰라요."

어콤은 마음을 굳히기라도 하듯 잠깐 침묵하더니 별안간 집게손가락을 부인에게 들이댔다.

"그건 절대 금하겠소. 그 애 옆에 있는 것도, 그 애를 만나는 것도 절대 안 됩니다. 그 이유는 당신도 나도 알고 있지 않소?"

나는 사람 얼굴이 이렇게도 무섭게 변하는 모습을 지금껏 본 적이 없었다. 부인의 얼굴은 한순간에 핏기를 잃고 잿빛으로 변했다. 그녀는 어콤의 손가락으로부터 자신을 지키기라도 하듯 한 손을 들어 허공에서 십자를 그었다. 그리고 떨리는 몸을 비틀거리며 도로 쪽으로 뒷걸음질쳤다. 그때였다. 추월해 옆을 빠져나가려던 자동차 한 대가 요란한 경적 소리와 브레이크 밟는 소리를 냈다. 곧이어 사람의 비명 소리가! (이미 늦었다.) 길고 날카로운 비명 소리가 딱 멈췄다. 부인의 몸은 잠깐 동안 꿈틀대다가 곧 멈추었다.

그로부터 3일 후 앰워스 부인은 언젠가 내게 말한 적 있는 그 유언에 따라 맥슬리 마을의 변두리 묘지에 묻혔다. 갑작스럽고도 무서운 부인의 죽음이 이 작은 사회에 던진 충격은 시간이 흘러감에 따라 점차 줄어들었다. 단지 두 사람, 어콤과 나는 부인이 죽음으로써 다른 사람들이 구제될 수 있었던 걸 알았기에 처음부터 별로 그 사건에 대해 두려움을 느끼지 않았다. 물론 우리는 그 사건의 비밀을 지켰으며 오히려 부인이 죽은 덕분에 보다 큰 일을 피할 수 있었다는 것을 아무에게도 누설하지 않았다. 그런데 나로서는 도저히 이해가 되지 않는 게 하나 있었다. 그 후에도 여전히 어콤은 부인과 관계가 있는 어떤 일에 관해 괴로워하는 것처럼 보였다는 것이다. 내가 아무리 캐물어도 그는 그 일에 관해 결코 대답하지 않았다. 이윽고 평온하고 아름다운 9월도 지나고 노랗게 물들어가는 나뭇잎처럼 10월도 얼마 남지 않자, 어콤의 불안한 마음도 점차 안정되는 듯 보였다. 그런데 11월이 되기 직전, 이 표면적인 평온함은 갑작스러운 폭풍으로 일변했다.

어느 날 밤, 나는 마을 변두리에서 식사를 하고 나서 11시경 집으로 돌아오고 있었다. 달이 이상스레 빛나고 달빛에 비치는 모든 것이 부식 동판화처럼 명료해 보이는 밤이었다. 때마침 내가 '임대' 팻말이 붙어 있는, 예전에 앰워스 부인이 살던 집 앞까지 왔을 때였다. 그 앞문이 삐걱거리는 듯한 소리가 들렸다. 다음 순간 나는 그 문에 부인이 서 있는 것을 발견하고 별안간 혼이 얼어붙을 듯한 추위와 전율을 느꼈다. 달빛에 또렷이 비친 옆얼굴이 나를 향해 있었기 때문에 나는 바로 앰워스 부인임을 알아보았다. 부인은 내가 있다는 걸 눈치채지 못했는지(정원 앞에 있는 주목 울타리가 어두운 그림자를 만들어 나를 숨겨주었다) 급한 발걸음으로 도로를 가로질러 그대로 맞은편 집으로 들어갔다.

마치 뛰어온 사슴처럼 나는 숨을 헐떡였다. 그리고 다음 순간 공포에 휩싸인 채 몇 번이고 뒤돌아보면서 내 집과 어콤의 집 앞까지 몇백 야드를 정신없이 달렸다. 그리고 곧바로 집 안으로 뛰어들었다.

"무슨 얘길 하러 오셨는지? 내가 알아맞혀 볼까요?" 어콤이 말했다.

"이건 도저히 맞힐 수 없는 일이오."

"아니, 맞힐 것까지도 없소. 부인이 돌아왔고 그 모습을 당신이 본 거죠? 좀 더 자세히 말해주시오."

나는 방금 목격한 것을 그에게 얘기했다.

"그곳은 피어솔 소령의 집이군요. 어서 빨리 그 집에 가봅시다!"

"하지만 우리가 뭘 할 수 있겠소?"

"나도 모르겠소. 그것이 바로 우리가 찾아내야 할 일이오."

일 분 후 우리는 그 집 앞에 도착했다. 조금 전 내가 왔을 때는 집 안이 깜깜했는데 지금은 이층 창문에서 불빛이 흘러나오고 있었다. 집 앞에 서자 현관문이 열리고 피어솔 소령이 나왔다. 소령은 우리를 보더니 멈춰 섰다.

"이제 막 로스 선생 댁에 가는 길입니다만. 아내가 갑자기 아파서요. 한 시간 전에 침실로 갔는데, 내가 2층에 가보니 어찌 된 건지 유령처럼 창백해져서는 굉장히 쇠약해져 있는 거요. 아내는 자고 있었을 뿐인데…… 그럼 급해서 이만 실례하겠소."

"잠깐, 부인의 목 부근에 무슨 상처가 없었습니까?" 어콤이 물었다.

"그걸 어떻게 아시오? 두 개 있었소. 그 지긋지긋한 파리매가 아내 목 언저리를 두 번이나 문 것이 틀림없어요. 아내는 피를 흘리고 있소."

"누군가 지금 부인 옆에 있습니까?" 어콤이 물었다.

"그렇소. 하녀를 시켜 옆에 있게 했소이다."

소령이 떠나자 어콤은 나를 보며 말했다.

"이제 겨우 우리가 해야 할 일을 알았소. 집에 가서 옷을 갈아입고 기다려주시오. 나도 바로 당신 집으로 갈 테니."

"그건 무슨 말이오?"

"나중에 차차 얘기하지요. 우리는 지금 묘지에 갈 거요."

잠시 후 어콤은 손에 곡괭이와 삽, 드라이버를 들고 긴 로프를 어깨에 메고서 내 집으로 왔다. 걸으면서 그는 이제부터 우리가 맞게 될 무서운 시간에 대해 그 윤곽을 설명해줬다.

"이제부터 내가 하는 말을 당신은 믿지 못할지도 모르오. 당신에겐 아주 기괴한 얘기일 테니. 하지만 날이 밝기 전에 이 얘기가 사실인지 아닌지는 분명히 밝혀질 거요. 실로 다행스럽게도, 당신은 앰워스 부인의 유령, 즉 영체가, 그걸 뭐라고 부르든 당신 맘이지만, 아무튼 그것이 그 가공할 짓을 하기 위해 나가는 모습을 목격했던 거요. 그러니까, 부인이 살아 있을 때 그녀의 몸 안에 살고 있던 흡혈귀가 죽은 부인을 다시 소생시켜 세상에 불러냈다는 사실은 의심할 여지가 없소. 이것은 그다지 예외적인 일이 아니오. 사실 나는 부인이 죽고 나서 몇 주 동안 계속 이런 일을 예상했소. 만일 내 생각이 맞다면 우리는 부인의 시신이 썩지도 않고 분해되지도 않은 것을 발견하게 될 거요."

"하지만 죽고 나서 벌써 두 달이 되어가지 않소."

"2년 전에 죽었다 해도 흡혈귀가 씌어 있으면 마찬가지요. 그러니까 이제부터 어떤 사건이 벌어지든 그것은 자연의 이치에 따르자면 벌써 묘지 풀밭의 거름이 돼 있어야 할 것이고, 또 부인의 시체에 거짓된 생명을 주고 있는, 뭐라 표현할 수 없는 유해하고 사악한 악마적인 일이란 것을 아무쪼록 잊지 말아주시오."

"도대체 무슨 일이 일어난다는 거요?"

"음, 우리는 지금 그 흡혈귀가 앰워스 부인의 몸을 빌려 무덤 밖으로 나온 것, 결국 먹을 것을 찾아 나왔다는 걸 알고 있소. 그런데 그놈은 동이 트기 전에 반드시 묘지로 돌아가서 부인의 무덤 안으로 들어가 길게 누워 다시 송장 형태로 변할 거요. 우리는 거기서 기다리고 있다가 바로 그때가 오면 부인의 시체를 파내야 하오. 만일 내 생각이 틀림없다면 당신은, 사람들 피를 빨아먹어서 넘쳐나는 정력을 가진, 살이 있을 때와 똑같은 모습의 부인을 발견할 거요. 그리고 마침내 동이 트고 흡혈귀가 그 거처인 부인의 몸에서 빠져나올 수 없게 되면 나는 이것으로."

그는 손에 든 곡괭이를 보이며 말했다.

"이것으로 심장을 파낼 작정이라오. 그렇게 해야만 악마가 준 생기만으로 지금껏 살고 있는 부인과 지옥 동료인 흡혈귀는 정말로 죽게 될 거요. 그 일이 끝나면 우리는 흡혈귀로부터 간신히 해방된 부인을 다시 묻어줘야 하오."

우리는 이미 묘지에 와 있었다. 밝은 달빛 속에서 그녀의 무덤을 구별하는 것은 어렵지 않았다. 그 무덤은 작은 교회당에서 20야드쯤 되는 곳에 있었다. 우리는 교회 현관 앞 어두운 주차장에 몸을 숨겼다. 그곳은 부인의 무덤을 한눈에 볼 수 있는 곳이었다. 우리는 지옥의 사자가 돌아올 때까지 가만히 기다리기로 했다.

그날 밤은 따뜻하고 바람도 안 불었지만, 설사 몸이 얼 듯한 한풍이 불어 닥쳤다 해도 아무것도 느낄 수 없었을 것이다. 그 정도로 나는 그날 밤과 새벽에 일어날 일들을 두려워하고 있었다. 교회의 작은 탑에는 15분마다 울리는 종이 있어서 시간을 알 수 있었는데 그날 밤의 종은 너무도 자주 울리는 것처럼 느껴졌다. 달은 이제 상당히 기울었고 맑게 갠 하늘에는 동트기 전 별빛이 반짝였다. 이윽고 새벽 5시를 알리는 종소리가 탑 위에서 울렸고 그로부터 2, 3분이 지났을 즈음 갑자기 어콤이 손으로 나를 찔렀다. 그의 집게손가락이 가리키는 방향을 보자 큰 키와 큰 체격의 부인이 왼쪽에서 다가오고 있었다. 걷는다기보다는 미끄러지듯 소리도 없이 묘지를 가로질러서 우리가 지켜보던 무덤 앞으로 다가갔다. 그리고 마치 확인이라도 하듯이 무덤 주위를 한 차례 둘러보더니 한순간 우리들 쪽을 향했다. 이미 어둠에 익숙해져 있던 나는 그 얼굴이나 모습을 쉽게 알아볼 수 있었다.

부인은 한 손으로 입을 닦는 시늉을 하더니 머리카락이 거꾸로 설 듯한 소름 끼치는 웃음소리를 냈다. 그리고 무덤 위로 뛰어올라 두 손을 머리 위로 높이 올리고 조금씩 무덤 속으로 모습을 감추었다. 그때까지 움직이지 말라는 듯 내 팔을 붙잡고 있던 어콤이 드디어 손을 떼더니 "자!" 하고 말했다.

우리는 곡괭이와 삽, 로프를 가지고 무덤으로 다가갔다. 무덤의 땅은 모래가 섞인 흙이어서 6시가 조금 지날 때까지는 관이 있는 곳까지 파 내려갈 수 있었다. 어콤은 삽으로 관 주변 흙을 퍼내고 관에 붙은 고리에 로프를 묶어 나와 함께 끌어올리기 시작했다. 이것은 상당히 시간이 걸리고 힘이 드는 일이었다. 간신히 관을 땅 위로 끌어올려 무덤 옆에 놓았을 때는 이미 아침이 왔음을 알리는 빛이 동쪽 하늘에서 빛나기 시작했다. 어콤은 드라이버로 나사를 풀어서 뚜껑을 열었다. 우리는 관 옆에 서서 앰워스 부인의 얼굴을 내려다봤다. 놀랍게도 죽었을 때 감겨져 있던 두 눈은 열려 있고, 양 볼에는 홍조를 띠었으며, 붉은 입술에는 미소의 그림자조차 감돌았다.

"한 방에 모든 것이 끝날 거요. 당신은 보지 않아도 좋소." 어콤이 말했다.

그는 곡괭이 끝을 그녀의 왼쪽 가슴에 가져다 대고 거리를 쟀다.

이제부터 무슨 일이 벌어질지 알면서도 나는 눈을 돌릴 수 없었다.

그는 두 손으로 곡괭이를 고쳐 잡은 후 겨냥을 위해 3, 4센티미터 올리더니 두 손으로 온 힘을 다해 부인의 가슴에 곡괭이를 내리쳤다.

그러자 훨씬 전에 죽어 있어야 할 부인의 몸에서 피가 분수처럼 솟아올라 송장에 그 핏방울을 흩뿌렸다. 동시에 붉은 입술에선 길고도 소름 끼치는 비명이 새어나왔고, 그것은 사이렌의 포효처럼 주변 공기를 울렸으나 이윽고 고요해졌다. 동시에 번쩍이는 번개처럼 빠른 속도로 부인의 얼굴에 부패의 그림자가 나타나더니 잠시 후 얼굴은 잿빛으로 변했고, 통통하던 뺨은 움푹 파였으며 입은 축 늘어졌다.

"휴우, 이제 겨우 끝났군."

어콤이 곧바로 관 뚜껑을 닫았다.

이미 아침은 와 있었다. 우리는 무엇에 홀린 사람들처럼 관을 제자리에 놓고 그 위에 삽으로 흙을 퍼 덮는 일을 정신없이 해냈다.

두 사람이 맥슬리 마을로 돌아오는 길에는 새들이 이른 아침 노래를 지저귀고 있었다.

해설

손선영(추리소설가)

　현대 소설의 흐름은 스릴러가 대세다. 문학사적 흐름에서 보자면 명멸하거나 향유하던 한 시대를 지나 발전일로를 거듭한 끝에 안착한 모범답안이라고 볼 수 있다.
　심리와 내면에 천착했던 서스펜스의 줄기가 양차대전과 경찰, 스파이 등 흐름을 주도했던 장르적 속성을 지나 액션과 그것의 추이에 주안점을 두는 광의적 서스펜스, 즉 스릴로 변모했다고 할 수 있다. 협의의 소설, 즉 장르라는 카테고리에 가두어졌던 스릴러는 현대 소설에서 내러티브를 이끄는 가장 으뜸 방법이 되었다. 남녀 로맨스가 주가 되는 소설에서도 내러티브의 갈등 고조를 위해 액션의 대결 양상이나 심리의 서스펜스를 강화하여 스토리텔링을 이끌어가는 방식을 사용한다.
　스릴러의 발전에는 앞에서도 언급했던 명멸과 향유, 시행착오를 거듭했던 추리소설의 흐름이 바탕하고 있다. 현대 스릴러의 사정이 이러하다 보니 '추리'라는 단어 자체의 변화를 촉구하는 이들도 적지 않다. 추리소설의 기원지라 할 수 있는 영국에서조차 이제는 '크라임 노벨(Crime Novel)'이 통용되는 현실을 살폈을 때 설득력이 없는 것도 아니다. 반면 통사적 의미를 둘 때 이러한 흐름마다 단어의 변화가 필요하다면 그것을 수용하는 것도 어불성설일 수 있으니 설득력이 떨어지기도 한다. 에드거 앨런 포에 의해 '미스터리' 소설이 탄생한 이래 현대에 이르는 변화와 흐름의 지점을 하나의 단편집을 통해 살펴보는 일은 적지 않은 의의를 둘 수 있을 것이다. 나아가 이러한 단편집을 우리나라 독자들에게 소개한다는 것은 '상투적이지만' 커다란 기쁨이 아닐 수 없다.

여러 '장르' 소설이 서사시에서 시대적 변화를 거치며 서서히 형태를 갖추었던 반면 추리소설은 한 천재 문학가의 술주정에서 탄생했다. 진위 여부를 떠나 10년 후 문학계 지형도를 바꿀 소설을 탄생시킬 것이라고 호언장담했던 작가가 바로 에드거 앨런 포다.

1841년 「모르그 가의 살인」 이후 170년이 넘는 시간 동안 추리소설은 능동적인 형태의 발전을 거듭해왔다. 반면 포가 펍에서 이러한 이야기를 수많은 사람들에게 던졌을 당시 프랑스나 영국 등도 초기적 형태의 미스터리물이 자리를 잡기 시작하고 있었다. 이들 중 가장 널리 알려진 것이 프랑스의 비도크 이야기이다. 이번 단편집에 첫 테이프를 끊은 너대니얼 호손의 「히긴보텀 씨의 재난」 역시 이러한 초기 미스터리의 형태적 탄생에 근접한 작품 중 하나이다.

젊고 예의 바른 청년 도미니커스 파이크가 히긴보텀 씨의 살인에 관한 이야기를 전해 듣는 것으로 이야기는 시작된다. 대다수의 사람 심리가 그렇듯 이 청년도 곳곳에 히긴보텀 씨가 살인을 당했다는 이야기를 떠벌린다. 이야기가 확장일로를 겪게 되는 변이지점이 바로 그곳이다. 초기 미스터리 작품답게 소설은 밀도 있고 디테일한 구성보다는 한 편의 민담과 같은 형태와 마무리를 보인다. 반면 이 야기를 자세히 읽은 독자에게는 '흑인의 피'나 '검은 피' 같은 대목에서 이질감을 느낄지도 모르겠다. 너대니얼 호손이라면 우리 국어 교과서에서도 늘 보아왔던 「큰 바위 얼굴」의 작가이자 희대의 문제작인 『주홍글씨』를 쓴 작가이기 때문이다.

이 작품은 1834년에 발표했다. 1828년 『팬쇼』를 필두로 단편을 창작하던 시기에 탄생한 작품으로 이 시기는 너대니얼 호손의 작품이 심화되거나 어느 경지에 올랐다고 보기 힘든 때였다. 그러므로 「히긴보텀 씨의 재난」에서 보이는 도미니커스의 심리는 미국의 노예해방 전쟁인 남북전쟁이 있기 30년 전의 일반적인 사람들의 심리라고 보아도 무방할 것이다.

『아메리칸 매거진』 등 편집장을 역임하다 세관직원 등으로 생계를 꾸리던 너대니얼 호손은 실직하기까지 단 한 편의 장편도 출간하지 못했다. 그러나 실직 이후, 부인인 소피아의 내조로 세상에 태어난 작품이 바로 『주홍글씨』였다. 그가 온전한 작가가 아닌 직장인으로 살아왔던 십여 년의 세월에서 얼마나 많은 작가적 성찰과 철학적 성장을 이루었는지 알 수 있는 대목이다.

D. H. 로렌스는 『주홍글씨』를 "미국인의 사유를 표현해낸 가장 완벽한 작업"이라고 일컬었다. 호손의 조부가 실제 마녀사냥을 감행했던 사실을 알게 된다면 「히긴보텀 씨의 재난」이나 『주홍글씨』 등을 통해 엿보이는 인간의 죄를 통한 사유의 확장과 비판, 그리고 스스로 죄를 짊어지려 하는 구도자적인 모습을 미루어 짐작할 수 있을 것이다.

캐서린 루이자 퍼키스는 장군의 딸이자 해군의 부인이었다. 다소 가부장적이거나 억압적인 가정환경이었을 수 있음에도 그녀는 놀랄 만한 캐릭터를 창조해냈다. 바로 러브데이 브룩이다.

― 조지 경과 레이디 케스로의 주거지인 크레이겐 저택은 이상한 건축방법으로 만들어진 낡은 집으로, 이 창문은 아무것도 없는 벽을 향해 있으며 스테인드글라스가 끼워져 단단한 놋쇠 빗장이 언제나 걸려 있고, 환기는 위쪽 테두리에 달린 유리 환기장치로 이루어지기 때문에 낮이나 밤이나 열린 적이 없어요. 이 창은 지면에서 약 1.2미터 높이에 불과한데, 철봉이나 셔터가 붙어 있지 않은 것은 좀 어이없는 일이오. 그날 밤 도둑은 단 하나의 방어벽인 놋쇠 빗장이 열려 있어서 쉽사리 집으로 침입했소.

「현관 앞의 검은 가방」의 이야기가 시작되는 지점에 던져진 미스터리이다. 이로 인해 사라진 것은 레이디 캐로스의 3만 파운드 상당의 보석이다(재미 삼아 영국의 평균적인 물가상승률을 3퍼센트로 감안해 현재 시세로 보자면 약 10억 원에 이르는 금액이다). 게다가 도둑 중 하나가 떠나기 전에 분필로 '방 임대, 가구 없음'이라는 말을 금고에 적어놓았다. 익살맞지만 난해한 범죄, 이것을 최초의 본격적인 여탐정 러브데이 브룩이 해결을 위해 달려간다. 독자를 엄청나게 들뜨게 하는 이야기가 아닐 수 없다. 그런데 사건 해결을 위해 떠나려는 러브데이를 신문기사 하나가 붙든다.

한 독신 여성의 집 앞에 버려진 검은 가방! 가방 안에는 목사용 의류와 유서가 들어 있다.

던져진 난제와 그것을 해결해야 하는 명탐정. 여기까지는 평범하다. 그러나 명탐정이 여자라면? 키가 크지도 작지도 않고, 피부색이 검지도 희지도 않은, 또 아름답지도 흉하지도 않은 설명하기 어려운 외모. 눈꺼풀을 떨어뜨려 가느다란 선이 된, 말하자면 틈이 된 눈으로 세상을 보는 러브데이 브룩. 그녀라면 이야기가 달라지지 않겠는가!

세상을 주도하고 능동적으로 판단하는 최초의 여성 슈퍼히어로, 그녀의 활약상을 만나는 것은 그 자체가 즐거움이 아닐 수 없다.

「현관 앞의 검은 가방」은 '러브데이 브룩의 경험담The Experiences of Loveday Brooke' 연작 단편 중 첫 번째로 1893년 월간『러드게이트The Ludgate Monthly』에 수록되었다. 퍼키스는 특이하게도 '영국 개보호협회' 창설자 중 한 명이었으며, 그녀가 세상을 떠나자 며칠 후 남편 역시 그녀를 그리워하다 세상을 떠난 일화로 유명하다.

1887년,『주홍색 연구』를 필두로 한 코난 도일의 셜록 홈즈 시리즈가 1894년에 잠정적인 연재 중단이 결정될 무렵 세계 문학계는 산업혁명에 비견될 커다란 혁명을 겪게 된다. 추리소설의 황금기가 도래한 것이다. 그 중심에는 클래식 미스터리(당시에는 클래식이 아니었지만)가 있었다.

역시 같은 단어로 통용되는 '본격 미스터리'를 위해 철저히 문학성을 배제한 퍼즐형 미스터리가 등장하는가 하면, '디텍티브 노블' 역시 소설이기에 문학성을 확보하려는 시도 또한 계속되고 있었다. 급작스런 부흥이 추리소설 정체성의 혼란을 야기한 것이라 하겠다. 로드리게스 오트렝귀의 「이름 없는 남자」는 말하자면 문학성보다 퍼즐에 매진한 소설이라 할 수 있다. 추리소설을 일컬어 '당대 지식층의 문학적 유희'라는 표현을 주저하지 않았듯이 오트렝귀의 모습은 문학계의 그러한 조롱에 상당히 부합했다. X선을 사용했던 선구적 치과의사, 문학성보다 퍼즐이 중심인 탐정소설, 신기술인 사진에 매진하고 곤충학과 박제술에 능통한 당대 지식층 로드리게스 오트렝귀. 반면 그에 대한 평가는 시대를 거치며 명성을 더해 엘러리 퀸은 초기 단편 탐정소설에서 그는 매우 중요한 위치를 차지하며 「최종 증명Final Proof」이 그것을 대변한다고 극찬하기도 했다.

초기 퍼즐형 미스터리인 「이름 없는 남자」는 『아이들러Idler』(1895년 1월)에 수록되었다. 이름이 없던 이 남자는 독자에게 즐거움을 선사하며 '이름 있는 남자'라는 사실을 증명할 것이다. 반면 단순한 문장의 패턴과 대화체를 통해 백수십 년 전 추리소설이 왜 '문학적 유희'였는지를 엿볼 수 있는 좋은 계기가 되리라 생각한다.

「마리 로제 수수께끼」는 실제 벌어졌던 사건을 바탕하고 있다. 미국 작가인 에드거 앨런 포가 프랑스를 배경으로 했다는 부분이 이채롭다. 더욱 아이러니한 점은 포가 생전에 프랑스를 단 한 번도 가보지 않았다는 사실이다. 소설에도 언급되어 있지만 포는 뒤팽이라는 탐정을 내세워 당대에 핫 이슈였던 마리 로제 사건, 실제 미국에서 벌어졌던 메리 시실리어 로저스의 사건을 결론 내리고 있다. 신문기사와 풍문을 바탕으로 사건을 유추하고 있으며 그가 추리 과정을 통해 내세운 결론이 놀랄 만큼 정확했다는 점이다. 독자는 포의 결론을 위해 집요할 정도로 신문기사와 그에 반박하는 뒤팽의 모습을 감내해야만 한다. 그러나 뒤팽이 내린 결론이 본문 주에서도 언급되었듯 '드뤼크 부인'에 해당하는 여인의 고백으로 밝혀진 내용과 상당히 유사해 놀라움을 자아냈다.

비록 포가 불행한 인생을 영위했다고 하나 「마리 로제 수수께끼」를 통해 그가 가진 직관과 소설에 대한 선견지명이 얼마나 놀라운지 독자는 직접 체험할 수 있을 것이다.

「마리 로제 수수께끼 연구」를 쓴 고사카이 후보쿠는 도서추리의 창시자라 불리는 R. 오스틴 프리먼과 유사한 인생행로를 겪었다. 말하자면 평행이론이랄까. 의학박사였던 후보쿠는 혈청학 연구를 위한 유럽 유학에서 결핵에 걸린다. 무료했던 병상에서 그를 사로잡은 것이 바로 추리소설이었다. 귀국 후에도 결핵이 완치되지 않자 번역과 집필활동에 몰두하게 된다. 번역에 힘쓰다 보니 자연스레 포의 작품을 접하게 되었고, 「마리 로제 수수께끼」가 번역된 즈음인 1926년 『신청년』 여름 증간호에 「마리 로제 수수께끼 연구」를 싣게 된다.

이 논문은 실제 미궁에 빠진 사건을 토대로 그것을 가추, 유추, 소거 등의 추리기법을 통해 결론에 이른 포의 작품을 동양에서 재해석한 매우 특이한 글이다. 이 글을 통해 독자들은 「마리 로제 수수께끼」에서 궁금증을 불러일으킨 부분들에 대해 더욱 명확하고 흥미진진한 해설을 읽게 될 것이다. 또한 포가 끼친 문학사적 충격과 그것을 받아들인 동양의 작가와 영향력 역시 만나게 될 것이다.

고사카이 후보쿠는 1921년 일본 최초의 본격 추리소설로 꼽히는 『의문의 검은 벚나무 疑問の黒枠』를 발표해 일본 문학사의 한 위치를 차지하며 에도가와 란포 등과 함께 일본 추리소설의 뿌리로 불리기도 한다.

앞서 「이름 없는 남자」에서도 언급되었지만, 셜록 홈즈의 세계적 히트는 그에 비견될 수많은 명탐정들을 탄생시켰다. 『셜록 홈즈의 라이벌들』(비채, 2011)에서도 알 수 있듯 이러한 명탐정의 이름은 열거하기 힘들 정도로 무수했다. 그런 가운데 그랜트 앨런은 코난 도일과 친분을 쌓으며 직접적인 영향을 받은 작가 중 한 명이다. 그렇다 해도 그것으로 그랜트 앨런을 설명하기는 힘들다. 그는 과학 분야의 저술을 통해 진화론을 지지하였다. 또한 SF소설의 선구자 중 한 명으로 평가되며 『The British Barbarians』는 시간여행을 설명한 작품으로 H. G. 웰스의 『타임머신』에 비견된다. 여기에 실린 클레이 대령 역시 1905년 탄생한 뤼팽 이전의 최초 괴도신사라 평가할 수 있다. 클레이 대령이 등장했던 『아프리카의 백만장자』(1897)는 범죄를 해결하는 홈즈에게 영향을 받았던 도둑의 이야기이니 아이러니하다 하겠다.

「멕시코의 천리안」은 클레이 대령이 등장하는 첫 번째 작품으로 1896년 잡지 『스트랜드 매거진』에 수록되었다.

당대 급진적 과학자이자 신지식인이었던 그랜트 앨런이 창조한 괴도가 여러 '신기술'을 통해 찰스 경을 조롱하는 장면은 당대 보수 부호이자 지도층들을 통렬히 비판한 것이라 할 수 있다. 그러나 그 이면에는 목사였던 아버지에게 진화론으로 반기를 든 아들의 모습이 투영되어 있다. 그러했기에 오히려 그는 더욱 급진적이며 때론 '공상적인' 과학에 매진했던 것은 아니었을까. 그가 창조한 클레이 대령의 더 많은 활약상이 대한민국 독자에게 소개되었으면 하는 바람이다.

그랜트 앨런이 과학과 문학에서 접점을 보였다면 E. W. 호넝은 가족에게서 직접적인 영향력을 받은 작가이다. 코난 도일을 처남으로 두었던 호넝, 그에게 어쩌면 도일은 넘어서고 싶었던 인간적인 라이벌이었을지 모른다.

호넝은 그랜트 앨런과 모르스 르블랑 사이의 괴도신사를 창조해낸 작가로 평가할 수 있다. 이 역시 탐정으로 유명한 도일을 넘어서고 싶었기에, 그러나 도저히 탐정으로는 넘어설 수 없어 고심 끝에 호닝이 창조한 캐릭터라고 유추해볼 수 있다.

이번 단편집에서 흥미로운 사실은 추리소설 황금기에서도 '최초'를 차지하거나 '처음'인 작품이 다수 소개되고 있다는 점이다. 여탐정 러브데이 브룩, 괴도 클레이 대령을 비롯해 호닝이 창조한 아마추어 도둑 래플즈, '생각하는 기계' 또는 '사고 기계'로 유명한 반 도젠, 과학수사의 창시자로 불리는 손다이크 박사 등이 그렇다. 「3월 15일에 생긴 일」에 소개된 아마추어 도둑 래플즈는 비록 그랜트 앨런의 클레이 대령보다 창작시기는 늦으나 래플즈가 탄생한 최초의 작품이다. 래플즈는 이 소설에서 그의 조수인 토끼 해리 맨더즈를 만나 그들의 여정을 시작하게 된다.

「13호 감방의 비밀」은 이번 단편집에서 가장 많은 독자에게 알려진 소설이다. 이유는 간단하다. 너무나도 유명하고 강력한 캐릭터인 '사고 기계' 반 도젠이 밀실트릭에 도전하기 때문이다. 아마도 「모르그 가의 살인」과 함께 거의 모든 '세계 걸작' 미스터리에 소개되는 작품이기도 하다. 캐릭터인 반 도젠은 이미 한국 독자들에게도 매우 강렬하게 소개된 적이 있다. 일본에서 메가 히트를 기록했던 우타노 쇼고의 『밀실살인게임』 시리즈를 통해서이다. 일례이지만, 반 도젠 캐릭터의 상징성과 후대 작가에게 각인된 지점을 미루어 짐작할 수 있을 것이다.

「13호 감방의 비밀」은 1905년에 최초 발표되었다. 당시 자크 푸트렐은 『보스턴 아메리칸』지의 편집자였다. 1907년과 1918년에 리프린트되며 '사고 기계' 등으로 제목이 바뀌기도 했다. 이 작품에서는 반 도젠 교수가 소위 '미션 임파서블'을 해결하는 활약상이 드러나 있다.

밀실의 감방, 그를 감시하는 죄수, 호언장담한 탈출의 시간 일주일. 이러한 각각의 소재가 유기적으로 움직여 어떤 플롯을 만들어내고 결말에 이를지 독자는 호기심 어린 눈으로 지켜볼 수밖에 없다. 이 얼마나 흥미진진한 추리소설의 클리셰인가. 반 도젠은 마치 톰 크루즈가 분했던 이단 헌트처럼 불가능한 미션에 도전한다.

수많은 미스터리 마니아들이 알고 있듯 자크 푸트렐은 타이타닉 호 침몰 당시 부인을 구명보트에 태우고 자신은 미발표 원고와 함께 사망한 것으로 유명하다. 호사가들은 타이타닉의 실제 모델이 바로 자크 푸트렐이라고 떠들어대기도 했다. 물론 사실 무근. 만약 그가 타이타닉 호에서 탈출했더라면 세계 추리소설의 판도는 '사고기계' 반 도젠 교수와 함께 또 다른 양상을 나타내지 않았을까?

앞서 퍼키스의 작품에서도 나타난 능동적이고 주도적인, 바꾸어 말하면 남자들이 권력을 쥔 세계에서 그들을 능가하는 여성 탐정의 매력은 절묘하다 못해 신묘한 느낌마저 불러일으킨다. 「나인스코어의 수수께끼」 역시 이러한 여성 탐정의 활약상을 맛볼 수 있는 작품이다.

「나인스코어의 수수께끼」를 쓴 배러니스 오르치는 영국의 국민문학으로 읽히는 『빨강 별꽃 Scarlet Pimpernel』으로 이름을 널리 알렸다. 프랑스 혁명을 배경으로 한 활극인 이 작품은 현재까지도 널리 사랑을 받고 있다. 미스터리 역사에서 볼 때 그녀가 창조해낸 구석의 노인은 '안락의자 탐정 Armchair Detective'에서 중요한 위치를 차지하고 있다. 애거서 크리스티가 미스 마플과 포와로를 통해 완전히 대비되는 캐릭터를 보여주었듯 본지에 등장하는 레이디 몰리는 구석의 노인과 완전히 대비되는 탐정의 모습을 보여준다.

메리와 수잔 자매가 집을 나간 뒤 메리 니콜스의 시체가 애쉬 저택에 있는 연못 구석에서 발견된다. 메리의 죽음 이면에는 그녀와 관계된 여러 풍문들이 존재한다. 대중은 흥분한다. 애쉬 저택 근처 시골에 있는 여관에는 관광객, 예술가, 저널리스트, 극작가, 배우의 매니저 등 호사가들로 넘쳐난다. 그것들을 파악하고 사건을 해결하기 위해 레이디 몰리가 위장수사에 투입된다.

레이디 몰리의 활약으로 사건의 진실이 드러날 때 신분과 인습, 여성과 남성 등 현대 사회파 추리소설이 가진 카타르시스를 느낄 수 있다.

퍼키스의 러브데이 브룩에서도 그랬지만 레이디 몰리 역시 인습과 편견에 맞서는 탐정의 모습을 보여준다. 아마도 여성 작가 특유의 사회적 고찰이 소설에 나타난 것으로 유추할 수 있다. 참고로 배러니스 오르치의 본명은 '엠무스카 막달레나 로잘리아 마리아 조세파 바바라 오르치 바스토우Emmuska Magdalena Rosalia Maria Josefa Barbara Orczy Barstow'이다. 1865년 헝가리 귀족 집안의 딸로 태어나 삽화가, 단편소설 작가를 거치며 셜록 홈즈의 폭발적인 인기를 지켜보게 된다. 이후 「구석의 노인The Old Man in the Corner」을 1901년 『로열 매거진』에 싣게 된다.

이 작품은 『스코틀랜드 야드의 레이디 몰리Lady Molly of Scotland Yard』라는 1910년 발표한 단편집에 실려 있다. 제목처럼 스코틀랜드 야드 소속의 몰리 로버트슨 커크가 주인공이다. 레이디 몰리는 초창기 여성 경찰로서 여성 탐정 역사상 빼놓을 수 없는 존재이다. 열두 편의 단편으로 구성된 이 작품집에서 조수 역할을 하는 메리 그라나드는 화자로서 레이디 몰리의 활약을 기록하고 있다. 「나인스코어의 수수께끼」에서 레이디 몰리가 처음 등장한다.

사카구치 안고의 「추리소설에 대해」는 지금까지 읽어왔던 작품들에 대한 주의 환기용으로 더할 나위 없는 에세이이자 논설이다. 사카구치 안고는 전후 일본의 오피니언 리더로 '전쟁 후'라는 시대적 본질을 통찰하고 파악한 『타락론』과 『백치』로 인기 작가를 넘어 시대의 총아로 불렸다. 그는 『인간실격』의 다자이 오사무, 『청춘의 역설』의 오다 사쿠노스케 등과 전후 일본문학을 대표하는 무뢰파 작가로 꼽힌다. 그는 소설을 넘어 에세이, 탐정소설, 역사 연구, 문명 비평이나 르포르타주 등 다방면에 영향을 끼쳤으며, 「추리소설에 대해」는 1948년 4월 쿠사노 서점에서 발행된 『교조敎祖의 문학』에 실렸던 글이다.

「추리소설에 대해」는 당시(부터 지금까지도 마찬가지이지만) 추리소설의 거장으로 통하던 요코미조 세이시의 『나비부인 살인사건』*을 모티프로 추리소설의 이야기를 풀어간다. 이 시대의 이야기꾼이 독자들에게 하고 싶었던 추리소설의 이야기는 무엇이었을까? 궁금하지 않을 수 없다.

이번 단편집에는 유명 추리소설가, 특히 추리소설사에서 한 위치를 차지하는 작가들의 새로운 작품과 캐릭터를 만나볼 수 있다는 데 적지 않은 의의가 있다. 앞서 10작품을 만나는 동안에도 그랬지만 「표적 위의 얼굴」 역시 마찬가지다.

---

* 우리나라에서는 1979년 삼중당 명작 추리문고를 통해 소개된 바 있다.

G. K. 체스터턴은 땅딸막하고 너무 겸손해 볼품없지만 사건 앞에서는 종교적 색채를 입힌 전혀 새로운 탐정, 브라운 신부를 탄생시켰다. 체스터턴의 브라운 신부는 불후의 탐정으로 자리했지만 체스터턴이 만들어낸 탐정이 그 하나만은 아니었다. 「표적 위의 얼굴」의 혼 피셔는 단편집 『너무 많이 아는 사나이The Man Who Knew Too Much』(1922)에 처음 등장했다. 혼 피셔는 당시 체스터턴의 사상이 투영된 인물이라고 볼 수 있다. 체스터턴의 전기에서도 나타나듯 그는 당대 유명인들과 공공에 관계된 논쟁과 토론을 즐겼으며 변증법적인 결말을 소설에 끌어들였던 것으로도 유명하다. 단편집이 발표된 1922년은 그가 가톨릭으로 개종한 해였는데 당시 그는 정치나 사회에 큰 불만을 품고 있었던 것으로 보인다.

「표적 위의 얼굴」은 기자인 해롤드 마치가 토우드 파크에서 혼 피셔를 만나는 것으로 시작된다. 무언가 일어날 것 같은 그곳에서 두 사람이 서로의 지략을 펼치듯 아는 것들로 이야기를 꾸려갈 때, 굉음을 낸 자동차 한 대가 비행선처럼 바위 위에서 벼랑으로 추락한다. 곧바로 사망한 시체의 신원을 확인한 두 사람은 이제 수사에 돌입한다.

너무 많이 아는 사나이, 그의 활약은 이제 어떻게 펼쳐질까. 그를 위해 마치가 이야기를 중계한다.

체스터턴은 자칭 문예·사회 평론가, 극작가이며 본업은 시인, 추리소설은 여가를 위한 것이라고 표현했지만, 그는 80권이 넘는 저서와 수백 편의 시, 2백 편이 넘는 단편, 4천 편이 넘는 에세이와 수많은 연극대본을 썼다.

브라운 신부로만 알려졌던 체스터턴의 새로운 작품을 만나볼 수 있다는 것, 이번 작품집에서 독자들을 위한 가장 큰 선물이자 즐거움이라 해도 외람되지 않을 것이다.

'불가능한 범죄' 하면 가장 먼저 떠오르는 것이 밀실살인일 것이다. 그 다음을 떠올리라면 어떤 것인까? 아마도 많은 이들의 의견이 갈리겠지만 암호에 의한 범죄를 해결하는 소설, 즉 '암호 소설'이라 하겠다.

추리문학사적으로 볼 때 '암호 소설'로 1, 2위를 다투는 작품은 어떤 것일까? 이 물음에 대해 상당수 독자들이 「황금벌레」라는 대답을 내놓을 것 같다. 사실 「황금벌레」는 중고등학생들의 독학용 영어교재로 엄청난 사랑을 받았다는 사실이 아이러니이다. 그렇다면 그에 버금가는 '암호 소설'은 무엇일까. 적어도 반 다인은 그것을 「대암호」라고 했다.

미지의 탐험가에게 벌어진 사건, 그 증거물인 에메랄드에 대한 진실. 그것과 연관된 인물은 광인으로 소문이 무성했지만 그가 남긴 기록, 즉 일기가 도착한다. 그것을 파악하고 해결한 인물은 첫 등장에서 보이는 융켈이다. 융켈은 루브르 박물관에 보관된 에메랄드에 대한 진실을 일기를 통해 어떻게 해결해나갈까!

단순히 기록만으로 암호를 해결해가는 융켈의 모습은 마치 홈즈의 카리스마와 미스 마플의 정보력을 합쳐놓은 듯한 모습으로 분한다.

「대암호」를 쓴 M. D. 포스트는 '엉클 애브너' 시리즈로 추리문학사에 한 획을 그은 인물이다. 본격 미스터리에 걸맞은 사건의 해결과 정의의 집행을 보여준 '엉클 애브너'에 필적하는 포스트의 캐릭터는 변호사 '랜돌프 메이슨'이다. 파리 경찰청장인 융켈이 주인공으로 등장하는 「대암호」는 『Monsieur Jonquelle』에 수록된 단편이다. 정교한 플롯을 바탕으로 반전과 재미를 선사한다는 평이 주를 이루며 「대암호」는 극이 끝나는 마지막까지 긴장감을 유지하고 암호의 비밀을 쉽게 간파당하지 않는 멋진 내러티브를 보여준다.

추리문학사에서 홈즈를 불후의 탐정이자 슈퍼히어로로 평가한다면 몇몇 분야에서 두각을 나타낸 탐정들도 존재한다. 앞서 '사고 기계 반 도젠'이나 최초의 여탐정 '러브데이 브룩', 최초의 괴도인 '클레이 대령'도 마찬가지이다. 역시 최초라는 평가가 무색하지 않은 탐정이 「버나비 사건」에 등장한다. 바로 R. 오스틴 프리먼이 창조한 손다이크 박사이다.

손다이크 박사는 과학수사를 전면에 내세운 최초의 캐릭터로 평가받는다. 그것이 『붉은 엄지손가락 지문』이다.

「버나비 사건」에서는 특이하게도 음식과 관계된 사건을 추론하고 소거법으로 그것을 걸러내 결론에 도달하는 손다이크 박사의 모습이 그려진다.

이어지는 「문자조합 자물쇠」에서는 식당에서 잠복수사를 하고 있던 배저 경감을 시작으로 이야기가 드러난다. 도둑들을 쫓지만 단서 하나 없던 사건, 이 사건은 손다이크 박사를 만나 어떻게 해결이 될까.

「버나비 사건」에서는 잘못된 사랑이 불러온 파국의 결말이 반전이라면, 「문자조합 자물쇠」는 현대 추리소설의 정석처럼 범인에 대한 반전으로 이야기를 마무리한다.

'손다이크 박사'를 창조해냈던 오스틴 프리먼은 도서추리를 창조한 것으로도 유명하다. 도서추리는 도치서술추리의 준말로 범죄를 일면에 배치하고 그것을 해결해가는 탐정 캐릭터를 보여주는 형태이다. 가장 유명한 도서추리 작품은 '형사 콜롬보' 시리즈가 있고, 최근작인 『용의자 X의 헌신』이 아시아 작품으로는 두 번째로 에드거상에 노미네이트되는 '사건'이 있었다.

"몇 년 전 두 부분으로 된 도치서술을 고안했다. 첫 번째 파트에서는 경력, 동기 등 모든 범죄에 대한 수행 상황을 자세히 설명했다. 즉 독자가 범죄를 보았고 저질러진 범죄에 대해, 또 모든 사실을 알았다는 것이다. 당연한 것으로 받아들일 수도 있겠지만 범죄에서 증거를 간과한 것은 독자의 책임이라고 나는 계산했다. 또한 그렇게 (서술을) 진행했다. 두 번째 파트, 즉 범죄를 조사하는 부분에서는, 대부분의 독자가 바로 이 새로운 부분(첫 번째 파트)의 영향을 받았다."

한 문예지에 게재된 오스틴 프리먼의 인터뷰이다. 그가 도서추리를 창조해낸 것에 대한 스스로의 평가를 담고 있다. 두 단편은 『퍼즐록The Puzzle Lock』(1925)에 수록되어 있다.

'녹스의 추리소설 10계'를 아는가?

이것은 반다인이 '추리소설 작법 20칙'을 발표했던 이듬해인 1929년, 『1928년의 영국 추리소설 걸작선』을 발간하면서 서문에 소개되었던 글이다.

'녹스의 추리소설 10계'는 이러하다.

① 범인은 이야기의 초기에 등장하여야 한다. 그러나 그의 마음의 움직임을 미리부터 독자가 알고 있어서는 안 된다.
② 말할 필요도 없이 추리소설에는 초자연적인 마력을 동원해서는 안

된다.
③ 비밀의 방이나 통로는 하나면 족하다.
④ 아직 발견되지 않은 독물과 긴 설명을 필요로 하는 과학적인 장치 등은 쓰지 않는 것이 좋다.
⑤ 중국인을 중요한 인물로 등장시키지 않는 것이 좋다.
⑥ 탐정이 우연히 죽을 고비를 넘기게 되었다거나 근거 없는 직감이 적중했다는 등의 일은 피하는 것이 좋다.
⑦ 추리소설에서는 탐정 자신이 범인이어서는 안 된다.
⑧ 탐정이 단서를 발견했을 때는 이를 곧 독자에게 알려야 한다.
⑨ 탐정의 우둔한 친구, 즉 왓슨 역의 사나이는 그가 마음속에 생각하고 있는 것을 숨김없이 독자에게 알려야 한다. 그리고 그의 지능은 일반 독자들보다 조금 낮아야 한다.
⑩ 쌍둥이 또는 쌍둥이라 할 만큼 닮은 사람을 등장시킬 때에는 그 존재 이유를 충분히 독자에게 인식시켜야 한다.

특히 ⑤번을 보면 고개를 의아하게 저을지도 모르겠다. 그러나 당시 영국 사회로 보자면 흑인보다 더욱 두드러지는 사람이 중국인이었을 것이다. 어쩌면 녹스가 살았던 1928, 1929년의 영국에서는 당연했던 것으로 받아들여졌을지 모를 일이다.

녹스는 『육교 살인사건』으로 이름을 알렸으며 본업은 신부였다. 「셜록 홈즈 문헌 연구」에서 보이듯 홈즈가 미친 영향은 단순히 추리소설에 한정할 수 없었다. 녹스의 「셜록 홈즈 문헌 연구」는 당대 홈즈의 영향력이 어느 정도였는지 우리나라의 독자가 느껴볼 수 있는 몇 안 되는 텍스트 중 하나라 볼 수 있다. 또 홈즈에 대해 별다른 관심이 없다 해도 흥미롭게 읽어볼 수 있는 글이다. 이러한 홈즈에 관한 문헌 연구 중 베어링 굴드의 『명탐정 셜록 홈즈』나 『주석 달린 셜록 홈즈』 등은 전 세계에 출판되어 여전히 수많은 독자의 사랑을 받고 있다.

고가 사부로의 「호박 파이프」는 전쟁 중인 일본의 모습을 볼 수 있는 작품이다. 그들 사이에서도 의견이 분분할 수 있는 이야기와 전쟁 중이라 사람이 많지 않은 상황에서 치안을 유지해야 하는 사람들의 모습. 그러한 사이에 살인이 끼어들면 어떻게 될까.

사실 추리소설로서 전쟁만 한 무대장치는 없을 것이다. 사람과 사람이 희생되는 상황에서 한 사람의 욕심이나 목적을 위해 살인이 발생한다면 어떻게 그것을 해결할 수 있을까?

고가 사부로의 「호박 파이프」는 일본 내에서도 초기 단편 추리소설에 속하지만 상당히 높은 완성도를 보여준다. 이어지는 반전에서도 마찬가지 감흥을 느낄 것이다.

고가 사부로는 코난 도일에 심취해 있었고, 에도가와 란포가 추리소설을 쓰기 전부터 알고 지내던 사이였다.

「호박 파이프」에 등장하는 전쟁은 2차 대전이다. 당시 우리나라는 일제의 강점기였던 상황이라 이러한 전쟁의 양상을 드러낸 소설이 거의 없다는 사실이 오히려 안타깝지 않을 수 없다. 반면 강점기의 영향은 지금까지 우리나라 전반에 남아 있다. 현재도 법전의 상당수가 일본의 그것과 유사하거나 같다는 사실에서 얼마나 뿌리 깊이 잔재하는지 짐작할 수 있을 것이다. 문학에서 '본격'이라는 단어 역시 마찬가지인데 흔히 '본격문학' 하면 순문학을, '본격 추리소설' 하면 퍼즐형이나 클래식 미스터리를 지칭하며 이러한 단어 표기 역시 일본에서 사용한 것이다. 그리고 추리소설에서 '본격'이라는 단어를 처음 사용한 사람이 바로 고가 사부로이다.

1931년 본격 탐정소설의 대표주자이던 고가 사부로와 '변격'의 대표주자인 오시타 우다루大下宇陀兒와 벌인 설전은 지금까지도 일본 추리문학사에서 회자되는 이야기이다.

「호박 파이프」는 본격을 지향한 작품이다. 에도가와 란포 역시 본격 탐정소설로 「호박 파이프」를 언급했으며 요코미조 세이시는 "란포보다 고가의 것이 더욱 대중잡지에 어울린다"며 본격 탐정소설로 고가의 소설을 칭찬했다.

벤 레드먼의 「완전범죄」는 1928년에 발표된 작품이지만 지금 보아도 흠잡을 데 없는 세련된 플롯을 보여준다.

사건 발생, 수사과정, 해결, 반전에 이르는 과정이 그만큼 세련되다. 트레버 박사와 헤어의 대화로 시작되는 이야기. 두 사람 주변에서 벌어진 살인사건과 그 사건을 수사하며 결론에 다다랐던 트레버 박사와 헤어는 그것을 '완전범죄'라 지칭하며 대화를 이어간다. 그러나 두 사람 사이에 감도는 묘한 긴장과 사건에 관한 추측과 전개들. 그리고 오로지 대화에서만 범인으로 지목되는 인물. 적어도 범죄에 있어서 실수가 없다는 트레버 박사에게 헤어가 던지는 수수께끼.

벤 레드먼은 추리문학사적으로 유명한 작가는 아니었다. 그러나 이 작품은 단편의 우수성을 인정받아 1957년 '알프레드 히치콕' 텔레비전 시리즈로 방영되기도 했다.

1920년대와 30년대는 실로 추리문학의 황금기였다. 얼마나 많은 작가들이 이름을 알리지 못하고 명멸을 이어갔을지 기록이 없는 한 짐작할 수도 없다. 그런 의미에서 벤 레드먼의 「완전범죄」는 또 다른 의미에서 좋은 추리소설 텍스트로 추천한다.

오구리 무시타로는 일본 추리문학에서 3대 기서로 통하는 『흑사관 살인사건』으로 유명세를 탔다. 반면 그의 작품은 그것 외에 알려진 바가 없어 늘 궁금증을 일으키던 작가였다.

일본 네티즌들의 『흑사관 살인사건』 리뷰를 보면 '읽다 포기했다'라는 다수의 평들 외에 '이론 70퍼센트(또는 80)는 제거하고 보았다'는 평들이 상당하다. 그만큼 그의 소설은 난해한 이론과 당대로 보자면 최신 이론들이 열거되어 독자의 눈을 혼란스럽게 만들기에 충분했다. 지금 읽어도 그의 소설은 읽기에 쉽지 않다. 그것에 또한 작품을 보태는 것 같아 마음이 무겁다. 그만큼 「실낙원 살인사건」 역시 읽기가 쉽지 않다. 사실 사건과 그에 얽힌 것만을 보여준다면 쉽게 읽힐지도 모른다. 그러나 그것에 더해 의학적인 이야기와 심지어 고스타 성서 이야기도 등장한다. 이러다 보니 독자가 현혹된다.

어쩌랴, 이것이 오구리 무시타로 식인 것을.

오구리 무시타로는 요코미조 세이시의 대타로 첫 글이 소개되었다. 요코미조 세이시가 각혈을 하며 창작을 잠시 중단했던 것이다. 그 해가 1933년이었으며 그 작품이 『신청년』에 발표된 「완전범죄」다. 이를 두고 요코미조 세이시는 "세상에 이만큼 강력한 대체작은 없을 것이며 내가 건강했어도 쓸 수 없을 정도로 매력적인 걸작"이라고 칭찬했다. 이로 인해 오구리 무시타로는 일약 유명작가가 된다. 그가 급작스레 사망했을 때, 요코미조 세이시를 비롯한 수많은 작가들이 충격에 빠지기도 했다. 그가 유작으로 남겼던 『악령』은 사사자와 사호에 의해 훗날 완결된다.

운노 주자의 「파충관 사건」은 오구리 무시타로의 「완전범죄」보다 조금 이른 1932년 10월에 『신청년』에 발표되었다. 앞서 언급했던 오구리 무시타로와 각별한 사이였던 운노 주자는 무시타로가 사망하자 큰 충격을 받고 칩거, 이 시기 건강을 해치게 된다. 이후 결핵이 심해져 사망하기 전, 피폭으로 집이 없어 망연자실해하던 요코미조 세이시에게 현금으로 집을 장만하게 만들었던 일화가 유명하다.

작품으로 보자면 공학도였던 그답게 각종 첨단장비가 등장한다. 소설에서 살인장치도 권총이나 칼 등이 아니라 이런 첨단 장비이다. 이러한 성향으로 인해 일본에서는 일본 SF소설의 시조로 불린다. 만화가로도 알려졌으며 에도가와 란포는 도쿠시마 중앙공원에 서 있는 운노 주자의 문학비에 이런 말을 새겼다.

"과학시대에 과학소설이 없는 것을 좋아해야 할까."

조용한 시골 마을, 그러나 주말만 되면 광란의 도가니로 변하는 맥슬리 마을. 하필 이 마을이 런던과 브라이튼을 잇는 고속도로의 간선에 접한 탓에 무수한 질주 차량의 경쟁 도로로 바뀐다. 이곳에는 인도에서 온 미망인 앰워스 부인이 새로 이사 와 이웃들의 환대를 받는다. 그러나 이후부터 무언가 이상한 일들이 벌어지기 시작한다.

『허친슨 매거진』에 이 작품 「앰워스 부인」이 발표된 것은 1922년 6월이었다. 그리고 결론부터 말하면 이 작품집에 실린 몇 안 되는 '비 추리소설'이다. E. F. 벤슨은 만능 스포츠맨이었으며 다작 작가였다. 그가 쓴 「앰워스 부인」류의 슈퍼내추럴한 작품만 80여 편에 이른다. 대표작으로는 '루시아' 시리즈가 있으며 최근에도 영국에서 TV 시리즈로 제작되었다.

제임스 샌도의 「미스터리 가이드」는 헤이크래프트가 편집한 『추리소설의 미학The Art of the Mystery Story』에 실린 글이다. 글에서도 밝혀져 있듯 이 가이드는 현대의 뛰어난 '살인학' 학자가 '대학 도서관용으로 편집된 리스트'를 '독자에게 보여주는' 역할을 하기 위한 것이다. 미스터리 소설을 많이 접했거나 또 접하려는 독자에게도 좋은 지침서가 될 것이다.

이상 살펴본 작품에서는 주로 '본격 미스터리'의 틀 안에서 창작이 이루어지고 있다는 사실을 확인할 수 있었을 것이다. 괴도의 이야기이든, 여성 탐정의 이야기이든, 아니라면 매우 개성적인 탐정이 등장한다 해도 그 틀을 크게 벗어나지 않았다. 이것은 그만큼 본격 미스터리가 전 세계적으로 유행했으며 그것을 주도한 작가들이 영어권 작가들이었기 때문이다. 우리나라 독자에게는 적어도 2차 대전 이전까지는 이러한 기조와 흐름이 유지된다는 것을 간접적으로나마 확인한 시간이었으리라.

17편의 소설과 4편의 평론(또는 그에 준하는)을 소개하며 이러한 흐름이 지속적으로 이어지는 것은 우리나라에서는 매우 유의미한 일일 것이다. 안타깝게도 2000년대 이후 지속적으로 추리소설을 쓰고 있는 우리나라 작가는 20명이 채 안 된다. 이번 작품집의 발간 흐름과 헤게모니가 일본에서 그랬듯 우리나라 작가에게도 이양되기를 기대한다.

세계 추리소설 걸작선 1

1판 1쇄 발행 : 2013년 3월 29일
1판 7쇄 발행 : 2022년 3월 15일

지은이 에드거 앨런 포 외
옮긴이 한국추리작가협회
펴낸이 김기옥

문학팀 김세화 | **마케팅** 김주현
경영지원 고광현, 김형식, 임민진

표지디자인 공중정원 박진범 | **본문디자인** 성인기획
인쇄·제본 (주)민언프린텍

펴낸곳 한스미디어(한즈미디어(주))
주소 (04037) 서울시 마포구 양화로 11길 13(서교동, 강원빌딩 5층)
전화 02-707-0337 | **팩스** 02-707-0198 | **홈페이지** www.hansmedia.com
출판신고번호 제313-2003-227호 | **신고일자** 2003년 6월 25일

ISBN 978-89-5975-529-5 04800
ISBN 978-89-5975-528-8 04800 (세트)

한스미디어 소설 카페 http://cafe.naver.com/ragno | **트위터** @hans_media
페이스북 www.facebook.com/hansmediabooks | **인스타그램** @hansmystery

책값은 뒤표지에 있습니다.
잘못 만들어진 책은 구입하신 서점에서 교환해드립니다.